SV

Elena Poniatowska

Tinissima

Roman

Aus dem Spanischen von
Christiane Barckhausen-Canale

Suhrkamp Verlag

Die Originalausgabe erschien 1992
unter dem Titel *Tinísima* bei Ediciones Era, Mexiko.

Der Übersetzung liegt die von der Autorin 1995
in Zusammenarbeit mit der
amerikanischen und der deutschen Übersetzerin
erarbeitete Fassung zugrunde.

Erste Auflage 1996

Druck: Friedrich Pustet, Regensburg
Printed in Germany

Für Paula Amor, meine Mutter

Julio Antonio Mella.
Fotografie von Tina Modotti. 1928

MEXIKO-STADT, 10. JANUAR 1929

Da ist auch schon sein Lächeln unter der breiten Hutkrempe. Mit vier weit ausholenden Schritten durchquert er das Telegrafenamt. Tina fällt ein Stein vom Herzen.

»Wie war's, Julio?«

»Gut. Hast du das Telegramm aufgegeben?«

»Ja, Julio. Aber was hat er gesagt?«

»Laß uns gehen.«

»Worüber habt ihr gesprochen?«

»Ich erzähle es dir zuhause.«

»Nun sag schon.«

»Also gut, zwei kubanische Killer sind nach Mexiko gekommen. Magriñá hat mich gewarnt; sie sind hinter mir her.«

Wieder dieser schmerzhafte Druck in Tinas Brust. Julio Antonio legt ihr den linken Arm um die Schulter und zieht sie an sich. Draußen treibt die Kälte sie vorwärts.

»Sieh mal, Tinissima, für diesen Arsch, der Kuba regiert, bin ich hier gefährlicher als in Havanna«, versucht er zu scherzen. Für zwei Schritte, die er macht, braucht Tina vier.

Sie überqueren die Calle Balderas. Was für eine leere Stadt ist Mexiko, was für eine Einöde! Sobald die acht Glockenschläge der Kathedrale ertönen, legen die anderthalb Millionen Einwohner die Riegel vor und verschanzen sich in ihren Wohnungen. Keine Menschenseele auf der Avenida Independencia; selbst das Marineblau der Gendarmen ist schlafen gegangen.

»Nehmen wir die Calle Morelos, Julio. Die ist breiter, nicht so dunkel.«

Julio umfaßt ihre Taille unter der schwarzen Jacke. Am liebsten würde Tina in ihn hineinkriechen und völlig mit ihm verschmelzen. ›Nur noch ein paar Schritte‹, denkt sie, ›wir sind fast da.‹ Beim Einbiegen in die Calle Abraham González läßt ein Knall, eine Feuergarbe, sie erstarren. Eine weitere Detonation, fast zeitgleich. Tina spürt, daß Julio ihren Arm losgelassen hat. »Julio, Julio.« In ihrem Rücken entfernt sich ein Schatten. Julio. Da ist er, vor ihr; er macht drei Schritte, dann noch einen, dann bricht er zusammen. Während sie zu ihm läuft, schreit sie aus voller Kehle. Hilfe, Hilfe, Julio, Hilfe. Ein Auto, helft doch, bitte, einen Arzt, habt doch Erbarmen. Das einzig Wirkliche in der Straße sind der Schießpulvergeruch an ihrem verbrannten Jackenärmel und Julios Kopf in ihren Armen.

»Pepe Magriñá steckt dahinter«, stammelt er. Julio, der am Verbluten ist, nimmt seine letzte Kraft zusammen: »Ich sterbe für die Revolution.«

»Nein, Julio, du kommst durch, Julio, glaub mir.« Sie küßt seine Stirn.

Ihre Knie sind klatschnaß von Blut; Julio ist federleicht. Er geht von ihr, ist schon fast nicht mehr da.

»Schnell, Señor, ein Auto, bitte! Er muß ins Krankenhaus!«

Sie ist nicht mehr allein. Aus der Dunkelheit, die sie umgibt, sind Blicke auf sie gerichtet.

»Mein Liebster.«

Tina küßt ihn immer wieder, liebkost seine Stirn, sein Haar.

»Señor, sein Hut ist heruntergefallen, der da. Geben Sie ihn mir, bitte.«

Beim Roten Kreuz lehnen sich die Angehörigen der Patienten nicht auf; demütig liegen sie dichtgedrängt auf dem Boden und schicken sich in den Willen Gottes. Die schlimme Nachricht über Julio fegt wie ein Januarwind durch die Stadtviertel. Die ersten Genossen von der Kommunistischen Partei treffen ein.

Zur Angst gesellt sich Kälte, und Tina hört nicht auf zu zittern. Enea Sormenti beruhigt sie mit leichten Schlägen auf den Arm und redet in der Sprache ihrer Kindheit auf sie ein. Na, na, zarte Liebkosungen, bis Tina nachgibt und den Kopf an seine Schulter legt. Sie spürt, daß die Tränen ihr den Hals hinunterlaufen, daß ihr Haar in Unordnung geraten ist und daß sie friert.

»Wir können nichts anderes tun, Tina, aspettiamo.«

Doktor Díaz Infante kommt aus dem Operationssaal. »Technisch gesehen war die Operation erfolgreich. Wir haben die Schußverletzung mit sieben Stichen genäht. Die Kugel ging vom Brustkorb durch den Magenbereich bis in die Bauchhöhle. Ein weiteres Geschoß drang ihm in den Arm. Das hat weniger Schaden angerichtet.«

»Hat er etwas gesagt?«

»Nein. Bei der Einlieferung war er bewußtlos ... Um die Wahrheit zu sagen, es gibt sehr wenig Hoffnung. Die Tatsache, daß er Sportler ist ... vielleicht, mit Gottes Hilfe ...«

Angesichts dieser winzigen Hoffnung wird Tina vom Weinen geschüttelt. Er soll leben, betet sie, selbst wenn ich ihn nie wiedersehe, er soll leben. Ein weiterer Chirurg tritt aus der Tür mit den Milchglasscheiben, und als ihre Blicke sich treffen, errät sie seine Worte.

Es ist fast zwei Uhr morgens. Die Freunde umringen sie, umarmen einander. Luz Ardizana weicht nicht von Tinas Seite. Sormenti nimmt den schwarzen Filzhut ab, der dem von Julio so ähnlich ist, und sagt feierlich:

»Devi essere forte d'ora in avanti.«

»Kann ich ihn mitnehmen, Doktor?«

»Tut mir leid, Señora, aber das ist gegen die Vorschriften.«

»Oh Dio«, Tina ballt die Fäuste. »Ich möchte ihn wenigstens sehen.«

»Sie müssen warten, bis man ihn zur Autopsie ins Juárez-Krankenhaus bringt. Dort können Sie ihn sich dann geben lassen.«

»Ich bin seine Frau«, lügt Tina, »und ich bestehe darauf, ihn sofort zu sehen.«

Der Arzt schickt sich an zu gehen.

»Sprechen Sie mit den Leichenträgern, wenn er ins Juárez-Krankenhaus gebracht wird. Haben Sie ein Laken mitgebracht?«

Ein Laken? Wer geht schon durch die Straßen mit einem Laken, um darin einen Toten einzuwickeln? Jemand bietet an, heimzugehen und eines zu holen. Nein, er wohnt zu weit weg. Ein anderer hat es näher. Wie spät ist es? Vergewissere dich, daß dir niemand folgt. Vielleicht ist es besser, ein neues zu kaufen. Nein, es ist alles geschlossen. Furcht liegt in der Luft. Möglicherweise werden wir alle verfolgt... Wenn Julio so etwas zugestoßen ist... Lassen wir uns lieber nicht auf der Straße sehen. Vielleicht könnten wir uns hier eines leihen und es später zurückgeben.

Der Kommissar und sein Mitarbeiter kommen mit großen Kladden unter dem Arm vom Ende des Ganges auf sie zu. Als sie Tina gegenüberstehen, behalten sie ihre Hüte auf. Sie haben mit dem Tatopfer nichts zu tun, schon gar nicht mit dessen Hinterbliebenen. Wie bei einer Versteigerung verliest der Kommissar die Liste:

Eine schwarze Hose
Eine schwarze Jacke
Dunkelviolette Unterwäsche
Ein Hemd
Ein kaffeebrauner Pullover
Ein Paar Hosenträger
Ein mausfarbener Mantel
Ein schwarzer Gürtel
Ein rotes Notizbuch mit Bleistift
Eine Zeitung: *El Machete*

»Notieren Sie«, sagt er zu seinem Assistenten. »Bei der Untersuchung der Kleidung des Verstorbenen fand man ein deutliches Einschußloch im Rücken des mausgrauen, aus gewöhnlichem Stoff gefertigten Mantels; ein ebensolches im Rücken der schwarzen Kaschmirjacke und im hinteren Teil des Kammgarnpullovers, des Hemdes und des dunkelvioletten Unterhemdes ...«

Er nimmt jedes Stück in die Hand und tastet es ab. Bei der Aufzählung steckt er seinen kleinen Finger in jedes Loch und wirft das Kleidungsstück achtlos auf den Schreibtisch.

»Das Austrittsloch des Geschosses befindet sich in der Unterwäsche und im Hemd, nicht aber im Pullover, in der Jacke und im Mantel. Das deutet darauf hin, daß das Geschoß, nachdem es den Körper durchquert hat, im Gewebe des Pullovers steckengeblieben ist und dann, als man den Verletzten hochgehoben hat, herausgefallen sein muß ...«

»Geben Sie mir nun seine Kleidung?« bettelt Tina.

»Wer sind Sie denn?«

»Ich bin seine Genossin, seine Lebensgefährtin. Kann ich seine Kleider mitnehmen?«

»Das können Sie nicht. Aber wir haben ein paar Fragen an Sie. Ich rate Ihnen, sich die Antworten sehr genau zu überlegen; alles, was Sie sagen, kann gegen Sie verwendet werden. Erkennen Sie in diesem Notizbuch die Handschrift Ihres Mannes oder Genossen?«

»Ja.«

»Da steht nichts drin, nur dieser hingekritzelte Name und diese Nummer. Wissen Sie, wer Magriñá ist?«

»Ja. Das hier ist seine Telefonnummer.«

»Wo ist die Waffe?«

»Welche Waffe?«

»Die, mit der Ihr Mann oder Genosse getötet wurde.«

»Woher soll ich das wissen?«

»Haben Sie das Geschoß, das ihn getötet hat, aufgehoben?«

»Was? Daran habe ich nicht gedacht. Ich habe nach seinem Hut gesucht, er hat ihn gebraucht.«

»Seine Leiche wird dem Gerichtsmedizinischen Dienst des Juárez-Krankenhauses überstellt.«

»Ich möchte ein Foto von Julio machen. Meine Kamera. Jemand soll sie herbringen. Luz, kannst du sie aus meiner Wohnung holen? Du hast doch die Schlüssel.«

Verwegen war Mella von klein auf, schon damals, als seine Kinderfrau Longina Hand in Hand mit ihm auf Havannas Uferpromenade spazierenging. »Man fürchtet nur, was man nicht versteht«, sagte sie, »was du dir vornimmst, das schaffst du auch.« Eines Nachmittags stieg sie eine kleine Anhöhe hinauf. Er blieb zitternd unten stehen. »Du schaffst es, komm rauf, Kleiner.« Auf allen vieren, brüllend vor Wut, kletterte der Junge nach oben. Manchmal rutschte er aus, und die herabrollenden Steinchen zeigten ihm, daß er abstürzen konnte. Oben streckte Longina die Hand nach ihm aus. Als er, kriechend wie ein Wurm, bei ihr ankam, weinte er vor Glück, und Longina küßte seine nassen Wangen. Nie vergaß Julio Antonio die Lektion. So lernte er mit fünf Jahren schwimmen und wurde später Landesmeister im Rudern.

In den heimischen vier Wänden war Longinas Stimme das einzig Lebendige. Im Salon, dessen Vorhänge zugezogen waren, damit die Sonne nicht hereinschien, saß abwartend seine Mutter Cecilia. Unablässig starrte sie durch das Fenster auf ein Meer, das nichts mit dem grauen Ozean gemein hatte, der schwer gegen die Küste Irlands schlug. Wenn sie ausging, schützte sie ihr lockiges Haar mit einem Sonnenschirm und einem breitkrempigen Strohhut vor der Tropenhitze. Sie haßte Kubas Sonne und gab ihr die Schuld an ihren schrecklichen Migräneanfällen. Ihretwegen schloß sie sich abwartend ein. In ihrem hellen Kleid, die Handarbeit auf dem Schoß, betrachtete sie ihre Söhne Julio Antonio und Cecilio, ohne sie wirklich zu sehen. Sie sprach fast nur englisch mit ihnen, oder sie sprach überhaupt nicht. Sie wartete wütend ab. Ihr passiver Widerstand steckte das ganze Haus an. Dieses Haus war eine Zeitbombe; die Mutter der Zünder. Wenn die zu ihren Füßen hockenden Kinder – vor allem Julio Antonio – unruhig wurden, sagte sie in ihrem schlechten Spanisch: »Geht zu eurer *Lenkerin.*« Manchmal, gegen sechs Uhr nachmittags, wenn die Sonne nachließ, kam Nicanor Mella zu Besuch. Longina servierte Tee oder Orangensaft, und Mella küßte seine Söhne. Dann verordnete Cecilia ihnen einen Spaziergang, und das Letzte, was Julio sah, war die höfliche Verbeugung seines Vaters, der sich erkundigte:

»How are you today, Cecily?«

»Not well«, erwiderte sie grollend.

»Can I do anything about it?«

»It's up to you.« Ihre Stimme klang jetzt verletzend.

Obwohl er die Worte nicht verstand, sollte sich der Zorn der Mutter tief in sein Gedächtnis eingraben. Und sein Leben lang sollte er Frauen meiden, die sich unwohl fühlten: in zarte Tücher gehüllte, hysterische Wesen, die ihre schlohweißen Beine von sich streckten wie die winzigen Zeiger einer Uhr, mit der sie die Langeweile maßen – stets in Erwartung eines fremden Tickens.

4.1.1923

Die Studenten der Universität von Havanna eilten die lange Freitreppe hinauf. Angetan mit Drillichanzügen, zuknöpfbaren Westen und sauber geknoteten Krawatten, hielten sie auf dem Universitätshügel inne wie Schaufensterpuppen vor einem unsichtbaren Fotografen: einen Fuß auf der Stufe, den Arm mit dem Strohhut ausgestreckt wie zum Gruß, einer leuchtenden Zukunft zulächelnd, die sie in den Straßen Havannas erwartete. Auf dem Hügel bildete sich ein Kreis um Julio Antonio Mella; die einen bahnten sich mit den Ellenbogen den Weg, um ihm näher zu sein oder ihn zumindest hören zu können; andere – sehr wenige – gingen weiter.

»Wollen wir zulassen, daß Konsul Crowder die Ehrendoktorwürde erhält? Das ist eine Beleidigung für unser Vaterland.«

Mellas lockiges Haar war nicht zu bändigen; der Anzug, der besser geschnitten war als die seiner Kameraden, saß von den Schultern bis zu den langen Beinen tadellos, und aus den Manschetten des Seidenhemdes ragten seine Hände heraus wie zwei Flammen.

»Die Washingtoner Regierung hat aus unserer Insel eine Kolonie gemacht. Und da wollen wir ihren Konsul auch noch würdigen!«

»Sprechen wir mit dem Rektor, Kleiner!«

»Was heißt hier Rektor!« schrie Mella. »Zum Präsidenten der Republik muß man gehen. Wie ist es möglich, daß unsere Universität einwilligt, einem West-Point-General das Beste zu geben, was wir besitzen? Dies allein entehrt uns, es enteeehrt uns! Wir müssen es verhindern!« Mella schrie sich heiser.

Er versetzte seine Zuhörer in Entzücken. Die betagten Professoren sahen einander an. Wer war dieser Bursche, der die Yankees so vehement ablehnte? »Mit Mella muß man vorsichtig sein.« »Ein Fanatiker der Oktoberrevolution. Wir sind Tausende von Meilen von den Russen entfernt, und niemand weiß genau, was dort los ist, aber der da redet pausenlos vom Sieg des Proletariats.« »Er kennt Martí. Er zitiert ihn korrekt.« »Er studiert nicht. Er macht nur Politik.« »Ein Provokateur. Ich weiß nicht, woher er seinen Haß auf die Amerikaner hat, sein Vater ist ein unbescholtener Schneider, und zwar der wohlhabendste von ganz Havanna.« »Er ist ein Fanatiker, jeder Fanatismus ist abartig.«

Der schlitzäugige, Chinese Zayas genannte Präsident ließ sich herbei, eine Abordnung von fünfzehn Studenten zu empfangen. Als sie vor ihm standen, blieben sie stumm. Mella brach das Schweigen, forderte das Recht auf aktive Beteiligung an der Universitätsleitung und zog über die verkalkten Professoren her. »In den Anatomielabors gibt es noch nicht einmal Formalin.« In der Universität hätten sich leeres Geschwätz, Routine und Korruption eingenistet, genau wie im ganzen Land. Und noch dazu schenke man Crowder, einem General, jetzt den Doktorgrad.

Der völlig überrumpelte Zayas erwiderte, er werde den Rektor und den Bildungsminister zu sich bestellen. Damit verabschiedete er sie.

Erst gestern hatte Earl Crowder, dieser Fuchs, zu ihm gesagt: »Ich frage mich, wie Sie sich ohne den Kredit von J. P. Morgan aus der Patsche ziehen wollen.« Es war Selbstmord, sich etwas so Mächtiges wie die Vereinigten Staaten zum Feind zu machen. Idioten! Wollten ihm diese Jüngelchen, die noch grün hinter den Ohren waren, beibringen, wie man das Land regierte?

Mella war achtzehn Jahre alt. Als der Chinese Zayas seine feurigen Augen sah, wurde ihm klar, daß er sich noch nach Jahren seiner erinnern würde. Das Bild verursachte ihm schlaflose Nächte. ›Er gleicht einem Scheiterhaufen‹, sagte er sich. ›Ihm macht es nichts aus, das eigene Leben zu verbrennen.‹

Dreimal in der Woche hielt Rubén Martínez Villena ein Marxismus-Seminar ab, bei dem er nicht nur von Lenin und Martí sprach, sondern sie zur Rede stellte: »Sagt mir mal, was ihr ohne Kuba seid! Was wollt ihr mit eurem Leben anfangen?« Unter den Zuhörern befanden sich Julio, Sarah und Olivín.

Julio verspürte eine enorme Sympathie für Sarah Pascual, weil sie nie krank war und sich jederzeit erbot, Flugblätter zur Druckerei zu bringen oder Unterschriften für irgendeine Protestnote zu sammeln. Olivín Zaldívar war ebenfalls eine Kämpferin; es gefiel Julio, wie sie sich mit den Professoren anlegte. Sie war ganz und gar nicht zurückhaltend; sie duftete nach Honig, Säften, Parfüm und Essenzen. Auch ihre Stimme war köstlich; sie tröpfelte dahin, und man mußte sie auflecken. Sie war unbesonnen und den anderen immer etwas voraus; sie trug als erste einen Bubikopf und war immer hübsch anzusehen mit dem runden Gesicht, den Grübchen in den Wangen und dem kurzen, schwarzen Haar.

Sarah Pascual verschlang Julio mit den Blicken; das Leben bestand für sie aus erregten, flammenden Meetings anstelle von Vorlesungen der Professoren, deren Entlassung Mella forderte. Wäre sie nicht so scheu gewesen, hätte sie ausrufen mögen: »Julio ist meine Alma mater!«

Sarah begeisterte sich für Mellas Ansichten, aber das letzte Wort hatte Rubén Martínez Villena. Er kannte das Gesetz gründlich, wußte, was man tun durfte, kalkulierte die Reaktion der Regierung ein und sah die Konsequenzen voraus: »Sie werden keine Nachsicht üben.«

Nachdem er Sarah zur Straßenbahn begleitet hatte, saß Julio bis um drei Uhr früh im Arbeiterzentrum und lauschte Alfredo López, dem weißgekleideten Drucker, der zwischen Setzmaschinen und Umbruchtischen wie ein General wirkte, der eine Schlacht befehligte. ›Was für ein großartiger Stratege‹, dachte Julio, ›diese Werkstatt ist die beste Schule, und Alfredo López ist der Lehrer, den ich mir immer erhofft habe.‹

Schulter an Schulter mit Alfredo López und Rubén Martínez Villena ging er heim.

»Im Kampf gegen die Yankees muß die Arbeiterschaft die führende Klasse sein«, sagte Rubén.

»Und die Studenten?«

»Studenten können keine Klasse sein, Julio. Sie sind ein Zwischending. Ich bin kein Student mehr, und in zwei Jahren wirst auch du keiner mehr sein.«

Alfredo López begeisterte sich für Mellas Idee: eine Universität für die Arbeiter.

»Der Arbeiterverband wird dich vollauf unterstützen.«

Als die *Italia* in Havanna vor Anker ging, konnte man sehen, wie sich die Schwarzhemden auf dem Vorderdeck und auf der Brücke zu schaffen machten.

»Schwarzhemden raus aus Kuba! Nieder mit Mussolini! Tod dem Faschismus!« schrie Julio Antonio ihnen zu.

Cecilio warnte den Bruder:

»Unser Vater ist wütend.«

Julio hatte Olivín Zaldívar geheiratet, und Sarah tat es in der Seele weh, weil Olivín überhaupt nicht verdiente, daß Julio sie liebte. Während sie selbst einen doppelten Arbeitstag hatte, pflegte Olivín die Grübchen in ihrem hübschen Gesicht und war ganz und gar dagegen, daß ihre rundliche Person hinter einem Ideal zurücktrat. Wie viele Nächte hatte Sarah am Vervielfältigungsapparat verbracht und Olivín im Kino! Olivín hatte sich als Person durchgesetzt, und es überraschte Sarah, daß Julio ihre Launen und Neigungen, die ihn den anderen entfremden würden, akzeptierte. Julio hat sich von einem Arsch verzaubern lassen, hörte Sarah sagen.

Machado löste Zayas im Präsidentenamt ab. »Gefängnis, Prügel und Gewalt lassen unsern Mella kalt«, riefen die Jungen im Chor. Olivín brachte, nach einem ersten, tot geborenen Jungen, Natascha zur Welt.

Mellas Ruf drang bis in die Provinz; es gab kein Aufkeimen von Unzufriedenheit, an dem er unbeteiligt war. »Er steckt hinter jeder regierungsfeindlichen Handlung.« »Der Bastard.« »Sein Vater kommt aus Santo Domingo.« »Siehst du, dieser Provokateur ist noch nicht mal Kubaner.« Die Polizei ließ an verschiedenen Stellen Havannas Sprengkörper hochgehen, um den Kommunisten die Schuld zuzuschreiben. Machado befahl, Mella im Zellentrakt Nr. 5 des Gefängnisses von Havanna einzusperren, zusammen mit Alfredo López, Sandalio Junco, Antonio Penichet, Alejandro Barreiro, Carlos Baliño und noch vierunddreißig anderen.

»Mella hat beschlossen, nichts mehr zu essen, bis wir freigelassen werden.«

Alfredo López ging mit einigen anderen zu ihm hinüber in seine Zelle, um ihn davon zu überzeugen, daß so etwas zwecklos war. Aber Mella blieb fest.

»Seht mal, Genossen, Machados Trick besteht doch darin, die Wochen verstreichen zu lassen, damit die Leute uns vergessen. Wenn ich aber in den Hungerstreik trete, wird das im Volk eine Protestbewegung hervorrufen. Ich werde fasten, bis ich Machado gezwungen habe, uns freizulassen.«

Die Frauen der Partei hätten sich gern an Julios Pritsche abgewechselt, um ihn zu pflegen; nur Sarah Pascual ging nicht ins Gefängnis. Allein bei dem Gedanken, ihn zu besuchen, war ihr, als presse ihr eine Hand die Eingeweide zusammen. Ihre Gesten waren noch dieselben wie früher;

sie trug noch immer die alten Schuhe und kam mit ihrem weißen Kleid und ihrem liniierten Heft zu den Kundgebungen, aber innerlich hatte sie sich verändert. Irgend etwas war zerbrochen, hatte ihr Leben fürchterlich verändert. Es war ihr unerträglich, auf den Titelseiten das Foto eines abgemagerten, bärtigen Mella zu sehen. Sein physischer Verfall war offenkundig; jeden Morgen erwachte er kraftloser, seine Ruderer-Muskulatur schwand zusehends dahin. Nach zehn Tagen ließ ihn sein Arzt ins Krankenhaus verlegen und schickte ein Telegramm an die Kommunistische Partei: »Wenn der Hungerstreik nicht innerhalb von vierundzwanzig Stunden beendet wird, stirbt Mella. Entweder nimmt man seinen Tod in Kauf, oder man läßt ihn zwangsweise ernähren.«

Mellas Beharrlichkeit hatte die Bevölkerung gegen das Regime aufgebracht. Der Skandal erfaßte bereits das ganze Land. In einer Plenarsitzung gab das Kabinett Machado den Rat, den Aufrührer freizulassen, und am nächsten Tag ordnete der Richter gegen eine Kaution von eintausend Pesos seine Entlassung an.

Der Arzt Gustavo Aldereguía begleitete ihn zum kleinen Bahnhof von Aguadulce, zum Zug nach Cienfuegos. Auf dem Bahnsteig umarmten sie sich. Vom Trittbrett herab rief Julio ihm zu: »Auf Wiedersehen im freien Kuba!«

An der Mole wartete der Frachter *Cumanayagua* von der Weißen Flotte, der Schiffahrtslinie der United Fruit. Mella zeigte seinen auf den Namen Juan López ausgestellten Paß. Der Kapitän, der eingeweiht worden war, sperrte ihn in eine Kajüte, bis sie das offene Meer erreicht hatten. Als er ihm aufschloß, hörte der Kapitän das Hämmern einer Schreibmaschine. Während der gesamten Überfahrt hörte Julio nicht auf, zu schreiben und zu lesen.

Tage später, nach einer langen Reise zur See und quer durch Guatemala, stieg Julio Antonio in Mexiko-Stadt, auf dem Bahnhof Buenavista, aus dem Zug. Die Straßen im Stadtzentrum kamen ihm leer vor. Niemand war zu sehen, das Meer war nicht zu hören, die Luft war frei von Salpeter. Nach dem Trubel von Havanna, das mit dem Gesicht zum Meer und mit dem Herzen auf der Straße lebte, war Mexiko stumm, eine verschlossene Stadt mit Augenlidern aus Beton. Unterwegs traf Julio nur ein Rudel Hunde, das eine erschöpfte Hündin verfolgte. Wieviele herrenlose Hunde! Sie verschwanden im Morgennebel, ein Gewirr von Pfoten.

Mit der Schreibmaschine in der Hand ging er zum Sitz der Zeitung *El Machete* in der Calle Mesones 54. Der Empfang hätte nicht herzlicher sein können. Der sonst so zurückhaltende Xavier Guerrero umarmte ihn und zeigte ihm einen Artikel, den man während seines Hungerstreiks veröffentlicht hatte. »Sieh mal, diese Zeichnungen sind von mir«, sagte er und wies auf eine Sammlung von *El Machete*. »Wir haben diesem Scheißkerl Machado Telegramme geschickt«, warf Gómez Lorenzo ein und sah ihn durch die runde Brille an. »Wir haben vor der kubanischen Botschaft protestiert und eine Demonstration organisiert.« Und Miguel Angel Velasco strahlte ihn an: »Du wirst schon sehen, bei uns wirst du dich wohl fühlen.«

Während Tina ihre Kamera auf das leblose Gesicht richtet, denkt sie an all das, was ihr Mella von seiner Jugendzeit erzählt hatte. Mehrmals in seinem Leben hatte er in Todesgefahr geschwebt. Im kubanischen Gefängnis, als er in den Hungerstreik getreten war, in Mittelamerika, wo man ihn als Subversiven und als Regierungsgegner betrachtet hatte, in Belgien, wo er mit dem radikalen Henri Barbusse zusammen gewesen war. Und jedesmal hatte er überlebt. Jetzt, da sie ihn so reglos daliegen sieht, kann Tina kaum glauben, daß er nicht jeden Moment die Augen aufschlagen und ihr sagen wird, sie hätten es eilig, sie müßten gehen.

Seit drei Uhr früh hält sich die Gruppe im Gang vor dem Autopsieraum des Juárez-Krankenhauses auf. Blut, Urin, Chloroformdünste und Auswürfe – ein einziger Reigen aus Unrat und Unglück. In der Nähe der Damentoilette quillt eine Tonne über von Binden, Toilettenpapier und dem blutigen Abfall eines ganzen Tages, den zu beseitigen sich niemand die Mühe gemacht hat. Sormenti sieht Tina an, die, todmüde, ihre Graflex in der Hand, an der weißen Kachelwand lehnt. Sie weint nicht mehr. Sie zittert nur. Sormenti zieht die Jacke aus und legt sie ihr um die Schulter.

»Mir ist nicht kalt.«

»Nimm sie trotzdem.«

Man hat ihr erlaubt, ein Foto von Julio Antonio zu machen, von seinem Kopf. Man hat sie nicht allein gelassen, nicht einmal in einem solchen Augenblick. Sie hat auf den Auslöser gedrückt und ist aufrecht hinausgegangen. Später würde sie Luz Ardizana erzählen: »Unter dem Vorwand, ihn zu fotografieren, habe ich seine Wange gestreichelt. Das war alles, meine Hand an seiner Wange, eine Sekunde lang, ohne daß sie es bemerkt haben.«

Tina reicht Sormenti die Graflex und steckt sich eine neue Zigarette an, indem sie mit dem Zündholz über die Wand streicht. Die ganze Nacht lang hat sie ein solches Pochen in den Schläfen gespürt, daß sie gehofft hatte, sie würden platzen und ihr etwas Erleichterung verschaffen. Dann würde man sie neben Julios Leiche legen. Aber sie lebt noch immer. Die Ewigkeit verschmilzt mit dem Morgen.

Ein Krankenpfleger taucht auf: »Wer ist hier befugt?«

»Die Señora ... Eigentlich wir alle.«

»Ist bald soweit.«

»Wir sind seit drei Uhr früh hier. Jetzt ist es zwei Uhr nachmittags. So lange dauert doch keine Autopsie.«

»Da ist ja nicht nur Ihrer, wir haben viele, und es geht der Reihe nach.«

Tina drückt die Zigarette an einem Heizkörper aus, und die Kippe rollt über den Fußboden. Automatisch steckt sie sich eine neue in den Mundwinkel und zündet sie an, wobei sie das Streichholz in der hohlen Hand verbirgt.

Unter denen, die auf Mellas Leiche warten, sind auch die Kubaner Sandalio Junco, Teurbe Tolón und Alejandro Barreiro Olivera. »Das sind gute Genossen«, hat Julio einmal gesagt, »alle drei.« Jetzt sucht Tina in ihren Zügen, in ihrer hastigen, bedrückten Unterhaltung, irgend etwas von Julio.

›Das also ist das Leben‹, denkt sie, ›dieser Übergang, dieses Warten.‹ Sie geht im Korridor auf und ab. »Du hast schon eine ganze Schachtel geraucht«, sagt Sormenti vorwurfsvoll. »Zieh die Jacke an, du zitterst immer noch.«

»Ja, aber nicht vor Kälte. Vor Wut.«

»Du hast dich verhalten wie eine echte Kommunistin. Dein Mut...« Ihr Blick läßt ihn verstummen.

Ihr Mut. Sie schließt die Augen und hört gedämpft die Stimmen ihrer Genossen. Ein Türenknallen holt sie wieder in die Wirklichkeit zurück. Sie steht in einem Korridor und wartet auf Julios Leiche, so, wie man auf dem Bahnsteig auf einen Koffer wartet.

»Wißt ihr«, sagt Rosendo Gómez Lorenzo, der Chefredakteur der kommunistischen Zeitung *El Machete*, den alle den Canario nennen, »ohne Trinkgeld sitzen wir ewig hier fest. Nur so bewegt sich etwas.«

Sormenti ist der einzige, der etwas Geld bei sich hat.

Die Genossen beschließen, Julio im großen Saal des Hauses der Kommunistischen Partei in der Calle Mesones 54 aufzubahren. Sie schmücken den Sarg, die Fenster und die Wände mit roten und schwarzen Tüchern. Die Glühbirnen verbreiten nur schwaches Licht. Tina zieht sich in eine dunkle Ecke zurück. Für einen Augenblick trösten sie die vertrauten Geräusche. Sie sieht die anderen wie aus weiter Ferne, wie Silhouetten, die sich aus dem Schatten abheben.

Immer, wenn ein Neuankömmling sich nähert und ihr das Beileid ausspricht, kehrt der bohrende Schmerz zurück.

All dies wegen Julio, das ist alles seinetwegen. Und so wie er werden alle diese Leute hier sterben. Die Mitglieder der Antiimperialistischen Liga Amerikas, der Internationalen Roten Hilfe, der Kommunistischen Föderation Mexikos. Die auf der anderen Seite, die nichts für die Armen übrig haben, die kommen durch. Niemand wird sie jagen wie streunende Ratten, niemand wird sie inmitten einer Blutlache zusammenbrechen sehen.

Tina spürt plötzlich deutliche Erregung unter ihren Genossen, die sonst so langsam in Gang kommen. Die Atmosphäre hat sich verändert; es ist wie auf einem Schlachtfeld. Im Aufbahrungssaal herrscht zwar Stille, aber auf der Treppe, auf den Gängen, in der Eingangshalle, draußen vor dem Gebäude ist alles in Bewegung. Tina tritt auf den Balkon hinaus und beschreibt im Geiste Julio die Szene: »Sieh nur, wie sie schuften! Sie malen Transparente und verteilen Flugblätter, die nach frischer Druckerschwärze riechen. Innerhalb weniger Stunden haben sie mehr Protestveranstaltungen organisiert als in den letzten drei Monaten zusammen. Wie hast du dich plagen müssen, um ein Meeting auf die Beine zu stellen! Wie wütend warst du, weil die Leute nicht kamen! Feiglinge, hast du gesagt, sie sind alle Feiglinge. Sieh sie dir jetzt bloß an, Julio!«

Es kommen Telegramme, mit denen Delegationen aus der Provinz ihr Kommen ankündigen. Am Abend wird es die erste Protestkundgebung geben. Verschiedene Abordnungen warten auf den Gängen und wollen die Genossin Modotti sehen.

›Ich muß mich zusammennehmen‹, denkt Tina, ›ich muß die ruhige und gefaßte Genossin sein, als die mich alle kennen.‹ Sie ist sicher, daß sie nicht zusammenbrechen wird; die Müdigkeit betäubt ihren Schmerz. Luz Ardizana beobachtet sie sehr genau.

»Tina«, sagt Luz, »du solltest dich umziehen. Dein Rock ist voller Flecken.«

Sie sieht Julios getrocknetes Blut, fühlt seinen Kopf in ihren Armen, hört seine Stimme: »Ich sterbe für die Revolution.« Oder hat sie sich diese Worte nur eingebildet? Julio und sie waren ja ein Ganzes geworden, unteilbar wie das Leben selbst, obwohl all dies nun zerbrochen ist, denn jetzt eilen ihre schwarzen Schnallenschuhe allein über den Bürgersteig, nicht mehr begleitet von Julios Riesenschritten.

Nach zwanzig Minuten kommt Tina völlig außer Atem zurück und erzählt Luz: »Ich konnte nicht in meine Wohnung. Da wimmelt es von Polizisten.«

»Was machen die denn da?«

»Sie durchsuchen meine Wohnung. Da sie nicht wußten, wer ich bin, habe ich gefragt, was los ist, und sie haben gesagt, es habe ein Verbrechen aus Leidenschaft gegeben. Alle meine Bücher, Kleider und Strümpfe waren über den Fußboden verstreut. Sie haben die Schubfächer ausgekippt. Ich erinnere mich nicht mal, wie ich zurückgekommen bin. Ich weiß nicht mal mehr, welchen Bus ich genommen habe.«

»Beruhige dich, Tina. Ich bringe dir gleich saubere Sachen.«

Luz blickt zur Tür, durch die zwei fremde Männer mit Hüten hereingekommen sind. Sie beobachten die Menschenmenge.

Der Canario verkündet, daß man Bertram und Ella Wolfe in New York ein Telegramm geschickt hat. Sie sollen den *Daily Worker* »von der Ermordung Mellas und der für die Arbeiterklasse Lateinamerikas bedrohlichen Situation« unterrichten.

Als Tina das erste Mal allein mit Julio in der Redaktion von *El Machete* zurückblieb, war ihr Körper ganz Erwartung, wie bei einem Jagdhund, der, reglos vor Anspannung, plötzlich die Witterung aufnimmt. Sie versuchte, die halboffenen Lippen zusammenzupressen und das Pochen im Unterleib zu besänftigen. Er nahm ihre Hand und führte sie in die Kammer, die man »Archiv« nannte. Sie liebten sich im Stehen und später auf zu Boden gefallenen Zeitungen. Keiner von beiden sorgte sich darum, daß jemand die Redaktion betreten könnte. Tina vergaß sich selbst und empfand sich als Julio. Sie war Julio, er war Tina, es gab keinen Unterschied zwischen ihrem Verlangen nach Julio und seinem Verlangen nach ihr. Julio war das Stärkste an ihr. Sie sah ihn und in seinen Augen die Tina, die sie gern gewesen wäre. »Ich möchte die Frau sein, die du dir vorstellst, Julio, so, wie du mich siehst.« Julio war für sie der Zugang zur Erkenntnis, zu einer besseren Vorstellung von sich selbst.

Nachdem er zu ihr in die Calle Abraham González gezogen war, konnte sich Tina kein anderes Leben mehr vorstellen. Ihr war, als wäre sie schon seit jeher zur Kreuzung Calle López und Calle Ayuntamiento gegangen, um Kaffee zu kaufen und ihn dann zuhause in einer alten Kaffeemühle zu mahlen, die sie sich zwischen die Knie klemmte. Julio konnte diesem Anblick nie widerstehen; er nahm sie einfach in die Arme und trug sie zum Bett. Er sprach von ihren Knien, den schönsten, die er je gesehen hatte, und von ihren Beinen, die an polierten Ton erinnerten und funkelten, als rösteten sie die prasselnden Kaffeebohnen.

Zu jeder Tageszeit erwartete Tina die Nacht. Dann schwollen ihre Lippen erwartungsvoll an. Julio nahm sie bei der Hand und führte sie zum Bett. Heute nacht würde er sie auf neue Art lieben, er würde sie auf seinen Leib setzen und sie wippen lassen, auf und ab über die ganze Länge seines Penis, bis sie auf seine Brust sinken würde, das Gesicht an sein Gesicht gedrückt, an seinem Hals nistend, Tina ohne Haut oder wie eine entleerte Haut; Tina, eines langen Arbeitstages und aller Sorgen ledig, alles vergessend, mit offenem Mund, reglos, in Ekstase, ihr Atem an Julios Schulter, ihre erstickten Schreie, ihre ausgestreckte, nach oben gewandte Hand, ganz und gar erfüllt.

Wenn sie außer Haus zu tun hatte, kehrte sie so bald wie möglich zurück; ihr Körper sehnte sich nach seiner Hand auf ihren Schenkeln, seinem Arm an ihrer Hüfte. Ja, sie war seine Frau, seine Genossin, seine Rippe, sein Apfel. Nie zuvor hatte sie das Gefühl gehabt, jemandem zu gehören, weder bei Robo noch bei Edward, noch bei Xavier. Nur bei Julio. Wenn er in sie eindrang, überkam sie eine beinahe unerträgliche Lust, jeder Atemzug elektrisierte die Luft um sie herum und erfüllte sie mit diesem rätselhaften Drang, während sie sich gehen ließen und nicht merkten, wie sie mitgerissen wurden.

Verließ er die Wohnung, beobachtete sie vom Fenster aus, wie er sich entfernte, bis sein Hut nur noch ein schwarzer Fleck war, der sich auf dem Bürgersteig bewegte, bis er plötzlich keinen Kopf mehr hatte, bis er verschwunden war...

Um Julio zuhause zu halten, nahm Tina in Kauf, daß ihre Wohnung sich vor lauter Gedränge in einen Bahnhof verwandelte. Die kubanischen Emigranten wohnten praktisch bei ihnen. Ständig bekam sie zu hören: »Heute wird der karibische Mussolini gestürzt.« Wenn Julio nicht da war, empfing seine Lebensgefährtin sie freundlich, und jede Geste verriet, wie stark und erfüllt sie war. Nie kam Tina der Verdacht, sie könnten zwar zunächst Julios, später aber ihretwegen gekommen sein.

Anfangs bot sie ihnen »un cafecito« an und verschwand dann, um das Bett zu machen und die Wohnung aufzuräumen, während die Männer redeten. Es gab Tage, an denen der Sieg greifbar nahe schien; an anderen Tagen verspürte sie, während sie eine Tasse oder einen Löffel abwusch, Angst um sie beide, Angst davor, sich aufzureiben bei all dem Gerede vom Kampf, der nie zu etwas führte: Geheimnistuerei, Paranoia, für die Zukunft leben, sich umsehen, wenn man die Straße entlangging. ›Aber es war doch meine freie Entscheidung!‹ sagte sie sich immer wieder, während sie die Tasse abtrocknete und sie wieder auf den Tisch stellte. ›Wie heuchlerisch ich bin, wie wenig bewußt!‹

Tina lebte in einem Strudel und teilte die Gefahr, die Geheimnisse und die Kämpfe der Kommunisten. Früher waren Intellektuelle ihre Freunde gewesen; jetzt waren es Parteimitglieder, Tischler, Eisenbahner. In ihrer Wohnung in der Calle Abraham González begrüßten Tina und Julio die im Exil lebenden Arbeiter- und Bauernführer aus ganz Südamerika, aus der Karibik, aus Mittelamerika. Sie fühlte sich inspiriert von ihrer Leidenschaft, von der Gefahr, in der sie lebten, von der Kraft ihrer Ideale. Sie begleitete Julio zu den Versammlungen und lauschte seinen Reden. An Julios Seite würde sie alles auf sich nehmen können. Selbst das Meer. Julio hatte sie gefragt: »Wie kommt es, daß ein Mädchen wie du, das an der Adria geboren wurde, nicht schwimmen kann?« Er war ein Ruderer, ein Champion, ein menschlicher Wassermann. Sie mußte einfach begreifen, was es hieß, von Wellen umgeben zu sein und sie, mit dem Kopf voran, zu überwinden. Gemeinsam, nackt, die Körper gefangen in all dem Fruchtwasser, würden sie noch einmal geboren werden. Das Meer war ihrer beider Mutterleib. Sollte er in Veracruz Erfolg haben, würde sie die Expedition mitmachen, und er würde sie mitnehmen nach Kuba. Aber dafür mußte sie dem Meer gehören.

Wenige Monate, bevor er ermordet wurde, veröffentlichte Julio in *El Machete* einen Artikel, in dem er aufdeckte, daß Hunderte von »Verschwundenen« und »Selbstmördern« in der Bucht von Havanna begraben waren. Er führte eine lange Liste der ermordeten Arbeiterführer auf und schilderte die Umstände ihres Todes.

›Sie werden ihn in Mexiko aufspüren‹, dachte Tina. Machado persönlich würde den Befehl dazu geben.

Eines Nachmittags holte Tina die Graflex hervor und machte eine Aufnahme von Julios Schreibmaschine. Er hatte bereits den ersten Satz seines nächsten Artikels getippt: »Die Technik wird das künstlerische Schaffen noch stärker inspirieren; später dann wird sich der Widerspruch zwischen Technik und Natur in einer höher entwickelten Synthese auflösen. Lew Trotzki.«

Tina sieht, wie Julios Lockenkopf und seine Schultern aus dem Wasser auftauchen. Plötzlich bricht ihm eine Welle das Genick. Am Strand sieht sie nur eine kubanische Fahne, eine Papierfahne, die wie eine dünne Haut am Sand klebt. Wieder eine Welle. Nun wird die Fahne in Stücke gerissen, die sich wie Würmer auf dem Sandstrand winden. Aus dem Nichts taucht ein Militär auf und bückt sich, um sie aufzulesen: »Es ist Papier, nur Papier!« ruft Tina, aber der große, kräftige Mann wirft sich in die Brust und erwidert: »Da ist noch etwas anderes.« Das Wasser reicht ihm bis an die Stiefelspitzen, aber er scheint es nicht zu spüren. Die Stiefel glänzen in der Sonne, während er mit seinem Stock im Sand stochert und noch mehr Papierwürmer sucht. »Da ist noch etwas anderes, ich bin sicher, da ist noch etwas anderes.« Auch Tina blickt sich forschend um, sieht und hört aber nur Wasserblasen, während die Welle zurückströmt über den nassen Sand.

Mellas Schreibmaschine.
Fotografie von Tina Modotti. 1928

12.1.1929

Vor dem Untersuchungsrichter hört Tina, wie man ihre Aussagen beim Roten Kreuz und im Juárez-Krankenhaus verliest, und ihre Worte klingen grausam unpersönlich. Julio war in der Kantine *La India*, Calle Bolívar Ecke República del Salvador, mit Magriñá verabredet, während sie in der Avenida Independencia Ecke San Juan de Letrán im Telegrafenamt auf ihn wartete.

»...und um einundzwanzig Uhr kam Mella und ging mit der Zeugin zu Fuß in Richtung Calle Balderas; sie gingen die Avenida Morelos entlang und bogen dann in die Calle Abraham González ein. Gerade, als sie um die Ecke kamen, hörte sie zwei Schüsse, und Herr Mella, der am Arm der Zeugin ging, machte ein paar Schritte vorwärts und brach dann zusammen. Ihr war klar, daß der Angriff von hinten kam, und sie roch sogar das Schießpulver. Vorher hatte Herr Mella ihr gesagt, Magriñá habe ihn bei dem eben stattgefundenen Gespräch darauf hingewiesen, daß zwei Killer aus Kuba gekommen seien, um ihn zu ermorden. Nachdem auf ihn geschossen worden war, sagte Herr Mella: ›José Magriñá steckt hinter diesem Verbrechen.‹ Dann wandte er sich an die stehenbleibenden Passanten und sagte, Machado habe befohlen, ihn umzubringen. Er fügte noch hinzu: ›Ich sterbe für die Revolution.‹«

»Bei der ersten Befragung erklärten Sie, Ihr Name sei Rosa Smith Saltarini, aber in Wirklichkeit heißen Sie Tina Modotti. Warum haben Sie einen anderen Namen genannt?«

»Weil ich... Ich bin Fotografin... Ich wollte meine Kunden schützen...‹

»Sie sagten, Sie seien Englischlehrerin und wohnten in der Calle Lucerna.«

Es ist ganz still. Die Gerichtsprotokollantin braucht eine Weile, um das Kohlepapier in die Underwood einzuspannen.

Rosa Smith Saltarini, zweiundzwanzig Jahre, Witwe aus San Francisco, Kalifornien; Englischlehrerin, wohnhaft in der Calle Lucerna 21. »Wie bin ich nur auf Saltarini gekommen?« fragt sie sich und lächelt trotz aller Erschöpfung. Saltarini ist einer ihrer Nachnamen; sie konnte noch nie lügen. Der Name bedeutet »die Hüpfer« und wurde ursprünglich ihrem Großvater und ihrem Urgroßvater gegeben, die wie Ziegenböcke über die Felder bei Udine gehüpft waren. Sehnsuchtsbilder von Istrien und dem Friaul kommen ihr in den Sinn. Sie sieht ihren Großvater vor sich, wie er über einen Bach springt; sie sieht sich selbst und die Geschwister Mercedes, Gioconda, Yole und Benvenuto, wie sie mit den Beinen durch die Luft wirbeln, und sie hört, wie die Mutter ihnen zuruft, sie sollen kommen, es ist Zeit fürs Abendessen. Und fröhlich, wie der Tag war, kommen sie ins Haus gehüpft und setzen sich vor ihre Schüsseln voller Polenta.

Julio hatte sie so sehr in Beschlag genommen, daß sie lange nicht an ihre Kindheit in Udine gedacht hatte. Es ist, als werfe sein Tod sie jetzt, nackt wie ein Neugeborenes, in die Welt zurück.

Und außerdem – hieße sie Rosa Smith, dann säße sie, Tina, jetzt nicht unter diesem unbarmherzigen Licht, um Fragen zu beantworten, und Julio läge nicht in einem Sarg, denn Julio Antonio hat Rosa Smith nie geliebt.

»Antworten Sie bitte. Ist Tina Ihr richtiger Name?«

»Eigentlich Assunta, aber man nennt mich Tina.«

Ihr fällt ein, daß ihre Mutter sie Tinissima nennt. »Ist das Ihr einziger Name?«

»Assunta Adelaida Luigia ...«

»So steht es nicht in der Akte. Und Ihr Familienname?«

»Modotti.«

»Buchstabieren Sie das bitte, für das Protokoll. Der Geburtsname Ihrer Mutter?«

»Mondini.«

Plötzlich ist Tina keine Fotografin mehr und hat nichts vorzuweisen. Sie ist nichts als ein Familienname, den man mühselig, herablassend, beinahe angeekelt buchstabiert, wobei jeder Buchstabe deutlich macht, daß sie eine Aus-län-de-rin ist und deshalb kein Recht hat, sich in die mexikanische Politik einzumischen.

Dann bestätigt Tina, daß sie verwitwet ist und daß Mella mit einer Kubanerin namens Olivín verheiratet war, die er oftmals brieflich um die Scheidung gebeten hatte.

Ja, sie ist seit 1927 Mitglied der Kommunistischen Partei, und sie hat vor Freude geweint, als sie das Mitgliedbuch bekam, denn das hatte sie sich schon so lange gewünscht. Ja, sie und der Verstorbene waren durch gemeinsame Ideale verbunden, sie wollten die Welt verändern.

Plötzlich wirken Fragen und Antworten eigenartig hinterlistig, so, als stelle man ihr eine Falle. Dabei hat sie doch nur den Wunsch, in die Calle Mesones zurückzukehren und bei Julio zu sitzen.

Ja, sie findet, daß der Reichtum ungerecht verteilt ist und daß man den Reichen etwas wegnehmen und es den Armen geben muß.

Ja, sie bewundert die russische Revolution, sie meint, nichts Vergleichbares habe sich auf dem Planeten Erde ereignet; andere Länder können viel davon lernen.

Ja, Sozialismus, ja, Sozialismus, ja, Sozialismus.

Von zwei Polizisten bewacht, kehrt sie zurück in die Calle Mesones, Arm in Arm mit Luz Ardizana, die meint, es sei nicht nötig, derartig hinterlistige Fragen so bereitwillig zu beantworten. »Aber ich will doch, daß der Mörder gefaßt wird«, antwortet Tina erschöpft und starrt dabei auf ihre vorwärts strebenden Füße. Man muß sich auf das Unmittelbare konzentrieren, darf nicht stolpern, keine Zeit verlieren, muß laufen; eine Minute auf der Straße ist ein Jahr ohne Julio.

Als sie den großen Saal im Sitz der Partei betritt, fühlt sie sich nicht mehr als Opfer. Sie sieht sich um und erkennt Angehörige all der Gruppen, die Mellas Leben in Mexiko bestimmt haben: der Jüdische Radikale Arbeiterklub, die Gewerkschaft der Eisenbahner, die Revolutionäre Venezolanische Partei, die Jungen Pioniere, der Nationale Verband Kommunistischer Studenten. Die Leute, die mit Julio bei der kubanischen Oppositionszeitung gearbeitet haben, nähern sich ihr schüchtern, den Hut in der Hand; dankbar streckt sie die Arme nach ihnen aus. Eine Woge der Angst überfällt die Trauernden. Dadurch, daß sie hier sind, bringen sie sich selbst in Gefahr.

In der Menge kann man die Polizeibeamten leicht ausmachen; ihre anmaßende Haltung unterscheidet sich kraß vom hilflosen, verlorenen Aussehen der anderen. Auf der Straße sammeln sich Männer, Frauen und Kinder um die Fahne der Kommunistischen Partei. Die Jugendlichen tragen Transparente: »Der Mord an Mella, ein Verbrechen Machados. Internationales Frauenzentrum.« »Machado –

Mörder.« Es gibt so viele Trauernde, daß das Sicherheitskomitee nicht jeden einzelnen überprüfen kann.

Die Fahnen der Partei und des Kommunistischen Jugendverbandes führen den Demonstrationszug an. Alle rufen: Es lebe Mella! Es lebe Mella! Mella ist bei uns! Me-lla, Me-lla. Es lebe das kubanische Proletariat! Es lebe Mellas Kuba! Hoch die Kommunistische Partei! Es lebe Lenin! Hoch die Sowjetunion!

Tina fürchtet sich bereits vor dem Augenblick, da sie den Friedhof erreichen und sie endgültig, für immer von Julio getrennt wird. Aus tiefster Tiefe bahnt sich ein gutturaler Laut den Weg durch ihre Lungen und verbrennt ihr die Kehle. Sie schluchzt auf.

»Tina.«

»Ja?«

»Es ist soweit.«

Sechs Genossen vom Zentralkomitee heben den Sarg, der in die rote Fahne mit Hammer und Sichel gehüllt ist, auf ihre Schultern und tragen ihn hinaus auf die Straße. Sie findet Trost in der Wärme der Menschenmenge, ihren Leibern, ihrem Atmen.

Der Zug setzt sich in Bewegung, Tina spürt, wie sich ihr Magen verkrampft. Die Januarsonne sendet schneidende Strahlen aus. Tina starrt wie gebannt auf den Sarg und paßt auf, daß er auch nicht einen halben Meter von ihr entfernt wird. Als sie den prächtigen Innenhof der Jurafakultät erreichen, an der Julio Antonio Mella studiert hat, stellen die Genossen den Sarg an einen Ehrenplatz. Ein untadelig gekleideter junger Mann mit distinguierter Gestik nimmt das Mikrofon:

»Ich bin Alejandro Gómez Arias und spreche im Namen der nichtkommunistischen Minderheit der Fakultät. Mella hat uns mehr vereint als alle Banner der Welt. Er starb für diejenigen, die das Zeichen an der Wand nicht sehen können. Sicher hat der Tod ihn kommen sehen mit seinen grünen, ruhigen Augen. Für uns muß er Inspiration und Vorbild bleiben. Ruhe in Frieden, Julio Antonio Mella.«

Jeder möchte einmal die Ehre haben, den Sarg zu tragen. Der Zug bewegt sich San Ildefonso entlang und hält dann in der Calle Brasil inne. Hier, wo sie einander mit den Schultern berühren, muß Tina an ihren Aufenthalt in Ellis Island denken, wo sie und die anderen Flüchtlinge in Quarantäne gehalten wurden, ehe sie in die Vereinigten Staaten einreisen durften. Auch damals war sie umringt von ängstlichen Gesichtern, von Frauen, die Tücher um den Kopf und Kinder auf dem Arm trugen. Was für ein Elend, zusammengepfercht zu werden wie Vieh; die kleineren Kinder hatten zwischen den Beinen der größeren Schutz gesucht. Auch damals war ihr schwindlig, und sie bekam keine Luft, auch damals beobachtete sie diese mutlosen Gesten. Sie tragen Julios Körper, Julios toten Körper. Im Krankenhaus hat sie ihn gestreichelt. Ach Julio, könnte ich dir doch die Wärme wiedergeben!

In der Calle Madero stimmt jemand die *Internationale* an; bald fallen auch die anderen ein.

Sie passieren den im Bau befindlichen Palast der Schönen Künste, ein halb bekleidetes Skelett. In der Calle Abraham González bleiben sie dort, wo Mella erschossen wurde, stehen. ›Wie seltsam‹, denkt Tina, ›ich fühle nichts, absolut nichts.‹

Als sie sich dem Friedhof von Dolores nähern, sieht Tina dreizehn rote Fahnen um eine frisch ausgehobene Grube herum. Die kubanischen Genossen öffnen für Sekunden den Sargdeckel, und Tina kann ein letztes Mal Julio Antonios Gesicht sehen. Er ist blasser, nicht so schön wie in dem Moment, als sie beim Roten Kreuz eine Aufnahme von ihm gemacht hat. Keine einzige Träne läuft über ihre Wangen. Die trockenen Augen brennen. Wie gern würde sie jetzt allein sein, zwischen das Bettzeug kriechen, den Kopf auf dem Kissen ausruhen. Zuhause … Welches Zuhause denn! Es ist doch von der Polizei besetzt!

Die Trauernden stemmen sich einem heftigen Windstoß entgegen. Zwei Schritte vor ihr tritt Rafael Carrillo mit wehendem Haar vor die Trauernden. Die Menge verstummt; selbst diejenigen, die Nelken verteilt haben, halten inne.

»Nun ist Julio Antonio Mella mitten im Kampf, Auge in Auge mit dem erbarmungslosen Feind, gefallen. Heute nachmittag sind wir hier, um ihm ein letztes Lebewohl zu sagen. Möglicherweise wird man seine sterblichen Überreste ins ferne Vaterland aller Revolutionäre bringen, ins geliebte Moskau, wo sie neben den Überresten der großen Männer ruhen werden, die im Kampf um den Weltkommunismus gefallen sind. Wir werden an unseren Platz zurückkehren, denn wir haben kein Recht auf eine Atempause.«

Rafael nimmt die Fahne, die Mella bedeckt hat, vom Sarg, und die Totengräber lassen ihn langsam an breiten Riemen hinab. Da wirft Tina ihre Nelke in die Grube, und ein rotes Flammenmeer ergießt sich über den Sarg. Luz Ardizanas lautes, schrilles »Lebe wohl, Julio!« zerreißt die Luft. Dann wirft Rafael Carrillo eine Handvoll lockeren Sandes hinab, und die anderen tun es ihm gleich.

Der Trauerzug kehrt zurück zum Friedhofstor und zerstreut sich dort. Als Tina zum letzten Mal den Kopf wendet, weiß sie, daß Julio bereits Teil der Unendlichkeit ist. Sein Grab nimmt auf der Erde, am Fuße der Vulkane, nur einen winzigen Platz ein.

Vier Tage nach dem Mord läßt Richter Pino Cámara Tina in ihrer Wohnung im fünften Stockwerk des Hauses Calle Abraham González 31 unter Hausarrest stellen. Tag und Nacht wird sie von einander abwechselnden Polizeibeamten bewacht.

Im Morgengrauen verläßt Luz Ardizana ihre eigene Wohnung, kauft die Morgenzeitungen und kehrt zitternd heim, um sie zu lesen. Nie war sie so nervös wie jetzt, nicht einmal im Gefängnis. Sie verriegelt die Tür und breitet die Zeitungen auf dem Bett aus. Der Mord an Mella hat die gesamte Partei lahmgelegt; niemand kann sich auf etwas anderes als auf die Nachrichten konzentrieren.

Luz setzt die dicke Brille auf und nimmt nacheinander *El Universal*, *El Excélsior*, *La Prensa* und *El Nacional* zur Hand:

»Die Polizei hegt den starken Verdacht, daß Tina Modotti weiß, wer der Mörder ist, daß sie sich jedoch weigert, ihn den Behörden zu nennen ...«. »Tina Modotti und ihre kommunistischen Genossen verbreiten ihre Version der Tragödie in der Calle Abraham González ... Sie glauben, daß das Individuum, das den kubanischen Studenten ermordet hat, hinter einer niedrigen Mauer versteckt war.« »Tina erzählt von ihren Liebschaften und behauptet, unschuldig zu sein.« »Proteste in Südamerika.« »Eine unsaubere Geschichte.« »Kommunistische Elemente bereiten für den 24. des Monats eine Gedenkveranstaltung für den toten Studenten vor.« »Eine Botschaft aus Moskau anläßlich des Todes von Mella. Verschiedene Länder protestieren telegrafisch gegen diese Tat.« »Das Rätsel bleibt ungelöst.«

Luz überfliegt Kolonnen kleiner, in den Augen schmerzender Buchstaben. Ein Foto von Julio Antonios Leiche im Juárez-Krankenhaus springt ihr ins Auge ...»ein Mann von etwa 24 Jahren, Größe 182, Brustumfang 84, Unterleibsumfang 86 Zentimeter...«. Es graut sie, zu lesen, welchen Weg die Kugel genommen hat, und dann liest sie weiter: »Der Magen roch nach Äther und Speiseresten – genauer gesagt, nach Kichererbsen –, die Lungen waren blaß, das Herz leer, die Blase mit wenig Urin gefüllt...« Julios Organe auf dem Schlachtetisch; um sie herum die Journalisten, wie ein Schwarm von Fliegen. Was hat man mit seinen inneren Organen gemacht? Hat man sie wieder in den Körper zurückgestopft, oder hat man sie, noch warm, in den Abfalleimer geworfen? Wurde Julio ohne

Gedärme beerdigt? Die Tränen nehmen ihr die Sicht, und sie kann nicht weiterlesen.

Von weitem konnte man Luz leicht mit einem Halbwüchsigen verwechseln. Sie trug Hosen und eine schwarze Männerjacke, und wenn auch ihr Nacken etwas zarter war, hatte sie doch einen Jungenhaarschnitt, der die Ohren frei ließ. Hinter der Brille, die so dick war wie ein Bierglas, glänzten ihre wachen, forschenden Augen.

Julio Antonio hatte sie stets auf die Schulter genommen, damit sie die Wände in drei Metern Höhe beschreiben konnte: »Nieder mit der Teuerung«, »Tod den Unterdrückern des Volkes«, »Nieder mit der Regierung«. In dieser Höhe konnte sie auch Plakate an die Wände kleben, so daß es den Männern von der Stadtreinigung nicht gelang, sie abzureißen. Wenn man sie faßte, wurde Luz jedesmal von den Polizisten angerempelt. »Was haben wir denn hier? Eine kleine Lesbe? Fühlst du dich gern wie ein Mann? Wie heißt du, Lucha oder Lucho? Du solltest zuhause bleiben und stricken, kleine Dame. Dich muß man mal bumsen, einmal richtig gebumst, und du bist die Macken los.«

An den nächsten Tagen verfolgt Luz voller Grauen diese vulgäre Offenlegung der Intimsphäre ihrer Freunde. Tina und Julio in aller Munde, das Schlafzimmer offen für alle, das Bett zerwühlt, die Zärtlichkeiten zerstückelt wie aus der Zeitung herausgerissene Seiten, das Leben, das sie geteilt haben, so durchsichtig gemacht, daß es gar nicht mehr existiert.

In ihrer Wohnung wird Tina von den Polizisten bis auf die Toilette verfolgt, und selbst dort bleiben sie vor der Tür stehen, bis sie fertig ist. Trotz dieser Demütigungen bleibt sie ungebrochen. Ihre Genossen weisen sie warnend darauf hin, daß Valente Quintana, der mit dem Fall beauftragte Ankläger, ein Schuft ist, dem man nicht trauen kann, aber sie versichern umgehend, daß die Partei sie nicht im Stich lassen wird.

Sie ist hilfsbereit gegenüber dem Richter und läßt sich bei den Anhörungen, die jeden Morgen stattfinden, kein Wort entgehen. Nachmittags kommt sie, stets von zwei Polizisten begleitet, noch einmal ins Gericht, um zu hören, ob es Neuigkeiten gibt. Sie ist höflich und herzlich zu jedermann, vom Untersuchungsrichter Pino Cámara bis zum letzten Gerichtsdiener. Besonders hilfreich zeigt sie sich gegenüber José Pérez Moreno, dem Polizeireporter von *El Universal*, der auf eigene Faust recherchiert und professioneller zu sein scheint als die anderen Klatschreporter.

Der Gerichtssaal könnte eine Kirche sein, Valente Quintana der Priester, der die Messe liest, und die Journalisten seine Chorknaben. Sie warten auf den Einsatz, knien im richtigen Augenblick nieder und erfüllen das Ritual mit äußerstem Gehorsam und mit ganzer Hingabe.

Bei einer der ersten Vernehmungen wird Tina gebeten, zu beschreiben, wie sie »in jener fatalen Nacht« mit Mella die Straße entlanggegangen ist. Sie erhebt sich, geht auf Quintana zu und nimmt seinen Arm:

»So sind wir gegangen, Arm in Arm, ich an der Wand und er zur Straße; genau so habe ich seinen linken Arm gehalten.«

Sie ist so bemüht, die Szene genau zu rekonstruieren, daß sie weder das Gekicher hört noch bemerkt, wie die Männer Blicke austauschen. Von diesem Moment an können nicht einmal die Gerichtsdiener den Blick von ihr abwenden.

»Wie können Sie es sich erklären, daß Mella am linken Ellenbogen, den Sie ja mit Ihrem Arm verdeckten, und dann noch einmal an der linken Seite, getroffen wurde, ohne daß Sie selbst dabei verletzt wurden?«

»Ich kann es mir nicht erklären. Wirklich eigenartig, nicht wahr?« fragt sie zurück.

Als suche sie nach einer eventuell vorhandenen Wunde, legt sie die Hand zunächst verwirrt an ihren Ellenbogen und dann, nachdenklich geworden, an die Stirn. Sie antwortet mit einer Naivität, die selbst den schärfsten Feind entwaffnen könnte.

»Ich weiß nicht mehr genau, wie ich an Mellas Arm ging; auf jeden Fall ging ich an der Wand entlang. Ich spürte einen Hauch von Schießpulver an der rechten Wange, sehen Sie mal, genau hier...«

Hartnäckig geht Tina auf die Details ein. Sie zermartert sich bei dem Versuch, Schritt für Schritt herauszufinden, was geschehen ist, und durchlebt, zwischen einer Zigarette und der nächsten, jeden Augenblick noch einmal: an welcher Stelle des Bürgersteigs sie sich befanden, als sie den ersten Knall hörte; wie sie ihm nachrannte; wie er zunächst vor der Hausnummer 15 zu Boden fiel und noch die Kraft fand aufzustehen, um dann vor der Hausnummer 19 erneut zusammenzubrechen; wie sie ihn einholte und ihn in die Arme nahm.

Während sie ihre Aussagen macht, ist sie ständig in Bewegung, und jede Frage führt zu einer physischen Reaktion.

Luz nimmt sich in Gedanken vor: ›Ich muß ihr sagen, daß sie nicht mit den Händen sprechen und sich nicht soviel bewegen soll. Sie ist so italienisch.‹ Von Zeit zu Zeit feuchtet sich Tina die Lippen an; die schleimigen Blicke der Männer hängen an ihren Mundwinkeln, an ihrer rosafarbenen Zunge, an ihren in der Hitze des Verhörs errötenden Wangen, an den vereinzelten Haarsträhnen, sie sich aus ihrem Nackenknoten lösen. Überzeugender als ihre Aussagen ist ihr Körper, sind ihre Hände, die, wenn ihre Stimme keine Worte findet, stets die richtige Geste parat haben und dann in ihren Schoß fallen und sich an die Rundung ihres Bauches pressen. Luz kommt zu dem Schluß, daß Tina deshalb so anziehend ist, weil diese Männer nie eine Frau gesehen haben, die so sehr eins ist mit ihrem Körper, so, als habe sie gerade geliebt und als sei das Beben ihres Fleisches noch spürbar. Sie ist von Natur aus anziehend. Die Journalisten schreiben: » Die schöne Protagonistin dieses tragischen Geschehens«, »die attraktive Venezianerin mit den schwarzen Augen und dem durchdringenden Blick«, und José Pérez Moreno fügt, als wäre er ein Modeberichterstatter, hinzu: »Tina Modotti erschien in einem marineblauen Kostüm, einer hellblauen Bluse und mit einem beigefarbenen Filzhut.«

Gestützt auf das »vom Fußvolk am Tatort« gesammelte Material, schreiben die Leitartikler feierlich: »Wir können in Tina Modotti nicht länger die unschuldige Halbwüchsige sehen, sondern vielmehr eine gefährliche Abenteurerin, die mehr weiß, als sie sagen will...« Daß Tina eine Frau ist, mindert ihren Wert. Man mißt und wiegt sie wie eine Ware auf dem Marktplatz. Jedermann im Gerichtssaal ergreift von ihr Besitz: die Beamten, der Richter, die Gerichtsdiener. Sie besteigen sie und lassen nicht von ihr ab. Julio Antonio ist nur ein Vorwand, Tina ist es, die sie interessiert.

Tina ist ganz verwirrt angesichts der vielen Zeugen, die auf Befragung Quintanas so unbeirrt ihre Aussagen machen. Sie begreift nicht, wie so viele Menschen in einer so leeren Straße den Mord mitangesehen haben. Warum haben sie nicht eher geholfen? Der Gendarm Nummer 72, Miguel Barrales, hat ein Auto, aus dem geschossen wurde, in Richtung Paseo de la Reforma davonfahren sehen. Der Besitzer der *Sanitary Bakery* hat die Schüsse gehört und seinen Angestellten hinausgeschickt, um nachzusehen, was passiert war.

Ein Mann hat gesehen, wie Tina mit zwei Männern ging. Der Lehrling aus der Schlachterei sah, wie sie auf der linken Straßenseite gingen und nicht, wie Tina behauptet, auf der rechten, und sie kamen auch nicht von der Avenida Morelos, sondern vom Paseo de la Reforma. Der Student

Alvaro Vidal wiederum will von dem Sterbenden mehr gehört haben als Tina selbst:

»Man hat befohlen, mich umzubringen; ich sterbe für die Sache des Proletariats. Ich füge mich in mein Schicksal. Hinter dem Attentat steht die kubanische Regierung.«

Victoriano González, der Besitzer einer Garage in der Calle Abraham González, bringt eine Kugel vom Kaliber 45 mit. Auf ihr fand man Gewebe von Mellas Jacke.

»Dies ist die Kugel, die ihn getötet hat.«

»Wo haben Sie die gefunden?«

»Auf der Straße, nicht weit vom Bürgersteig. Es sieht aus, als sei ein Auto darüber gefahren.«

Quintana hält die Kugel zwischen Daumen und Zeigefinger.

»Dies ist die tödliche Kugel. Sie blieb zwischen Pullover und Hose stecken und fiel wahrscheinlich herunter, als das Opfer in den Krankenwagen gehoben wurde. Der Fund von Herrn González hat nun eindeutig bewiesen, wo der Tatort war.«

Die Behauptungen werden immer absurder und erniedrigender und haben immer weniger mit dem Verbrechen an sich zu tun. Dennoch hört Valente Quintana jedem respektvoll zu. Tina ist vor gerade mal zwei Wochen gesehen worden, als sie auf einer Parkbank saß und sich von einem Mann befummeln ließ. Ein anderer kann ihr ungebührliches Verhalten in einem Tanzsaal bezeugen. Ein Dritter hat gesehen, wie sie sich nachts am See von Chapultepec nackt ausgezogen hat. Ein anonymer Zeuge versichert in einem Brief, er habe Tina – damals seine Geliebte – seinem besten Freund anempfohlen, als er nach Kuba reisen mußte, und der Freund habe mit ihr geschlafen. Tina hört wutentbrannt zu. Sie möchte ihnen entgegnen, daß sie eine schlechte Tänzerin ist, daß niemand auf sie aufzupassen braucht, daß sie über ihren Körper bestimmt und daß sich niemand ihr gegenüber jemals etwas herausgenommen hat.

Tina spürt Valente Quintanas Feindseligkeit stärker als die Unterstützung ihrer Genossen. Wie kann sie, eine Ausländerin, allein und ohne Familie in Mexiko, und noch dazu ohne öffentliche Tribüne, gegen alle diese Lügen ankämpfen? Außerhalb des Gerichtsaals ist das Leben der Partei ganz und gar chaotisch geworden; jeder ist mit dem Fall Mella beschäftigt. Sie veröffentlichen ihre Anklagen unbehelligt in *El Machete* und in *La Hoz y el Martillo*, aber diese Blätter können es nicht mit den Beschuldigungen und Verdächtigungen der großen Tageszeitungen aufnehmen. Es ist, als wären die Kommunisten unsichtbar, ihr Einfluß gleich Null, obwohl sie doch Streiks unterstützen und ausgezeichnete Beziehungen zu Makar, einem Funktionär der sowjetischen Botschaft, unterhalten. *El Machete* erscheint nur monatlich; wer weiß, wann *Cuba Libre* wieder in Umlauf kommt. Irgendwie erschüttert diese ganze Angelegenheit die Grundfesten der Kommunistischen Partei stärker als alle Schläge, Mißhandlungen und Hungerstreiks. Das Privatleben eines Genossen war dessen Sache, ein Buch mit sieben Siegeln, diesmal jedoch scheint es, als werde ihrer aller Privatleben zur Schau gestellt. Sicher, die revolutionäre Kameradschaft hat althergebrachte Sitten außer Kraft gesetzt, aber das Erscheinen eines Fotos der nackten Tina in einer großen Tageszeitung stellt sie alle bloß. Und es sind nicht so sehr ihre Brüste, die eine solche Sensation darstellen, vielmehr dieses üppige Dickicht, dieses dunkle Dreieck, hinter dem sich der größte Zauber der Welt verbirgt. Hat man je zuvor ein solches Dickicht gesehen?

Sie schließt die Augen. Das Wasser umfängt sie, und sie sinkt auf den Grund des Meeres; in der Nähe der Kreuzung zwischen der Avenida Morelos und der Calle Abraham González richtet der hinter dem Zaun versteckte gedungene Mörder seine Waffe auf Mella; eine Kugel in den Rücken, eine andere in den Ellenbogen. Tina wird von einem Strudel eiskalten Wassers fortgezogen, der sie noch tiefer hinabreißt und sie dann unvermittelt auf das rettende andere Ufer wirft.

Sie sieht Julio die Straße überqueren, aber er kommt nicht drüben an. Tina schreit Hilfe, Hilfe, aber aus ihrem Mund kommen nur Luftblasen. ›Niemand hört mich, niemand versteht mich.‹ Und wieder sind da die Worte: »Pepe Magriñá steckt dahinter«, und jetzt sieht sie den Mörder Magriñá den Gerichtssaal betreten: eine riesige, geschniegelte Wasserschlange. Sie denkt an Julios heisere Stimme: »Pepe Magriñá steckt dahinter.«

Magriñá läßt sie nicht aus den Augen, während er geflissentlich die Fragen des Untersuchungsrichters beantwortet.

»Ich glaube Ihnen einfach nicht, Señora, es wäre doch ganz natürlich gewesen, wenn Sie sich umgedreht hätten, um zu sehen, wer da geschossen hat.«

Ja, vielleicht hat er recht, es wäre doch normal gewesen, warum hat sie es nicht einmal versucht? Ich hätte ihn retten können, aber ich habe es nicht getan. Ich hätte mein Leben gegeben für Julio, ja, mein Leben, aber die Schüsse haben mich nicht getroffen. In marineblaues Leinen gekleidet und das Haar mit Brillantine zurückgekämmt, macht Magriñá vor Gericht einen guten Eindruck. Seine Erscheinung verrät Wohlstand; er trägt das Beiwerk des Anstands, ein weißes Tuch in der Brusttasche, geputzte Schuhe, eine diskrete Krawatte. Seine Freunde sind Botschafter, Unternehmer, Familienväter. Er besitzt ein Unternehmen für Neonreklame. Jeden Tag steht er in dem Haus, das er mit Frau und Kindern bewohnt, in aller Frühe auf und geht zur Arbeit. Mella hingegen war immer ein aufsässiger Student, ein Ausländer, ein Feind von Gesetz und Ordnung; er hat sich mit einer Abenteurerin von fragwürdiger Moral eingelassen und mit ihr eine Künstlermansarde geteilt, eine I-ta-lie-ne-rin, seht sie euch doch nur an...

Tina betrachtet sich in einem großen Spiegel aus Wasser. Eine Welle hebt ihren Körper in die Höhe und wirft sie dann, mit dem Gesicht nach unten, zu Boden. Sie spuckt Schaum und Blut. Jemand zieht sie aus dem Wasser und macht die Mund-zu-Mund-Beatmung. »Reine Routine«, hört sie eine Stimme sagen, »diese Frau war viel zu lange unten.« Ein starker Teergeruch liegt in der Luft, wie damals, als sie mit dem Schiff voller Einwanderer in New York ankam.

»Da können wir tun, was wir wollen, sie wird nicht zu sich kommen«, sagt der Rettungsschwimmer. In der Ferne hört sie das Meeresrauschen. ›Ich höre nichts als das Meer, nur das Meer.‹

Seit dem 12. Januar 1929 geht es in den Zeitungen nur noch um intime Tagebücher, Rendezvous und Liebesbriefe. Nun berichtet der *Excélsior*, unter den von der Polizei in Tinas Wohnung gefundenen Fotos befände sich eines von einem Kind, mit der Aufschrift: »Für Julio, von seiner Tochter Natascha ...« Ein anderes, von Tina, »einer talentierten Fotografin« aufgenommenes Bild zeigt Julio Antonio auf einem Feld: nackt im Grase liegend, den Kopf auf einen Arm gelegt, in der Haltung eines tief Schlafenden, der sich tot stellt. Dem *Excélsior* zufolge besitzt das Blatt noch andere, viel kompromittierendere Fotografien.

Die Kampagne gegen Tina wird immer schärfer. Julio hieß nicht Mella, sondern Nicanor MacPartland: ein liebestoller Bastard, ein schwatzhafter Frauenheld. Von Mexiko aus hat er eine Unzahl von Briefen an eine gewisse Silvia Masvidal geschrieben, ein schönes Mädchen, das sieht man an den Fotos, die *El Universal* großformatig abdruckt. Eines ist klar: Mella hatte wirklich gutaussehende Frauen.

Die Leser verfolgen diese Seifenoper in Fortsetzungen, jeden Morgen beim Milchkaffee ein Kapitel, ein Schamhaar bleibt an ihren Zungen hängen, nachdem sie Tinas seidige Schenkel mit ihren Lippen berührt haben. Anfangs war Tina überzeugt, daß Mellas Opfer viele Menschen für die Sache gewinnen würde, aber jetzt sieht sie, daß niemand einen Gedanken an seine Qualen verschwendet. Sie selbst ist der Gegenstand, der alle fesselt: La Italiana. Und nicht von ihren Idealen wollen die Leute etwas wissen, sondern von dem Tumult in ihrem Herzen.

Endlich erscheint auf einer der letzten Seiten des *Excélsior* ein Artikel, ein Hoffnungsschimmer in der immer stärker werdenden Dunkelheit:

»Mehreren Künstlern zufolge sind die Fotos von Tina Modotti und Julio Antonio Mella künstlerische Aktaufnahmen und keine sittenwidrige Pornographie.«

Diego Rivera und Miguel Covarrubias haben eine Pressekonferenz gegeben und Aktfotos, Gemälde und Zeichnungen präsentiert, Reproduktionen universaler Kunst, »die niemand, der auch nur die geringste künstlerische Bildung besitzt, jemals als unmoralisch bezeichnen könnte«. Darunter waren auch Fotos von Tina, die Weston auf dem Dach ihres Hauses in Tacubaya gemacht hatte.

Der Chefredakteur hat daraufhin erwidert, die Leitartikler hätten sich ihre Meinungen ja nicht aufgrund dieser Fotografien gebildet. »Es gibt noch andere«, behauptete er und fügte hinzu, nur der Herausgeber des *Excélsior* sei befugt, sie zu zeigen.

Weiter heißt es in dem Artikel, der Herausgeber habe Rivera und Covarrubias um sechs Uhr nachmittags empfangen und ihnen ein Foto des nackten Julio Antonio Mella gezeigt – »vor den Umkleidekabinen, ein Foto, das kürzlich aufgenommen worden war, damit er dem Sportclub von Havanna beitreten konnte«. Rivera und Covarrubias erklärten, daß »Julio Antonio Mella, einer der besten Ruderer Kubas, sich so fotografieren lassen mußte, wie es in jedem Sportklub der Welt üblich ist. Das Bild wurde vor mehr als drei Jahren gemacht, bevor er Frau Modotti auch nur dem Namen nach kannte, und hat also überhaupt nichts mit ihr zu tun.« Das Foto von Tina Modotti, das man veröffentlicht hatte, war, wie Rivera und Covarrubias versicherten, »eine künstlerische Aktaufnahme des Fotografen Edward Weston. Fräulein Modotti hat ihm von Berufs wegen Modell gesessen.«

Endlich nimmt sie jemand in Schutz.

Natürlich, es geht um Diego Rivera, daher die Aufmerksamkeit der Presse. Sobald die Hetzjagd auf Tina begonnen hatte, war Diego von seinem Gerüst herabgeklettert; er hatte umgehend die Arbeit an seinem Wandbild unterbrochen, um sich ihrer anzunehmen. Er trommelte die Leute zusammen, beschaffte Geld für Telegramme und für die Mobilisierung der internationalen Presse, schwang sich zum Anwalt der Sache auf und verlangte eine Rekonstruktion des Tathergangs. Von früh an konnte man ihn im Sitz der Partei antreffen, wo er Botschaften verfaßte und die Genossen antrieb. Wohin er auch ging, war er von einem Schwarm Journalisten umgeben. Obwohl sie schrieben, er stinke, umschwirrten sie ihn weiter. Schon in der Tür begann er, sehr laut zu sprechen. Selbst wenn er grüßte, tat er es schreiend. Wenn er und seine Frau Lupe zu einer Versammlung kamen, machten sie so viel Lärm, daß man sie die »Schreihälse« nannte. In so widrigen Umständen wie jetzt waren Diegos Attacken mehr als willkommen; nur er mit seinem Magnetismus konnte die Menschen zu Aktionen ermuntern.

Seit Julio tot ist, geht Tina angekleidet zu Bett und schläft fast im Sitzen, den Kopf an beide Kissen gelehnt, ihres und das von Julio. Sie wehrt sich gegen den Schlaf, weil sie im Traum nach Julio sucht und nicht die Augen schließen kann, ohne seine Haut zu spüren, seinen schweren Arm, einen Teil ihres Körpers unter dem seinen, der sich eng an sie preßt. Manchmal waren sie mitten in der Nacht aufgewacht und hatten einander in der Wärme des Bettes, in der Zärtlichkeit ihrer schlaftrunkenen Leiber, gesucht.

»Gib mir deine Hand« – Tina fühlt, wie sie von einem Meeresstrudel mitgerissen wird, der sie auf den Grund des Ozeans zieht. »Julio, ich ertrinke, Julio, ich kann nicht mehr.« Ihre Füße schleifen über den Sand. Könnte sie die Füße in den Meeresgrund graben, würde sie etwas Sicherheit verspüren, aber der Grund des Ozeans, wo nichts als Stille herrscht, ist unerreichbar.

Als Tina erwacht, kommen seltsame Laute aus ihrer Kehle. Ihr Mund ist voller Speichel, irgend etwas zerbricht zwischen ihren Rippen, ihr Leib ist mit kaltem Schweiß bedeckt.

»Machen Sie auf, öffnen Sie.«

Die Bewacher im Nebenraum reagieren sofort. Sie haben sie wahrscheinlich durch das Schlüsselloch beobachtet. Sie läuft ins Bad und erbricht einen schleimigen, grünlichen Speichel, so widerwärtig wie die Woge, die sie umgeworfen hat. Sie kehrt zurück ins Bett. Im Morgengrauen hört sie durch die Tür das gleichmäßige Schnarchen eines ihrer Bewacher. Tina wiederholt in Gedanken den Satz von Jorge Cuesta, den sie eines Abends im Hause von Lupe Marín und Diego Rivera gehört hat: »Wir sind alle arme Teufel.«

Am nächsten Tag sitzt Tina auf ihrem Bett, als einer der Polizisten hereinkommt und ihr eine Zeitung reicht. Die Schlagzeile lautet: »Die Mata Hari der Komintern«. Gegen ihren Willen liest sie weiter. Besonders enttäuscht es sie, daß es ein Artikel von Pérez Moreno ist. ›Und ich dachte, er sei auf meiner Seite.‹

In dem Artikel heißt es weiter: »Sie hat kein Fotoatelier, macht jedoch in ihrer Wohnung Porträtaufnahmen. Sie beschrieb uns, wie sie zur antifaschistischen revolutionären Bewegung gestoßen ist.

›Warum sind Sie Antifaschistin?‹

›Weil ich eine Gegnerin der Tyrannei bin, vor allem in meinem eigenen Land, wo die einfachen Menschen im Elend leben.‹ «

Tina zündet sich eine neue Zigarette an. Wie lächerlich ihre Worte beim Lesen klingen! Das Leben eines Menschen verdient Respekt. Ihre Vergangenheit und Gegenwart jedoch werden durch die Skandalseiten aller Zeitungen des Landes gezerrt. Julio ist von kubanischen Agenten ermordet worden, Mexiko, das grausame, fremdenfeindliche Mexiko, zieht Tina bei lebendigem Leibe die Haut ab. Was wollen die Journalisten andeuten, wenn sie ständig wiederholen: »Mella wurde an ihrer Seite erschossen, sie aber bekam keinen Kratzer ab«?

»Sie weiß mehr, als sie zugibt...«, schließt Pérez Moreno seinen Artikel. Er wird langsam geradezu besessen von diesem Fall. Die Modotti unterscheidet sich so sehr von den anderen Frauen, die er kennt. Sie antwortet offen, aber entgegenkommend. Was für eine Freude, ihr zuzuhören und – natürlich – sie zu sehen. Wie es wohl ist, mit einer solchen Frau zu leben? Die Frauen in seiner Familie sind wie Dienstmädchen. So spät er auch heimkommt, sie servieren ihm das Essen und die Getränke und setzen sich zu ihm: »Soll ich dir noch was auflegen? Möchtest du noch einen Kaffee?« Sie sind alle unterwürfig und scheu und tun ihr Bestes, um nicht aufzufallen. Das Leben, die Männer, ertragen sie einfach. Tina läßt ihn ein voll gelebtes Leben erahnen. Wenn sie mit ihrem energischen Schritt ein Zimmer betritt, lächeln die anderen, ohne es zu merken. Bereits morgens beim Aufstehen verspürt er den Wunsch, sie zu sehen. Alles an ihr gefällt ihm: das dichte Haar, ihre Augen, ihre Taille, ihre vollen, geschwungenen Lippen. In allen Einzelheiten beschreibt er in seinen Artikeln ihre Kleidung. Er muß sie nur ansehen, um zu begreifen, daß sie eine Frau ist, die einen Mann zu lieben versteht, ohne Ressentiments, ohne Mitleid, ohne Ekel. Sie liebt die Männer, und das ist alles. Sie nimmt sie in sich auf, bis sie Fleisch von ihrem Fleische sind.

»Sie trug einen kurzen schwarzen Rock, einen grauen, von einem schwarzen Gürtel zusammengehaltenen Pullover, rauchfarbene Strümpfe und einen kleinen schwarzen, mit zwei silbernen Kirschen geschmückten Samthut.«

»In ihrem Gesicht erkennen wir Spuren von Müdigkeit; wahrscheinlich hat sie wieder eine schlaflose Nacht verbracht.«

Seine Sicht der Modotti kommt bei den Lesern an; das zeigt sich an den Anrufen und Briefen und an der Auflagenhöhe, die seit dem 12. Januar gestiegen ist.

Tina Modotti im Polizeiverhör.
Fotografie von Enrique Díaz. 1929

Nach vier Vernehmungstagen begreift Tina, daß man sie um jeden Preis schuldig sprechen will, und beschließt, Richtern und Anwälten nicht länger behilflich zu sein. Als Luz ihre Freundin beim Verhör beobachtet, überrascht sie deren Stärke und Undurchschaubarkeit, das Geheimnis dieser Lebenskraft, die ihr zu sagen scheint: ›Ja, Luz, hier bin ich, du kannst auf mich zählen.‹

Kaum tritt Tina an diesem Morgen in den Zeugenstand, geht Valente Quintana angriffslustig auf sie zu und hält ihr einen Brief vors Gesicht.

»Haben Sie das hier schon einmal gesehen?«

Tina ist sichtlich verärgert.

»Was, den haben Sie auch gelesen?«

»Ja, wir sind darauf aufmerksam geworden, und ich dachte, er sollte zu den Akten genommen werden.«

»Was hat er mit der Sache zu tun?«

»Dieser mit der Maschine geschriebene Brief ist datiert mit Moskau, 5. Juni 1928. Erinnern Sie sich? Sie müssen ihn vor nicht ganz sechs Monaten bekommen haben.«

»Ich verstehe nicht, warum mein Privatleben an die Öffentlichkeit gezerrt werden soll.«

»Beantworten Sie nur die Fragen. Haben Sie den Inhalt dieses Briefes vor Julio Antonio Mella geheimgehalten?«

»Ich hatte nie Geheimnisse vor Mella.«

»Befindet sich die Person, die mit einem geheimnisvollen X unterschreibt, in Mexiko?«

»Nein, Señor, in Moskau.«

Tina denkt erschrocken: ›Jetzt werden sie ihn auch noch durch den Dreck ziehen.‹

Der Richter mischt sich ein. »Da wir den Brief bereits gelesen haben und die Zeugin äußerst erschöpft wirkt, könnten Sie uns den Inhalt freundlicherweise zusammenfassen, Señor Quintana?«

»Ein Individuum, das einfach nur mit ›Dein X‹ unterschreibt, richtet sich zärtlich an die Señora und sagt, sie solle vor ihrer Europareise einen Anwalt konsultieren, denn ihre Rückkehr nach Mexiko könne erleichtert werden, wenn sie vor der Abreise die mexikanische Staatsbürgerschaft annimmt. Er schreibt, daß es ihm nicht gefällt, daß sie arbeiten muß, um die Reise zu bezahlen. Wäre er nicht im Gefängnis, würde er ihr Geld geben.«

»Er ist nicht im Gefängnis«, platzt es aus Tina heraus, »damit will er mir sagen, daß er an der Universität studiert.«

»Dann empfiehlt ihr das Individuum«, fährt Quintana ölig fort, »die beste Transatlantik-Route zu wählen und genügend fotografisches Dokumentarmaterial mitzunehmen, um es in Moskau zu verkaufen, wo sie, wie er schreibt, einen großartigen Geschäftsagenten finden wird. Er wiederholt, sie solle zuvor den besten Weg suchen, um gemäß den Vorschriften dieses Barbarenlandes ihren Paß zu bekommen, und dann schreibt er, er wolle nicht nach Mexiko kommen, um von den Kugeln einer fünfundvierziger Pistole zu sterben. Er drängt sie, die Reise anzutreten, und unterschreibt zum Schluß in Bleistift mit einem X.

Diesen Brief«, Valente Quintanas Ton wird drohender, »haben wir vollständig entschlüsselt. X, der offensichtlich Mexikaner ist, nennt seine Heimat ein ›Barbarenland‹ und bestätigt unseren Verdacht, daß die fünfundvierziger Pistole, mit der Mella getötet wurde, Ihnen gehört und daß Sie sehr wohl mit ihr umzugehen verstehen. Wir wissen auch, daß sowohl Sie als auch Señor X treue Kommunisten sind. Mehr noch, Señora, X unterschreibt nicht nur mit einem X, sondern er tut es mit Bleistift, um alles auszulöschen, was ...«

»Oh, mamma mia«, ruft Tina, »er ist Grafiker und hatte gerade einen Bleistift zur Hand. Die Pistole gehörte ihm, er hat sie mir hinterlassen, aber ich habe sie nicht mehr. Sie verdrehen mir das Wort im Munde!«

»Ich muß Sie bitten, sich etwas besser zu beherrschen. Ich verstehe ja, daß es schmerzlich ist, aber Sie sind verpflichtet, der Justiz behilflich zu sein.«

»Aber das habe ich doch getan. Ich will doch nichts anderes als Gerechtigkeit für Mella.«

Tina beschwert sich beim Richter: »Ich bin die Tochter armer italienischer Arbeiter, aber bei uns wurden nie fremde Briefe geöffnet.« Auch Julio hat sie nie ausgefragt: »Wem schreibst du da?« Sie entsinnt sich eines Satzes, den ihr Vater einmal über die Einmischung in fremder Leute Angelegenheiten gesagt hat: »Schon im Vergehen steckt die spätere Strafe.« Ihre Intimsphäre wird nicht nur hier im Gericht behandelt, auch Pérez Moreno und die gesamte mexikanischen Presse besudeln sie in Riesenlettern.

Einmal hatten sie und Julio so getan, als könnten sie gegenseitig ihre geheimsten Gedanken lesen, aber dabei hatten sie einander respektiert und ihre Entdeckungen nie benutzt, um dem anderen weh zu tun. Jetzt wurde alles Schöne als vulgär dargestellt, wie der Tag im Desierto de los Leones, als Julio nackt eingeschlafen war und sie ihn fotografiert hatte.

Sie hatten sich ihrer Kleider entledigt und sie auf einen Haufen geworfen. Dann hatte Tina seine Unterhosen angezogen und war fortgerannt, und er war ihr gefolgt. Nacktheit hatte sie nie gekümmert, und sie hatte sich mit den anderen um die Wette ausgezogen, um anschließend zu tanzen: frei von allen Fesseln, von Knöpfen, Kragen, Bändern und Haken, mit erhobenen Armen und wippenden Brüsten, die zwei Birnen glichen. Einmal hatten sie und Julio einander schüchtern von ihren ersten sexuellen Erfahrungen erzählt; aber jetzt zog man in den verkommenen mexikanischen Zeitungen über sie beide her und machte aus ihnen Skorpione, die sich mit ihren giftigen Stacheln gegenseitig stachen.

Seitdem der *Excélsior* Julios Tagebuch abdruckt, fühlt sie sich noch elender. Der Mann in dem Tagebuch ist Julio, aber er ist auch ein anderer; er ist ihr Mann, aber er gehört auch anderen. Julio hat ihr nie von Silvia Masvidal oder von Edith erzählt. Nur von Olivín hat er gesprochen, und auch das nur wegen der Scheidung, die ihnen die Heirat ermöglichen sollte. Olivín und ihre Tochter Natascha hatten Mexiko verlassen. Silvia Masvidal, erläutert der *Excélsior*, war die Frau, die Mella am meisten geliebt hat. Aber es gab noch andere: Edith, Margarita und Tina, seine letzte Geliebte.

Der *Excélsior* verschweigt, daß die Zeilen im Jahre 1920 – neun Jahre vor dem Mord – geschrieben wurden, und genau wie die anderen Leser geht auch Tina in die Falle.

»Erregung spricht aus jeder Seite, denn anscheinend konnte er nicht leben, ohne zu lieben und geliebt zu werden.« Seine Tagebücher waren voller Zitate wie »Das wahre Glück besteht nicht darin, alles zu haben, was man ersehnt, sondern darin, Dinge zu ersehnen, die man nicht hat, und darum zu kämpfen, sie zu erlangen.«

»...Spät aufgestanden, fast nichts getan. Habe Silvia ein Telegramm geschickt. Ach, wie hart, nichts von ihr zu hören! Nachmittags war ich in Chapultepec rudern. Ich war traurig, denn beim Sonnenuntergang, dessen violette Farbtöne mich an ihre großen, geheimnisvollen Augen erinnerten, mußte ich nur daran denken, wie glücklich ich mit ihr an meiner Seite wäre.«

(Auch Tina hatte er etwas über ihre Augen gesagt).

Tina blickt aus dem Fenster. Manchmal beobachtet sie von hier aus die Straßenecke: Die Leute da unten heben nie den Kopf; jeder hat mit sich zu tun. Er hat sein Leben gegeben, denkt sie, auf diesem Bürgersteig. Sein Blut klebt an ihren Schuhsohlen, und sie wissen es nicht mal.

»Julio Antonio Mellas Memoiren, die der *Excélsior* exklusiv erworben hat, haben lebhaftes Interesse geweckt. Ihr journalistischer Erfolg beruht nicht nur darauf, daß es die intimsten Aufzeichnungen des durch seinen Hungerstreik berühmt gewordenen Mannes sind; vielmehr sind sie an sich schon wertvoll ... Hätte Julio Antonio ein Buch für die Öffentlichkeit geplant, so hätte dies nicht so interessiert wie die kurzen Sätze, die so bemerkenswert seinen Geisteszustand ausdrücken.«

Für wen waren alle diese Geheimnisse gedacht? Sie fühlt sich ausgeschlossen: nie hat er ihr sein Tagebuch gezeigt, nie diesen Brief oder den da. Sie kennt die Leute, die ihr Beileidsschreiben schicken, nicht, auch nicht die Frau, die sie beim Verlassen des Gerichts am Arm packt und sagt: »Ich bin mit ihm nach Veracruz gereist; ich sollte sein Kurier sein, ich kann so oft nach Kuba reisen, wie man es von mir verlangt.« Tina wehrt ab und reißt sich los: echte Kuriere sind nicht so mitteilsam.

Plötzlich ist ihr Julio fremd. Sie bemüht sich, das Bild von Julio und Silvia Masvidal abzuschütteln und es durch eines von Julio und Tina zu ersetzen. Wer war Julio wirklich? Dutzende von Männern und Frauen sind mit ihm gereist und haben sein Leben geteilt. Hatte ihr Belén Santamaría nicht wutentbrannt zugerufen, sie, Tina, sei nur ein Intermezzo in seinem Leben, weil er auf seiner Insel zu großen Dingen berufen sei, die er natürlich ohne eine Frau tun würde? Ein Mann, der verheiratet war oder ein Verhältnis hatte, konnte ein so gewichtiges Vorhaben wie die Befreiung Kubas nicht leiten; Julio schon, der war ein Führer von kontinentaler Bedeutung; er würde als alleinstehender Mann nach Kuba zurückkehren, allein, begreifst du, Kleine? Nur er und die Kubaner. Tina würde verschwinden müssen. Oder wußte sie etwa nicht um die Größe seines Auftrags?

Julio ist nicht mehr da, um sie zu beruhigen und ihr Sicherheit zu geben. Sie ist dem Sturm allein ausgeliefert. Und die Zukunft? Wie hätte sie ausgesehen? Hätte es da einen Platz für Tina gegeben? Julio hatte gesagt, sie würden auf seiner Insel leben, und Tina war bereit gewesen, sein Schicksal zu teilen. Wäre der Tropen-Mussolini erst einmal gestürzt, würde Julio, nach dem Beispiel der russischen Revolution, das neue sozialistische Kuba aufbauen. Er würde eine antiimperialistische Liga Mittelamerikas und der Karibik ins Leben rufen, mit den USA brechen und den Bauern Schulen, Medikamente und anständiges Essen verschaffen. Die Kubaner würden lernen, zu produzieren, um ihre eigenen Bedürfnisse zu stillen, sie würden ihre eigene Wissenschaft und Technologie entwickeln. Sogar Fotoapparate würden sie herstellen. Ja, Tina, umringt von deinen Schülern, wirst du in den Straßen von Havanna filmen, ein Kino des Volkes und für das Volk; du wirst sehen, Liebste, du wirst sehen, was für ein Land dieses Kuba ist, wir werden uns morgens, mittags und abends lieben, die Künste werden den großen roten Blüten des Flamboyantbaumes gleichen, die Blüten deiner Lippen werden brennen, wenn wir uns lieben, das Licht in den Augen einer Frau weist unserer Insel den Weg, Kuba braucht deine Augen, wie ich deinen Speichel und die Tränen in deinen Augen brauche.

Erschöpft und in kaltem Schweiß gebadet, wälzt sie sich im Bett; ein schmerzerfülltes Jammern begleitet ihre Bewegungen. Wurden solche Bilder der Liebe nur ihr allein geschenkt? Hat er auch andere auf diese Weise geliebt? Sie hat nur ihn so sehnsüchtig und leidenschaftlich geliebt, nur ihm hat sie sich ganz geöffnet. Oftmals hatte sich Tina nachmittags, wenn sie sich auf der Straße voneinander getrennt hatten, an der Ciudadela auf eine Bank gesetzt, bevor sie in die Calle Mesones ging. Sie liebte ihn so sehr, daß es ihre einzige Rettung war, wenn sie eine Weile auseinandergingen. Beim Gedanken an die Liebe der vergangenen Nacht wurde ihr flau im Magen. Sie begann zu zittern; sie entsann sich seines befriedigten Lächelns, der Haare, die ihm in die Stirn fielen, des Gewichts seiner Beine, seiner Hände auf ihrem Rücken, ihrem Nacken, ihrer Hüfte, ihrem Bauch. Beinahe konnte sie seinen Mund auf dem ihren spüren, Julio auf ihr; ja, Julio, ja, zuckend, unter Krämpfen explodierend, ja, Julito, ja. Auf dieser Bank konnte sie sich sammeln, die Stunden Revue passieren lassen. Weston, ihren Lehrer, hatte sie geliebt, aber niemals mit dieser Dringlichkeit, diesem umfassenden Schmerz.

Nach einer halben Stunde würde Tina die Bank verlassen und es irgendwie bis zur Calle Mesones 54 schaffen. ›Vielleicht wird er heute früher fertig und holt mich ab.‹ In der Redaktion zuckte sie jedesmal, wenn die Tür geöffnet wurde, zusammen. Ich höre Julios Schritte, das ist Julio, nein, er ist es nicht. Wann kommt er? Mein Herz tut weh, so kann ich nicht leben. Er ist spät dran. Was ihm wohl zugestoßen ist? Was ist mit mir los? Ich verzehre mich vor Liebe. Ich werde wohl nicht arbeiten können. Sie fühlten sich so stark voneinander angezogen, daß sie ihren Puls im Bauch pochen fühlte, wenn er endlich ins Büro kam. Ich bin verrückt: einen Mann so zu lieben, das ist Wahnsinn. Ich habe Fieber, jeder Tag ist ein neues Delirium. Ich war einmal eine normale Frau, und jetzt kann ich nichts anderes tun, als auf ihn zu warten.

»Du, Tina, du hast ein paar Zeilen übersprungen, sieh mal, der Text ist ganz ohne jeden Sinn.«

Nichts begriff sie außer Julios Gesten, seinen Händen an ihrem Leib. Alle anderen Funktionen hatten sich auf dies eine reduziert: Julio zu lieben. Verloren starrte sie auf die Schreibmaschine.

»Diese Italiener! Du wirst alles noch mal abtippen müssen.«

»Bene, bene ...« Manchmal liebten sie einander wie im Spiel. Bett, Laken und Decken wirbelten um sie herum, so leicht und verspielt wie Federn. Manchmal war Julio ernst, wenn er heimkam, und dann tanzten weder die Decken noch etwas anderes. Da war etwas Verzweifeltes in der Art, wie er in sie eindrang. Einmal wurde Tina nachts von seinem Schluchzen wach; sie nahm ihn in die Arme und barg seinen Kopf an ihrer Brust, bis das Verlangen wiederkehrte. Mella preßte sich wie ein Ertrinkender an ihre Hüfte und zog sie hinab, ihr Name war eine einzige Klage: Tina, Tina, Tina, Tinaaa. Und wieder die Tränen auf ihrer Schulter. Vor Scham machte sie weder das Licht an, noch wagte sie, ihn anzusehen; sie spürte das Weinen und ließ es kommen, indem sie ihn sanft, ganz sanft, streichelte.

Am nächsten Tag kroch ein gelbes, zartes Licht über ihr Bett, ihre Füße, ihre Knie. Wenn es am Unterleib angekommen war, wurde Julio wach. Er war nicht mehr derselbe wie letzte Nacht; er erwachte für die Welt, die Sonne und die Durchsichtigkeit der Luft. Der Tag kam, sie zu begrüßen, und sie liebten sich erneut, sie lachten und klebten aneinander, ihre Beine waren weiß von Samen, Moschus und Sandelholz, ihre Haut glänzte.

Was die Liebe am Morgen so vernünftig machte, war das Licht, die Art, wie es sich auf dem Fußboden ausbreitete und über die kalkweißen Wände kroch. Sie richteten es sich ein im Tag, im Leben. »Wir haben dieselbe Oberfläche«, sagte Julio lachend. »Wir haben denselben Umfang. Denselben Mund.« Sie kamen gleichzeitig. Sie wurden eins. Sie verschmolzen miteinander. Waren aneinander gebunden. Später, am Frühstückstisch, fiel es ihnen sogar schwer, nicht die Bissen miteinander zu teilen, schluck noch nicht runter, warte auf mich. Wenn Julio die Tasse hob, tat Tina sofort dasselbe, wir sind eins, du und ich, wir essen von ein und demselben Teller mit ein und demselben Besteck, derselbe Bissen steckt in unseren Mündern. Etwas anderes wäre unvorstellbar gewesen.

»Wann sind Sie Julio Antonio Mella zum ersten Mal begegnet?«

»Während der Kampagne für Sacco und Vanzetti, aber damals habe ich nicht mit ihm gesprochen.«

1927, bei der großen Kundgebung für Sacco und Vanzetti, war Julio Antonio Mella der einzige Redner. »Sieh dir diesen prachtvollen Mann an«, bemerkte ein Mädchen, das neben Tina in der Menge stand. Ja, er wirkte elektrisierend. Aus irgendeinem Grund setzten die Leute ihre Hoffnungen in ihn. Er würde Sacco und Vanzetti retten; eigentlich würde er jeden in dieser Menge retten. Er war ihr Sprecher; sie würden dasselbe sagen wie er, wenn sie könnten. Er hatte die Fähigkeit, zu denken und seine Gedanken mitzuteilen. Er besaß auch eine sexuelle Kraft: er konnte sie alle befriedigen.

Zum Schluß stand Tina wartend unter denen, die nach dem Applaus nähertraten, um ihn zu umarmen. Sie wollten ihn auf ihre Schultern heben, aber Julio wehrte lächelnd ab. Als Tina ihm schließlich die Hand reichte, empfand sie seinen Blick wie ein kostbares Geschenk: sein Blick hob sie aus der Menge heraus und gab ihr das Gefühl, einzigartig zu sein.

»Wann hat er um Ihre Liebe angehalten?«

»Im Juli. Im September zog er in meine Wohnung. Wir haben nur vier Monate zusammengelebt.«

»Verkehrten Sie damals mit jemand anderem?«

»Ich sagte bereits, daß ich eine frühere Beziehung gelöst habe, als ich Mella begegnete.«

»Wo haben Sie Xavier Guerrero kennengelernt?«

»In Los Angeles. Er wurde 1923 von der mexikanischen Regierung zu einer Volkskunstausstellung geschickt, noch bevor ich endgültig nach Mexiko übergesiedelt bin.«

»Wußten Sie, daß er Kommunist war?«

»Ja.«

»Haben Sie Mella und Guerrero geliebt?«

»Nicht zur selben Zeit.«

»Lebten Sie am Achten letzten Monats mit Mella zusammen?«

»Ja.«

»Und dennoch bekamen Sie Geld von Guerrero. Unter Ihren Papieren haben wir diese Botschaft aus Moskau gefunden, datiert vor einem Monat. ›Werte Señora, im Namen des Ministers Denegri freue ich mich, Ihnen anbei einen für New York ausgestellten Scheck über 25 Dollar zu übermitteln, den mir Ihr Gatte und mein Freund, Herr Xavier Guerrero, übergeben hat. Hochachtungsvoll Omar Josefe, Handelsattaché der Vertretungen Mexikos in Deutschland, Holland und der UdSSR.‹ «

Im Saal wird es laut. Quintanas Stimme übertönt alles:

»Sie sind Frau Guerrero, Ihr Mann ist in Rußland, und Sie haben soeben gesagt, Sie hätten keine andere Beziehung.«

»Sicherlich nannte Omar Josefe mich Señora Guerrero, um die Sache zu erleichtern. Für Kommunisten ist es schwierig, miteinander zu korrespondieren.«

»Hat Guerrero Sie ausgehalten, während Sie mit Mella zusammenlebten?«

»Xavier hat mir die 25 Dollar aus Anstand geschickt; ich hatte ihm geholfen, seine Reise nach Europa zu bezahlen. Er war immer gut zu mir.«

»Und haben Sie Mella von Ihrer Beziehung zu Guerrero erzählt?«

»Ich war immer aufrichtig zu ihm und zu Guerrero. Nur wußte Mella nicht, was für einen Kampf ich auszustehen hatte, bevor ich mich für das Zusammenleben mit ihm entschied. Dieses monatelange Zögern hielt er für einen Mangel an Liebe zu ihm oder an Mut. Nicht, daß ich Guerrero noch liebte, aber ich wollte ihn nicht verletzen, und so habe ich gewartet, weil er Bescheid wissen sollte, bevor ich mein Leben änderte ...«

Tina beißt sich auf die Lippen. Sie redet schon wieder zu viel.

»Ja, wir haben bereits begriffen, daß Sie Männer leiden lassen. Wir haben den Brief gelesen, den der Verstorbene Ihnen aus Veracruz geschickt hat.«

»Das ist meine Privatsache.«

Wie schlecht ging es Julio damals, wieviel Verzweiflung lag in seiner nervösen Schrift! »Wenn nicht, erklär es mir. Was ist das für eine Liebe, die mich zur Verzweiflung bringt? ... Ich liebe Dich, gelassen und ungestüm, wie ich Dir schon mehrmals gesagt habe, das ist etwas Endgültiges in meinem Leben ... Du sagst, daß Du mich liebst und daß Du mir gehören wirst. Aber wann? Wie? Nichts! Oh Tina, ist das gerecht? ... Wenn Du mich liebst, mit welchem Recht fügst Du mir solche Schmerzen zu? ... Du schämst Dich, mit mir gesehen zu werden, oder willst ihm, wie Du sagst, nicht weh tun. Liegt Dir noch immer so viel an ihm? ... Tina, es liegt mir nicht, Dich anzuflehen, aber im Namen unserer Liebe, gibt mir eine Gewißheit, etwas, an das ich mich halten kann ... Ich ersticke.«

Quintana wendet sich ihr feierlich zu. »Sie haben sich mehr als einmal widersprochen.«

»Sie stellen mir ständig Fallen. Alle Ihre Fragen sind hinterlistig.«

»Es tut mir leid, aber meine Fragen haben Ihnen auch nicht zu gefallen. Sagen Sie, welche politischen Ideen vertrat Guerrero?«

»Er war und ist Kommunist, Mitglied der Kommunistischen Partei Mexikos.«

»Wer hatte Ihrer Meinung nach genauere Vorstellungen vom Kommunismus, Mella oder Guerrero?«

»Beide die gleichen.«

»Haben Sie Guerrero sehr gern gehabt?«

»Zu einer gewissen Zeit schon.«

»Fanden Sie es gut, von einem anderen Mann Geld anzunehmen, während Sie ein Verhältnis mit Mella hatten?«

»Doch, von einem Freund schon.«

»Ich meine von einer Person, die Ihnen gegenüber amouröse Absichten hatte. Ist es ehrlich, statthaft oder auch moralisch, solche Gaben entgegenzunehmen?«

»Hätte ich gewußt, daß es aus Liebe geschah, dann hätte ich sie nicht angenommen. Es gibt viele Wege, ein Geschenk zu machen.«

»Können Sie uns sagen, ob Guerrero Sie sehr liebte?«

»Ja, aber seine Liebe zu mir war geringer als das wichtigste in seinem Leben: die Revolution. Für sie hätte er sich geopfert.«

»Glauben Sie wirklich, daß jemand, der liebt, seine Liebe einer Idee wegen aufgeben kann?«

»Wenn die Person tatsächlich engagiert ist, dann ja. Bei Revolutionären kommt die Liebe immer erst nach den politischen Ideen.«

»Hatten Sie völlig mit Guerrero gebrochen, als Sie intime Beziehungen zu Mella aufnahmen?«

»Ja, nein, das heißt, ich habe ihm weiterhin jede Woche Zeitungen geschickt. Er hatte mich gebeten, ihn über die Politik in Mexiko auf dem laufenden zu halten.«

»Wie kam es zum Bruch zwischen Ihnen und Guerrero?«

»Durch einen Brief, den ich ihm im August oder Anfang September geschrieben habe; die Post bis Moskau braucht etwa 23 Tage. Jemand brachte mir persönlich die Antwort, denn da er als Kommunist sehr bekannt ist, kommen seine Briefe nicht immer an.«

»Haben Sie später Geld von ihm erhalten?«

»Diesen einen Scheck über 25 Dollar, die ich an Freunde, die Geld brauchten, verteilt habe. Xaviers finanzielle Lage war nie gut.«

»Und Ihre?«

»Ich habe mir immer meinen Lebensunterhalt verdient.«

»Ist Mella jemals ohne Sie verreist?«

»Er fuhr mehrmals nach Veracruz, nach Puebla, nach Atlixco und in andere Ortschaften, um an Veranstaltungen teilzunehmen, in denen es um die Rechte der Arbeiter ging. Nach Durango reiste er als Vertreter des Nationalen Bauernverbandes.«

»Haben Sie Mella von Ihrer Beziehung zu Guerrero erzählt?«

»Ja, das habe ich doch schon gesagt, gleich zu Anfang.«

»Wie hat Guerrero Sie behandelt?«

»Ich sagte bereits, daß er immer sehr nett war.«

»Erkennen Sie diesen Brief?« fragt Valente Quintana, während er auf sie zukommt.

»Er ist von Julio Antonio, aus Veracruz. Geht das schon wieder los?«

»Señora, wir untersuchen einen Mord. Dieser Brief ist mit Nicanor McPartland unterschrieben. Kannten Sie Mellas geheime politische Tätigkeit?«

»Geheimes nicht.«

»Dann erläutern Sie mir auch diesen Satz: ›Ich will nicht, daß andere wissen, was Du weißt.‹ «

Tina verspürt einen scharfen Stich; Julio ist nicht mehr.

»Da er tot ist, kann ich es ja sagen. Julio reiste nach Veracruz, mit der Absicht, nach Kuba zu gehen, um dort die Revolution zu machen. Aber er wollte nicht, daß es bekannt wurde.«

Irgend jemand hatte geredet, und die Genossen kehrten mit niedergeschlagenem Blick und hängenden Schultern aus Veracruz zurück. Das waren Tage der Trauer. Tina nahm Julio in die Arme und spürte seine Tränen auf ihrer Schulter. Auch jetzt fließen sie wieder und benetzen ihren Nacken, ihre Brust, ach Julio, während Valente Quintana schneidend fragt: »Er wollte also nur in Kuba eine Revolution machen? Sehen Sie, Señora, nun haben wir, auf der Suche nach einem Mörder, eine Verschwörung aufgedeckt.«

»Ausschließlich in Kuba.«

»Nun, dann erklären Sie diesen Absatz: ›Du weißt, daß Du mit mir nichts zu befürchten hast...‹ «

»Ich habe es doch schon gesagt. Ich war nervös und unentschlossen. Ich konnte mich nicht mit ihm einlassen. Ihm war es unbegreiflich, daß ich mich Monate lang zurückhielt, und er deutete mein Benehmen als Ablehnung. Ich dachte daran, nach Moskau zu fahren, um die Sache mit Guerrero zu besprechen. Julio dachte, wenn ich Guerrero wiedersehen würde, könnte ich bei ihm bleiben. Als Mella eine Woche lang auswärts war und ich Zeit hatte nachzudenken, beschloß ich, Xavier zu schreiben.«

Während Tina den Worten lauscht, entsinnt sie sich nur der Beklemmung, die sie verspürte, als sie den Brief schrieb: »X, zweifellos wird dies der schwierigste, bedrückendste und schrecklichste Brief, den ich in meinem Leben schreibe; ich habe lange gebraucht, ehe ich ihn begonnen habe, erstens, weil ich mir dessen, was ich Dir sagen werde, ganz sicher sein wollte, und zweitens, weil ich von vornherein weiß, wie furchtbar es für Dich sein wird.

Ich brauche meine ganze Ruhe und geistige Gelassenheit, um Dir mein Anliegen deutlich und ohne Umschweife darzulegen und um vor allem nicht gerührt zu sein, was unvermeidlich wäre, würde ich darüber nachdenken, was dieser Brief für Dich bedeutet.

X, manchmal, wenn ich daran denke, welchen Schmerz ich Dir bereiten muß, komme ich mir mehr wie ein Monster vor und nicht wie ein menschliches Wesen, und ich zweifle nicht daran, daß Du genauso von mir denken wirst. Dann wieder sehe ich mich als das Opfer einer schrecklichen Bestimmung, einer verborgenen Kraft, die mich gegen meinen Willen handeln läßt, wie ich im Leben handle. Aber ich bin die Erste, die Faktoren wie ›Bestimmung‹ oder ›verborgene Kraft‹ und ähnliches ablehnt. Was also bleibt? Was bin ich? Warum handle ich so? Ich glaube aufrichtig, im Grunde gute Gefühle zu hegen und stets mehr das Gute für andere als für mich selbst gewollt zu haben, nicht grausam zu sein um der Grausamkeit willen – der Beweis ist, daß ich vielleicht mehr darunter leide als Du, wenn ich es jetzt, Dir gegenüber, sein muß.

Aber es ist Zeit, Dir zu sagen, was ich zu sagen habe. Ich liebe einen anderen Mann, ich liebe ihn, und er liebt mich, und diese Liebe hat bewirkt, was ich nie für möglich gehalten hätte, nämlich, daß ich aufgehört habe, Dich zu lieben.

X, ich könnte Dir ausführlich die ganze Geschichte dieser Liebe schildern; wie sie entstanden ist, wie sie sich entwickelt hat bis zu dem Punkt, an dem ich beschloß, es Dir zu sagen; wie ich mit mir gekämpft habe, um sie aus meinem Leben zu reißen (ich schwöre Dir, daß ich sogar an Selbstmord gedacht habe, wäre dies nicht eine feige Lösung gewesen). Ich könnte Dir schließlich all die Qualen schildern, die dieses schreckliche Dilemma, vor dem ich stand, verursacht hat; an alles habe ich gedacht, und vor allem an Dich (das wird Dich, da bin ich sicher, nicht beleidigen). Mehr noch habe ich über die Folgen nachgedacht, die mein Schritt für die revolutionäre Arbeit haben wird. Dies war meine größte Sorge, größer noch als die Sorge um Dich. Nun gut, ich bin zu dem Schluß gekommen, daß, wie auch immer, mit Dir oder einem anderen, hier oder anderswo, der geringe Nutzen, den ich der Sache, unserer Sache, geben kann, nicht leiden wird, und zwar deshalb, weil die Arbeit für die Sache bei mir weder Reflex noch Ergebnis der Liebe zu einem Revolutionär ist, sondern eine tief in mir wurzelnde Überzeugung. Und diesbezüglich schulde ich Dir, X, viel. Du hast mir die Augen geöffnet, Du hast mir in dem Moment geholfen, als ich spürte, daß das Fundament meiner alten Vorstellungen unter meinen Füßen zu schwanken begann. Und zu denken, daß ich Dir nun all Deine Hilfe so zurückzahle! Wie schrecklich, X! Es tröstet mich nur, zu wissen, daß Du stark bist und daß es Dir gelingen wird, den Schmerz zu verkraften, den ich Dir zufügen muß. Und ich hoffe nur, daß Du jetzt nicht an der Aufrichtigkeit zweifelst, mit der ich Dich geliebt habe, X, ich schwöre Dir, daß ich Dich geliebt habe, wie ich nie zuvor im Leben zu lieben fähig war, und ich schwöre Dir, daß mein Gefühl für Dich der größte Stolz meines Lebens war. Und dennoch ist geschehen, was geschehen ist. Wie war das möglich? Ich selbst weiß es nicht, ich begreife es nicht, aber ich spüre, daß das, was jetzt geschieht, unabwendbar ist und daß ich nicht anders handeln kann.

Ich wollte warten und Dir all dies hier, bei Deiner Rückkehr, mündlich sagen oder zu Dir reisen, um mit Dir zu sprechen; ich fand das ehrlicher und loyaler, als es Dir auf diesem Wege mitzuteilen; aber ich habe gemerkt, daß es ein Betrug an Dir wäre, wenn ich Dir weiterhin in dem Stil schreiben würde, der früher zwischen uns natürlich war, jetzt aber unaufrichtig wäre.

Ich fühle, daß ich Dich nicht mehr lieben darf; ich fühle, daß dies auch Dein Wunsch sein muß, und ich verspreche Dir, daß ich nicht mehr hier sein werde, wenn Du zurückkehrst. Ich bitte Dich nicht um eine Antwort, wozu auch? Ich kann mir schon vorstellen, was Du mir antworten wirst; aber ich hätte gern die Gewißheit, daß dieser Brief in Deine Hände gelangt ist, denn bevor ich dies weiß, möchte ich nichts in meinem Leben verändern.«

Alle Blicke sind auf sie gerichtet.

»Diese Geschichte hat ein Nachspiel«, sagt Quintana, »nämlich ein Telegramm aus Moskau: ›Brief erhalten. Adieu. Guerrero.‹ «

Pino Cámara vertagt die Sitzung. Als Tina aufstehen will, um mit Luz Ardizana hinauszugehen, tritt ein Mann mit weißem Bart zu ihr: Ein Gerichtsdiener stellt ihn vor.

»Dies ist Professor Maximilian Langsner, der Gerichtspsychologe, dem es gelungen ist, den jungen kanadischen Mörder Boohar zum Sprechen zu bringen. Wir haben den Professor gebeten, Sie zu hypnotisieren, um die Wahrheit herauszufinden.«

»Falls ich einwillige«, sagt Tina stolz. »Ich stehe zwar unter Arrest, aber ich bin hier nicht im Zirkus.«

Der Professor setzt sich ihr gegenüber. »We can speak English if you want.«

»I will answer in Spanish, I have nothing to hide ...«

Langsner beginnt mit der Befragung, und Tina beruhigt sich unter dem Blick seiner reglosen Augen.

»Ihr ruhiges, gefaßtes Auftreten im Laufe dieser Quälerei war auffällig. Sie tragen noch nicht einmal Trauer.«

»Für mich ist Julio Antonio nicht tot.«

»Haben Sie Julio Antonio Mella geliebt?«

»Ja.«

»Und Sie meinen, er sei nicht tot?«

»Er lebt in seinem Werk, in den Gefühlen, die er in seinen Freunden hinterlassen hat, in ihren Gedanken.«

»Glauben Sie an Reinkarnation?«

»Nein.«

»Sind Sie gläubig?«

»Ich bin Kommunistin.«

»Sagen Sie, wodurch können Menschen auf Erden unsterblich werden?«

»Durch ihre Ideen. Vielleicht auch durch ihre Kinder. Ich selbst habe keine.«

»Warum nicht?«

»Das weiß ich nicht.«

»Ich habe gehört, daß Sie verheiratet waren. Mit wem?«

»Mit dem amerikanischen Dichter Abrie Richey; er ist in Mexiko an Pocken gestorben. Er wurde hier beerdigt.«

»Besuchen Sie jemals sein Grab?«

»Nur selten.«

»Hat es ein Denkmal?«

Tina antwortet nicht.

»Gibt es auf seinem Grab irgendein Denkmal?« wiederholt er in der Annahme, daß sie ihn nicht verstanden hat.

»Ja, eine Grabplatte.«

»Wer hat sie anfertigen lassen?«

»Ich.«

»Das wollte ich wissen«, sagt er zufrieden. »Wann war das?«

»1923, als ich nach Mexiko kam.«

»Hatten Sie damals schon die politischen Ideen, denen Sie heute anhängen?«

»In den USA habe ich in einer Textilfabrik gearbeitet und mich für die Tätigkeit der Gewerkschaft interessiert. Ich habe Lieder über Joe Hill und Tom Mooney gehört. Meine Brüder sind politisch aktiv... Ich bin erst kürzlich in die Partei eingetreten...«

Es wird immer heißer im Raum. Tina schläft fast ein. Dieser Mann hypnotisiert sie mit seiner eintönigen Stimme und den gleichförmigen, tröpfelnden Worten, tack, tack, tack, tack, tack, die sie langsam in die Vergangenheit zurückversetzen.

»Sind Sie müde?«

»Ja, sehr.«

»Es ist ein Uhr früh, Señora. Wir können jetzt abbrechen. Wir werden bald eine neue Gelegenheit haben.«

Pérez Moreno sitzt dösend auf einer Bank. Tina nickt ihm kurz zu und geht dann weiter. Er geht auf Dr. Langsner zu. Tina hört gerade noch einen Teil der Antwort.

»Ich werde sie noch einmal treffen, aber im Moment sieht es nach einem Verbrechen aus Leidenschaft aus. Sie ist eine Frau mit viel Tempera...«

Tina will nichts mehr hören. Auf den Arm von Luz gestützt, geht sie hinaus ins Freie. Kaum sind sie aus der Tür, schließen sich ihnen die beiden Polizisten an, die den Auftrag haben, sie zu bewachen.

»In was für einem Land leben wir eigentlich?« schreit Diego Rivera und fuchtelt wütend mit dem Stock in der Luft herum. »Wäre diese Nummer mit dem Hypnotiseur nicht so lächerlich, sie hätte etwas Grandioses!«

Um seine füllige Gestalt drängen sich neugierige Passanten, die zum Teil seit Stunden gewartet haben, aber auch Gerichtsangestellte. Alle wollen hören, was Diego zu sagen hat.

»Das war kein Verbrechen aus Leidenschaft, sondern ein politisches Verbrechen!« schreit Diego. »Warum gibt es keine Untersuchung zu Magriñá? Warum nehmen ihn die Behörden in Schutz? Hat denn niemand gemerkt, daß er ein Mörder ist?«

Wenn Diego mit seiner flammenden Rede die Gerichtsverhandlung in ein politisches Meeting verwandelt, treibt die Polizei ihn hinaus, aber Diego macht auf der Straße weiter.

»In Kuba war Magriñá als Zuhälter, Gigolo und Falschspieler verschrien. Aber wer wird hier Tag und Nacht bewacht und wie eine gemeine Verbrecherin im eigenen Haus gefangengehalten? Wer wird endlos verhört? Tina Modotti. Aus welchem rätselhaften Grund wurde Magriñá nicht festgenommen?«

»Die Pistole, mit der Mella getötet wurde, soll Señora Modotti gehören«, informiert ihn Pérez Moreno.

»Arme Tina, fehlt nur noch, daß diese Marionettenpolizisten ihr das Geständnis entlocken, sie habe den Mann getötet, den sie geliebt hat. Nach Magriñás Waffe sollten sie suchen, nicht nach ihrer.«

»Ich war dabei, als sie die Pistole verkauft hat«, platzt Carleton Beals, ein nordamerikanischer Journalist, heraus, »und ich bin bereit, eine schriftliche Aussage zu machen.«

»Geben Sie her, ich veröffentliche sie«, bietet ihm Pérez Moreno begeistert an.

»Ich hatte bei Tina einige Fotos für *Creative Arts* bestellt«, fährt Carleton Beals fort, »und als ich sie abholte, kam der deutsche Journalist Fritz Bach zu Besuch. Tina zeigte ihm die Pistole. Er versuchte, sie auseinanderzunehmen, aber es gelang ihm nicht. Er fragte Tina, wie die Waffe zu handhaben sei, und sie sagte, sie wisse es auch nicht. Bach sagte, er werde sie mit nach Hause nehmen, um sie genauer zu untersuchen. Er nahm sie und ging. Ich bekam meine Fotos von Tina und ging ebenfalls.«

»Na seht ihr, Bach hat die Pistole, aber ihr Journalisten habt nicht einmal versucht, das herauszufinden«, wirft Rivera Pérez Moreno vor.

»Ich habe eine andere Theorie. Und wenn nun die Kommunisten selbst den Mordbefehl gegeben haben und von der Italienerin gedeckt werden? Ein Befehl aus Moskau, und alles ist klar! Sie haben doch ständig Geheimnisse voreinander.«

»Das hat uns noch gefehlt! Wieso sollten wir ihn umbringen, wenn er doch der treueste, aufopferungsvollste ...« Rivera schreit aus voller Kehle und ist drauf und dran, seinen Stock auf Pérez Morenos Kopf zu zerschlagen. Der Journalist entfernt sich eilig.

Diegos Anwesenheit im Gerichtssaal irritiert den Richter. Er ist angeekelt von seinen schmutzigen, ungebügelten Hosen, dem offenen Hemd, der Brusttasche, die prall mit zerknitterten Zetteln gefüllt ist. »Er verwandelt mir den Gerichtssaal in einen Marktplatz.« Wenn er nicht ums Wort bittet, holt er ein Heft hervor und beginnt zu zeichnen, womit er die Neugier seiner Nachbarn weckt. Der Gerichtsdiener hat dem Richter anvertraut, er habe eine Karikatur von ihm in voller Robe gesehen und sie sei urkomisch. Diego nimmt ihm die Sicherheit. Mit jedem Tag gewinnt er neue Anhänger; nicht einmal die zimperlichen Sekretärinnen finden sein Aussehen anstößig. »Maestro« hier und »Maestro« da. Sie nehmen ihn in Schutz, denn schließlich ist er ein »Künstler«, ein »Bohemien«. Keiner der Wächter wagt es, sich mit ihm anzulegen, denn unter der für seinen Leib viel zu engen zerknitterten Jacke sieht man eine riesige Pistole. Was hat er nur, dieser Mann, daß alle gebannt jede seiner Bewegungen verfolgen? Er tut ja auch alles, um aufzufallen. Diego hat sich, obwohl er nichts von der Prozeßordnung versteht, zum Nebenverteidiger ernennen lassen und spricht, wann immer ihm danach ist. Diese arme, vertrauensselige Italienerin, die zusehends abmagert, das arme Ding, es ist, als lebte sie in den Wolken. Zuhause versteckt Pino Cámara die Zeitung vor seinen Töchtern. Die Modotti ist schon berühmter oder berüchtigter als die Malinche.

Als Richter Pino Cámara das Gericht verläßt, teilt er José Pérez Moreno trocken mit:

»Valente Quintana wurde gerade seines Postens als Hauptankläger enthoben.«

»Was für eine Nachricht! Danke, vielen Dank, Herr Richter.«

»Das ist ein Befehl des Präsidenten der Republik. Er spürt den Druck eines bestimmten Teils der Öffentlichkeit.«

»Geht es um die Öffentlichkeit oder um Diego Rivera?«

»An seiner Stelle wird Oberst Talamantes, Chef der Polizei von Mexiko-Stadt, ernannt.«

Schlafen heißt schwimmen. Die Flut reicht bis ans Bett, Tina dreht sich im rollenden Tunnel der Welle um sich selbst. Eine grüne, blaue und violettfarbene Flüssigkeit nimmt ihr den Atem. Sie sinkt auf den Grund des Ozeans. Julio hat ihr einmal erzählt, daß er das Gebrüll eines Blauhais vernommen habe, einen schrillen, in regelmäßigen Abständen hervorgestoßenen Laut, aber er war im Wasser geblieben, obwohl man ihn vor der Gefahr gewarnt hatte. Aus der Tiefe steigt ein beinahe menschlicher Schrei auf, das Weibchen auf der Suche nach dem Männchen. Das Jammern in Tinas Innerem schwillt an, es dringt durch die wäßrigen Mauern nach oben und bleibt ihr in der Kehle stecken. Wann werden all diese Tränen, die über ihr Gesicht strömen und das Kissen naß machen, versiegen? Sie biegt den Rücken durch, beginnt zu vibrieren, erstickt ein Stöhnen, versucht zu blinzeln und legt die Hände zwischen ihre Schenkel, während sich Julio in ihr aufbäumt und auch sie dazu bringt, sich aufzubäumen, Julio auf dem Grunde ihrer Augen, verankert auf dem Grunde des Ozeans. Sie hört seine Stimme:

»Tinissima.«

»Wir haben dich beerdigt, Julio.«

»Wie kann ich sterben, wenn du am Leben bist?«

Sie schreit: Julio! Das Auf und Ab der Wellen, die über ihren Leib fluten, ihr tränenüberströmtes Gesicht. Julio verschwindet, aber die Strömung bringt ihn wieder nach oben, und sie will ihn an seinen mit Sand und Schaum verklebten Haaren packen und ihn herausziehen; sie wird den Mund auf seine aufgesprungenen Lippen legen und die Salzkörner von seinem Körper lecken, bis sie ihn zurückgewinnt und ihn neben sich unter den gewölbten Betttüchern liegen sieht.

»Tinissima.«

Mit dem Wind kommt Julios Lachen. Plötzlich verlischt alles, und es wird wieder still, bis auf das Rauschen des Meeres am Fußende ihres Bettes.

Keuchend taucht sie aus der Tiefe auf; mit zitternden Händen zündet sie eine Zigarette an. Ihre Brust schmerzt, und ihr Kopf will zerspringen; das Wasser reißt sie mit sich in einen neuen Alptraum; Tina preßt die Zigarette fest zwischen die Lippen und stößt den Rauch durch die Nase aus, damit das Meer nicht in ihren Mund dringt. Die Zigarette ist ihr einziger Rettungsring; sie muß sich darauf konzentrieren und ganz langsam ausatmen, während sie gegen den Strom schwimmt. Für den Rest der Nacht sitzt sie, den Kopf an das hölzerne Kopfende gelehnt, auf der Bettkante. Selbst das Atmen bereitet ihr Schmerzen. Wenn sie nicht von Julio träumt, erinnert sie sich seiner. Sie sehnt sich nach einer Atempause.

Im Morgengrauen liegt Julio in ihrem Zimmer. Tina spürt, wie er neben ihr atmet; gleich wird er sie berühren. Julio ist da, sein Hut hängt am Haken, die Zahnbürste steht im Glas, seine Schuhe, sein Enthusiasmus, alles ist da. »Ich habe etwas gesehen, was du fotografieren mußt, Tinissima; gehen wir hin, bevor es verschwunden ist. Eine Straßenecke, eine Frau auf dem Markt...« Wie oft hat er die Graflex getragen und auf die Frage, ob er Fotograf sei, geantwortet: »Ich bin ihr Gehilfe.« Was würde sie darum geben, noch einmal mit ihm durch die heiße, beinahe menschenleere Stadt zu schlendern! Wie liebten sie beide den nackten Stolz des mexikanischen Himmels, die bescheidenen, gedrungenen Gestalten der Leute, ihre Häuser, die Farbenpracht, dieses schrille, plötzlich inmitten des dunklen Dschungelgrüns auftauchende Rosa. »Was für ein wunderbares Land!« Noch immer hört sie seine Stimme, Segelboote, die im Raum vor Anker liegen.

Frau aus Tehuantepec.
Fotografie von Tina Modotti. 1929

Tina macht einen Abzug von dem letzten Foto, das sie zu Julios Lebzeiten von ihm aufgenommen hat. Da sieht man ihn zusammen mit David Alfaro Siqueiros, Sandalio Junco, Teurbe Tolón und Alejandro Barreiro, den Mitgliedern des Proletarischen Verteidigungskomitees.

Sie legt das Foto auf den Nachttisch, geht zu Bett und schläft ein, ohne die Lampe zu löschen. Als sie erwacht, bittet sie: »Machen Sie mir auf.«

Keine Stimme. Kein Laut im Nebenzimmer.

»Machen Sie mir auf!«

Endlich begreift sie. Sie ist frei.

Seit Valente Quintana den Fall abgegeben hat, löst sich der Verdacht auf ein Verbrechen aus Leidenschaft in Nichts auf. Nun vermutet man ein politisches Delikt. Magriñá wird erneut verhört. Als er gefragt wird, welchen

Weg er nach dem Treffen mit Mella im Lokal *La India* genommen hat, besteht er herausfordernd auf seinem Recht, zu gehen, wohin er will. Er macht jetzt den guten Eindruck, den er bei den ersten Gegenüberstellungen hervorgerufen hat, zunichte. Nun ist klar geworden, daß er genügend Zeit gehabt hat, einen Pistolenschützen auf Mella anzusetzen.

Die Kommunisten beschuldigen Magriñá. Sie behaupten, zwölf Zeugen zu haben, die bestätigen können, daß er ein Spieler und Berufskiller ist und in Mexiko als Agent provocateur tätig war. Außerdem ist er vorbestraft und die Modotti nicht. Sicher, sie hat einen leichten Lebenswandel, aber so sind nun mal die Frauen auf dem alten Kontinent. Wenn man sie so sieht, wirkt sie nicht wie eine flatterhafte Person. Sie hat bereits graue Strähnen im Haar und Fältchen um die Augen; sie ist allzu dünn. Arme Frau, man hat sie regelrecht zermalmt.

Entscheidend war die Aussage des Gouverneurs von Puebla, Don Froylán C. Manjarrez. In Kuba gibt es keine politisch Verfolgten, es gibt Tote. Er hat zweieinhalb Jahre in Havanna gelebt und kennt die Lage dort genau. »Es ist gut möglich, daß das Verbrechen an Mella, wie die Kommunisten behaupten, in Havanna ausgeheckt wurde«, hat der Herr Gouverneur ausgesagt. Er berichtete von einem gewissen Oberst Massó, der auf der Terrasse seines Hauses in Havanna erschossen wurde. Das kubanische Regime verzeiht seinen Gegnern nicht.

Am Samstag erhebt Richer Alfredo Pino Cámara formell Anklage gegen José Magriñá wegen der Ermordung Julio Antonio Mellas und erläßt Haftbefehl ohne Kaution.

Frei, frei, die Italienerin ist frei. Sie wurde freigelassen, obwohl die Untersuchungen noch nicht abgeschlossen sind. Pérez Moreno stürmt die Treppe zu ihrer Wohnung hinauf. Zu seiner Enttäuschung trifft er vor der Tür den Reporter von *La Prensa* in Begleitung dieser dürren Brillenschlange Luz Ardizana. Gibt sie dem Mann von *La*

Prensa etwa Informationen? Was für eine unangenehme Frau! Die Modotti hingegen ... Tina öffnet und entschuldigt sich dafür, sie in einem Kimono zu empfangen, der – wie er später schreiben wird – »ihre elfenbeinfarbene Hautfarbe unterstreicht«.

»Wir möchten Einzelheiten erfahren.«

»Sie geben wohl niemals auf. Es gibt nichts Neues.«

»Sie sind doch frei.«

»Das ist relativ ...«

Sie stößt einen Seufzer aus, der ihre Unsicherheit erahnen läßt, und fragt unvermittelt: »Glauben Sie, daß man Magriñá freiläßt?«

»Zunächst einmal nicht; der Richter akzeptiert keine Kaution.«

In einem Anflug absoluter Aufrichtigkeit ruft sie:

»Ich habe Angst vor dem Mann.«

»Sie? Warum denn?«

»Ich weiß nicht; ich fühle, daß dieser Mann versuchen wird, mir wehzutun, wenn er aus dem Gefängnis kommt. Mehr noch, als er es bereits getan hat.«

Frances Toor, Tinas Nachbarin, erzählt Luz Ardizana, daß sie jede Nacht etwa um dieselbe Uhrzeit von einem schrillen Schrei geweckt wird.

»Sie braucht Kalzium für die Nerven. Ich bringe sie zum Arzt! Dabei wirkt sie so beherrscht, so widerstandskräftig.«

»Ja, aber nachts ...«

»Wir müssen der armen Genossin helfen«, sagt Enea Sormenti eines Morgens, als er sie in die Redaktion von *El Machete* kommen sieht. »Sie soll ein paar Tage wegfahren, sie muß hier raus, presto.«

»Sie wird nicht wollen.«

»Laß mich das machen.«

Sormenti geht zu ihrem Schreibtisch und erteilt ihr einen Befehl.

»Fahr weg, Tina. Was machst du hier mit diesen fürchterlichen Augenringen? Wie welker Spinat siehst du aus. Leg dich in die Sonne und laß dich braun brennen.«

Als sie aus dem überfüllten Zug steigt, der sie nach Salina Cruz in der Region Juchitán gebracht hat, ändert sich, allein schon wegen der Feuchtigkeit der Luft, ihre Stimmung. Während der Fahrt hat sie ihre Graflex an sich gepreßt, damit sie nicht durchgeschüttelt wurde. ›Andere Frauen schleppen ihre Kinder‹, dachte sie, ›ich trage die Last eines Apparates.‹

Von dem Moment an, da die Genossen sie in Empfang nehmen, fühlt sie sich von allem verzaubert: von den Bananenplantagen, der Hängematte auf der Terrasse, den Flamboyantbäumen, dem tröstlichen, unaufhörlichen Zirpen der Grillen und von anderen irdischen Geräuschen, die man in der Stadt gar nicht mehr hört. Sie schläft so tief wie seit Monaten nicht mehr. ›Als kehrte man in den Mutterleib zurück‹, denkt sie lächelnd, als sie in der sanft schaukelnden Hängematte erwacht. Bald verbringt sie ihre Zeit mit den Frauen des Ortes. Na'Chiña hütet sie alle wie ihre Schafe.

In der Luft zetern fröhlich die Papageien, die Leguane sonnen sich, der Wind spielt mit den leichten Türflügeln und stößt das Fenster auf. Weit weg sind alle Anschuldigungen. Die Blätter rauschen, naß von dem nächtlichen Regen, der so zart ist, daß Tina ihn in der Hängematte nicht einmal spürt.

In den stets offenstehenden Häusern von Juchitán herrscht ein reges Kommen und Gehen. Zusammen mit Hühnern und Schweinen tollen die Kinder im Schlamm herum. Ein dionysisches Brodeln liegt über den öffentlichen Plätzen; ganz Juchitán – Markt, Kantine, Plaza – gehört der Öffentlichkeit, überall Menschen jeden Alters, Bauern aus der Umgebung; alles ist üppig: die bemalten Kürbisse, die Leguane und vor allem die Frauen, die mit

Obst gefüllte Tonschüsseln auf ihren Köpfen tragen. ›Ich werde nie wieder lachen‹, hatte sie gedacht, aber jetzt wird sie von dem Laut, der sich in ihrer Kehle bildet, überrumpelt. María Henestrosa und Catalina Pineda bohren ihr die Finger in die Rippen, während sie versuchen, ihr eine ärmellose bestickte Bluse über den geblümten Rock zu ziehen. Zapotekische Wortfetzen purzeln auf den Kleiderstand des Marktes unter den Rathausarkaden. »Sieh mal, das hier wird dir passen, wo du doch so klein bist; hör mal, zeig ihr auch das da aus rotem Samt.« Die Vokale dehnen sich in der Luft: »Guanaba didxa tuunga naa, Xiindi Gune ...«. Rufina, Cirila, Isabel und Gudenia umringen sie mit angriffslustig vorgestreckten Brüsten. Ihre am unteren Ende geflochtenen Haare reichen ihnen bis ans Gesäß, und der Schweiß rinnt ihnen über den ganzen Körper. »Du bist traurig, stimmt's? Trauer ist zu nichts nutze, du mußt sie aus deinem Kopf verjagen.« Tina wird rot. »Mir scheint, du blickst zu oft zurück. Du mußt die Gegenwart genießen, du bist doch noch jung. Was machst du denn andauernd mit diesem schwarzen Kästchen, das du mit dir herumträgst? Che Gómez hat uns gewarnt: Er sagt, es kann einem unter die Kleider blicken. Willst du dich damit etwa wichtig tun? Das einzige, womit wir Frauen angeben können, ist die schwarze Blume zwischen unseren Beinen, auf die alle scharf sind.« Frau sein bedeutet hier, laut im Maisfeld zu schreien, das sich von Meer zu Meer erstreckt, sich gehen zu lassen und frei zu sein wie die Haarfülle, die über die Schultern fließt, bevor man sie mit roten, blauen und gelben Bändern zu Zöpfen flicht.

Im Laufe vieler Monate war keine Frau in der Partei ihr gegenüber so offen, und diese Frauen hier dringen mit einer entwaffnenden Schamlosigkeit in ihre Intimsphäre ein. »Na los, geh schon.« Sie weichen dem mit Fliegen bedeckten Dörrfleisch aus, das vom Dach herabhängt, den stinkenden Pfützen und den auf dem Boden stehenden Schüsseln mit Fisch, gehen um die in Bananenblätter gewickelten Tamales, die Bündel von Paprikaschoten und die zerbrechlichen, in einem Erdloch gebackenen Totopos herum, diese knusprigen, mit Schwielen bedeckten Tortillas, die aussehen, als hätten sie einen Sonnenbrand. »Na los, nimm, los doch.« Manche Frauen haben einen dunklen Flaum über der Oberlippe. »Laß den Schnurrbart tanzen, Maria«, und sie setzen sich breitbeinig zum Essen nieder, die Totopos wie Landkarten auf den Knien ausgebreitet. »Beweg dich, wovor hast du denn Angst?« »Was?« Tina ist sich nie sicher, ob sie richtig verstanden hat, so überraschend sind ihre Einfälle. Sie reden über die Sonne, den Mond und einen pickenden Vogel und halten sich vor Lachen die Seiten, bis Tina die Zweideutigkeit versteht. Tina wühlt nicht mehr in Gedanken in ihrer Wunde. Die Frauen fassen sie um die Taille, fahren ihr mit den Händen übers Haar und betasten die Umrisse ihres Kinns, während sie unter all diesen Liebkosungen die Augen schließt. »Du bist hübsch, aber mit Goldzähnen würdest du besser aussehen, wenn du keine Zahnkrone willst, kauf dir eine Kette. Irgend etwas muß an dir glitzern.« »Zieh den schwarzen Rock aus, diese Blusen lassen die Luft herein, wozu willst du einen Büstenhalter für deine hübschen kleinen Brüste? Zieh die Strümpfe aus, was sind das für Launen? Sei nicht so hart zu dir, bei dieser Hitze muß man nackt sein, wer soll dich denn sehen? Der Erdboden ist doch kein Spiegel.« Sie entkleiden, betasten und kitzeln sie, fegen mit ihrem Rock über den Schlamm, fegen ihr Leid hinweg. Ihre Schritte sind frei und lassen an Grünes, an Wasser und an Holz denken. »Wir nehmen dich mit zu einer Totenwache, damit du zu dir kommst und nicht mehr dieses verkniffene Gesicht machst.«

Einmal, gegen Abend, vertraut sie Na'Chiña an, daß sie ihren Geliebten verloren hat – eine Vertraulichkeit, die ihr schwerfällt. Aber die alte Frau zuckt nur die Achseln: »Na gut, und was weiter? Worum sorgst du dich? Morgen gehen wir auf den Markt, da gibt es viel Auswahl. Stell dich nicht so an, du schadest dir nur selbst.« In dieser Nacht hüllt die Hängematte sie in denselben köstlichen Traum ein wie in der Nacht zuvor. Und sie erwacht ohne quälende Gedanken. »Hier machen wir dich gesund, auch gegen deinen Willen«, sagt Na'Chiña. Warum soll sie sich dem Leben der Männer und Frauen, die neben ihr atmen, länger verschließen? Was für eine Freude, zu wissen, daß man lebt! An diesem Morgen kauft sich Tina Ohrringe aus Münzen, die erste Koketterie seit Julio Antonio Mellas Tod. Sie blüht auf; ihr Erdenraum ist nicht mehr dieser an die Häuserwände von Mexiko-Stadt gedrängte schmale Pfad, sondern eine von Palmen gesäumte Landstraße. Hier hat sie es nicht mehr mit den ekligen Stadtratten zu tun, sondern mit Frauen, die in ihrer Freiheit majestätisch wirken, Herrscherinnen über tönerne Krüge und Gefäße, in deren Röcke Schildkröten und Hasen, Langusten und Rehe, Sterne und Regen eingewebt sind. Vom Phallus sprechen sie wie von einem Gebrauchsgegenstand, den sie in die Hand nehmen und in ihr eigenes, privates Versteck legen können, wann immer sie wollen.

Wie leicht das Leben in Juchitán ist! Der Regen hängt am Himmel und läßt sich plötzlich fallen, um sich dann zurückzunehmen und gleich darauf wieder herabzufallen. Die Frauen rennen ins Meer, mit Unterröcken und Blusen, die am Körper kleben, und genauso fröhlich pflücken sie in den Gemüsegärten Chirimoyas und Avocados. Morgen wird Tina auf dem Weg zurück nach Mexiko-Stadt sein.

»Sieh mal, Enea, die Fotos.«

Enea Sormenti überfliegt sie wie einen Packen Spielkarten.

»Bene, bene, ich verstehe nichts von Kunst, aber ich finde sie sehr gut.«

Er sieht sie so flüchtig durch wie die Hausaufgaben einer Halbwüchsigen, und die Erinnerung an Juchitán

– seine üppigen Frauen, ihre Stärke, ihre Lebenshaltung – ist wie weggeblasen.

»Dort gab es weder Gerichte noch boshafte Schreiberlinge. Keine Journalisten mit Notizblöcken in der Hand, die mich mit ihren hinterhältigen Fragen im voraus verurteilen wollen.«

»Das kann ich mir denken. Hör mal, Tachuela, wann ist diese Gewerkschaftsversammlung?«

Sie wird die ganze, an ein junges Maisfeld erinnernde Zärtlichkeit von Na'Chiña, die Hängematte und den Blätterreichtum für sich behalten müssen. Hier ist Politik das einzige Thema. Sie hätte es wissen müssen. Nicht einmal Luz Ardizana kann sie von ihrer Reise erzählen: »Schön, daß es dir gut gegangen ist, du brauchtest die Abwechslung, um wieder arbeiten zu können.«

»Wie hat es dich in dieses Land verschlagen?« hatte Na' Chiña sie gefragt. Tina entsinnt sich der Frage und schließt die Augen; sie spürt, daß sie etwas verloren hat auf ihrem Weg, und nun beginnt sie, die Erinnerungen schnell vor sich abzuspulen, manche mit lauter Stimme, manche nur insgeheim. Dabei fühlt sie sich eins mit Na' Chiña, ihrer Gesprächspartnerin und seltsamen Komplizin.

Tentación (Tina Modotti).
Zeichnung
von Roubaix de l'Abrie Richey. 1920

LOS ANGELES, KALIFORNIEN, 1920

In Robos und Tinas Studio gab John Cowper Powys, ihr Freund und intellektueller Mentor, schockierende Dinge von sich. Tina saß hingebungsvoll zu seinen Füßen, als wäre er ein Gegenstand der Anbetung.

»Ich habe keinen Glauben, nicht mal den, daß ich keinen habe. Damit will ich sagen, daß meine Skepsis authentisch ist, auch wenn ich weder dies noch die Tatsache glauben kann, daß ich es nicht glaube.«

Tina lächelte, und John bemerkte, wie gespannt sie ihm zuhörte. Nun wandte er sich direkt an sie.

»Ich bin kein Materialist, denn meine Freiheit wird

durch keinerlei idealistische Lebensauffassung beschnitten.«

»Dann bist du also ein Ungläubiger«, sagte Ramiel McGehee, der Tänzer, und zog seinen Kimono fester um seine Taille.

»Ich weiß, daß ich nichts weiß, oder vielleicht doch. Die katholische Kirche beispielsweise ist ein schönes, edles Kunstwerk, das sich die Menschheit erschaffen hat, um ihre eigenen Bedürfnisse zu befriedigen; sie ist ein romantischer und bezaubernder Ausweg aus der Banalität des Daseins.«

Gómez Robelo, der im Exil lebende mexikanische Dichter, wehrte mit einer Handbewegung ab, und Powys fuhr fort:

»Und als Beweis meiner Hochachtung für meine religiösen Freunde gestehe ich, daß ich das soeben Gesagte nicht erklären kann.«

»Das ist ja ein Potpourri der Philosophie«, schlußfolgerte Gómez Robelo.

»Nein, ich bin einfach Hedonist. Ich masturbiere ständig, das ist meine wichtigste Übung, um geistig gesund zu bleiben. Wenn mehr Männer dasselbe täten, dann würden sie andere nicht angreifen. Die Masturbation ist ein privates und politisches Ritual, meinst du nicht auch, Tina?«

Tina suchte nach einer Antwort; sie wollte mithalten. Mein Gott, was sage ich bloß? Sie zog ausgiebig an ihrer Zigarette und stieß den Qualm ganz langsam aus, bis er sie einhüllte.

»Ich bin jenseits von Gut und Böse. Ich wurde vor der Erbsünde geboren.«

Powys' Lächeln gab ihr die Sicherheit wieder.

»Du bist Powysianerin par excellence.«

Tina hatte Powys gern, weil sie gesehen hatte, wie er, um das Gras auf seinem Weg nicht zu zertreten, einen Umweg gemacht, die Blätter der Bäume aufgelesen und Blumen gepflegt hatte. Für ihn war alles lebendig; er bat die Steine auf seinem Weg um Verzeihung, weil er auf sie trat. Tina war, was die Vivisektion betraf, völlig einer Meinung mit Powys. Es war nicht gerechtfertigt, vierbeinige Lebewesen leiden zu lassen, um Zweibeiner zu retten. »Solange man mit ihnen experimentiert, wird man kein Heilmittel für den Krebs finden«, sagte Powys, »das ist gegen das Naturgesetz.«

Powys nannte die Gruppe, die in Tinas und Robos Haus zusammenkam, »die Sekte«. Zwischen ihnen gab es seelische Schwingungen; sie tauschten geheime Botschaften aus. Sie lebten in einem totemistischen, undurchschaubaren Los Angeles. Powys war der Mittelpunkt, er bestimmte die Themen; sein Sarkasmus, sein Humor, sein brillanter Geist waren gefürchtet. Er sprach von George Eliot, Melville, Tolstoi und Nietzsche und vor allem von Dostojewski, was den Mexikaner Ricardo Gómez Robelo ganz besonders interessierte.

»Als Jurastudent bin ich eines Nachts in ein Bordell gegangen«, sagte er. »Ich bin vor einer Prostituierten niedergekniet, um ihr die Füße zu küssen. ›Ich küsse nicht dich‹, habe ich gesagt, ›ich küsse die gesamte leidende Menschheit.‹ «

Für diese Dostojewski nachempfundene Tat erntete er Cowper Powys' Zustimmung und Tinas Sympathie. Seit jenem Abend nannte ihn die Sekte nur noch Rodión Romanowitsch Raskolnikow.

In den Gesprächen ging es ständig um Gruschenka und Zossima, um unterschwellige spirituelle Kräfte, um Schwindel, Turbulenz und Ekstase und um die Angst vor Heuchelei. John Cowper Powys kannte für den Menschen keinen anderen Richter als den zur Freiheit verurteilten Menschen selbst. Die Lust war ein Tor zur Freiheit. Tina saß ihm zu Füßen und verschlang seine Worte.

Eines Tages brachte Ramiel McGehee Edward Weston mit ins Studio, einen untersetzten Mann mit mächtigem Brustkorb und herrischem Blick. Kaum hatte er sich für den Platz an Tinas Seite entschieden, fühlte sie sich zu ihm hingezogen. Sie lagerten auf handgemachten Batikkissen und hörten Musik.

»Wie flach die Amerikaner sind, wie platt! Und diese Stadt verkörpert die absolute Plattheit! Ungebackener, ewig roh gebliebener Pizzateig. Wir Italiener machen aus dem Teig Pizza und belegen sie mit Käse und Salami« – Tina knetete einen unsichtbaren Teig und reckte die Arme in die Luft, so daß ihre glänzenden schwarzen Achselhöhlen sichtbar wurden – ; »Amerikaner haben keine Phantasie.«

»Amerikaner essen, was andere zubereiten, Tina«, sagte Ramiel McGehee lachend. »Was sagt denn Robo zu Ihren Ansichten?«

»Ach, er ist Aristokrat; sein Blick ist von Träumen getrübt, er ist zu fein, um an Pizza zu denken. Verglichen mit ihm bin ich eine Verdorbene.«

»Er ist also sehr sensibel?« drang Weston in sie.

»Er ist nicht von dieser Welt.«

»Wir alle sind Verstoßene, die das Paradies suchen.«

»Du bist das Paradies, Tina«, sagte Ramiel.

»Das einzige, das wir wirklich besitzen, sind unsere Körper«, behauptete John Cowper Powys. »Wir können das Land wechseln, aber nicht den Leib. Es gibt keine größere Quelle der Lust.«

Ramiel McGehee behauptete, der Körper eines Tänzers könne das Gesetz der Schwerkraft hinfällig werden lassen. »Ich werde es sofort beweisen«, und schon durchmaß er den Raum mit einem Grand Jeté. John Cowper Powys beobachtete ihn genüßlich.

»Dinge gibt's, die weiß Onan, nicht dagegen Don Juan«, zitierte Gómez Robelo den Dichter Machado.

Weston erging sich in einem Monolog über die Kreativität des weiblichen Körpers. »Den Frauen«, sagte er und wandte sich dabei an Tina, »sind eine ganze Reihe von Bewegungen erlaubt, die für uns verboten sind. Ich würde gern so einen Gang haben wie du, Tina, aber kannst du dir vorstellen, was sie mir auf der Straße nachrufen würden?«

»Diese Grenzen werden doch von der verdammten Bourgeoisie gesetzt«, versuchte Tina mitzuhalten.

Ezra Pound und seine Dichtung, Hinduismus, neue Wissenschaften, Meditation, Sinnlichkeit, Esoterik und vor allem die Sekte als einziger Schutz vor der Vulgarität der Welt – all das hielt sie zusammen. Dadurch, daß sie Sake tranken, kamen sie Japan und seinem innersten Wesen näher; der Westen hatte alles das erfunden, was überflüssig war. Europa war erdrückend und fade. Man brauchte nur die dicken, vorzeitig gealterten Leiber, diese Sklaven ihrer Kaschmirstoffe, zu sehen. Aber habt ihr diese wundervollen Hemden aus safranfarbener indischer Seide gesehen, die jetzt in der Sawtell Street, auf dem Weg nach Santa Monica, in einem Laden hängen?

»Dies hier ist das einzige Paradies, aus dem wir nicht vertrieben werden möchten, Tina.«

Ricardo »Rodión« Gómez Robelo war ein echter Vertriebener. 1914 hatte ihn Venustiano Carranza des Landes verwiesen, weil er unter dem später als Verräter geltenden Victoriano Huerta Generalstaatsanwalt gewesen war. Er war hochgebildet und konnte sie nächtelang mit Gedichten von Keats, Shelley und Byron bezaubern. Seine Stärke war Edgar Allan Poe, über den er ganze Vorträge hielt. Keiner von ihnen nahm es mit Powys' Scharfsinn auf – aus seinem Mund sprach Blake –, aber Gómez Robelo übertraf ihn an Anmut. Trotz seiner Häßlichkeit war der Mexikaner mit den dicken Lippen und dem kantigen Gesicht verführerisch wie Cyrano de Bergerac. »Wie amüsant, ein mexikanischer Edmond Rostand, ohne seine Roxanne!« urteilte Powys.

»Ich finde ihn attraktiv«, sagte Tina, »vielleicht gerade wegen seiner Häßlichkeit und weil er ständig wiederholt, seine einzige Leidenschaft gelte der Schönheit. Toulouse-

Lautrec fasziniert ihn, denn er ist selbst ein Toulouse-Lautrec.«

Gómez Robelo sagte kein Wort.

»Bring deine Gedichte heraus«, sagte Robo, »ich illustriere sie.«

»Ich kann das Buch gestalten«, mischte sich Ramiel McGehee ein.

»Er macht großartige Bücher«, unterstützte ihn John Cowper Powys.

Robo bestand darauf, *Satyrn und Liebesgötter* zu illustrieren, ein Buch, dessen Titel John Cowper Powys bezauberte. Tina war das Modell für seine Zeichnungen. Er zeichnete eine Rose anstelle ihres Geschlechts und um ihre Brustwarzen herum einen Kreis aus Blütenblättern; auf ihrem Kopf eine spanische Mantilla, zu ihren Füßen ein Totenkopf, der eine Schlange zwischen den Zähnen hielt. Robo und Robelo waren besessen vom Tode, aber noch besessener war Robelo von Tina: von ihrem weißen Gesicht, ihren schwarzen Augen und dieser gefährlichen Art, die Beine übereinander zu schlagen, »während sie kaum spürbar lächelte«.

Robo übersetzte:

»Weiß, als beleuchte ein inneres Licht
ihr durchsichtiges Fleisch.
Rätselhafte Augen des Orients;
sehr schwarz, und auf dem Grunde
ein Glühwürmchen ...«

Bei jeder Begegnung entdeckte Gómez Robelo eine neue Tina. Sie stellte ihm Fragen zu den Pyramiden in Mexiko. Er erzählte ihr von Diego Rivera, einem Wandmaler, der Rodin und den Impressionismus ablehnte und sich stattdessen von der prähispanischen Vergangenheit Mexikos inspirieren ließ, – von eben jenen »Pyramidenerbauern«. Er erklärte, die gegenwärtigen mexikanischen Maler seien Nachkommen der indianischen Wandmaler; sie selbst seien Arbeiter und identifizierten sich mit den werktätigen

Massen. Tina erzählte ihm, daß sie 1913, bei ihrer Ankunft in San Francisco, sogleich in eine Textilfabrik gegangen war. Sie würde nie leben, ohne zu arbeiten; sie tat es seit ihrer Kindheit und würde so weitermachen bis zum Tode. Sie sprach von den Italienern San Franciscos, mehr als fünfzehntausend, und wie sie den Hafen mit ihren Pizzerias, ihren Würstchenbuden, ihren Theatern, ihrem Geschrei und ihren Liedern in eine italienische Stadt verwandelt hatten. Wußte Gómez Robelo, was eine ›Filodrammatica‹ war? Nein, Hollywood hatte ihr nicht soviel Genugtuung verschafft wie diese kleinen Theaterstücke, in denen sie in den Höfen der Nachbarschaft und sogar auf der Straße aufgetreten war. Da war sie richtig gut gewesen, eine echte Schauspielerin!

»Ich weiß so wenig«, beklagte sich Tina eines Abends.

»Du bist talentiert, und das ist wichtiger als das Anhäufen von Faktenwissen.«

»Woher weißt du, daß ich Talent habe?«

»Ich brauche nur deine Bewegungen zu sehen; sieh dich doch an, schon die Art, wie du den Arm ausstreckst, ist intelligent.«

»Meinst du wirklich?«

Westons Stimme klang jetzt weich und betörend.

»Ich finde dich bemerkenswert. Nichts ist wichtiger als natürliche Intelligenz; deine ist sehr ausgeprägt.«

Tina fühlte sich sehr angezogen von diesem starken Mann, der sie, unbewußt vielleicht, ermutigte. Aber erst als Edward ihr einige seiner Fotos zeigte – darunter ein paar Aktaufnahmen der schönen Margarethe Mather –, verliebte sie sich endgültig in ihn. Kaum hatte sie die Fotos gesehen, nahm sie sich vor: ›Ich möchte an der Seite des Genies leben.‹ Daß ein solcher Mann sie beachtete, verlieh ihr eine ungeahnte Sicherheit.

An den Wochentagen fuhr Tina im Morgengrauen zur *Metro Goldwyn Mayer*. Stets gaben ihr die Regisseure

Rollen als typisches Italian Girl, Vampir oder Apachenfrau. »Immer tun sie so, als hätte ich ein Messer zwischen den Zähnen.« Man hatte ihr noch keine einzige Rolle gegeben, die sich gelohnt hätte. Lawson Butt hatte ihren Liebhaber in *The Tiger's Coat* gespielt. »Erinnert mich nicht an diesen Film. Was für ein Mittelmaß!« »*I Can Explain* finde ich viel besser.« »What can you explain, Tina?« »Hör mal, kennst du Sherwood Anderson?« »Ich kenne niemanden; in Hollywood lernt man sich nicht kennen. Jeden Tag gibt man mir einen Abschnitt meiner Rolle, den ich dann auswendig lerne; früh am Morgen schickt man mich zur Maske, und dann gehe ich zum Drehort. Sie schalten die Scheinwerfer ein, ich mache, was der Regisseur sagt, die Szene wird wiederholt, ohne daß meine Meinung gefragt ist, man dreht zu Ende und... zurück zu Robo, ins Atelier. Ich glaube nicht, daß sie dort auch nur meinen Namen kennen. Gestern habe ich gehört, wie jemand sagte: ›Holt mal die Exotin.‹ «

»Aber du weißt, daß du eine gute Schauspielerin bist«, sagte Edward aufmunternd.

»Ja, aber ich bin die einzige, der es wichtig ist. Wenn ich kein Geld einspiele, lasse ich jedermann in Hollywood kalt. *Riding with Death* ist genauso schlecht wie die anderen Filme.«

Tina hatte ihren Mann Roubaix de l'Abrie Richey, den alle ›Robo‹ nannten, 1915 bei der Pan-Pacific-Ausstellung in San Francisco kennengelernt.

»Sieh doch nur, was für ein vornehmer Mann«, hatte Mercedes zu ihr gesagt.

Vielleicht verliebte sich Tina in die Art, wie er sie ansah; sein Blick gab ihr das Gefühl, als wolle er sie entdecken. ›Dieser Künstler sucht nach etwas tief in mir Verborgenem, vielleicht hilft er mir, es zu finden.‹ Sie fand, daß sie gern mit einem solchen Mann zusammenleben würde, der Batiken herstellte und sich in der Poesie der Formen und der

Worte verlieren konnte. Tina war eine kreative Schneiderin. Was könnten sie zu zweit nicht alles erreichen!

Tina hatte recht, wenn sie sagte, er sei nicht von dieser Welt. Er konnte stundenlang tatenlos aus dem Fenster sehen. Eines Tages urteilte Gómez Robelo: »Du bist eine Tragödin, er ist Romantiker; du neigst zur Katastrophe, er zieht es vor, sich ihr zu entziehen. Du wandelst am Rande des Abgrunds, er auf Wolken.«

Weston lud Tina in sein Studio ein, um sie zu fotografieren. Die Begierde, die sie für einander verspürten, war mitleidlos. ›Was für ein Wahnsinn! What's come over me?‹ fragte sich Tina. Die Leidenschaft zerfraß sie innerlich. Jetzt lebte sie nur noch in Erwartung eines Anrufs: »Komm ins Studio.« Am 25. April 1921 schrieb sie ihm: »Einen Abend danach – den ganzen Tag über war ich voll von der Erinnerung an den gestrigen Abend und ganz erschlagen von all der Schönheit und all dem Wahnsinn – Wie kann ich es erwarten, bis wir uns wiedersehen?«

Beim Schreiben machte sie aus Punkten Bindestriche und aus Großbuchstaben Blitze.

»Ich habe nochmals Deinen Brief gelesen, und meine Augen füllten sich, wie immer, mit Tränen – Mir war noch gar nicht aufgefallen, wie durchgeistigt ein Brief sein kann – Du hast ihm eine Seele geschenkt!«

»Ach, könnte ich bei Dir sein zu dieser Tageszeit, die ich so liebe! Ich würde versuchen, Dir zu sagen, wieviel Schönes in letzter Zeit in mein Leben getreten ist. Wann kann ich kommen? Ich warte auf Deinen Anruf.«

Ihre Liebe schloß die ganze Gruppe mit ein; jeder hatte an dem Delirium teil. Schmerz, Eifersucht, Neid, Verlangen, Leidenschaft – all dies wurde von der Sekte in einer niemals endenden Umarmung festgehalten, selbst wenn sie sich trennen und einander nie mehr wiedersehen sollten. Sie hatten alles Erlebte gemeinsam gestaltet; alles war möglich. Die Liebe Modotti–Weston war das Werk aller.

Tina wuchs im Zusammensein mit Weston. Ihr Geist, ihr ganzes Wesen, brannte vor Verlangen. »... aus meinen noch zitternden Sinnen wächst der brennende Wunsch, erneut Deine Augen und Deinen Mund zu küssen.« Sie erinnerte sich des Geschmacks von Wein im Mund des Geliebten; sie trank von seinen Lippen; sie lebte nur für eine mögliche Begegnung mit ihm und für die Schwere seines Körpers auf dem ihren.

Robo sah sich das alles mit an. »Can I do anything for you? Would you like to travel to San Francisco to see your mother and father? Would you like us to go somewhere?«
»Nein«, entgegnete sie, » I prefer to go alone.«

Im August 1921 nahm Tina den Zug nach San Francisco, um ihre Familie in der Union Street 901 zu besuchen. Vielleicht würden die am Küchentisch geäußerten, entschiedenen politischen Überzeugungen und die Stimme ihres Vaters ihrem wahnsinnig gewordenen Kopf wieder etwas Verstand und ihrem verstörten, glühenden Herzen ein wenig Ruhe verschaffen.

Sie fand ihren Vater Giuseppe verärgert und wegen der letzten Ereignisse besorgt vor. Am 3. Mai 1920 war in New York der mexikanische Setzer Andrés Salcedo nach einem Verhör aus dem vierzehnten Stockwerk des Justizministeriums gestürzt. Er war Anarchist aus Massachusetts, ein Freund der italienischen Einwanderer Nicola Sacco und Bartolomeo Vanzetti.

Es tat Tina auch gut, bei ihrer Mutter zu sein, die anscheinend ihre Gedanken lesen konnte. Und bei ihrem jüngeren Bruder Benvenuto, der sich so sehr für den Kampf der Arbeiter engagierte. Wie schämte sie sich plötzlich ihrer kleinbürgerlichen Konflikte! Bei den Eltern fand sie zu ihrer wahren Natur zurück.

Wenn Benvenuto abends aus der Druckerei heimkam, unterhielt er sich bis tief in die Nacht hinein mit seiner Schwester. Sie saßen am Küchentisch und tranken Rotwein. »Kennst du die Organisation Industrial Workers of the World? Wußtest du, daß die Frauen dort genauso behandelt werden wie die Männer? Und es gibt keine verbotenen Worte: Koitus, Abtreibung, Orgasmus, Sex, Geburtenkontrolle, Homosexueller, Lesbe... Es gibt weder Heuchelei noch bürgerlichen Machtkampf im neuen Sozialismus. Senti, sorella, senti: Die Frauen verfügen über ihren Körper genau wie die Männer.« Als Mercedes, die älteste Schwester, ihren Partner verließ, unterstützte die ganze Familie ihre Entscheidung. »In der kommunistischen Gesellschaft ist die Frau von ihrer Arbeit abhängig, nicht von ihrem Mann, und das verändert die Beziehungen zwischen Männern und Frauen ganz und gar. Sie haben genau dieselben Rechte; beide sind frei, sind Genossen und Freunde, die einander respektieren. Im Haus ist die Frau nicht mehr die Dienerin des Mannes. Capisci, sorella, capisci?«

Und doch dachte Tina immer noch an Edward. Am 21. August schrieb sie einen unterwürfigen Brief an seinen besten Freund Johan Hagemeyer. »Herr Weston gab mir vor meiner Abreise Ihre Adresse (besser gesagt, ich habe ihn darum gebeten), denn ich wollte Sie unbedingt sehen. Er erzählte mir auch von Ihren guten Büchern und Ihrer guten Musik (daher mein Wagemut). Ich werde nur noch eine Woche hier sein, also rufen Sie mich bitte an, wenn es Ihnen paßt, und ich komme. Meine Nummer ist Franklin 965, die beste Zeit ist morgens, so gegen neun.«

Hagemeyer lud sie zu sich ein. Er legte Musik auf, schenkte ihr Wein ein, bot ihr Zigaretten an, zeigte ihr seine Bücher und sprach von Weston. Tina genoß das alles. Sie vertraute ihm an, daß es sie glücklich und stolz machte, für Weston Modell zu stehen. Sie hätte ihn gern gefragt: »Glauben Sie, daß Ihr Freund mich liebt?« Aber sie hatte nicht den Mut dazu.

Tina war von dem Nachmittag bei Hagemeyer bezaubert. Später, als sie Weston davon erzählte, wurde er eifersüchtig.

Zur Sekte von Los Angeles zurückgekehrt, hörte sie wieder Gómez Robelos Lobreden auf Mexiko.

»Revolution ist Avantgarde, ihr habt die Revolution gleich hier, hinter der Grenze. Warum fahrt ihr nicht hin? Ich lade euch alle ein. Alle Möglichkeiten, die eine Revolution zu bieten hat, liegen für euch greifbar nahe«, sagte er und gestikulierte mit seinen langen, dünnen Händen, die beredter waren als seine Worte. »Die Lage in Mexiko ist ideal für Künstler, für die künstlerische Avantgarde. Nordamerikaner können dort völlig ruhig leben und sich frei fühlen. Anarchisten, Gewerkschafter, alle Philosophien und alle Glaubensrichtungen haben in meinem Land Platz. Du kannst sogar Bolschewik sein, wenn es dir paßt! Laßt uns nach Mexiko fahren; dort gibt es ganz billige Ländereien. In Ortschaften wie Cuernavaca, wo ständig Frühling ist, bekommt man sie fast geschenkt. Wir könnten weit weg von der Industrie in einer Kommune leben und unser eigenes Gemüse anbauen. In Mexiko-Stadt ziehen sich die alten Kanäle von Xochimilco, dem Venedig Amerikas, durch von Blumen bewachsenes Festland. Das ist atemberaubend. Aber in Venedig gibt es keine Blumen, nur nasse Steine. In Xochimilco blühen selbst die Steine.«

Und dann, eines Tages, verkündete er: »Morgen reise ich ab nach Mexiko. Die Regierung hat mich rufen lassen, ich soll im Bildungswesen arbeiten.«

Der erste, der Gómez Robelos Anregung folgte, war Robo; im Dezember 1921 bestieg er einen Zug nach Mexiko. Begeisterter noch als der Mexikaner schrieb er Tina nach seiner Ankunft, in Mexiko sei die Kunst ein Akt der Moral. Tina, Edward, ihr alle: kommt sofort, es ist wunderbar; ich habe nie geglaubt, daß ich ein Land für Künstler finden würde.

José Vasconcelos, der Bildungsminister, war ein Gigant. Ihm war es zu verdanken, daß die Bauern bald Platons Sokratische Dialoge lesen würden. Sie würden im Park von

Chapultepec in Regalen ausliegen und für jeden greifbar sein, der vorüberkam. Vasconcelos, ein Visionär, förderte die Wandmalerei. Robo war voll des Lobes über das angeborene Talent der Mexikaner. Mexiko kannte keine Grenzen. Nichts in seinem Leben hatte ihn jemals so beflügelt. Er war ständig den Tränen nahe! Was für ein Vorbild war Mexiko, was für ein edles, großartiges Land.

Robo schrieb Edward einen zwölfseitigen, engbeschriebenen Brief: »Da ist mehr Poesie und Schönheit in der einsamen, in einen Sarape gehüllten, in der Dämmerung an die Tür einer Pulquería gelehnten Gestalt oder in einer jungen, bronzefarbenen Aztekin, die in einer Kirche ihr Kind stillt, als wir in den nächsten zehn Jahren in Los Angeles finden könnten... Kannst Du dir eine Kunstschule vorstellen, wo für jedermann – Mexikaner oder Ausländer – alles kostenlos ist: Unterricht, Essen, Unterkunft, Farben, Leinwand und Modelle? Es gibt keinerlei Aufnahmeprüfung. Bedingung ist einzig und allein, daß man lernen möchte.

Grüße Deine Familie und Fräulein Mather. Schreibe mir bitte wegen Deiner Fotos, und ob Du kommst. Glaube mir, ich bin, wie immer, Dein Freund Robo.«

Tina wollte ihm gerade nachreisen, als sie ein Telegramm erhielt: Robo war am 9. Februar 1922 im British Cowdray Hospital an den Pocken gestorben.

Armer Robo, mein armer Liebling! Plötzlich liebte sie ihn mehr als im ganzen vergangenen Jahr. Sie trug seine Gedichte zusammen, um ein Buch herauszugeben. Sie würde für den Toten tun, was sie zu seinen Lebzeiten nicht getan hatte. Sie verspürte eine tiefe Dankbarkeit, als ihr klar wurde, daß er ihr nie im Wege gestanden hatte.

Gemeinsam mit ihrer Schwiegermutter Rose Richey reiste sie nach Mexiko. Sie wollten ihn gemeinsam bestatten und einen Grabstein in Auftrag geben. Hinter der Grenze glaubte Tina die einfachen Männer und Frauen, die sich dem Zugfenster näherten, ein zartes Italienisch singen zu hören. In Mexiko-Stadt wurden die junge, fünfundzwanzigjährige Witwe und die Mutter von einem noch dünner gewordenen Robelo und seinen Freunden sehr freundlich aufgenommen. Manche erzählten von Robos Augen, die so voller Illusionen gewesen waren, und von seiner Freundlichkeit. Robos Aufenthalt in Mexiko war nicht unbemerkt geblieben. Er hinterließ Zeugnisse seines Schaffens und seines großzügigen Wesens. Selbst im Krankenhaus erinnerte man sich daran, daß er geglaubt hatte, Stimmen aus dem Jenseits zu hören, und daß trotz des heftigen Todeskampfes ein sanftes Lächeln auf seinem Gesicht gelegen hatte, noch im Tode. Tief bewegt suchten die beiden Frauen die Orte auf, die er ihnen beschrieben hatte. Ja, Robo hatte recht, Mexiko war gewaltig und prächtig wie ein Gewitter.

Ermutigt durch die herzliche Aufnahme und die bunte Kunstszene, organisierte Tina mit Hilfe Robelos in der Akademie der Schönen Künste eine Ausstellung mit Westons Fotografien. Mexikanische Künstler und Intellektuelle wie Federico Marín und Julio Torri und auch der Deutsche Leo M. Matthias feierten begeistert Westons Kunst, und Pepe Quintanilla, ein hochgebildeter junger Mann, wollte einige Fotografien kaufen und erbot sich, mit seinem Bruder zu sprechen, einem Diplomaten mit besten Beziehungen.

Bei einem Bankett, das Quintanilla für Tina gab, zog sich ihr der Gaumen zusammen bei all dem Süßen und Scharfen der mexikanischen Küche: knisternde, geröstete Tortillas, schmackhaftes Guacamole, das süße Brennen des Tequila, grüne Limonen und heiße, die Nerven beruhigende Schokolade. Tina war unfähig, lange Zeit sitzen zu bleiben; sie war ständig in Bewegung, und ihr Körper wirkte anregend auf die anderen. Nach dem Bankett zog Pepe Quintanilla, dessen Lippen noch nach Kaffee schmeckten, sie an sich und küßte sie selbstsicher auf den Mund. »Fahr nicht weg, bleib für immer bei mir.«

Als Robo bestattet und der Grabstein errichtet war, kehrten Tina und Rose Richey in die USA zurück, wo Tina ein neuer Schock erwartete: ihr Vater war gestorben, während sie ihren Mann beerdigt hatte.

Giuseppe Modotti, ein ungebildeter Handwerker, hatte es dank seiner Hände Arbeit geschafft, seine ganze Familie nach Amerika zu holen. Mit diesen Händen hatte er in Udine die rot-schwarze Fahne getragen; bei Kundgebungen hatte er seine linke Hand zur Faust geballt, um seine und seiner Kameraden Rechte einzuklagen. Mit diesen Händen hatte er Tina emporgehoben, damit sie sehen konnte, wie die Arbeiter bessere Löhne forderten; sie sollten etwas anderes essen als Polenta; ihre Kinder sollten ein Recht auf Bildung haben. Tina liebte diese Hände mit den dick hervortretenden Adern. Nun hatte sie ihn nicht ein letztes Mal sehen und ihm sagen können, Vater, du hast ein gutes Leben gelebt. Eines Tages würde sie sich seine Träume von Gerechtigkeit zu eigen machen; sie würde sich den Armen anschließen in ihrem Kampf um einen würdigen Platz auf Erden.

Während sie und ihre Mutter einander umarmten und trösteten, vertraute Tina ihr an, sie wolle nach Mexiko gehen. Sie versprach, sie alle nachzuholen und ihnen bis dahin oft zu schreiben, damit sie an ihrem neuen Leben teilhaben konnten.

Ihr Entschluß festigte sich noch, als sie mit Edward eine Ausstellung mexikanischen Kunsthandwerks besuchte, die der junge Maler, Grafiker, Zeichner und Karikaturist Xavier Guerrero in Los Angeles zeigte. Jetzt konnte nichts und niemand sie länger zurückhalten.

»Ich kann nur mit dir reisen, wenn ich Arbeit habe. Laß mich deine Gehilfin werden, Edward, dafür bietest du mir Unterkunft und Essen. Und bringst mir das Fotografieren bei.«

Um seines Seelenfriedens willen und um nicht das Gefühl zu haben, als verließe er seine Familie, nahm Weston auch seinen ältesten, dreizehnjährigen Sohn Chandler mit. Am 30. Juli 1923 brachte Westons Frau Flora sie alle zur Mole und rief, als die *Colima* ablegte, Tina zu: »Take care of my boys.«

Auf der *Colima* hing Tina tagelang über der Reling. Einer der Matrosen brachte ihr eine halbierte Zitrone und riet ihr, fest daran zu lutschen. Schlucken Sie alles runter, Saft und Fruchtfleisch, Sie werden sehen, es geht vorbei. Aber das Schiff schaukelte weiter; das Schlingern schien kein Ende zu nehmen, und Weston rief auf spanisch »Pobrecita« und trug sie in die Kabine, wo er sie ins Bett legte und sie mit einem Laken zudeckte. Die Luft war dick und stickig, und Tinas Magen konnte nichts bei sich behalten. Schließlich wurde das Wasser glasklar, und das Rauschen des Meeres, das sich am Schiffskörper brach, verstummte. Von ihrem Sitzplatz an Deck sah Tina die schlapp herabhängende kleine Fahne, sie sah Weston mit seiner Kamera und Chandler, der seinem Vater wie ein Schatten folgte. Sie beobachtete auch die unorganisierte, lärmende Mannschaft und den polternden österreichischen Kapitän, der seine Leute anbrüllte und beschimpfte. Er bedachte Tina mit Geschichten über Mexiko und die Mexikaner, über ihren Schmutz, ihre Unwissenheit und ihre Untüchtigkeit. Trotz seiner abfälligen Worte klang die Welt, die er beschrieb, für Tina wie eine wunderbare Erholung von der Mechanisierung und der Tüchtigkeit Nordamerikas, die sie mittlerweile verachtete.

Sie liebte es, einen brünetten, hageren, mit Segeltuchhosen bekleideten Burschen zu beobachten, der in der Nähe ihres Sitzplatzes dreimal das Deck wischte, ohne jemals den Lappen auszuwringen, und der sie dann mit seinen glühenden Augen anschaute. Kaum begann der Kapitän zu brüllen, entwischte er wie ein Wiesel. Sie alle arbeiteten ohne Hemden und trugen ihre dunklen, unbehaarten

Oberkörper zur Schau. Die Haut dieses dünnen, drahtigen Jungen spiegelte das Licht wie das Fell eines Panthers wider.

Ihre erste Seereise war ganz anders verlaufen. Mit Grauen erinnerte sie sich daran, wie ihre kleine, in Tücher gehüllte Gestalt tief unten im Schiff gehockt hatte, bis sie sich endlich, von Müdigkeit übermannt, auf ihr elendes Bündel fallen ließ. Es waren eine schäbige Matratze, zwei Blusen, eine Garnitur Unterwäsche, ein Mantel und ein Tischtuch. »Wozu denn ein Tischtuch, mamma?« »Das kannst du verkaufen; es ist mein bestes Stück.« An den ersten Tagen gab Tina gut acht, daß sie den schwarzen Rock nicht zerknitterte. Er würde nicht nur die Überfahrt, sondern auch die ersten Monate in Amerika überstehen müssen. Tina preßte die Stirn an das grüne Blech und die dicken, groben Nägel und behielt fast während der ganzen Reise im Innern des großen Meeresungeheuers ihre embryonale Haltung bei. Als sie erfuhr, daß sich die Dritte Klasse – die Klasse der Auswanderer – unterhalb des Meeresspiegels befand, war sie vor Schreck wie gelähmt. Sie stellte sich vor, wie der Rumpf des Schiffes den Meeresboden streifte und wie sie nur durch dieses rostige Blech, das beim ersten Aufprall zerbrechen würde, von den Wassermassen getrennt war. Bei einem Zusammenstoß würde das Wasser die Emigranten zuerst verschlingen. Nur die Passagiere der ersten Klasse würden sich retten können, denn die Boote an der Außenwand, die sie von der Mole aus gesehen hatte, waren nur für diese Klasse bestimmt. Daher war Tina, als sie erfuhr, daß die Stürme und Windböen einen Hurrikan ankündigten, wie erstarrt. Plötzlich hörte sie die durchdringenden Schreie einer Frau, die aufs Oberdeck zu klettern versuchte. In der Dritten befanden sich fast ausschließlich italienische Auswanderer; sie hatten kein Recht, in die zweite Klasse – geschweige denn an Deck – zu gehen. Abgesehen von dieser einen Frau, die gleich wieder zu ihrer Pritsche gebracht wurde, wagte sich niemand aus dieser schwarzen, tosenden Höhle heraus, in der Männer, Frauen und Kinder zusammengepfercht waren. Sie schliefen übereinander, Füße an Köpfen, Kinder auf Erwachsenen; die Frauen hatten ihre Köpfe in dunkle Tücher gehüllt. Wenn sich das Schiff aufbäumte, um gleich wieder tief einzutauchen, entfuhr den hingestreckten Körpern ein wellenartig anschwellendes Stöhnen, die Kinder stützten sich auf die Ellenbogen und sahen einander schreckerfüllt an. Tina hatte den entferntesten Platz gewählt, um dem üblen, süßlichen Gestank derer zu entkommen, die sich übergeben mußten. Sie aßen und übergaben sich. Nichts konnte sie retten, es sei denn, sie erreichten endlich den Hafen.

Zwei Tage, bevor sie im New Yorker Hafen anlegen sollten, klopfte ihr jemand auf die Schulter: ein Bursche mit zerzaustem Haar wies wortlos auf eine Tür. Tina konnte kaum aufstehen, aber sie hielt sich an den Wänden des Ganges fest, bis sie den Platz erreichte, den er für sie gefunden hatte. Durch eine Luke drangen Licht und salzhaltige Luft. Sie legte ihren Kopf auf die Matratze und schlief mit dem Gesicht zum Meer, während eine Unmenge von Tropfen herabspritzten und sie durchnäßten. So erreichte sie New York und erkannte im dicken Nebel und vor dem grauen, rauchverschmutzten Himmel einen undefinierbaren Klotz: »Da, zu eurer Linken, das ist die Freiheitsstatue!« Sie konnte nur die Fackel erkennen. Sie griff nach ihrem Bündel, strich sich über den Rock und band ein schwarzes Tuch um den Kopf. Langsam kam das Schiff auf dem bleiernen Wasser voran; drei kleine schwarze Barkassen eilten ihm entgegen. Nun, da sie das Festland erreicht hatten, durften die dunklen, gekrümmten Gestalten vom Unterdeck herauskommen. Die Einwanderer wurden in ein Gebäude getrieben, das keine Fenster hatte und in dem sie beim Anblick des elektrischen Lichts um zwölf Uhr mittags noch mehr verzweifelten. »Wo ist denn die

Sonne?« Jemand versuchte, sie aufzumuntern: »Siamo arrivati, siamo arrivati. Questa è Nuova York.«

An all das erinnerte sie sich auf ihrem Weg nach Manzanillo, der Hafenstadt am Pazifik.

Tina auf der Dachterrasse.
Fotografie von Edward Weston. 1923

Bald nach ihrer Ankunft in Mexiko bezogen Tina, Weston und Chandler El Buen Retiro, ein altes, wunderschönes Zehn-Zimmer-Haus in Tacubaya, einem Vorort von Mexiko-Stadt. An einem regnerischen Nachmittag rief Weston plötzlich: »Gehen wir auf die Dachterrasse« und begann auch gleich, sich auszuziehen. Er lief die Treppe hinauf und rief: »Tina, Chandler, nun kommt schon!« Der Junge reagierte als erster; dann kam Tina, die begeistert lachte, während sie sich rasch entkleidete. »Laßt uns Fangen spielen. Tina ist dran.« Weston entkam mit einem Sprung; Tina hing das Haar ins Gesicht. »Ich kann nichts sehen, der Regen macht mich blind.« Der Regen wurde stärker. »Komm schon, Chandler, komm.« Tinas Brüste wippten, wenn sie lachte.

Als sie näherkam, rannen Wassertropfen über ihre weißen Zähne, ihren Hals und ihre Beine. Weston entkam ihr mit einem Sprung aus dem Stand. Da er als Kind schwächlich gewesen war, hatte er trainiert, um Langstreckenläufer zu werden. Mit seinen sechsunddreißig Jahren – er war zehn Jahre älter als Tina – war er stolz auf seine körperliche Kondition, seinen flachen Bauch, seine festen Muskeln. In Glendale hatte er morgens nackt mit seinen vier Söhnen gerungen, und in Tacubaya badete er täglich. Aber was war Tina für eine Schönheit! Das perfekte, üppige Dreieck ihres Geschlechts funkelte im Regen wie ein Diamant. Mit einem Satz holte Chandler seinen Vater ein, der ihn glücklich in die Arme nahm. Danach, noch voller Lebenslust, gingen sie ins Haus, hüllten sich in Badetücher und lasen *Moby Dick*. Was hatten sie doch in Mexiko für wunderbare Dachterrassen! Wie sah es eigentlich auf den kalifornischen Dächern aus? Es hatte sie nie interessiert. Tina las laut vor, und Weston fing ab und zu einen Tropfen auf, der aus ihrem Haar fiel. Ihre Finger hinterließen feuchte Abdrücke auf den Rändern der Buchseiten. »Melville hätte nichts dagegen«, bemerkte Weston lächelnd. »Was bin ich nur glücklich!« sagte Tina. Sie strahlte vor Behaglichkeit. Sie warf Edward die Arme um den Hals und küßte ihn so innig, daß er abwehren mußte: »Ist gut, ist gut, deine Liebe bringt mich noch um.«

Er starrte in den Himmel, und als er den Blick wieder senkte, sah er Tina nackt in der Sonne liegen. Er richtete seine Kamera auf sie und drückte auf den Auslöser. Als sie den Kimono anzog, folgte er ihr begierig ins Schlafzimmer; ihre Haut war noch warm von der Sonne. In der Dunkelkammer prüften beide begierig die Negative. »Das ist die beste Serie von Aktaufnahmen, die ich je gemacht habe.« Auf den Fotos waren ihr Gesicht und ihr Geschlecht zu sehen – etwas Seltenes für Weston, der bei seinem früheren Modell Margarethe Mather beides stets verborgen gehalten hatte.

In der Dunkelkammer stand Tina neben ihrem Lehrmeister und sah zu, wie sich ihr im chemischen Bad ein neues Bild ihrer selbst darbot: da war er, ihr Körper, der ihr stets so fremd gewesen war. Jetzt konnte sie eine neue Beziehung zu sich selbst aufbauen und sich lieben. Wenn ihr Körper diese Stärke, diese Harmonie und diesen Rhythmus ausdrücken konnte, dann war auch sie etwas Außergewöhnliches. Der auf Papier gebannte Körper drang langsam in ihr Bewußtsein ein. Edward hatte ihr eine neue Möglichkeit geboten, Tina zu sein. Ohne jede Verkleidung. Wenn sie sich in ihrer Nacktheit zeigte, präsentierte sie den anderen das allerschönste Kleid. Edward hatte ihr die Elemente der Entdeckung geschenkt: die Silberplatten, das Zelluloid, die Emulsion und das Licht, Elemente, die sie auf sich selbst richten konnte oder aber auf die Welt.

Vor Tagesanbruch schlich sich Weston im noch stillen Haus an den Tisch, um an seinem Tagebuch zu schreiben. Nach jeder einsamen Sitzung erhob er sich, frei von jedem Makel; es war, als mache das Schreiben sein Herz und seinen Kopf von allen Spinngeweben frei.

Draußen lag ständig Mexiko auf der Lauer, das träge, violettfarbene Mexiko, das große Aztekental, wie es Jean Charlot nannte, das unheimliche, trügerische Mexiko. Drinnen gab es nur Stille, Halbdunkel und die Einsamkeit am Arbeitstisch im Morgengrauen – seinen Raum.

Weston erlebte, wie Tina sich ihm offenbarte, zusammen mit dem Land, das sie ihm näherbrachte. »Alles gefällt mir hier, ich fühle, daß ich zu den Leuten gehöre«, und dabei schloß er alles ein, was in Reichweite lag. »Sieh mal, Tina, die Farbe dieser Mauer, die Bougainvillea.« »Eduardito, hast du bemerkt, daß die Dienstmädchen noch vor Sonnenaufgang die Bürgersteige schrubben? Daß hier jeder sein eigenes kleines Stückchen von der Stadt sauber hält? Ist das nicht eine gerechte Verteilung der Schönheit? In Mexiko lebt und spricht jeder Stein; ich werde mich in diesem Land einrichten, ich werde die Mamma und die Meinen herholen. Oh, sie werden sich hier wie in Udine fühlen. Hast du die Luft gesehen, Edward? Hast du gesehen? Diese Hochebene ist dem Himmel so nahe, daß wir ihn berühren können. Spürst du, wie dünn die Luft hier ist? Man möchte fliegen. Als Kind habe ich geträumt, ich könnte fliegen. Ich ließ die Erde hinter mir, und dann waren da nur noch der Himmel und ich, der Himmel und ich, der Himmel und ich.«

Einmal wurden sie im Morgengrauen durch eine Knallerei geweckt. Sie rannten auf den Balkon. »Ob das eine neue Revolution ist?« Bald gewöhnten sie sich an die bei jeder Gelegenheit explodierenden Knallkörper. Ein anderes Mal sagte Weston zu Elisa, dem Dienstmädchen: »War das eine Knallerei heute morgen!« und das Mädchen entgegnete ungerührt: »Ja, in Tacubaya gab es eine Schießerei.« »Was denn!« »Ja, aber keine Bange, diese Draufgänger stellen die Maschinengewehre auf und werfen, wenn alles bereit ist, ihre Hüte in die Luft, damit sich die Gaffer verstecken können und nicht von einer Kugel getroffen werden.« Weston fragte Rubicek, den Besitzer der Galerie *Aztec Land*, ob es eine neue Revolution geben werde:

»Nicht eine, vierzig.«

Weston notierte es in seinem Tagebuch.

Jedesmal, wenn Weston seine Graflex auf das Stativ setzte, bildete sich auf der Straße ein Kreis von Neugierigen. Auf den Märkten waren Fotografen nicht gern gesehen. Die Leute vermuteten, er sei von der Presse. »Bitte, lauft doch nicht weg, wir sind Freunde«, bat Tina. »Komme ich etwa in die Zeitung?«

Sie hatten kein Verständnis für das Interesse dieser beiden Ausländer an dem schwarzen Ton von Oaxaca, den Körben oder dem hoch aufgetürmten Tongeschirr. Mitten in den Abfall stellten sie ihre Kameras; nicht einmal ein Laken brachten sie mit. Wollten sie nur den Schmutz fotografieren? Die Leute sahen zu, wie die Señora eine Chirimoya aufschnitt und sie an ihre Nase hielt, was für ein Duft, Edward, probier mal. Sie spricht ein seltsames Spanisch, aber eine Gringa ist sie wohl nicht; er sagt kein Wort, überall hin nimmt er sie mit. Schön ist die Señora, und so freundlich; sie klatscht vor den Ständen in die Hände und ruft: »Qué lindo, pero qué lindo!« Diese Ausländer tun so, als wüßten sie nicht, was es heißt, Wasser zu schleppen, Weizen zu ernten oder einen Kürbis zu öffnen; als wären sie erst gestern auf die Welt gekommen.

Tina beim Feilschen zu beobachten war für Weston ein Erlebnis. Sie konnte jede Ware auf den halben Preis – oder sogar noch weiter – herunterhandeln; selbst Fremde blieben stehen, um ihr zuzuhören. Sie war entwaffnend in ihrer Unbefangenheit. Die Männer betrachteten unverhohlen ihre Beine, und wenn sie ihr folgten, wandten sie den Blick nicht von ihrem Hinterteil. Sie pfiffen bewundernd, riefen ihr mamá, mamacita nach, und Tina schien sie nicht zu hören. Tinas Schönheit war Westons Paß für Mexiko.

Er hatte sie nie so überschwenglich, so erregt gesehen. Sie zog andere an wie das Licht die Motten. Zwischen ihr und der Welt schien ein Lächeln zu schweben. Als bekannt wurde, daß sie nach Mexiko zurückgekehrt war, erschienen Federico Marín, Pepe Quintanilla und Baltasar Dromundo in El Buen Retiro. Ihretwegen; nicht wegen Weston.

Vielleicht lag es am Schießpulver, vielleicht an der Revolution, an der Mentalität, am Klima. In Mexiko war alles extrem. Der Kaffee war schwarz wie die Hölle, der Schnaps reizte zu Tränen, Nieselregen war Regen, ein Regenguß war ein Wolkenbruch. Mehrmals überraschte Tina ihren Geliebten mit Tränen in den Augen. Sie schob es auf den Chilipfeffer. Eines Abends, beim Essen, bot ihnen Federico Marín zum Kaffee Anisschnaps und kleine, in Gewürznelkenrinde gewickelte Zigarren an. »Sie rauchen doch gern, Tina.« Wie kam es, daß alle ihren Geschmack kannten? Für Weston wäre es ein angenehmer Abend gewesen, wenn Federico Marín nicht versucht hätte, sich an Tina heranzumachen. Warum starrte er sie so an?

Tinas Verhältnis zu diesem Land war spannungsgeladen. Morgens erwachte sie mit einem Elan, wie sie ihn nur als Halbwüchsige in Udine gekannt hatte. »Edward, I feel as if I had been born again.« Sie schwankte zwischen Begeisterung und Entsetzen; dies war ein zeitloses, unheilbringendes, ewiges, bösartiges Land, ein Land von Wilden, von Rohlingen, aber auch von Gelehrten. Das nächtliche Zirpen der Grillen, das Zwitschern der Vögel nach dem Gewitter, die Schreie der Hausierer auf den Straßen, die Pfiffe des Scherenschleifers – alles drang bis an die Tür ihres Hauses in Tacubaya. Tina lebte in ständiger Euphorie: sie fühlte sich abgestoßen und gefesselt zugleich. Bei der Armut und all dem Elend drehte sich ihr der Magen um. Hunger schlug gegen die Wände ihres Hauses. Mexiko, in den Büchern als Füllhorn beschrieben, verteilte seinen Überfluß nicht unter sein eigenes Volk. Aber dann kam Weston vom Markt zurück und brachte eine kleine Strohpuppe mit.

»This is incredible, look at it.«

Wie war es möglich, daß all diese ergötzlichen Kunstwerke von so verkrüppelten, knöchernen Händen hergestellt wurden? Hier hatte man ein Gespür für Formen. Hatte die dünne, kaum sichtbare Luft die visuellen Fähigkeiten der Leute so sehr entwickelt? Sie hatten einen erstaunlichen Hang zum Abstrahieren.

»Dieses Land ist zum Fürchten«, sagte René d'Harnancourt, »es ist verräterisch.«

»Was können sie hier schon verraten«, sagte Weston ironisch, »sie haben doch nichts.«

»Mexiko gehört allen, die es erobern wollen. Ich bin für Mexiko wie geschaffen. Mexiko gehört mir, ich gehöre Mexiko«, sagte Tina mit Nachdruck.

»Du wirst bald sehen, wie Mexiko dir ein Messer in den

Rücken jagt. Spürst du nicht die Obsidianmesser in der Luft? Ein Wort gilt nichts in Mexiko; niemand glaubt an das, was gesagt wird. Die Wahrheit hat viele Gesichter, und jeder wählt das aus, das ihm am besten paßt. Die Mexikaner sagen das eine und tun das andere. Ihr werdet schon sehen.«

Tina protestierte empört.

Diego Rivera malte im Bildungsministerium an seinen »Badenden von Tehuantepec«. Vier üppige Bildtafeln mit Früchten und Frauen, eine pralle Fülle von prachtvollen Weibern, die sich zwischen Bananenstauden und glänzenden, fleischfressenden Blättern rhythmisch bewegen. Tina nahm Edward mit zur Besichtigung. Durch das gewölbte Haupttor strömten die Passanten und blieben stehen, um zuzusehen, wie die Maler auf den Gerüsten hockten und an den Querbalken hingen. Unten im Wandelgang mischten die Assistenten die Farben: Kobaltblau, Sienabraun und Ockergelb. Wenn Diego Rivera mehr Farben brauchte, schwenkte er seine Palette, und Máximo Pacheco kletterte wie ein Affe an den Balken hinauf. Auf den Gerüsten tauchten Amado de la Cueva, Jean Charlot und Fermín Revueltas ihre Pinsel in Pflanzensaft und in zerstampfte Blütenblätter, in blutiges Rot, in ein Blau, das an Haifischrücken erinnerte, in den Saft riesiger Liliensträuße, in Karren voller Meeresalgen, in Speichel, Tomatensaft, Gras, Paprikaschoten und Schildkrötenpanzer. Tropfen um Tropfen trugen sie die Farben mit den Pinseln auf die Mauern auf. Die Kunst war auf die Straße hinausgegangen. Jeder hatte eine Meinung und tat sie kund. Die Kunst gehörte dem Volk. José Vasconcelos, der Bildungsminister, hatte beschlossen, die Riegel zu öffnen und die Kunst aus den Tresoren zu holen; die Kunst würde die Museen verlassen, die Stadt würde zu einer riesigen Kollektivausstellung werden, Musik würde durch die Luft taumeln wie ein Dorftrottel, und alle würden ihr lauschen, sie würde zum

Fenster hereinkommen und das Treppenhaus erklimmen; die Künste würden das Leben des Kutschers und der Frauen, die Tortillas buken, verschönern. General Obregón, der Präsident der Republik, unterstützte Vasconcelos in seinem Kampf gegen das Analphabetentum. Er rief das ganze Volk auf, diejenigen, die nicht lesen konnten, zu unterrichten. Er rekrutierte ein Heer von Kindern, die vor den Häusern und an den Straßenecken Unterricht abhielten, und dazu ein Heer von Frauen, die an ihren freien Tagen Lehrerinnen wurden. Wer nachwies, daß er einhundert Analphabeten lesen gelehrt hatte, bekam von Obregón persönlich eine Urkunde. Kein Volk des Kontinents war so für Kunst zu haben wie das mexikanische. Kunst war ihm angeboren. Die Muralisten malten, um sich selbst kennenzulernen und zu lieben; Mexiko, geboren aus einer Revolution ohne Philosophie, würde mit ihrer Hilfe beginnen, sich selbst zu erkennen.

Als Lupe Rivera sie zu einem Imbiß in ihr Haus in Mixcalco einlud, kam sie mit der Mühle in der Hand heraus, um ihnen die Tür zu öffnen. Der mexikanische Kakao war berühmt, aber der Beste war der frisch gemahlene, den Lupe aus dem heimatlichen Guadalajara kommen ließ. Für Lupe kam alles Gute aus Guadalajara. Weston brachte eine Aufnahme von Lupes Kopf mit. Er hatte sie auf der Dachterrasse von El Buen Retiro gemacht, während sie laut etwas gerufen hatte. Diego sah es sich lange an und wandte sich dann an Tina: »Verwirrend für einen Maler, solche Fotografien zu sehen.« Lupe sah nur flüchtig hin, während sie auf und ab lief und Brötchen, frischen Käse und Toast servierte. »Ach, ich sehe doch grauenhaft aus, sieh doch nur mal dieses zerzauste Haar, wie kannst du es wagen, Weston? Verdammt noch mal, am liebsten würde ich dir den Kakao über den Kopf schütten!«

Später verkündete Lupe, sie werde die Nachbarn holen, und kam mit Germán und Lola Cueto zurück. Beide stellten Marionetten her, obwohl Lola von Beruf Grafikerin und Germán Bildhauer war. Diego wies sie zurecht: »Ihr vergeudet eure Zeit.« »Darum lade ich sie ja ein«, unterbrach ihn Lupe, »weil sie nicht solche Langweiler sind wie du, Dickbauch. Du gehst mir auf die Nerven mit der ständigen Malerei.« Im Vorübergehen gab sie Diego mit dem Krug eine Kopfnuß.

Morgen gibt es ein Diner im Hause Braniff, verkündete El Chango García Cabral, der in der Tür aufgetaucht war.

In dem opulenten Haus, das Oscar und Beatriz Braniff bewohnten, hob Lupe zwischen den vergoldeten Weinblättern und dem Carrara-Marmor die Stimme und setzte mit ihren Sticheleien allen Anwesenden zu. Oscar und Beatriz versuchten, einen literarischen Salon ins Leben zu rufen, in dem Musiker, Dichter und Maler zusammentreffen sollten, um einem Vortrag, einer Dichterlesung oder einem Quartett zu lauschen. Oscar wollte im Lichte Diegos glänzen, dessen unbeherrschte Frau jedoch mit ihrem Geschrei alles verdarb.

Am Tisch, den man im Garten unter den hohen Eschen gedeckt hatte, verkündete Diego, er befolge jetzt eine neue Diät. »Nur Erdbeeren, sie sind das einzige, was ich esse; in Paris hat es gut gewirkt«, und schon holte er sie aus einer Tüte und schüttete sie wie eine rote Lawine auf seinen Teller. Lupe wies den Handschuhe tragenden Kellner an: »Geben Sie diesem Kerl nichts, er ist schon ein richtiger Elefant.« Als die Platten mit Œufs Mousseline auf Artischockenherzen gebracht wurden, bestellte Lupe Reis mit Spiegelei. »Ach, Beatriz, wie gut dir der Punsch gelungen ist«, rief sie, als der Champagner serviert wurde.

Nach dem Essen lenkte der große französische Maler Jean Charlot das Gespräch auf die Pyramiden und behauptete, die von Teotihuacán seien älter und größer als die ägyptischen. Braniff, der bei der Aussicht auf eine gehobenere Konversation wieder Mut gefaßt hatte, gab alles zum besten, was er über die Geschichte der Chinesen in Mexiko wußte. Lupe fand das alles unsagbar langweilig. Sie meinte, man müsse die anderen etwas aufmuntern, und schrie: »Die Stunde der Kultur ist vorbei, wird Zeit, daß die Party lebendiger wird!« Und schon stimmte sie an: »Borrachita me voy...« Selbst Braniff mußte lächeln.

Bei Anbruch der Dunkelheit sang Lupe noch immer. Die Kellner lehnten, Servietten über dem Arm, an der Wand. Später würde Weston in sein Tagebuch schreiben, Lupe habe »ungeheuer glanzvoll ausgesehen in Rot und Gold, eine biblische Figur mit schweren goldenen Ketten und Ohrringen.«

Eines frühen Morgens stürzte Lupe Marín wie ein Wirbelwind ins Haus von El Buen Retiro.

»Tina, ich stelle nur rasch die Töpfe auf den Küchentisch. Ich brauche noch viele Gewürze. Hast du die Hühnerbrüste gekauft, die du beisteuern mußt? Gleich kommen Dalila und meine Schwester María, um sie zu zerlegen. Hör mal, du, Mädchen, mach dich ans Aufräumen, trag das Frühstücksgeschirr weg. Du hast gesagt, es gäbe hier eine Mühle, wo sie keinen Dreck in den Teig geraten lassen. Du, Eduardo, gehst wieder auf deine Dachterrasse, steig auf die Wolken. Hier legen wir die gefüllten Paprikaschoten rein, die mit Hackfleisch hier hinein, die mit Käse dort, die scharfen in das Längliche da, aber nur die grünen; die roten kommen woanders hin, den schwarzen Mole auf den gelben Teller dort, damit er sich abhebt...«

»Ich glaube, du hast nicht genug Quark mitgebracht«, wagte Tina zu sagen.

»Ein halbes Kilo soll nicht ausreichen? Na ja, du bist eben Italienerin... aber vielleicht hast du recht. Ich werde ein halbes Kilo alten Käse holen. Den werden wir daruntermischen.«

Mit ihren Riesenpranken herumfuchtelnd, das Haar fest geknotet, band sich Lupe ihr Schultertuch wie einen Patronengurt vor die flache Brust und rief: »Ich bin nicht lange weg; bis ich wiederkomme, bewegt ihr eure Händchen auf den Schneidebrettern ... Ach, der Koriander, ich brauche noch Koriander und Papaloquelite. Ihr macht den anderen Mädchen auf, ja? Die kommen nie aus den Federn ...«

Von der Dachterrasse aus sah Weston Lupe nach, die sich wie ein Pantherweibchen entfernte und dabei Wellen der Erregung zu verbreiten schien. Die Ruhe, die Lupe hinter sich zurückließ, wirkte grau. Er konnte erkennen, wie Tina und Elisa in der Küche Radieschen wuschen: »Wir sollten uns lieber beeilen«, flüsterte Elisa.

Eine Stunde später war Lupe, beladen mit Paketen, wieder zurück.

»Die anderen sind noch nicht hier? Was für Nichtsnutze! Denken sie etwa, ich mache alles allein?«

Dalila und María Orozco Romero erschienen um sechs Uhr nachmittags, und María vertraute Tina an: »Ach, ich halte das Geschrei meiner Schwester nicht aus!«

»Ihr Idioten! Was bildet ihr euch ein? Die Italienerin hier hat für euch beide geschwitzt. Ihr Maultiere! Ihr kommt, wenn alles fertig ist und die Gäste gleich erscheinen!«

Monna und Rafael Sala und ihr unzertrennlicher Felipe Teixidor waren, als gute Europäer, ebenso pünktlich wie Jean Charlot. Federico Marín, Lupes jüngerer Bruder, erschien mit einem Berg von Heilkräutern für Tina. Carlos Mérida und Miguel und Rosa Covarrubias interessierten sich besonders für die prähispanischen Heilmittel. »Hier, diese Art grüner Kaktus, das ist Peyote ... Diese feinen Zweige hier, das ist Marihuana.«

Fito Best Maugard war von zwei Schönheiten – María Asúnsolo und seiner Cousine Lolita – begleitet und erregte mit seiner hoch aufragenden Gestalt Aufsehen. Weston rannte los, um sein Wörterbuch zu holen, damit er sich mit den »wunderschönen Señoritas« unterhalten konnte. Tina fragte nach Ricardo Gómez Robelo. Man munkelte, er vergehe vor Leidenschaft für Tina. Selbst der Bildungsminister José Vasconcelos sagte, sein Mitarbeiter verzehre sich nach der Italienerin.

Ein soeben angereister Gringo wagte sich, schüchtern und mit gesenktem Blick, zwischen die Gruppen. Er wollte Diego Riveras Gehilfe werden. »Mein Name ist Paul O'Higgins.« Xavier Guerrero folgte ihm, flankiert von seiner Schwester Elisa, die sich Wollfäden in den Farben ihrer bestickten Bluse ins Haar geflochten hatte. Als letzter kam Diego Rivera, der sein aus Weintrauben und Äpfeln bestehendes Abendbrot in ein rotes Tuch gebunden hatte. »Ich habe die saubersten Därme der Welt.« Weston vertiefte sich in ein zweisprachiges Gespräch über Darmhygiene. »Dieses Land ist mit seinem Überfluß an tropischen Früchten ein Paradies für Vegetarier.« Elisa Guerrero machte Weston schöne Augen, aber der konnte nicht aufhören, Diego Rivera anzustarren. Die Pistole, die er seitlich am Bauch trug, kontrastierte mit seinem beinahe süßlichen Lächeln, das nie von seinem wabbligen Gesicht wich. »Alle mexikanischen Künstler sind Kommunisten, alle guten jedenfalls. Mich nennt man den Lenin Mexikos. Wir sitzen nicht einfach im Café auf dem Arsch, wir machen uns die Hände schmutzig«, erklärte er einer der Asúnsolo-Schwestern, wobei er mit seinen kleinen, empfindsamen Händen die Pistole liebkoste. Weston rief nach Chandler: »Sieh dir diesen Mann gut an, er ist ein Genie, sieh dir seine Hände an, Hände eines Kunsthandwerkers; sieh dir seine Stirn an, die breite Stirn verrät, wie groß die Intelligenz ist; seine ist riesig wie ein Dom, mein Sohn, sieh genau hin, das ist die Stirn eines Denkers.« Diego redete ununterbrochen, und wenn er endlich schwieg, um seinen Gesprächspartnern zuzuhören, hielt er die kleinen Hände über dem Bauch gefaltet, und ein wohlwollendes Lächeln lag auf seinem Gesicht, bis ein ansteckendes Lachen seine Fettpolster erschütterte. Chandler konnte nicht aufhören, ihn und seine mächtige Pistole anzusehen. »Benutzt er die, um seine Bilder zu schützen?« fragte er seinen Vater.

Wenn Lupe in der Nähe war, verfielen sie und Diego in eine lautstarke, scharfe Streiterei, die vor allem für die Zuschauer bestimmt war. Nach dem »Wie ist es dir heute ergangen, Winzling?« begannen die Zuhörer zu lachen. »Dicker, du hast Brüste wie ein altes Weib, und da ich überhaupt nichts vorzuweisen habe, geben wir ein gutes Paar ab.« Brüste waren Lupes Lieblingsthema. Immer, wenn sie wütend auf ihren »Fettbauch« war, schrie sie: »Hau ab mit deinem Weiberbusen.« Nach dem Abendessen gab Diego bekannt, daß Lupe und Hernández Galván ein paar Lieder singen würden, die Concha Michel gesammelt hatte, während sie auf einem Eselsrücken durch die Republik gereist war. Auf Charlots Drängen zeigte Weston sein Foto der Fabrikschornsteine aus Middleton in Ohio; es war sein und Monnas Lieblingsfoto.

»Sehr, sehr gut«, murmelte Diego.

Im Morgengrauen saß Weston im friedlichen Haus von El Buen Retiro an seinem Tagebuch und versuchte, Bilanz zu ziehen. Mexiko war drauf und dran, in Brand zu geraten; selbst das Wasser konnte einen verbrennen. Tina befand sich mitten in den Flammen. Hätte Tina sein Tagebuch gelesen, hätte es sie betroffen gemacht, bei Weston Eifersucht festzustellen. Sie ließ sich einfach bewundern, ohne nach den Motiven ihrer Bewunderer zu fragen. Weston jedoch, der gute Angelsachse, hatte seine Hormone unter Kontrolle, im Gegensatz zu diesen Mexikanern ...

Für sie war Edward derselbe wie in Los Angeles: der angebetete, glänzende Künstler. In Mexiko war sie für ihn unverzichtbar geworden. Sie verbrachten die meiste Zeit zusammen. Da sie spanisch sprach, war er von ihr abhängig. »Du bist meine Malinche.« Ihre Nächte waren besser als in Los Angeles. Sie begriff nicht, daß Weston sie mit der Wut eines Erbitterten nahm.

Westons Ausstellung, die am 22. Oktober in der Galerie Aztec Land eröffnet wurde, war ein voller Erfolg. Gegen Abend waren bereits alle bekannten Gesichter versammelt: Lupe und Diego, Charlot, die Salas, Monna und Rafael, Felipe Teixidor, die Quintanillas und General Manuel Hernández Galván. Das Gästebuch war voller Eintragungen wie »Sie haben Mexiko im Sturm erobert.« »Weston, wie Sie doch unser Land lieben und verstehen!« oder »Sie sind Latino, kein Angelsachse.« Am meisten sprach man über die Porträts von Galván, Lupe, Nahuí Olín und Ruth Stallsmith Quintanilla. Aber die größte Bewunderung ernteten die Aktaufnahmen von Tina. Ich bin so stolz auf dich, Eduardito, sagte sie immer wieder. Ja, zahllose andere Männer konnten Tina den Hof machen, aber Weston genoß noch immer ihre allergrößte Bewunderung.

Besonders freute es ihn, zu sehen, wie die Bauern ihre Kunstwerke betrachteten, die er mit seiner Kunst abgebildet hatte. Niemand hatte jemals Spielzeug, Ton oder Stroh fotografiert; es war, als gebe Weston es ihnen zurück und als wolle er ihnen sagen:»Da, seht nur, welche Schönheit ihr erschaffen habt, erkennt doch ihren Wert.« Weston hoffte aufrichtig, diese Korbflechter und Töpfer würden begreifen, wie sehr er ihrer Arbeit huldigte; es lag soviel Würde in diesem aus dem Nichts gezauberten Spielzeug. Rubicek, der Besitzer von *Aztec Land*, hatte nicht erwartet, daß sie so zahlreich kommen würden. Sie kamen so schüchtern herein, daß er beschloß, respektvoll auf Distanz zu bleiben und nicht mit ihnen zu sprechen, aus Angst, er könne sie verscheuchen.

Diego, dessen Overall mit Gips bespritzt war, reagierte mit wahrer Begeisterung auf die Fotografien. Er behauptete sogar, er ziehe ein gutes Foto jederzeit einem modernistischen Gemälde vor. Besonders liebte er das Bild von dem Zirkuszelt, und er war fasziniert von der Textur der Aufnahmen von Margarethe Mathers nacktem Torso am Strand. »Das streben wir Maler an, wenn wir Sand auf unsere Bilder streuen oder Glasscherben, Schalen, Papier und bestickte Bänder, Bruchstücke der Wirklichkeit.«

Weston versuchte, ihm zu erklären: »Die Kamera sollte das Leben festhalten, die Substanz und die Quintessenz des Gegenstandes an sich zeigen, sei es nun poliertes Eisen oder pochendes Fleisch... Bei den neuen Porträts von Lupe, Galván und Tina habe ich in Bruchteilen von Sekunden eine Intensität der Empfindungen eingefangen, die niemand erzielen kann, der mit irgendeinem anderen Medium arbeitet. Diese Realität festzuhalten ist das schwierigste.«

Wenige Tage nach seinem unerklärlichen Fernbleiben von der Ausstellung besuchte Ricardo Gómez Robelo Tina und Edward in El Buen Retiro. Es war ihre erste Begegnung seit ihrer Ankunft. Er war so verändert, daß Weston ihn kaum erkannte. Manche Leute behaupteten, er habe Tuberkulose oder Syphilis; andere sagten, er verzehre sich vor Leidenschaft für Tina.

Voller Schmerz sprach Gómez Robelo von seinem Land, von den vielen, einander widersprechenden Aspekten der mexikanischen Kultur. Die »anständigen« Leute haßten Riveras Karikaturen, seine grauenhaften Frauen, seine abstoßenden Farben, mit denen die klassische Schönheit einer Rasse degradiert wurde, die es verdiente, in Marmor gemeißelt zu werden. Sie meinten, die Muralisten machten Mexiko in den Augen der Welt lächerlich und Vasconcelos habe einen schrecklichen Fehler gemacht, als er diesen Aufrührern, die menschliche Gestalten nur verschandelten, die Wände zur Verfügung gestellt hatte. Gleichzeitig glaubten die berühmten Besucher, die von den Malern, Dichtern und Schriftstellern empfangen wurden, daß das Land erblühte und daß Vasconcelos seine Seele befreit hatte. Er hatte der bildenden Kunst und dem geschriebenen Wort erlaubt, ihre ganze kathartische Kraft zu entfalten. Die Ära der kosmischen Rasse war angebrochen. Im Schmelztiegel Hispanoamerikas loderten die Flammen der fünften Rasse, aus deren Asche das Menschengeschlecht der Zukunft hervorgehen würde. Mexiko mit seiner Mischung aus Blut und Gold würde die Welt in Brand setzen.

»Kannst du nicht anders ins Taxi steigen?«

Verstört betrachtete Tina Edwards verzerrtes Gesicht.

»Kannst du denn nichts tun, ohne daß dein Körper dabei auffällt? Wir können keine zwei Schritte machen, ohne daß uns eine ganze Meute verfolgt. Wofür hältst du mich, für einen Idioten?«

Tina zog den Rock über die Knie und starrte aus dem Fenster. Sie wollte seinem Blick nicht begegnen.

»Nächstens suche ich mir eine häßliche Geliebte.«

Das sagte er nun schon zum dritten Mal. In die Rolle der »Geliebten« verwiesen, zog Tina den Kopf ein wie eine Schildkröte, die sich bedroht fühlt. Weston plusterte sich auf und vergaß dabei, daß es ohne sie für ihn keine Freunde, keine Feste und keine Landpartien geben würde! Am liebsten hätte er Xavier Guerrero oder gar den zarten, bescheidenen Pablo O'Higgins geohrfeigt. Hatten die noch immer nicht begriffen, daß es außer Tina noch andere Frauen auf der Welt gab?

Diese Frau gehörte ihm, er besaß sie, und kein anderer. Er würde sie nehmen, er, der Sieger über das Verlangen der anderen; wenn er sie besaß, fegte er sie alle hinweg, fort aus diesem Bett, großmäulige Köter, nur er und sie, nur er, der mit ihr machte, was er wollte, nimm, nimm, das bin ich, und dann würde er sie allein lassen, um ihr zu beweisen, daß ihn niemand besaß. Oftmals bat ihn Tina: »Laß mich nicht allein, schlaf bei mir, laß uns gemeinsam aufwachen«, aber er weigerte sich. »Ich kann nur allein schlafen, ich brauche einen guten Nachtschlaf, morgen habe ich viel Arbeit.« Nicht einmal zu Beginn ihrer Beziehung hatte er eine Ahnung gehabt, wie sehr er Tina dadurch verletzte. Sie hätte gern seine Beine mit den ihren umschlungen, ihre kalten Füße zwischen seinen Schenkeln aufgewärmt, in seinen Armen geschlafen und zugesehen, wie er die Augen aufschlug und erwachte. »Von klein auf hatte ich andere Körper neben mir, Edward, erst auf dem Fußboden und dann in unserem einzigen Bett. Ich konnte immer das Kinn an einen fremden Arm pressen; ich bin es gewohnt, beim Aufwachen zu spüren, daß ich nur die Hand ausstrecken muß, um eine fremde Haut zu berühren. Meine Geschwister Mercedes, Yolanda, Gioconda, Benvenuto, Beppo und ich haben alle unter derselben Decke geschlafen. Gioconda sagte immer, ich sollte ihr ein Stühlchen machen, und dann beugte ich meine Knie und sie kuschelte sich hinein, und wir schliefen eng umschlungen ein. Mercedes war größer und machte dasselbe mit mir.« Edward störte die Nähe eines anderen Körpers; nach dem Liebesakt konnte er seine Liebe nicht zeigen. Allein schlafen. Schnell aus dem Bett und ins Bad. Das war seine Art, den Tag zu beginnen, die einzig mögliche.

Tina stand niemals auf, um sich zu waschen, nachdem sie sich geliebt hatten; sie blieb lieber im warmen Leib des Bettes. Als Weston das erste Mal gesehen hatte, daß sie auf diese Weise einschlafen wollte, hatte er gefragt: »Willst du dich denn nicht waschen gehen?«

»Nein, so fühle ich mich wohl.«

»Es wäre wirklich besser, weißt du?«

»Besser noch, du bist in mir.«

Und dann fiel sie in einen tiefen Schlaf, wie ein befriedigtes Tier, den Geschmack seines Spermas noch auf den Lippen. Dabei schlug sie die Beine übereinander, »weil ich nicht einen Tropfen von dir verlieren möchte, ich möchte alles bei mir behalten.«

»Wie primitiv du bist. Ich habe noch nie eine Frau wie dich erlebt.«

In Los Angeles war Tina um vier Uhr morgens in Westons Studio gekommen und lautlos zu ihm unter das Bettuch geschlüpft. Als er, aus einem tiefen Schlaf zurückkehrend, die Augen öffnete, erkannte Tina in ihnen Ablehnung. Sie versuchte, ihn zu küssen, aber er stand auf und ging ins Bad, um Wasser zu trinken oder sich die Zähne zu putzen. Als er zurückkam, vollzog er pflichtbewußt den Akt. Edward hatte ihr oft die Schuld daran gegeben, daß er schlaflose Nächte verbrachte. Er hatte gesagt, er könne vor Verlangen nicht einschlafen. Fälschlicherweise hatte sie dies als Aufforderung verstanden, zu ihm zu kommen. Wenn er jetzt, in Mexiko, auf ihr lag, erinnerte sie sich nur jenes Ausdrucks in seinen Augen.

Fand die Party in Lupes Haus statt, aß man Tamales; bei María Orozco Romero gab es Mole; die Salas servierten für gewöhnlich Stockfisch. Wenn Tina die Gastgeberin war, servierte sie Spaghetti al dente, Rotwein und einen üppigen Salat aus Kopfsalat, frischer Kresse, Gewürzkräutern, harten Eiern, Oliven und Olivenöl. Kurz vor Tagesanbruch verkündeten die Gäste: »Wir bleiben zum Frühstück.«

»Zu deinen Festen kommen vor allem Männer, stimmt's?« stichelte Lupe.

»Hier sind die Männer läufig«, bemerkte Weston. »Das ist das einzig Vorhersehbare in Mexiko.«

Von Tinas Verehrern beunruhigte Xavier Guerrero Weston am meisten. Vielleicht war er deshalb so aufgebracht, weil Guerrero so schweigsam war und weder tanzte noch sang. Eines Abends, bei einem Kostümfest im Hause der Salas, war Weston schockiert von dem Ausdruck des Ekels auf Guerreros Gesicht, als er, Weston, in seiner prachtvollen Verkleidung hereinkam. Nein, er war nicht so ein Macho wie Guerrero, Gott behüte, und er würde sich auch keine Pistole an die Hüfte hängen. Wie lächerlich dieses Machogebaren der Wandmaler war! Sie taten gerade so, als malten sie mit dem Schwanz! Weston ging auf Guerrero zu und verbeugte sich: »Gestatten Sie mir diesen Tanz?« Eisige Ablehnung zeigte sich auf den versteinerten Zügen Guerreros. Bald darauf verließ er die Party.

»Hast du gesehen, Tina? Was für ein verschlossener Mensch; er ist aus Stein und nicht aus Fleisch und Blut.«

»Ja, aber perfekt behauen.«

Offensichtlich fühlte sich Tina von diesem starken, in sich gekehrten Mann angezogen, der nie den Blick von ihr wandte, wenn sie im selben Raum waren. Es war verblüffend, wie sie so unterschiedliche Männer anziehen konnte wie Robo, Weston, Quintanilla und jetzt auch noch Guerrero.

Neben all den Einladungen und Landpartien gab es stille Tage, an denen die Faulheit im Hause nistete und sie alle halb nackt in ihren Betten lagen und mit einer ausgiebigen Siesta den verlorenen Nachtschlaf nachholten. Tina schickte ihm eine Nachricht durch Elisa, das Hausmädchen: »Edward, warum kommst Du nicht herauf zu mir? Um diese Zeit ist das Licht so schön, und ich bin ein wenig traurig.«

Er verbrachte den Nachmittag vor der offenen Balkontür, in Tinas Armen. Chandler kam mit Orangen, Chirimoyas und Pulque, und sie aßen das Obst zu dritt im Bett. An den Pulque, den fermentierten Agavensaft, wagte sich nur Tina. Sie flüsterte ihrem Geliebten ins Ohr, er schmecke wie Samenflüssigkeit.

In seinem Tagebuch sollte Weston »eine gewisse unumgängliche Traurigkeit im Leben einer schönen, begehrten Frau« erwähnen.

Tina hatte weder Freundinnen noch Kolleginnen; sie hatte nur ihre Kameradschaft mit Männern. Einmal erwähnte Edward eine häßliche Frau, die sie beide kannten und die keinen Geliebten fand, und Tina bemerkte voller Trauer: »Wenigstens hat sie gute Freunde.« Weston wollte ihr Freund sein, ohne sich – wie die Mexikaner – die Freundschaft bezahlen zu lassen. Ihre Beziehung würde ewig halten, denn seine Liebe zu Tina war genau von der Art, die er für seine Kunst brauchte. Aber wie lange würde er diese Qualen ertragen? Wie lange noch würde er seine Eifersucht verdrängen und fähig sein, Tina und ihre Freiheit zu lieben?

Tina stand direkt hinter ihrem Lehrmeister und richtete ihre Korona, ein Geschenk Edwards, auf dieselben Sujets wie er, nur von einem anderen Blickwinkel aus. Durch Westons Kamera gesehen, war das Zirkuszelt ein riesiges, zusammengeflicktes Stück Stoff, das er mit der ganzen Breite des Objektivs einfing. Tina nahm einen einsamen Zuschauer unter dem Stoffdach mit ins Bild. »Bei mir sind immer Menschen zu sehen, stimmt's, Edward?« Es war ihr äußerst wichtig, daß Edward sie als Fotografin anerkannte und ihre Arbeit schätzte. Einmal hatte er gesagt, eines ihrer Bilder sähe aus wie eine Ansichtskarte, und sie hatte umgehend das Negativ zerrissen. Die ursprüngliche, irdische Kunst, die Kunst der Handwerker wie etwa diese wunderbaren prähispanischen Stücke, war weder beschreibend noch anekdotisch. Auch ihre Fotos sollten abstrakt sein und das Wesentliche erfassen; sie sollten den Verstand ansprechen, aber auch die Kräfte des Unbewußten. Sie sollten eine gewisse Kraft der Verinnerlichung ausstrahlen. Ihre Korona würde die Schätze einfangen, die sie hinter jeder Straßenecke vermutete, die Gemälde aus der Kolonialzeit, die man bloßlegen konnte, indem man mit dem Fingernagel kratzte. Ihre Korona würde die Textur und die Flachheit der Wände einfangen und die fliehenden Bögen des Klosters von Tepoztlan.

Kaum hatten Tina und Weston im November die Ausstellung bei *Aztec Land* abgehängt, machte ihnen der Bildungsminister das Angebot, ihre Fotografien im Palacio de Minería auszustellen. Tina konnte kaum glauben, daß man auch sie berücksichtigte und daß es um eine Gemeinschaftsausstellung ging. Es war die erste, und Weston beglückwünschte sie: »Ich bin stolz auf meinen geliebten

Lehrling.« Sie hängten ihre Fotografien in einfachen Rahmen auf. Edward wies sie eigens darauf hin: »Deine Fotos können sehr wohl neben meinen bestehen, sie sind ganz erkennbar deine.« Am Tag der Eröffnung wurde die Nationalhymne gespielt, und Präsident Obregón persönlich führte den Vorsitz. Wieder kamen alle ihre Freunde. Luis Quintanilla war in Begleitung eines hochgewachsenen, hageren und äußerst zurückhaltenden Engländers mit einem dichten, ziegelfarbenen Bart. D. H. Lawrence machte nur ein paar knappe Bemerkungen, während er die Fotos betrachtete. Zum Schluß bat er Weston, ihn zu porträtieren. »Aber wir kennen uns doch noch gar nicht richtig«, wandte Weston ein.

Quintanilla nahm Edward zur Seite. »Ich leihe dir eines seiner Bücher; er ist ein sehr guter Autor.«

»Darum geht es nicht, ich kenne seine Arbeit. Ich bin einfach nur erschöpft, zwei Wochen lang jeweils sechzehn Stunden in der Dunkelkammer haben mich ausgelaugt. Ich brauche frische Luft. Tina, Chandler und ich wollten nach Cuernavaca fahren.«

Jean Charlot mischte sich ein: »Du arbeitest zwei Wochen lang sechzehn Stunden pro Tag und beschwerst dich. Aber sieh dir doch mal Diego mit seinen Wandbildern im Bildungsministerium an. Er übernachtet sogar dort! Ich weiß nicht, wie er das schafft.«

Schließlich willigte Weston ein, Lawrence zu fotografieren. Als er die Kamera auf ihn richtete, wußte er, daß er nicht mit dem Herzen dabei war. Zwei Tage später beobachteten Tina und Weston Lawrence, während er sich die Abzüge ansah und dabei befriedigt lächelte. ›In seinem Lächeln ist etwas Kindliches‹, dachte Tina, ›es ist, als trüge er Rotkäppchen in diesem Bart.‹

Tina und Edward liebten ihre Hazienda in Tacubaya, aber sie waren es satt, jedesmal eine Stunde für den Hinweg und eine für den Rückweg zu verlieren, wenn sie in der Calle

Madero einkauften. Sie zogen um in die Calle Lucerna, wo sie jedoch nur wenige Monate blieben, bevor sie erneut umzogen. Diesmal in die Avenida Veracruz 42, eine Straße, die von Jacaranda-Bäumen umsäumt war.

Tina und Edward gingen zu Diegos Geburtstagsfeier in seinem Haus in Mixcalco, und Tina lief geradewegs in die Küche, um zu sehen, wo sie behilflich sein konnte. Als sie die Tamales in einen tiefen Topf legte, um sie im Wasserbad zu garen, kam eine schlechtgelaunte Lupe herein.

»Warum hast du alle reingetan? Weißt du nicht, daß die süßen erst später dazu kommen?«

Elisa Guerrero, Dalila Mérida und Ella Wolfe mixten den mit Erdbeeren angesetzten Maisschnaps und ein Getränk aus Mais und Milch und gossen alles in Tonkrüge.

»Ich bin eine Frau mit vielen Vorhängeschlössern«, sagte Elisa plötzlich.

»Stimmt«, rief Lupe, »aber jeder hat einen Schlüssel dazu!«

»Meinen Schlüssel«, warf Dalila beschwichtigend ein, »trägt Carlos an einem goldenen Halskettchen.«

»Und wie ist es bei dir, Tina?« fragte Ella Wolfe.

»Sie gehört niemandem«, schrie Lupe wieder, »Italienerinnen sind für jeden zu haben...«

Weston hatte Diego als Geschenk ein Foto mitgebracht, und dieser führte ihn und Tina in einen anderen Raum, damit sie sich zum Dank eine seiner Skizzen für die Wandbilder des Bildungsministeriums aussuchen konnten. Diego redete ununterbrochen, während Tina und Weston langsam und voller Hochachtung eine Skizze nach der anderen betrachteten. Die Entscheidung fiel schwer, denn eine war so großartig wie die andere. Sie merkten nicht, wie die Zeit verging und wie laut es im Hause geworden war. Plötzlich riß Lupe, atemlos vor Wut, die Tür auf; sie warf den Kopf zurück, und ihre grünen Augen traten hervor: »Darum habe ich dich eingeladen! Ich wollte euch Turteltäubchen zusammen sehen.«

Tina wurde blaß; Diego wandte seiner Frau den Rücken zu und beschäftigte sich weiter mit seinen Zeichnungen. Was Weston betraf, so übersah ihn Lupe geradezu. Als sie hinauslief und die Tür hinter sich zuknallte, sahen die drei einander betreten an. Fünf Minuten später war Lupe wieder da. Genauso wütend wie zuvor, aber jetzt mit Tränen in den Augen.

»Was ist denn, kommst du nicht herunter? Verdammt, du verdirbst das ganze Fest, Dicker. Alle fragen nach dir.«

»Beruhige dich, wir kommen gleich.«

Weston und Tina wandten sich zur Tür. Lupe hielt Tina im Korridor auf und bot ihr als Zeichen des Friedens zwei bemalte Flaschenkürbisse.

»Es ist doch nur, weil soviel über dich und Diego gemunkelt wird«, sagte sie, wobei sie noch immer zitterte.

Tina ergriff Lupes große Hand. Weston sah nur zu. Einmal hatte jemand gesagt, Lupe sei »eine Furie, die vor der Sintflut geboren wurde«. Vielleicht lag darin ihr Zauber; aber er konnte eine solche Leidenschaft nicht verstehen. Es war unmöglich, zu erraten, wann man sich auf diese plötzlich und unvorhersehbar wechselnden Launen einzustellen hatte, die aus dem Nichts zu kommen schienen. Auf dem Heimweg sprach Weston kein Wort mit Tina.

›Get out‹, sagte er sich immer wieder, ›verschwinde aus dieser Hölle der Eifersucht.‹ Es war an der Zeit. Seine Leute erwarteten ihn: Ramiel, Johan, Margarethe, Menschen wie er, zivilisierte Menschen, die wußten, wie man Liebesbeziehungen ohne diese übertriebenen Gefühle gestaltete. Sie baten ihn heimzukehren; sie respektierten ihn.

Sollte Tina mit ihren Azteken allein zurechtkommen!

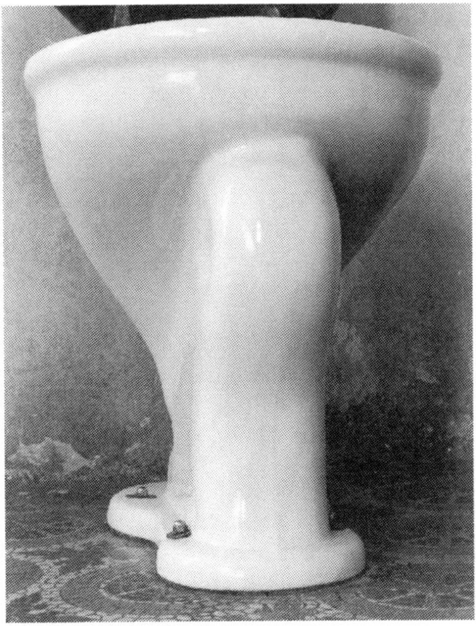

WC.
Fotografie von Edward Weston. 1925

Zwei Tage nach Weihnachten, am 27. Dezember 1924, nahmen Tina, Jean Charlot und das Dienstmädchen Elisa wortlos Abschied von Weston und Chandler. Elisa ging schwarz gekleidet und bedeckte ihre Stirn mit einem Umschlagtuch. ›Sie sieht aus wie eine Witwe‹, dachte Charlot.

Der Zug fuhr an. Bilder und Geräusche des Lebens, das er hinter sich ließ, überfielen Weston. Im war, als hörte er die vertrauten Stimmen der Avenida Veracruz, das ›sshhh‹ der hölzernen Besen, Elisas »Geben Sie mir Geld für Milch, Don Eduardito.« Er sah Tinas Gesicht vor sich: »Edward, Edward.« Auf dem Bahnhof von Legaria spielte ein Bettler ein Lied auf einer Säge. Weston hätte heulen können. In Irapuato drängte ihn ein Hausierer, einen Korb zu kaufen. »Für Ihre Frau.«

»Ich habe keine.«

»Aber Sie haben doch zumindest eine Braut«, sagte der Mann mit einem verschmitzten Augenzwinkern.

»Auch das nicht«, fiel Weston ihm düster ins Wort.

Nach einem kurzen Zwischenaufenthalt in San Francisco erreichte Weston Los Angeles und schrieb nun an Tina, anstatt sein Tagebuch zu führen. Das einzig Gute, schrieb er, sei ein Abendessen bei der Familie Modotti in der Union Street 901 gewesen. Von ihrem sonnigen Balkon aus hatte er gesehen, wie die Straßen San Franciscos sich über die Hügel wanden. Wie doch diese Leute vom Mittelmeer zu leben verstanden! »Ach, wie ich Deine Mutter und Mercedes liebe, Tina, wie schön Deine Mutter ist! Ich habe mich in beide zugleich verliebt. Benvenuto hat in der Küche Opernarien gesungen; wir haben frische Pilze gegessen und Wachteln, die so zart waren, daß man sie samt der Knochen verspeisen konnte. Und wir haben viel Wein getrunken, und was für einen Wein! Wir haben viel gelacht! Am lustigsten war Deine Mutter. Ich bin ganz verrückt nach ihr. Ich habe den Stierkämpfer gemimt, damit sie sich einen Stierkampf vorstellen können. Benvenuto hat den Stier gespielt und mich mit den Stuhlbeinen angegriffen.«

Tina antwortete ihm postwendend. Seine Freunde in Mexiko drängten ihn zur Rückkehr; eine von Tina, Nahui, Monna, Felipe und Rafael unterschriebene Postkarte machte ihn ganz wehmütig. In seiner Vorstellung sah er sie unter dem Lichtkegel der Lampe um den Tisch sitzen und, einen Mezcal in der Hand, debattieren. Er dachte an die kastilischen Nüsse und an den Duft der Guayabas, und er sehnte sich danach, bei ihnen zu sein und Arm in Arm mit Tina die nach Heliotropen duftenden Straßen entlangzugehen, die nach Tacubaya führten.

Um ihre finanzielle Lage aufzubessern, nahm Tina eine Arbeit in einem Laden an. Sie hielt es nur eine halbe Woche aus und begriff, daß sie unfähig war, etwas zu verkaufen. Sie machte sich wieder ans Fotografieren, womit sie gerade genug verdiente, zu essen und die Miete zahlen zu können.

Bei einem ihrer Ausflüge aufs Land fotografierte Tina den Aquädukt von Los Remedios. Als sie das Bild entwickelte, stellte sie fest, daß ihr der Balg ihrer Kamera ins Bild geraten war, und wurde wütend. Sie schwor sich, nochmals hinzugehen und eine neue Aufnahme zu machen. Ihre Hauptsorge bestand darin, die Kunst zu leben, ohne sich vom bloßen Dasein auffressen zu lassen. Nur Edward mit seinem machtvollen Intellekt konnte, ohne die Orientierung zu verlieren, auf mehreren Ebenen gleichzeitig leben. Sie hingegen ... Selbst in das Bohnenpellen legte sie Gefühle, und nachts, wenn sie sich ganz ausgelaugt fühlte, fragte sie sich: ›Was habe ich heute gemacht? Ich habe soviel Energie verschwendet! Eduardito, wann kommst du? Bitte, komm zurück, ohne dich verzettele ich mich.‹

»7. JULI, ABENDS (1925)

Wie Du siehst, Edward, war ich nicht sehr kreativ – weniger als ein Abzug im Monat. Das ist schrecklich! Und doch ist es nicht so sehr Desinteresse als vielmehr mangelnde Disziplin, Willensschwäche. Ich bin jetzt davon überzeugt, daß Frauen, was das Schöpferische betrifft, nicht viel ausrichten (abgesehen von der Schöpfung der Spezies) – Sie sind viel zu unbedeutend, und es mangelt ihnen an Konzentration und an der Fähigkeit, sich völlig einer Sache zu widmen.

Ist diese Schlußfolgerung vielleicht übereilt? Wenn es so ist, dann bitte ich die Frauen untertänigst um Vergebung – Ich habe die unverzeihliche Angewohnheit, stets zu verallgemeinern, wenn ich mir durch Selbstanalyse eine Meinung gebildet habe – Und um von mir zu sprechen: Ich kann einfach nicht – wie Du es mir einmal geraten hast – das Problem des Lebens lösen, indem ich mich in die Kunst vertiefe. Nicht nur, daß ich es nicht kann: Ich spüre sogar, daß das Leben die Kunst verdrängt – Mit Kunst meine ich jede Art von Schöpfung – Du könntest sagen, da das Leben in mir stärker ist als die Kunst, solle ich mich damit abfinden und das Beste daraus machen... Aber ich kann das Leben nicht akzeptieren, wie es ist – allzu chaotisch – allzu unbewußt – daher mein Widerstand dagegen – mein Kampf mit ihm – Ich kämpfe ständig darum, das Leben meinem Temperament und meinen Bedürfnissen anzupassen – und es bleibt mir infolgedessen nicht viel, was ich in die Kunst legen kann –«

Tina schrieb ihm nicht, daß das andere Gesicht Mexikos sie immer stärker anzog: das mit Staub und Wunden bedeckte Gesicht, weit ab vom Stadtzentrum, das Mexiko der Armen und der Hungernden, deren Häuser Hundehütten glichen. Xavier Guerrero führte sie in den Stadtteil Candelaria de los Patos und erzählte ihr, es gebe Hunderte solcher Ghettos, in die sich nicht einmal die Polizei wagte. Dieses Mexiko hatte Weston nicht kennengelernt. Es war eine Welt, in der die Leute recht und schlecht überlebten und kaum auf etwas hofften. Und doch lag hinter diesen Menschen eine ganze Welt von Mythen, von Kräutermedizin und Weisheit, und vielleicht erhielt sie die Menschen aufrecht. Tina begann zu begreifen, daß diese Mexikaner zwei Leben hatten: ein elendes auf Erden und das andere, das wahre Leben, ihr Haus der Sonne, das sie einst verwandeln würde.

Die sowjetische Botschaft verschickte Einladungen zu einer Cocktailparty, um die Ankunft des großen Dichters Wladimir Majakowski zu feiern. Als Tina ihn sah, fand sie ihn genauso faszinierend, aufrührerisch und bezaubernd wie seine Dichtung. Wann immer Majakowski den Mund öffnete, schuf er Gedichte – eine freie, innovative, frische, überraschende Dichtung. Er rezitierte mit seiner schönen, schallenden Stimme: »Ich schneidere mir schwarze Hosen /

aus dem Samt meiner Stimme. / Und aus drei Metern Sonnenuntergang eine gelbe Bluse. / Ich gehe über den Newski-Prospekt der Welt / über die glitschigen Steine / mit dem Schritt eines eleganten Don Juan.« Majakowski improvisierte seine Verse, indem er den Leuten in die Gesichter sah. Das Publikum wußte nie, wo die Dichtung endete und wo der Wahnsinn begann.

Francisco Moreno, ein kommunistischer Abgeordneter aus dem Staate Veracruz, ein dünner junger Mann mit glattem schwarzem Haar, das ihm über die Stirn fiel, wich nicht von der Seite des Dichters, und Majakowski spürte die Bewunderung in den melancholischen Augen seines mexikanischen Freundes. Die gebildeten Mexikaner waren bezaubert vom Besuch des exzentrischen Dichters und diskutierten erregt die Tatsache, daß er zwar eine Fahrkarte für die erste Klasse besessen habe, aber dennoch zweiter Klasse gereist sei, »um Mexiko besser kennenzulernen«. José D. Frías, der ihn für den *Universal Ilustrado* interviewte, war tief von ihm beeindruckt und schrieb: »Selbst der größte Skeptiker spürt in ihm den machtvollen Willen seines Volkes.« Majakowski verabscheute den Stierkampf. »Ich wünschte nur«, schrieb er, »man könnte dem Stier ein Maschinengewehr zwischen die Hörner setzen und ihm das Schießen beibringen.«

Am 20. Juli verfaßte er sein Gedicht »Mexiko«:

Was für ein Land!
Na los, unterwirf es!
Anstelle eines Zapata
erheben sich Männer
wie Galván,
oder Moreno.

Ende Juli wurde der zarte, freundliche Francisco Moreno von gedungenen Mördern erschossen. Von wem gedungen? Von der Regierung? Von irgendeinem Lokalpolitiker aus Veracruz? Jeder wußte, daß Veracruz regiert wurde, als wäre es ein unabhängiges Land. Majakowski hatte recht. Moreno hatte sich aus Zapatas Asche erhoben. Wer würde der nächste sein?

Weston nannte sich in seinem Tagebuch einen Individualisten durch Naturgesetz. Wenn er zuerst an sich dachte, war dies auch das beste für seine Söhne.

Nach sieben sehnsuchtsvollen Monaten nahm er Brett bei der Hand und schiffte sich im August 1925 auf der *Oaxaca* ein.

Während dieser Tage auf See festigte sich sein Vorsatz; in Mexiko würde er sich einer spartanischen Disziplin und einer kosmischen Askese unterwerfen: Fasten, Nacktheit, Sonne. Er würde die Luft des Popocatepetl atmen und sich von tropischen Früchten ernähren. Er würde Brett zu Ordnung und Disziplin anhalten. Kunst beruhte auf Ordnung; ohne sie konnte man nicht zur Größe gelangen. Aus Chandler hatte er einen starken und gefühlvollen Jungen gemacht, und jetzt würde er mit Brett dasselbe tun. Nur Leute mit häßlichen Leibern und schmutzigen Gedanken weigerten sich, nackt ein Sonnenband zu nehmen. Voller Vorfreude stellte er sich Elisas erschrockenes Gesicht vor; sie würde die Hände vor die Augen halten, um nicht zu sehen, wie er sich mitten auf dem Hof entkleidete.

Tina stand begeisternd winkend auf dem Bahnsteig von Guadalajara. Zuerst umarmte sie Brett und schob ihn dann um Armeslänge von sich weg, um ihn besser betrachten zu können. Dann wandte sie sich Edward zu und verharrte lange Zeit in seinen Armen.

Auch José Guadalupe Zuno, der Gouverneur von Jalisco, war am Bahnhof, um Weston zu begrüßen. Die Ausstellung der Fotografien Westons, die Tina organisiert hatte, sollte in Guadalajara eröffnet werden, und sie würden in seinem Haus unterkommen. Seine Gastfreundschaft war überwältigend: Die Mariachi-Musikanten spielten bis früh um fünf, und dann wurde ein Feuerwerk gezündet und Essen aufgetragen: Brühe mit Hühnerflügeln und

Hühnerbeinen, Bohnenmus, pikante Sauce und Bier gegen den Kater. Brett staunte über die langen, mit Köstlichkeiten beladenen Tische und fragte seinen Vater: »Arbeiten die Mexikaner denn gar nicht?« José Guadalupe Zuno schien der König von Guadalajara zu sein: wenn er ein Fest feierte, beteiligte sich die ganze Stadt. »Wir werden diesen Gringos zeigen, was eine echte mexikanische Nacht ist.« Rosafarbene und blaue Papierbänder, große Papierblumen und mit Bonbons gefüllte Pappmachéfiguren schaukelten in der Luft. Am nächsten Tag würden sie nach Chapala fahren, um auszuruhen, wovon denn? Und um zu essen, schon wieder?

Zum Kostümfest, das am nächsten Abend bei Carlos und María Orozco Romero stattfand, verkleideten sich Weston als Frau und Tina als Mann, und Brett sah in Tinas Kleid außergewöhnlich hübsch aus. Die Presse feierte Westons Ankunft: »Westón, der Kaiser der Fotografie. Obwohl er in Nordamerika geboren wurde, ist er im Innern ein Latino.«

Die Ausstellung war ein Riesenerfolg. Die Leute kamen in Scharen. Man hörte einige tiefgründige und kluge Bemerkungen, und Weston war vollauf zufrieden.

Wie warm hatte ihn Mexiko empfangen! Nun wollte er nur noch seinem besten Freund Rafael Sala in die Augen sehen und dessen Frau Monna beobachten, während sie voller Ehrfurcht seine Fotos betrachtete; er wollte Ausflüge zum Vulkan Popocatepetl machen und Diegos Lobreden und Lupes Geschrei hören. Wenn er noch Bedenken gehabt haben sollte – Mexikos Gastfreundschaft hatte sie alle vertrieben.

»Nein, Edward, hier steige ich nicht ein, ich reise in der zweiten Klasse nach Mexiko-Stadt.«

Elf Tage, und schon suchte Tina Streit.

»Brett und ich haben in Los Angeles Karten für die erste Klasse gekauft.«

»Ich will mit den Leuten reisen.«

»Aber die Bänke sind gräßlich hart.«

»Wenn sie es aushalten, kann ich es auch.«

Sie zog ihm die Körbe voller Hühner, das Erbrochene, die Haufen zerfetzter Kleidungsstücke und den unerträglichen Uringeruch vor.

»Komm zu uns ins Abteil«, bat Weston sie nach drei Stunden.

»Ich habe doch gesagt, ich will nicht.«

Es war, als sagte sie: ›Du gehörst nicht hierher. Du solltest lieber wieder abreisen.‹

Weston ergriff wieder Besitz von seinem Studio auf dem Dachboden und wischte den Staub von seinen Spielsachen – einem rotgefleckten Hund, einem Pärchen alter Leute und ein paar Schweinen mit prallen Bäuchen. Das Zimmer war so weiß wie immer. Tina hatte während seiner Abwesenheit nichts angerührt; nur das Licht war hindurch geströmt.

Elisa bereitete aus Nopal-Kakteen, Koriander, Tomate, Zwiebeln und etwas Frischkäse einen Salat zu und kochte eine Suppe aus jungem Mais; auf dem Tisch stand eine randvoll mit Obst gefüllte Schale. Was für ein Empfang! Mercedes Modotti, die zu Besuch war, umarmte ihn so innig, wie sie es in San Francisco getan hatte. Sie nannte ihn ›Eduardito‹, genau wie Tina.

»Warum hast du mir nicht gesagt, daß du zurückkommst?« fragte sie.

»Weil ich es selbst nicht gewußt habe.«

Für Brett kaufte er auf dem Markt einen lächelnden hölzernen Leoparden mit Katzenhaaren an den Ohren und eine Gruppe von Puppen: ein Brautpaar samt Priester und Hochzeitszug. Abends nahm er einen Bus und fuhr zum Bildungsministerium. Diego breitete, auf dem Gerüst stehend, seine Arme aus: »Was für ein hübscher Junge!« sagte er, als er Brett sah, »der wird hier aber die Mädchen verrückt machen.« Er öffnete seine Mappe: »Nimm, Edward, eine Zeichnung als Willkommensgruß. Kommt am Sonnabend nach Mixcalco, Tamales essen, du mußt meinen Sprößling kennenlernen; sie ist so winzig, daß sie in meine Brusttasche paßt.«

Während seiner siebenmonatigen Abwesenheit hatte sich Tina ein Leben organisiert, in dem er keinen Platz mehr hatte: »Kommst du mit?« fragte sie oft nur der Form halber. Weston lächelte zwar, aber seine Kehle war wie zugeschnürt.

Er selbst hatte die Spielregeln festgelegt, aber jetzt schien sie ihm haushoch überlegen. Warum hatte sie ihm dann geschrieben, daß er ihr fehle? Ob das stimmte? Wie sollte er ihre herzliche Begrüßung in Guadalajara und ihre jetzige Distanziertheit deuten?

Tina hatte sich eng mit dem russischen Botschafter Stanislaw Stanislawowitsch Pestkowski und seiner Frau Maria Naumowna angefreundet, und oft besuchte sie, zusammen mit Xavier Guerrero, die Botschaft in der Calle de Rhin. Siqueiros, Rivera, Miguel Angel Velasco, José Mancisidor und die beiden indischen Kommunisten Gupta und Khan Khoji, die Diego bei seinen Wandbildern in Chapingo halfen, waren hier häufige Gäste. Pestkowski, ein gebildeter, unternehmungslustiger Mann, liebte Mexiko auf eine kluge, neuartige Weise. Er lebte so bescheiden wie alle anderen und besaß nicht einmal ein Auto, weil der Sieg der Oktoberrevolution so einen Luxus noch nicht gestattete. Er mischte sich gern unter die Fußgänger, weil man ein Land nirgendwo besser kennenlernen konnte als auf der Straße und in den öffentlichen Verkehrsmitteln. Er hatte nicht einmal Leibwächter. Sie waren alle wie Brüder; zwei revolutionäre Länder erkannten einander in ihren guten Absichten. Tina wäre für ihr Leben gern in die Sowjetunion gereist, um Stalin die Hand zu drücken. Sie unterhielt sich mit Mancisidor und anderen Leuten von der

Kommunistischen Partei, die ständig Losungen von sich gaben: »Alle Macht den Sowjets, alles Land den Bauern. Das Privateigentum gehört abgeschafft.«

Edward hingegen fand Stanislaw Pestkowski langweilig, genau wie den Handelsattaché Leon Haykiss, der ziemlich ausgefallene Feste veranstaltete, an denen Mitglieder der Kommunistischen Partei und Persönlichkeiten aus Politik und Kunst teilnahmen: die Cuetos, Diego und Lupe und die beiden attraktiven Cousinen Asúnsolo.

»Alle diese Kommunisten glauben, sie haben das Recht, sich in das Leben anderer einzumischen«, knurrte Weston.

»Macht dir das was aus?« gab Tina zurück.

»Ja, weil sie keine Phantasie haben.«

Edward flüchtete sich ins Studio des Malers Carlos Mérida, der ihm seine Entwürfe mit einer einzigen, ununterbrochenen Linie und seine Friese zeigte, die noch immer von dieser synthetischen Qualität waren, die Weston bei seiner ersten Reise so beeindruckt hatte. Mérida hatte nicht den Wunsch, die Revolution oder ihre Gewalt zu illustrieren, und er wollte auch nicht volkstümlich sein; er strebte nur eine Synthese aus Form, Linie und Farbe an. Was war das Wesentliche an der Malerei? Die Farbe natürlich, und so konnte Mérida mit einem einzigen Zeichen ausdrücken, was andere mit langen, in Geschichten gepackten Erklärungen sagten. Ein stilisiertes Blatt sagte mehr aus als eine ganze bemalte Wand. War es nicht genau das, was die Mayas und die Tolteken erreicht hatten?

»Sieh dir diesen Stein an; die Unfähigkeit, sich aus der Materie zu befreien, setzt ihm Grenzen. Der Stein gehorcht seiner eigenen Gesetzmäßigkeit; er gibt das Muster seiner Gestalt selbst vor. Daran muß sich der Künstler halten; er muß sich seiner Überlegenheit unterwerfen.«

Weston beobachtete Méridas wie gemeißelt wirkendes Gesicht und seine festen, vereinfachten Züge. Genau das war es, was Weston suchte: das Wesentliche.

Früh am Morgen legte sich Weston auf den gefliesten Boden seines Badezimmers, um das Klosettbecken zu fotografieren. Diese drängende Bewegung des von unten her ansteigenden und sich verbreiternden Beckens schien ihm der schlagendste Beweis dafür zu sein, daß sich die Form der Funktion anpaßte; die sinnlichen, emaillierten Seiten waren ohne jeden Makel. Die moderne Hygiene hatte eine prachtvolle Amphore hervorgebracht. O ruhmreiches Klosettbecken! Er konnte es kaum erwarten, die entwickelte Glasplatte zu sehen.

An den folgenden Tagen postierte er sich vor dem Klosett und ließ nicht zu, daß es nach zehn Uhr früh benutzt wurde. Elisa putzte das Becken, bis es glänzte, und wischte sorgfältig den Fußboden trocken, auf den Weston sich später legen würde. Anfangs schien alles ein Spaß zu sein; Brett bot an, sich auf den Thron zu setzen, um dadurch die Aufnahme zu bereichern; Mercedes wollte Rosenblätter hineinwerfen, falls Weston ein Foto von oben machen wollte.

Bald fühlte sich die Familie durch die Sitzungen im Badezimmer beeinträchtigt. Tina reagierte als erste.

»Ich gehe zu den Guerreros, um zu baden, und ich nehme Mercedes mit. Du hast uns aus dem Haus getrieben.«

Selbst Brett beschwerte sich. »Papa, kommst du denn nie mehr aus dem Bad?«

»Brett, ich bitte euch, laßt mich allein.«

In Westons Tagebuch drückte sich wieder die Begeisterung seiner schöpferischsten Tage aus.

»Es ist schwierig. Das Klosettbecken hat Tausende von Facetten, und ich habe den richtigen Blickwinkel noch nicht gefunden. Man muß sehr sorgsam sein. Vom Boden aus gesehen sind die Linien äußerst elegant. Nicht mal die Griechen haben etwas Besseres geschaffen.«

Mal sehen. Weston studierte seine Negative. Was für eine Freude, nach diesen sterilen Monaten wieder an die Arbeit zu gehen!

Weston wollte die hölzerne Klosettbrille abschrauben.

»Ich verstehe nicht, warum ich nicht früher darauf gekommen bin.«

Jean Charlots Mutter, die an diesem Abend zum Essen geladen war, hörte ihm fassungslos zu.

»Ich habe diese Aufnahmen unter großer Anspannung gemacht; ständig mußte ich befürchten, jemand könne die Toilette zu nicht gerade künstlerischen Zwecken benutzen wollen.«

Als Tina sein Gesicht sah, ging sie zu ihm und umarmte ihn: »Eduardito, du brauchst ein paar Tage Ruhe; es wird deinen Aufnahmen gut bekommen. Wenn du wiederkommst, ist die Toilette für dich viel mehr Toilette als jetzt.«

Dankbar für diesen Liebesbeweis willigte Edward ein.

Am Sonntag nachmittag nahm Weston Mercedes und Brett zum Stierkampf mit. Mercedes ließ sich vom Stierkampf verzaubern, im Gegensatz zu Tina, die ihn verabscheute. Am Abend aßen sie alle bei Diego und Lupe, die beim Servieren die kleine »Pico« auf dem Arm trug. Wenn sie jetzt ihr dröhnendes Lachen ausstieß, wurde die Kleine durchgeschüttelt, und einige Gäste fürchteten, ihr könne das Trommelfell platzen.

Bald gesellten sich Germán und Lola Cueto zu der Abendgesellschaft, und auch Ignacio Asúnsolo, ein weiterer Nachbar, kam vorbei, um sich zu amüsieren.

Plötzlich verkündete Lupe: »Ich reise nach Guadalajara.«

»Wozu?«

»Ich werde dort mit meiner Tochter leben. Diego kümmert sich sowieso nicht um sie.«

»Seit der Geburt der Kleinen hat sie sich sehr verändert«, klärte Lola Cueto Mercedes auf. »Bei jeder Kleinigkeit wird sie sentimental; sie will nicht mehr mit Diego verreisen und ihm kein Essen mehr aufs Gerüst bringen. Sie glaubt, daß er eine Affäre mit deiner Schwester hat.«

»Mit Tina? Unmöglich.«

Jedesmal, wenn Tina für Diego Modell saß, durchquerte Lupe das Studio und stieß zwischen zusammengebissenen Zähnen Flüche aus. Tina blieb ungerührt und konzentrierte sich völlig auf die Pose. »Lupe hat Augen wie ein Blinder«, sagte sie zu Mercedes.

»Bei der mußt du auf der Hut sein, Tina, die ist krank vor Eifersucht. Du kannst nie wissen, wann sie durchdreht.«

Schließlich machte Lupe den Mund auf und verspritzte ihr Gift direkt gegen Tina. »Glaub nicht, daß ich mich beschwere, weil dieser verfluchte, grauenhafte Fettwanst, dieser Idiot, dieser schamlose Heuchler, mich interessiert. Aber er hat mir eine Tochter gemacht und muß sie ernähren. Mich interessiert nur das Geld, das er verdient.«

In der Kapelle von Chapingo hatte Diego bereits die Umrisse der Hauptfigur fertiggestellt, eine Lupe mit gewölbtem Bauch, durch die Mutterschaft gewachsenen Brüsten und üppiger Haartracht. Tina, Concha Michel, Luz Martínez und Graciela Garbalosa sollten die übrigen Frauengestalten abgeben. Lupe verkörperte die *Befruchtete Erde*, Tina die *Gehortete Erde* und die *Jungfräuliche Erde*, Concha Michel das *Wasser*, Luz Martínez die Frau der *Menschlichen Familie* und Graciela Garbalosa die Frau in den *Metallen im Innern der Erde*. Tina saß ihm Modell, die Augen vom herabfallenden Haar bedeckt, aber gleichzeitig mit erhobenen Armen und vorgestreckten Brüsten.

Als Mercedes in die USA zurückgekehrt war, hielt sich Tina noch mehr von Edward fern. Dieser zog es vor, sein verletztes Ich hinter Sarkasmus und abfälligen Sätzen zu verstecken. Tina tat so, als hörte sie nichts davon.

Waren andere Leute zugegen, ließ die Spannung nach, und so vermied es Tina, mit ihm allein im Haus zu sein. Oft ging sie morgens Hand in Hand mit Brett fort, um

Fotos zu machen. Man bestellte sie in die Freiluft-Kunstschule von Ramos Martínez; Gabriel Fernández Ledesma und die Gewerkschaft der Maler und Bildhauer verlangten nach ihr. Das Wichtigste jedoch waren ihre Begegnungen mit Xavier Guerrero, diesem ernsten, bescheidenen Mann, der sich so sehr für sie interessierte und ihr das Gefühl gab, auserwählt zu sein. Mehr noch als Diego Rivera verkörperte er Mexiko, das demütige, arme, undurchschaubare Mexiko.

Xavier Guerrero griff nach Tinas Hand und umfing sie völlig mit der seinen. Einmal, als sie in Villa de Guadalupe einen Pilger auf den Knien vom Vorhof bis ins Kircheninnere rutschen sahen, wollte Tina eingreifen, aber Guerrero hielt sie auf.

»Nicht doch, das geht dich nichts an.«

»Aber ich kann das nicht zulassen. Der Mann hat schon blutige Knie.«

»Versuch doch zu verstehen, daß er ein Märtyrer sein möchte.«

Xaviers starke Hand hielt sie zurück.

»Das ist doch würdelos!«

»Tina, vielleicht finden sie würdelos, was du tust.«

Guerrero gewann immer mehr Macht über sie, und Tina fühlte, wie ihre Hand seinem starken, festen Griff nachgab.

Eines Nachts sah Xavier sie erwartungsvoll an und fragte ganz einfach: »Willst du dich nicht ausziehen?«

Er nahm sie langsam und zeremoniell und betrachtete ihren Körper mit den Augen des Malers. Als sie das Gewicht und die Schwere seines Körpers fühlte, begriff sie, daß Edward zu leicht für sie geworden war.

Oftmals blieb Weston so lange im Bett, bis er die Tür zuschlagen hörte und sicher war, daß er weder Tina noch Brett über den Weg laufen würde. Er hatte Lust, der anhaltenden Kälte zu entfliehen und zu Fred Davis nach Cuernavaca zu eilen, wo er bei Sonnenschein den Stamm der Königspalme fotografiert hatte. Überall hin, Hauptsache, die Sonne schien. Er hatte es satt, Porträtaufnahmen zu machen und seine Kunst zu benutzen, um Falten verschwinden und dicke Hüften schlank erscheinen zu lassen; er wollte nicht länger in der Dunkelkammer den Höllenlärm der auf das Blechdach prasselnden Hagelkörner ertragen, die ihm das Gefühl gaben, als arbeite er im Innern einer Buschtrommel.

Westons Ausbrüche fielen mit denen des Himmels zusammen. Wenn die Gewalt des Sturms vorüber war, nahm sich die Natur erschöpft zurück; Weston, der ebenfalls ausgelaugt war, ging frühzeitig zu Bett. Eines Nachts, als Tina nicht da war, kam ein Telegramm von Mercedes, und Weston öffnete es: »Mutter schwer erkrankt.« Er machte sich auf, um Tina zu suchen. Lupe, die aus Guadalajara zurückgekehrt war, schlug ihm die Tür vor der Nase zu. Auch bei den Salas war Tina nicht. Schließlich ging er zum Haus der Guerreros. Nein, Tina war mit Xavier ausgegangen, und sie waren noch nicht zurück. Doch Elisa, Xaviers Schwester, bat ihn herein. Sie könnten gemeinsam warten. Weston verneinte und kehrte nach Hause zurück.

Als er endlich hörte, wie die Eingangstür geöffnet und dann geschlossen wurde, rief er nach Tina und bat sie, in sein Schlafzimmer hinaufzukommen. Wortlos reichte er ihr das Telegramm. Tina gab es ihm zurück und sagte mit fester Stimme: »Ich fahre gleich morgen.«

Am 9. Dezember schrieb Weston in sein Tagebuch: »Auf das Telegramm hin, das sie von der Krankheit ihrer Mutter unterrichtet hat, ist Tina heute früh nach San Francisco abgereist. Das Haus ist eigenartig leer.«

Edward Weston mit seiner Graflex.
Mexiko 1923/24

»Mamma, deine Hände sind so kalt.« Der Arzt hatte gewarnt, sie würde nicht außer Gefahr sein, ehe das Fieber fiel.

Tina konnte sich kaum vorstellen, daß ihrer Mutter irgend etwas zustoßen könnte. Der Tod hatte kein Recht, sie anzurühren. Bevor Giuseppe gestorben war, hatten seine Augen alt ausgesehen, aber in Assuntas Augen lagen noch immer dieses Leuchten und diese jugendliche Naivität, und Tina war sicher, daß sie leben würde, bis sie all dies verbraucht hätte. Assunta schloß sanft die Augen, aber unter ihren Lidern pulsierte noch immer das Leben, so, als wolle sie sagen, dies sei nur eine vorübergehende Erschöpfung, das Herz, wißt ihr, das Herz ermüdet.

Stets lag ein Lächeln auf ihren Lippen, dasselbe Lächeln, das Tina jeden Tag in Udine gesehen hatte, wenn ihre Mutter den Kindern die Haustür geöffnet hatte. Yolanda, die Jüngste der sechs Geschwister, hatte der Mutter ständig am Rockzipfel gehangen und war nur zur Seite getreten, wenn Tina sich genähert hatte. Es hatte immer kleine Brüder und Schwestern gegeben und permanenten Hunger. Giuseppe hatte manchmal die Hoffnung aufgegeben, Assunta hingegen nie.

»Wie fühlst du dich, Mamma?«

Sie lächelte, sie bewegte die Hände, sie öffnete die Augen, und ihre Kinder sahen, daß es sie bedrückte, weil sie ihnen Sorgen bereitet hatte. Sie schämte sich ihrer Krankheit, die ihnen Zeit und Kraft abverlangt hatte.

Tina schrieb Weston über die Genesung ihrer Mutter. Sie berichtete ihm auch, daß sie ihre Korona verkauft und dafür eine Graflex gekauft hatte. Sie ging aus und nahm die Einladungen ihrer Freunde Consuelo Kanaga, Dorothea Lange, Imogen Cunningham, Roy Partridge und Ramiel McGehee an. Consuelo bot ihr an, sie nach Los Angeles zu begleiten und die Kisten abzuholen, die sie 1923 dort zurückgelassen hatte. Tina machte sich daran, ihre Erinnerungen loszuwerden – materielle Dinge, ihr vergangenes Leben mit Robo. Man konnte sich sogar von einem Paar Pantoffeln versklaven lassen, und sie wollte nicht, daß ihre Besitztümer sie belasteten und sie am Fliegen hinderten. Sie wollte unbehindert reisen, gerade mit dem, was sie auf der Schulter tragen konnte, sie wollte die Tür ihres Hauses hinter sich abschließen, ohne die Sorge, es könne etwas verlorengehen.

»9. FEBRUAR (1926)

... Ich bin den ganzen Morgen meine alten Sachen durchgegangen, die hier in Kisten liegen – habe vieles vernichtet – Das ist manchmal schmerzlich, aber ›Gelobt sei Nichts.‹ Von nun an wird all mein Besitz nur etwas mit Fotografie zu tun haben – den Rest – selbst Dinge, die ich liebe, konkrete Dinge – werde ich durch eine Metamorphose geleiten – sie von konkreten in abstrakte Dinge verwandeln – und so werde ich sie für immer im Herzen besitzen können.«

Während Tinas Abwesenheit ließ Westons Hausmädchen Elisa ihre Schwester Elena kommen, damit sie ihr Gesellschaft leistete. Beide schauten in sein Schlafzimmer, erkundigten sich danach, was Señor Don Eduardito brauchte, und liefen, lachend und mit wippenden Zöpfen, wieder davon, über den ganzen Korridor. Weston fand sie bezaubernd frisch nach dem Gerede mexikanischer Intellektueller und Künstler; sie waren wie ein paar Eichhörnchen mit glänzenden Augen. Wenn es regnete, sangen sie: »Heiliger Isidro, ich bitte dich sehr, nimm's Wasser weg, schick die Sonne her.«

Elena bewunderte Weston schüchtern aus der Entfernung. Wie eine sanftmütige Katze schlich sie sich, wenn er am Schreibtisch saß, an ihn heran und streichelte so hingebungsvoll sein Haar, daß er sie in die Arme nahm und sie küßte. Von nun an umarmten sie einander häufig: Westons Gefühl war ebenso echt wie das von Elena; es war eine unverhoffte Liebe, die seltsamste seines Lebens, und sie tröstete ihn über Tinas Abwesenheit hinweg.

Eines Abends, als er sich gerade auszog, um ins Bett zu gehen, vernahm er eine gedämpfte Stimme: »Eduardo, Señor Eduardito, kommen Sie zu mir.« Sein Herz schlug schneller. Ohne zu überlegen, lief er zu der Gestalt, die ihn gerufen hatte, und umarmte sie. Was für eine Gelegenheit; er hätte nie gedacht, daß das Mädchen so weit gehen würde! Neugierig begann er sie zu streicheln. Wie es wohl mit ihr sein würde? Aber als seine Zärtlichkeiten gewagter wurden, wehrte Elena ab und begann in allen Einzelheiten von ihrer Liebe zu sprechen: seit Wochen träume sie von ihm, sie habe nie gedacht, daß er dasselbe fühlen könne. Er wollte sie mit seinen Küssen zum Schweigen bringen, aber sie fuhr in ihrem Monolog fort. Er versuchte sie zu nehmen, aber sie entwand sich ihm. »Ich kann nicht, ich kann nicht, Don Eduardito...« Sie schlug die Beine übereinander und gab vor, er würde nicht in sie hineinpassen, und dann wimmerte sie, was seine Frau wohl bei diesem Anblick denken würde, oder ihre Schwester, falls sie hereinkäme, und was wäre, wenn ihre Mutter käme, und sicher sähe Gott ihnen vom Himmel herab zu, und ach, du liebe Jungfrau, das könne nicht sein! Um sechs Uhr morgens hatte er sie so weit, daß sie ihn unter Tränen verließ. Was für eine Nacht. Die beiden Schwestern setzten ihm so zu, daß er aus dem Haus ging und sich auf einer Parkbank niederließ, bis sie schlafen gingen. ›Oh Gott, Tina, warum hast du mich alledem ausgesetzt?‹

Am Tag ihrer Rückkehr nach Mexiko brachte Tina gegen Mittag triumphierend den Fahrplan und das Geld für eine gemeinsame Reise nach Puebla, Oaxaca und Jalisco heim. Anita Brenner, eine Kunsthistorikerin aus den USA, die zu ihrem Freundeskreis gehörte, hatte sie beide beauftragt, Fotos für ihr neues Buch *Idols behind Altars* zu machen.

Als sie die Hauptstadt verließen, war es, als würden längst vergangene Zeiten wieder lebendig. In Amecameca bestreuten sie ihre Kopfkissen mit weißen Geranien. Der mit Schnee vermischte Atem des Ixtacíhuatl wehte zu ihnen herab und zwang sie, eng aneinander gepreßt unter ihren Decken zu schlafen. Eng umschlungen sahen sie von ihrem Bett aus zu, wie die »Schlafende Frau« über ihnen langsam erwachte. Hinter den Wolken lauerte der Popocatepetl.

Ohne Tina hätte Weston kein einziges Foto zustandegebracht. Früher hatte er im Verhalten der Mexikaner das bezaubernde Resultat irgendeiner reinen Philosophie gesehen, jetzt aber fand er es einfach unerträglich. »Morgen.« »Ich komme gleich.« »Gibt es nicht.« »Vielleicht ja, vielleicht auch nicht, wer weiß.« Zwei Stunden auf einem Bahnhof warten zu müssen war nicht mehr eine unumgängliche kulturelle Erfahrung, sondern einfach eine Qual, der er sich auszusetzen hatte.

»Sind Sie hier, um Idole auszugraben?« »Wollen Sie Körbe kaufen?« »Wollen Sie meine ›Sopes‹ probieren?«

»Vielleicht einen gestickten Gürtel für die Señorita?« Die Verkäufer bestiegen den Zug mit grünpolierter Tonware aus Patambá und Keramik aus Oaxaca; andere schleppten Säcke voller Zwiebeln oder Tomaten.

Jedesmal, wenn Weston bereits aufgeben wollte, machte Tina mit der Beharrlichkeit einer Bäuerin weiter. Ihre heitere Haltung brach das Schweigen der zurückhaltendsten Männer.

»Haben Sie Schinken?«

»Gibt es nicht.«

»Haben Sie Eier?«

»Gibt es nicht.«

»Haben Sie Gurken?«

»Gibt es nicht.«

»Haben Sie Käse?«

»Gibt es nicht.«

»Edward, let me do it«, mischte sich Tina ein, als sie Westons frustriertes Gesicht sah.

»Señor, denken Sie, Sie könnten uns den Gefallen tun und uns ein paar Tortillas bringen?«

»Natürlich.«

»Und ein paar Böhnchen?«

»Natürlich.«

»Könnten Sie uns nicht ein Zwiebelchen schneiden? Und ein wenig Koriander und vielleicht eine Tomate, wenn Sie eine haben?«

»Ja, natürlich.«

»Ach wie schön! Vielen Dank, Señor, das wird ein leckeres Essen. Wenn Sie uns alles schön heiß servieren, werde ich Ihnen unendlich dankbar sein.«

Die kleinen Dörfer öffneten sich ihnen wie durch Zauberhand, und auf den Tischen erschienen alle Gaben der Erde. Ihr Milchkaffee war morgens um halb sechs fertig und wurde mit Brot und Frischkäse serviert. Westons Laune besserte sich. Er verlor nicht mehr die Geduld, wenn er auf der Straße jemanden ansprach und zu hören bekam:

»Ich bin nicht von hier.« Nachts war es wieder wie früher: Decken vor den Fenstern und Handtücher unter der Tür, damit kein Licht hereinfallen konnte. Ihre Entwicklerflüssigkeit bewahrten sie im Nachttopf auf; sie klebten ein Etikett darauf: ›Nicht ausleeren‹ und versteckten ihn im Kleiderschrank. Weston begutachtete Tinas Fotos und sagte, er sei stolz auf sie. Morgens aßen sie auf dem Markt und machten sich dann auf die Suche nach neuen kunsthandwerklichen Gegenständen.

Im November kehrten Tina und Weston nach Mexiko-Stadt zurück und lieferten vierhundert Negative bei Anita Brenner ab. Die gemeinsam verbrachte Zeit war produktiv gewesen, aber kaum waren sie wieder daheim, begannen sie einander aus dem Weg zu gehen.

In dem Maße, in dem Tina sich von Weston entfernte, verlor sie auch den Kontakt zu vielen ihrer gemeinsamen Freunde. Die Zeit der wilden Feste und der Verkleidungen war vorüber. Sie einigten sich darauf, daß jeder seines Weges gehen würde. Weston machte sich daran, seine Abreise vorzubereiten.

Am 13. November, im Taxi, das zum Bahnhof Buenavista raste, blickte Weston Tina in die Augen. Als er sah, was sie ihm zu sagen hatten – so schrieb er später in sein Tagebuch –, nahm er sie in die Arme, und ihre Lippen trafen sich zu einem Kuß. Sie trennten sich erst, als ein Gendarm seine Trillerpfeife ertönen ließ und der Chauffeur sie darauf hinwies, daß Verstöße gegen den Anstand strafbar seien. Diesmal sollte es ein endgültiger Abschied sein – von Tina, von Mexiko, von den Gendarmen und den Hunden. Diesmal war es für immer.

Frau beim Bergarbeiterstreik.
Fotografie von Tina Modotti. 1928

Am nächsten Tag schrieb Tina einen traurigen Brief an Edward. Der Anblick der leeren Zimmer schmerzte sie. Sie suchte Ezra Pounds Gesang Nr. LXXXI, den sie oft mit Weston gelesen hatte, heraus und rezitierte lauthals:

Was du innig liebst, ist beständig, der Rest ist Schlacke
Was du innig liebst wird dir nicht weggerafft
Was du innig liebst ist dein wahres Erbe
Wessen Welt? Meine? Ihre?
   Oder ist sie von niemand?
Erst kam Erblicktes, also das tastbare Elysium,
obwohl in den Höhlen der Hölle,
Was du innig liebst ist dein wahres Erbe
Was du innig liebst wird dir nicht weggerafft

Ihr Erbe würde die Erinnerung an Edward sein.

Sie würde sich das Haus in der Avenida Veracruz nicht mehr leisten können. Während sie ihre Sachen packte, stellte sie voller Freude fest, daß sie nichts Überflüssiges angehäuft hatte. ›Travel light‹, dachte sie lächelnd. Sie hatte in der Calle Abraham González, gleich neben Paca Toor, eine Wohnung gefunden. Weston hatte ihr den Vergrößerungsapparat und einen Arbeitstisch überlassen. Damit improvisierte sie ein Studio und eine Dunkelkammer.

Bis hierher, in den dritten Stock, folgte ihr Xavier.

Mit Xavier war der Liebesakt ein Ritual, eine Ehrung althergebrachter Gesten. Edward hatte sie, wenn sie sich liebten, oft gedrängt, sich auf ihn zu setzen. Sie sollte ihm gehören, völlig ihm ausgeliefert sein, mach mit mir, was du willst. Er war als Vegetarier so dünn, daß sich das Fleisch straff über seine Knochen spannte, und sein Körper war fest und angespannt. Er war wie elektrisiert und machte Luftsprünge wie ein Kater. Man konnte seine Rippen zählen, auf ihm spielen wie auf einer Flöte. »Alle meine Öffnungen gehören dir«, sagte er zitternd und bot sich ihr an.

Und dann erkundigte er sich mit dem Gesicht eines durchtriebenen kleinen Jungen: »Das war gut, nicht wahr? Diesmal war es noch besser.«

Eng an ihn geschmiegt, antwortete Tina: »Ja, Eduardito, Ja, Edward, ja, ja.«

Aber dabei liefen ihr Tränen der Enttäuschung über das Gesicht, und sie kuschelte sich an seine Brust.

»Liebst du mich, Edward? Sag, daß du mich liebst.«

Xavier zu lieben war, als tausche man die lächelnden Gesichter aus Veracruz gegen würdige Olmekenköpfe ein. Tina wollte in diese Gesetztheit eintauchen, sie erkunden, sich in ihr verlieren. Seine negroiden Lippen und seine Haut, die an manchen Stellen zarter wurde und statt der

Schwärze eine bläuliche Färbung annahm, faszinierten sie. Tina preßte sich an seine Brust, an seine glatte Haut; sie wollte die Distanz abbauen und allein in die Stille eintauchen. Xavier zu lieben hieß zurückzufinden zu einem machtvollen Altertum, zu einem abgebrochenen Tun, zum Wesen des anderen.

Früh am Morgen rannte sie energiegeladen in die Calle Mesones, ins Hauptquartier der Mexikanischen Kommunistischen Partei. »Was soll ich machen? Wobei kann ich euch behilflich sein?« Sie spürte, wie die Stadt und ihre Menschen sie in ihren Bann zogen. Sie wollte sie lieben, besser kennenlernen, zu ihnen gehören. Sich ihnen auf der Straße in den Weg stellen und ihnen sagen: »Ich liebe euch! Ich gehöre zu euch! Ich diene euch!« Wenn sie nachts erschöpft heimkehrte, fühlte sie sich unsagbar unbefriedigt. Sie hatte nichts erreicht und all ihre Energie verbraucht, indem sie sinnlos umhergelaufen war, immer neue Seiten in die Underwood eingespannt oder den Versammlungen der Männer, der Genossen, beigewohnt hatte, die völlig in sich selbst und in ihre Theorien versunken waren.

Dennoch erwachte sie am nächsten Morgen jung und voller Hoffnung und von neuer Energie erfüllt. Heute würde sie endlich finden, wonach sie suchte. Sie würde sich voll und ganz aufopfern. Wie ein Wirbelwind stürzte sie sich in der Calle Mesones auf die Schreibarbeiten und tippte bis in die Nacht hinein. Auf dem Heimweg schien die Stadt unter ihren Füßen sie mit ihrer Schläfrigkeit anzustecken. Schon wieder diese sinnlose Müdigkeit!

Sehr bald paßte sich die Wohnung in der Calle Abraham González Xavier und seiner Arbeit an. Sie wirkte nicht mehr so kahl, denn er hatte gleich am ersten Tag seine Schirmmütze über ein Foto von Weston gehängt und den Zugang zum Bad mit einem Haufen Zeitschriften versperrt. Und er hortete Broschüren: Das Schicksal der

Menschheit steckte in seinen an allen Wänden aufgestapelten Broschüren. In den schwarzen Topf aus Oaxaca stopfte er seine Skizzenrollen; unter dem Bett bewahrte er Knäuel von Stricken auf; seine Jacke baumelte ständig über irgendeiner Stuhllehne.

Tina hätte ihm gern gesagt, wie schwer es ihr fiel, in dieser Filiale des Parteibüros zu leben. Selbst das Licht hatte sich verändert. Anstelle der Farben der Sonne umgaben sie neuerdings Grau, Schwarz und Braun. Das einzige Kriterium, nach dem die Genossen eine Farbe für ihre Kleidung auswählten, war, wie gut sie den Schmutz verbarg; dies und die Haltbarkeit waren gefordert, nicht Schönheit. Ein Fünfjahrplan: diese Schuhe werden halten. Ihr schwarzer Rock war ihre Uniform. Aus der Zeit mit Weston bewahrte sie nur ihren seidenen Kimono und die Graflex auf. Und ihre wehmütigen Erinnerungen.

Oh, Edward, was für ein wunderschöner Tag, und ich bin hier eingesperrt! Was für ein Licht da draußen! Und es gäbe so viel zu fotografieren! Du hast gesagt, daß nur wenige Menschen für die Kunst leben und daß ich zu ihnen gehöre. Zwei Straßen weiter, vor der Pulquería, halten die Frauen unter den Schwebetüren nach den Beinen ihrer Männer Ausschau; sie erkennen sie an den Füßen, und da sie sie nicht herausholen können, gehen sie in die Frauenabteilung und trinken ebenfalls, bis sie im Rinnstein landen. Ob ich sie fotografieren könnte, wenn ich zu ihnen ginge? Xavier würde sie zurechtweisen: »Ihr Ausländer fühlt euch vom Laster angezogen, euer Blick, der stets das Typische sucht, beleidigt Mexiko. Du hast viel Zeit vergeudet. Wenn du ein ernsthaftes Parteimitglied sein willst, mußt du viel lernen.«

Oh, Edward, wie ich dich vermisse. Plötzlich verspürte sie Sehnsucht nach dem Mann, der beim Anblick eines geflochtenen Korbes in Extase geraten konnte. Sie sah ihn noch vor sich, wie er eines Tages die Blätter von einer Artischocke entfernt hatte, bis er auf das weiße, fasrige Herz gestoßen war: »Sieh nur, Tina, das ist unglaublich, das ist fantastisch. Hast du je so etwas gesehen?«

»Heute früh fühle ich mich so sexy, daß ich es nicht aushalten kann«, hatte sie häufig zu Edward gesagt. Würde sie jetzt so etwas sagen, würde Xavier sie für verrückt halten. Weston suchte, sobald er die Augen aufschlug, nach Schönheit. Auf die Dachterrasse zu steigen und den Himmel zu begrüßen war sein Credo: Er wollte die Durchsichtigkeit der Luft, das warme Licht Mexikos und seine Wolken festhalten. Er wollte nur das essen, was aus der Erde wuchs. Alles andere war Rhetorik. Die einzigen Gesetze, die er zu befolgen bereit war, waren die der Entwicklerflüssigkeit und des Belichtungsmessers; so maß er seine Zeit auf Erden.

Im Dezember traf die neue Botschafterin der Sowjetunion, Alexandra Kollontai, in Mexiko ein. Sie hatte weder in New York noch in Havanna an Land gehen dürfen. So blieb sie auf der *La Fayette*, bis diese Veracruz erreichte. Die Mexikaner hatten eine rabiate, schrille Suffragette erwartet, aber nun erschien eine Frau mit einem runden Gesicht unter dem blumengeschmückten Strohhut, eine Frau, deren Körper rundlich war und reif.

Nachdem sie in einem modischen schwarzen Seidenkostüm mit Fledermausärmeln ihre Akkreditierung überreicht und dabei bewiesen hatte, daß sie englisch und deutsch sprach, öffnete Alexandra die Türen der Botschaft. Die Mitglieder und Freunde der Partei, unter ihnen auch Tina, waren gespannt auf die Begegnung mit ihr. Tina erkannte die sowjetische Botschaft aus Pestkowskis Zeiten nicht wieder. Überall im Raum gab es Sträuße von Wiesenblumen und Töpfe mit Begonien, und an einem Tisch mit einem weißen Tischtuch wurde Tee serviert. Höchst anmutig streckte Alexandra Kollontai beide Hände nach Tina aus.

»Ich habe schon viel von Ihnen gehört. Alle haben Sie

gern, bewundern Sie und betrachten Sie als große Künstlerin.«

Vielleicht sprach sie, wie es in der Welt der Diplomaten üblich war, aber ihr Blick schien aufrichtig.

»Sie sind eine Frau nach meinem Geschmack«, sagte sie, als sie Tina umarmte, »eine von denen, die die Welt herausfordern und den Boden für die neue Ordnung bereiten. Meinen Glückwunsch. Erzählen Sie mir doch, was Sie im Augenblick machen.«

»Ich fotografiere die Wandbilder der Meister«, antwortete Tina stolz.

»Ach, was für eine Aufgabe, was für eine großartige Aufgabe! Der mexikanische Muralismus versetzt die Welt in Erstaunen. Dank diesen Malern spricht man von der Kunst des neuen Kontinents, und Vorreiter ist dieses wunderbare Land Mexiko. Sie haben großes Glück.«

»Ja, es ist eine einzigartige Erfahrung für mich. Ich verbringe den ganzen Tag in den Höfen des Bildungsministeriums. Ich fotografiere auch für *El Machete*, das Organ der Mexikanischen Kommunistischen Partei.«

»Ich habe Ihre Fotografien gesehen; ich lese *El Machete*. Was für gute Fotos, sie sind sehr politisch.«

Alexandra Kollontai begrüßte jeden Genossen einzeln und ließ sie alle spüren, daß sie über ihr Werk oder ihre Tätigkeit genau im Bilde war. Bald nahm die Botschafterin an allen politischen, sozialen und kulturellen Aktivitäten Mexikos teil. Tina jedoch sollte sie nicht wiedersehen. Sechs Monate später, am 5. Juni 1927, kehrte die Kollontai in die Sowjetunion zurück; ihr totales Engagement und die überwältigende Last der Arbeit hatten ihre Gesundheit untergraben.

Aus Protest gegen die Ermordung des Arbeiters Gastone Sozzi im Gefängnis von Perugia klebten die Genossen Plakate »gegen den faschistischen Terror«. Sie luden zu einer Veranstaltung ein, auf der Enea Sormenti und Tina Modotti sprechen sollten. Als Tina an der Reihe war, verlor sie vor lauter Empörung sogar ihre angeborene Schüchternheit. Sie nannte Mussolinis Italien ein riesiges Gefängnis und einen ausgedehnten Friedhof. Hundert Zuhörer spendeten den beiden italienischen Rednern Beifall. Aber es waren auch Fremde unter ihnen. In Mussolinis Botschaft in Mexiko machte man sich Notizen.

Tina schrieb an Edward:

»4. JULI (1927), ABENDS

Einige Freunde von Ella Wolfe, die aus New York gekommen sind, wollten die Schule im Stadtteil La Bolsa besichtigen. Da auch ich sehr daran interessiert war, sie kennenzulernen, bot ich mich an, sie zu begleiten. Edward, beim Gehen hatten wir alle Tränen in den Augen. Ich werde hier nicht versuchen zu schildern, was Señor Oropeza (der Gründer und Direktor) erreicht hat. Als wir ihn zu seinen Erfolgen beglückwünschten, erwiderte er: ›Ohne die Kinder hätte ich nichts zustande gebracht!‹ Sie haben Abteilungen für Tischlerei, Bäckerei, Schneiderei, Druckerei, Fotografie, Landwirtschaft, Schuhmacherei und so weiter. Natürlich alles ganz klein, aber ernsthaft; in jeder Abteilung unterrichtet ein Experte, ich meine, ein echter Bäcker, Schuster und so weiter. Alles basiert auf Gewerkschaften – jede Abteilung hat ihren Delegierten –, und bei den wöchentlichen Versammlungen diskutiert man über neu aufgetauchte Probleme und darüber, wie man alles verbessern kann. Sie haben auch eine Justizkommission, die von den Jugendlichen gewählt wird und sich aus Jugendlichen zusammensetzt. Hier nur ein Fall: Ein Junge wurde ertappt, als er Geld aus der Gemeinschaftskasse stahl. Wie, glaubst Du, haben sie ihn bestraft? Sie ernannten ihn zum Schatzmeister.

Neben der manuellen Arbeit gibt es einige Stunden allgemeinen Unterricht sowie ein paar Stunden Gymnastik und Spiel. Ich könnte unaufhörlich weiterschreiben, aber letztlich wäre ich dazu nicht in der Lage. Señor Oropeza schreibt ein Buch über die Gründung und Entwicklung der Schule. John Dewey (einer seiner größten Bewunderer) will die Veröffentlichung finanzieren.

Ich bedaure wirklich, daß wir nicht, wie so oft geplant, die Schule besucht haben, solange Du hier warst.

Das ist alles für heute abend, Liebster.«

Als Tina einen Stapel neuer Fotos von Edward erhielt, wäre sie am liebsten auf der Stelle losgezogen, um eine Paprikaschote zu kaufen und sich deren Buckel und Einbuchtungen genau ansehen. Nie hätte sie geglaubt, daß sie so anregend sein könnte. Weston war auf der Suche nach dem Unerwarteten, und nun hatte er es gefunden. Was machte es, wie viele Stunden er daran gearbeitet hatte, wenn das Ergebnis so aussah?

Edwards Fotografien erschütterten die Grundfesten ihres Verzichts und befreiten sie vorübergehend aus der farblosen Welt, in die sie eingetaucht war. Während sie ihm ihre Gefühle und ihre Reaktionen auf seine Fotos beschrieb, begriff sie, daß sie von der Vergangenheit sprach. Wie die weltgewandte Frau, die sie einst gewesen war und die nun nur noch blitzartig auftauchte, wenn sie zum Beispiel Edwards Fotos betrachtete oder sich daran erinnerte, daß er sie gelehrt hatte, Schönheit zu entdecken.

»Edward, nichts in der Kunst hat mich je so betroffen gemacht wie diese Fotos; ich kann sie einfach nicht lange ansehen, ohne daß ich über alle Maßen verstört bin – sie bringen mich nicht nur geistig, sondern auch physisch aus der Ruhe. In ihnen ist etwas so Reines und zugleich so Perverses. Sie enthalten sowohl die Unschuld der natürlichen Dinge als auch die Morbosität eines raffinierten und abartigen Geistes. Sie erinnern mich an Lilien und an Embryonen zugleich, sie sind mystisch und erotisch.«

Westons Aufnahmen von Schnecken und Paprikaschoten waren stärker als das Elend und machten sie vorübergehend immun gegen die Ängste. Aber konnte sie sich für Rosen, Lilien und Kristallgläser entscheiden, wenn Gómez Lorenzo dringend Bilder von Bauern brauchte, die *El Machete* lasen? »Tina, wir leben auf dem Kontinent des Hungers, eines Hungers, der so verheerend ist wie in Indien.« Konnte sie wirklich für eine Treppe von Tepoztlán Glasplatten vergeuden, wenn die Straßen nur so strotzten vor menschlichem Elend?

»Ein Foto«, fuhr Gómez Lorenzo fort, »ist ein unwiderlegbares Dokument. Deine Fotos sind eine Ohrfeige für das bourgeoise Gewissen.«

»Ein Foto ist auch eine Form ...«

Das Elend jedoch hatte keine Form, oder es hatte sie alle. Und da dieses Elend ihr den Atem nahm, wollte sie es ergründen und es, mehr noch, in Kunst verwandeln.

Tina nahm Edwards Fotos mit zu Diego, der sie lange Zeit betrachtete und schließlich fragte: »War Weston etwa in letzter Zeit krank?«

»Vielleicht bin ich es, die krank ist.«

Sie schickte ihrem Lehrmeister weiterhin Pakete mit ihren neuesten Arbeiten und wartete dann auf seine Post, die Ruhm oder Ruin, Lob oder Verurteilung bedeuten konnte. Vielleicht würde er, obwohl er Symbole ablehnte, Sichel, Gitarre und Maiskolben, ihre Synthese der mexikanischen Revolution, schätzen.

Als sie gefragt wurde, ob sie nach Texcoco reisen und eine Versammlung von Bauern fotografieren wolle, war ihr, als habe man ihr die Schlüssel zum Leben ausgehändigt. Sie würde ihren Overall mitnehmen, um überall hinaufklettern zu können; *El Machete* war daran interessiert, daß sie möglichst viele Leute von oben aufnahm: ein Beweis dafür, daß ein Meer von Menschen mit Strohhüten dem Ruf der Partei folgte. Ja, das war ihr Beruf. Sie brauchte Tage für das Foto des Zerlumpten, der sein verzweifeltes Gesicht verbarg und unter der Werbung des Modehauses saß: »Von Kopf bis Fuß haben wir alles, was ein Kavalier braucht, um sich elegant zu kleiden. Gebrüder Estrada, Segunda Brasil 15, Primera de Tacuba.« Natürlich war dies eine Fotomontage, und Weston würde das Bild als eine solche kritisieren.

Trotz allem widmete sie ihre Zeit weiterhin der Art von Fotografien, die am ehesten Westons Lob und Xaviers Mißfallen ernten würden. Zwei Callas-Lilien mit ihrer eleganten, reinen Form waren ihr aufgefallen – der Künstlerin, nicht dem Parteimitglied. Als sie das Negativ entwickelte, war ihr, als gebäre sie. Während sie mit ihrem Lehrmeister einen imaginären Dialog führte, brach ihr der kalte Schweiß aus. ›Die Platte wird mir aus den Händen gleiten; wieviel Zeit soll ich ihr geben?‹ Ihre Arme fühlten sich an wie Holz. ›Ich muß mich beherrschen. Hättest du mir nicht diese wunderbare Ausrüstung hinterlassen ...‹ ›Das hat nichts mit der Ausrüstung zu tun: du bist eine großartige Fotografin.‹ Alle dreißig Sekunden mußte sie die Platte wenden, um sie gleichmäßig in der Flüssigkeit zu spülen; Weston selbst hatte die Entwicklerflüssigkeit zubereitet. Unablässig murmelte sie die Formel vor sich hin, als wäre sie ein Zauberspruch gegen das Versagen: zwei Gramm Natriumthiosulfat, neunzig Gramm Hydrochinon, dreißig Gramm Borsäurekristalle. ›Sie ist etwas dunkel geraten‹, warf sie sich vor, als sie die fertige Platte herausholte. ›Du hast sie verdorben‹, knurrte Edward. Wie lange noch? Dio, was für ein beklemmender Prozeß! ›Du kennst den Unterschied zwischen Technik und Magie nicht.‹ Noch heute war es für sie so etwas wie Zauberei, wenn sich in der Emulsion die Umrisse abzeichneten: zwei, drei Minuten, eine Ewigkeit. Die Callas-Lilie war rein und sinnlich. Würde sie jetzt genauso fleischig und rein zugleich aussehen? Diego Rivera konnte seine Gemälde retuschieren und auf der Suche nach einem ganz besonderen Effekt die Farben verändern, aber in der Fotografie war das nicht machbar. Im Handumdrehen konnte Kunst entstehen oder verlorengehen.

Als die Platte bereits im Vergrößerungsapparat lag, murmelte sie: »Eduardito, hilf mir.« Sie würde das teuerste feinkörnige Papier benutzen.

Und da kamen ihre beiden geliebten Callas-Lilien zum Vorschein, so, wie sie es sich erhofft hatte, vor der schmutzbedeckten Mauer, mit einem Schatten auf dem langen, sich abhebenden und in das blendende Weiß des Blütenkelchs mündenden Stiel. Der Pflanzensaft in den Blütenfäden ergoß sich in ein schwarzes Zünglein, einen Vorboten des Todes. Im Schönen lag Grausamkeit verborgen; in der Natur lauerte ein Makel; der Tod nahm einen Weg, der dem des Lebens entgegengesetzt war. Wieder einmal hat die Emulsion ihr Wunder vollbracht. Sie hängte einen Abzug zum Trocknen auf, wie ein kleines Laken ihrer Phantasie.

Dabei fragte sie sich, warum sie so oft an Edward dachte, obwohl sie in den letzten Monaten so schroff zueinander gewesen waren. War sie nicht Xavier gefolgt, hatte sie nicht die Ästhetik vergessen und sich in eine Zeugin verwandelt, indem sie alle möglichen Menschen auf der Straße fotografiert hatte? Es fiel ihr nicht leicht, die Form zu vernachlässigen und nur daran zu denken, das Leben der Armen abzubilden, oder zu vergessen, was Weston sie gelehrt hatte – daß auch die Fotografie eine Kunstform war, ja, Xavier, genauso wie die Malerei. Natürlich, dazu kam noch ihre Ausrüstung, ihre schwere Graflex, die es beinahe unmöglich machte, diese flüchtigen Momente, die Schnappschüsse, das Dringliche einzufangen. Das Foto der Fahnenträgerin auf der Brücke hatte sie lange vorausgeplant; vor dem Fotografieren kam das Denken. Die Bilder sollten fesseln durch das, was sie waren, und nicht durch das, was sie darstellten.

Tina, die sich zunehmend in ihrer Rolle als Kommunistin sah, war nicht länger das Geschöpf, dessen Sinnlichkeit sich unablässig erneuerte, sondern eher eine behutsamere Ausgabe ihrer selbst. Und dennoch konnte sie nichts dagegen tun, daß man sie neugierig anstarrte, weil jede ihrer Bewegungen und vor allem ihr Gang sexuelle Energie verrieten. Aber sie bemühte sich, ihren Genossinnen Consuelo Uranga, Gachita Amador und Maria Luisa immer mehr zu gleichen. Hauchend sagte sie »Entschuldigung«, »Guten Tag«, »Ich komme gleich.« Fast wünschte sie, Diego würde sie nicht »von früher her« kennen. Ihre Genossen würden alles, was sie früher getan hatte, als extravagant abtun; der verkleidete Weston: eine Tunte, ein Dekadenter; Tina, die in Männerkleidung an seinem Arm die Straße entlang ging: eine Degenerierte; Brett, der ihren mit Orangen gefüllten Büstenhalter trug: ein Perverser; Weston, der mit der erregten, zitternden Elisa tanzte: etwas Abartiges, eine Respektlosigkeit gegenüber den Armen, eine unbeschreibliche Gemeinheit; Westons Gier nach sexueller Übersteigerung: eine Sache von Verrückten. Was war moralisch? Was war normal? Wie mochten wohl die Genossen ihre Sexualität ausleben? Wie benahm sich Hernán Laborde, wenn er liebte? Und Frijolillo? Was hatten sie wirklich für Wünsche? Wie liebten die Bauern mit ihren schlammbedeckten Füßen, den gegerbten Fersen, ihren durch die tägliche Plackerei erlahmten Beinen und Armen, den Brüsten, in denen es pochte wie im Inneren der Erde, und ihrem feurigen Atem? Und die in ihre Umschlagtücher gehüllten Frauen, deren sanfte Augen an Pfützen erinnerten und die ihre Hände stets vor anderen versteckt hielten? Die Armen verprügelten einander. Ehefrauen, Kinder, Hunde, Esel und Maultiere erhielten regelmäßig ihre Abreibung. Schläge dienten der Erziehung. »Nicht schlagen, Papa, nicht schlagen«, hatte Tina einmal mitanhören müssen. »Warum soll ich dich nicht schlagen? Es ist doch zu deinem Besten.« Gemäß dem Ethikkodex der Kommunistischen Partei standen die Genossen jeden Morgen auf, um zu kämpfen, und nicht, um ihre Phantasie zu benutzen. Sie würden eine neue Wirklichkeit erschaffen, ein Mexiko für alle Besitzlosen, und vor allem ein Mexiko für das Volk, für die Bauern, die wahren Mexikaner.

Als man den Genossen Raúl Alvarez hereinbrachte – mit blutenden Fingernägeln, zerfetztem Gesicht, entzündetem, geschwollenem Fleisch, alles eine einzige Masse von Blut und Exkrementen –, begriff Tina, daß diese Kommunisten ihr Leben aufs Spiel setzten.

Von Anfang an hatte sie dieser feurige junge Mann in seinen Bann gezogen. Ungeachtet aller Anweisungen aus Moskau war er in die Armenviertel gegangen, um herauszufinden, was die Landbesetzer wirklich benötigten.

»Vor allem brauchen wir Toiletten, Waschplätze, Trinkwasser und Mülltonnen.«

»Warum kommen all diese Leute in die Stadt?«

»Weil sie auf dem Lande verhungern.«

Die Schreie der Kinder waren so schrill, daß es schmerzte, aber die Partei mußte für alles erst Komitees gründen und diese dann in Unterkomitees gliedern, und die Sitzungen der Komitees und Unterkomitees konnten tagelang andauern, während auf den besetzten Parzellen Typhus ausbrach. Noch hatte man die möglichen Taktiken nicht diskutiert, da mußte man schon Särge kaufen.

Raúl Alvarez erklärte den Landbesetzern, wie sie sich bewaffnen sollten: mit Steinen, Stöcken und allem, was greifbar war; alles, nur nicht der Autorität weichen. Sie sollten sich wehren und fordern, was ihnen gehörte. »Was denn? Wir besitzen doch nichts.« Sie begriffen nicht, daß sie ein Recht auf Leben und vor allem auf ein Stück Land hatten. Die Armen schickten sich allzu schnell in ihr Unglück. »Laßt euch nichts gefallen. Wehrt euch.« Er gab ihnen Ratschläge: »Verrichtet eure Notdurft nicht in der Nähe eurer Schlafstätten; wir werden euch Hacken und

Schaufeln besorgen, damit ihr Gruben ausheben könnt. Hier habt ihr erst einmal Pappe, um euch einen Unterschlupf zu bauen.« Mißtrauisch hörten sie Alvarez zu, ganz so, als erfaßten sie das Ausmaß ihres Unglücks nicht.

Die Genossen der Partei hielten nichts von seinem Vorgehen. »Du reibst dich sinnlos auf, und eines Tages wirst du dafür büßen. Du mußt die Regierung zur Rechenschaft ziehen, die Verantwortlichen benennen. Schreib einen Artikel für *El Machete*, prangere diese Zustände an. Es heißt, unsere Zeitung liegt auf dem Tisch des Präsidenten. Was bringt es dir, jeden Tag dorthin zu gehen?«

Tina war genauso aufgewühlt wie Raúl. Wie konnten die Genossen nur diese armen Leute der Witterung und der Willkür der Behörden aussetzen?

Wieder einmal wurde sie daran erinnert, daß die Partei keine Wohlfahrtsorganisation sei, sondern politische Arbeit zu leisten habe.

»Aber ich nehme das gern selbst in die Hand«, rief Tina selbstbewußt. »Ich habe Freunde, ich kann Decken und Feldbetten besorgen, was auch immer.«

»Tina, wir haben Fakten anzuprangern und nicht Probleme zu lösen. Dafür haben wir einfach keine Mittel. Vielleicht sollen wir hier noch ein Krankenhaus einrichten.«

»Warum nicht?« fragte sie wütend.

»Das ist nicht Aufgabe der Partei. Wir müssen die Regierung in die Pflicht nehmen. Sollen wir etwa eine Zweigstelle des Roten Kreuzes werden?«

Auf eigene Faust beschloß Tina, sich an einige ihrer früheren reichen Freunde zu wenden und sie um Unterstützung für ihr neues Anliegen zu bitten.

Tita und Tomás Braniff begrüßten sie überschwenglich in ihrem protzigen Haus in Puente de Alvarado. Tina stand zwischen all den vergoldeten Weinblättern und dem Carrara-Marmor, der sie an ihre Tage mit Weston erinnerte, und kam sofort zur Sache.

»Ich möchte euch um Hilfe bitten.«

»Natürlich. Was brauchst du? Entschuldige, daß wir dich warten lassen mußten, aber Tomás interessiert sich sehr für Aeronautik, und wir kommen gerade von einer Flugübung in Balbuena.«

»Wir in der Partei haben uns verpflichtet, einigen Familien zu helfen, die vertrieben werden sollen.«

»Tina, wir wollen gerade nach Europa reisen. Vielleicht können wir dir helfen, wenn wir zurück sind. Hier hast du erst einmal hundert Pesos, damit du zurechtkommst.«

»Das ist nicht für mich«, sagte Tina stolz. »Ich vertrete hier Tausende von Mexikanern.«

Sie ließ die hundert Pesos zwischen den Kerzenhaltern auf dem silbernen Tablett für die Visitenkarten liegen. Sie war genauso froh und voller Vorfreude zu ihren Freunden gekommen wie früher mit Weston. Nun hatte die Reaktion der Braniffs ihr geholfen, noch deutlicher zu erkennen, welcher Abgrund sich zwischen Westons Tina und Guerreros Tina auftat.

Als nächstes ging sie in die Avenida Juárez, Ecke San Juan de Letrán, in das Haus, in dem Monna, Rafael Salas Witwe und nun die Frau von Felipe Teixidor, wohnte. Hier würde sie nicht diesen Widerwillen spüren wie bei den Braniffs. Die Teixidors wohnten in einem Raum voller Bücher; sie waren Intellektuelle. Wie dumm von ihr, sich an die Braniffs zu wenden. Als sie Monna umarmte, fragte diese sofort nach Edward und bot ihr einen Tee an. »Wie gut du aussiehst, genauso hübsch wie früher!« Tina setzte sich ihr gegenüber in einen Sessel aus grünem Samt und erzählte ihr von den Bedürfnissen der Landbesetzer und ihrer Verpflichtung, ihnen zu helfen. Monna lauschte ihr mit einem großzügigen Ausdruck in den Augen, und dieser Ausdruck änderte sich auch nicht, als sie antwortete.

»Wir kennen uns schon lange. Bestimmt weißt du, wie wir – Rafael, er ruhe in Frieden, und Felipe, sein bester Freund – dachten und denken. Du wirst dich erinnern, daß wir uns immer von Ideologien ferngehalten haben. Wenn ich dir helfen würde, Tina, wäre dies Verrat an mir selbst, denn ich teile deine heutigen Überzeugungen nicht. Ich glaube nicht an die Diktatur des Proletariats. Dies sage ich zu dir als Parteimitglied. Aber ich bin bereit, dir als meiner Freundin zu helfen, und Felipe wäre es auch.«

»Deine Freundin bittet um nichts. Deine Freundin braucht gar nichts.«

Vor Xavier verbarg sie ihre Enttäuschung. Er hätte ihr Vorwürfe gemacht: »Wozu gehst du da hin? Du bist selber schuld. So sind sie nun mal. Du hättest es wissen müssen.« Die Ablehnung seitens der Freunde machte ihr endgültig klar, daß in ihr etwas wiedergeboren war, was sie in eine ferne Zeit zurückversetzte. Sie war wieder das kleine Mädchen, das auf Giuseppes Schultern zu den Kundgebungen gegangen war, Demetrio Canals Patenkind mit der erhobenen Faust. Die aufreibenden Tage bei *El Machete* in der Calle Mesones hatten sie auf diese Wiederbegegnung mit sich selbst vorbereitet. Sie hegte keinen Groll auf ihre reichen oder klugen Freunde von früher. Sie wußte ganz einfach, daß sie diese nicht wiedersehen würde; ihr Weg war ein anderer, und er war ihr heilig. In dieser Nacht gab sie sich Xavier mit jeder Faser und mit vollem Bewußtsein hin; sie verschmolz mit ihm. Am Tag darauf nahm sie das Mitgliedsbuch der Kommunistischen Partei in Empfang.

Während der Aufnahmezeremonie war Xavier so stolz auf seine Gefährtin, daß selbst seine steinernen Gesichtszüge eine gewisse Rührung verrieten.

Tina nahm das Mitgliedsbuch entgegen wie einen Ritterschlag. Xavier Guerrero, ein Mitglied des Zentralkomitees und ihr Geliebter, hatte ihr die Waffen gegeben. Ihm verdankte sie dieses endgültige Engagement. Enea Sormenti erzählte ihr von Mitgliedsbüchern, die von Gewehrkugeln durchlöchert waren und feierlich in den Schaukästen der Russischen Kommunistischen Partei ausgestellt worden waren, und von den Roten, die mit Ruhm bedeckt im Kampf gefallen waren wie Mädchen, die vor Liebe sterben, ja, Tina, wie jene, die vor Liebe sterben.

»Ich habe mich sehr geehrt gefühlt«, sagte Enea Sormenti, »als ich meinen Ausweis als Mitglied der Mexikanischen Kommunistischen Partei erhalten habe.«

»Ach, du bist doch ein Internationaler«

»Das kannst du auch werden, Tina.«

»Von jetzt an«, scherzte El Canario, »kein Skandal mehr, keine Liebelei, nicht einmal ein Glas Rotwein. Adieu Vergnügungen und Zeitvertreib, kein Tag ohne Dienst an der Sache.«

»Hoch das höllische Leben, das du führen wirst!« witzelte El Ratón Velasco.

Dies war einer der Scherze, die man mit den Neulingen trieb, die den Parteizellen *Karl Marx*, *Engels* oder *Zapata* beitraten. Jede Zelle war einem dieser Großen gewidmet, als wäre er ein Kirchenheiliger. Bald würde es auch eine Zelle *Clara Zetkin* geben, denn man würde Clara Zetkin heiligsprechen. Tina spürte, daß von nun an das Leben über sie bestimmen und die Zeit nicht mehr ihr gehören würde. Ob es wohl irgendwann einmal eine Zelle *Tina Modotti* gäbe?

Als Raúl Alvarez endlich die Erlaubnis bekam, mit einer Brigade ins Elendsviertel Bondojo zu gehen, bat ihn Tina, sie mitzunehmen. Aber Raúl lehnte ab. Landbesetzungen waren etwas für die Jungen, die Ungebundenen; sie waren nichts für Tina. »Ich will nicht, daß dir etwas zustößt. Nimm es nicht persönlich, Tina. Das Wichtigste im Kampf ist der Gehorsam. Mitleid ist fehl am Platz. Die Genossen sind auch arm. Sie kommen gerade mal so zurecht.«

»Aber ich würde lieber an Ort und Stelle arbeiten, einen Topf oder eine Decke besorgen. Das ist besser als dieses endlose Gerede.«

»Was für ein Individualismus! Du kannst doch nicht die

Partei benutzen, um deine persönlichen Konflikte zu lösen. Keine Sorge, wenn alles vorbei ist, werden wir uns weiter unterhalten.«

Und nun lag er da auf dem Tisch, mit durchlöcherten Sohlen und durchsichtiger, blutleerer Haut, die Hände über den Genitalien verkrampft, als habe er sie vor den Schlägen schützen wollen. Tot. Gómez Lorenzo legte ihr den Arm um die Schulter. Instinktiv wich Tina zurück. »Siehst du, was passiert? Wir haben Raúl immer wieder gewarnt. Wärst du in dieser Brigade gewesen, wäre es dir genauso ergangen.«

Tina interessierte sich zunehmend für den alltäglichen Kampf der Armen Mexikos und handelte lieber, anstatt zu reden, aber bald begriff sie, daß die Hauptaufgabe der Frauen in der Partei darin bestand, für ihre Männer zu sorgen. Mit Ausnahme von Luz Ardizana, die keinen Mann hatte und auch keinen zu wollen schien. María Luisa war stets in Eile, weil sie nach der Parteiarbeit heimlief, um Rafel Carrillo das Abendessen zu servieren; dies war ihre wahre Parteizelle. María Velázquez, der Frau von Juan González, fiel die Aufgabe zu, für die Männer im Büro Kaffee zu kochen und Brot für sie zu holen. Ihre Arbeit in der Calle Mesones war nichts als eine weitere häusliche Belastung.

Was hatte Tina mit diesen anderen Frauen gemein? Was wußten sie von ihr? Sie waren vom Schlage der Leute, die niemals um ein Zimmer mit Meerblick bitten oder nackt auf einer Dachterrasse tanzen würden. Sie konnten sich Tina nicht in einem anderen Rock oder mit einer anderen Jacke vorstellen. Alles, was persönliche Freiheit bedeutete – also auch die Wahl der Kleidung –, war verpönt. Eines Tages kam Tina mit einer Bougainvilleablüte im Haar ins Büro. Cuca García fragte sie, ob sie etwa in einem Trio singen wolle. Zu Edwards Zeiten hatte sie gedacht: ›Heute trage ich das weiße Kleid‹; ›An diesem sonnigen Tag trage ich das gelbe‹; sie hatte den Tag in Farben getaucht; ›Ich werde ohne Hut ausgehen; morgen werde ich den wunderschönen Panamahut aus Chiapas aufsetzen.‹ ›Zum Fest bei Diego werde ich das bestickte Schwarze tragen.‹ Die Stickereibluse aus Oaxaca hatte sie durch einen glücklichen Zufall gefunden: stundenlang waren sie einer Indianerin gefolgt, die versprochen hatte, ihnen genauso eine Bluse zu verkaufen wie die, die sie trug. Sie habe sie zuhause, hatte sie gesagt, und während sie vor ihnen hergetrottet war, hatte sie ständig wiederholt: »Es ist gleich dort, nur noch ein Stückchen.« Weston wollte schon aufgeben, aber Tina bestand darauf, sie wolle genau diese Bluse haben. Als sie endlich die elende Hütte der Frau erreichten, zeigte sie ihnen schließlich eine Bluse, die noch schöner war als ihre eigene. Edward gab zu, daß sich der Weg gelohnt hatte. Diego bestätigte später, daß es ein Museumsstück sei, und Lupe wollte genauso eine für sich selbst. Jetzt konnte sich Tina nicht vorstellen, daß sie einem Kleidungsstück nachlaufen und irgend etwas ersehnen könnte, nur weil es schön war.

Obwohl sich Xavier in denselben Gesellschaftskreisen bewegte wie Lupe und Diego, wurde es Tina klar, daß sie niemals mehr zu deren abendlichen Runden gehen würde. Dies war eine andere Zeit. Sie fotografierte Bauern, begrüßte sie in der Calle Mesones und bot ihnen ein Lächeln dar. »Kommen Sie herein, nehmen Sie Platz, fühlen Sie sich ganz zuhause.« Oftmals wußten sie nicht, wo sie die Nacht verbringen oder womit sie einen Taco kaufen sollten. Tina hatte den Einfall, stets eine Kanne Kaffee für sie bereitzuhalten; es war ihre Idee, sie anzulächeln, um ihre Furcht und ihr Mißtrauen auszuräumen. Von nun an würden sie, nachdem sie respektvoll an die Tür geklopft hatten, stets fragen: »Fräulein Tina, bitte?«

Enea Sormenti lud sie zu den Zusammenkünften der Antiimperialistischen Liga Amerikas und der Internationalen

Roten Hilfe ein. Sie begannen um acht Uhr abends, wenn das Parteibüro geschlossen wurde. Seit sie Enea bei der Kundgebung für Sacco und Vanzetti kennengelernt hatte, mußte sie bei seinem Anblick lächeln. »Woher stammst du eigentlich?« hatte sie ihn neugierig gefragt. »Aus Muggia.« »Dio, ich bin aus Udine, einen Steinwurf von Triest entfernt! Dann sind wir beide aus dem Friaul, wir sind Landsleute!« rief sie und breitete die Arme aus. Noch dazu kannte er Sacco und hatte mit Vanzetti korrespondiert. »Wie sind die beiden? Erzähl mir alles, was du über sie weißt.« Der unscheinbare Sacco hatte als Schuhmacher 22 Dollar am Tag verdient, mehr als das, was er in seiner Bescheidenheit brauchte, und seine Frau Rosa hatte seinen Entschluß akzeptiert: »Ja, gib unseren Genossen die Hälfte ab.« Sie hatte auch verstanden, daß ihr Mann, wie er ihr erklärt hatte, nicht in den Krieg gehen würde, weil er niemals eine Waffe auf einen anderen Arbeiter richten könnte, ob er nun Deutscher, Russe, Österreicher oder Ungar war.

»Für ganz Lateinamerika ist Mexiko ein heller Leuchtturm«, erklärte ihr Sormenti. »Hier werden wir Revolutionen organisieren.« Aber nie hatten sie auch nur einen Peso. Zu jeder Tageszeit planten sie in den Cafés, bei der Liga und bei der Roten Hilfe Revolutionen, Komplotte, Verschwörungen und Aufstände in Kuba, Guatemala, Costa Rica, El Salvador und Peru, ja selbst in Bolivien und Ecuador. Einige junge Mexikaner gingen nach Nicaragua, um im kleinen verrückten Heer des Generals der Freien Menschen, General Sandino, zu kämpfen. Die Mexikanische Kommunistische Partei hatte sechshundert aktive Mitglieder, die glaubten, »die Welt« in ihren Händen zu halten; die Genossen hielten *El Machete* für die größte Zeitung »der Welt«. Sormenti sagte lächelnd: »Wir werden ›die Welt‹ zur Hölle schicken.«

Mit Sormenti zusammen zu sein bedeutete eine Rückkehr zur Kindheit. Er stellte ihr persönliche Fragen und mischte sich in ihr Privatleben ein, wie es die anderen Genossen nie gewagt hätten:

»Was machst du mit diesem Affen?«

»Mit welchem Affen?«

»Mit der Statue, dem verschlafenen Affen, du weißt schon, wen ich meine.«

»Xavier?«

Er lachte schallend, aber Tina konnte ihm nicht böse sein.

»Er paßt nicht zu dir. Na los, komm, hilf mir, die Kundgebung zu organisieren.«

Also konnten Revolutionäre ausgelassen sein? Die Ausländer waren wirklich weltgewandter. Darum verstand sie sich besser mit Gómez Lorenzo, der von den Kanarischen Inseln kam, und mit Sormenti; sie waren nicht so feierlich und weniger empfindlich. Mit Ausnahme von Raúl, aber Raúl verschlang jetzt, wie Giuseppe Modotti gesagt hätte, das Gras von den Wurzeln her.

Eines Abends im August 1927 holte Xavier plötzlich seinen Koffer aus dem Schrank.

»Ich reise nach Moskau, die Partei schickt mich.«

»Was?«

»Ich gehe in die Sowjetunion.«

Wie ein Automat begann er seine Sachen zu packen.

Er ging fort, er ging und ließ sie zurück. Welch ein Gehorsam! Seiner Lebensgefährtin, die ja schließlich auch im Dienste der Partei stand, schuldete er keine Erklärungen. In die Sowjetunion zu gehen war außerdem eine Ehre, die sich alle erhofften.

Schweigend half ihm Tina, seine wärmsten Sachen einzupacken. Sie wickelte Zuckerstücke in seine Taschentücher und kaufte eine Wollmütze und gefütterte Handschuhe. Sie setzte sich auf ihren niedrigen Stuhl am Fenster und strickte ihm einen Schal.

In der Nacht vor seiner Abreise legte sie den Kopf auf

Xaviers Brust und protestierte: »Und was ist mit mir? Was wird aus mir?« Guerrero – der Genosse, nicht der Mann – antwortete: »Ich werde für deine Schiffspassage sparen. Du kommst mir nach, das verspreche ich dir.« Als Xaviers Atem immer gleichmäßiger wurde, blieb ihr nichts weiter übrig, als sich mit allem abzufinden.

»Was für ein Idiot, eine Frau wie Tina zurückzulassen«, sagte Sormenti. »Zwei oder drei Jahre auf der Leninschule sind eine Ewigkeit. Ich hätte sie mitgenommen. Manche Frauen vergißt man, aber Tina ist eine von denen, an die man ständig denken muß. Was für ein Dummkopf, ich hätte sie nie verlassen.«

Anfang September reiste Xavier ab. Als erstes plante Tina ihren Tagesablauf. Zeit war, nach dem Leben an sich, das Wertvollste. Sie gab sich schriftliche Anweisungen: »Platten entwickeln«, »Die Emulsion zubereiten.« Sie zeichnete ein Diagramm: Tätigkeiten/Zeitaufwand. Ein Arbeitsplan. Auswertung an jedem Wochenende. Sie setzte alles daran, diesen Zeitplan einzuhalten.

Früher hatte sie eine andere Vorstellung von der Zeit gehabt. Als sie mit Weston nach Mexiko kam, gab es nichts Besseres als die Zusammenkünfte mit den Freunden, bei denen man sich amüsierte. Wenn sie jetzt zu einer Versammlung ging, dann deshalb, weil sie etwas tun mußte: den Marsch organisieren, eine Rede schreiben, eine Kampfaktion der Gewerkschaft unterstützen. Xavier hatte sie gelehrt, sich zu kasteien. Das Bild der bei Festen lächelnden Tina war verschwunden.

Die Wände ihres Studios waren mit Sätzen von Lenin und mit angepinnten Arbeitsnotizen bedeckt. In einem Tagebuch machte sie sich wirre Notizen und schrieb mit ihrer schwarzen, eckigen, stets flüchtigen Schrift einzelne Worte an den Heftrand.

13. Oktober 1927. Im Wald von Chapultepec hat eine Gruppe von Verschwörern der Liga zur Verteidigung der

Religion Sprengsätze auf Alvaro Obregóns Auto geworfen. Ihm ist nichts passiert. Es tut mir gut, dem Puppenspieler Lou Vunin zuzusehen. Seine Marionetten sind kreativ, und er ist ein phantasievoller Mensch. Lou Vunin will in die Vereinigten Staaten zurückkehren. Ich werde ihn und seine Familie vermissen. 23. November 1927. Heute wurden Pater Miguel Pro, sein Bruder Humberto Pro, Luis Segura Vilchis und Antonio Tirado erschossen. Auf dem Polizeirevier, fünfzig Meter vom Denkmal Karls IV. entfernt, mitten im Zentrum, am hellen Tage und ohne Gerichtsurteil. Und dann heißt es, wir leben in einem Rechtsstaat. 6. Dezember 1927. In Jalisco wurden vor den Augen der Fahrgäste des Zuges von Guadalajara nach Colima sieben Katholiken gehenkt und bekamen dann den Gnadenschuß. Es geht mir nicht um die Katholiken und schon gar nicht um die Priester, aber ich finde es unerträglich, wie die Mexikaner Recht sprechen.

Hände eines Bauarbeiters.
Fotografie von Tina Modotti. 1926

Seit Julio Antonio Mellas Tod sind erst wenige Monate vergangen; vor einem Monat wurde der Hausarrest aufgehoben, und schon stapeln sich in Tinas Studio die Briefe.

In ihrem Beruf ist sie gefragter als je zuvor. Antonieta Rivas Mercado bittet dringend um eine Fotoserie der Gemälde Manuel Rodríguez Lozanos. Sie sind für Frau Frances Flynn Payne bestimmt, eine reiche nordamerikanische Mäzenin. Von seiner Wohnung in New York aus bestellt Orozco Aufnahmen seiner Wandbilder und schlägt ihr vor, wie sie die Kamera postieren soll. Gabriel Fernández Ledesma braucht für *Forma* aus einem bestimmten Blickwinkel aufgenommene Fotos von Türen und Fenstern. »Bitte schreib an Weston und überzeuge ihn, damit er weiter für uns arbeitet.« Carleton Beals' Zeitschrift *Creative Arts* und Frances Toors *Mexican Folkways* bestellen jede Woche etwas. Es treffen Anfragen von *Agfa Papers* aus Prag und vom *British Journal of Photography* ein. In Brüssel will man eine Ausstellung mit Tinas Werken organisieren. Aus Deutschland fordert Willi Münzenberg weitere Fotos an. In Moskau, in der Zeitung der Internationalen Roten Hilfe, *Putj Mopra*, erscheinen ihre Fotos, die das Elend in Lateinamerika anprangern. Carleton Beals ermuntert sie: »Dies ist deine schöpferischste Epoche, der beste Augenblick für dich.«

Was würde die mexikanische Regierung von dem Foto der betrunkenen Bettler halten, das die AIZ in Berlin veröffentlicht hat? Sicher würde man sie als schädliche Ausländerin brandmarken. Xavier hat sie vor seiner Abreise gewarnt: Dieser Blick auf die nationalen Gebrechen, das Bild der betrunkenen Frau etwa, die von Pulque aufgequollen und vollgekotzt auf dem Bürgersteig liegt – so etwas beleidigt Mexiko. Tina ahnt, daß ihre neuen Fotografien auch Weston nicht gefallen würden. Er würde sagen, sie seien nicht sorgfältig genug angeordnet und bewiesen Respektlosigkeit gegenüber dem Individuum. Sie würde ihm entgegenhalten, daß auch die Armut der Bauern in ihren zerfetzten Hemden und Hosen eine Respektlosigkeit gegenüber dem Individuum sei; daß man die Leute in den Bergen mißhandle und ihnen das Land wegnähme. Auch dies würde sie gern fotografieren: ihr Blut, ihre Scheiße, ihre Wunden, ihre zerschundenen Gesichter. Tina hat dem Ästhetizismus und der l'Art pour l'art abgeschworen, aber gleichzeitig möchte sie die Wirklichkeit in Kunst verwandeln.

Ständig klingelt das Telefon. Heute wird eine der Frauen aus der Familie Amor, die von Weston fotografiert wurde, Modell sitzen. Frauen der Familien Escandón, Bringa, Rule und Braniff bitten um Termine bei ihr. Sie hat von ihrem Lehrmeister Kunden geerbt. Zwischen Aufnahmen von schneeweißen, glatten, perfekt ovalen Gesichtern liegen in Tinas Fotomappe die Bilder eines Arbeiters, der ein Kreuz trägt, und Aufnahmen von Bauern, die *El Machete* lesen.

Sie dokumentiert auch weiterhin die Arbeit der Muralisten im Bildungsministerium und im Nationalpalast. Sie betet die Wandbilder an: sie bilden die Geschichte Mexikos ab und sind die besten Arbeiten der von ihr am meisten verehrten Künstler. Hin- und hergerissen zwischen ihren Verpflichtungen in der Partei und ihrer Arbeit als Fotografin, macht sie sich Vorwürfe: »Wieviel Zeit habe ich verloren, wieviel Zeit!« Sie schläft nur wenig und liest viel. ›Ich muß meinen Charakter festigen; ich muß mich weiterbilden.‹

Alle diese Briefe aus Europa sind stimulierend, aber sie machen ihr auch Angst. Jetzt, da sie noch ernsthafter für die Partei arbeiten möchte, bekommt sie aus verschiedenen Ländern Fotoaufträge. Sie ist auf den Erfolg nicht vorbereitet. Sie fürchtet ihn. Daß *New Masses* in den Vereinigten Staaten ihre Fotos veröffentlicht hat, spornt sie an, vor allem aber die Reaktion ihrer Familie. Die Mamma schickt ihr über Benvenuto Glückwünsche. Auch Yolanda erklärt, sie sei »sehr stolz« auf ihre politisch aktive Schwester.

Als José Pérez Moreno Tina wieder einmal um ein Interview bittet, wehrt sie barsch ab:

»Drei Monate nach Mellas Ermordung hat man den Mörder noch immer nicht gefunden. Wie kann es nur so viel Korruption geben? Das ist alles, was ich Ihnen zu sagen habe, Pérez Moreno, und Sie können es wortwörtlich veröffentlichen, wenn Sie wollen.«

»Sieh dich vor, Tina«, warnt Gómez Lorenzo sie hinterher. »Sie haben immer noch ein Auge auf dich.«

Siqueiros fährt sich mit der Hand durchs Haar und rät ihr genau das Gegenteil: »Man muß unaufhörlich öffentlich aktiv sein. Diesen Kampf muß man Tag für Tag, ja sogar stündlich austragen. Es überrascht mich, daß du Tina bittest, vorsichtig zu sein.«

»Die Erinnerung an Julio treibt mich«, sagt Tina. »Ich weiß genau, daß mein öffentliches Auftreten mich ins Gefängnis bringen kann.«

»Du exponierst dich zu sehr«, sagt Gachita mißbilligend. »Denk an den Artikel 33 der mexikanischen Verfassung von 1917. Er legt fest, welche Rechte die Ausländer haben. Ist ihre Anwesenheit unerwünscht, können sie des Landes verwiesen werden.«

Benvenuto Modotti kommt aus San Francisco nach Mexiko und verbreitet Optimismus. Er besitzt dieselbe wunderbare Selbstsicherheit wie Enea Sormenti. Durch seine Überzeugung hat er eine Reife, eine Zuversicht und eine innere Kraft gewonnen, wie Tina sie bisher nicht an ihm kannte. Kaum in Mexiko angekommen, beruhigt er sie bereits: »Es gibt Zeit für alles, quäl dich nicht.« Er begleitet sie zu den Versammlungen der Internationalen Roten Hilfe und duzt sich mit Enea Sormenti. Auch er findet Sormenti charismatisch, obwohl er mit vielen seiner Meinungen und mit seinen Jugendtaten – etwa der Sprengung von Brücken und Werften – nicht einverstanden ist.

Am 5. April schreibt Tina an Weston: »Ich kann mir nicht einmal den Luxus der Trauer leisten. Ich weiß genau, daß dies keine Zeit für Tränen ist; uns wird das Äußerste abverlangt, und wir dürfen nicht zögern oder auf halbem Wege innehalten. Wir können unmöglich ausruhen. Weder unser Gewissen noch das Andenken der toten Opfer gestattet es. Ich lebe in einer anderen Welt, Edward... Seltsam, wie mir diese Stadt und dieses Land so absolut anders erscheinen als vor Jahren... Benvenuto ist hier und sendet Grüße an Eduardito; er ist ein so guter, gesunder Junge und ein so wertvoller Genosse... Noch etwas, was ich Dich im letzten Brief zu fragen vergaß: Die Lage ist hier sehr gefährlich für ›unerwünschte Ausländer‹. Ich bin auf das Schlimmste gefaßt. Sie können jederzeit den Artikel 33 auf uns anwenden. Was soll ich mit Deinen Negativen machen?«

Der ungestüme Sormenti bringt Leben in die Versammlungen der Komitees und in die Diskussionen im Café Paris, die bis spät in die Nacht dauern. Mit Benvenuto und Tina unterhält er sich über Triest und über die Vereinigten Staaten. Sormenti erzählt ihnen, er habe Triest »wie ein Stier« verlassen. »Ich bin unbescheiden, ich war immer ein unangepaßtes Mitglied der Gesellschaft und der Partei, ein undisziplinierter Opponent; ich sage gern meine Meinung, und es ist mir lästig, meine Gedanken für mich zu behalten.« In *El Machete* und *El Libertador* hat Sormenti meist das letzte Wort, und entweder merkt er nicht, daß manche ihm dies übelnehmen, oder es macht ihm nichts aus. Es gibt keine Auseinandersetzungen, weil er immer wieder für mehrere Monate verschwindet und weil er ein »Internationaler« ist. Seit er am 22. August 1923 mit der *Martha Washington* nach New York kam, ist er ein aktiver, furchtloser Antifaschist. Englisch hat er gelernt, als er am Kai Schiffe entlud. Er rasierte und wusch sich flüchtig auf Bahnhofstoiletten und schlief auf irgendeiner Bank, wo ihn die Polizei nicht finden konnte. »Mein Leben ist wie ein riesiger Bahnhof, auf dem es nur Ankünfte und Abreisen gibt. Ich habe weder Haus noch Familie, niemanden, der mich verabschiedet; ich besitze nichts als dieses Hemd.« Er ertrug alles mit Frohsinn, denn schließlich war er noch jung. Freudig erwachte er auf einer Parkbank und steckte seine ganze Energie in seine Reden gegen den Faschismus. Wenn er gestikulierte, brachte er alle zum Lachen. Er kam mit seinen Reden bei den Arbeitern gut an, und seine Kampfaufrufe erschienen im *Labour Defender*. Er schrieb für *Il Lavoratore*, die Zeitung der Italienischen Kommunistischen Partei in den USA, deren Führer er schließlich wurde. Als Carlo Tresca die Antifaschistische Allianz Nordamerikas gründete, wurde Sormenti einer seiner »boys«. Ihr Motto war: »Occhio per occhio, dente per dente, sangue per sangue.« Er hetzte die Arbeiter auf und beschimpfte die Regierung, und es schien ihm überhaupt nichts auszumachen, daß er illegal ins Land gekommen war. Natürlich wurde er schließlich festgenommen und zum »unerwünschten Ausländer« erklärt. Würde man Sormenti deportieren, wäre er in Mussolinis Italien ein toter Mann. Was war nur aus Washingtons und Lincolns Republik geworden? Daß der berühmte Anwalt Clarence Darrow damals sein Verteidiger war und daß ihn die Sowjetunion wie einen Sohn der Komintern aufgenommen hatte, ist Sormentis ganzer Stolz. So jung, wie er aussieht, hat er bereits zehnmal den Ozean überquert, immer als blinder Passagier. Wohin er auch geht, er kommt durch, und zwar gut.

Tina lauscht ihm voller Bewunderung; auch in Mexiko hat sich Sormenti durchgesetzt und sich Respekt verschafft; seine Meinung ist gefragt. Benvenuto bleibt reserviert. Tinas Bruder glaubt vor allem an Amerika. Mit Sormenti ist er sich darüber einig, daß es mit Europa zu Ende geht, aber für ihn liegt die Zukunft der Menschheit in Amerika und nicht in der UdSSR.

Eines Abends kommen Adelina Zendejas und Concha Michel mit Augusto César Sandino und seinem Bruder Sócrates in die Wohnung in der Calle Abraham González. ›Das ist der richtige Moment‹, denkt Tina und wartet, bis alle außer Sormenti gegangen sind. Dann setzt sie sich, einen Kaffee in der Hand, zu Sandino und fragt ihn diskret und im Flüsterton, was er davon hielte, wenn sie in sein Land ginge, zu den Guerrilleros.

»Was wollen Sie denn in Las Segovias tun, Tina?«

»Wenn es nichts anderes für mich gibt, dann mache ich eben Fotos, die Ihren Kampf dokumentieren.«

Beim Anblick dieses zerbrechlichen und doch so standhaften Mannes ist sie mehr denn je davon überzeugt, daß sie für andere leben und einer Sache dienen muß.

»Im Gebirge, Tina? Wissen Sie, wir kämpfen unter sehr schwierigen Bedingungen. Wir haben nichts zu essen und nichts anzuziehen, wir führen kein normales Leben. Und ich darf Sie nicht dieser Gefahr aussetzen. In Mexiko können Sie Mittelamerika mehr nützen als in Nicaragua. Das Komitee ›Hände weg von Nicaragua‹ leistet uns eine große moralische, materielle und politische Hilfe. Politik, wissen Sie, hat nichts mit Kunst zu tun, sondern mit Hunger und Tod. Und damit spielt man nicht. Ich habe Ihre Fotos gesehen, Tina, machen Sie weiter so.«

Tina würde ihm gern erwidern, daß sie sich in Mexiko nicht sicher fühlt. Aber was bringt das? Sind Sandino und seine Männer, die sich ständig auf der Flucht befinden, etwa sicher?

»Was willst du mit deinem Leben anfangen?« fragt Raina in einer besonders heißen Nacht.

Raina, Enea Sormentis Freundin, ist aus den Vereinigten Staaten zu Besuch gekommen, und Enea, der stets auf dem Sprung ist, hat Tina gebeten, sie bei sich aufzunehmen.

Tina würde ihr gern anvertrauen, daß sie nach Nicaragua gehen möchte und daß sie von Sandinos Kampf und seiner Methode, die Nordamerikaner mit einer Guerrilla zu bekämpfen, begeistert ist, aber sie schweigt.

»An einen neuen Mann hast du noch nicht gedacht?«

»Nein.«

»Viele schätzen dich; du hast das gewisse Etwas, hinter dem die Männer her sind.«

In der Nacht vor ihrer Rückreise nach New York hat Raina eine Bitte:

»Zeig mir deine Fotos.«

Tina legt ihre Mappe auf den Tisch. Raina breitet die Fotos auf dem Fußboden aus und betrachtet sie ausgiebig.

»Wie gut sie sind! Du hast genau das Wesentliche eines Ortes oder eines Augenblicks eingefangen. Du siehst Mexiko nicht wie eine Außenstehende, sondern von innen her. Schon an dieser Frau, die ihr Kind stillt, erkennt man dein Mitgefühl und dein Engagement!«

Raina umarmt sie. Schade, daß sie sich nicht früher so nahe gekommen sind.

Am nächsten Morgen nimmt Raina den Zug nach New York.

»Ich muß auch abreisen«, sagt Benvenuto, »ich muß zurück an meine Arbeit, sonst verliere ich den Job.«

Sie sprechen über das nächste Treffen. »Ich könnte nach Havanna reisen. Könntest du mich dort nicht treffen, sorella?«

Nach monatelanger harter Verfolgung und nachdem zahlreiche ihrer Mitglieder ermordet worden sind, wird die Mexikanische Kommunistische Partei für illegal erklärt. *El Machete* wird verboten und die Druckerpresse zerstört. Die aufopferungsvollen Genossen, die sich heimlich weiter treffen, verbringen ihre Zeit mit Debatten darüber, was zu tun ist: Moskau ist so weit weg, und es dauert lange, bis die Anweisungen des Zentralkomitees eintreffen. Vorsichtige oder Zweifler wie den jungen José Revueltas muß man zurechtweisen oder ausschließen. Hernán Laborde reagiert unmißverständlich auf ihre Kritik und beschuldigt sie, den Kapitalisten in die Hände zu spielen.

»Du als Individuum bist überhaupt nicht wichtig. Dein Persönchen muß hinter den Ideen zurücktreten. Sonst dienst du nur dem Kapitalismus«, sagt Laborde zu Revueltas.

Diejenigen, die vor Beginn der Repression aus Europa kamen, sind offener, vor allem Enea Sormenti, der niemals Befehle abwartet, weil er sie selbst erteilt. Oft muß man ihn daran erinnern, daß er sich in der Öffentlichkeit zurückzuhalten hat. Jeder, ob er nun Dissident ist oder nicht, endet im Gefängnis, denn das ist das Schicksal eines jeden Kommunisten, der etwas auf sich hält. Dann ist Moskau machtlos und kann sie nicht befreien; sie sind völlig der Gnade der mexikanischen Behörden ausgeliefert.

»Die Repression ist hier allzu scharf, man kann nichts

mehr machen, und ich halte es nicht aus, die Hände in den Schoß zu legen.« Enea Sormenti fährt mit Siqueiros nach Jalisco, um sich dem Kampf der Bergarbeiter anzuschließen. Siqueiros kämpft mit Waffengewalt gegen die Weiße Garde, mit der die Bergwerksbesitzer ihre Interessen schützen. Auch Sormenti hört es gern, wenn ihm die Kugeln um die Ohren fliegen.

Eines Abends, Anfang Juli, klopft ein junger Mann mit Brille an Tinas Tür.

»Entschuldigen Sie, Señora, der Redakteur von *Forma* hat mir Ihre Adresse gegeben. Ich war von Ihren Fotos sehr beeindruckt, und deshalb dachte ich, ich darf vielleicht einmal vorbeikommen.«

»Bitte, treten Sie ein. Woher kommen Sie?«

»Ich bin gerade aus Oaxaca hierher gezogen.«

Tina fühlt sich geschmeichelt von der Ehrerbietung, die in der dünnen, leisen Stimme dieses jungen Mannes mitschwingt:

»Ich habe Ihre und Herrn Westons Ausstellung in *Aztec Land* gesehen. Davor hat mich schon einmal jemand auf Sie aufmerksam gemacht, und ich bin Ihnen bis zur Kirche der Santísima gefolgt. Ich glaube, Sie wollten dort etwas fotografieren. Ich habe im Vorhof gewartet.«

Als er Edward erwähnt, fühlt Tina einen Stich. Ihr Gast ist noch nicht lange in Mexiko-Stadt, er weiß überhaupt nichts von den Skandalen, in die sie seit Mellas Tod verwickelt war.

»Ich hoffe, ich komme nicht ungelegen«, sagt er schüchtern.

»Nein, überhaupt nicht.«

»Ich möchte Ihnen nicht die Zeit stehlen«, sagt er noch einmal und sieht sie befangen an. »Ihre Zeit ist sehr kostbar.«

»Nicht doch, ich höre Ihnen gern zu.«

»Sie und Herr Weston haben sich damals die Kirche lange angeschaut, aber keine Aufnahme von ihr gemacht;

Sie haben nicht gesprochen, nur geschaut. Ich wollte Ihnen meine Hilfe anbieten, habe es aber nicht gewagt. Ich habe Sie nur vom Gang aus beobachtet.«

»Ja, ich erinnere mich an die Santísima.« Tina wird lebhafter. »Wir haben nie beim ersten Mal fotografiert. Wir fanden es besser, uns erst mit dem Terrain vertraut zu machen und dann wiederzukommen und zu fotografieren. Und was machen Sie?« fragt sie ihn.

Der junge Mann scheint noch tiefer in den Boden zu sinken.

»Ich bin Fotograf... na ja, ich versuche es zumindest.«

»Ach! Wie wunderbar.«

»Darum wollte ich Sie und Herrn Weston kennenlernen, Ihnen zeigen, was ich mache. Natürlich, ohne Ihnen zur Last zu fallen.«

»Haben Sie jetzt etwas dabei?«

»Nein«, antwortet er kaum hörbar, »aber wenn Sie es erlauben, könnte ich wiederkommen und ein paar Abzüge mitbringen.«

Er spricht fast flüsternd und sieht sie wie ein verwundetes Vögelchen an.

»Ich muß Ihnen sagen, daß Edward nicht mehr hier ist. Er ist in die Vereinigten Staaten zurückgekehrt.«

»Ach so«, sagt der junge Mann, und seine Stimme wird noch leiser, »das wußte ich nicht... Aber Sie wären so freundlich...«

»Natürlich, ich würde Ihre Arbeiten gern sehen.«

Als er erneut an ihre Wohnungstür klopft, sieht Tina in seinen farblosen Augen dieselbe Unsicherheit, dieselbe stumme Begeisterung. Er hat eine alte Mappe dabei. Er legt seine Fotos auf den Tisch und setzt sich rasch auf den mit Blumen bemalten Stuhl am Fenster, von dem aus Tina immer auf Julios Rückkehr gewartet hat. Nur wenige Besucher haben sich bisher für dieses niedrige, kleine Stühlchen entschieden.

»Ich warte dann hier...«

Während er aus dem Fenster starrt, kann man seine Erregung spüren. Lange betrachtet Tina die Fotos von Spielsachen aus Stroh, Grabsteinen, plaudernden Arbeitern, einem zum Trocknen aufgehängten Laken und einem in die Erde gerammten Kreuz. Endlich sagt sie:

»Das sind sehr gute Fotografien.«

»Wie meinen Sie?«

»Ich meine, Ihre Arbeit ist ausgezeichnet. Sie gefällt mir sehr.«

Er hebt den Kopf und sieht sie an wie ein Kind, das eine gute Zensur bekommen hat.

»Sind Sie sicher? Mache ich denn nicht viel falsch?«

Es macht ihn noch sympathischer, daß ihm ihr Lob peinlich ist. Tina sieht sich die Bilder noch einmal an.

»Haben Sie schon alles gesehen?« fragt er und starrt dabei zu Boden.

»Ja, und ich sage Ihnen, Sie sind ein Künstler. Ich werde Ihnen einige von Westons Fotos zeigen, aber bitte, vergleichen Sie sie nicht und denken Sie nicht, daß Ihre Fotos schlechter sind. Sie sind sehr gut, und ich verspreche Ihnen, daß ich sie Weston schicken werde. Können Sie mir Abzüge bringen?«

»Aber welche denn? Ich weiß nicht...«

Tina trifft ihre Wahl.

»Ich werde Edward nicht verraten, von wem sie sind. Ich werde Ihre Fotos zusammen mit meinen schicken. Aber Sie haben mir Ihren Namen noch nicht genannt.«

»Manuel.«

»Manuel, und weiter?«

»Manuel Alvarez Bravo.«

»Also gut, Manuel, kommen Sie bald wieder.«

Manuel stammelt ein Dankeschön und errötet. ›Ich hätte nicht gedacht, daß man heutzutage noch rot wird‹, denkt sie.

Am nächsten Tag stellt sie überrascht fest, daß sie voller Hoffnung den Besuch des Jungen aus Oaxaca erwartet, der ihre Leidenschaft für die Fotografie ein wenig wiedererweckt hat. Manuel kommt oft wieder, trifft sie aber nur selten allein an. Er ist beeindruckt von manchen der Menschen, denen er in Tinas Wohnung begegnet: Carleton Beals, Jean Charlot, Anita Brenner, Fred Davis, Emily Edwards und Paul O'Higgins. Aber das umständliche Gerede der Genossen von der Partei geht ihm auf die Nerven. Tina nimmt ihn beiseite, um ihm ihre und Edwards Fotos zu zeigen. Wieder bahnt er sich seinen Weg zu dem mit Blumen bemalten Stühlchen und setzt sich erregt nieder, um sie zu betrachten.

»Haben Sie etwas für Politik übrig, Manuel?«

»Nicht viel.«

»Interessiert Sie, was die Genossen sagen?«

»Ja, das heißt, mehr oder weniger. Wissen Sie, ich habe noch nicht mal die Oberschule beendet ... Ich ...«

Tina beginnt mit Manuel technische Probleme zu erörtern, die sich aus ihrer Arbeit ergeben: sie fotografiert gerade Diegos Wandbilder im Bildungsministerium.

»Ich bin doch nur ein Laie«, wendet Alvarez Bravo ein.

»Nein, das sind Sie nicht. Kommen Sie mit mir in den Patio und raten Sie mir, wie ich die Kamera plazieren soll.«

»Es wäre mir eine Ehre.«

Tina flüchtet sich in seine konzentrierte Ruhe, die so sehr mit der Intensität der endlosen politischen Diskussionen kontrastiert. Eines Abends reicht sie ihm einen Abzug der *Flor de manita.*

»Das ist für Sie, Manuel, ein Geschenk.«

Als sie ihn eines Tages bittet, sie zur Antiimperialistischen Liga in der Calle de Bolívar 55 zu begleiten, genießt er es, zu beobachten, wie sie sich bewegt und wie sie, stets behutsam und mit zarter, leiser Stimme, mit den Genossen redet. Tina macht nur wenig Worte. Als sie gebeten wird, die Geldsammlung zu organisieren, willigt sie mit anmutiger Geste ein. Man überträgt ihr auch die Verantwortung für Briefe und Gäste aus dem Ausland.

Erst nach einigen Monaten erzählt ihr Manuel, daß er Frau und Kind hat.

»Warum haben das nicht früher gesagt? Bringen Sie Ihre Frau doch mit.«

»Es ist nur, weil unser Leben so kompliziert ist, seit wir von Oaxaca hierher gekommen sind. Wir haben niemanden, bei dem wir das Baby lassen können.«

Eines Abends erscheint er mit einer jungen Frau, die einen Säugling auf dem Arm trägt. Sie hat sich bunte Bänder ins Haar geflochten und trägt eine Bluse mit Blumenstickerei. Tina bietet ihr eine Zigarette an und ist überrascht, als die junge Frau sie akzeptiert.

»Sie raucht wie ein Schlot«, sagt Manuel entschuldigend.

Lola redet, argumentiert und bleibt dann stehen, um den Qualm ihrer Zigarette auszustoßen. Sie scheint offener zu sein als Manuel; sie spricht ungehemmter über ihre Kindheit und über sich selbst, und sie ist so originell, daß jeder Gesprächspartner amüsiert auf alles gespannt ist, was sie von sich gibt.

›Ihre Begeisterung erinnert mich sehr an Lupe Marín‹, denkt Tina. ›Und selbst über Politik spricht sie gern. Sie bringt selbst den mürrischsten Genossen zum Lächeln.‹ Tina merkt, daß sie jedesmal, wenn abends bei ihr geklingelt wird, darauf hofft, Lolas lebhaftes Gesicht zu sehen.

»Ihr seid ein gutes Paar«, sagt sie, »ihr ergänzt euch gegenseitig.«

»Ach, danke«, sagt Lola, »aber ich bin dabei, selbst eine Kamera zur Hand zu nehmen. Ich entwickle ihm die Fotos, trockne sie und hänge sie auf. Kürzlich habe ich sogar das Kind mit in die Dunkelkammer genommen, und es ist mir in die Schüssel gefallen.«

Was für ein fröhliche junge Frau! Jedesmal, wenn sie auf die Straße geht, erlebt sie ein kleines Abenteuer. »Ach Lola, so etwas passiert auch nur dir!« Manchmal kommt Lola ohne Manuel und mit dem Kind, das sie in ein Umschlagtuch gehüllt hat.

»Ich hatte gerade etwas Zeit und wollte dir diese Marmelade aus Guanábano- und Guayabafrüchten bringen. Sie ist sehr lecker geworden, die reine Sünde, ich habe nur Sahne und Zucker benutzt.«

»Du teilst wohl alles mit anderen, was, Lola?«

Lola setzt sich nie auf den niedrigen Stuhl wie Manuel. »Wobei kann ich dir helfen, Tina? Ich bin heute rechtzeitig fertig geworden. Wie machst du es nur, daß alles so sauber ist? Bei mir herrscht immer ein Durcheinander.«

»Ich habe eben sehr wenige Sachen, Lola.«

»Man sagt, das Haus spiegle das Leben eines Menschen wider. Meins wäre dann ein Dschungel. Bei dir sieht man an allem, wie einfach du bist, Tina: an dem dunklen Rock, der weißen Bluse und der Zeiteinteilung.«

»An der Zeiteinteilung?«

»Ja, als ich dich neulich angerufen habe, hast du gesagt: Komm nicht her, weil ich von dann bis dann in der Dunkelkammer bin.«

»Weil ich sonst meine Arbeit nicht schaffe und meine Aufgaben in der Partei nicht erfüllen kann.«

Carlos Orozco Romero und Carlos Mérida überbringen Tina im Namen der Hauptstädtischen Bürgeraktion eine förmliche Einladung: sie soll am 3. Dezember 1929 in der Nationalbibliothek Mexikos ausstellen, die von Enrique Fernández Ledesma geleitet wird. Man bietet ihr auch die Stellung einer offiziellen Fotografin des Nationalmuseums an, das dem Minister Aaron Sáenz untersteht.

»Wie könnte ich das annehmen? So, wie sich die Regierung im Falle Julio Antonios verhalten hat, ist es mir unmöglich.«

»In Anbetracht deiner Lage als Ausländerin ohne ordentliche Papiere«, rät ihr Maria Orozco Romero, »solltest du zumindest die Ausstellung akzeptieren. Besseres kann dir gar nicht passieren. Dalila, ich und unsere Männer werden dir beistehen, und alle Künstler Mexikos werden dich unterstützen.«

»Aber heißt das nicht, daß ich mich an die Regierung verkaufe?«

»Hör zu, Tina, mein Mann hat sich nicht an die Regierung verkauft, und Carlos Mérida auch nicht, soweit ich weiß. Außerdem ist die Einladung auch vom Rektor der Universität unterschrieben. Das kommt dir doch sehr gelegen.«

Am Tag der Eröffnung strömen die Menschen unaufhaltsam durch die Türen der Nationalbibliothek. Wer nicht mehr hinein kann, verharrt draußen und wartet.

»Eine großartige Ausstellung, wunderbar, ich bin tief bewegt«, sagt der junge Kritiker Jorge Juan Crespo de la Serna und umarmt sie innig. »Das ist eine Apotheose.«

»Das ist ein Ruhmesblatt für dich«, sagt Siqueiros strahlend. »Du hast es geschafft, die hohe Kunst mit der Kunst des Proletariats zu verschmelzen. Ganz Mexiko ist hier, um dich zu feiern.«

»Ja«, sagt Gachita Amador, »darunter auch eine Menge Schweine. Es gibt hier nämlich mehr Geheimagenten als Bauern.«

»Wo sind sie denn?« fragt Tina.

»Die Hälfte von denen, die einen Overall tragen, sind von der Geheimpolizei.«

Gachita schafft es immer, Tina die Freude zu vergällen. Federico Marín legt ihr den Arm um die Schulter und flüstert ihr ins Ohr: »Manchmal unterscheidet sich der Freund nicht vom Feind.« Er bleibt ständig an ihrer Seite, als wäre er ihr Leibwächter. Tina muß daran denken, wie schockiert er wäre, wenn er um ihre jetzigen politischen Meinungen wüßte. Aurora Reyes, die einzige Muralistin, bahnt sich, in einen Overall gekleidet, ihren Weg durch die Menge. »Ich bin vom Gerüst gestiegen, um bei dir zu sein.« Aurora vertraut ihr an, daß es den Männern in der Partei sehr schwerfällt, die Verdienste einer Genossin anzuerkennen. »Ich bin Kommunistin und würde lieber sterben, als auf meine Ideen zu verzichten, aber ich kenne jeden einzelnen von ihnen und weiß, wozu sie in der Lage sind.« Gabriel Fernández Ledesma unterbricht sie und nimmt Tina in die Arme. ›Was für ein aufrechter Mann‹, denkt sie. Einen Moment lang wünscht sie, Edward wäre hier. Seltsam, daß sie nicht an Julio Antonio denkt. Irgendwie hat er mit alledem hier nichts zu tun. Noch immer kommen die Leute in Scharen. Selbst Lupe Marín kommt in Begleitung eines großen, dünnen Mannes mit heruntergezogenen Augenlidern, der ihr wie ein Hündchen folgt. »Ich bin Jorge Cuesta«, sagt er, weil Lupe ihn nicht vorstellt. Plötzlich denkt Tina an die leidenschaftliche Hingabe Gómez Robelos und anderer, die ihr einst den Hof gemacht haben. Wie viele sind von ihnen gegangen, wie viele fehlen heute! »Ich werde etwas über dich schreiben«, sagt Gustavo Ortíz Hernán, ein Mann mit glattem, schwarzem Haar und faßt sie vertraulich am Arm. Er bleibt vor ein paar Fotos stehen. »Dies hier ist die perfekte Synthese einer großen sozialen Ideologie: Sichel, Gitarre, Patronengurt und Maiskolben. Die Kristallgläser sind auch phantastisch, sie besitzen Rhythmus und Musikalität«

Tina dankt ihm:

»Beim Entwickeln hatte ich Angst, daß das Bild genauso wenig aussagen würde wie der Rosenstrauß.«

»Doch, es sagt eine Menge.«

»Aber es hat doch keine Botschaft.«

»Na und? Du schenkst uns neuartige Stilleben; du hast ein großes bildnerisches Gespür. Dank deiner Kamera gewinnen Alltagsszenen wie die im Bau befindlichen Gebäude, die Treppen und die Stadien etwas beinahe Exotisches und werden dadurch unverwechselbar.«

Siqueiros, der hinter ihnen steht und zuhört, stimmt ihm

bei. »Ich möchte einen Vortrag über deine Arbeiten halten.«

Auch Hunderte von Arbeitern besuchen Tinas Ausstellung und sind deutlich beeindruckt von der Darstellung ihrer Lebensbedingungen; Genossen der Partei und Abordnungen der Bauern kommen gemächlich, den Hut in der Hand, herein und folgen dem Weg aus Fotografien, den Tina ihnen gewiesen hat.

In der Partei gilt Diego Rivera mittlerweile als ein unzuverlässiges, schwankendes Mitglied, und Tina schlägt sich auf die Seite der Ankläger. Am 18. September 1929 schreibt sie an Edward, daß Diego wieder geheiratet hat, »... ein anmutiges neunzehnjähriges Mädchen, eine Malerin, Tochter eines deutschen Vaters, eines Fotografen, und einer mexikanischen Mutter, einer Hausfrau: Frida Kahlo... Aber die überraschendste Nachricht über Diego ist eine andere, die um die Welt gehen wird. Zweifellos wirst Du davon erfahren, ehe Dich dieser Brief erreicht. Diego wurde aus der Partei ausgeschlossen. Erst gestern abend wurde der Beschluß gefaßt. Die Gründe? Die zahlreichen Aufträge, die er in letzter Zeit von der Regierung entgegengenommen hat, darunter das Ausschmücken des Palastes der Schönen Künste, seien unvereinbar mit seiner Parteizugehörigkeit. Dabei hat die Partei ihn noch nicht einmal gebeten, seine Posten aufzugeben; er sollte nur öffentlich erklären, daß ihn diese Aufträge nicht daran hindern würden, die reaktionäre Regierung zu bekämpfen... er wollte die Erklärung nicht unterschreiben... und so ist er draußen. Eine Alternative gab es nicht. Die Angelegenheit hat viele Aspekte. Wir alle wissen, daß er als Maler viel besser ist denn als Parteimitglied, daher hat ihn die Partei auch nicht gebeten, die Malerei aufzugeben. Man hat nur diese Erklärung von ihm verlangt. Wir alle wissen, daß ihm die Regierung diese Aufträge erteilt hat, um ihn zu erpressen und nach außen hin sagen zu können: Die

Roten schimpfen uns Reaktionäre, aber seht doch, wir lassen Diego Rivera so viel mal Hammer und Sichel an öffentliche Gebäude pinseln, wie er will. Begreifst Du, wie zweideutig seine Haltung ist? Ich glaube, der Ausschluß wird Diego mehr schaden als der Partei. Man wird ihn als Verräter betrachten, und er ist es auch. Ich brauche nicht hinzuzufügen, daß auch ich ihn als solchen sehe und daß ich meinen Kontakt zu ihm von nun an auf rein Geschäftliches beschränken werde. Daher wäre ich Dir dankbar, wenn Du Dich bezüglich seiner Arbeit direkt an ihn wenden würdest. Bis bald, Liebster.«

Tina wird stark von Sormenti beeinflußt. »Dieser Rivera ist ein Star, der sich auf Kosten der ermordeten Genossen öffentlich aufspielt. Wenn ich jemals einen unmoralischen Menschen getroffen habe, dann ist es Diego Rivera ...«

Seit Diegos Ausschluß sprechen die Genossen ausgiebig über das Engagement des Künstlers. Tina schließt sich denen an, die Diego beschimpfen: er ist ein Lügner und ein Opportunist. Sie vergißt, daß Diego vor kaum einem Jahr alles stehen- und liegengelassen hatte, um ihr zu Hilfe zu kommen. Vom Gerüst weg war er, ohne einen Tag zu fehlen, vor Gericht erschienen und hatte sich zu Tinas Verteidiger ernennen lassen.

Ortiz Rubio wird von der Abgeordnetenkammer zum Präsidenten der Republik ernannt. Vier Tage später geht Vasconcelos über die Grenze ins Exil in die Vereinigten Staaten. Am Samstag, den 14. Dezember 1929, als Tinas Ausstellung geschlossen wird, spricht Siqueiros von der »ersten revolutionären Fotoausstellung in Mexiko«, und auch Baltasar Dromundo ergreift das Wort, um sie zu ehren. Am selben Abend schreibt Tina an Edward: »Du hättest den Vortrag von Siqueiros hören müssen. Er war großartig. Was für eine gründliche Kenntnis jahrhundertealter Kunstgeschichte, was für eine lebendige, gehaltvolle Sichtweise.«

Am 13. Januar 1930 bricht Mexiko die diplomatischen Beziehungen zur UdSSR ab und zieht seine Botschaft aus Moskau ab. Makar, der russische Botschafter, wird ausgewiesen. Eine Woche später werden vierzehn Vasconcelos-Anhänger unter der Beschuldigung, sich gegen das Leben von Calles, Ortíz Rubio und Portes Gil verschworen zu haben, verhaftet. Am 25. Januar werden weitere einundzwanzig Personen verhaftet. Am 5. Februar 1930 wird Ortiz Rubio, als er nach der Amtseinführung mit Frau und Nichte zu seinem Auto geht, von fünf Schüssen des jungen Daniel Flores getroffen und leicht verletzt. Flores wird festgenommen, weigert sich jedoch zu sprechen. Manche behaupten, er sei ein Anhänger von Vasconcelos, ein Student; andere sagen, er sei Kommunist.

Vasconcelos teilt von Los Angeles aus mit: »Es wird in Mexiko keinen Frieden geben, ehe es nicht zu freien Wahlen kommt.«

Vittorio Vidali alias Enea Sormenti.
Fotografie von Tina Modotti. 1927

Am 6. Februar 1930 fahren Tina, Enea Sormenti und Farabundo Martí aufs Land, um einen Spaziergang durch den Kiefernwald zu machen. Als sie zurückkommen, begleiten Enea und Farabundo sie bis zur Ecke der Calle Abraham González. »Ich ruf' dich später an«, sagt Sormenti. Als Tina ihre Wohnungstür öffnet, sieht sie die Polizisten, die schon auf sie warten. Wieder einmal ist ihre Wohnung durchsucht worden. Tina fragt sich sofort, was wohl mit Sormenti und Martí geschehen ist. Ob man sie an der Straßenecke gefaßt hat?

Wie versprochen, ruft Sormenti bei Tina an. Eine Männerstimme antwortet.

»Wer sind Sie?«

»Polizei.«

»Kann ich mit Tina Modotti sprechen?«

»Die ist verhaftet.«

Noch in derselben Nacht taucht Sormenti unter.

Obwohl Tina zunächst in Einzelhaft kommt, erfährt sie bald, daß viele andere Frauen und Männer aus der Partei verhaftet worden sind. David Alfaro Siqueiros wird praktisch in Isolationshaft gehalten.

Mexiko ist grauenhaft, denkt Tina und verspürt eine Gänsehaut. Was würde José Pérez Moreno jetzt wohl schreiben? Tina sitzt in einer Arrestzelle in der Calle Victoria. Sie hat guten Grund, zu vermuten, daß man sie, Isaac Rosenblum und einen gewissen Johann Windisch deportieren wird. Kürzlich hat man Julio Rosowski außer Landes gebracht. Wie ist es wohl Sormenti und Farabundo Martí ergangen?

Nach fast einer Woche wird Tina in die Frauenabteilung der Strafanstalt verlegt. Man gibt ihr einen Napf und einen Aluminiumteller; sie muß die Tortilla als Löffel benutzen. Sie hat ein Anrecht auf Kaffee, Bohnen und eine Brühe, in der Haare und Knochensplitter schwimmen.

»Seit drei Tagen trinken Sie nur Wasser. Machen Sie einen Hungerstreik?« fragt die Wärterin. »Möchten Sie denn nicht am Leben bleiben?«

»Ich wäre Ihnen dankbar für eine Zitrone, wenn Sie mir die besorgen könnten. Man hat mir nicht mal gesagt, warum ich hier eingesperrt bin. Jemanden ohne Anklage festzuhalten ist gesetzwidrig.«

»Das ist der Kommunismus auch.«

»Bis gestern war er erlaubt. Jetzt werden wir im Auftrag der Gringos verfolgt.«

Die Wärterin ist ein brünettes Mädchen mit einem Muttermal auf der Oberlippe. Tina gewinnt sie für sich, indem sie ihr Geschichten erzählt und mit ihr über die politische Lage spricht. Das Mädchen bringt ihr Papier und einen Bleistift und verspricht, ihre Botschaften hinauszuschmuggeln.

Ihr erster Brief ist für Mary Louis Dougherty in der Calle de Minerva 43 bestimmt. Tina erinnert sich ihrer genau so, wie Edward sie fotografiert hat – mit ihrem Spitzenkragen, ihrer Gemme, dem stets intensiven Blick und den gerunzelten Brauen.

»Liebe Mary Louis:

Seit Donnerstag nachmittag befinde ich mich in einem richtigen Gefängnis. Hier ist es viel schlimmer, eine Zelle aus Eisen und Stein, und das Essen, nun, das kannst Du Dir vorstellen. Ich glaube, man muß etwas tun; wer weiß, wie lange sie mich sonst hier festhalten. Laß Dich bitte von jemandem beraten, vielleicht von Mendizábal, aber sag ihm nicht, daß ich ihn Dir genannt habe. Ich glaube, man muß zu einem Anwalt gehen. Sag ihm, daß ich im Moment so etwa 400 Pesos besitze, die ich für meine Reise gespart hatte. Ich kann noch mehr auftreiben. Frag ihn, was ich tun kann. Du weißt, daß man normalerweise nur bereits abgeurteilte Leute hierher bringt; man geht also sehr willkürlich mit mir um. Sag niemandem, woher Du erfahren hast, daß ich hier bin, es ist verboten, Botschaften hinauszuschicken. Danke für alles, und laß Dich umarmen.«

Luz Ardizana überredet die Wärterin, sie zu Tina hineinzulassen, aber sie wird darauf aufmerksam gemacht, daß sie nur ein paar Minuten bleiben darf.

Luz schließt Tina in die Arme. »Ich hatte Verbindung zu deiner Freundin Mary Dougherty. Sie kam zweimal her, aber man ließ sie nicht zu dir. Keine Sorge, wir holen dich raus.«

»Was ist mit Sormenti?« fällt ihr Tina ins Wort.

»Er hält sich versteckt; wir werden ihn auf eine Ranch bei Tampico bringen. Carrillo kümmert sich um deinen Fall, genauso wie um Johann Windisch und Isaac Rosenblum. Wir haben noch Glück, denn über sechzig Anhänger von Vasconcelos sind verschwunden, und keiner weiß, wo sie sind.«

»Was wird aus uns?«

»Ich weiß nicht. Hör mal, die Wärterin hat gesagt, daß du nichts ißt. Das ist sinnlos, du wirst deine ganze Kraft brauchen.«

Tina überhört ihren Rat. »Was hat Diego Rivera unternommen?«

»Nichts, das elende fette Schwein hat kein Wort für die Genossen eingelegt. Vor einem Jahr wohnte er geradezu im Gerichtsgebäude, aber jetzt sieht und hört man nichts von ihm! So sind nun mal die Künstler.«

Eines Morgens um sechs werden Tina, Johann Windisch und Isaac Abramowich Rosenblum aus dem Gefängnis entlassen, und man gibt ihnen achtundvierzig Stunden, um das Land zu verlassen.

Luz Ardizana ist da und begrüßt sie mit einem Glas Orangensaft, »das Beste nach dem Fasten«.

»Wohin gehen wir, Luz?«

»In die Calle Abraham González, deine Sachen packen. Wir werden von Polizisten begleitet. Dwight Morrow, Diegos Freund, hat gesagt, die Botschaft der Vereinigten Staaten betrachtet dich als amerikanische Bürgerin und gibt dir einen Paß, wenn du auf jede politische Betätigung verzichtest.«

»Das ist Erpressung. Das lehne ich ab. Nein, ich gehe lieber nach Europa. In Deutschland oder Frankreich kann ich arbeiten, und meine Mutter und die Geschwister könnten dort zu mir kommen.«

»El Ratón Velasco war schon in der italienischen Botschaft. Sie bieten dir einen Paß an, der nur gültig ist, wenn du nach Italien zurückkehrst. Sie warten doch nur auf Antifaschisten wie dich, um sie fertigzumachen.«

»Das ist mir egal. Ich verlasse Mexiko lieber mit meinem italienischen Paß.«

Gerade, als sie sich vom Gefängnistor entfernen, kommt Mary Dougherty. Sie flüstert. »Ich habe mit allen gesprochen und überall hin geschrieben.«

»Wir werden beobachtet«, sagt Luz warnend.

»Du mußt vorsichtig sein, Mary. Du bist auch Ausländerin. Erzähl Katherine Anne Porter von alledem. Laß uns hier Abschied nehmen. Sag in New York so vielen Leuten wie möglich Bescheid.«

Wie vor einem Jahr halten zwei Polizisten vor Tinas Tür Wache. Zwei andere warten in einem Auto auf der Straße.

»Hilfst du mir, ein paar Sachen zu verkaufen?« fragt sie Luz und wendet sich dann an die Polizisten. »Darf ich das Telefon benutzen?«

»Fühlen Sie sich ganz zuhause«, antwortet der Polizist und starrt auf ihre Beine.

Tina ruft Manuel und Lola Alvarez Bravo an.

»Lola, ich muß das Land verlassen und möchte meine Kamera verkaufen. Wollt ihr sie haben?«

»Gottseidank, Sie sind frei! Wir kommen sofort.«

Tina zieht ihren Koffer unter dem Bett hervor. Sie will nicht denken; sie muß sich mit etwas Handfestem beschäftigen. Die Polizisten wenden den Blick nicht von ihr ab.

Manuel und Lola kommen und kaufen Tinas große Kamera, mit der sie die Wandbilder fotografiert hat.

»Die hat Weston gehört«, sagt Tina und lächelt traurig, »ihr könnt die Arbeit fortsetzen und die Wandbilder fotografieren. Ich habe nur die Hälfte geschafft.«

»Nimmst du diesen Packen Fotos mit?« fragt Luz.

»Ich kann nicht viel mitnehmen, nur das, was in diesen Koffer paßt. Aber die Graflex nehme ich mit.«

Manuel errötet. »Vielleicht kann ich ein paar Fotos für Sie aufbewahren.«

»Ja, Manuel« – Tinas Gesicht hellt sich auf. »Darüber würde ich mich freuen.«

Er sieht sie untröstlich an. Tinas schluchzt auf, aber dann, als sie sieht, mit welcher Ehrfurcht Manuel und Lola ihre Fotos behandeln, lächelt sie.

»Was seid ihr doch für gute Freunde!«

»Die von den Wandbildern werden Diego bestimmt sehr interessieren ...«

»Ja, aber ihm würde ich sie nur verkaufen ...«

»Und das Stativ?«

»Das könnt ihr auch verkaufen, genau wie diese Schachteln mit Fotopapier. Sie sind zu schwer. Und die Entwicklerflaschen.«

»Nimm wenigstens eine mit«, rät ihr Luz, »du wirst sie dort brauchen können.«

»Dort? Wo denn, Luz?«

»Na dort, wohin sie dich schicken«, sagt sie traurig, »ich weiß auch nicht, wo.«

Luz beginnt zu weinen.

»Hör auf zu weinen, Luz, sonst stehe ich das nicht durch.«

»Aber ich weine doch gar nicht«, heult Luz auf.

»Diese Kleider da verteilst du an Bedürftige. Die Küchenutensilien nimmst du mit zu dir. Und die Möbel gibst du dem, der sie am nötigsten braucht. Ich habe weder Licht noch Telefon bezahlt. Die halbe Miete bin ich auch noch schuldig. Kannst du die Schlüssel zurückgeben?«

»Und die Bettdecke?«

»Mach damit, was du willst. Auch mit den Gardinen und den Handtüchern. Es ist ja nur wenig. Ich würde gern ein paar Bücher mitnehmen, aber sie sind so schwer.«

»Laß mich beim Packen helfen.«

»Ich wäre jetzt gern allein; ich muß zwei Briefe schreiben.«

Sie umarmt Lola und Manuel.

In der Tür dreht sie sich um und betrachtet den kleinen, mit Blumen bemalten Stuhl.

»Der Stuhl da hat dir immer gefallen, Manuel; er ist nicht schwer. Möchtest du ihn mitnehmen?«

»Tina, ich bleibe hier«, sagt Luz. »Ich verspreche dir, daß ich nicht störe.«

Luz hilft ihr packen, ohne ein Wort zu sagen.

Tina sichtet ihre Korrespondenz, soweit sie von der Polizei nicht mitgenommen wurde. Seltsamerweise sind Edwards Briefe vollständig. Unten in einem Schubfach findet sie ein Paßfoto von Julio und steckt es in ihre Handtasche.

Seit Julios Ermordung hat Tina gewußt, wie gefährlich die Lage war, und hat gewisse Vorkehrungen getroffen. Sie hat Edward bereits in sorgfältig gepackten Päckchen seine Negative geschickt. Sie schreibt einen Brief an Benvenuto. Seit Mellas Tod ist Mexiko gegen sie. Weston würde dieses Mexiko, das sie jetzt verläßt, nicht wiedererkennen – eine Welt ohne Kunst, ohne Schönheit. Und würde er in dieser bekümmerten Genossin seine einstige Schülerin und Partnerin wiedererkennen?

Tina legt die letzten Papiere in einen Pappkarton und reicht ihn Luz.

»Ich möchte über Nacht bleiben«, sagt Luz.

Sie geht und spricht mit den Polizisten und kommt schluchzend zurück:

»Sie lassen mich nicht. Ich komme morgen, ganz früh.«

»Such lieber nach Sormenti. Finde heraus, was mit ihm passiert ist.«

»Ich treffe dich am Bahnhof.«

»Gut, Luz, aber jetzt brauche ich meine ganze Kraft für mich selbst. Bitte, geh jetzt.«

Tina legt erschöpft den Kopf auf das Kissen und denkt: ›Das ist meine letzte Nacht in Mexiko.‹ Und dann läßt sie den Tränen freien Lauf.

Auf dem Bahnhof Buenavista liegt der Morgennebel am 21. Februar 1930 wie eine alte Decke auf den Geleisen. Tina geht zwischen Manuel, Lola, Manuelito und Luz. Die Bewacher folgen in geringem Abstand.

Tina nimmt an einem Fenster Platz, und Manuel setzt sich schweigend neben sie. Ein Polizist setzt sich Tina gegenüber, während Isaac Rosenblum auf dem Trittbrett stehenbleibt. Tina blickt nicht auf. Als ein Pfiff ertönt, sieht

Manuel sie an und flüstert ihr zu: »Adieu, Tina.« Da sie nicht reagiert, wendet er sich zur Tür. Ein zweiter Pfiff schreckt Tina auf. Sie blickt aus dem Fenster und sieht die kleine, trostlose Gruppe auf dem Bahnsteig stehen. Sie läuft zum Trittbrett und ruft nach ihnen. Der Polizist folgt ihr. Luz ist nicht mehr zu sehen. Lola und Manuel heben Manuelito hoch und reichen ihn Tina, die den Kopf des Kleinen küßt. »Ich hoffe, daß ich dich wiedersehe, aber in einem besseren Mexiko und unter weniger bitteren Umständen.« Sie bricht in Tränen aus.

Sie erscheint nicht noch einmal am Fenster. Die anderen verharren noch lange Zeit auf dem Bahnsteig, und Manuel winkt einen Abschiedsgruß, den Tina nicht mehr sieht.

In Handschellen betritt Tina in Veracruz das holländische Schiff *Edam*. Der Kapitän läßt sie in eine Kajüte bringen, wo man ihr die Fesseln abnimmt und sie dann einschließt. Zu den Mahlzeiten befiehlt der Kapitän den Matrosen: »Bringt die Deportierte herauf!«

Jedesmal, wenn Tina diese Worte hört, ist ihr, als versetze man ihr einen Schlag auf den Magen.

Aber es dauert nicht lange, bis der Kapitän von Tinas Schönheit und ihrem bescheidenen Auftreten verzaubert wird. Bald erlaubt er ihr, an Deck frei herumzulaufen und Sonne und frische Luft zu genießen. Wieder einmal imponiert sie allen durch ihre natürliche Eleganz, und bald wetteifern die wenigen mitreisenden Passagiere um ihre Gunst.

»TAMPICO, 25. FEB. (1930)

An Bord der *Edam*

Lieber Edward ... Ich nehme an, Du weißt bereits, was mir passiert ist. Daß ich dreizehn Tage im Gefängnis war und dann ausgewiesen wurde. Und jetzt bin ich auf dem Weg nach Europa und in ein neues Leben, das zumindest anders sein wird als in Mexiko.

Zweifellos kennst Du auch den Vorwand, unter dem die Regierung mich festnehmen ließ. Nichts Geringeres als meine ›Beteiligung an dem Versuch, den gewählten Präsidenten zu ermorden‹. So sehr Du Dich auch bemühst – sicher kannst Du in mir keine ›Terroristin‹ oder ›Anführerin einer Bombenwerfersekte‹ oder wer weiß was sehen ... Aber wenn ich mich in die Regierung hineinversetze, verstehe ich, wie intelligent sie war; sie wußte, daß die Proteste sehr scharf gewesen wären, hätte sie mich zu irgendeinem anderen Zeitpunkt auszuweisen versucht. So wartete man den Augenblick ab, da die über das Attentat empörte Öffentlichkeit bereitwillig alles glaubte, was sie las oder was man ihr erzählte. Der skandalträchtigen, giftigen Presse zufolge fand man in meiner Wohnung alle möglichen Beweise: Dokumente, Waffen und wer weiß was noch. Mit anderen Worten, alles war vorbereitet für den Mord an Ortíz Rubio, aber leider hatte ich schlecht kalkuliert und der andere Kerl ist mir zuvorgekommen ... Diese Geschichte hat die mexikanische Öffentlichkeit zusammen mit dem Morgenkaffee geschluckt; kannst Du sie dafür kritisieren, daß sie erleichtert aufseufzte, als sie erfuhr, daß die grausame und blutrünstige Tina Modotti endlich für immer das Territorium Mexikos verlassen hat?

Lieber Edward, bei all den Qualen des letzten Monats habe ich oft an die Worte von Nietzsche gedacht, die Du mir einmal zitiert hast: ›Was mich nicht umbringt, das macht mich stark.‹ Genau so fühle ich mich in diesen Tagen. Nur dank einer enormen Willenskraft bin ich nicht durchgedreht; so zum Beispiel, als sie mich von einem Gefängnis ins andere schleppten oder als sie mich erstmalig ins Gefängnis warfen, wo ich hinter mir die Eisentür ins Schloß fallen hörte und mich in einer kleinen Zelle wiederfand mit einem winzigen vergitterten Loch, das allzu hoch lag, um hinaussehen zu können. Ein Eisenbett ohne Matratze, in der Ecke ein stinkendes Klosett und inmitten der Zelle ich, die ich mich fragte, ob das nicht alles ein böser Traum war...

Jetzt bin ich auf dem Weg nach Deutschland. Bitte, schick mir ein paar Zeilen an folgende Adresse: Chattopodyaya, Friedrichstrasse 24 IV, Berlin S. W 48, Deutschland. Aber schreib meinen Namen nicht auf den äußeren Umschlag, nimm zwei und schreib ihn auf den inneren...«

Während sie im Hafen von Tampico liegen, werden Tina, Johann Windisch und Rosenblum in einen Raum neben der Kapitänskajüte gebracht. Glücklicherweise lichten sie bald den Anker, und Tina darf wieder an Deck gehen. Während die neuen Passagiere an der Paßkontrolle abgefertigt werden, bemerkt sie einen Mann, der ihnen im Wege steht und sie am Weitergehen hindert. Tina fragt Rosenblum, wer das ist.

»Was geht das Sie an, Señora?« fragt Sormenti, während er sich zu Tina umdreht.

Sie starrt ihn mit offenem Mund an. Sie muß sich beherrschen, um nicht seinen Namen zu rufen.

Sie hört, wie der Paßkontrolleur Sormenti Komplimente macht, weil er sein Leben dem Lehrerberuf gewidmet hat. Enea wendet sich an Tina.

»Sehen Sie nur, Señora, wie mich die Amtspersonen behandeln.«

Tina traut ihren Augen nicht. Sormentis Waghalsigkeit kennt keine Grenzen. Er wird in Mexiko, Italien und den Vereinigten Staaten gesucht. Wenn sie ihn erwischen, ist es um ihn geschehen. Und doch verkündet er, als die *Edam* in New Orleans anlegt, er werde sich den Karneval ansehen.

Enea Sormenti hatte in Erfahrung gebracht, mit welchem Schiff Tina deportiert werden würde, und sodann beschlossen, sich in Tampico auf der *Edam* einzuschiffen. Einer seiner Freunde, ein Anarchist, Setzer und Drucker, hatte seine Dokumente gefälscht. Er hatte Jacobo Hurwitz um seinen Paß gebeten.

»Was willst du damit?«

»Dir den Kopf abschneiden, Jacobito. Dann werde ich, um dir ähnlich zu sehen, ein wenig wie ein Idiot und ein wenig wie ein Intellektueller aussehen und unter dem Namen des peruanischen Professors Jacobo Hurwitz Zender reisen. Wenn die Verfolgung aufhört, bekommst du deine Identität zurück.«

Als sie nach zwei Wochen New Orleans erreichen, wird Tina in Handschellen in die Einreisehalle gebracht und in eine Zelle gesperrt. Sie ist noch gar nicht lange allein, als ein Wächter ihr mitteilt, daß ein Journalist gekommen sei, um sie zu interviewen.

»Ich wette, dies ist seit Ihrer Abreise aus Mexiko das erste Mal, daß Sie spanisch sprechen hören.«

Überrascht blickt Tina von ihrem Brief an Edward auf und sieht Sormenti vor sich.

»Könnten Sie bitte in wenigen Worten sagen, wie Sie die Zukunft des Sozialismus in Amerika sehen?«

Sormenti, der gute Sormenti, der es wieder einmal schafft, sie unter den widrigsten Umständen zum Lächeln zu bringen und ihr Hoffnung zu schenken. Im Verlauf des Interviews kann er ihr zu verstehen geben, daß die Lage günstig ist. Er lächelt, zwinkert mit den Augen und drückt ihr zum Abschied warmherzig und vielsagend die Hand.

Tina zwingt sich in ihrem Brief an Edward zu einer Gelassenheit, die sie gar nicht verspürt.

»NEW ORLEANS, 9. MÄRZ

U.S. Einwanderungshalle

Mein lieber Edward – Der Ort, an dem ich jetzt bin, ist eine seltsame Mischung aus Gefängnis und Krankenhaus – ein riesiger Saal mit vielen leeren, ungemachten Betten, die mir das eigenartige Gefühl geben, als hätten Leichen darin gelegen – vergitterte Fenster und eine stets verriegelte Tür. Das Schlimmste an dieser erzwungenen Untätigkeit ist, daß man nicht weiß, was man mit der Zeit anfangen soll – ich lese – ich schreibe – ich rauche – ich betrachte durchs Fenster einen sehr sauberen, perfekten amerikanischen Rasen mit einem Fahnenmast in der Mitte, an dem das Sternenbanner flattert – Wäre ich nicht eine so unverbesserliche Rebellin, müßte mich dieser Anblick ständig an die Herrschaft von ›Gesetz und Ordnung‹ und andere, ebenso tröstliche Dinge denken lassen.

Die Zeitungen waren – wie die Wölfe – hinter mir her und sind mir manchmal zuvorgekommen – Hier in den Vereinigten Staaten wird alles vom Gesichtspunkt der Schönheit aus betrachtet – eine große Zeitung berichtete von meiner Reise und nannte mich ›eine Frau von auffälliger Schönheit‹; andere Reporter, denen ich ein Interview ausgeschlagen hatte, versuchten mich zu überreden und sagten, sie würden nur berichten, ›wie hübsch ich sei‹. Worauf ich erwiderte, ich könne nicht verstehen, was das Hübschsein mit der revolutionären Bewegung oder mit der Ausweisung von Kommunisten zu tun haben solle. Offensichtlich werden Frauen hier mit dem Maß von Filmstars gemessen.«

Sormenti ist so daran gewöhnt, Polizisten aus dem Weg zu gehen und außerhalb des Gesetzes zu leben, daß er Tinas trostlosen Gemütszustand nicht nachvollziehen kann. Es fällt ihm schwer, sich ein niedergeschlagenes Parteimitglied vorzustellen.

Wo doch das Leben ein solches Abenteuer ist! In Moskau wird uns Neues und Aufregendes erwarten, du wirst schon sehen, Tina, alles kann passieren. Mit ihren gerade erst entdeckten Flügeln wird Tina zum Himmel hinauffliegen und sich dann, wie ein Pelikan, auf ihr Ziel stürzen: auf ihr neues Leben.

Sormenti ahnt nicht, welche Hölle Tina nachts an Bord des Schiffes durchlebt, wie sie sich, atemlos vor Angst, den

Mund zuhalten muß, um den Schrei zu ersticken, und wie sie sich dann das Gesicht mit kaltem Wasser benetzt. Sie schläft nicht. Bilder aus ihrer Vergangenheit verfolgen sie; sie macht sich Vorwüfe wegen all der vergeudeten Jahre, des verlorenen Lebens; sie fragt sich, wie sie weiterleben wird, und dann dämmert der Morgen und sie gesellt sich zu den anderen Passagieren, trinkt Kaffee und vertieft sich in etwas anderes als ihre Ängste, Zweifel und Selbstvorwürfe.

Oftmals überrascht Enea sie dabei, wie sie gedankenverloren, den Blick starr auf den Horizont gerichtet, auf dem Oberdeck der *Edam* steht. Dann wieder sieht er, daß sie etwas schreibt – einen Brief oder ihr Tagebuch. Wenn er näher kommt, schließt sie rasch das Notizbuch.

Sormenti hört, wie sie mit einem Passagier deutsch spricht.

»Du hast mir nie gesagt, daß du Deutsch kannst.«

»Ich spreche es schlecht; im Friaul lernen wir es fast alle, wenn wir jenseits der Grenze, in Österreich, arbeiten. Aber ich war dort niemals glücklich und versuche immer, es zu vergessen.«

Sie weiß viel mehr, als sie in Mexiko durchblicken ließ. Sie schreibt und spricht Italienisch, Englisch und Spanisch und kommt ganz gut mit Französisch und Deutsch zurecht.

Sormenti respektiert ihre Einsamkeit und unterbricht sie nicht, wenn er sie dasitzen und schreiben sieht.

Die *Edam* ist ein alter Frachter, der nicht mehr zur See fahren dürfte. So sehr sich die Besatzung auch abrackert – der Rost frißt an ihm, und im Laderaum wimmelt es von Ratten.

Heiße, feuchte Luftströme hüllen das Schiff in den öligen Geruch von Kokosnüssen und im Dschungel liegenden Sümpfen, als sie sich der Küste Kubas nähern. Bald kann man Königspalmen, Sandbänke und Korallenriffe erkennen. Die *Edam* geht in Havanna vor Anker, und Tina bekommt kaum Luft wegen der Hitze und dem scharfen Geruch nach Gewürzen. »Das ist die Mischung aus Kaffee, Tabak, Vanille und Zuckerohr«, sagt Sormenti. Während das Schiff mit Zucker beladen wird, geht er an Land. Insektenschwärme umgeben die Schauerleute, und Tina, die auf dem Schiff bleiben muß, trocknet sich den Schweiß und versucht, das Schwindelgefühl zu überwinden, das von der dicken Luft verursacht wird. Es ist, als tropfe klebriger Sirup aus einem riesigen, am Himmel hängenden Topf und fließe dann durch die Ladeluken.

Sormenti läßt in Havanna verbreiten, Tina Modotti, die Lebensgefährtin Julio Antonio Mellas, befinde sich als Deportierte an Bord der *Edam*. Er berichtet vom stoischen Verhalten seiner italienischen Genossin nach dem Mord an Mella. Im *Diario de la Marina* wird ein Artikel veröffentlicht.

Tina würde sich stets daran erinnern, wie die *Edam* die Anker lichtete und in der Dunkelheit einige kleine Boote näherkamen. Über die Reling gelehnt, sah sie ihre Lichter auf dem Wasser tanzen und hörte die Rufe, die durch die kubanische Nacht drangen: »Genossin Tina, wir bewundern dich! Wir lieben und achten dich!« Für einen kurzen Augenblick stellte sie sich vor, Julio befände sich auf einem dieser Boote, die auf sie zu ruderten. »Tina, Tina, Tinissima!«

In der dritten Nacht kommt ein Sturm auf. Die *Edam* keucht und ächzt, als wolle sie zerbersten, und Kapitän Jochems rät seinen Passagieren, in ihren Kajüten zu bleiben. Als Tina nicht zum Essen erscheint, klopft Sormenti an ihre Tür.

»Tina, komm mal raus.«

Sormenti befiehlt ihr, tief durchzuatmen. »Du mußt nur genügend Geisteskraft haben, um diese Hülle, die wir Körper nennen, zu beherrschen.«

Tina ist überrascht, als das Schwindelgefühl bei dem langsamen, gezielten Atmen nachläßt.

»Ich dachte, wenn man so leicht seekrank wird wie ich, kann man das nie loswerden. Ma tu, Enea – wo hast du das alles gelernt?«

»Ich bin ein Mann des Meeres, Tina. Besser gesagt, ein Kind des Meeres, wie alle aus der Gegend um Triest. Als ich Triest verließ, fanden sie mich im Kohlenbunker des Schiffes und hätten mich fast ins Meer geworfen.«

Die beiden ergehen sich in einer Fülle von Erinnerungen, die sie nach Triest und in ihre Jugend versetzen und ein Band zwischen ihnen schmieden. »Ein Wind trieb mich aus dem Haus, ein anderer führte mich nach Algerien und ein dritter wehte mich nach New York; ein Nordwind brachte mich nach Mexiko. Der stärkste Wind ist dieser, der uns jetzt nach Rußland bringt.«

»Ich gehe nicht nach Rußland, Enea« erinnert ihn Tina.

»Du wirst schon noch hinfahren. Mir hat das Meer bei allem geholfen, es hat mich gereinigt und mir erlaubt, zu träumen. Wolltest du denn nicht reisen, als du noch ein Kind in Udine warst?«

»Seit ich dreizehn war, habe ich gehofft, mein Vater würde mir aus San Francisco die Passage für die Überfahrt schicken. Ich bekam sie schließlich mit sechzehn. Bis dahin war ich noch nie mit einem Dampfschiff gereist.«

»Ich war noch ganz jung, als ich mir vornahm, nicht in diesem Hufeisen, mit dem die Adria Muggia umklammert, zu bleiben. Von der Piazza Grande und von der Via Candia aus konnte ich Istrien, den Karst, den Golf und das Meer sehen. Ich bin als blinder Passagier nach Venedig gefahren. Das kennst du natürlich.«

»Nein«, sagt Tina beschämt.

»Eines Tages werde ich dich hinbringen.«

Er erzählt ihr von Kapitän Giacomo aus Muggia, der ihm das Segeln beigebracht hat.

»Er war der erste Tote, den ich je gesehen habe. Ich war

mit meinem Bruder Humberto zusammen. Der weiße Bart des Kapitäns fiel über das Leichentuch. Humberto war jünger als ich und begriff nichts, und da habe ich es ihm erklärt: ›Sterben bedeutet, nicht mehr zu sehen, nicht mehr zu hören, nicht zu essen und nicht zu trinken, nicht zu atmen, sich nicht zu bewegen. Bist du einmal gestorben, bist du zu nichts mehr nutze. Man wirft dich in die Grube und schmeißt dich ins Meer.‹ Als Kind wollte ich Pirat oder römischer Gladiator werden; ich nahm mir vor, daß alle Vittorio Vidali gehorchen würden.«

»Vidali? Dann ist Sormenti also gar nicht dein richtiger Name?«

»Wir Revolutionäre nehmen andere Namen an. Ich habe noch mehr davon. Auch du wirst deinen Namen ändern.«

»Vittorio gefällt mir besser als Enea. Der Siegreiche!«

Tina hört ihm gern zu und fragt sich nach ein paar Tagen, wie sie die Reise ohne ihn überstanden hätte.

»Als Kind wollte ich nur den Schmerz in meinen Fingern loswerden. In der Spinnerei hatte ich ständig rote, schmerzende Finger und schämte mich meines Hungers. Wir waren sehr arm.«

»Ich war ein erwachsener Mann, als ich zum ersten Mal richtigen Wein gekostet habe. Bei uns wurde Wasser mit ein wenig Essig getrunken.«

Tina erzählt ihm von Sankt Ruprecht, in Österreich, wohin ihr Vater auf der Suche nach Arbeit gegangen war, von ihrem Patenonkel Demetrio Canal, von Gioconda, ihrer jüngeren Schwester, die ein Kind von einem Soldaten kriegte und deshalb nicht mit ihnen in die Vereinigten Staaten kommen konnte.

»Ich verstehe, warum es dich nach Rußland zieht, Vittorio, aber ich denke, meine Zukunft liegt in Europa, in Deutschland. Ich habe dort Verbindung zur *Union Bild* und glaube, daß sie mir Arbeit geben werden. In Berlin hat man in der AIZ meine Fotos veröffentlicht, und ich kann zu Willi Münzenberg gehen, der sehr bekannt ist und gute Beziehungen hat. 1929 haben fünfundzwanzig Prozent der Berliner für die Kommunisten gestimmt, und italienische Staatsbürger brauchen kein Visum, um dorthin zu reisen. Mamma und Mercedes könnten zu mir nach Deutschland kommen, so, wie ich es mir für Mexiko erhofft hatte.«

Nach dem Sturm kommen die Passagiere zum Spielen in den Salon oder stoßen mit Rheinwein an und essen prächtigen Schinken, holländischen oder deutschen Käse und Apfelstrudel. Vittorio unterhält sich mit jedem und macht Isaac Rosenblum und Tina weiterhin täglich Mut. »Was nützt es dir, ständig über deine Situation nachzugrübeln?« Abwechselnd unterhalten die Leute einander nach den Mahlzeiten. Tina und Vittorio singen italienische und nordamerikanische Lieder. Vittorio singt ein Lied der Wobblies, der Anarchosyndikalisten:

Oh why don't you work
like other men do?
How in hell can I work
When there's no work to do?
Hallelujah, I'am a bum,
Hallelujah, bum again,
Hallelujah, give us a handout
To revive us again.

Als Vittorio sie eines Abends auf die Reling gestützt am Bug der *Edam* stehen sieht, fürchtet er für einen Augenblick, sie könne ins Wasser fallen. Völlig außer Atem läuft er zu ihr. Als Tina den Kopf wendet, ist ihr Blick so ablehnend, daß er wie gelähmt innehält. Es ist, als starrte sie ins Leere, als wäre er unsichtbar.

Tagsüber, an Deck, verfolgt Tina im Spiel der Sonnenstrahlen auf der Wasseroberfläche die Spur, die das Schiff hinterläßt. Jenseits dieser Furche liegt Julios Leib, sein Bild, das in der durchsichtigen Luft verloren gegangen ist. Sie betrachtet diese endlose, über den Erdball gespannte Wasserdecke und denkt:

›Ich bin nur ein stecknadelgroßes Pünktchen, fern von allem. Ich schwebe zwischen dem grenzenlosen Himmel und der unendlichen Tiefe des Meeres, tagelang ist kein Land zu sehen. Wozu all die Sorgen, laß es sein, Tina.‹ Sie hört Eneas oder Vittorios lascia stare; sie spürt, wie euphorisch er ist, weil er sich auf See befindet, weil er die salzige Luft einatmet und weil er am Leben ist.

»Komm her, Tina, mach ein Foto von mir, hier, am Bug des Schiffes.«

»Nur, wenn du die Kappe abnimmst. Du siehst aus wie ein Condottiere.«

Tina nimmt ihn auf, während er den Ozean betrachtet.

»Jetzt mache ich eins von dir.«

»Nein, die Graflex faßt mir niemand an. Außerdem will ich kein Bild von mir.«

Vittorio spürt, daß er nicht an Tina herankommt. »Du bist wie eine Burg mit hochgezogenen Zugbrücken.«

Lächelnd bringt sie Ordnung in die Haarsträhnen, die der Wind ihr aus dem Nackenknoten gezerrt hat.

Kein Zweifel, das Meer besitzt heilende Kräfte. Wenn nicht das Meer, dann vielleicht Vittorio, der sich beim Gedanken an die Vergangenheit nicht so quält wie sie. »Wenn ich nun mit Julio nach Havanna gegangen wäre, wenn ich bei Xavier in Moskau wäre ...«

»Denk lieber, daß du es in einem zweiten Leben noch viel schlimmer treffen könntest.« Tina muß über seinen Ratschlag lachen. »Wichtig sind das Hier und das Jetzt, diese Sonne, dieses Meer, dieses ächzende Schiff voller Ratten, unser Gespräch, du und ich und niemand, der uns unterbricht. Und das Schicksal, das nicht auf uns zukommt, sondern dem wir eine Richtung geben können. Das Leben ist stets größer als wir selbst. In einigen Monaten wirst du dir Vorwürfe machen, weil du nicht alles, was dir heute geboten wird, genossen hast. Wenn wir von Bord gehen, wirst du eine neue Frau sein; laß dich nicht unterkriegen.«

Vittorios Reiseziel ist Moskau, Tina will nach Berlin. Aber Vittorio spricht mit ihr, als wolle er sie nie verlassen. Wie wohl fühlt sie sich bei ihm! Mittlerweile ist die *Edam* ein Zufluchtsort geworden, ein kleiner Vorgeschmack auf den Himmel.

Der Frachter liegt für eine Nacht in La Coruña, in Spanien, vor Anker. Tina sieht, wie ein alter spanischer Emigrant, der erschöpft, herzkrank und genauso arm wie bei der Ausreise in seine Heimat zurückkehrt, mit gebeugtem Rücken und schwer atmend von Bord geht. Während der Reise hat er ihr in allen Einzelheiten von seinem Unglück erzählt; er selbst ist ein Haufen Unglück; seine Frau hat ihn verlassen. Er hat Selbstgespräche geführt und gesungen:

> Ach Leid, mein kleines Leid,
> Leid meines Herzens
> Leid, das durch meine Adern strömt
> mit der Macht eines Zyklons.
> Eine sandige Wüste, mein Leid...

»Weißt du, Vittorio, ich möchte immer Passagier sein und nie an Land gehen.«

»Ich nicht, ich vermisse bereits den Kampf.«

Sie durchqueren den Ärmelkanal und laufen im Morgengrauen in den Rotterdamer Hafen ein. Ihre Dokumente in den Händen, wie Schulkinder, gehen die Passagiere mit ihrem Gepäck aufs Oberdeck. Tina bleibt in ihrer Kajüte, und Vittorio kommt zu ihr, um sie zu beruhigen.

Tina ist blaß und zittert und bittet ihn, sie zu umarmen. »Wer weiß... Alles kann passieren, vielleicht sehen wir uns niemals wieder.« Sie drängt sich fest an ihn.

Vittorio geht an Land, alarmiert die holländische Rote Hilfe und kommt wieder aufs Schiff. Als die Paßkontrolleure und die Zöllner an Bord kommen, sind sie in Begleitung dreier Männer, die mit ihm sprechen wollen.

»Moskau hat uns Ihre Ankunft angekündigt, Vidali. Ich bin der Sekretär der holländischen Roten Hilfe und habe Passierscheine für Ihre beiden Freunde bei mir. Sie dürfen an Land und können für achtundvierzig Stunden auf holländischem Boden bleiben. Diese Herren hier sind Rechtsanwälte.«

Kapitän Jochems nähert sich mit einem weiteren Beamten.

»Ich bin der italienische Generalkonsul. Ich komme wegen der Deportierten Tina Modotti. Sie wird noch heute auf einem italienischen Schiff weiterreisen.«

Der holländische Einwanderungsinspektor wendet sich an den Konsul. »Haben Sie eine Erlaubnis des Innenministeriums? Ich bin nicht ermächtigt, Ihnen irgendeinen Passagier auszuliefern.«

»Frau Modotti ist italienische Staatsbürgerin und reist mit einem italienischen Paß.«

»Ohne entsprechende Papiere darf sie Holland nicht verlassen.«

»Es handelt sich um eine gefährliche Terroristin. Prüfen Sie ihre Dokumente. Meine Regierung verlangt ihre Auslieferung; ich vertrete den Duce.«

»Mag ja sein, aber diese beiden Anwälte kommen von der Roten Hilfe. Frau Modotti und Herr Isaac Abramowich Rosenblum genießen für achtundvierzig Stunden den Schutz der holländischen Regierung.«

Wenige Minuten später verlassen Tina und Isaac, begleitet vom Sekretär der Roten Hilfe und den beiden Anwälten, die *Edam*. Vittorio geht voraus und ebnet ihnen die Wege. Sie bekommen Fahrkarten und Passierscheine, mit denen sie Holland verlassen können. Die Genossen haben Zimmer in einem kleinen Hotel reserviert und geben ihnen am nächsten Tag ein Essen. Vittorio überreicht Tina einen Strauß mit den ersten Frühlingsnarzissen.

»Siehst du nun, daß ein neues Leben beginnen kann?«

Als sie spät in der Nacht hinausgehen und die feuchte Luft Rotterdams atmen, preßt Tina die Blumen an ihre Brust.

Am 4. April nehmen sie den Zug nach Berlin. Gut gekleidete Menschen in eleganten Schuhen und dicken Mänteln eilen auf dem Bahnhof an ihnen vorbei. Im Abteil legt jeder Fahrgast seinen Koffer ins Gepäcknetz, setzt sich auf den ihm zugewiesenen Platz und schlägt eine Zeitung auf. Draußen hinter den Scheiben, auf den quadratischen Feldern in der verschneiten Landschaft, herrscht dieselbe Ordnung. Im Umland von Berlin sehen sie junge, grüne Grashalme durch den Schnee schimmern.

»Sieh mal, da ist schon das Neue«, sagt Tina lächelnd.

Vittorio sieht, daß sie nicht begreift, daß sie noch immer von der italienischen Regierung bedroht ist und daß die wirkliche Gefahr noch vor ihr liegt.

In Berlin angekommen, sehen sie Frauen mit Filzhüten und Pelzjacken mit geröteten Wangen durch die Straßen eilen. Auch Tinas Wangen sind rot geworden; sie versucht, sich wieder dem europäischen Rhythmus anzupassen, dem raschen Tempo von Menschen, die stets etwas zu tun haben und genau wissen, wohin sie gehen.

»Du trägst keinen Hut«, sagt Vittorio, »aber du siehst toll aus.«

Es stimmt, sie wirkt jünger. Trotz der strengen Frisur mit Mittelscheitel und Nackenknoten drückt ihr ganzes Gesicht Lebensfreude aus. Sie hofft, zunächst einmal bei den Wittes unterzukommen, Freunden aus Mexiko und Bewunderern ihrer Fotos und der Fotos von Weston. Sie haben ihr geschrieben, daß sie immer ein Zimmer für sie hätten. Als Tina an ihre Tür klopft, empfängt Frau Witte sie mit offenen Armen und führt sie in einen bezaubernden Raum mit eigenem Badezimmer: ein seltener Luxus in Europa.

»Ich bleibe nur ein paar Tage ...«

»Versprich mir, daß du immer hier übernachten wirst, wenn du in Berlin bist. Für uns ist dies schon lange ›Tinas Schlafzimmer‹.«

Nach einigen Zusammenkünften mit den Genossen begreifen Vittorio, Isaac und Tina, daß die Lage der Kommunisten in Deutschland schlimmer ist, als sie geglaubt haben. Die Auseinandersetzungen mit den Nationalsozialisten haben sie geschwächt und isoliert. Auf der Straße werden sie von Polizisten mit Gummiknüppeln und Revolvern verfolgt; auf die Protestmärsche der mit Stöcken und Steinen bewaffneten Arbeiter wird ohne Zögern geschossen. In den Straßen lungern Arbeitslose herum, und selbst die Reichen bekommen etwas vom allgemeinen Hunger zu spüren. Für einen Ausländer ist es unmöglich, eine Arbeitserlaubnis zu erwirken. Tina bleibt dennoch gut gelaunt.

»Die Cafés, Bars, Geschäfte und Konditoreien sind doch voll ...«

»So ist es immer in Krisenzeiten; die Leute stürzen auf die Straße und plündern ihr Portemonnaie.«

»Irgendwie bekomme ich schon eine Arbeitserlaubnis. Willi Münzenberg ist ein mächtiger Mann.«

Willi Münzenberg ist sehr einflußreich; er unterhält Beziehungen zu Louis Aragon, Romain Rolland, Henri Barbusse und Arthur Koestler. Er reist durch Europa, Amerika und Asien; er ist allem Neuen aufgeschlossen und wortgewandt und de facto für die politische und kulturelle Propaganda der Kommunistischen Internationale verantwortlich. Seine Zeitschrift AIZ erscheint mit einer Million

Exemplaren und hat bereits Fotos von Tina veröffentlicht. In ihn setzt sie alle ihre Hoffnungen.

In der Friedrichstraße bleiben Tina und Vittorio vor einem Schaufenster mit Kameras, Objektiven und anderem Fotozubehör stehen. Als sie den Laden betreten, ist Tina überrascht von all der Geschäftigkeit. Amateure bringen ihre Filme zum Entwickeln. Sie sieht, wie ein Mann im Handumdrehen seine Kamera öffnet und lädt, so schnell, wie man eine Briefmarke auf den Umschlag klebt. Wie kann etwas, was sie so viel Mühe gekostet hat, so einfach zu machen sein? Neben diesen Kameras wirkt ihre Graflex vorsintflutlich. Vittorio spürt Tinas Verwirrung:

»Es braucht Zeit, bis man sich in einem Land eingewöhnt; du mußt Geduld haben. Talent wird nie durch Technik ersetzt werden.«

»Das weiß ich. Aber ich hätte nicht gedacht, daß die Technik sich so schnell entwickelt. In Mexiko ist man weit entfernt von all diesen Veränderungen …«

Vidali lädt sie ein, ihn zum Antiimperialistischen Zentrum zu begleiten; er will dort über den neuesten Stand der Kämpfe in Nicaragua berichten und um Hilfe für Sandino bitten. Er sagt, man könne dort vielleicht eine Übersetzerin gebrauchen.

»Ach nein, ich will nicht übersetzen, jetzt noch nicht!«

Der Tscheche Smeral, der Führer der Antiimperialistischen Liga, empfängt sie mit einer Umarmung. Besonders herzlich sind der indische Vertreter Chattopodyaya und seine Lebensgefährtin Lotte. Sie und Tina schließen auf der Stelle Freundschaft.

Isaac Rosenblum reist allein in die Sowjetunion. Es wäre zu unsicher, wenn er und Vittorio gemeinsam reisten.

Tinas Anfall von Optimismus scheint nachzulassen, und sie ist zunehmend deprimiert. Sie wird einsilbig, so, als sei sie überwältigt von den Schwierigkeiten eines Neuanfangs. Langsam macht sich Vittorio Sorgen um sie.

»Tina, wenn du möchtest, kannst du mit mir in die Sowjetunion kommen; ich bin sicher, daß ich dir dort Arbeit verschaffen kann.«

»Nein, ich will es hier in Deutschland versuchen. Von hier aus kommt man besser nach Österreich; dort könnten meine Mutter und meine Schwester mich treffen. Ich verspreche, daß ich dir schreibe, wenn sich nichts ergibt.«

Sie begleitet ihn zur Tür und macht einen Schritt hinaus auf die Straße. Der Himmel ist grau, und Tina sieht sehr blaß aus. Wieder entdeckt Vittorio Verzweiflung in ihren Augen, wie in den ersten Wochen auf der *Edam*. Er nimmt sie beim Arm:

»Komm mit in die Sowjetunion.«

»Nein.«

Dieser abweisende Blick begleitet ihn während seiner ganzen Reise.

Im Zoologischen Garten Berlin.
Fotografie von Tina Modotti. 1930

In Berlin ist sie wieder von den Geräuschen ihrer Kindheit umgeben. Jeden Augenblick wird die Fabriksirene sie wecken. Trübselig reihen sich dunkle, von schmutzigem Schnee bedeckte, wassertriefende Häuser aneinander. »Das muß man sich mal vorstellen, im April!« Wenn es aufhört, zu regnen, wird rasch die Wäsche zum Trocknen auf die niedrigen Balkons gehängt, wo sie zwischen Fenster und Gitter einen Streifen Sonnenlicht erhascht. Was für ein Kontrast zu den Dachterrassen in Mexiko! Sie begegnet Leierkastenmännern, die an der Kurbel der schweren Hohner drehen. Das rotgekleidete Äffchen auf dem Kasten ist eine größere Attraktion als die Musik selbst. Kinder tanzen um den Affen herum und wollen ihn beim Klang eines Strauß-Walzers streicheln. In den grauen Straßen riecht es nach Maische. Tina meidet die Schwingtüren der Bierstuben, aus denen ein warmer Brodem weht, genau wie der Atem der Betrunkenen, die einmal herausgekommen waren, um ihr Anzüglichkeiten nachzurufen.

Verglichen mit Mexiko kommt Berlin ihr irgendwie schamlos vor. Es wimmelt von Menschen, die durch die Straßen rennen, vorbei an Schaufenstern und an Restaurants, die ebenfalls Schaufenstern gleichen. Man kann vom Bürgersteig aus zusehen, wie die Gäste sich mit der Gabel ein Stück dicke Wurst in den Mund schieben und unverzüglich einen Schluck Bier nachtrinken. Es kümmert sie nicht, daß man sie essen sieht. Sie schlagen die Zähne in das Fleisch und lassen die Krüge auf den Tisch knallen, damit sie nachgefüllt werden. Neben der Kneipe liegt ein Schuhgeschäft; es folgt ein Kino, dann eine Schneiderei, ein Hutsalon, noch eine Bierstube und wieder ein Schuhgeschäft. Wenn die Frauen Schuhe anprobieren, ziehen sie ihre Röcke hoch und lassen ihre Oberschenkel sehen. Hier entschuldigt sich niemand dafür, daß er auf der Welt ist.

Am 16. April 1930 sind die Zeitungen voller Einzelheiten über Majakowskis Selbstmord. Was für eine Feigheit! Tina ist sich mit seinen Kritikern einig: er war ein Kleinbürger, ein Nihilist, ein Schwächling. Sie verliert jede Achtung vor ihm. Und dennoch sieht sie nachts im Traum das kleine, runde Gesicht der achtjährigen Francisca Moreno, der Majakowski ebenso zugetan war wie ihrem Vater, dem 1925 ermordeten Abgeordneten aus Veracruz, und verspürt Zärtlichkeit.

Tina, die noch immer keine Arbeit hat, geht zu den Versammlungen im Sitz der Partei. Die einzigen Menschen, die sie in Berlin kennt, sind Smeral, Chattopodyaya, seine Frau Lotte Schultz und die Wittes, und es ist nicht leicht, ihren kleinen Bekanntenkreis auszudehnen. Noch konnte sie keine Verabredung mit Willi Münzenberg treffen, der ständig auf Reisen ist. Auch Eugen Heilig, den Direktor der Fotoagentur *Union Bild*, kann sie nicht auftreiben. Sie erkennt einen Hoffnungsschimmer, als sie in der Zeitschrift *Der Arbeiterfotograf* liest, daß »nur die mexikanischen und japanischen Fotografen so ausgezeichnet arbeiten wie die deutschen Fotografen«. Die mexikanischen Fotografen! Damit ist sie gemeint.

Die politische Szene Berlins ist so entmutigend wie ihre Arbeitssuche. Tina hatte geglaubt, sie könne sich in Deutschland offen dem antifaschistischen Kampf anschließen; es stellt sich heraus, daß die Faschisten rasch Berlin, Chemnitz, Dresden und Leipzig für sich gewinnen. Vittorio hat sie vor seiner Weiterreise gewarnt: »Paß gut auf dich auf. Möglicherweise überwacht dich die Polizei.«

Als der Druck immer stärker wird, ist es tröstlich für Tina, zu sehen, daß auch die Wittes tiefe Sehnsucht nach Mexiko verspüren. Oft sprechen sie über all das, was sie durch ihre Rückkehr nach Deutschland aufgegeben haben. Auch sie vermissen die Wolken Mexikos, die den weiten, blauen Himmel saubergefegt hatten, und das Berlin, das sie vorgefunden haben, gefällt ihnen nicht. Und dabei sind sie Deutsche!

In Mexiko war Tinas Leben so voller Verpflichtungen, daß sie keine Zeit hatte, nachzudenken, zu grübeln oder zu zweifeln. Jetzt ist jede Geste etwas Monumentales, über das sie nachdenken muß. Ihr Wunsch, Käthe Kollwitz und George Grosz zu sehen, ist verflogen. Man hat ihr gesagt, es sei zu schwierig, es gäbe allzu viel Angst und sie empfängen nicht »jeden«. In Mexiko hätte sie lächelnd gesagt: »Ich bin aber nicht irgendwer«, doch in Berlin weiß sie nicht mehr, wer sie ist. Am liebsten würde sie quer durch Österreich nach Italien reisen, um ihre Mutter und ihre Schwester zu sehen. Aber sie weiß noch nicht einmal, ob sie schon aus den Vereinigten Staaten gekommen sind. Außerdem gehen die 420 Dollar, die sie aus Mexiko mitgebracht hat, langsam zuende. Tina hat nie so viel geraucht wie jetzt; viel Geld geht für lange deutsche Zigaretten drauf; sie füllt sich den Mund mit Qualm, der ihren Gaumen liebkost und ihr Vergnügen bereitet. Sie atmet langsam aus und starrt den Rauch an, der in der kalten, feuchten Luft hängt.

Tina findet ein Zimmer in einem der Arbeiterviertel, in irgendeinem dieser drei- oder vierstöckigen Häuser ohne Fahrstuhl und mit einer einzigen, gemeinschaftlich saubergehaltenen Toilette pro Etage. Da will sie wohnen, bei diesen Leuten, die gekochte Kartoffeln essen und für die Schwarzbrot mit Marmelade bereits ein Festmahl ist. Sie hört den Kindern zu, die für ein paar Pfennige an der Straßenecke singen:

> Das schönste Land, das ich auf Erden weiß,
> das ist mein Vaterland ...

Sie hat bereits vergessen, wie feucht es in Europa ist. Die mexikanische Sonne hat selbst die Armen gewärmt und Elend und schlechte Gerüche hinweggefegt. Was sie hier in den Augen der Menschen sieht, macht ihr Angst. Sie sind hart und farblos, hart, frech, hart. Die Mexikaner haben nicht solche aggressiven Kinnladen und so dichte Augenbrauen, und sie sind auch nicht so schlecht gelaunt. In den Berliner Armenvierteln hört Tina ein immer lauteres Raunen der Unzufriedenheit. In Mexiko legten sich die Armen zahm in die Sonne und trockneten ihre Wunden. Hier aber findet Tina keine Zahmheit; im Gegenteil, wenn sie nach einer Adresse fragt, schnauzt man sie an.

In der Nähe der Straße Unter den Linden glitzern die Konditoreien vor bunten Süßigkeiten, Stapeln von Schokolade und Bergen von Lebkuchen – ein Vermögen muß das kosten. Alles ausgeben, einfach nur leben! Die Leute sind hektisch und redselig, und ihr Lachen klingt falsch. »Nieder mit der Weimarer Republik«, rufen die Nationalsozialisten in der Friedrichstraße. Selbst die Hunde lächeln gekünstelt.

Vom nassen, schmierigen Asphalt her steigt die Kälte an Tinas Beinen empor und versetzt sie in eine düstere Stimmung. Sie denkt sehnsüchtig an Mexikos Straßen mit den leichtfüßigen Habenichtsen, die sich an die Mauern drängen, damit sie einem nicht im Weg stehen, die mit den Augen lächeln und manchmal verschlagen sind. Sie vergleicht sie mit diesen in ihrer mittelmäßigen Routine versunkenen, korpulenten Deutschen, deren Unzufriedenheit an ihren Gesichtern und an ihren schweren Schritten zu erkennen ist. Bei soviel Gleichgültigkeit wird ihr schwer ums Herz. Ach, Europa, wie bist du heruntergekommen! Wurdest du früher mit Kastanien, Innereien, zerkleinerter Leber und hartem schwarzem Brot gemästet, stehen dir jetzt entbehrungsreiche Zeiten bevor.

Da ist keiner, an den sie sich wenden, keiner, mit dem sie reden kann. Niemand klopft an ihre Tür wie in der Calle Abraham González, wo Frances Toor, bevor sie ihre eigene Wohnung betrat, stets mit ihrem gutmütigen Hundegesicht hereinschaute: »Wie wär's mit einem Kaffee?« »Ja, Paca, natürlich.« Plötzlich hört Tina schrille Schreie und bleibt, während alle anderen weitergehen, stehen. Eine dicke Deutsche schimpft mit ihrem Dackel, der genauso braun ist wie ihr Hut und ihr Mantel.

Anfangs spürt Tina nichts von der Atmosphäre des Mißtrauens. Da sie mit ihren eigenen Problemen beschäftigt ist, merkt sie nicht, daß sich Berlin in ein riesiges Spionagenetz verwandelt hat. Chattopodyaya und Lotte warnen sie: »Sei vorsichtig, sei nicht so vertrauensselig, sprich nicht mit Fremden.« Wer soll schon wissen, daß sie hier ist? Sie lebt so anonym, daß sie verhungern könnte und niemand es merken würde.

Jetzt, da sie in der Pension Schulz in der Tauentzienstraße 5 wohnt, muß sie sich selbst qualvoll aufzählen, welche Mühen es kostet, den Tag zu überstehen und weiterzuleben: »Jetzt stehe ich auf und wasche mich; ich ziehe mich an, wärme den Kaffee auf und zwinge mich, ein Stück Brot zu kauen. Jetzt befestige ich den Haarknoten.« Ihr Leben ist nicht mehr so eingeteilt, daß jede Stunde sinnvoll ausgefüllt ist. Sie hat keinerlei Verpflichtungen. Niemand wird ihr Modell sitzen. Sie hat keine Fotos zu entwickeln und abzuziehen. Dieses zum reinen Existieren verkommene Leben lastet auf ihr wie ein Block Zement. Sie ruft sich zur Vernunft: »Ich habe keinen Grund, früh aufzustehen; wenn ich erst einmal arbeite, wird alles wieder normal.«

Nie zuvor im Leben war sie so viele Monate lang ohne Menschen, die sie liebten oder von ihr geliebt wurden. Stets hatte sie sich zumindest ihren Lebensunterhalt verdient. Nun sind ihre Dollars für Miete, einen Vergrößerungsapparat, Kartoffeln, billiges Sauerkraut und Zigaretten draufgegangen. Nachts sitzt sie auf dem Rand ihres schmalen Bettes und fragt sich: »Was habe ich heute getan?« Sie kann sich nicht erinnern. Sie sagt sich immer wieder: »Das Geld geht mir aus, und ich habe nichts geschafft.« Nie zuvor war ihre Arbeit so wenig – oder gar nichts – wert. Zum ersten Mal im Leben hat sie das Gefühl, zu nichts nütze zu sein. In Udine hat sie mit elf Jahren mit ihrer Arbeit am Webstuhl Geld verdient. In Mexiko hat man ihr die Fotos bezahlt. Sie bekam Aufträge aus den Vereinigten Staaten und aus Deutschland. Darum hat sie sich für Deutschland entschieden. Wie hätte sie ahnen können, daß ihre Graflex und ihre ausländische technische Ausrüstung hier veraltet waren?

Was kann ein Fotograf in einer Stadt anfangen, in der es 550 Fotoateliers gibt? Tina rafft sich auf: »Dann werde ich mal in den Zoo gehen.« Doch auch dort reizt sie nichts und niemand zum Fotografieren. Schließlich beobachtet sie ein dickes deutsches Pärchen, das so lange vor jedem Käfig ausharrt, daß es leicht zu fotografieren ist. Sie fühlt überhaupt nichts, als sie auf den Auslöser drückt. Als nächstes baut sie die Kamera in der Nähe einer Statue auf, einer nackten Frauengestalt. Als ein paar Nonnen vorbeikommen, knipst sie zwar, hat aber nicht die geringste Illusion, daß das Foto ihr etwas zu sagen haben wird. Es ist ein Foto unter vielen, ein Foto aus Europa, wie es jeder machen könnte. Sie spricht sich Mut zu: ›Nun mach schon, du kennst die Technik, hast Erfahrung, ein geübtes Auge. Laß das Foto in dir wachsen; wenn du nur willst, kann es packend und dramatisch werden.‹ Klick. Ihr Kopf sagt ja, klick, da ist es, die Finger reagieren, klick, aber es ist nicht das, was sie will. Schon wenn sie auf den Auslöser drückt, weiß sie, daß es sich nicht gelohnt hat. Fotografieren ist mehr als ein Druck auf den Auslöser. Es ist nicht nur eine Frage des Geschicks.

Früher wuchs die Aufnahme in ihrem Kopf wie eine Symphonie: zuerst das Allegro, dann das tiefe, melodische Drängen, und schließlich das jubilierende Finale. ›Was ist mit mir?‹ fragt sie sich bange, ›was soll ich mit mir anfangen?‹ Kein Gesicht, keine Geste, kein Licht, nicht einmal eine Mauerspalte zieht ihren Blick auf sich. Sie fühlt sich leer und kalt. Sie erteilt ihren Augen Befehle: ›Entdeckt doch etwas! Laßt mich nicht im Stich, wenn ich euch am meisten brauche! Oh, meine geliebten Augen, zeigt mir doch etwas‹, fleht sie. Die Augen verraten sie; waren sie früher einmal aufmerksam und ermutigend, so wollen sie sich jetzt kaum öffnen, und morgens, wenn sie die Augen aufschlägt, ist es schon eine Herausforderung, aus dem Bett zu steigen. ›Wozu stehe ich denn auf?‹ Nur ein gewisser Rest von Selbstachtung veranlaßt sie, ins Badezimmer zu gehen und in die Wanne mit dem grauen Streifen zu steigen, den keine Bürste mehr entfernen kann. Ein klägliches Rinnsal kommt aus der Dusche, und während sie einen Teil ihres Körpers duscht, werden andere bereits wieder kalt. Berlin ist genauso kläglich wie dieser dünne Strahl, selbst wenn hier mehr Ordnung herrscht und es mehr Bibliotheken, Denkmäler und asphaltierte Straßen gibt und Menschen, deren Augen keinen uralten Hunger verraten, Menschen, in deren Adern Butter, Senf und Schlagsahne fließen, robuste Menschen, die durch farblose Tage wandern.

Tina nagelt einen Zettel an die Wand:

GEGENWÄRTIGE BILANZ

Allein

Ohne Geld

Im Exil

Deprimiert

Darunter, auf einem anderen Zettel, die Erläuterungen:

a. Ich habe keine Kinder. Niemand braucht mich.

b. Ich arbeite nicht, verdiene nicht meinen Lebensunterhalt.

c. Ich weiß nicht, was ich fotografieren soll.

d. Mexiko hat mich verstoßen; in Italien würde man mich verhaften. Welches ist mein Land?

e. Edward schreibt nicht. Niemand aus Mexiko hat mir geschrieben. Nun gut, Edward hat mir geschrieben, aber sein Brief war eigentlich keine Antwort. Er ist zu weit weg, als daß er mich verstehen könnte. Auch Frances Toor hat geschrieben, und ich würde sie gern zu Antonieta Rivas Mercado schicken, damit diese mich bezahlt. Wie kommt es, daß die Reichen es nie fertigbringen, zu bezahlen? Sind sie deshalb reich?

f. Alle diese Faktoren liegen nicht außerhalb meiner Kontrolle; sie liegen in mir selbst.

Bald darauf besucht Tina, ausgestattet mit ihrer Fotomappe, die *Union Bild GmbH*, eine Agentur für Arbeiterfotografen, die Fotos in der Sowjetunion vertreibt. Nach der Begegnung in der Agentur bietet Heinz Aldrecht, ein Fotograf aus dem Schwarzwald, ihr an, sie in ihrem Zimmer zu besuchen und sich ihre Arbeiten noch einmal anzusehen. Nachdem er ihre Fotosammlung betrachtet hat, macht er ihr Vorwürfe. »Tina, du behauptest, du möchtest deine Fotografie in den Dienst des Volkes stellen, aber bisher hast du noch nicht gezeigt, daß du dienlich sein kannst. Es werden Fotojournalisten gebraucht, aber vielleicht willst du nicht in der Masse untergehen.«

»Im Gegenteil, genau das will ich: untergehen«, sagt

Tina. »Es geht hier nicht um meine Person. Ich will nur über Fotografie sprechen und darüber, was wir mit der Kamera erreichen können. Ich möchte das fotografieren, was ich sehe, ehrlich, direkt, ohne Tricks. Ich möchte zum Aufbau einer besseren Welt, einer sozialistischen Welt, beitragen.«

»Nimm nur das Bild des Tagelöhners, ›Hände eines Arbeiters‹. Es unterscheidet sich nicht von dem Foto, das Weston vor zehn oder zwölf Jahren von deinen Händen auf dem Kimono gemacht hat. Denk nicht, es sei ein politischer Akt, arme Leute zu fotografieren. Das kann auch ein Zeitvertreib für Touristen werden.«

»Man hat mir gesagt«, wendet Tina ein, »es sei ein soziales Dokument.«

»Ach komm. Fotos können sein, was du willst, aber du, die Frau hinter der Kamera, wer bist du? Mir scheint, Tina Modottis Hauptsorge ist die Ästhetik. Du würdest alles tun, um einen schönen Bildaufbau zu erreichen! In dieser Hinsicht bist du noch nicht aus Westons Schatten herausgetreten. Sieh mal, Kriegskorrespondenten setzen ihr Leben aufs Spiel; der Mensch hinter der Kamera teilt das Schicksal der Kämpfenden. Aber was riskierst du?«

»Wie kannst du das sagen? Du weißt doch, daß ich aus Mexiko deportiert wurde und nicht nach Italien darf.«

»Dein Privatleben oder dein Paß interessieren mich nicht. Wichtig ist, was ich in deinen Fotografien sehe.«

Tina möchte ihm sagen, daß er sie verletzt hat und daß sie allein sein möchte. Aber obwohl er so im Irrtum ist, hat doch niemand in Deutschland sie bisher so ernst genommen. Sie serviert ihm einen Kaffee. Er lächelt sie an, und plötzlich weiß sie, daß er nicht ihr Feind sein kann und daß sie es ist, die sich irrt.

»Morgen wird dir *Union Bild* eine Leica leihen anstelle deiner unhandlichen Graflex. Geh auf die Straße und verknipse einen ganzen Film.«

Acht Aufnahmen an einem Tag! Sie hat immer über jede Aufnahme nachgedacht; sie hat sogar zuvor den Ort besichtigt und das Licht zu unterschiedlichen Tageszeiten geprüft, ehe sie eine Aufnahme gemacht hat; sie hat stets abgewartet, bis die Atmosphäre genau richtig war und das Klicken die heilige Stille unterbrach. Und jetzt sagt er ihr, sie solle auf den Auslöser drücken, ohne an die Ergebnisse zu denken, gerade so, als zwinkere sie unbewußt mit den Augen. Das ist Journalismus.

An diesem Abend besucht sie Lotte Jacobi in ihrer Wohnung in der Joachimsthalerstraße 5. Lotte ist Fotografin wie sie und die Tochter von Fotografen. Im Gegensatz zu Tina, die stets die Armen und Vergessenen aufspüren will, sucht sie berühmte Leute auf und schmückt ihre Wände gern mit Porträts von Lotte Lenya, László Moholy Nagy, Bertolt Brecht, Kurt Weill und Thomas Mann. In ihrem Atelier herrscht trübes, samtenes Licht, und der Tee, den Lotte ihr auf dem braunen Sofa serviert, spendet Trost. Die Bücherregale sind voll von Kunstbänden, die Liebe zur Schönheit verraten. Lotte besitzt eine aus der Adria geborgene Amphore; die an ihr haftenden Muscheln erinnern an die Flossen am Körper eines Walfischs; da gibt es auch eine Bronzefigur aus Mykene, eine römische Spange und vier Daguerreotypien, die eine kleine Julia in einem Wintergarten zeigen.

»Ist Heinz Aldrecht ein guter Fotograf?« fragt Tina beiläufig.

»Ein ausgezeichneter sogar.«

»Und wie ist er als Mensch?«

»Ein Neurotiker, aber bei *Union Bild* unabkömmlich.«

Sie geht heim und stellt sich vor, daß sie wie ein wildgewordener Bulle durch die Straßen rennt, klick, klick, klick, macht die Leica, klick, klick, klick, hier ein Schuß, da ein Schuß. Der Gedanke daran dreht ihr den Magen um. Klick, klick, schon ist der Film alle. Acht vertane Aufnahmen.

Sie denkt daran, wie sie und Weston ihre Fotos an die Wände des Museums gehängt haben, wie sie stundenlang über die Art der Präsentation nachgedacht und sie nach Themen gruppiert hatten, damit die Betrachter eine gewisse Ordnung erkannten. »Häng die ›Puppenspielerhände‹ nicht neben Dolores del Rio. Nimm lieber Modesta mit dem Kind auf dem Arm.« So viele Jahre, so viel Hingabe, so viel Eifer, nur, damit sich die Fotos jetzt mit geknickten Ecken auf dem Schreibtisch eines Redakteurs stapeln, der nach Gutdünken mit ihnen verfährt. Es ist abstoßend, wie er sie in die Hand nimmt und sie sich vor die Augen hält; das ist nicht nur eine Frage der Einstellung zur Kunst; es beweist auch, welche Haltung man dem Leben gegenüber einnimmt. Sie hat die Mutter mit dem Säugling nicht aufgenommen, damit das Bild jetzt von Leuten wie Heinz befingert wird, sondern weil es sie drängte, die Rührung festzuhalten, die sie bei ihrem Anblick verspürt hat. Aber es ist, wie Heinz Aldrecht gesagt hat – »Der technische Fortschritt hat die Auffassung von Fotografie verändert.«

Ein Fotojournalist wird wohl kaum einen ganzen Vormittag vor einer Baustelle stehen und darauf warten, daß der Maurer mit einem Balken auf der Schulter über das Gerüst läuft. »Das waren andere Zeiten, Fräulein Modotti, heutzutage zählt nur der Augenblick.« Augenscheinlich werden die Fotos, die in Mexiko als durchdacht und politisch galten, hier in Berlin als Purismus gewertet, als Kunst um der Kunst willen. »Tagesreportagen« sind die einzig akzeptable Arbeit für ein politisch denkendes Parteimitglied: Soldaten an der Front.

»Vielleicht solltest du Walter Dittbender aufsuchen«, schlägt ihr Lotte Jacobi vor. »Er ist der Vater der Politemigranten hier in Deutschland. Sicher könnte er für dich eine Arbeit als Schreibkraft finden, oder etwas Ähnliches. Er arbeitet in der Dorotheenstraße 77–78.«

Daheim setzt sich Tina hin und schreibt an Edward. Dabei versucht sie, Ordnung in ihre Gedanken und Gefühle zu bringen.

»BERLIN, 23. MAI 1930

Mein lieber Edward:

Ich frage mich nach dem Grund für Dein Schweigen. Hast Du meinen Brief vom 14. April bekommen? Mir ist, als hätte ich Dir seither geschrieben, aber ich bin mir nicht sicher; ich achte darauf, welche Briefe ich absende, aber ich habe nur den vom 14. April notiert. Vielleicht hatte ich deshalb den Eindruck, Dir öfter geschrieben zu haben, weil ich bei all meinen Schwierigkeiten mit dem Fotografieren so oft an Dich gedacht habe. Habe ich Dir erzählt, wie überrascht ich war, als ich bei meiner Ankunft entdeckte, daß man in ganz Europa unterschiedliche Maße für Filme, Papier, Kameras usw. benutzt? Das war mein erstes Problem. Nachts lag ich wach und fragte mich, was ich tun sollte; ich hätte entweder meine Graflex verkaufen oder Filme aus den USA bestellen müssen. Ich habe mich für letzteres entschieden, weil sich wegen ihrer Ausmaße niemand für meine Graflex interessiert hätte. Natürlich konnte ich es mir nicht leisten, eine andere Kamera zu kaufen, ohne diese loszuwerden. Dann kam das Problem mit allen meinen 8 x 10-Negativen. Ich habe außer der Graflex absolut nichts aus Mexiko mitgebracht. Ich brauchte einen Kopierrahmen 8 x 10 und mußte ihn anfertigen lassen. Papier in diesen Ausmaßen mußte ich in größeren Mengen bestellen, als ich wollte, sonst hätte die Fabrik es mir nicht extra zugeschnitten. Du wärst vielleicht überrascht, zu erfahren, daß die meisten Fotografen hier noch immer Glasplatten benutzen. Und dann gibt es das Problem der unterschiedlichen Standardmaße; Du weißt schon, Gramm anstelle von Korn. Eine höllisch verzwickte Angelegenheit. Und zu alledem kam noch das Sprachproblem! Ich sage Dir, ich bin fast verrückt geworden.

Als ich hierher kam, hatte ich gehofft, mich mit irgend einem anderen Fotografen oder einem Fotografenverband einigen zu können, um bei ihnen zu arbeiten; ich habe sogar den Manager von *Eastman* aufgesucht, aber es ist nichts herausgekommen. Also mußte ich einen Vergrößerungsapparat und genügend ›Werkzeuge‹ für meine Arbeit kaufen. Ich wollte das nicht, denn ich wollte das Gefühl haben, packen und gehen zu können, wohin ich wollte (oder wohin ich zu gehen gezwungen war...). Jetzt fühle ich mich irgendwie an meine Dunkelkammer gebunden (die übrigens noch nicht fertig ist, und das war ein weiteres höllisches Problem). Ich mußte ein möbliertes Zimmer finden (weil ich mich absolut weigere, auch noch in Möbel zu investieren) und dazu einen weiteren kleinen Raum mit Wasseranschluß. Ich habe die Sache mit dem Wasser unterstrichen, weil man in Berlin sein muß, um zu begreifen, wie schwer es ist, einen Raum mit fließendem Wasser zu finden. Endlich habe ich, was ich brauchte; natürlich eignet sich das möblierte Zimmer nicht als Atelier, aber da ich keine Porträtaufnahmen machen will, brauche ich keins.

Ach, lieber Edward, wie habe ich mich in diesen Wochen nach Deiner Hilfe gesehnt! Einfach mit Dir zu reden und diese Hindernisse zu besprechen hätte mir geholfen; ich wollte die Fotografie sogar völlig aufgeben, aber was kann ich sonst machen?

Selbst beim Fotografieren weiß ich nicht, was ich tun soll. Ich habe gerade gesagt, ich will keine Porträts machen; zum Teil, weil mir so ist, und zum Teil, weil die Konkurrenz so groß ist und die Preise so niedrig, daß ich nicht den Mut habe, in den Konkurrenzkampf einzutreten. Natürlich spreche ich von wirklich guten Porträts; ginge es nur um den Mist, den die uns beiden bekannten Fotografen in Mexiko zustande bringen, würde ich keinen Gedanken daran verlieren und einfach anfangen, aber hier gibt es wirklich ausgezeichnete Arbeiten, und ich verstehe nicht, warum und wie sie so billig sein können.

Man hat mir angeboten, ›Reportagen‹ oder Zeitungsarbeit zu machen, aber dafür fühle ich mich nicht geeignet. Ich denke noch immer, daß dies Männerarbeit ist, selbst wenn sie hier von vielen Frauen getan wird. Vielleicht sind sie dazu fähig, ich bin nicht aggressiv genug.

Selbst Propagandafotos, wie ich sie in Mexiko zu machen begann, gibt es hier bereits; es existiert eine Vereinigung der ›Arbeiterfotografen‹ (hier hat jeder eine Kamera), und die Arbeiter fotografieren selbst und haben ja wirklich bessere Möglichkeiten, als ich sie jemals haben könnte, denn sie fotografieren ihr eigenes Leben und ihre eigenen Probleme. Natürlich sind ihre Ergebnisse weit entfernt von dem Niveau, das ich mit meinen Fotos anstrebe, aber sie erfüllen auch so ihren Zweck.

Ich spüre, daß es etwas für mich geben muß, aber noch habe ich es nicht gefunden, und unterdessen vergehen die Tage, und ich liege nachts wach und frage mich unablässig, wohin ich mich wenden und wo ich beginnen soll. Ich habe angefangen, mit der Kamera hinauszugehen, aber *nada.* Alle sagen mir, die Graflex sei zu auffällig und zu unhandlich; man benutzt hier viel kleinere Kameras. Natürlich sehe ich den Vorteil: man fällt nicht so auf. Ich habe sogar die wunderbare kleine Kamera eines Freundes ausprobiert, aber ich arbeite mit ihr nicht so gern wie mit der Graflex. Man sieht das Bild nicht in seinen späteren Ausmaßen. Vielleicht könnte ich mich daran gewöhnen, aber eine Kamera zu kaufen kommt jetzt nicht in Frage, denn ich mußte schon etwas für den Vergrößerungsapparat ausgeben. Übrigens wäre eine kleinere Kamera nur sinnvoll, wenn ich auf der Straße arbeiten wollte, aber ich bin mir dessen noch nicht sicher. Bestimmt würde ich da draußen ein reiches und wunderbares Material vorfinden, aber meine Erfahrung sagt mir, daß ich für diese Arbeit nicht geschaffen bin, weil ich den Bildaufbau sorgfältig plane. Wenn ich den richtigen Bildaufbau oder den richtigen Ausdruck gefunden habe, ist das Sujet bereits verschwunden.

Wahrscheinlich will ich das Unmögliche und bringe daher gar nichts zustande. Dennoch muß ich bald entscheiden, was ich zu tun gedenke. Ich kann es mir zwar noch eine Weile erlauben, ›to take it easy‹, aber das kann nicht ewig so weitergehen, zumal mein Gemütszustand nicht der beste ist. Wenn ich nur jemanden hätte, mit dem ich mich aussprechen könnte, jemanden, der mich versteht wie Du, Edward.

Man hat mir geraten, nicht vor dem Herbst auszustellen, weil das die günstigste Jahreszeit ist. Bis dahin müßte ich schon etwas aus Deutschland mit hereinnehmen können, was sehr gut wäre, wenn ich nur bald mit der Arbeit beginnen würde. Wenn nicht, werde ich nur ›merda‹ vorzuweisen haben. – Das Wetter ist schrecklich: kalt, grau, elend; die Sonne kommt nur für Augenblicke hervor, man kann ihr nicht wirklich trauen. Du kannst Dir vorstellen, wie ich mich hier fühle nach dem Klima Kaliforniens und Mexikos. Na gut, ich kann nichts anderes tun als weitermachen.

Die Wittes sehe ich ab und zu. Sie sind wunderbare Freunde, und ihre Freundlichkeit mir gegenüber ist wie ein Sonnenstrahl. Und dennoch erzähle ich nicht mal ihnen von all meinen Schwierigkeiten, ich bin als Neuankömmling schrecklich vorsichtig. Ich habe ständig das Gefühl, daß ich meine Probleme selbst lösen muß und meine Freunde nicht zu sehr belästigen darf. Und doch habe ich Dir in diesem Brief nur von meinen Schwierigkeiten erzählt, aber Du bist weit weg, und gewisse Dinge kannst nur Du verstehen, außerdem darfst Du Dir um mich keine Sorgen machen, irgendwie finde ich schon einen Ausweg, und wenn Du diesen Brief in Händen hältst, bin ich vielleicht schon gelassener. Also bitte, Liebster, laß Dich durch mich nicht von Deinen eigenen Problemen und Sorgen ablenken. Nur schreib mir ein paar Zeilen, denn ich sehne mich nach Deinen Worten.

Immer Deine Anbeterin Tina«

Endlich bekommt Tina einen Brief von Weston und beantwortet ihn postwendend:

»BERLIN, 28. MAI (1930)

Lieber ›Großvater‹!

Wie habe ich über den Bericht über Chandlers Fortschritte in der Ehe gelacht! Na gut, daß Du Großvater bist, klingt schlimmer, als es ist, denn ich bin sicher, wenn Du den Kleinen bei dir hättest, würdest Du nur mit ihm, oder ihr, spielen, mit dieser Deiner wunderbaren Jugendlichkeit.

Dein Brief erreichte mich gestern; oh, wie glücklich war ich, von Dir zu hören! Vor wenigen Tagen habe ich Dir wieder geschrieben, aber ich bedaure fast, den Brief abgeschickt zu haben; ich war in einem so kläglichen Gemütszustand und so schwach, daß ich das nicht für mich behalten und Dich zum Opfer meiner Schwäche gemacht habe. Bitte verzeih mir und mach Dir keine Sorgen um mich; ich werde mich durchkämpfen, und das letzte Wort ist noch nicht gefallen. Und all diese Probleme werden Früchte tragen, da bin ich mir sicher; mit anderen Worten, ich habe genügend Selbstvertrauen, und ich weiß, daß ich meine Fähigkeiten nicht unterschätzen darf. Nur gibt es eben Momente, und wer hat die nicht, da alles schwarz erscheint (vielleicht *ist* es schwarz, und dies sind die Momente der Klarsicht), aber vielleicht scheint am nächsten Tag die Sonne, und die Vöglein singen, und die Perspektiven verändern sich wie durch Zauberei!«

Als Tina den Brief bekommt, in dem Vidali sein Kommen ankündigt, tut sich ihr der Himmel auf. Eines Tages klopft er an ihre Tür, und sie rennt hinunter und wirft sich in seine Arme.

»Vittorio, hilf mir. Ich will nach Italien.«

»Tu sei matta. Man würde dich verhaften. Komm doch mit nach Moskau.«

Tina sieht ihn nur wortlos an.

»Hast du andere Pläne?«

»Nein. Die Bedingungen wären überall dieselben. Ich weiß nicht, wie ich hier Fotografin sein soll. Oder Parteimitglied.«

»Bene, bene.« Er klopft ihr auf die Schulter. »Warum begleitest du mich nicht zum antiimperialistischen Zentrum? Wir haben schlimme Nachrichten über Sandino bekommen. Die mexikanische Regierung hat ihn schlecht behandelt. Und die kommunistische Partei auch.«

»Was hat die Partei denn getan?«

»Sie hat die Beziehungen zu ihm abgebrochen. Es gibt keine bescheuertere Linke als die mexikanische.«

Vittorio muntert sie auf; seine sichere Stimme flößt ihr Vertrauen ein. Hoffentlich läßt er sie nie im Stich.

Er nimmt sie mit in ein Lokal, wo sie zum ersten Mal seit Wochen herzhaft ißt. »Probier mal diesen Käse; ein Glas Rheinwein wird dir gut tun.« Ihn stören diese Deutschen, die aus dem Kabarett kommen und sich vor Lachen ausschütten wollen, ebenso wenig wie die frivolen Kristallgläser. Aber als sie am Nebentisch ein Gespräch mithören, in dem man sich über Ernst Thälmann, den Sekretär der Kommunistischen Partei, lustig macht, stellt Vittorio die Leute zur Rede, und es kommt beinahe zu Handgreiflichkeiten. Bald darauf tauchen Polizisten auf, packen ihn beim Kragen und schleppen ihn ins nächste Revier. Tina folgt ihm.

»Ihre Papiere.«

»Hier. Ich bin peruanischer Journalist.«

Der Inspektor gibt ihm seinen Paß zurück und rät ihm zur Vorsicht, zumal er eine deutsche Dame bei sich hat. Tina sagt kein Wort. Während der Mann sie zur Tür begleitet, läßt er durchblicken, daß er Sozialdemokrat ist und daß es schlimm aussieht für jeden, der kein Nazi ist. Hitler sei dabei, ganz Deutschland für sich zu gewinnen.

Vittorio erzählt Tina, daß er 1922 im Gefängnis von

Görlitz gesessen habe. Er sei aus Berlin ausgewiesen und ins Haftlager Cottbus gebracht worden, aus dem er dank eines Mannes, der ebenfalls Sozialdemokrat war, geflohen sei. Die deutsche Polizei besitze seine Fingerabdrücke und könne durchaus eines Tages den Peruaner Jacobo Hurwitz Zender als Vittorio Vidali identifizieren.

Tina fürchtet, daß es um ihre Zukunft in Europa geschehen sein wird, falls man Vittorio verhaftet.

Sie betrachtet ihn ausgiebig: ›Er ist ein Barbar, ein Draufgänger; er ist sich der Gefahr gar nicht bewußt. Oder er verlacht den Tod genau wie die Mexikaner. Aber er ist meine einzige Verbindung zum Leben.‹

Nacht für Nacht ist ihr Kopf voller Erinnerungen an Mexiko, aber allmählich verlieren sich ihre Freunde, selbst die treue Luz Ardizana, im Schatten. Vielleicht wird sie Stärke gewinnen, wenn sie niemanden braucht.

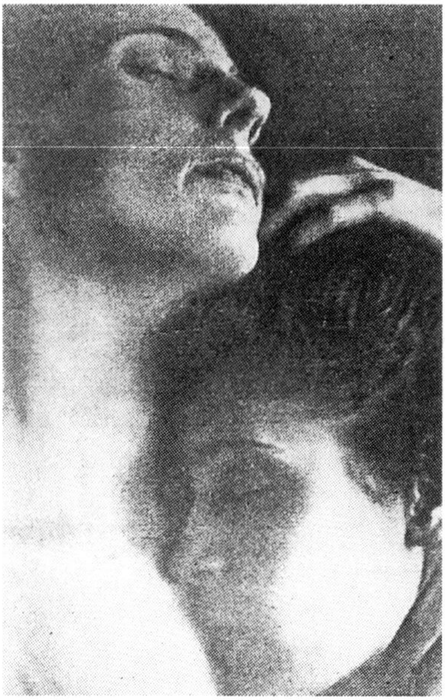

Zwei Köpfe (Tina und Pepe Quintanilla).
Fotografie von Edward Weston. 1924

Als sie am 2. Oktober 1930 in Moskau aussteigt, kreisen ihre Gedanken nur um Xavier Guerrero und darum, daß sie ihn treffen muß. Sie will ihm persönlich den Brief erläutern, den sie ihm aus Mexiko geschrieben hat. Sie ist sicher, daß Guerrero so verständnisvoll sein wird wie immer, und sie träumt davon, mit ihm in die Museen zu gehen und sich die Ikonen der Nowgorod-Schule aus der Nähe anzusehen. Sie schuldet ihm soviel; er ist ein so wertvoller, der Sache ergebener Mensch! Ihr Wunsch, ihn wiederzusehen, wird immer stärker. Auf dem Bahnsteig entdeckt sie Vittorios gutmütiges Gesicht unter einer Baskenmütze.

Moskau ist größer als Berlin, und der Rote Platz dehnt sich aus wie ein grauer, uferloser Ozean. Tinas Augen nehmen die Steine wie langsame Wellen wahr. Sie steht neben

Vittorio und betrachtet die runden, bunten Zwiebeltürme der Basilius-Kathedrale. Wie riesige, unerreichbare Bonbons heben sie sich vom Himmel ab. Unter ihnen befinden sich die Menschen. Wenn man ins Innere der Kathedrale geht, ist es, als betrete man einen Eisschrank.

»Ich kann es nicht erwarten, mir Moskau anzusehen, und die Petrowka-Straße.«

»Tina, die Mitglieder der antifaschistischen Gemeinschaft sind es gewohnt, über ihr Kommen und Gehen Rechenschaft abzulegen. Als Gäste der Roten Hilfe haben wir die Genossen, die uns aufnehmen, kleiden, ernähren und sogar noch bezahlen, zu informieren, wohin wir gehen.«

Tina wird rot. »Ich möchte ins Hotel Lux, zu Xavier Guerrero. Genossin Nadeshda hat mir gesagt, daß alle Mitarbeiter der Kommunistischen Internationale dort untergebracht sind. Ich habe einen Stadtplan; ich glaube, ich finde hin. Es liegt an der Twerskaja.«

»Erwartet er dich denn?«

»Ich denke schon. Ich habe ihm aus Berlin geschrieben.«

Als Tina ins Hotel Sojusnaja zurückkehrt, ist ihrem Gesicht anzusehen, was bei ihrem Treffen mit Guerrero herausgekommen ist. Sie beginnt hastig und empört zu berichten.

»Er hat mir nur zugehört, ungerührt wie ein Stein. Zum Schluß hat er, ohne mich auch nur anzusehen, gesagt: ›Für mich bist du gestorben.‹ «

Bei einer Tasse Tee versucht Vittorio, sie zu besänftigen. »Vergiß ihn. Bald wirst du so mit Arbeit eingedeckt sein, daß deine Probleme nebensächlich werden. In ein paar Tagen wird dich Elena Stassowa, die Leiterin der Internationalen Roten Hilfe, empfangen. Eine großartige Revolutionärin. Sie war Lenins und später Stalins Sekretärin.«

»Die Stassowa wird sicher merken, daß ich kein richtiges Parteimitglied bin und nichts weiß. Wobei kann ich schon helfen? In Mexiko wollte ich alles fotografieren. In

Berlin war ich wie gelähmt. Und hier – ich weiß noch nicht.«

»Wenn du keine Fotografin sein willst, kannst du die Auslandspresse auswerten, Artikel schreiben, Übersetzungen machen. Deine Sprachkenntnisse sind sehr nützlich.«

»Ich habe Heimweh, Vittorio.«

»Was für ein sinnloses Gefühl. Du darfst niemals irgend etwas bereuen. Sieh mich an; ich versuche, meine Erinnerungen auszuschalten.«

Als Tina in ihr Zimmer zurückkehrt, ruft sie sich Xaviers verschlossenes Gesicht in Erinnerung. Sie versucht, Vittorios Rat zu befolgen, kann aber ihre Erinnerungen nicht loswerden. Sie stellt sich das Gesicht ihrer Mutter vor, das langsam Guerreros Gesicht verdrängt. Mamma, warum bist du nicht bei mir? Plötzlich stört es sie, daß Vittorio stets guter Laune ist. Vielleicht hört er nicht, wie sie die ganze Nacht lang, genau über ihm, hin und her läuft. In vielerlei Hinsicht ist er völlig unsensibel. In den frühen Morgenstunden wird Tina schließlich müde und träumt von einem lächelnden Xavier, der ihr zuwinkt.

Wenige Tage später gehen Vittorio und Tina Arm in Arm erneut auf den Roten Platz. Jenseits dieses Meeres von Pflastersteinen liegen die Mauern des Kreml, eines Palastes, der so geheimnisvoll ist wie ein Kloster. »In der Sowjetunion ist alles riesengroß.« Sie sind vom Hotel Sojusnaja die Ilyinkastraße entlang gegangen, vorbei am Zentralkomitee an der Staraja Ploschadj, und dann zur Lubjankastraße. »Sieh mal, hier arbeitet Stalin. In einem kahlen Büro, in dem nur zwei Fotos hängen: Lenin und Marx. Vielleicht treffen wir ihn irgendwann einmal auf seinem Weg vom Kreml ins Büro... Er geht zu Fuß, nur von zwei Leibwächtern begleitet. Sein Fenster ist immer erleuchtet, weil er bis zum Morgengrauen arbeitet. Er hat sich in der Illegalität daran gewöhnt, nachts zu arbeiten. Er trifft alle Entscheidungen selbst, wälzt nichts auf andere ab. Komm, wir müssen irgendwo zu Abend essen. Hast du deine Kupons bei dir?«

»Ja«, sagt Tina lächelnd, »man hat mir auch ein paar Rubel für meine persönlichen Ausgaben gegeben. Wie warmherzig und aufmerksam diese Russen sind!«

Am Nachmittag des 19. Oktober gehen Tina und Vittorio zu ihrer Verabredung im Büro der Stassowa.

Sie sitzt an ihrem Schreibtisch, das Haar streng geknotet. Sie trägt ein weißes Männerhemd mit hohem Kragen. Ein Pincenez sitzt auf ihrer langen Nase. Sie sieht aus wie ein Reiher, der sich gerade auf einen Fisch stürzen will. Während sie Tina ausfragt, sieht sie ihr fest in die Augen. Vittorio unterbricht sie ab und zu, wie ein Vater, der seine Tochter an ihrem ersten Schultag vorstellt. Ja, sie kann französisch, er hat sie sprechen gehört; ja, sie spricht englisch wie eine Einheimische, sie ist eine ausgezeichnete Schreibkraft, und er kann bezeugen, wie schnell sie ein Diktat aufnehmen kann. Tina hält die Hände über dem schwarzen Rock gefaltet.

»Sie kann auch fotografieren.«

»Liegt Ihnen sehr viel an der Fotografie?«

Tina blickt auf und sagt: »Ich tue, was die Partei von mir verlangt.«

Diese Antwort scheint der Stassowa zu gefallen. Sie reicht ihr eine große, schlanke Hand und bedeutet ihr damit, daß das Interview vorüber ist.

Arm in Arm kehren sie ins Hotel zurück. Zwei Tage später läßt die Stassowa Vittorio rufen. Sie mustert ihn von Kopf bis Fuß, ohne ihm einen Stuhl anzubieten.

»Mir wurde zugetragen, du seist polygam ...«

»Wie bitte?«

»Polygam. Wie viele Frauen hast du?«

»Ich lebe allein.«

»Stimmt es, daß Paulina Hafkina von dir schwanger ist?«

»Als ich eines Abends ins Hotel kam, war sie in meinem Zimmer.«

»Und was ist mit Tina Modotti?«

»Nichts.«

»Was heißt hier nichts! Du läßt sie aus Berlin kommen und bist ganz erpicht darauf, daß sie Arbeit findet. Dir liegt doch etwas an dieser Frau!«

»Ich glaube, daß sie der Partei nützen kann.«

»Wann kommt das Kind zur Welt?«

»Bald. Ich bin mir nicht sicher. Ich wohne nicht bei der Mutter, ich wohne im Hotel Sojusnaja.«

»Wird es deinen Namen tragen?«

»Ja, das habe ich Paulinas Vater versprochen.«

Gleich darauf teilt ihm Elena Stassowa in ihrem gewohnten Befehlston mit, daß die Modotti einen guten Eindruck gemacht hat. »Ich denke, wir können sie benutzen. Sag ihr, sie soll zu mir kommen.«

Am nächsten Morgen weist man Tina in einem Raum, in dem fünf Funktionäre der Roten Hilfe arbeiten, einen Stuhl und einen Schreibtisch mit sechs Fächern zu. Das Büro liegt in einer Sackgasse, über einem Innenhof zwischen Häusern mit roten Ziegelsteinen und schmalen Fenstern. An der Wand hängt ein Foto von Lenin; daneben eines von Stalin. Verglichen mit Lenin ist Stalins Gesicht grob; seine Augen sehen niemanden direkt an. Schon von weitem kann man erkennen, daß es für ihn keine Gesprächspartner gibt. Auf dem Hof hat Tina einen Baum gesehen, der im Asphalt gefangen ist und dennoch Blätter trägt. ›Ich bin wie dieser Baum, ich bin gefangen; der Kommunismus hat mein Leben in die Hand genommen.‹ Was für ein Privileg, der Roten Hilfe anzugehören. Die hier arbeiten, sind namenlose Helden, die eine neue Sowjetunion errichten. Kein anderes Land hat es vermocht, in nur zehn Jahren so viele verfolgte Menschen aus anderen Ländern aufzunehmen und sie in Giganten, in Heilige, in neue Männer und Frauen zu verwandeln, die vier

Hände und zwei Köpfe haben und in deren Herzen ein Feuer brennt.

Während dieser ersten Tage bei der Roten Hilfe glüht Tina vor Erregung. Die starke Frau von einst ist wiedergeboren worden, nachts liegt sie im Bett und denkt an den Augenblick, da sie aufstehen, als erste das Büro betreten und sich hinsetzen wird, um Notizen zu machen und Übersetzungen anzufertigen. All dies tut sie mit so viel Begeisterung und Hingabe, daß sie sich bald unter ihren Genossen hervortut. Wie gern hört sie ihre Namen: Alexander Dawidowitsch, Jelena Petrowna, Jekaterina, Wassili, Galina, Ilja, Kostja. Und der kleine Bote Andrej mit den listigen Äuglein. Er hockt im Gang, vor dem Büro der Stassowa, auf dem Fußboden und springt auf, sobald sie nach ihm ruft.

Tina sieht, wie die Stassowa eilig, mit Riesenschritten, ihr Büro verläßt. Im Gehen setzt sie sich einen Filzhut auf, den sie mit einer langen Nadel befestigt. Nie sieht man sie mit einem anderen Hut als diesem grauen, der schon so manchen Moskauer Schneesturm überstanden hat.

In den Straßen sieht man Männer mit dicken, khakifarbenen Stoffen und ausgetretenen Stiefeln. Diejenigen, die Astrachankappen tragen, stehen mitten unter den Bauern mit ihren Wollmützen in der Schlange nach einem Kilo rote Rüben an und dann noch einmal nach einem Kilo Kartoffeln.

Aber Tee gibt es stets im Überfluß. Zur Teestunde füllt sich jeder aus dem schweren Samowar das Glas und führt es an die Lippen. »Trinken Sie denn keinen Tee, Bürgerin Modotti?« Als jemand sie zum ersten Mal mit »Genossin Modotti« anspricht, spürt sie etwas Heißes in der Kehle und im Bauch; sie ist akzeptiert; sie gehört dazu. Sie ist Teil einer Gruppe, die nicht so leicht aufgeben wird.

Und doch ist Europa im Vergleich zu Amerika sehr alt. ›Vielleicht ist mein Vater, ohne es zu wissen, weggegangen, weil hier bereits alles fertig ist.‹

Am Abend des 7. November trägt ein wogendes Menschenmeer unter dem harten, grellen Scheinwerferlicht rote Fahnen, Transparente und große Schilder mit den Porträts von Lenin, Marx, Engels und Stalin mit sich. Nie hat Tina eine solche Begeisterung erlebt. Draußen ist es eiskalt, aber alle scheinen im Innern zu brennen. Die Leute um sie herum umarmen und küssen einander und trinken mit verweinten Augen aus einer kleinen Feldflasche, die sie dann weiterreichen. Da gibt es Asiaten mit Vollmondgesichtern, Sibirier mit platten Nasen, Tataren mit breiter, harter Stirn, Greise mit eingefallenen Wangen – sie alle trinken aus ein und derselben Flasche, und wenn sie geleert ist, taucht eine neue auf und geht von Hand zu Hand. In Mexiko besteht die Masse aus Indios, hier aber setzt sie sich aus unterschiedlichen Individuen zusammen, die einander dennoch ähnlich sind. »Sieh mal«, sagt Vittorio und zeigt auf die hohe Tribüne, auf der Stalin als Hauptperson steht. Es ist eine liturgische Atmosphäre: die Masse der Gläubigen füllt den Roten Platz und verwandelt ihn in eine lebendige Kathedrale. Vittorio sieht Tina an und spürt ihre tiefe Bewegung, so, als kämpfe sie gegen einen inneren Dämon an.

»Was ist mit dir?«

»Es macht mir angst, am Leben zu sein.«

Noch im Hotel ist sie ganz erregt.

»Brauchst du mehr Luft?«

»Was ich brauche, ist mehr Klarheit.«

»Warum sagst du das?«

»Ich weiß nicht, wozu ich bis jetzt gelebt habe. Womit habe ich meine Zeit vertrödelt? Ich schäme mich meiner selbst. Warum habe ich das alles nicht früher kennengelernt? Das hätte meinem Leben einen Sinn gegeben. Wie konnte ich nur so frivol und selbstsüchtig sein!«

Zum ersten Mal seit Julios Tod sieht Vittorio sie weinen.

»Hör auf zu weinen. Du wirst mich auch noch zum Heulen bringen.«

Unter Tränen sieht sie ihn überrascht an. Daß ein Kämpfer wie Vittorio Vidali so etwas sagt, läßt sie fragen, was für ein Mensch er wirklich ist. Tina ist völlig erschöpft und läßt sich fest in die Arme nehmen. Und dann begreift sie, daß auch sie ihn festhält. Dieser untersetzte, ausgeglichene Mann, der schon eine Glatze bekommt, ist ein Rettungsanker. Nur wenn sie sich an ihm festklammert, wird sie nicht ertrinken. Das Schicksal hat ihn in ihren Ozean geworfen, rund und stämmig, so daß sie zumindest für den Augenblick weiterschwimmen kann.

»12. JANUAR 1931

Mein lieber Edward:

Seit ich im Oktober hierher gekommen bin, lebe ich in einem regelrechten Strudel, so daß ich mich nicht einmal mehr entsinne, ob ich Dir seit meiner Ankunft schon geschrieben habe. Immerhin habe ich heute die Ankündigung Deiner Ausstellung erhalten (mit fast drei Monaten Verspätung, wegen der Nachlässigkeit der Person, die mir die Post aus Berlin nachschickt). Ich kann keinen Tag länger warten, Dir meine saludos zu schicken, mit denselben Gefühlen wie früher!«

Sagt sie Weston die Wahrheit? Warum schreibt sie ihm nicht, daß sie von Tag zu Tag weniger an ihn denkt und keine Zeit für ihn hat, weil ihre Zeit der Partei gehört? Und daß sie ein anderer Mensch ist und ein Leben lebt, das er sich niemals vorstellen könnte? Sie haben nichts mehr miteinander gemein, nicht einmal die Fotografie. Die Entscheidung ist gefallen: die Revolution ist schwierig und unumgänglich; alles, was hier geschieht, wäre für ihn eine Sache verrückter Bürokraten. Weston achtet doch nur auf seine eigenen körperlichen Bedürfnisse, seine eigene Sensibilität und seine eigene Kunst; er weiß nicht, was es heißt, für eine Sache zu kämpfen; seine Sache ist er selbst, und die Fotografie ist sein Spiegel.

Am nächsten Abend geben sie das Zimmer Nummer 207 auf, und Tina zieht zu Vidali in Zimmer 107. Da sie den ganzen Tag zusammen bei der Roten Hilfe verbringen, gibt es keinen Grund, sich nachts zu trennen. Seit langem schon begegnen sie gemeinsam all ihren Problemen und ergänzen einander. Wenn Vittorio über sich selbst nachdenkt, gelangt er immer zu konkreten Ergebnissen. Tina hingegen ist voller Konfusion und Selbstzweifel, durch jede Kritik verletzbar. Würde sie jetzt verschwinden, so würde Vittorio da weitermachen, wo er aufgehört hat. »So ist nun mal das Leben«, würde er sagen. Er würde schon hinter der nächsten Ecke eine Frau finden. Tina braucht ihn viel mehr als er sie.

Tina, die früher einmal, in Mexiko, inmitten vieler Freunde gelebt hat und dann in Berlin schrecklich einsam war, ist hier dankbar für die Gesellschaft zweier Familien aus Triest, der Marabinis und der Regents. Sie pflegt auch ihre Bekanntschaft mit Leocadia Prestes, der Mutter von Luis Carlos Prestes, dem Ritter der Hoffnung Brasiliens, der unter Führung der Moskauer Komintern den Diktator Getulio Vargas bekämpft. Sie besucht die fast erblindete Clara Zetkin sowie Ada Wright und die Mutter von Tom Mooney. Diese älteren, von den russischen Führern verehrten Frauen sind Tinas Vorbilder; ihre Integrität sagt ihr mehr als hundert Reden.

Clara Zetkin besteht darauf, daß es einen Zusammenhang zwischen den Forderungen des kommunistischen Programms und den persönlichen Bedürfnissen der Frauen gibt, und sie meint, dies müsse von der Revolution berücksichtigt werden. »Ohne Millionen von Frauen an unserer Seite werden wir die Diktatur des Proletariats niemals ausüben können«, sagt sie.

Tina hängt stark von Vidali und seinen Freunden ab, wenn sie wieder Ordnung und Optimismus in ihr Leben bringen will. Da ist etwas in der Moskauer Atmosphäre, was sie bedrückt. In der Welt des Kapitalismus basiert alles auf individueller guter Laune, gutem Willen, guter Wesensart; im Sozialismus werden die Individuen von der Größe des Unterfangens geschluckt. Tina muß gegen das Gefühl ankämpfen, daß Europa alt und verbraucht ist. Als sie sich eine Pelzmütze kauft, stellt sie fest, daß auch ihr Gesicht darunter älter aussieht und breiter geworden ist. Es scheint fleischiger zu sein, ihre Augen unter den geschwollenen Lidern sind kleiner geworden, und ihre Zähne sind nicht mehr weiß. Das liegt an den russischen Zigaretten.

Der Alltag in Moskau ist eine schreckliche Plackerei. Wenn der Winter naht, verwandeln sich die Straßen in Flüsse aus Schlamm und Schnee. Allein bei dem Gedanken, den Mantel abzulegen und ihn dann wieder anzuziehen und einen Schal in den Ärmel zu stopfen, fühlt sich Tina unendlich müde. Am schlimmsten sind die Galoschen – die »Galoschki«, wie sie Vittorio auf russisch nennt –, die man über Filzschuhe und Stiefel streifen muß. Auch das Laufen erschöpft sie, denn die Bürgersteige in Moskau sind grau und eng. Wenn Tina vor dem Laden wartet, um Butter zu kaufen, ist sie Teil einer langen Menschenkette, die immer enger zusammenrückt, während die Eiseskälte die Füße und Beine hochkriecht. Obst gibt es selten, dagegen teure Bäckereien und Konditoreien mit allen möglichen schlagsahnebeladenen Kuchen. Es ist wunderbar, die Schaufenster der Spielzeugläden zu betrachten. Sie sind voller anmutiger Spielsachen aus Holz, die so lebensnah geformt sind, als wären sie Knete. Sie sind mit fröhlicher Lackmalerei verziert. Kinder und Erwachsene bleiben stehen, lächeln und stoßen Freudenschreie aus. Selbst die Läden scheinen zu singen. Wie schön wäre es, wenn ganz Moskau so bunt wäre wie diese Läden, aber... Selbst Mineralwasser ist teuer. Von einer kleinen Wohnung kann man nur träumen. Wohnungen werden quadratmeterweise vermietet, und Vittorio und Tina können sich nur die verbilligten Preise des Hotels Sojusnaja leisten.

Ach Sonne, Sonne, warum hast du diese Hälfte der Erde

vergessen? Wieder ein farbloser Tag unter dem grauen Himmel. Es beginnt zu schneien. Auf der Straße sind nur wenige Autos, und hastende, in graue Mäntel gehüllte Menschentrauben kommen aus der Untergrundbahn und halten vor geschlossenen Läden inne. Geduldig stehen sie in langen Schlangen an. Irgendwann werden die Läden ja öffnen müssen. Wenn ein Laden endlich seine Türen öffnet, sind die Regale gähnend leer. Nur ein einziges Produkt wird angeboten, Kartoffeln oder Rüben. Riesige Plakate mit Marx, Stalin und Lenin hängen über der Armut Rußlands.

Wo immer sie durch ein Fenster blickt – im Büro, im Hotel Sojusnaja, in der Wohnung der Regents –, sieht Tina den Schnee fallen. Wenn sie das Fenster öffnet, kommt ein eiskalter Lufthauch herein und dringt ihr bis ins Mark. Die Kälte nimmt ihr den Atem. Nach langen Monaten, an einem Tag, an dem man es am wenigsten erwarten würde, ergießt sich dann ein Schwall von Wasser über den festgetretenen Schnee. Plötzlich dringt die Sonne durch die Wolken, und ohne daß Tina weiß, woher, durchbrechen Grashalme und kleine Wildblumen das Eis – einfache Blumen, die von den Passanten bestaunt werden, winzige Anzeichen dafür, daß der Frühling kommt. Vogelschwärme fliegen ganz niedrig vorbei und lassen sich dann auf den Kuppeln der Basilius-Kathedrale nieder. Selbst der kriegerische Schritt der Wachen, die einander vor dem Kreml ablösen, verfällt in einen tänzelnden Rhythmus.

Im Moskauer Frühling wird Tina euphorisch. Sie könnte die Glockentürme erklimmen und die Glocken läuten, um seine Ankunft zu verkünden; hoffentlich bringen ihre Schläge die Stimmen, die Arbeitsanweisungen, die Reden und all die Bürokratie in den Büros zum Schweigen.

Vittorio liebt es, zu diskutieren. Noch lieber hört er sich selbst reden. Sie könnte ihn niemals ins Meyerholdtheater mitnehmen oder ihn dazu überreden, mit ihr ins Ballett oder in ein Konzert zu gehen, und doch bietet ihr nur Vittorio die Stabilität, die sie braucht. Eines Tages begleitet sie Pablo O'Higgins, der in Moskau zu Besuch ist, zu seinen Freunden, die Künstler sind. Sie tanzen und spielen Geige, Akkordeon und Klavier, und aus dem Nichts heraus entwickelt sich ein Fest. Tina trinkt ein Glas armenischen Kognak und reicht den anderen in einem fast kindlichen Reigentanz die Hände. Wunderbare Momente.

Ein andermal geht sie nachmittags mit O'Higgins zum Tee zu Sergej Eisenstein. Tina hat ihn einmal in Mexiko getroffen, aber sie erkennt den Mann, den sie jetzt in Moskau besucht, nicht wieder. Damals war er unglaublich humorvoll und fröhlich und konnte nicht aufhören zu zeichnen. Hier zittern seine Hände, während er spricht, und sein Monolog ist mit französischen Worten durchsetzt. In seiner geräumigen Moskauer Wohnung sieht man einen siebenarmigen Leuchter, mexikanische Strohpuppen und eine Götzenfigur mit einem gemeißelten steinernen Kopf. Dies erinnert ihn an Mexiko, wo man ihn wegen seines Sinns für Humor und seiner treffenden Bemerkungen verehrt hat. Jetzt wiederholt er nervös, der Sinn des Lebens bestehe darin, ›die hohen Ideale unserer Epoche bekannt zu machen‹.

»Man hat mich Kosmopolit geschimpft.« Tatsächlich fühlt er sich in Paris oder Mexiko wohler als in Moskau, wo man ihn nicht in Ruhe läßt. Die Moskauer Universität hat ihm den Doktorgrad für Kunst verliehen, und er ist Professor für Regie am Institut für Filmwissenschaft, aber er ist nicht zufrieden. Er ist ein Mann von Welt; er kennt Gertrude Stein, Tristan Tzara, Otto Frank und Colette. Er geht gern im Bois de Boulogne spazieren und hat eine Schwäche für gewisse Formen gesellschaftlicher Überfeinerung.

Beim Gedanken an Mexiko findet Eisenstein seine gute Laune wieder. Was für ein Schatz, dieses Licht in Mexiko. Dann spricht er von Gogol, Puschkin, Zola und Majakowski und zeigt ihnen Reproduktionen von Daumier und Van Gogh. Nach drei Stunden verabschieden sie sich.

»Was für ein wunderbarer Nachmittag!« seufzt Pablo und nimmt Tina beim Arm.

»Findest du unseren Freund nicht etwas zu dekadent, Pablo?«

»Dekadent?«

»Ja. Er ist nicht dankbar für das Privileg, die Revolution mitzuerleben.«

»Er erlebt sie auf seine Weise. Jeder erlebt sie, wie er kann.«

»Tina«, sagt Vittorio eines Tages, »morgen gehe ich auf Dienstreise. Ich soll einen deutschen Genossen befreien. Es ist eine schwierige Operation; ich muß ihn von Deutschland in die Tschechoslowakei und dann nach Moskau bringen.«

Tina wird blaß und denkt an die Worte der Stassowa: »Wichtig ist, nützlich zu sein.«

Auf dem Bahnhof gibt sie ihm einen Kuß, der vielleicht der letzte ist, und preßt ihre kalte Wange an sein Gesicht.

»Toio, Toietto, sei vorsichtig.«

Dann fährt der Zug an. Tina verliert Vittorios Baskenmütze aus den Augen und geht zurück zu dem roten Ziegelsteingebäude und dem gefangenen Baum. Ein Blatt schwebt traurig zu Boden. In Mexiko fallen die Blätter tanzend von den Bäumen.

Tinas Hauptaufgabe besteht jetzt darin, Flüchtlinge zu empfangen. Die Arbeit belastet sie mit jedem Tag mehr, aber sie gefällt ihr besser. Sie hat es mit Menschen aus Fleisch und Blut zu tun und nicht mit Papieren und Bürokratie. Sie besorgt ihnen Hotelzimmer, bringt sie unter und beschafft sogar die so schwer aufzutreibende Milch für die Kinder. Die Stassowa hat sie auch gebeten, Artikel über den Kampf in Lateinamerika zu schreiben, unter einem Pseudonym natürlich. »Du mußt unbedingt schildern, was du in Mexiko gesehen und erlebt hast. Die Bauern zum Beispiel. Schreib auch über Italien, über die Textilarbeiter, über deine Kindheitserinnerungen. Über die Revolutionäre aus Mittelamerika, die du kennengelernt hast, über Sandino. Behalt dein Wissen nicht für dich. Gib es weiter!«

Mamma mia! Tina fühlt sich schrecklich unbehaglich. Bisher hat sie nur Briefe und zwei Artikel geschrieben: einen über Fotografie für *Mexican Folkways* und einen für die von José Carlos Mariátegui herausgegebene peruanische Zeitschrift *Amauta*. Die Stassowa ahnt nicht, was sie da von ihr verlangt, sie weiß nicht, daß Tina dafür nicht geschaffen ist. Wie soll sie Aufgaben übernehmen, die normalerweise Vittorio anvertraut werden, der genauso leicht schreibt, wie er spricht!

Schreiben – was für eine Qual! Übersetzen ja, aber schreiben? Während sie sich in ihrem Büro um die Anliegen der Flüchtlinge kümmert, denkt sie voller Bangen an das leere Blatt Papier. Als sie heimkehrt, legt sie sich hin, liest und macht sich Notizen. Sie beginnt zu schreiben, streicht durch, beginnt wieder von vorn. Ganz zuletzt beschließt sie, den Artikel so zu schreiben, als wäre er ein Brief an einen imaginären Weston, einen russischen Weston, der zum Beispiel wissen will, wie die mexikanischen Arbeiter leben.

Während Vittorios Abwesenheit kämpft sie gegen die betäubende Routine und die klebrige Langsamkeit der Bürokratie an. Wie oft hat sie sagen gehört: »Genossin Modotti, mach die Übersetzung, damit sie als Ausgangsbericht herumgereicht werden kann und uns hilft, Entscheidungen zu treffen, die unserer Lage angepaßt sind.« Ist das die Richtung, die der revolutionäre Kampf nimmt? Das Neuartige der ersten Wochen wird säuerlich wie der Kohl in den winzigen Wohnungen.

Wenige Tage später kehrt Vittorio ins Hotel Sojusnaja zurück, und obwohl er sein gewohntes ungezwungenes

Lächeln aufsetzt, spürt Tina seine Erregung. Er war in Berlin. »Ich hatte den Auftrag, einen gewissen WB aus dem Gefängnis zu holen, und ich fand ihn in Reichenbach, ein paar Schritte von der tschechischen Grenze entfernt, an einem Kneipentisch: ein freier Mann, völlig unbeschwert, Arm in Arm mit einer Frau. Aber ich hatte strikten Befehl, ihn über die Grenze und hierher nach Moskau zu bringen, und das habe ich getan.«

Als Vittorio gegenüber der Stassowa seine Zweifel an WB äußert, wirkt sie überhaupt nicht überrascht. Sie rückt ihr Pincenez auf der langen Nase zurecht und antwortet: »Es wird sich zeigen. Du hast deinen Auftrag, ihn nach Moskau zu bringen, erledigt.« Und dann fügt sie hinzu: »Wir haben zwei Aufträge für dich, Genossin Modotti, einen in Rumänien und einen in Ungarn. Du wirst Spenden für Gefangene hinbringen. Wir sind sicher, daß du Erfolg haben wirst.«

Tina merkt gar nicht, wie sehr sie sich verändert hat. Konspiration und Gehorsam findet sie jetzt ganz natürlich, und sie ist sich ihres Erfolgs sicher. Sie ist begeistert von der Fähigkeit der Sowjetmenschen, ihre riesige, halbfeudale Nation neu zu organisieren. Haben sie nicht in knapp sechs Monaten in der Nähe von Moskau die Schwefelsäurefabrik von Wosskressensk errichtet? Haben sie nicht im Kaukasus gigantische Ölquellen gefunden? Noch wie benommen von ihren Erfolgen, lassen die Genossen ohne jeden Skrupel Saboteure hinrichten. Wie ist es möglich, daß die Arbeiter Zementsäcke oder die Kolchosbauern Getreide stehlen? Wie kommt es, daß die Bauern lieber ihre Tiere schlachten, als sie dem Kollektiv zu überlassen? Wer hält das Viehfutter versteckt? Warum weigert man sich, Neuland umzupflügen? Warum will niemand in den Norden von Kasachstan reisen, um dort Getreide anzubauen? Begreifen sie denn nicht, daß sie hier, unter den kritischen Augen der ganzen Welt, eine Gesellschaft aufbauen?

Vittorio ist ständig auf Dienstreisen: Helsinki, Prag, Budapest, Warschau. Erst wenn er heimkehrt, erfährt Tina, wo er gewesen ist.

Eines Tages erhält sie die Nachricht, daß Pepe Quintanilla in Davos gestorben ist und seine letzten Worte ihr galten. »Erzählt es Tina Modotti.«

Sie schließt die Augen, denkt an ihre ersten Monate in Mexiko und sieht Pepe vor sich, der sie ansieht. Sie bewegt einen Arm und spürt Pepes Blick auf ihm. Sie läuft, und Pepe folgt hingebungsvoll ihren Spuren. »Ich küsse den Boden, auf dem du gehst.« »Ich bete dich an, ich verehre dich, ich bete zu dir; du bist mein Heiligenschrein, verlaß mich nie, Tina, ich will dich nie aus den Augen verlieren.« »Pepe, du solltest mich fürchten, ich bin eine gefährliche Frau.« »Ja«, lachte er, »du bist wirklich redoutable.« Er sagt es auf französisch und lacht. »Ich bin seit langem verloren, Tina, das ist ernst gemeint, ich liebe dich.« »Hier das Leid, da der Genuß: wie lange willst du noch warten, mein Junge?«

Tina ließ ihn warten und warten und warten. Pepe Quintanilla kam oft in ihr Haus in El Buen Retiro. Monna Teixidor, die bei den Zusammenkünften neben ihr saß, beobachtete ihn: »Ich habe noch nie einen so gebildeten jungen Mann gesehen. Er spricht Englisch und hat ganz allein Deutsch gelernt.« Die Quintanillas waren eine außergewöhnliche Familie. Was für schöne Männer waren sie mit ihren tiefen Stimmen, ihren markanten Unterkiefern, ihrem festen Kinn. Schon von weitem sah man ihnen an, daß sie aristokratischer Abstammung waren. Die Quintanillas freuten sich des Lebens und waren auf Seiten derer, die es auslebten. Niemals lehnten sie jemanden ab, fällten Urteile oder kritisierten einen Menschen in dessen Abwesenheit.

Am bemerkenswertesten von allen war der blasse Bursche mit dem dröhnenden Lachen.

Rafael Sala und Felipe Teixidor bewunderten ihn. »Ein außergewöhnlicher junger Mann«, sagten sie.

Selbst Weston war von ihm verzaubert. Er war so attraktiv, so distinguiert, und er sprach mit so viel Gefühl und Sachkenntnis von Westons Fotos. Weston war dankbar dafür, daß er englisch sprach. Pepe lebte sein Leben schnell, so, als sei Geschwindigkeit für ihn eine Art von Verteidigung gegen die Qualen der Einsamkeit.

»Ich werde meine Familie nach New York begleiten«, kündigte er während einer Party an.

»Wir werden dich alle vermissen, Pepe«, antwortete Tina.

»Ich weiß nicht, wie sie es schaffen, zu verreisen«, sagte Monna später. »Sie haben ihren gesamten Besitz verloren und reisen dennoch mit all ihren Kindern und den Kindermädchen.«

Als Pepe Quintanilla heimkehrte, brachte er für alle Geschenke mit, vor allem für Tina.

»Mexiko ist einfach prachtvoll«, sagte er und starrte zum Himmel, »die Luft hier ist so gut. In New York zirkuliert sie nicht, sie wird von den Wolkenkratzern aufgehalten. Je suis un des habitués du Buen Retiro.«

»Tut dir die Luft in El Buen Retiro gut?« fragte Tina kokett.

»O ja, nichts im Leben war wohltuender für mich.«

Tina reiste nach Cuernavaca, zu Fred Davis. Edward und Chandler wollten ihr einen Tag später folgen. In jener Nacht betrat Pepe, der in seinem Jungenpyjama ganz mager aussah, barfuß Tinas Schlafzimmer. Er legte sich einfach neben sie, und sie spürte etwas eigenartig Reines und Ruhiges. Sie tat den ersten Schritt, indem sie ihn in die Arme nahm.

»Komm zu mir.«

Pepe hatte etwas Ungreifbares, das Tina erregte.

»Du bist der romantischste Mensch, den ich kenne, du bist ein Junge, ein Kind. Du bist der Bote aller Wohltaten.«

Seine glühende Sanftheit war etwas völlig Neues für sie. Nie zuvor hatte ein Mann sie mit einer solchen Bewunderung behandelt, ohne etwas von ihr zu fordern. Pepe konnte stundenlang dasitzen und sie betrachten, wobei er mit seinen langen, delikaten Händen ihre Hüften, Schenkel und Brüste streichelte, bis sie es nicht mehr aushielt.

»Nicht nur mit den Händen. Du.«

Sie wollte ihn besitzen, ihn sich zu eigen machen, ihn schaudern sehen.

Er hingegen war unendlich rücksichtsvoll. »Habe ich dir weh getan? Gefällt dir das?«

Es gab keinen Kampf. »Ich liebe dich, Tina. Ich habe nie so geliebt und werde niemals so lieben.«

Er verharrte für lange Zeit in ihr und verlängerte auf diese Weise den Nachmittag und den Sommer. Er schob den Tod hinaus. Dann, wenn sich alles in seiner kranken Lunge in weiße Bläschen auflöste, sank er herab und klammerte sich an sie. Sie hielt ihn fest.

Powys hatte gesagt, der Leib sei ein blühender Zweig, das Lebenselixier. Wir seien alle Äpfel und müßten einander aufessen. Tina nahm sich große Bissen seines Fleisches; wenn sie auf diesem weißen Knaben ritt, wurde ihr schwindlig, und sie sank hinab bis auf den Grund.

»Niemand kennt dich besser als ich. Du gehörst mir, Pepe, du bist mein Geliebter, du bist mein Sohn, du bist ich.«

Ganz natürlich fanden sie zueinander und umschlangen sich, ohne einander je zur Last zu fallen. Selbst im Bett war alles nur Leichtigkeit. Und genau so natürlich gingen sie auseinander. Pepe würde in die Schweiz reisen. Aber er würde zurückkehren in den großen Strudel und in die Hitze, die ihre Wangen an ruhigen Nachmittagen erglühen ließ. »Tina, ich komme wieder, Tina, sei ganz sicher, ich werde stets wiederkommen.«

»Ich lasse nicht zu, daß du mich vergißt.«

Und nun diese Nachricht.

Im sozialistischen Wettbewerb ausgezeichnete Kolchosbauern.
Anonyme Fotografie. 1934

Im Zuge der Kollektivierung opferten die reichen Bauern, die Kulaken, Tausende von Viehherden, nur, um dem Landwirtschaftsprogramm der Regierung zu trotzen. Pferde, Schafe und Ziegen wurden ins Schlachthaus gebracht; alles andere, nur nicht die Kolchosen unterstützen. Fleisch kannte man nur noch aus der Erinnerung. Im ganzen Land priesen Rundfunk und Presse Kaninchenfleisch an. Man veröffentlichte ein Handbuch über Zucht und Zubereitung von Kaninchen. Die Sowjetbürger konsumierten Kaninchenfleisch zum Frühstück, zu Mittag und zum Abendbrot: Kaninchen im eigenen Saft, geschmort, gebraten, gekocht, mariniert, paniert, durch den Wolf gedreht oder gefüllt. Als Fleischklöße oder als Kroketten.

Eines Tages stellten die Behörden fest, daß die Felle nicht verwertet wurden. Nun tauchten überall Mützen, Handschuhe, Schals, Muffs und Decken aus Kaninchenfell auf. Die Kaninchen wurden auf direkten Befehl des Obersten Sowjets geopfert. Es fehlte nur noch, daß man ihnen ein Denkmal setzte.

Auf einem freien Feld neben dem Gebäude, in dem Vittorio arbeitete, begannen die Genossen, zweihundertfünfzig Kaninchen zu züchten, die sich dank ihrer natürlichen Fruchtbarkeit rasch vermehrten. An einem Sonntag zog Vittorio mit seinen Kollegen los, um Gras für die Kaninchen zu schneiden. Der altersschwache Lastwagen brauchte zwei Stunden für eine Strecke, die man gewöhnlich in einer Stunde zurücklegte. Auf dem Rückweg saßen sie fröhlich auf ihrer Futterladung, während Vittorio sang und eine Flasche Wodka herumreichte.

Als er am Montag zur Arbeit kam, fand er nur leere Büroräume vor. Seine Kollegen umringten den Kaninchenstall und betrachteten Hunderte von Kaninchen, Hunderte zukünftige Mahlzeiten, die mit ausgestreckten Beinen auf dem Rücken lagen. Als sie begannen, das Massengrab auszuheben, konnte Vittorio nicht umhin, einen Scherz zu machen. »Gesegnet sei das Wundergras, so müssen wir wenigstens eine Weile kein Kaninchenfleisch essen!«

Die Verwaltungsdirektorin Daschkowa sah ihn haßerfüllt an.

»Das ist Sabotage, und du bist verantwortlich dafür.«

»Wieso denn ich?«

»Du hast den Ausflug organisiert und das Gras ausgesucht.«

Vittorio war nahe daran, ihr ein Kaninchen an den Kopf zu werfen, statt dessen beschloß er, weiterzugraben. Die stämmige, hochgewachsene Daschkowa war nicht nur völlig humorlos, sondern geriet auch schnell in Wut. Nach der Beerdigung berief sie eine dringliche Versammlung ein: Die Kaninchentragödie würde in der ganzen Sowjetunion bekannt werden und sie allesamt mit Schande bedecken.

Der leere Kaninchenstall blieb wie eine stumme Anklage stehen, bis sich Vittorio erbot, ihn beiseite zu schaffen. Dies erregte erneuten Verdacht. Die Daschkowa sah ihn noch immer an wie einen Aussätzigen. Jedesmal, wenn sie einander auf dem Gang begegneten, ging sie ihm aus dem Weg, um sich nicht anzustecken.

Tina kannte Vittorio gut und wußte, daß er in Wut geraten und Dinge sagen und tun konnte, die kein anderer wagen würde. »Das darf man nicht hinnehmen!« schrie er und schlug mit der Faust auf den Tisch. Dies war seit jeher sein Kriegsruf. Schon als Kind war er so: roh, unbändig, unverbesserlich. Während seiner Schulzeit galt er als jugendlicher Delinquent. Nie akzeptierte er die Autorität seiner Lehrer oder der Polizei. Er gehorchte ihnen nicht; er sprang in den Golf von Muggia und ging schwimmen, wenn er in der Schule zu sein hatte, und er kletterte über die Felsen im Karst, selbst wenn die Bora blies, ein Wind, der ganze Häuser mit sich forttragen konnte. Weiß der Himmel, wie er dem Sturm zu trotzen vermochte. Dabei glich sein kleines Gesicht einer stählernen Maske und sein Körper einem reglosen Stein. Er war der Anführer einer Bande, und andere rebellische Kinder folgten ihm. Mit siebzehn hielt ihn nichts davon ab, mit einer Pistole in der Hand in den Regierungspalast von Triest zu stürmen, die rote Fahne zu hissen und zu erklären, das freie Territorium Triest befinde sich im Kriegszustand mit Österreich. In der Werft von San Marcos, wo sein Vater ausgebeutet worden war, wollte er eine Bombe hochgehen lassen. Als Junge hatte Vittorio Obst gestohlen, aber die drei Anarchistenbrüder Curet in Muggia hatten ihm erklärt, Privateigentum sei »Diebstahl« und daß Anarchisten die Bosse enteigneten und von niemandem Befehle akzeptierten, nicht einmal von Gott. Dadurch hatte er sich völlig bestätigt gefühlt. Hier in Moskau kämpfte er wie wild gegen die Bürokratie, und da er laut sprach und seine Meinung sagte, ohne zu beachten, wer ihm dabei zuhörte, verabscheuten ihn viele Leute.

Vittorio und Tina hatten keine Ahnung davon, wie viele lächerliche Beschwerden und Anklagen es gegen ihn gab.

Für Vittorio war es besser, weit weg zu sein und bei einer

seiner Auslandsreisen ausgezeichnete Arbeit als Agent zu leisten, als in Moskau zu bleiben. Seine Kampagnen waren stets erfolgreich, denn er war redegewandt und überzeugend. Abgesehen von seiner Reise nach Deutschland kam Vittorio stets aufgeladen wie eine Batterie zurück, und seine Begeisterung war ansteckend.

In Moskau bieten die Ereignisse in Spanien einen erregenden Gesprächsstoff. Am 14. April 1931 wird in Spanien die Zweite Republik ausgerufen. In den Kleinstädten, wo das öffentliche Leben vom Großgrundbesitzer und vom Priester beherrscht wird, sind die Bauern Monarchisten; in Großstädten wie Madrid, Barcelona, Valencia, Sevilla und Bilbao siegen die Republikaner. In ganz Spanien wächst die Zahl der Arbeitslosen und – paradoxerweise – auch die der Gewerkschaften. Seit seiner Ankunft in der Sowjetunion im Jahre 1930 ist Vittorio Vidali oft nach Barcelona, Madrid und Asturien gereist, um Aufstände und Protestaktionen anzufachen. Er spricht über Rosa Luxemburg, über Marx, Engels, Lenin und Stalin und hetzt die Arbeiter gegen das große Finanz- und Industriekapital sowie gegen Kirche und Armee auf. Keine Dienstreise fasziniert ihn so wie seine Spanienreisen. Zufrieden mit den Fortschritten der Arbeiterbewegung, vor allem bei den Bergleuten, kehrt er nach Moskau zurück. Aber gleichzeitig weist er Elena Stassowa warnend darauf hin, daß die spanische Rechte die stärkste in ganz Europa ist.

Die Bolschewiki und ihre Revolution versetzen ganz Europa in Angst und Schrecken. Deutsche Magnaten wie Krupp, Thyssen, Daimler und andere finanzieren Hitler und Mussolini. In Spanien sind sich Klerus und Monarchisten einig gegen die Republik, und die spanischen Aristokraten fürchten die Enteignung ihres Landbesitzes und den Abbau des gesamten Gesellschaftssystems, das ihnen so gute Dienste leistet.

In den Jahren 1931 und 1932 beschränkt sich Tinas Aufgabengebiet auf die Tschechoslowakei, Ungarn, Schweden und die baltischen Staaten. Zwischen den Reisen besucht sie Fabriken und spricht im Namen der Roten Hilfe – in einem Deutsch, das mit einigen russischen Worten durchsetzt ist – über die Notwendigkeit, die Klasse der Kulaken zu liquidieren. Eifrig zitiert sie dabei Stalins Worte. In ihrer Brust strahlt ein roter Stern. Sie weist alle imperialistischen Angriffe der ausländischen Zeitungen mit einer Heftigkeit zurück, von der sie selbst überrascht ist. Soviel Leidenschaft in einem so kleinen Körper wirkt auf die Arbeiterinnen sehr anziehend. »Die Partei ist die höchste Klassenorganisation des Proletariats.« »Nichts außerhalb der Partei!« »Man muß das Alte zerschlagen und das Neue aufbauen.« »Von der bäuerlichen Einzelwirtschaft müssen wir zur kollektiven Landwirtschaft übergehen.« »Der Sieg wird mit jedem erforderlichen Mittel errungen werden, indem man jene ausschaltet, die nicht arbeiten und sich auf Kosten der Arbeit anderer bereichern.« Genau wie Stalin brandmarkt sie Bourgeoisie und Kleinbürgertum.

»Tina, es kommt eine wichtige französische Delegation. Könnten Sie sie begleiten?«

Voller Stolz beobachtet Tina die Reaktionen der Delegierten. Sie macht ihnen Moskau schmackhaft, die Sowjetunion. Sie besitzt eine enorme Überzeugungskraft. Tina sieht, wie die Vorstandsvorsitzenden großer kapitalistischer Banken beeindruckt sind von asphaltierten Straßen, neu gepflanzten Bäumen, Neubauten, Krippen und Kindergärten. Sie hört ihre Bemerkungen und ist voller Bewunderung für Josef Stalin. Kein Zweifel, dies ist ein großes Land, ein Land mit einer Seele und einem Ideal und mit vielen hoffnungsvollen jungen Menschen.

Elena Stassowa vertraut Tina mehr als jeder anderen Funktionärin. Ende 1932, als Tina ihre Fähigkeit bereits genügend bewiesen hat, erhält sie den Auftrag, den spanischen Genossen Spendengelder zu überbringen.

»Irún, Genossin Modotti. Sie reisen nach Irún.«

Tina bleibt länger weg als geplant. Vittorio erwartet sie voller Sorgen in Moskau. Obwohl sie so froh abgereist ist, kehrt sie schließlich wütend und voller Selbstvorwürfe zurück. Man hat sie verhaftet; sie hat zwei Tage im Gefängnis von Irún gesessen und sich nicht ausgezogen vor Angst, daß die Wärterinnen ihr sonderbares Mieder entdecken könnten. Sie hat sich als Touristin aus Mittelamerika ausgegeben, wobei ihr der guatemaltekische Paß geholfen hat.

»Warum besuchen Sie keine Museen, wenn Sie Touristin sind? Warum haben Sie an die Tür des Parteibüros geklopft?«

»Ich wußte nicht, was das für eine Tür war. Außerdem reist man nicht nur, um Museen zu besuchen. Ich bin einem gut aussehenden Mann gefolgt und habe ihn dort hineingehen sehen. Es war einfach weibliche Neugier.«

»Man hat Sie auch mit dem bekannten Kommunisten Serrano gesehen.«

»Woher sollte ich wissen, wer er ist?«

Tina, die nun bereits eine Berufsrevolutionärin ist, hat alle Listen angewandt, die sie bei anderen Dienstreisen gelernt hat. Aus Mangel an Beweisen wurde sie nach zwei Tagen aus dem Gefängnis entlassen. Ihr ausgezeichnetes Spanisch und ihr sanftes Wesen waren ihre Rettung.

»Sie sprechen mit einem Singsang, Fräulein«, sagte der Untersuchungsrichter bewundernd.

»So spricht man bei uns in Mittelamerika«, sagte sie und setzte ihr schönstes Lächeln auf. »Sie sollten wirklich die Mayaruinen besuchen. Ich lade Sie persönlich ein.«

Irún erinnerte sie mit der von eisernen Bänken umstandenen Plaza und den sauber gestutzten Bäumen an die Kleinstädte Mexikos. Selbst die Lautsprecher an den Straßenecken waren ihr vertraut. Genau wie in Mexiko war das Radio hier ein Gott. Tina fühlte sich heimisch. Die lärmenden Spanier machten beim geringsten Anlaß aus einer

Unterhaltung einen Wettbewerb im Schreien. Die ganze Atmosphäre war irgendwie festlich. Tina war besonders vorsichtig und änderte ihre Reiseroute nach Moskau. Von Irún aus, das an der Grenze zu Frankreich lag, nahm sie einen Autobus und dann anstelle des Flugzeugs mehrere Züge. Daher ihre verspätete Rückkehr.

Als sie wieder im Büro der Roten Hilfe vorspricht, ist die Stassowa verständnisvoll.

»Die Partei wäre einverstanden, falls Sie ein wenig fotografieren wollen, Genossin«, sagt sie.

»Ich glaube nicht, daß ich es noch kann. Ich habe es verlernt«, sagt Tina mit einem traurigen Lächeln.

»Seit Sie bei uns sind, leben Sie unter Dauerspannung. Ich glaube, Sie brauchen Erholung. Sobald es etwas weniger zu tun gibt, werde ich Ihnen dazu verhelfen.«

Hitlers Macht in Europa wächst unaufhörlich. Die deutschen Kommunisten sind in den Untergrund gegangen. Tina fragt sich voller Sorge, was wohl aus Chatto, Thälmann und ihren anderen Freunden geworden ist. In den deutschen Städten, vor allem in Berlin, marschieren die Militärs stundenlang im Stechschritt, und die Massen lassen sie hochleben. Wenn es dunkel wird, setzen die Nazis ihren Marsch im Schein von Fackeln fort. »Heil Hitler!«

Am 27. Februar 1933 steht der Reichstag in Flammen. Van der Lubbe, ein fünfundzwanzigjähriger holländischer Arbeiter, gesteht, den Brand gelegt und auf eigene Faust gehandelt zu haben. Die Nazis benutzen den Zwischenfall als Vorwand für einen heftigen Angriff gegen die Kommunisten. Ernst Thälmann wird verhaftet, genau wie die Bulgaren Georgi Dimitroff, ein hochrangiger Funktionär der Komintern, Blagoi Popoff und Vassil Taneff.

Schließlich begünstigt der Reichstagsbrand den Sieg der Nazis bei den Wahlen, und am 5. März erhält Hitler vierundvierzig Prozent der deutschen Wählerstimmen.

Bei der IV. Abteilung der Roten Armee, dem militärischen Geheimdienst, hat man von Tinas und Vittorios erfolgreich durchgeführten Aufträgen erfahren. General Kliment J. Woroschilow, der Kommandeur der Grenztruppen zu China, schlägt vor, sie sollen für ein Jahr die Internationale Rote Hilfe verlassen und sich dem sowjetischen Spionagedienst in China anschließen. In Peking sollen sie die von Richard Sorge angeführte Gruppe stärken. Vor allem braucht der Geheimdienst jemanden wie Tina: eine Fotografin und mehrsprachige Übersetzerin.

Vittorio sagt, sie würden innerhalb weniger Tage ihre Antwort geben.

Als sie allein sind, erklärt er Tina: »Wenn wir zu Richard Sorge gehen, sind wir Agenten der internationalen Spionage.«

»Wir haben doch schon als Agenten gearbeitet; die Front der Abwehr ist die gefährlichste. Mich interessiert das. Wir können viel von Sorge lernen.«

»Du würdest also zusagen, Tina?«

»Na ja, fandest du es nicht albern, wie sie dich in Berlin als Marionette benutzt haben? Wenn wir zusagen, werden wir ernsthafte Arbeit leisten. Ich würde alles darum geben, zwischen den Aufträgen für die Rote Hilfe nicht im Büro sitzen zu müssen.«

»Hältst du dich denn für geeignet?«

»Ich erfülle alle Voraussetzungen, und wenn ich ehrlich sein soll – mir gefällt dieser Gedanke.«

Was ist aus dieser Frau geworden! Wäre er ein besserer Beobachter, er hätte den Fanatismus in ihren Augen schon früher erkannt. Ihm wird klar, daß Tina zutiefst überzeugt ist, wenn sie von der Diktatur des Proletariats, dem Klassenkampf, der Autorität der Partei, den internationalen Widersprüchen und dem Sieg des Sozialismus spricht, und daß sie ständig wiederholt, man müsse stets wachsam sein, weil die Sowjetunion von Feinden umzingelt ist. Während der Stunden der Einsamkeit und der Zweifel hat Tina gegen die Kleinbürgerin in ihrem Innern angekämpft und Westons Tina, so gut es ging, verstoßen. Jetzt lebt sie nur noch für die Partei. Ein Ausschluß oder eine Mißbilligung wären für sie das Ende. ›Ich muß mich zwingen zu glauben‹, hat sie sich im ersten Jahr immer wieder gesagt. Sie ist unfähig, sich irgendeine Kritik anzuhören; sie will eine ausgezeichnete Kommunistin sein. Selbst Vittorio ist überrascht, als er sie sagen hört: »Ich bin davon überzeugt, daß der Satz ›Die Partei hat immer recht‹ richtig und notwendig ist.«

Da Tina so begeistert ist, läßt Vittorio Woroschilow wissen, daß sie beide bereit sind, nach China zu gehen. Vor ihrer Abreise werden sie auf Anweisung der Stassowa in Foros Urlaub machen und dabei die von Woroschilow geforderte Diskretion wahren.

Unter einem bedeckten Himmel bietet sich Tina das Bild der von einem blauen Meer umrahmten Stadt Sewastopol dar. Die Sonne bestrahlt den weiträumigen Platz, auf dem die Menschen spazierengehen. Vittorio und Tina gehen Arm in Arm. Vittorio vergißt, daß er seit Wochen nicht geschlafen hat und an einem Bandwurm leidet; das Meer, das sich vor ihm ausdehnt, tröstet seine Seele. Den ganzen Nachmittag lang spielt er den Stadtführer für die Frau an seiner Seite. Von der Bucht aus steigen sie auf den Hügel, der sich über dem Hafen erhebt, und betreten das Planetarium mit der riesigen Kuppel, auf dessen Wände man die Schlacht von Sewastopol gemalt hat: eine ausführliche Miniatur-Rekonstruktion der Armeen in ihren jeweiligen Stellungen, zu Lande und zur See. Tina sagt lächelnd:

»Es sieht aus wie ein riesiger mexikanischer Altar. Genauso naiv.«

Foros, der Erholungsort am Schwarzen Meer, schenkt ihnen Frieden und Ruhe. Das Meer, immer das Meer; das Meer ihrer Kindheit, das Meer, von dem sie besessen ist, das Meer, das sie an Julios Tod erinnert... Sie gehen über die Uferpromenade und setzen ihre Gesichter der salzhaltigen Luft aus. Sie besichtigen Maxim Gorkis Haus. Vittorio hat Gorki nicht gelesen, aber Tina schon. Ihr fällt ein, daß Gorki geschrieben hat: »Wenn sich der Feind nicht ergibt, muß man ihn vernichten.«

Vormittags gehen Tina und Vittorio spazieren oder sehen vom Liegestuhl aus zu, wie sich die Wellen am Strand brechen. Vittorio liest die *Iswestija* und übersetzt manchmal für Tina. Er blättert auch in der *Krasnaja Swesda* und in der Zeitschrift *Proletarskaja Revoluzija*. Nach dem Mittagessen und auch vor dem Abendbrot gehen sie wieder auf die Promenade. Im Speisesaal zeigt Vittorio am zweiten Abend auf einen eher kleinen Mann, der wie ein Bauer gekleidet ist und dessen strenges Gesicht von rötlichem Haar eingerahmt ist.

»Sieh mal, das ist Lew Kamenew, einer der Großen vom Oktober 1917.«

Vittorio macht sich mit dem alten Bolschewiken bekannt. Von da an setzen sie sich an denselben Tisch, wenn sie einander im Speisesaal begegnen. Bei Tinas Anblick hellt sich Kamenews Gesicht auf, und er bietet ihr eilfertig den Platz an seiner Seite an. Kamenew ist bescheiden; er denkt gern laut nach, sagt deutlich seine Meinung und hört begierig zu, wenn die anderen sprechen. Mit Tina unterhält er sich auf französisch über mexikanische Wandmalerei; er stellt Fragen und lauscht aufmerksam ihren Antworten. »Er weiß viel, er ist sehr gebildet«, stellt Tina fest. Allerdings weicht Kamenew Vittorios Fragen aus und weigert sich, etwas zu den Meinungsverschiedenheiten in der Partei zu sagen. Vittorio erzählt ihr später, daß Stalin früher jedesmal, wenn Kamenew das Wort ergriff, schweigend, die Pfeife zwischen den Zähnen, zugehört habe. Verglichen mit Kamenew habe Stalin nichts Bemerkenswertes zu sagen.

Die Vierte am Tisch ist Stella Blagojewa. Sie gibt sich viel offener als Kamenew; das Vordringen des Faschismus bringt sie zur Weißglut, und sie ist besessen von Hitlers Machtergreifung. »Wie können die Deutschen ihn nur so verehren?«

Die Heftigkeit der Blagojewa kontrastiert mit der Zurückhaltung Kamenews, dem Vittorios und Stellas Stimmen lästig zu sein scheinen und der kein einziges Mal den jetzt in Deutschland inhaftierten bulgarischen Führer Georgi Dimitroff oder den Reichstagsbrand erwähnt. Er starrt auf seinen Teller und wartet darauf, daß er seine Unterhaltung mit Tina fortsetzen kann. Sie fragt sich, ob er wirklich gemeinsam mit Lenin, Stalin, Rykow und Sinowjew die Revolution angeführt hat und ob ein Mann, der einmal ein Leuchtturm der Massen war, sich in einen Schatten verwandeln kann, der ihr Fragen zur mexikanischen Wandmalerei stellt. Zum Kaffee lädt er sie ein, bei ihm auf der Terrasse am Meer zu sitzen.

Vittorio und Stella Blagojewa gehen unter den Bäumen spazieren, »um zu verdauen«, wie Vittorio lachend sagt.

Die Blagojewa spricht wieder von Dimitroff und seinem bevorstehenden Prozeß in Leipzig. Vittorio mit seinen Sprachen, seinen Beziehungen und seinem persönlichen Charme wäre geradezu dafür geschaffen, herumzureisen und andere kommunistische Parteien zur Verteidigung Dimitroffs aufzurufen. Zu seiner großen Überraschung kennt die Blagojewa nicht nur den Zwischenfall mit WB in Berlin, sondern weiß auch, daß die Gestapo damals Vittorio überwacht und ihre Gründe gehabt hatte, ihn nicht zu verhaften.

»Also war ich eine Marionette? Was wäre passiert, Stella, wenn ich WB nicht abgeholt hätte?«

»Er wäre auch so über die Grenze gekommen.«

Anfang März erhält Vittorio die Anweisung, Foros sofort zu verlassen und nach Moskau zurückzukehren. Der Prozeß gegen Dimitroff wird vorbereitet, und er wird dringend gebraucht. »Siehst du? Ich habe es ja gesagt«, bemerkt Stella voller Stolz. An ihrem letzten Abend in Foros werden sie verabschiedet, und sie stoßen mit georgischem Wein darauf an, daß die Befreiung Dimitroffs und seiner beiden Genossen Popoff und Taneff gelingt.

Wenige Tage später sind Tina und Vittorio wieder in Moskau. »Nie habe ich den Roten Platz so schön gesehen«, sagt Tina, »und vielleicht werde ich ihn nie wieder so sehen.« Vor der Abreise von der Krim hatte sie einen Streit mit Kamenew. »Die Parteisäuberung ist gut«, hatte sie gesagt, »denn Heuchler, Volksfeinde, moralische Delinquenten und degenerierte Bourgeois müssen ausgeschlossen werden. Die Prozesse müssen weitergehen. Die Revolution ist wichtiger als ein Individuum.«

Kamenew hatte sich zurückgehalten, und Tina hatte eindringlich weitergesprochen. »Während eines revolutionären Prozesses verdienen Verräter den Galgen.« Kamenews Gesicht hatte sich verfinstert. Später fragte sich Tina, ob es richtig gewesen war, jeden Abend mit ihm zu sprechen. ›Ich hätte nicht auf seine Aufmerksamkeiten reagieren dürfen. Schon 1915 hat Lenin gesagt, sein Verhalten sei unpassend für einen sozialdemokratischen Revolutionär.‹ Jetzt muß sie Kamenews Gesicht, seinen warmen Blick, seine Feinheit, sein Talent, am Samowar zu plaudern, und all seine klugen Worte bei einem Glas Tee vergessen. Sie muß sich jeglicher konterrevolutionärer Gedanken in ihrem Innern erwehren. Es war ein Fehler, sich mit Kamenew zu unterhalten; ihre Traurigkeit ist ein Beweis dafür.

»Tina, die Stassowa ist außer sich«, sagt Vittorio, »wir sollen zu ihr kommen.«

Eiskalt und ohne jede Vorrede stößt die Stassowa hervor: »Euer Abstecher nach Schanghai ist abgesagt.«

Tina sieht sie entgeistert an.

»Ihr braucht euch nicht zu verstellen. Ich weiß, daß Oberst Bersin euch vor eurer Abreise nach Foros angeboten hat, in China zu arbeiten. Ihr habt akzeptiert und niemandem etwas gesagt, nicht einmal eurer alten Freundin Elena Dimitrijewna Stassowa. Ich werde euch nicht für euer Verhalten tadeln«, fährt die Stassowa fort. »Als ich von der Sache erfuhr, schrieb ich in meiner Wut an Woroschilow, der auf der Krim war. Er hat mir telegrafiert, daß ihr beide von eurer Verpflichtung entbunden seid.«

Mit ihrer langen Hand reicht sie ihnen das Telegramm. Sie schweigen, und Vittorio ist das Ganze sichtlich peinlich.

»Ich schlage euch etwas anderes vor: In Paris organisiert Marcel Willard eine Gruppe von Rechtsanwälten. In London hat man einen ›Gegenprozeß‹ begonnen, um die Unschuld Dimitroffs und der beiden anderen Bulgaren sowie die Verantwortung der Nazis für den Reichstagsbrand nachzuweisen. Du, Vidali, übernimmst die Pariser Sektion der Roten Hilfe, und Tina wird dir bei der Kampagne für Georgi Dimitroff behilflich sein.«

Vittorio umarmt die Stassowa.

»Also dann, geht zu Abramow. Ihr reist morgen früh ab.«

Jedesmal, wenn Vittorio Abramow sieht, den für die falschen Pässe Verantwortlichen, überkommt ihn ein Schaudern. Ein kahler Kopf, totenbleiche Haut, eine Hand, die wabblig und weich ist wie ein toter Fisch; übelriechender Atem. Er starrt Vittorio unverwandt an und bekommt kaum die Lippen auseinander:

»Ich hoffe, ihr seid euch der enormen organisatorischen Verantwortung bewußt, die erforderlich ist, um die Sektion der Internationalen Roten Hilfe in eine echte politische Körperschaft zu verwandeln. Vergeßt nicht, daß die großen Entscheidungen in Moskau getroffen werden. Für Verfolgte und Leute ohne Papiere werden wir noch eine andere, streng illegale Sektion aufbauen.«

»Bene, bene«, stimmt Vittorio zu.

»Seit wann kennt ihr den Genossen Lew Kamenew?«

»Seit kaum zwei Wochen.«

»Und die Bürgerin Blagojewa?«

»Ich kenne sie seit ein paar Jahren. Genossin Modotti hat sie nie zuvor gesehen. Was soll diese Frage, Genosse Abramow?«

»Ihr habt euch mehrmals mit beiden unterhalten. Ich möchte euch warnen; bei eurem neuen Auftrag müßt ihr sehr vorsichtig sein. Paris ist eine Höhle von Spionage und Gegenspionage, von Provokateuren und Denunzianten, von Doppelagenten, die darauf abgerichtet sind, sich in unsere Organisationen einzuschleichen, von professionellen Saboteuren. Sie sind so geschickt, daß sie sogar schon hier in Moskau sind, wir haben sie natürlich schon aufgespürt.«

Tina lauscht ihm zustimmend.

»Genossin Modotti muß uns neue Fotos geben, ihr bekommt eure Pässe heute abend.«

Er reicht ihnen seine wabblige Hand und sieht über ihre Köpfe hinweg, während er Auf Wiedersehen sagt.

»Hoffentlich sehen wir Abramow nicht wieder«, flüstert Tina gleich hinter der Tür Vittorio zu.

(Jahre später wird Vittorio Abramows Namen auf der Liste einer der vielen Opfer der Säuberungen lesen).

Als sie bereits auf der Straße sind, sieht sich Tina instinktiv um. Sie werden verfolgt. Nicht einmal auf der Krim hat man sie aus den Augen gelassen. Über alle ihre Unterhaltungen mit Kamenew ist berichtet worden. Sie erinnert sich an den klugen, sensiblen Ausdruck in seinen Augen. Kann ein solcher Mann ein Verräter sein?

Abends kommt Vittorio mit zwei Pässen ins Sojusnaja: Tina erhält einen aus Costa Rica und er selbst einen spanischen. »Meine Güte, der ist so ungeschickt gemacht, daß ich ihn eigentlich zurückgeben müßte.«

Aber allein der Gedanke, Abramow noch einmal die Hand drücken zu müssen, ist abstoßender als der Paß. Außerdem kann Vittorio mit jedem Dokument Zauberkunststücke vollbringen. Er erzählt Tina, daß man ihn an der finnischen Grenze einmal erkannt habe: »Letzte Woche waren Sie noch Türke, und jetzt sind Sie Australier.«

Sie reisen getrennt und auf unterschiedlichen Wegen. Tina fährt über Prag, um im Büro der Roten Hilfe dringliche Dokumente abzugeben, und Vittorio fliegt auf direktem Wege, damit er seinen Aufenthalt in Paris sofort legalisieren kann.

Als Tina ihren Auftrag in Prag erledigt hat, fühlt sie sich ungewöhnlich sicher. Sie reist gern so wie jetzt, ganz allein mit ihrer schwarzen Jacke und dem kleinen Koffer, ihrem einzigen Gefährten auf Dienstreisen.

Während Tina ihre neuerworbene Selbstsicherheit genießt, hat Vittorio es mit dem Haufen Papierkram zu tun, der Ausländer in Paris erwartet. Nachdem er sein Gepäck in einem der Außenbezirke, bei der Familie Le Bihan, zurückgelassen hat, fährt er zur Präfektur. Viele der Häuser hinter den Fenstern des Vorortzuges, der ihn in die Stadt bringt, haben geschlossene Fensterläden, blinde Augen in toten Gesichtern. An den schwarzen Ästen der Bäume gibt es keine Blätter. Eine graue Mauer folgt auf die andere, ein Bürgersteig gleicht dem anderen, Gleise und Bahnhöfe ziehen sich bis ins Unendliche. Die Leute steigen ein und aus, ohne aufzusehen. Auch auf der Präfektur blicken die Ausländer zu Boden. Männer und Frauen bilden lange Schlangen, um sich ihren *permis de séjour*, ihre Aufenthaltserlaubnis, zu holen.

»Hier steht«, sagt die Schreibkraft, »daß Sie Julio Enrique heißen und in Guadalfara geboren wurden. Was ist Ihr Name, und was Ihr Nachname, und in welchem Teil Spaniens liegt Guadalfara?«

»Mein Name, Mademoiselle, ist Julio und mein Nachname Enrique. Sie sind nicht die erste, die nicht begreift, daß Enrique mein Familienname ist. Aber jeder darf ja so unwissend sein, wie er möchte, und kann Dinge anzweifeln, obwohl sie in einem offiziellen, von den Behörden ausgestellten Dokument stehen. Was meinen Geburtsort betrifft, so ist es nicht Guadalfara, sondern Guadalajara. Irgendein Beamter in Madrid hat das F mit einem J verwechselt und das A vergessen.«

Die Sekretärin schreibt folgsam ab. Innerlich verflucht Vittorio Abramow: ›Imbecille, disgraziato, cretino di merda, was ist los? Willst du, daß sie mich erschießen?‹

Der Beamte, der die Dokumente ebenfalls überprüft, läßt sich nicht so leicht überzeugen. »Was ist das für ein lächerlicher Name? Und was haben Sie überhaupt in Frankreich zu suchen?«

»Sehen Sie«, antwortet Vittorio genauso hochtrabend, »ich komme nicht zum ersten Mal nach Frankreich, und noch nie hat sich jemand über meinen Namen oder Nachnamen lustig gemacht. Ich bin Professor für Geschichte, und Paris gefällt mir. Sind Sie nun zufrieden?«

Die Amtsstubensekretärin kichert. »Ich habe eine Freundin, die Liliana Felipe heißt und sehr hübsch ist; sie singt und spielt auf der zwölfsaitigen Gitarre.«

»Gehen Sie an Ihre Arbeit«, knurrt der Beamte. »Wer hat Sie beauftragt, Gitarrensaiten zu zählen?«

Am selben Tag trifft Tina ein. Mit treffender Mimik schildert ihr Vittorio die Szene auf der Präfektur. Als er das Kichern der Schreibkraft nachahmt, bringt er Tina zum Lachen. Ihm wird klar, daß sie schon lange nicht mehr gelacht hat. Er nimmt sie bei der Hand: »Komm, ich lade dich zum Montmartre ein. Wir haben einen freien Abend.«

Tina.
Fotografie von Edward Weston. 1924

In Paris geht es Tina trotz all der Arbeit wieder gut. Was die Männer am meisten an ihr lieben, das Schönste an ihr, der Körper, gleicht noch immer einem aufrechten Halm, einer Blume im Wind. So drückt es Vittorio aus, als er sie nackt vor sich sieht. »Nachdem man dich geschaffen hat, wurde das Modell vernichtet.« Tina lacht. »Was weißt du schon? Du verstehst doch nichts von Kunst.« »Du hast deine ganze Frische behalten«, beginnt er von neuem. »Na hör mal, ich bin siebenunddreißig, nur vier Jahre älter als du.« Vittorio kennt das Hohelied Salomons nicht, aber Pepe Quintanilla hatte gesagt, ihr Leib sei ›ein Weizenhaufen, umsteckt mit Lilien‹, und ihre Brüste ›wie junge Zwillinge von Gazellen‹. Tina packt Vittorio an den Schultern, umfängt seinen breiten Brustkorb und sagt ihm – übrigens aus dem Gedächtnis heraus – , er, ihr Geliebter, sei weiß und rot, auserkoren unter vielen Tausenden. Seine Locken seien kraus, schwarz wie ein Rabe, seine Wangen Balsambeete, in denen Gewürzkräuter wachsen, und sein Leib wie reines Elfenbein, von Saphiren geschmückt.

Vittorio bringt sie zum Schweigen: »Ma tu sei matta?«

Zum ersten Mal wünscht sie sich ein Kind, einen Leib, der Leben spenden kann. Früher ist ihr so etwas nie durch den Kopf gegangen. Bei Robo hat sie nicht daran gedacht; und Weston hatte seine eigenen Kinder. Auch mit Xavier hat sie nie über diese Möglichkeit gesprochen. Einziges Thema zwischen ihnen war Lenin, Stalin, die Partei, die Mechanik des Kampfes. Auch von Julio Antonio ist sie nie schwanger geworden. Vittorio aber malt sich scherzend und sorglos aus, wie es wohl wäre, vor der Nase der Geheimpolizei einen Kinderwagen durch die Straße zu schieben, zwischen den Windeln Propagandaschriften zu verstecken und sich im Jardin du Luxembourg mit anderen Agenten und deren Kindern zu treffen. Vittorio hat bereits ein Kind. In Moskau hat ihm Paolina Hafkina eine Tochter geboren und sie Bianca genannt, wie seine Mutter in Muggia.

In Mexiko äußert sich die Großzügigkeit der Götter in der Anzahl der Kinder, die sie einem schenken. Sie sind alle Kinder der Sonne. Maria, Tinas Nachbarin in El Buen Retiro, betrachtete ihre Kinder halb flehentlich, halb hochmütig als Fortsetzung ihrer selbst. Vom Augenblick der Empfängnis an hatten die Götter Maria mit allen Mächten ausgestattet. Die Frau knetet sich den Säugling in ihrem Innern zurecht, so, wie die Götter den ersten Maismenschen schufen. Tina erinnert sich an das Bündelchen in Marias Schoß und dann an das Bündelchen in dem winzigen Sarg. »Weinen Sie nicht, Señorita Tina, bringen Sie meine kleine Königin nicht um den Ruhm.« Als Reina starb, verlieh sie dem Kosmos Kraft und gab Himmel und Erde einen anderen Sinn. »Es ist leicht, Kinder zu haben, Sie werden schon sehen, Tina, sie wachsen einfach in Ihnen heran.«

Von Tinas Schwestern ist nur Gioconda Mutter geworden; sie ist in Udine geblieben und hat auf die Heimkehr des Kindsvaters gewartet, eines vorüberziehenden Soldaten, der vielleicht gar nichts von dem Kind wußte.

Erst einmal muß sie Germaine Le Bihan nach einem Gynäkologen fragen. Sogar das Rauchen würde sie während der Schwangerschaft aufgeben.

»Ist was mit dir? Wozu brauchst du einen Arzt?« fragt Germaine.

»Ach nichts, reine Routine.«

»Wir Kommunisten sind so arm, daß wir ins Hôtel-Dieu gehen, wenn wir krank werden. Wenn du willst, komme ich mit.«

»Nein, nein, ich bin erwachsen genug.«

Im Hôtel-Dieu läßt sich Tina gynäkologisch untersuchen.

»Ihr Uterus ist nicht genügend entwickelt, Sie haben eine fast kindliche Gebärmutter.«

»Aber ich habe meine Menstruation, Doktor.«

»Das ist kein ausreichender Anhaltspunkt. Mit einer solchen Gebärmutter können Sie keine Kinder bekommen. Möglicherweise ist das erblich.«

»Erblich?«

»Falls Sie Schwestern haben, dürften sie dasselbe Problem haben.«

»Also kann ich kein Kind bekommen?«

»Nein, es ist physisch unmöglich.«

Germaine sieht sie tieftraurig nach Hause zurückkehren. Aber Tina beruhigt sie. »Ich werde mich bald wieder besser fühlen.«

Als sie es Vittorio sagt, bleibt dieser ungerührt: »Wenn du willst, adoptieren wir später, wenn wir alt sind, ein schwarzes Baby. Oder einen kleinen Chinesen oder Japaner. Wir beauftragen Sorge, uns einen mitzubringen.«

Zusammen mit Germaine und Henri le Bihan sucht Tina den Sitz der Französischen Kommunistischen Partei in der

Rue de La Fayette Nr. 120 auf. Sie geht gern zum »Secour Populair«, und es fällt ihr nicht im Traum ein, daß ihre Anwesenheit auffällt. Sie hilft, den Arbeitern von der CGT ein Essen zu servieren, und muß feststellen, daß die Männer finster vor ihren Tellern sitzen und mit geschlossenen Fäusten Messer und Gabel halten, als wären es Waffen. Die Unternehmer haben die Fabriken geschlossen, und viele Arbeiter sind arbeitslos. Andere schuften für einen Lohn, der geringer ist als der ihrer Väter in den zwanziger Jahren.

Am 12. Februar 1934 begleitet Tina Germaine bei einem Marsch des Republikanischen Vereins ehemaliger Frontkämpfer, den die Kommunisten organisiert haben. Vittorio weist sie warnend darauf hin, daß sie trotz der Menschenmenge auffallen könnte. »Mach das nicht noch einmal.« Tina ist enttäuscht; gerade dies ist das Paris, in dem sie sich lebendig fühlt.

Tina übernimmt die illegale Tätigkeit der Roten Hilfe in Paris. Die Anweisungen kommen aus Moskau, aber Vittorio ist ihr Chef. Während sich die von ihm geleitete offizielle Rote Hilfe bei der Regierung um Aufenthaltspapiere bemüht, versteckt Tina die politischen Flüchtlinge, die täglich aus Rumänien, Ungarn und der Türkei eintreffen. Der eine kommt nur mit dem, was er auf dem Leibe trägt, ein anderer hat eine Nervenkrise, der dritte ist verwundet, der vierte will einen Keller anmieten und dort Waffen horten. Tina muß Ärzte suchen, falsche Dokumente oder Kleidung und Essen auftreiben, Zimmer besorgen und sich tragische Geschichten anhören – das ist ihr täglich Brot. Sie schützt, tröstet und heilt. Oft hält Tina ein Baby auf dem Arm, wenn sie eine Familie in ihre Unterkunft begleitet.

Als sie eines Tages keine bessere Lösung finden kann, mietet sie für eine schwangere Türkin ein Hotelzimmer.

Vittorio empört sich.

»Wer soll das bezahlen? Du etwa, aus deiner Tasche? In diesem Kampf trifft man keine persönlichen Entscheidungen. Du mußt dich mit deinen Vorgesetzten absprechen. Disziplin, Tina, denk dran. Ich muß in Moskau für dich geradestehen.«

»Hätte ich sie lieber in unser Bett legen sollen?« fragt Tina empört.

»Diese Frau hat deine Gutmütigkeit ausgenutzt. Wenn sie es geschafft hat, von Istanbul nach Paris zu kommen, hätte sie sich auch gut und gern ein Zimmer suchen können. Naivität und Leichtgläubigkeit sind bei unserer Arbeit fehl am Platz.«

»Wann hätte ich dich denn um Rat fragen sollen? Du bist doch nie da. Ich kann deine ständige Abwesenheit kaum noch ertragen. Und was soll ich von all diesen Mimis, Paulettes und Lulus halten, die fast jeden Tag nach dir fragen?«

Tina sieht ihn böse an, und Vittorio schreit, rot vor Wut, zurück: »Ach ja? Weißt du eigentlich, was deine Freunde in Mexiko von dir gesagt haben? Daß du eine teure Nutte bist!«

Tina wird von eisiger Furcht gepackt. Sie kann nicht weinen, aber in ihrer Brust entladen sich große Wassermassen. Vittorio hat sich auf ein verseuchtes Gebiet begeben; Vittorio vergiftet ihre Existenz, er ist abstoßend. Wenn sie ihm nur etwas Vernichtendes entgegnen könnte, aber die aufsteigenden Tränen machen das unmöglich.

»Verzeih mir, Tina, verzeih mir; ich war außer mir. Das liegt an der Spannung, in der wir leben. Es ist nur, weil wir ständig gejagt werden; es liegt an Paris, ich weiß nicht, verzeih mir, bitte. Du weißt doch, daß ich dich liebe.«

Tina weist ihn ab.

Vittorio bedrängt sie.

»Nein, du quälst mich, Vittorio.«

»Ich habe den Kopf verloren. Ich werde nie wieder so etwas sagen.«

»Laß mich in Ruhe.«

In dieser Nacht kommt Vittorio nicht zum Schlafen nach Hause.

Auch am nächsten Tag kommt er nicht.

Am dritten Tag ist er wieder da, traurig und mit gesenktem Kopf.

Da begreift Tina, daß sie ihm gegenüber keinerlei Kraft besitzt. Vor zwei Tagen hat sie vor Wut geweint; heute weint sie, weil sie diesen ungeschliffenen Mann nicht abweisen kann. Die Stassowa würde es verstehen; mit ihr hat sie einmal über das Patriarchat gesprochen. Aber jetzt ist sie durch eine unaufschiebbare Aufgabe mit Vittorio verbunden, und die Stassowa würde ein Scheitern bestimmt nicht hinnehmen.

Vittorio, der völlig in der Arbeit für das Komitee zur Verteidigung Dimitroffs aufgeht, reist ständig nach London und unterstützt dort den »Gegenprozeß«. In Paris erstattet er Marcel Willard, Jacques Duclos und seiner Gruppe loyaler Rechtsanwälte Bericht. Vittorio gibt nicht auf, und im Juli beweist der Londoner Gegenprozeß schließlich Dimitroffs Unschuld.

Am 28. Dezember 1933 endet der Leipziger Prozeß gegen Dimitroff und seine beiden Genossen mit dem Urteil: Nicht schuldig. Dimitroff hat auf Görings Verantwortung für den Reichstagsbrand hingewiesen. Die demokratischen Kräfte der ganzen Welt haben voller Erregung den Disput zwischen Dimitroff und seinem Richter verfolgt. Und nun der Freispruch! Dieser Sieg belebt die Neujahrsfeier im Hause Le Bihan. Henri nimmt Vittorio in die Arme. »Du hast mitgeholfen, ihn aus den Klauen der Nazis zu befreien.«

Aber das konspirative Leben ist belastend. Es ist schwierig, Manifeste und Flugblätter anzuhäufen und das Archiv mit den Geheiminformationen versteckt zu halten. Manche Genossen irritieren sie mit ihrem »Alles fertig, Genossin?« Dabei reiben sie sich die Hände und erwarten jeden Augenblick den Ausbruch der Weltrevolution. Tina schweigt, aber es fällt ihr schwer, ständig Vorsicht zu üben und zu sehen, wie die anderen Agenten mißtrauisch gegen jeden sind, empfindlich bis zur Hysterie. Zu ihrer starren Haltung kommt noch ihr unbekanntes, geheimgehaltenes Leben. Sie stellen einander Fallen; die einen sehen zu, wie die anderen hineintappen. Ihr autoritäres Benehmen haben sie aus der Sowjetunion mitgebracht. Alle Laster der bürgerlichen Moral müssen angeprangert werden. Ein Glas Wein zuviel zu trinken ist ein Verbrechen. Eines Nachmittags wird auch Tina scharf kritisiert.

»Warum haben Sie dieses Laster, Genossin?«

»Welches denn?« fragt Tina verwirrt.

»Sie rauchen wie ein Schlot.«

Von diesem Nachmittag an versucht sie, nicht mehr in der Öffentlichkeit zu rauchen. Aber es geht nicht: das Rauchen ist ihr bereits zur zweiten Natur geworden. Nachts, wenn sie mit Vittorio im Bett liegt, zündet sie die letzte Zigarette an, und die erste raucht sie morgens, bevor sie ins Badezimmer geht. Sie fragt sich, wie wohl die anderen Kommunisten diese ganze Zeremonie der Verschwörung aushalten, wie sie sich anpassen, ein Beispiel geben und ihr kleinbürgerliches Ego vergessen.

Trotz aller Einschränkungen ist das Leben in Paris anregend. »Babel, ach, Babel«, lächelt Vittorio, wenn er die Leute in vier, fünf Sprachen reden hört oder jemanden dabei überrascht, wie er sich durch Mimik verständlich zu machen sucht. Tina gerät jetzt nicht mehr in Rührung, wenn sie den Schilderungen von Verfolgung lauscht. Sie hat sie allzuoft gehört. Während sie zuhört, wird in ihrem Innern eine andere Stimme laut. Sie verliert zwar nicht die Geduld, aber ihr Blick verrät ein gewisses Mißtrauen, wenn sie wieder einmal einem Genossen zuhört, der wegen seiner antifaschistischen Tätigkeit ins Exil gehen mußte.

Am 26. Februar bekommt Tina eine Anweisung aus Moskau: »Fahr sofort nach Wien, um die Flucht der sich versteckt haltenden Schutzbündler zu organisieren.« Der Aufstand der Wiener Arbeiter vom 25. Februar gegen Kanzler Dollfuß war heldenhaft. Vier Tage lang haben sie gekämpft, aber als die Regierung Artillerie anforderte, um wahllos auf die Einwohner der Stadt schießen zu lassen, mußten sie sich zurückziehen. Tausendachthundert Tote, Tausende von Verwundeten und Tausende von Mitgliedern des Schutzbundes, der sozialdemokratischen roten Garde, im Gefängnis. Noch immer führt die Polizei Razzien und Haussuchungen durch.

Als sie am 27. Februar im Zug nach Wien sitzt, liest Tina in der Zeitung, daß der Bulgare Dimitroff ein Flugzeug in die Sowjetunion bestiegen hat, die ihm die russische Staatsbürgerschaft anbietet. Der Oberste Sowjet bereitet eine große Willkommenszeremonie vor. Den Holländer Van der Lubbe jedoch, der keinerlei Unterstützung hatte und für den es kein Hilfskomitee gab, hat man am 10. Januar, zwei Wochen nach der Urteilsverkündung, gehenkt. ›Der arme Junge‹, denkt Tina, ›er war so allein, so verrückt.‹

Ihr weißhaariger Kontaktmann in Wien wird auf einer Bank auf dem Bahnsteig sitzen und sie sofort erkennen. Zwei Stunden lang sucht sie ihn unter den dahinhastenden Reisenden, bis sie todmüde ist und beschließt, ein Hotelzimmer zu suchen und am nächsten Morgen wiederzukommen.

In ihrem Hotel wirft sie sich auf das staubige Bett und steht gleich wieder auf, um die Tür zu verriegeln. Als sie wieder in dem kalten Bett liegt, schließt sie die Augen. Später blickt sie sich in dem engen, schmalen Raum, der einer Kammer gleicht, um. Durch ein Fensterchen sieht sie das von einer Straßenlaterne beleuchtete Schild: Zu den Vier Jahreszeiten. Es gibt hier weder Gardinen noch Handtücher, nur das Bett. Sie versucht sich mit dem Regenmantel zuzudecken und schließt die Augen, aber vor Erregung kann sie nicht einschlafen. ›Mamma, ich könnte heute nacht hier sterben, und niemand würde mich finden.‹ Sie hat Schüttelfrost. Sie macht sich Vorhaltungen: ›Du bist ein Bauernmädchen; du hast Hunger und Einsamkeit erlebt; dies ist nicht dein erster Auftrag. Was ist in dich gefahren?‹ Warme Tränen laufen über ihre Wangen. In der Partei bewundert man ihre Kaltblütigkeit in widrigen Situationen. Elena Dimitrijewa Stassowa hat es ihr selbst gesagt: »Tina, wir geben dir die schwierigen Aufträge, weil wir deine große Selbstbeherrschung kennen.«

Was würde sie jetzt von dieser Selbstbeherrschung halten? Tina geht zum Fenster und blickt hinaus. Trotz der Erschöpfung hält eine unbegreifliche Erregung sie hellwach. Nie, nicht einmal als Kind, hat sie geglaubt, das Leben im Jenseits könne ihr, falls es existierte, etwas anderes bieten als das Leben auf Erden. Jetzt denkt sie an die Gesichter in Mexiko, die zur Jungfrau aufblickten, an diesen schrecklichen Glauben in den gen Himmel blickenden Augen. Genauso blickt auch sie jetzt auf die Laterne. ›Du bist doch eine realistische Frau‹, hält sie sich vor, ›du warst schon als Mädchen Realistin. Du hast nie geglaubt, daß dich der Himmel beschützen könnte. Hast du etwa an deinem Webstuhl an den Himmel gedacht, wenn der Lärm der Maschinen in deinen Ohren dröhnte und es für dich keine andere Welt gab als die Fabrik?‹

Etwas Feuchtes rinnt ihr die Beine hinab; sie geht aus dem Zimmer, sucht vergeblich nach dem Lichtschalter und tastet sich bis zum Ende des Ganges. Als sie in der stinkenden Toilette feststellt, daß es Blut ist, muß sie lächeln, und beim Spülen gewinnt sie ihren Mut zurück. ›Kein Wunder, daß ich so deprimiert bin. So ist es immer, wenn ich meine Regel habe.‹

Jetzt kommt ihr das Schlafzimmer nicht mehr so kalt vor; zuversichtlich streckt sie auf dem grauen Laken die Beine von sich. Morgen wird sie auf dem Wiener Bahnhof den Kontaktmann suchen. Einziges Erkennungszeichen: ein weißhaariger Mann auf einer Bank.

Am Morgen warten mehrere weißhaarige Männer auf den Zug, aber keiner von ihnen hat sich auf eine Bank gesetzt. Sie wird am nächsten Tag wiederkommen. Sie darf nichts falsch machen.

Aber die Tage in Wien bedrücken sie wie ein Alptraum. Nicht nur, weil sie den Mann von der Kommunistischen Partei, den sie aufsuchen soll, niemals trifft, sondern auch, weil sie feststellen muß, daß Hitlers Macht in Österreich genauso wächst wie in Deutschland. Niedergeschlagen kehrt sie nach Paris zurück, schockiert von der aggressiv antisozialistischen Einstellung der Österreicher. In Paris erwartet sie eine noch größere Enttäuschung. Germaine und François Le Bihan berichten ihr, daß man Vittorio verhaftet und ins Gefängnis geworfen hat. Das französische Deuxième Bureau hat herausgefunden, daß Raymond – einer seiner Decknamen –, Julio Enrique, Carlos J. Contreras und Vittorio Vidali ein und derselbe sowjetische Agent sind. Er wurde nach Brüssel abgeschoben, und von dort soll er nach Moskau, wo er sicher streng bestraft werden wird. Möglicherweise ist er noch in Brüssel, aber dank des Eingreifens von Marcel Willard und Jacques Duclos könnte er auch bereits auf dem Weg nach Moskau sein.

Jetzt ist Tina die einzige Verantwortliche für das Pariser Büro, sowohl für die offenen als auch für die illegalen Aktionen. So lautet die Anweisung aus Moskau. Sie muß auch den »Internationalen Frauenkongreß gegen Krieg und Faschismus« organisieren, und als sie im August 1934 mehr als tausend internationale Delegierte empfängt, begegnet sie zum ersten Mal Dolores Ibarruri, die man La Pasionaria nennt. Sie ist ganz in Schwarz gekleidet und trägt das Haar streng geknotet; sie hat etwas Aristokratisches. Aber wenn sie spricht, erinnern ihre Wut und ihre laute Stimme an diejenigen Frauen in Spanien, die in den Straßen demonstrieren. Auch Elena Stassowa kommt persönlich und beglückwünscht Tina. In ein paar Monaten wird sie nach Rußland zurückkehren können, aber sie muß wissen, daß Vittorio von der GPU verdächtigt und überwacht wird. Die Lage in der Sowjetunion habe sich verändert. Stalin und das Politbüro scheinen die wachsende Popularität einzelner Parteiführer zu fürchten. Während des XVII. Parteitages der KPdSU haben sie Kirow, den Führer der Partei in Leningrad, kritisiert, weil er Lebensmittel des Leningrader Militärdistrikts an die Arbeiter verteilt hat. Kirow erklärte, er habe sich die Lebensmittel geliehen und werde sie den Militärs erstatten. Woroschilow entgegnete, Lebensmittel aus Militärlagern in die Fabriken zu schicken sei nichts als ein Mittel, sich die Unterstützung der Arbeiter zu sichern.

Als Stalin ihn fragte, warum die Leningrader Arbeiter besser essen sollten als andere Russen, verlor Kirow die Geduld. »Ich glaube, es ist an der Zeit, unsere Arbeiter anständig zu ernähren. Wenn das Politbüro will, daß sie produzieren, dann muß es ihnen auch etwas zu essen geben. Jeder Bauer weiß, daß er sein Pferd füttern muß, damit es ihm die Lasten trägt.«

Das war nicht Kirows einziges Aufbegehren. Das Politbüro war der Meinung, seine Aktionen »untergrüben die Autorität des Zentralkomitees«. Zu dessen Sitzungen in Moskau kam er nur, wenn es absolut notwendig war. »Ich habe in Leningrad genug Arbeit und kann es mir nicht erlauben, in den vergoldeten Zimmern des Kommissariats meine Zeit zu vertrödeln«, sagte er schneidend. Tatsache war, daß die unter seiner Kontrolle stehenden Fabriken produktiver waren als alle anderen.

All dies wird im Zentralkomitee geheimgehalten. Die Stassowa ist besorgt. »Ach, ich wünschte, Lenin wäre noch am Leben!«

Wenige Tage später kehrt Tina nach Moskau zurück. Vittorio, eingehüllt in eine Wolke von Verdächtigungen, ist ein anderer Mensch. Er ahmt nicht mehr die Absonderlichkeiten der russischen Seele nach, indem er an seinem

Hemd zerrt und sich die Haare rauft, während alle anderen lachen. Um ihn herrscht eine eisige Atmosphäre; die Freunde halten sich von ihm fern. Früher hat jeder seine Nähe gesucht, jetzt aber nimmt er seine Mahlzeiten allein ein. Selbst sein Landsmann Luigi Longo hat ihn beschuldigt, er habe in der Vergangenheit »terroristische Neigungen« gehabt. »Ich gehe durch einen dunklen Tunnel ohne Ausgang.« Lore Pieck, die Tochter des deutschen Kommunisten Wilhelm Pieck, hat ihm erzählt, abgesehen von seinem Scheitern in Paris habe die Daschkowa wieder die absurde Anschuldigung erhoben, »der Italiener Vidali hat die Kaninchen vergiftet«. Und Nanetti, ein italienischer Genosse, der zur Geheimpolizei gehört, berichtete ihm, er habe den Befehl, ihm zu folgen und die GPU über jeden seiner Schritte zu informieren. Der Befehl stamme direkt von Jagoda, dem Chef der GPU.

»Tina, damit sie dir die Mitgliedschaft erneuern, mußt du durch Himmel und Hölle gehen, wenn du je in den Himmel kommst. Jede Kritik wird unterdrückt. Du hast keine eigene Meinung zu haben. Die Partei ist gut informiert und hat das letzte Wort. Gott ist nichts neben Stalin.« Fast jeden Tag gebe es Versammlungen mit öffentlicher Selbstkritik und erniedrigenden Fragen; den politischen Flüchtlingen gegenüber herrsche unglaubliche Bürokratie und Arroganz.

Tina hört sich das mitfühlend an, aber sie wiederholt, was Vittorio sie schon einmal bei einer Diskussion in der Partei sagen hörte: »Ich bin überzeugt, daß der Satz ›Die Partei hat immer recht‹ richtig und notwendig ist.«

Am 1. Dezember 1934 wird Kirow in seinem Leningrader Büro niedergeschossen.

»Einer der Unseren hat ihn umgebracht. Der Mörder Nikolajew, einer seiner Mitarbeiter, ist Kommunist, einer der Unseren«, wiederholt Vittorio und kann es selbst nicht glauben.

Kirow – das wissen alle – gehörte zu den Männern, die

Stalin am nächsten standen. Er verbrachte sogar den Sommer in seiner Datscha. Der Prozeß findet noch im Dezember statt, hinter verschlossenen Türen. Stalin verhört die Verdächtigten persönlich. Nikolajew wird hingerichtet.

Stalin ordnet ein monumentales Begräbnis an. Tina sieht, wie er neben dem Sarg hergeht und den Toten auf die Wange küßt. Nach dem Mord verschärft sich die Jagd auf alle Trotzkisten, Sinowjewisten, Revisionisten und andere ›Volksfeinde‹. Es wird ein neuer russischer Begriff geprägt: *predatel*, Verräter. Sinowjew, Kamenew und siebzehn Dissidenten werden vor Gericht gestellt; der Staatsanwalt verurteilt Sinowjew zu zehn und Lew Kamenew zu fünf Jahren Haft. Es stellt sich heraus, daß Lew Kamenew Jude ist und eigentlich Borisowitsch Rosenfeld heißt. Seine Frau Olga ist eine Schwester Trotzkis.

Gleich bei der ersten Vollversammlung, an der Tina teilnimmt, spürt sie die feindselige Atmosphäre. Jeder wird angeklagt. Jeder ist ein potentieller Verräter. Jeder weiß tief in seinem Inneren, daß er schwach gewesen ist, und Schwäche erfüllt einen mit heimlichen Gewissensbissen. Sicher hat jeder etwas zu verbergen. Der große Saal hat sich in einen Beichtstuhl verwandelt, vor dem eine Masse schuldiger Menschen ihre Strafe erwarten. Man kann nicht genug bereuen: daß man die Theorie der Revolution nicht richtig verstanden, im Jahre 1923 nicht gewählt oder für die Opposition gestimmt, den ersten Fünfjahrplan unterschätzt oder jemanden gekannt hat, der jetzt beschuldigt wird, Trotzkist zu sein. Jede Meinung, die der Partei verdächtig ist, muß verurteilt werden. Alles, was den hohen Führern etwas von ihrer Größe nimmt, wird als Verbrechen an der Menschheit gewertet.

Andras Biro, ein ungarischer Politemigrant, erscheint vor der Kommission, vor der er Selbstkritik zu üben hat. Nachdem er sein kampferfülltes Leben geschildert hat, wird er gelobt. Natürlich wird man umgehend sein Mitgliedsbuch erneuern und ihm eine besondere Anerkennung aussprechen. Die Anwesenden spenden ihm stürmisch Beifall.

»Ich verzichte auf mein Mitgliedsbuch.«

Es wird still im Saal. Nach einigen Minuten der Spannung bittet ihn der Vorsitzende der Kommission, sich zu erklären.

»Ich erkenne mich in dieser Partei nicht mehr wieder. Jede Kritik wird sofort abgewürgt. Die zwei oder drei Machthaber kleben an ihren Posten und treffen alle wichtigen Entscheidungen. Es wird nicht diskutiert, und niemand weiß, was da im Innern vor sich geht. Dieser Schritt ist mir nicht leicht gefallen; ich habe lange darüber nachgedacht. Ich bin über fünfzig und bin seit meinem vierzehnten Lebensjahr Revolutionär. Es tut mir leid, aber ich glaube, ohne mein Mitgliedsbuch werde ich ein besserer Bolschewik sein.«

»Aus unserer Partei tritt man nicht aus; man wird ausgeschlossen. Von jetzt an giltst du als Deserteur, als Feind des Sozialismus.«

»Ich werde arbeiten wie bisher, nur werdet ihr es nicht anerkennen. Ich liebe mein Vaterland.« Und damit verbeugt er sich und geht langsamen Schrittes hinaus.

Tina teilt seine Ansichten nicht, denn er ist ein Individualist. Aber sie bewundert seinen Mut.

Eine Mitarbeiterin der Roten Hilfe in Moskau, Malke Schorr, Polin und Tochter eines Rabbiners, nimmt Vittorio eines Tages beiseite.

»Deutschland ist die Hölle. Die Nazis verfolgen die Juden bis unter die Betten, sie beschlagnahmen ihren Besitz, treiben sie außer Landes und verhaften alle, die sie verstecken oder ihnen zu essen geben. In der UdSSR sieht es nicht viel besser aus. Sieh dich vor, das sind hier alles Verschwörer. Hier gibt es keine Gesetze, sondern nur Stalin.«

In ihrem Zimmer im Hotel Sojusnaja versucht Tina, Vittorio zu trösten, so gut sie nur kann. In Wahrheit ist sie zu Tode erschrocken.

»Bitte doch noch einmal um ein Gespräch mit der Stassowa. Sie hat uns gern; sie wird uns nicht im Stich lassen.«

»Keiner hat das Recht, mich zu verurteilen, weil ich offen meine Meinung sage. Die Russen sind noch empfindlicher als die Mexikaner, und das will etwas heißen.«

Die Stassowa empfängt ihn, aber sie macht ein sehr strenges Gesicht. Vittorio erklärt: »Entweder werde ich von Stalin empfangen, oder die GPU verhaftet mich.«

»Was sagst du da, du Dummkopf?«

»Wenn nötig, gehe ich bis zu Stalin.«

»Ihr Ausländer habt wirklich eine andere Mentalität als wir.«

»Nur weil ich die Dinge nicht so feierlich sehe wie ihr? Weil ich es wage, ab und zu einen Scherz zu machen?«

»Ich glaube, du begreifst den Ernst der Lage nicht.«

Vittorio wird zornig. »Ich kann nicht hinnehmen, daß man mich wie einen Verräter behandelt...«

»Geh in dein Hotel und nimm eine kalte Dusche«, fällt ihm die Stassowa ins Wort.

Tage später bestellt sie ihn zu sich, legt die Hand auf seinen Arm und teilt ihm mit: »Die Komintern und die Profintern, genauer gesagt Wilhelm Pieck, André Marty und Fritz Heckert, haben deinen Fall untersucht. Es ist besser, wenn du weggehst. In Spanien«, fügt sie freundschaftlich hinzu, »hast du gute politische Arbeit geleistet. Daher sind wir der Meinung, daß du genau der Richtige bist, um den Bergleuten in Asturien beizustehen. Das wird die erste Sowjetrepublik in Spanien werden. Wir müssen diesen Leuten beweisen, daß wir sie moralisch, ökonomisch und juristisch unterstützen. Die Rote Hilfe hat Geld für die Opfer der Repression gesammelt. Wenn du deinen Auftrag meisterst, wirst du von allem freigesprochen.«

Schon am nächsten Tag nimmt »Charles Duval«, Halbkanadier und Geschäftsmann aus Quebec, Abschied von Tina und den wenigen Freunden, die ihm verblieben sind, und steigt in seinen Zug.

Am 20. Dezember 1934, am Vorabend der Sitzung, auf der sie mit ihrer Selbstkritik an der Reihe ist, läuft Tina allein durch die kalten Moskauer Straßen. Ihre Stiefel sind genauso schlammbedeckt wie die Straßen. Vittorio ist in Asturien. Eis umhüllt die Zweige der Bäume wie mit glitzernden Ringen. ›Die einzigen Diamanten, die ich je zu sehen bekommen werde‹, denkt Tina und genießt diesen Anblick. Die rote Sonne wärmt nicht. ›Wie eine verfaulte Orange.‹ Tina sehnt sich plötzlich nach ihrer mexikanischen Dachterrasse, nach der Sonne Mexikos, danach, welke Blüten aus ihren Geranientöpfen zu entfernen und an den Fingern den Hauch von Pfeffer zu riechen, den die karnatroten Blüten hinterlassen.

»Es wird keine öffentliche Sitzung, Genossin«, versichert ihr die Stassowa, »du mußt nur vor dem Gremium beweisen, daß du für die Partei nützlich bist.«

Bei den Sitzungen scheinen grauenhafte Schuldgefühle die Genossen zu befallen. Kamenew hat gesagt: »Da ich zu Lebzeiten unfähig war, der Revolution zu dienen, bin ich bereit, ihr durch meinen Tod zu nützen.« »Ich habe riesengroße Verbrechen gegen das Vaterland und die Revolution begangen«, sagen andere. »Ich knie nieder vor meinem Land, meiner Partei und meinem Volk.«

»Warum tun sie das?« hatte Tina einmal gefragt. »So sind sie nun mal, diese Russen«, hat Vittorio zu Beginn der Parteisäuberungen noch gescherzt. »Sie tragen Schuld und Sühne im Blut; sie martern ständig ihre Seele. Denk an die Romanows mit Rasputin; sie suchen die Aufgeklärten heraus, um sie zu geißeln. Sie sind Fanatiker. Sie winden sich vor lauter Schuldgefühlen. Aber auf ihre Art sind sie im Recht.«

Damals hat Vittorio ein Zeichen gemacht, als ob er sich den Hals durchschneide. »So wird der Sozialismus aufgebaut. Schenk dein elendes Ich der Sache, tritt es mit Füßen und beschuldige dich aufs äußerste, vergiß, daß du jemals Herrin deiner selbst warst. Jetzt verfügt Stalin über dich.

Du hast dein ach so wertvolles Ich der Revolution und vor allem der Sowjetunion gespendet. Immerhin hat Stalin recht. Bevor es ihn gab, hatte das Leben der Russen keinen Sinn.«

Heute glaubt auch Tina fest an den Autoritarismus. Das Volk muß man führen und korrigieren, man muß seinen Widerstand brechen und ihm beibringen, daß seine Opferbereitschaft in der Zukunft belohnt wird. Sie errichten eine neue Welt, darum die Kollektivierung. Wenn das Volk nicht versteht, muß man es zwingen. Wer ein Kind nicht züchtigt, der verzieht es. Dieser Glaube ist jetzt Tinas Daseinszweck. Ohne es zu spüren, hat sie die Kunst, über sich selbst zu lachen, verlernt. Vittorios frühere Scherze waren dumm, und er hat bald damit aufgehört. Eines Tages sagte er: »Wie schnell du die Lektion des Bolschewismus gelernt hast.« Verärgert antwortete sie: »In der Sowjetunion diskutiert man nicht.«

Tina ist von einem einzigen Gedanken besessen: was sie sagen wird und wie. »Du darfst nie deinen kritischen Geist verlieren«, hat Edward immer gesagt, aber jetzt fühlt sie sich einer undefinierbaren Vergangenheit ausgeliefert. Selbstkritik bedeutet, daß man seine eigene Biografie offenlegt. »Genossen, bevor ich zu einem Werkzeug im Dienste der Massen wurde...« Nein, das klingt allzu überheblich. »Ich möchte selbst alle Schuldbeweise gegen mich vorbringen.« Nein, das klingt verlogen. Besser wäre: »Ich habe mich radikal verändert«, aber das geht noch weniger, weil meine Veränderung noch bewiesen werden muß. »Niemand ist sich meiner Fehler bewußter als ich selbst.« Ja, das ist ein guter Anfang, weil es die Wahrheit ist. Sie klammert sich verzweifelt an die Partei. Wo wäre sie ohne die Partei? Was würde sie mit sich anfangen, wenn sie nicht zur Roten Hilfe gehörte?

Als sie am nächsten Morgen den düsteren Raum betritt, sieht sie eine Sekretärin mit einem Block in der Hand und zwanzig Genossen mit finsteren Gesichtern. Der eine ist der Vorsitzende, und ein anderer ist der Ankläger, dem dieser Fall übergeben wurde. Keiner scheint sie zu kennen; die Stassowa starrt auf ihre knochigen Hände. Die Tür wird lautlos geschlossen. In dieser Abteilung der Komintern, die sie nie zuvor betreten hat, schließen die Türen geräuschlos, und die dumpfen Schritte verlieren sich im Filz der grabesähnlichen Atmosphäre.

»Also dann, Genossin«, sagt eine aufgesetzt freundliche Stimme auf russisch.

»Genossin Modotti wird deutsch sprechen«, sagt die Stassowa.

Die Gesichter ihrer Richter gleichen sich so sehr, daß sie alle zu einem einzigen Gesicht erfrieren.

»Genossin, wir hören.«

Sie denkt an ein anderes Gericht, in Mexiko, wo sich Publikum, Anwälte und Bürokraten wie auf einem sonntäglichen Markt bewegten. Noch jetzt errötet sie in Gedanken an die Frechheit der Schriftführer, die sie von oben bis unten betrachtet hatten. Hier sind die Richter blind – jede Gewalt ist blind –, und selbst die Stassowa, die weiterhin ihre Hände untersucht, als seien sie ihr fremd, versagt ihr die Unterstützung durch einen freundlichen Blick. Tina hat das Gefühl zu ersticken. ›Was sage ich nur?‹

»Genossin Modotti, wir warten.«

»Darf ich eine Zigarette anzünden?«

Ein Bediensteter zeigt auf den Aschenbecher.

»Ich wurde in Udine geboren, und wir waren immer arm, mehr als arm, wir haben im Elend gelebt.« Tina hält inne, um den Qualm auszustoßen und wieder an der Zigarette zu ziehen. »In Italien essen die Armen Polenta. Wir aßen sie an den Feiertagen. Meist nahmen wir nur Brot und heißes Wasser zu uns. Wenn mein Vater heimkam, sagte er, er habe schon gegessen, weil er seinen Kindern nichts wegessen wollte.«

Sie versucht zu schlucken, aber sie hat einen trockenen

Mund; sie holt tief Luft. Nicht einmal das Rauchen gibt ihr etwas mehr Sicherheit.

»Udine liegt in der Region Friaul, in der Nähe Österreichs und der Fabriken in der Lombardei; es ist eine Region mit schweren sozialen Konflikten. Schon als Kind habe ich von der Ausbeutung der Arbeiter gehört. Mein Vater war Mechaniker und verstand es, mit seinen Händen zu arbeiten; er war auch ein Kämpfer, der von einem Land träumte, in dem alle dieselben Chancen haben sollten. Ich weiß noch, wie mein Pate Demetrio Canal mich auf der Schulter zu den Maidemonstrationen mitnahm. Er war einer der Hauptvertreter des Sozialismus im Friaul, und ich war stolz darauf, sein Patenkind zu sein. In Österreich brauchte man billige Arbeitskräfte, und viele arme Bewohner des Friaul gingen dorthin arbeiten. Mein Vater brachte uns zuerst nach Klagenfurt und dann nach Sankt Ruprecht. Als wir nach Udine zurückkamen, waren wir genauso arm wie zuvor. Wir wuchsen heran, obwohl ich nicht verstehe, wie Kinder wachsen können, ohne zu essen. Ein Bruder starb bei seiner Geburt, ich weiß nicht, wann das war. Eines Tages sagte meine Mutter ganz nebenbei, er habe Ernesto geheißen, und dann erwähnte sie ihn nie wieder. Die Tagelöhner sprachen ständig von Amerika, vom goldenen Kalifornien. Diejenigen, die bereits ausgewandert waren, schrieben begeisterte Briefe und schickten Geld. Mein Onkel überredete meinen Vater Giuseppe, und er wanderte mit meiner ältesten Schwester Mercedes aus. Er ließ uns, einen nach dem anderen, nachkommen. Ich bin 1913 ausgereist. Bei der Ankunft in Amerika fand ich Arbeit in einer Textilfabrik. Ich kann eine Maschine bedienen«, erklärt Tina, und ihre Stimme wird fester, »ich kann mit einem Webstuhl umgehen.«

Keinerlei Reaktion im Saal. Taub sind sie, stumm und blind. ›Was wollen sie von mir?‹ fragt sie sich und zündet sich unbewußt eine neue Zigarette an.

»Fahren Sie fort, Genossin.«

Sie streift die Asche im Aschenbecher ab und macht eine Pause.

»In der Fabrik von San Francisco herrschte kein so ohrenbetäubender Lärm wie in Udine; durch unser gesundes und reichliches Kantinenessen gewöhnte ich mich an Fleisch, Apfelkuchen und Vanilleeis, Dinge, die ich als Kind nicht gekannt hatte.

1915, bei der Internationalen Pan-Pazifik-Ausstellung in San Francisco, lernte ich den Amerikaner L'Abrie Richey kennen. Ich fühlte mich seinen Neigungen sehr verbunden; er malte, schrieb Gedichte und war schüchtern und sehr sensibel. Ich fand, daß ich einen solchen Mann heiraten mußte. Nach der Hochzeit verließ ich die Fabrik. Ich nähte bei mir zuhause, entwarf Kleider und stellte Batiken her, und damals kam es zu meinen ersten Abweichungen. Ich hatte Lust auf die Dinge, die ich in den Schaufenstern sah, auf die Kleider, die Kittel. Die zarte Seide der Kimonos liebte ich geradezu leidenschaftlich. Ich spielte mit einer Laiengruppe Theater, und eines Abends sah uns ein Talentejäger aus Hollywood und zeigte auf mich: ›Du bist genau das, was wir brauchen.‹ Ich glaube, jeder von uns hat gern das Gefühl, gebraucht zu werden.«

Tina betrachtet die Zuhörer. Sie muß sich beeilen und gewisse Etappen überspringen. Die Stassowa starrt noch immer auf ihre Hände.

»1920 war ich in mehreren Filmen zu sehen. Immer spielte ich Haremsfrauen, verworfene Frauen und Zigeunerinnen. Ich war nicht auf kommerziellen Erfolg aus, aber da gab es eine andere Welt, die mich begeisterte und die weniger platt und monoton war als alles andere in Los Angeles. Da gab es Männer und Frauen, die eine Alternative zum Alltag suchten und sich in gute Musik, eine andere Glaubensart und esoterische Traditionen aus Indien, Tibet und China flüchteten. Wir waren Bohemiens und wollten originell und anders sein, und die Atmosphäre in Robos Studio – Verzeihung, ich meine L'Abrie Richey, meinen Mann – gab uns diese Freiheit. Unsere Freunde sagten, unser Haus sei ein Lichtstrahl inmitten des Desasters der nordamerikanischen Modernisierung.«

Ihre Worte prallen von den eiskalten Mauern ab und schlagen ihr ins Gesicht. Was soll sie tun, um ihre glühenden Wangen abzukühlen und ihre zitternden Lippen zu beruhigen? Eine Zigarette folgt auf die andere. In diesem bedeutungsschwangeren Raum schildert sie ein so absurdes, nutzloses und frivoles Leben.

»Ich muß gestehen, daß wir bei den Treffen in Diego Riveras Haus in Mexiko Marihuana geraucht haben. Ich auch, das war normal, das taten alle. Rivera sagte, es gebe ihm Kraft, die langen Stunden auf dem Gerüst auszuhalten.«

›Mein Gott, Marihuana, wieso mußte ich die Marihuanasitzungen beichten?‹ Sie muß sich zusammenreißen, aber wie? Während sie spricht, tanzen vor ihren Augen alle möglichen Bilder; sie sieht sich selbst, wie sie mit einem Messer zwischen den Lippen über eine Bühne von Hollywood geht, mit weit aufgerissenen Augen; »Beweg dich wie eine Katze«, sagt der Regisseur. Sie entsinnt sich der langen Sitzungen bei der Maskenbildnerin. Jetzt verachtet sie diesen Haufen von Möchtegernkünstlern, die nicht mit den rauhen Genossen zu vergleichen sind, die jeden Morgen aufstehen, um ihre Pflicht zu erfüllen. Ganz im Gegensatz zu Bohemiens wie Margarethe Mather, die nur ihren Impulsen folgt, oder Ramiel McGehee, Opfer seiner Depressionen, oder Johan Hagemeyer und Weston selbst; sie sind auf sich selbst konzentrierte, neurotische Individualisten, weil sie in einem geschichtslosen Land leben, in dem der Individualismus geschürt wird.

Selbst Ricardo Gómez Robelo, der aus einem verarmten Land kam und sich aus Ehrfurcht vor der mexikanischen Vergangenheit darum bemühte, das Kunsthandwerk und die Kultur der Indios zu fördern, sah nicht über seinen Bauchnabel hinweg und verzehrte sich vor lauter Begierde.

Was würde sie darum geben, schon als Halbwüchsige ein Soldat der ruhmreichen russischen Revolution gewesen zu sein! Sie verabscheut ihr früheres Leben. Wie viele Stunden hat sie dadurch vergeudet, daß sie voller Wollust in sich selbst hinein gehorcht hat!

Ihre Schilderung, die bei den Richtern kein Echo zu finden scheint, löst in ihrem Kopf eine stumme Abfolge von Bildern aus: Edward, Julio Antonio, Xavier, die Kapelle in Chapingo; Diego, der so langsam malt, als liebkose er sie mit seinem Pinsel, die Männer, die ihr auf der Straße gefolgt sind; all die Männer, die sie gehabt, und all jene, die sie begehrt hat. Ja, sie hatte das Frausein mit Narzißmus verwechselt; mit der Wollust ihres eigenen Körpers, der Edward so fasziniert hat. Er hat ihr geholfen, ihre Sexualität und ihre schwarzen, sich plötzlich zusammenziehenden und aufrichtenden Brustwarzen zu entdecken; mit ihm hat sie sich am Rande der Perversion bewegt, einen Fuß bereits im Abgrund. Denn es war abgrundschlecht, daß es ihn entzückte, als Frau verkleidet zu den Festen zu gehen; küß mir die Füße, und er genoß es, jede ihrer Zehen abzulutschen, während sie das Spiel vom Zehlein, »this little piggy went to market«, spielte. Er fand jedes Abenteuer lohnend. Er schminkte sich das Gesicht und bat sie, ihn Puppe zu nennen; sie sollte an seinen Lippen knabbern, als wären sie Kirschen. Es war abgrundschlecht, daß es sie erregte, ihn zu besitzen, ihm die Schminke von den Lippen zu küssen, sein Gesicht mit Speichel zu bedecken, ihm den Rock, der ihr gehörte, herunterzureißen, ihm die Strümpfe auszuziehen und ihr Begehren hinauszuschreien. Wie hatte sie sich nackt auf einer Dachterrasse sonnen und sich so sehr erhitzen können, bis sie verschwitzt hinunterlief, um den Mann zu nehmen, liebe mich, Edward, jetzt gleich? Und das am hellichten Tage, ohne sich zu schämen, wenn Elisa in der Küche ihr begehrliches Keuchen hören konnte! Edward liebte das Leben, und er liebte sie; er verstand es, Tinas Gedanken, die immer etwas wirr waren, zu lenken.

Edward hielt Traurigkeit für ungesund. Würden die Richter ihr Nacktbaden auf der Dachterrasse verstehen? Oder die Spiele, das Gerenne, die einander jagenden und sich wie Welpen beißenden, beschnüffelnden und abschleckenden Geschlechter? Oder die schrillen Lachanfälle, den dreizehnjährigen Brett, Brett und Chandler, die fern von ihrer Mutter lebten und von der Geliebten, der Komplizin ihres Vaters, magnetisch angezogen wurden? Ach, dieser aus dem Garten aufsteigende Erdgeruch, der von ihren Fingern tropfende Saft der Breiäpfel, die Guayaba, die das ganze Haus mit ihrem Duft erfüllte!

Sie würde der Kommission gern sagen, daß sie die Frau eines einzigen Mannes ist, daß niemand sie über Julios Tod hinwegtrösten wird, daß es ihr gelungen ist, nicht an Julios Tod zu sterben und im Verlaufe von sechsunddreißig Jahren an nichts zu sterben, und daß sie allein dafür den Leninorden, den Rotbannerorden, die Heldenmedaille und alle sonstigen Auszeichnungen verdient hat. Was soll sie all diesen Richtern, die möglicherweise voller Gier auf ihr Leben, auf ihren Körper sind, sagen? Was wird sie retten? Ihr Schmerz um Mellas Tod? Wo liegt der Schlüssel zu ihrer Errettung? Sie kann sich vorstellen, wie sie miteinander reden. Was für eine Liebe zu Mella, wo doch ihr Zusammenleben nur fünf Monate gedauert hat? Was für eine Liebe zu Guerrero, wo doch ihr Leben eine Kette von Promiskuität ist? Ach, könnte eine Frau sich doch ihr Leben lang an die Hand ihres Geliebten klammern und ihm erlauben, sie zu behüten, könnte sie doch für immer in seinem Schatten leben!

Weston würde diese Gerichtsverhandlung empörend finden. »Was zum Teufel machst du da? Diese Leute sind doch verrückt. Niemand darf über dich bestimmen. Das alles richtet sich gegen die Kunst, gegen das Schöpferische.« Er würde sie vor sich selbst beschützen, er würde sie durch die Straßen führen, vorbei an all den Männern, die sich nach ihr umdrehen.

»Bürgerin Modotti, erzählen Sie bitte konkreter. Am besten beantworten Sie unsere Fragen.«

Was hat sie gesagt? Hat sie laut gedacht? Hat sie im Delirium gesprochen? Jetzt wird sie von allen, sogar von der Stassowa, angestarrt. Könnte sie sich doch benehmen wie Vera Figner, Olga Ljubatowitsch oder Elisaweta Kolwalskaja, die Frauen, die gegen den Zaren gekämpft hatten. Könnte sie doch, wie Sofia Petrowskaja, die erste wegen eines politischen Vergehens in Rußland hingerichtete Frau, sagen: »Ich bedaure mein Schicksal nicht ... Ich habe nach meinen Überzeugungen gelebt; ich könnte nicht anders handeln ... Ich werde allem ruhig entgegensehen.«

»Wann begannen Sie, sich an den Solidaritätskampagnen für Sacco und Vanzetti zu beteiligen?« fragt der Kommissionsvorsitzende.

»Ich lebte in Mexiko, als sie festgenommen wurden; ich habe mich an Aktivitäten zu ihrer Verteidigung beteiligt.«

»Worin bestand konkret Ihre Arbeit?«

»Propaganda.«

»Betrachten Sie Ihre Arbeit als zufriedenstellend?«

»Sie war unzulänglich. Sie wurden am 23. August 1927 hingerichtet.«

»Hatten Sie irgendeinen Kontakt zu russischen Genossen?«

»Nein. Ich bewunderte die Partei Lenins und Stalins und bin jetzt stolz darauf, die Revolution zu erleben und ihr zu dienen ... ihr und dem größten Anführer aller Zeiten, Josef Stalin.«

»Fahren Sie mit Ihrer Geschichte fort, Genossin Modotti. Erzählen Sie von Ihrer Ausweisung aus Mexiko. Wir wissen, daß Sie beschuldigt wurden, Sie hätten versucht, den neu gewählten Präsidenten Mexikos zu ermorden. Hatten Sie Verbindung zu terroristischen Gruppierungen?«

»Niemals.«

»Und hatten Sie hier in der Sowjetunion Beziehungen zu Terroristen?«

»Nein.«

»Wußten Sie, daß Vidali eine terroristische Vergangenheit hat? Hat er Ihnen jemals von seinen früheren Aktivitäten erzählt?«

»Er hat mir nur erzählt, daß er in Triest, als Kind, in einer Werft eine Bombe gelegt hat.«

»Sie wissen nichts von anderen Sabotageakten, die er begangen hat?«

»Nein.«

»Haben Sie jemals gesehen, daß Genosse Vidali eine Waffe trägt?«

»In Mexiko, aber in Mexiko laufen alle bewaffnet herum.«

»Jetzt trägt er keinen Revolver?«

»Doch, wir haben einen im Hotel.«

Worauf wollen sie hinaus? Was wollen sie mit ihrer Hilfe erreichen?

»Erhalten Sie Briefe aus dem Ausland?«

»Meine Mutter und meine Schwester schreiben mir aus Italien, und ich bekomme einige wenige Briefe von Freunden aus den Vereinigten Staaten.«

»Das ist alles?«

»Ja.«

»Haben Sie keine Korrespondenz mit anderen Parteimitgliedern?«

»Ich mache nichts anderes als das, was man mir in der Partei befiehlt; abends bereite ich mich in meinem Zimmer auf die Aufgabe des nächsten Tages vor.«

»Sprechen Sie mit ausländischen Parteimitgliedern? Sie haben der Roten Hilfe doch im Ausland gedient.«

»In Mexiko, und später in Paris, mit Vittorio, haben wir mit Parteimitgliedern aus anderen Ländern verkehrt. In Moskau treffe ich Leute nur durch meine Arbeit für die Partei.«

»Welche Chancen haben Ihrer Meinung nach die trotzkistischen Organisationen, an die Macht zu gelangen?«

»Wo denn?«

»Hier in der Sowjetunion, Bürgerin Modotti.«

»Nur, wenn sie die Sowjetunion kaputtmachen.«

»Erscheint Ihnen dies machbar, Bürgerin?«

»Nein.«

»Wissen Sie, daß die trotzkistischen Organisationen zu Methoden des ultraterroristischen Kampfes greifen?«

»Ich hatte niemals Kontakt zu irgendeinem Trotzkisten.«

»Sind Sie sicher?«

»Ja.«

»Genosse Vidali kennt die Methoden des ultraterroristischen Kampfes genau. Hat er sie Ihnen nicht vermittelt, Bürgerin?«

»Nein.«

»Im Moment«, sagt der Ankläger zu seinen Genossen am Tisch, »habe ich keine weiteren Fragen an Genossin Modotti.«

»Können Sie uns bitte in allen Einzelheiten berichten, was Sie getan haben, seit Sie im Jahre 1930 nach Deutschland kamen?« fragt der Vorsitzende scharf.

Tina sieht sich wieder in den dunklen, regennassen Straßen Berlins. Sie erinnert sich an ihre Freunde, ihre Genossen: Smeral, Lotte, Chattopodyaya. Noch bevor sie antworten kann, unterbricht sie der Vorsitzende. »Ist Ihnen bekannt, daß die Gefolgsleute Trotzkis sich jetzt mit Deutschland verbündet haben? Kann man Trotzki verteidigen, Bürgerin Modotti?«

»Nein. Ich betrachte ihn als Verräter.«

Tinas Stimme ist jetzt so kraftvoll und emotionsgeladen, daß sie Leben in den Raum bringt.

»Berichten Sie von Ihren ersten Aufträgen für die Rote Hilfe. Wußten Sie von Ihrer Verantwortung?«

»Ich wußte, daß eine Verhaftung jahrelange Gefängnishaft oder den Tod bedeutet hätte, aber ich war genau die Richtige für diese Arbeit. Niemand schöpfte Verdacht, und mit einem guten Paß konnte ich die Grenze überschreiten ...«

»Wer waren Ihre Kontaktpersonen?«

»Keine Ahnung. Ich habe keine von ihnen jemals wiedergesehen.«

»Wußten Sie, daß Trotzki einen Putsch geplant hat?«

»Nein.«

»Haben Sie nie mit Genossen gesprochen, die Trotzki gern getroffen hätten?«

»Niemals.«

»Sagen Sie die Wahrheit?«

»Die volle Wahrheit. Aber ich glaube nicht, daß ein Genosse öffentlich zugegeben hätte, er wolle Trotzki treffen.«

»Keine Spitzfindigkeiten, wir wollen die Wahrheit hören. Wissen Sie, daß Trotzki viel von Sabotage hält?«

»Nein.«

»Kennen Sie Trotzkis Befehle, Terrorakte zu organisieren?«

»Nein.«

»Wissen Sie, daß es in der Sowjetunion bereits eine Terrororganisation gibt?«

»Nein.«

»Wissen Sie von Trotzkis Verbindungen zu Japan und Deutschland?«

»Nein.«

»Was halten Sie von den Errungenschaften des Fünfjahrplans, Genossin?«

»Es sind enorme Errungenschaften. Angesichts aller Beweise mußten die reichen Bauern einen Rückzieher machen; in diesem Land wurde eine Schwerindustrie geschaffen; in wenigen Jahren werden wir eine Leichtindustrie haben wie überall in Europa.«

In diesem Augenblick erwähnt der Ankläger erneut Vidalis Namen.

»Finden Sie nicht, daß die Folgen seiner Sorglosigkeit jetzt offensichtlich sind? Vidalis Verhaftung in Paris hat etwas mit seiner Wesensart zu tun. Glauben Sie, daß er die nötigen Vorsichtsmaßnahmen trifft?«

»Natürlich.«

»Finden Sie, daß Vidali in Anbetracht seines ziemlich flatterhaften Wesens unvorsichtig ist?«

»Nein.«

»Ich wiederhole die Frage. Begeht er wegen seines besonderen Charakters, seiner Art zu sprechen und durch sein Bedürfnis aufzufallen, Fehler in der alltäglichen Arbeit?«

»Nein.«

»Finden Sie nicht, daß es ihm an Weitblick mangelt und daß er als Aktivist das Endziel aus den Augen verliert?«

»Im Gegenteil. Ich habe von ihm stets klare Anweisungen und genaue Analysen gehört.«

»Glauben Sie, daß er die tatsächlichen Chancen einer bestimmten Aktion abwägen kann?«

»Natürlich.«

»Finden Sie, daß Vidali die Rote Hilfe in Paris vernünftig geleitet hat?«

»Ja, alle vertrauen ihm.«

»Vertrauen?«

»Sie verlassen sich auf ihn. Er ist der geborene Führer.«

»Fürchtet Vidali Volksbewegungen wie Generalstreiks und ähnliches?«

»Nein, er hat immer politische Klarsicht bewiesen. Er meint, ein schlecht geplanter Streik frustriert die Arbeiter; er sagt, die spezifischen Bedingungen eines Landes seien entscheidend bei der Mobilisierung der Arbeiter.«

»Glauben Sie, daß es Kräfte gibt, die entschlossen sind, das von uns Erreichte zu vernichten?«

»Sie erzählen mir gerade, daß es sie gibt.«

Zum ersten Mal unterbricht die Stassowa den Ankläger und sagt höflich: »Genosse, Genossin Modotti arbeitet ausschließlich für die Rote Hilfe. Ihre Arbeit besteht darin, politische Emigranten zu empfangen, sich um sie zu kümmern und ihnen zu besseren Lebensbedingungen zu verhelfen. Sie findet Wohnungen und Arbeit für sie.«

»Ja, aber Sabotageakte werden in Verbindung mit anderen Ländern ausgeübt; die Agenten kollaborieren oft mit Verrätern im Inland ...«

Tinas Knochen beginnen zu schmerzen, nicht so sehr wegen des angespannten Verhörs, das so scharf ist und bei dem es immer wieder um dasselbe geht, sondern wegen ihrer eigenen Schuldgefühle. Sie hört nicht einmal, wie der Vorsitzende sagt: »Das ist alles, Genossin Modotti, Sie können gehen.«

Da sie sich nicht rührt, wiederholt er mit lauterer Stimme: »Genossin, die Befragung ist beendet.«

Tina erhebt ihre Hülle aus Knochen und Haut von der Bank und geht gesenkten Kopfes zur Tür. Auf dem Flur hat sie das Gefühl, als gingen die Leute schnell an ihr vorbei. Man hat sie dermaßen ausgelaugt, daß sie nicht einmal ihr Selbstmitleid hätscheln kann. Das einzig Wirkliche ist die Müdigkeit, die sich irgendwo in ihrem Magen eingenistet hat und sie zwingt, gebeugt zu gehen. Sie hat all ihre Zigaretten aufgeraucht. Als sie auf die Straße hinaustritt, überfällt sie die Gewißheit, daß nichts von dem, was ihr passiert, von Bedeutung ist; sie selbst ist unwichtig, mehr als zehn Jahre lang haben ihre unumstößlichen Ideen eine geradezu hypnotisierende Macht auf sie ausgeübt. Jetzt erscheinen sie ihr fremd. Sie hat nur den Wunsch, sich auf ihr Bett zu werfen.

Die ganze Nacht lang hat sie im Traum Schreie vernommen. Nun aber, als sie im Morgengrauen erwacht, begreift sie, daß es ihre eigenen Schreie waren.

Nach einer Woche erhält Tina eine Nachricht: sie ist befördert worden, sie ist nicht mehr nur Parteimitglied, sondern gewissermaßen auch eine Führerin. Die Sowjetunion kann undurchschaubar sein.

Als Vittorio endlich nach Moskau zurückkehrt und bei der Roten Hilfe über seinen Auftrag berichtet, lobt ihn die

Stassowa. »Wilhelm Pieck, Fritz Heckert, Dimitroff und alle anderen sind zufrieden. Du gehst wieder nach Spanien. Palmiro Togliatti hat darauf bestanden, weil du so gute Arbeit geleistet hast. Deine Lebensgefährtin kommt später nach.«

In der Intimität der menschenleeren Straße, an dem einzigen Ort, an dem sie sich nicht belauscht fühlt, lehnt Tina den Kopf an Vittorios Brust und vertraut ihm flüsternd an: »Ich bin froh, daß wir weggehen.«

Am 1. Juni 1935 wird in Moskau der VII. Weltkongreß der Kommunistischen Internationale eröffnet. Aus Mexiko kommen Miguel Angel Velasco, Hernán Laborde und José Revueltas. Tina umarmt alle drei sehr liebevoll. Es ist wie ein Traum, nach fünf Jahren wieder etwas von Mexiko zu hören. Sie fragen nach Vittorio. »Er ist in Spanien und hilft den asturischen Bergleuten in ihrem Kampf.« Sie kommen privat mit Manuilski zusammen, um die Lage in Mexiko zu besprechen. Es herrscht eine Atmosphäre der Begeisterung. Die heldenhaften Führer des Streiks in Asturien treffen ein und stehen im Mittelpunkt des Interesses. Tina fragt sie nach dem Genossen Carlos J. Contreras, der aus der Sowjetunion zu ihnen geschickt wurde. Die Bergleute lächeln. »Er arbeitet hart. Keine Sorge, Genossin, ihm ist nichts passiert, dieser Mann wird hundert Jahre alt.« Durch die Flure der Komintern eilen aufgeregte Delegierte aus Österreich, Deutschland, Frankreich, Spanien und Mexiko. Dimitroffs triumphale Reise von Berlin nach Moskau hat ihnen Mut gemacht. Es wird ein antifaschistisches Bündnis proklamiert, und der »bulgarische Held« ist der Hauptredner. Georgi Dimitroff, der helle Augen und eine breite Stirn hat, widmet seine Rede seinem Genossen Ernst Thälmann, den Hitler gefangenhält. Er definiert den Faschismus: »Das ist eine Schreckensdiktatur der reaktionärsten, nationalistischsten, imperialistischsten Kreise des Finanzkapitals; die reaktionärste Abart des Faschismus ist der deutsche Faschismus.« Tina applaudiert ihm wie besessen.

Während der Monate Juni, Juli und August vergißt Tina wegen des Kongresses fast die Tatsache, daß Vittorio nicht da ist. Die Sowjetmenschen sind fasziniert vom beginnenden Kampf der Spanier; sie sehen in Spanien ein Kind nach ihrem Vorbild, aus dem letztendlich eine Sowjetrepublik werden könnte. Viele russische Funktionäre fahren nach Madrid und geben sich als Delegierte der Roten Hilfe aus; sie versprechen Waffen, technische und ideologische Beratung und Proviant. Von Vittorio Vidali erwartet man Großes. Den ganzen September über wartet Tina, und als der Kongreß zuende geht, fragt sie sich noch immer, was Vittorio zugestoßen ist und was ohne ihn aus ihr werden soll. Einmal bemerkt die Stassowa: »Keine Sorge, er ist für uns überaus wertvoll. Sollte ihm etwas Schlimmes zustoßen, wüßten wir es als erste.«

Tina bemüht sich, stark zu sein, und ruft sich ins Gedächtnis, was Dimitroff einmal zu Vittorio gesagt hat:

Haus verloren, nichts verloren.
Ehre verloren, viel verloren.
Mut verloren, alles verloren.

Tina verbringt ihre Freizeit mit den Mexikanern. Sie lieben Vittorio und hoffen, ihn später noch in Moskau zu sehen. Zusammen mit ihnen erinnert sie sich der mexikanischen Bergarbeiter von Pachuca und Guanajuato. Einmal ist sie mit Edward in einen Stollen hinabgestiegen. Sie sahen, wie die Mexikaner, die alle unter Silikose litten, in der Enge schwitzten. Sie nannten das Silber »die weißen Exkremente der Götter.« In Asturien haben sich die Bergarbeiter nicht der göttlichen Vorsehung anvertraut, bevor sie in die Tiefe stiegen. Sie haben ihre Vorgesetzten, die Regierung, die Armee und Gott verflucht und sind vor Ärger außer sich geraten, während in Mexiko dreihunderttausend

Mann ohne jede Klage verhungert sind. Sicher, dies muß einer der Gründe für die Revolution von 1910 gewesen sein. Die drei Mexikaner reisen ab, ohne Vidali getroffen zu haben.

Immer neue, erregende Nachrichten treffen aus Spanien ein, und Tina hat das Gefühl, als sei alles, was dort passiert, ein persönlicher Erfolg Vittorios. Die Niederschlagung der asturischen Bergleute führt zur Vereinigung der Linken und hilft der Volksfront, einer Koalition aus Republikanern, Kommunisten, Sozialisten und zwei Gewerkschaften – der von den Anarchosyndikalisten geführten CNT und der sozialistischen UGT –, die Wahlen zu gewinnen. Am folgenden Tag besetzen die Bauern die Ländereien der Aristokraten. In Yeste, in der Nähe von Alicante, hindert die Guardia Civil die Bauern daran, »die Bäume der Herren« zu fällen. Mit Steinen, Heugabeln und Knüppeln treten die Bauern den Gewehren entgegen. In Oviedo und Valencia öffnen sich die Gefängnisse, und man läßt die inhaftierten Arbeiter frei. Auch die Bergleute verlassen die Gefängnisse.

Spanien ist reif für die Revolution. Die Landbesetzungen mehren sich, und die Leute vom Lande beginnen auf Anraten der Kommunisten, den Boden zu bestellen. In Manasalbas, in der Provinz Toledo, bemächtigen sich zweitausend hungrige Menschen des Gutes El Robledo, das sich die Romanones vor zwanzig Jahren angeeignet haben, ohne dem Volk irgend etwas dafür zu geben. Dasselbe passiert mit eintausenddreihundertsiebzehn Hektar Land in Encinar de la Parra. Die Landarbeiter aus acht Dörfern bei Salamanca, achtzigtausend Bauern der Provinzen Cáceres und Badajoz, nehmen den Boden in Besitz und beginnen ihn zu bestellen.

Spanien gleicht einem Vulkan. Monarchisten, Großgrundbesitzer und Konservative spüren, daß die etablierte Ordnung, ihr Besitz und – vor allem – ihr Leben in Gefahr sind. Für die Genossen ist Spanien unglaublich wichtig geworden. In Spanien kämpfen Männer und Frauen, die dem Kult der Oktoberrevolution huldigen, um eine neue Zukunft, ein neues Leben.

Tina ist hocherfreut, als die Stassowa ihr mitteilt, ihr nächster Auftrag werde sie nach Spanien führen. »Im Juli wird es in Madrid einen Kongreß der Internationalen Roten Hilfe geben. Wir werden Vittorio von deiner Ankunft benachrichtigen. Du erledigst vor dem Kongreß Propagandaarbeit für die Rote Hilfe und verteilst die Zeitung ›Ayuda‹. Dieser Auftrag wird länger dauern als andere. Nimm deine Sachen mit. Man kann nicht wissen, wie sich die Lage in Spanien entwickeln wird«, rät ihr die Stassowa, als sie Abschied nehmen.

In Tinas Kleiderschrank hängen zwei Röcke, eine schwarze Jacke, drei Blusen und ein Paar Sommerschuhe. In den letzten Jahren hat sie ihr Eigentum immer mehr eingeschränkt. Jetzt würde sie sich schämen, an überflüssigen Dingen zu hängen.

Ihr einziger Luxus ist der Stapel Fotos aus Mexiko. Sie sind gut verpackt und liegen ganz hinten im Schrank. Darunter befinden sich Aufnahmen wie die Treppe von Tepozotlán, Sichel und Maiskolben und die Hände des Puppenspielers Louis Vounin. Sie hat sie nicht mehr angeschaut, seit sie vor sechs Jahren in Berlin in Lotte Jacobis Studio ihre Ausstellung organisiert hat. Wem soll sie die Fotos während ihrer Abwesenheit anvertrauen? Das ist es, der Familie Regent! Dort wird man auf die Kamera und das Paket achtgeben. ›Wie leicht ich mich von einem Teil meines Lebens trennen kann; vor sechs Jahren habe ich all das noch gehütet wie einen Schatz.‹

Als Tina das zweimotorige Flugzeug nach Spanien besteigt, verspürt sie keine Angst; vielleicht deshalb, weil es ihr nichts ausmachen würde zu sterben. Das eigene Leben ist ihr längst gleichgültig. Sie hat den Löffel voller Borschtsch an den Mund geführt und einen Körper ernährt, den sie mit sich herumtrug, der jedoch seltsam wenig mit ihr zu tun hatte. Nur die Partei hielt sie auf Trab, und jede einzelne ihrer Zellen gehorchte ihr, bereit, sich völlig zu verausgaben. »Gute Arbeit, Genossin«, sagten die Stassowa und der Hohe Kommissar. »Auftrag erfüllt«, sagten sie und lächelten ihr zu. »Sie erledigen unsere Aufträge immer gut.« Seit ihren Dienstreisen nach Rumänien, Polen und in die Tschechoslowakei hat sich selbst Abramow verändert. »Ein ausgezeichneter Kurier.« »Sie ist unsere einzige Agentin, die auf Anhieb begreift.« »Sie macht keine Schwierigkeiten.« »Sie ist immer bereit.«

Im Flugzeug streckt sie die Beine von sich, während die Maschine aufsteigt, an Höhe verliert und wieder aufsteigt. Luftlöcher. Sie hat einen Fensterplatz bekommen und überwacht von dort aus die Funktionstüchtigkeit des Propellers. ›Vielleicht war ich mal ein Vogel.‹ Fast schämt sie sich ihrer Privilegien. Andere werden von der Grenzpolizei verhört und durchsucht, während sie, dem Himmel ganz nah, eine Zigarette anzündet und sich im Sitz zurücklehnt.

Das Flugzeug wird in Paris landen; sie wird in der Rue Ganne 8 bei Germaine und Henri Le Bihan wohnen und von dort aus einen Zug nach Bordeaux und dann nach Bayonne nehmen. Von da wird sie irgendwie nach Gethary gelangen, eine Stadt in der Nähe von San Sebastián. Ihr Kontaktmann wird sie um zwölf im Alfajarín treffen. Das Kennwort – *Ich habe den Schlüssel zu diesem Schloß nicht gefunden* – ist komisch. No encontré llave para esa cerradura. Wie vertraut das klingt, und wie es sie wärmt. Sie hat einen argentinischen Paß; sie ist Estela Arretche aus Buenos Aires. Wonach Abramow wohl die Länder und die Namen auswählt? Wer ist diese Estela Arretche, deren Gesicht haargenau dem ihren gleicht? Tina seufzt. Ein neues Leben. Sie legt die Hände auf ihre prallen Oberschenkel. Was für gute Diener sie sind! Vieles, was ihr zugestoßen ist, hat seinen Ursprung in diesen Oberschenkeln. So, wie ihre Augen Bilder, die an ihr vorbeigehuscht sind, angehäuft haben, hat ihr Fleisch alle bis heute erlebten

Tage in sich aufgenommen. Sie trägt ihr ganzes Leben am Leib.

»Hier sind deine neuen Dokumente.« Henri Le Bihan überreicht ihr ein kleines Päckchen. In ihrem Pariser Zimmer entdeckt Tina, daß man aus ihr eine nordamerikanische Bürgerin gemacht hat, eine in Madison, Wisconsin geborene Berufsfotografin. Sie heißt Rose Smith (wie seltsam, als sie in Mexiko zum ersten Mal verhaftet wurde, hat sie sich Rose Smith genannt). Sie nimmt Abschied von Germaine und Henri und von ihrer kleinen Tochter Cecile. Die für sie bestimmte Post wird an diese Adresse geschickt werden, die für sie ein Heim gewesen ist.

In Madrid.
Fotografie von Robert Capa. 1936

Reihen von Olivenbäumen säumen die Landstraße. Simone Tery, eine französische Journalistin, unterhält Tina durch ihre Beschreibungen und Imitationen von Menschen, die sie kennengelernt und interviewt hat. »Vidalis komisches, rosafarbenes, rundes Gesicht mit der kleinen Haartolle«, »der trotz seiner Leibesfülle so besonders lebhafte José Miaja«, »die mürrischen, strengen Gesichtszüge von José Díaz«. Am besten gelingt ihr Togliatti. Simone nennt ihn Graue Eminenz und zwinkert genau wie er. »Du solltest Schauspielerin sein und nicht Journalistin«, meint Tina lächelnd. Die Kartesianerin Simone pflegt ihre Interviewpartner zu unterbrechen: »Was Sie da sagen, ist unlogisch, das kann nicht sein.«

Vittorio hat Tina eine Nachricht nach Granada geschickt, wo sie die Zeitung der spanischen Roten Hilfe, *Ayuda*, verteilt hat. Sie war in Andalusien, Córdoba und Granada. »In Melilla gab es eine Militärrebellion. Ich glaube nicht, daß sie die Straße von Gibraltar überqueren können, und das gibt uns Zeit für die Mobilmachung. Ihr

Befehlshaber ist Francisco Franco, der für das Massaker in Asturias verantwortlich ist. Komm mit der französischen Journalistin über Jaén in die Ebene von La Mancha und dann nach Ciudad Real, Toledo und Illescas, kommt, so weit ihr könnt...«, heißt es in seiner Nachricht vom 17. Juli 1936.

Unter der Julisonne scheint alles – die Landschaft, die bräunlichen Blätter – auf irgend etwas zu warten. Der Autobus kommt nur schnaufend voran, und wenn er in ein Schlagloch gerät, werden sie alle durchgerüttelt. Dennoch dösen sie Schulter an Schulter, das Gepäck zwischen die Beine oder an die Brust gedrückt, vor sich hin. Die trockenen, strengen, sonnenverbrannten Gesichter der Frauen unter den eng anliegenden Kopftüchern, die auf der Stirn ihre Spuren hinterlassen, sind so abweisend wie die Berge am Horizont, ihre Lippen und Augen wie die winzigen, weißgetünchten Dörfer, die sich in die Landschaft pressen. Wie alt dieses Spanien ist, und wie heiß der Wind, der durch die Ebene fegt. Eine der Frauen schlägt die Augen auf; der Blick ist hart wie ihre Gesichtszüge. In der Ferne krepiert eine Granate. Fährt die Frau auch nach Madrid? Vor Angst kneift sie die Lippen zusammen, bis sie eine einzige Linie bilden. Hier kämpfen alle mit dem Boden, um ihm abzuringen, was er verbirgt. Der Motor quält sich durch die weite Landschaft.

›Wie schnell die Tage im Krieg vergehen, alles geschieht gleichzeitig, und plötzlich kommt, ohne daß man es spürt, der Tod.‹

In Madrid weckt sie Simone und steigt erleichtert aus dem Autobus. Mit der rechten Hand umklammert sie das Köfferchen, das sie auf allen Dienstreisen begleitet hat. Es fällt ihr nicht schwer, die von Vittorio angegebene Adresse zu finden. »Das Haus der Gavinets ist sehr groß«, hat Vittorio geschrieben. Ein Mädchen – später wird Tina erfahren, daß es Carmen heißt – erscheint in der Tür und öffnet ihr, und vom Balkon aus ruft ihr eine Frau zu, als wären sie alte Bekannte: »Mach, komm rauf, die Männer kommen gleich zum Abendessen.«

Die Ereignisse der letzten Tage erfordern schnelle Entscheidungen und sofortiges Handeln. Für sentimentale Begegnungen und andere Vergnügungen ist keine Zeit. Vittorio erzählt Tina, daß die Konferenz der Internationalen Roten Hilfe abgesagt wurde, damit die Delegierten in ihre Heimatorte zurückkehren und den Widerstand organisieren konnten. Während er spricht, hört man durch das Fenster Schüsse und Geschrei, aber niemand läßt sich aus der Ruhe bringen.

Schnell wird jedem eine Aufgabe zugewiesen. Paco Gavinet wird mit der Kolonne Galán nach Somosierra gehen; Vittorio kehrt in die Kaserne des Fünften Regiments in der Calle Francos Rodríguez zurück, wo er und Enrique Lister eine Kampfeinheit auf die Beine gestellt haben; Tina und Matilde werden im Hospital Obrero arbeiten, einer privaten Lungenheilklinik, die vor wenigen Tagen vom Fünften Regiment übernommen wurde und jetzt von der Internationalen Roten Hilfe betrieben wird.

»Was werden wir dort tun?« fragt Matilde Landa.

»Siegen«, antwortet Vittorio mit einem Lächeln. »Das werden wir tun: siegen.«

»Aber Toietto, was sollen wir konkret tun?« Tina läßt nicht locker.

»Als Krankenschwestern arbeiten oder als was auch immer. Es sind noch ein paar alte Patienten da, aber es muß alles vorbereitet werden, um Verwundete aufzunehmen. Von heute an gehört ihr auch zum Frauenbataillon des Fünften Regiments. Wir werden euch beibringen, mit Waffen, mit Gewehr und Pistole, umzugehen und Granaten zu werfen. Ihr werdet auch gewisse Sonderaufträge übernehmen. Du, Tina, wirst sicher weiterhin in Sachen Internationale Rote Hilfe reisen.« Dann kneift er Tina lachend in die Wange und flüstert ihr zu: »Und mein Name ist weder Vidali noch Toietto, noch Vittorio. Hier bin ich Kommandeur Carlos Contreras.«

›Wie schnell er über unser aller Schicksal verfügt‹, denkt sie. Nach der langwierigen, stundenlangen Reise entscheidet sich ihr Leben im Handumdrehen.

»Und wo werden wir wohnen, du und ich?«

»Ich werde dich im Krankenhaus besuchen, und du kommst zu mir in die Calle Francos Rodríguez.«

Tina sieht zu, wie Matilde Landa die Möbel zudeckt und die Fensterläden schließt; sie bereitet ihr wunderschönes Haus auf eine lange Abwesenheit vor. »Wer weiß, ob wir wiederkommen«, sagt sie und nimmt ihre Tochter bei der Hand. Tina fühlt sich leicht und frei, obwohl ihr Herz wie rasend klopft. Sie erlebt diese Momente mit jeder Faser ihres Herzens. Krankenschwester. Sie wird als Krankenschwester arbeiten. Bald wird sie herausfinden, was das bedeutet.

Als Carlos Contreras Tina zum ersten Mal ins Hauptquartier des Fünften Regiments mitnimmt, ist sie beeindruckt von der euphorischen Stimmung, die dort herrscht. Die Leute reden nicht, sie brüllen. Carlos bahnt sich seinen Weg durch die Menschenmenge, die ungeduldig vor den Toren wartet.

In dem Stimmengewirr, das in der Kaserne herrscht, erkennt Tina einen kubanischen Akzent, der ihr so vertraut ist, und wird von Freude gepackt. Zum ersten Mal sieht sie María Luisa Lafita und ihren Mann Roberto Vizcaíno und lädt beide ins Büro des Kommandeurs Carlos ein.

»Wann und wie seid ihr hergekommen?«

»Im Mai 1935. Wir haben die Insel verlassen, als die Kommunistenverfolgung schärfer wurde. Jetzt sind dreiundzwanzigtausend Kommunisten hier in Spanien.«

Während Tina zuhört, wie María Luisa erregt berichtet und dabei die Silben verschluckt, denkt sie: ›Julio, Julio, du bist bei mir, du hast deine Genossen zu mir geschickt.‹

Ihr ist, als kenne sie diese beiden bereits ein Leben lang. Sie verleihen dem Kampf eine festliche Atmosphäre, ganz so, als wäre alles voller sonnengereifter Ananasfrüchte. Wie ist es möglich, daß der Krieg mir ein solches Geschenk macht! »Fast tausend Kubaner kämpfen hier in Spanien auf Seiten der Republik, Chica«, sagt María Luisa Lafita, die beim Sprechen gestikuliert und ihre schönen, starken Arme in die Luft wirft. Tina erzählt ihnen von der Zeitung *Ayuda*, die sie in Granada verteilt hat. »Du wirst schon sehen, Chica, die Direktorin von *Ayuda* ist María Teresa León, eine wunderbare Genossin. Ihr Mann ist ein Dichter, aber er sieht so gut aus, daß er ein wenig eingebildet ist.«

Von nun an spielt sich Tinas Leben an vier Orten ab: im Hospital Obrero in der Gegend von Cuatro Caminos, im Hauptquartier des Fünften Regiments in der Calle Francos Rodriguez, im Büro der Internationalen Roten Hilfe auf der Gran Via und im Regionalbüro der Roten Hilfe in der Calle Abascal.

Vittorio erzählt ihr, wie schwierig es war, das Arbeiterkrankenhaus zu beschlagnahmen. Die Nonnen wollten es nicht hergeben. »Wenn es sein muß, schießen wir uns den Weg frei«, warnten die Milizionäre, die eine Weile warteten und dann, als es keine Reaktion gab, die Schlösser sprengten. Als sie eintraten, waren die meisten Nonnen bereits durch den Hinterausgang geflohen, allerdings nicht ohne zuvor die Medizinschränke ausgeräumt und die medizinischen Instrumente eingeschlossen zu haben. Die Schlüssel hatten sie mitgenommen und dafür ein paar alte Patienten, die von ihren Betten aus alles beobachteten, zurückgelassen.

Als Tina zum ersten Mal ins Arbeiterkrankenhaus kommt, rät ihr Isidoro Acevedo, ein alter Revolutionär und Mitglied der Roten Hilfe, einen anderen Namen anzunehmen.

»Und wie soll ich mich nennen?«

Der Alte prüft eine Liste mit den Namen der Freiwilligen.

»Wie wäre es mit María? Das ist ein ganz gewöhnlicher Name, er ist leicht zu behalten.«

»María gefällt mir gut. So nennt man in Mexiko die Frauen, die in den Straßen um Almosen bitten.«

»Du wirst unter dem Namen María Sánchez registriert. In Ordnung?«

»Gut. Auch in Mexiko ist Sánchez ein gewöhnlicher Name.«

Als Tina zum ersten Mal hört, wie jemand sie mit ›María‹ anspricht, tut es ihren Ohren wohl, und sie reagiert umgehend und ganz natürlich. María auf den Treppen und in den gläsernen Korridoren, María im Operationssaal, María vor den großen, staubigen Fenstern, die dringend geputzt werden müssen, María inmitten des Chaos eines Krankenhauses. Jeder weiß, daß ein Operationssaal makellos sauber zu sein hat. Wo sind die Eimer und die Scheuerlappen, die Apotheke, die Ersatzbetten, die Wäsche und die Röntgenabteilung, wo nur, verdammte Nonnen? Die Krankenzimmer tragen die Nummern 1 bis 10, und in jedem stehen fünfundzwanzig Betten. Wie erholsam, nicht mehr Tina zu sein!

Im Beratungsraum sind die Wände mit dem Foto einer schnurrbärtigen Nonne und dem Bild des heiligen Franziskus geschmückt. Matilde dreht beide im Vorbeigehen um. Sie hat auch die Kruzifixe von den Wänden der Krankenzimmer entfernt. »In den Müll damit. Übrigens«, sagt sie ohne Übergang, »werden die Betten nicht ausreichen, wir werden neue aufstellen müssen.«

»Ich besorge Seife und Lappen.«

»Überlaß das den anderen, María; sollen doch erst einmal die ungelernten Mädchen saubermachen.«

»Ich habe auch keine Erfahrung, aber ich möchte helfen.«

»Hör mal, unterschätz dich nicht«, mischt sich María Luisa ein, »du wirst noch Gelegenheit finden, dich aufzureiben.«

Apotheke, Röntgenabteilung und Behandlungszimmer sehen sehr schmutzig aus.

»Wenn man bedenkt, daß in Spanien fast alle ledigen Frauen Nonnen sind! Mehr als sechzigtausend Frauen haben das Gelübde abgelegt.«

»Und wie vermehren sich die Spanier, wenn sie fast alle Nonnen und Mönche sind?«

Matilde entdeckt durch das Fenster einen Garten mit ein paar Hütten in einer Ecke.

»Wozu sind die wohl da?«

»Für Leute mit ansteckenden Krankheiten. Da unten steht die elektrische Waschmaschine, die modernste von Madrid. Das da ist die Abteilung für Wassertherapie, aber sie ist nie benutzt worden, und dies ist die Bestrahlungsabteilung. Dieses Krankenhaus hat acht Millionen Peseten gekostet, es ist eines der größten in Europa. Seht nur mal, wie groß die Säle sind. Dieser Gang hier führt zur Hauptkapelle; die Nähstuben und die Zimmer der Nonnen liegen um die Kapelle herum und sind durch einen kreisförmigen Gang mit ihr verbunden.«

Beim Betreten der Kapelle, die so groß wie eine Kirche und prunkvoll geschmückt ist, kann María Luisa Lafita ein bewunderndes ›Oh‹ nicht unterdrücken.

»Das muß alles weg«, sagt der neue Chefarzt Planelles, »wir werden die Kapelle für unsere Verwundeten brauchen. Im Keller bringt ein kleiner Waggon auf Schienen die Toten in die Leichenhalle. Auch die Küche befindet sich im Zentralgebäude. Der Operationssaal ist so groß, daß man drei Patienten gleichzeitig operieren kann. Habt ihr schon gesehen, wie groß die Dampfdrucktöpfe sind?«

Am nächsten Abend wird Matilde Landa von Juan Planelles zur Politkommissarin des Krankenhauses ernannt.

Mari Valero, die sich ebenfalls freiwillig als Krankenschwester gemeldet hat, fragt schnippisch: »Wozu brauchen wir eine politische Direktorin? Das hier ist ein Krankenhaus.«

»Wir müssen wachsam bleiben und Krankenschwestern

und Patienten kontrollieren. Außerdem ist sie für Sonderaufträge verantwortlich.«

Verschreckt sehen die alten Leutchen von ihren Betten aus alles mit an. Manche weinen. Nach und nach füllen sich die Säle mit neu eingestellten Krankenschwestern, die plaudernd und lachend in Sandalen herumlaufen. Für sie ist der Krieg ein Fest. Sie fassen sich bei den Händen und tanzen im Kreis. Die Erfahrenen unter ihnen sind keine Spanierinnen. Blanca und Anita Muller sind Belgierinnen. Carla van der Rijs ist eine große, kräftige, stets zum Lächeln aufgelegte Holländerin. María Luisa Planelles, die Frau des Direktors und eine erfahrene Forscherin, setzt sich ans Mikroskop. Angelines und Pedro Donoso übernehmen die Verwaltung und die Finanzen; María Postigo, die Näherin, ist auch für die Wäsche zuständig. Encarnita Fuyola bietet sich an: sie will Botschaften zur Kaserne bringen oder irgend etwas anderes tun. Die übrigen Mädchen sind Bäuerinnen; sie heißen Pilarica Espinasa, Candelaria, Remedios, Lola, Angustias, Inmaculada und Mercedes und sind daran gewöhnt, von Sonnenaufgang bis Sonnenuntergang zu arbeiten. Die weißen Säle sind für sie eine Erholung. Sie haben stets ein Lächeln auf den Lippen. »Man muß den Kranken Lebenslust einflößen.« Darum singen sie, während sie die alten Männer mit einem Schwamm waschen.

Matilde Landa hat eine eigenartige Verwandlung durchgemacht. Oder vielleicht kann Tina in ihr einfach nicht mehr die Hausfrau sehen wie damals, bei ihrer Ankunft. Wenige Wochen nach ihrer Ernennung zur Politkommissarin wird sie auch Dr. Planelles' unabkömmliche Assistentin; in allen Angelegenheiten fragt er sie um Rat. Mit ihrem ruhigen Gesicht und dem Mund, der wie in einem ständigen Lächeln halb geöffnet ist, flößt sie Vertrauen ein. Für alle ist es bald ganz natürlich, zu sagen: »Fragen wir doch Matilde.« Ihre sanfte, gleichmäßige Stimme bringt jeden zur Ruhe. Sie muß die Konflikte, die sich im Krankenhaus ergeben, regeln und alle Probleme lösen, politische, ökonomische und Versorgungsschwierigkeiten. Sie kümmert sich nicht nur um die Kranken; sie stellt auch Schwestern ein, treibt Nahrungsmittel auf und erfährt schlechte Nachrichten vor allen anderen. Sie ist politisch voll und ganz für das Krankenhaus verantwortlich. Als die anderen die langen, hinderlichen Kittel der Nonnen ablehnen, weil sie angeblich Unglück bringen, erklärt Matilde, ihr sei das egal, und zieht sich einen an. Ihr in der Mitte gescheiteltes Haar hat sie zu einem festen kleinen Knoten gebunden. Sie ist schlank und klein, und sie geht wie eine Nonne durch die Korridore. Mari Valero ist die erste, die sie eine weltliche Nonne nennt. »Individualismus und Faschismus sind deckungsgleich«, sagt Matilde Landa. Sie hat Mari Valero wegen ihres Kokettierens getadelt und Tina gedemütigt, als diese wütend erzählt hatte, sie habe ihren Kamm im Bad gelassen und ihn später nicht mehr wiedergefunden. »Wer ist nur so gemein, einen Kamm zu stehlen?« fragte sie, und Matilde blamierte sie: »Was bedeutet schon dein Kamm? Bitte, María, was ist dein Kämmchen im Vergleich zum Krieg und zu all dem Sterben?«

Wenn Vittorio ins Krankenhaus kommt, sagt er zu Tina: »Ich gehe mal Matilde Landa Guten Tag sagen.«

Madrids Bevölkerung reagiert auf die Rebellion, indem sie auf die Straße geht und von Gebäuden und Verkehrsmitteln Besitz ergreift. In ihrer Wut schlagen die Menschen Schaufensterscheiben ein, plündern Häuser und terrorisieren jeden, der sie jemals unterdrückt hat. Die Priester laufen wie die Hasen, und die Milizionäre schießen hinter ihnen her. Sie beschlagnahmen Erdölraffinerien, Elektrizitätsgesellschaften, Textilbetriebe, pharmazeutische Werke, Bierbrauereien, Druckereien und Kinos; überall werden bewaffnete Wachkomitees eingesetzt. Die Armen rächen sich für ihr Elend, für den Mangel an Schulen und Ärzten, für all die Jahre, da man sie vernachlässigt hat. Die Rache der Armen wirkt belebend auf Tina. Sie mischt sich unter die Menschen, die die prachtvollsten Paläste besetzen und mit roter Farbe an die vornehmen alten Mauern schreiben: »Besetzt von der CNT«, »Übernommen von der Roten Hilfe«, »Enteignet durch die Kommunistische Partei.« »Das ist mein neues Zuhause«, schreit ein junger Bursche, der eine Axt in der Hand hält. Tina packt seinen Arm, ohne die Axt zu bemerken, aber hätte sie eine bei sich, würde sie damit herumfuchteln. Als die Besetzer den Liriapalast betreten, der dem abwesenden Herzog von Alba gehört, erstarren sie angesichts einer solchen Schönheit. Jedes Museum wäre stolz, solche Goyas, Velazquez und Grecos zu besitzen oder all diese Gobelins und Skulpturen, diesen Goldschmuck, diese alten Bücher und Inkunabeln, wie sie nicht einmal die spanische Nationalbibliothek je gesehen hat. »Der Sieg liegt in unserer Hand!« verkünden CNT und UGT in ihrer Propaganda. Auf den unterschiedlichsten Wandzeitungen prangen in großen roten Lettern die Losungen einer Unzahl politischer Parteien und soeben gegründeter Komitees; auf jede Mauer, auf Schaufenster und Fenster wurden Plakate geklebt; man hat Madrid tapeziert.

Die Flugblätter riechen noch nach Druckerschwärze. Straßenbahnen und Autobusse sind mit Losungen beschmiert, und selbst die Parkbänke wurden von irgendeiner Gewerkschaft oder einer politischen Partei »konfisziert«. Die Leute rennen scheinbar ziellos durch die Straßen, vorbei an verbrannten Kirchen. Wenn der Lärm der Straße etwas abflaut, hört man aus der Ferne den gedämpften Lärm der Maschinengewehre. Tina schließt sich einer Gruppe von Männern und Frauen an, die Pflastersteine aufeinandertürmen, um Barrikaden zu bauen. Bald ist die ganze Stadt von Schutzwällen aus Sandsäcken umgeben.

Im Kasernenhof von Francos Rodríguez werden Männer und Frauen rekrutiert. Als erstes gilt es, das Volk zu bewaffnen und eine Einheitsfront aus Kommunisten, Sozialisten und fortschrittlichen Kräften zu bilden; jeder, der gegen den Faschismus ist, kann sich einschreiben. Etwa fünfhundert Männer nehmen marineblaue Kampfanzüge in Empfang, die Tina an ihren mexikanischen Overall erinnern. Das größte Problem sind die Waffen. Wo sind sie nur? Worauf wartet man? Warum verteilt man sie nicht? Es ist zum Verzweifeln, wie schwerfällig die republikanische Regierung ist. Kommandeur Carlos J. Contreras meint, Präsident Manuel Azaña sei ein Muttersöhnchen und wisse nicht, was zu tun ist. Flüsternd erzählt man sich, Azaña habe gesagt, die Sache in Marokko sei nur eine Meuterei und man müsse abwarten. Kennt er denn die Militärs nicht? Gibt es irgendeinen Ofizier, der loyal zur Republik stehen wird? Und warum hat er alle diese Generäle, von denen er wußte, daß sie ihm nicht die Treue halten würden, auf ihren Posten belassen? Tina sieht in Azaña einen unfähigen Träumer, wie alle diese Leute, die auf halbem Wege innehalten wollen. Weiß er nicht, daß die Militärkaste von Hause aus reaktionär ist und daß er sie sich vom Halse schaffen muß?

Jungen von fünfzehn, sechzehn Jahren, die vor revolutionärer Begeisterung nur so strotzen, marschieren um die Kaserne herum. Rechts, links, halbe Drehung, halt! Der Ausbilder läßt sie in Dreier-, Vierer- und Fünferkolonnen antreten. Wie man ein Gewehr lädt oder wie man damit schießt, das zeigt er ihnen nicht. Mit geröteten Wangen fordern die Kinder eine Waffe.

Plötzlich spricht es sich herum: »Die Polizeiführung hat Flinten ins Volkshaus bringen lassen.« Die Freiwilligen hasten davon; sie rennen durch die Castellana und die Gran Vía, sie drängen sich auf der Plaza de España. Auf dem großen Platz sieht Tina fröhliche und kampfbereite Männer und Frauen, Arbeiter und Bauern, die sich einschreiben lassen wollen. »Wann werden wir kämpfen?« »Waffen für die Republik!« Jede andere Arbeit lehnen sie ab. »An die Front, an die Front, wir wollen an die Front!«

Am 20. Juli 1936 wird die Stadt von Kanonendonner geweckt. Einige Männer und Frauen haben eine alte Kanone bis an die Mauern der Montaña-Kaserne geschleppt. Eine zweite haben sie in der Nähe der Plaza de España postiert, sie auf das Fort gerichtet und ein Loch in die Mauer geschossen. Als sie eine weiße Fahne flattern sehen, brechen sie in Triumphgeschrei aus.

Die Menschenmenge, die durch das Tor stürmt, wird von Maschinengewehrfeuer empfangen. Die Menschen geraten in Weißglut und preschen, über andere Körper hinweg, voran durch die halb geöffneten Türen. Einige Offiziere werfen sich aus den Fenstern und wollen durch den Selbstmord ihre Ehre wahren. Überall im Hof der Montaña-Kaserne liegen Tote und Verwundete. Die Bevölkerung von Madrid hat die Kaserne eingenommen. Auf der Stelle verteilen sie Magazine für die Gewehre.

In Radio Madrid hört man am selben Abend eine anfeuernde Frauenstimme: »Antifaschisten ... patriotisch gesinnte Spanier... erhebt euch, verteidigt die Republik und die demokratischen Errungenschaften des Volkes! Kommunisten, Sozialisten, Anarchisten, demokratische Republikaner, Soldaten und Streitkräfte, die der Republik die Treue halten, haben den Aufrührern die ersten Niederlagen zugefügt. Diese besudeln den Ruhm des Militärs, mit dem sie sich so oft gebrüstet haben, mit dem Schlamm des Verrats ... Aber sie werden nicht durchkommen! Das sage ich euch, ich, La Pasionaria.«

Dieser erste Sieg ermutigt die Volksarmee. Vittorio ist euphorisch: »Mehr als die Hälfte Spaniens hält zu uns. Das garantiere ich. Wenn wir mit fünftausend miesen Gewehren und einer alten Kanone diesen großartigen Sieg errungen haben, kannst du dir ja vorstellen, was uns erwartet. Auch in Carabanchel, Leganés und Getafe ist das Volk auf die Straße gegangen und hat gesiegt ... Madrid ist das Herz des republikanischen Sieges. Spanien gehört uns.« Tina geht an seiner Seite und ist sich sicher, daß er recht hat.

Kommandeur Carlos Contreras und Enrique Líster sind ungemein ehrgeizig. Die organisierten Streitkräfte haben sich den Rebellen, dem Gegner, angeschlossen. Um sie zu schlagen, bilden Contreras und Líster die Stählerne Kompagnie, deren Angehörige in ihrer Mehrheit Metallarbeiter sind. Contreras und Líster bringen ihnen eine strenge militärische Disziplin bei. »Improvisation ist unser schlimmster Feind. Es genügt nicht, nur zu wollen. Ihr müßt lernen, militärisch weitsichtig zu werden.« Die Spanier sind mutig, aber sie machen, was sie wollen.

Tina wird von der Begeisterung auf der Straße angesteckt. Die Freiwilligen in ihren blauen Overalls sind bereit zu sterben: Khaki und blau sind die vorherrschenden Farben auf der Gran Vía. ›Sicher erschießen sie jeden, der eine Krawatte trägt‹, denkt Tina. Die Milizionäre der Republik sind so jung, sie gleichen Banden von Schulschwänzern. »Salud compañero.« »Salud.« Jeder spricht mit jedem. Jeder ist ein Genosse, ein compañero. Menschen, die sie nie zuvor gesehen hat, rufen ihr zu: »Salud, compañerita!« Einer ruft »Guapa« und erinnert sie daran, daß sie noch immer eine junge Frau ist. Die Soldaten duzen ihre Offiziere, und wenn ihnen ein Befehl nicht paßt, stellen sie ihn in Frage. Die meisten Soldaten sind Arbeiter. Madrid ist eine proletarische Stadt geworden. Alle grüßen und umarmen einander und teilen sich Zigaretten, Wein und Schinken.

Was für ein Unterschied zu Paris und seinen gut gekleideten Leuten, den unterwürfigen Kellnern in den Cafés, der Welt der Trinkgelder und der glänzenden Schaufenster! Wo sind hier in Madrid die Herrensöhnchen geblieben, die sogenannten anständigen Leute? Auf der Straße sieht man keine Kindermädchen mit Kinderwagen und keine uniformierten Dienstmädchen mehr. Vielleicht sind die Herrschaften in den Sommerhäusern an der Costa Brava oder in San Sebastián. Außer den Zigeunern bittet hier niemand um Almosen. Kellner und Botenjungen lehnen Trinkgelder ab. Es gibt auch keine Kohle. »Was wird im Dezember sein, wenn der erste Schnee fällt?« fragt Tina. »Bis zum Winter haben wir gesiegt«, versichert Vittorio. »In zwei Monaten wird die Republik gesiegt haben. Das Volk hält zu uns, und wo das Volk ist, da ist der Sieg.«

Beim Anblick der Kinder mit den geröteten Gesichtern, die auf der Straße Drohungen gegen die Faschisten ausstoßen und revolutionäre Losungen rufen, sagt Tina zu Vittorio: »Sie sind doch noch Kinder. Sie sollten in der Schule sein. Wahrscheinlich wissen sie noch nicht mal, was ›Faschismus‹ bedeutet.«

»Das ist es ja gerade«, erwidert er. »Sie sollen jede Schule besuchen können und niemanden mehr ›Don‹ oder ›mein Herr‹ nennen müssen. Genau darum werden sie kämpfen, und das Problem ist nicht, daß sie noch Kinder sind; das Problem ist der Mangel an Waffen.«

»Sie haben überhaupt keine Ahnung vom Krieg, Vittorio, sie wissen gar nicht, worauf sie sich einlassen.«

»Das werden sie noch schnell genug lernen.«

»Um den Preis ihres Lebens? Was zahlt man ihnen denn?«

»Zehn Peseten am Tag. Manche nehmen ihr Essen mit nach Hause, und wir müssen sie wegen Diebstahls bestrafen.«

Die von Radio Madrid gesendete Nachricht klingt sehr optimistisch. In Galicien leistet das ganze Volk Widerstand; fast das gesamte Weizenanbaugebiet von Kastilien, von der Levante, ein Teil von Aragón, Estremadura, Asturien, Andalusien und Katalonien halten zur Republik.

Mandeln, Orangen, Oliven, Feigen. Andalusien mit seinen Viehherden und seinen Weingärten ist republikanisch. Jahrhundertelang haben sie das Land genauso bestellt, wie es ihre Großväter und die Großväter ihrer Großväter getan haben; sie haben Wasser aus dem Brunnen geholt, bei Kerzenlicht gelebt, Holz geschleppt, um ein Feuer zu entfachen, und das harte Leben der Landarbeiter geführt; ihre Kinder gingen nicht zur Schule und starben bei einer Epidemie als erste. Andalusien erinnert Tina an ihre Kindheit in Udine, an die Zeit, da sie viele Stunden am Tag in der Textilfabrik gearbeitet hat. Das grausame, taube Spanien hat diesen Menschen den Rücken zugewandt. Jetzt sind sie bereit, jeden, der sich ihnen widersetzt, mit ihrer Forke aufzuspießen. Das revolutionäre Fieber verleiht ihnen den Mut, sich an den Großgrundbesitzern und ihren Lakaien von der Guardia Civil zu rächen.

Jeden Augenblick unterbricht der Sender sein Programm für neue Meldungen. Die Musik verstummt, und eine Stimme gibt Anweisungen: »Die Mitglieder der Gewerkschaften haben sich umgehend im Sitz ihrer jeweiligen Organisation zu melden.« Es kann ihnen nichts Besseres passieren, als von den Gewerkschaften rekrutiert zu werden und eine Waffe zu erhalten. Die CNT und die UGT sammeln sie zu Tausenden, um sie in den siegreichen Kampf zu schicken.

Fotografen und Journalisten sind nach Spanien gekommen, vor allem aus Frankreich. Bewaffnet mit Kameras und Bleistiften, gehen sie durch die Straßen. Sie beschweren sich über die langsamen, überfüllten Züge. Auch am schlechten Zustand der Straßen haben sie etwas auszusetzen. Zunächst lassen sie sich im Hotel Gaylor nieder und setzen von dort ihre Nachrichten ab. Nicht einmal das Telegrafenamt funktioniert in Spanien, genauso wenig wie die Telefonverbindungen. Spanien lebt noch im Mittelalter.

Michail Kolzow, der Chefredakteur der *Prawda*, stellt fest, daß Carlos Contreras überall gleichzeitig zu sein scheint und daß man seinen Optimismus fast vierundzwanzig Stunden am Tag zu spüren bekommt. Der stämmige, quicklebendige Mann bringt es fertig, zur selben Zeit in der Werkstatt für Waffen und Patronen und in der Bäckerei aufzutauchen. Er kümmert sich um das Essen und um die Schule, die jungen Freiwilligen sollen lesen und schreiben lernen, und in den Schützengräben haben sie Zeit dafür. In der Sowjetunion haben antifaschistische Fibeln an der Front gute Resultate gezeitigt. Tina beobachtet, wie Vittorios Autorität mit jedem Tag wächst. Seine Gesten werden immer entschlossener. Langsam spricht er spanisch wie ein Spanier, und er würzt seine Reden mit Flüchen. Jedes zweite Wort ist eine Blasphemie.

»Bist du Schuhmacher?« Carlos sieht, wie jemand gebückt in einer Ecke des Hofes sitzt und eine Schuhsohle ausbessert. »Also dann richten wir gleich neben der Uniformschneiderei eine Schusterwerkstatt ein.«

»Dieser Italiener will bei den Russen, die ihn hierher abkommandiert haben, Eindruck schinden«, sagt Enrique Castro Delgado, ein weiterer Mitbegründer des Fünften Regiments. »Er sammelt Pluspunkte.«

»Egal, was er macht, er versteht zu befehlen«, erwidert Vicente González, ein frischgebackener Militärführer.

»Hier gibt das Zentralkomitee der Kommunistischen Partei die Befehle«, fährt Castro Delgado fort. »Wenn du dich mit denen gut stehst, machen sie dich zum Chef, wenn nicht, dann nicht. Carlos Contreras hat am eigenen Leibe erfahren, daß die Kraft des Kommunismus in der Disziplin liegt. Er ist der geborene Organisator, obwohl er so ungeschliffen ist. Und ein Weiberheld dazu. Aber wieviel Traurigkeit strahlt seine Frau, diese María, aus! Und wie zart sie ist! Reiner Honig! Dieser Contreras hat sie nicht verdient.«

Von allen republikanischen Befehlshabern zieht Tina den sanften Manuel Tagueña vor, der in der Sierra de Guadarrama kämpft. Und Juan Modesto, der zwar keinen politischen Ehrgeiz besitzt, sich aber dennoch wie ein Tyrann aufführt. Aber Buenaventura Durruti, der von den Kommunisten verachtet wird, ist der populärste Befehlshaber. Er hat keinerlei militärische Erfahrung und benimmt sich im Kampf geradezu wie ein Selbstmörder, aber das Volk verehrt ihn. Tina hat bereits in Mexiko von ihm gehört, weil er dort sein Hotel verlassen hat, ohne zu bezahlen. Dabei hatte er erklärt, so etwas wie Privateigentum gebe es nicht.

Kommandeur Carlos, dessen Stimme vom ständigen Anfeuern der im Hof von Francos Rodriguez angetretenen Männer bereits heiser geworden ist, schreit: »Es ist stets die beste, diszipliniertеste, am besten ausgerüstete und am besten bewaffnete Armee, die siegt. Dank unserer Ausbildung und der tatkräftigen Hilfe der Sowjetunion werden wir diese Armee sein.«

Anarchisten und Anarcho-Syndikalisten wollen keine Armee, sie fordern Volksmilizen. Der Militarismus macht den Menschen brutal und verwandelt ihn in eine Marionette. Federica Montseny von der FAI, dem Iberischen Anarchistenbund, erklärt, der in Melilla initiierte Aufstand der Militärs beschleunige die Kollektivierung auf dem Lande. Die FAI ist der Meinung, das Land sei reif für eine Revolution.

Abends spricht La Pasionaria im Sender Madrid und fordert Waffen für die Arbeiter. Sie ruft die Frauen auf, mit Messern, heißem Öl oder mit dem, was sie gerade zur Hand haben, zu kämpfen. Hauptsache, sie verteidigen ihre Würde. »Lieber aufrecht sterben, als auf den Knien zu leben. Sie kommen nicht durch.« »Besser Witwe eines Helden als Frau eines Feiglings.« Niemand stellt das Radio ab: Radio Madrid sagt jedem, was zu tun ist; Radio Madrid ist das einzig helle Licht inmitten dieses Chaos.

Es ist erstaunlich, aber wahr: in Madrid gibt es noch immer ein Nachtleben. Niemand schläft. Totz der Bombardements sind die Cafés auf der Gran Vía, in der Calle Alcalá und an der Puerta del Sol voller Kundschaft. Die Leute unterhalten sich schreiend von Tisch zu Tisch. Man sieht Pietro Nenni mit André Malraux und seiner Frau Florence; dort drüben sitzen Rafael Alberti und María Teresa León, José Bergamín, Koltzow, Soria und Corpus

Barga. Alle diskutieren, während sie an ihrem Wein nippen, über die Revolution. Es ist wie ein einziges großes Straßenfest. Autos mit roten Fahnen bahnen sich hupend den Weg durch die Menge. Selbst Kommandeur Carlos kommt eines Abends zum Arbeiterkrankenhaus und lädt Tina-María und Matilde ein: »Wie wär's mit einem Glas Wein auf der Gran Vía?«

In Estremadura nehmen die auf seiten Francos kämpfenden Carlisten der Kolonne Escagómez die Republikaner von Badajoz gefangen, treiben sie wie Tiere in die Stierkampfarena und erschießen sie massenweise. Tausend pro Tag.

Die Korrespondenten von *Paris Soir*, *New York Herald* und *Le Temps* entdecken im Vorhof der Kathedrale von Badajoz und selbst zu Füßen des Altars Leichen. Die Bürgersteige sind blutbedeckt; überall liegen Mützen herum. Wer noch am Leben ist, flieht, aber an der portugiesischen Grenze werden die Leute abgewiesen und nach Badajoz zurückgeschickt, wo sie nacheinander umgebracht werden. Die Herrschaft des Terrors hat begonnen.

Von diesem Tag an legen die Bauern ihr Gewehr nicht mehr aus der Hand. »Wir werden mit ihnen aufräumen.« Der Terror hat ihre Wut noch gesteigert. Sie wollen die tote Tochter rächen, den ermordeten Bruder, den Leichnam, den man vor den Altar geworfen hat, die Schwester, die von einem Marokkaner vergewaltigt wurde. An den Frauen tobt sich der Feind zuerst aus. Tina identifiziert sich so sehr mit dem Kampf dieser Menschen, daß sie das Gefühl hat, sie rächten ihre eigene Tochter, ihren eigenen ermordeten Bruder.

Franco erklärt einem Journalisten des *News Chronicle*, er sei notfalls bereit, »halb Spanien zu erschießen«.

Queipo de Llano, der nationalistische Herrscher über Andalusien, erklärt am 23. Juli in Radio Sevilla: »Die Frauen der Roten haben begriffen, daß unsere Soldaten richtige Männer sind und keine kastrierten Milizionäre. Fußtritte und Schreie werden ihnen nichts nützen.« Als Tina am 18. August das Radio einschaltet, hört sie ihn warnend sagen: »Achtzig Prozent der andalusischen Familien tragen Trauer, und wir werden nicht zögern, noch rigorosere Maßnahmen zu ergreifen.«

Oberst Barato versichert gegenüber einem Korrespondenten des *Toronto Star*: »Wenn wir zwei Millionen Marxisten exekutiert haben, wird wieder Ordnung herrschen.«

»Du weißt ja, daß im Fall eines Bombardements nur hunderttausend Menschen in den Tunneln der Untergrundbahn Platz haben«, sagt Vittorio. »Aber keine Sorge; bald bekommen wir eine Luftabwehr; die russische Hilfe ist unterwegs.«

Madrid ist voller Falangeleute, die sich in ihren Häusern verstecken und auf die Ankunft der Nationalisten warten. Mittlerweile betätigen sie sich unter General Mola in der Fünften Kolonne. Nachts schießen sie auf republikanische Wachtposten, und ihre Pistolen geben ein trockenes Geräusch von sich, pak, als entkorke man eine Weinflasche.

Morgens sind die Straßen mit Leichen übersät.

Niemand hat etwas gesehen.

In der Nacht kann Tina nicht schlafen.

»Das sind die faschistischen Heckenschützen, die Verräter, die in Madrid zurückgeblieben sind«, sagt Vittorio beruhigend, »mit denen werden wir bald fertig. Sie ballern wahllos von den Dächern herab. Wir haben sie schon identifiziert.«

Der Rhythmus des Krieges setzt sich durch, der Puls des Krieges schlägt im Handgelenk des Kranken, zwischen Tinas Daumen und Zeigefinger. Was kann ich für dich tun, Genosse, was kann ich denn noch tun? Ihre Füße tragen sie rasch von einem Saal in den anderen und dann in die Calle Francos Rodríguez und wieder zurück, inmitten der Füße von Millionen neuer Bewohner Madrids. »Mein Gott, warum gibt es in Madrid so viele Menschen? Alle scheinen sich hierher geflüchtet zu haben.« Überladene Autos fahren vorbei, Fords und Pontiacs, die ihren Besitzern weggenommen wurden. Transparente mit großen Schriftzügen in weißer Farbe sind an ihnen befestigt: ›Milizionäre, kommt in die Kaserne von Francos Rodríguez‹, und ihre Motoren dröhnen über die Straßen der Stadt. Man bildet Menschenketten, um Steine zu schleppen. Und wer übernimmt die Luftüberwachung? Welche Frauen werden Wäsche waschen? Wer wird kochen?

María Luisa Lafita hat davor gewarnt, zu den Patienten persönliche Beziehungen aufzubauen. »Es ist zu schmerzlich, wenn sie sterben.« Dennoch hält Tina am Bett eines jeden Patienten inne, wenn sie ihre Morgenrunde macht. Die Lafita wundert sich, wie es ihr gelingt, so kontaktfreudig zu sein. »Warum hast du keine Kinder?« fragt sie.

»Ich bin froh, daß ich keine habe. Sieh dir doch Matilde Landa an. Sie ist von Carmen getrennt und rennt bei jeder Gelegenheit zu ihr, um sie zu sehen.«

Tina hat sich mit einem Greis mit wunderschönem weißem Haar angefreundet. Nie hört man ihn klagen oder um etwas bitten. Er war ihr von Anfang wegen seiner Augen aufgefallen und auch darum, weil sie auf seinem Nachttisch Bücher gesehen hatte. Etwas an ihm erinnerte sie an Kamenew, vielleicht seine feinen Manieren und seine anrührende Bescheidenheit. Wenn er lächelt, zeigt er seine prächtigen Zähne, die seine durch das Alter geadelten Gesichtszüge noch schöner machen. Wenn er sich etwas besser fühlt, steht er auf und blickt stundenlang aus dem Fenster, oder er geht zum Rundfunkgerät und stellt klassische Musik ein. Ab und zu besucht ihn eine Frau, die ihm sehr ähnlich sieht: dieselbe Größe, dieselbe Eleganz, nur wirkt sie trauriger, erloschener. Der Greis spricht nie über sich und schon gar nicht über den Krieg; seine Schwester ist auch nicht sehr mitteilsam.

Eines Morgens im August findet Tina ihn völlig aufgelöst vor:

»Was ist mit Ihnen, Don Alejandro?«

»Man hat einen Freund von mir erschossen.«

»Wen denn?«

»Federico García Lorca. Man hat ihn in Granada ermordet. Seine letzten Worte waren: ›wie ist es nur möglich, daß ich sterbe, unter einem solchen Mond?‹ «

Milicia Popular bestätigt die Nachricht: Federico García Lorca, der achtunddreißigjährige spanische Dichter, ist in Granada von den Faschisten ermordet worden.

Er, der es verstanden hatte, Glück zu schenken.

Abfahrt der Truppen an die Front.
Fotografie von Robert Capa. 1936

Jede Nacht überqueren Gruppen von Freiwilligen aus vielen Ländern die Pyrenäen, um auf seiten der Republik zu kämpfen. Bauern, die der Republik treu ergeben sind, führen sie über die Bergpfade. Sie werden hintereinander an einem langen Seil festgebunden, um in der Dunkelheit nicht verlorenzugehen. Luigi Longo, den man auch als Gallo kennt, nimmt sich ihrer an, sobald sie eintreffen. Gallo hat Kommandeur Carlos gebeten, María Sánchez an die Grenze zu schicken. Sie soll ihm helfen, die Leute zu registrieren.

Tina-María geht in den Südosten Spaniens, nach Albacete. Die meisten Freiwilligen kommen über Perpignan; andere warten in Pau. Nur wenige sprechen Spanisch. Wer etwas vom Krieg versteht, hat Stiefel, Feldflaschen, dicke Jacken, Salz und Zucker mitgebracht. Longo ist angenehm von einem Arbeiter überrascht, der mit dem Motorrad kommt und sagt, er habe vom Mangel an Transportmitteln erfahren. Da sind auch vier Maurer, die sich nicht von ihrem Fahrrad trennen wollen. Zwei Ungarn tragen Pistolen, drei Polen besitzen kleine Revolver mit der dazugehörigen Munition, ein Tscheche hat einen Feldstecher mitgebracht. Ein Prinz polnischer Abstammung überquert die Pyrenäen mit einem Rucksack voller Dosen mit Gänseleberpastete, Trüffeln und anderen Delikatessen. Longo rät ihm, Zeitungspapier in seine Wildlederschuhe zu stecken, bevor sie sich vollends auflösen. Tina ist überrascht, als der Prinz ihr eine Schachtel Gauloises anbietet. »Ich sehe, Sie rauchen gern.«

Alle Neuankömmlinge rauchen. Longo fragt sich, was er mit ihnen anfangen soll. Und mit ihrer Begeisterung, die oftmals fehl am Platze ist. Was soll Spanien mit diesen Amateuren anfangen, die außer ihren guten Absichten so wenig zu bieten haben? Auf jeden Fall müssen sie sich irgendwie identifizieren und beweisen, daß sie alt genug sind. Nur wenige können solche Beweise vorlegen.

»Du kannst nicht hierbleiben.«

Als Tina die Verzweiflung des Jungen sieht, mischt sie sich ein: »Weiß deine Familie, daß du nach Spanien gekommen bist?«

»Ich werde es Mutter später schreiben.«

Alles, was sie wollen, sind Gewehre, aber Gewehre sind knapp.

Die Männer und Frauen, die über Paris kommen, haben bereits Formulare ausgefüllt, in denen alles angegeben ist: Name, Alter, Bildungsgrad, militärische Erfahrung, politische Überzeugung, bisherige Arbeitsstellen und eine Person, die im Todesfalle benachrichtigt werden kann. Diese Menschen zu registrieren fällt Tina viel leichter.

»Diese Frauen«, hat Longo ihr erklärt, »sind Kommunistinnen und wollen an die Front. Du mußt sie davon überzeugen, daß auch hinter der Frontlinie Krieg geführt wird.«

Ein Kubaner beschwert sich: »Nein, ich bin nicht über den Ozean gekommen, um in der Nachhut zu bleiben.«

»Siehst du«, sagt Longo, »sie lassen sich einfach nicht überzeugen.«

In der Warteschlange säubert sich eine große Frau mit einer Messerspitze die Fingernägel. Sie holt ein französisches Brot aus der Tasche und schreit plötzlich: »Ich bin hergekommen, um zu kämpfen, ich will im Kampf umkommen!«

»Man kommt nicht her, um zu sterben.«

»Doch, hier werden alle sterben, glauben Sie mir.«

»Wer sind Sie, Señora?«

»Sie haben meinen Sohn umgebracht. Ich bin hier, um zu kämpfen.«

Niemand kann sie von ihrem Entschluß abbringen. »Ich bin hier, um zu kämpfen.« Luigi Longo legt ihr einen Arm um die Schulter und nimmt sie beiseite. Bald darauf läßt er sie in Tränen aufgelöst stehen und kommt zurück.

»Darf ich kurz mit ihr sprechen, Gallo?« fragt Tina.

Sie legt ihre Hand auf die gekrümmte Schulter der Frau. »Wie heißen Sie?«

»Sanda Dumitrescu.«

»Sanda, lassen Sie sich nicht zum Opfer machen. Benutzen Sie Ihre Willensstärke und machen Sie weiter. Sagen Sie sich immer wieder: Ich will kein Opfer sein. Sagen Sie es jeden Tag; wiederholen Sie es, bis Sie einschlafen.«

»Ich will kein Opfer sein«, stammelt sie schluchzend, »ich will nicht, aber ich bin es.«

»Nein, das sind Sie nicht. Niemand wird Sie zum Opfer stempeln, wenn Sie es nicht zulassen. Sie werden lebend viel nützlicher sein als tot. Und wenn Sie leben, machen Sie Ihren Sohn wieder lebendig. Und nun kommen Sie mit mir, ich gebe Ihnen Arbeit.«

Sanda gehorcht. Tina muß daran denken, wie sie vor Jahren in Mexiko auf Cuca Barrón eingeredet hat, daß sie sich nicht abkapseln solle, da dies auch ihr Kampf sei. »Hör auf, zu denken, du hättest keine Macht, Cuca, fang lieber an, sie auszuüben.« »Aber was denn für eine Macht,

Tina? Ich bin doch Waise und habe mein Leben lang anderen gedient.« »Du kannst deine Lage ändern«, hatte Tina sie gedrängt, und Cuca hatte ihr aufbrausend entgegengehalten: »Das ist gelogen, ich kann das nicht. Nie hat mich jemand geliebt; ich bin arm und habe zwei Kinder und muß arbeiten, um sie zu ernähren. Das ist meine Wirklichkeit. Alles andere ist deine Phantasie.«

Beim Gedanken an Mexiko zwingt sich Tina, wieder María zu sein. Sie macht Notizen in ihrem Block: Name, Alter, Nationalität, Religion, früherer Arbeitsplatz, politische Zugehörigkeit.

»Kommunist?«

»Ich bin Idealist.«

In der Schlange stehen ein paar Juden, einige Albaner von der Militärakademie Turin und zwei Deutsche.

»Ihr Name? Ihr Beruf?«

»Sam Master. Schneider. Engländer.«

»Ich bin auch Schneider, ich heiße Nat Cohen. Wir waren beide in Südfrankreich, um an einem Radrennen teilzunehmen, als wir die Nachricht hörten. Wir haben das Rennen abgebrochen und sind hergekommen. Wir haben unsere Fahrräder mitgebracht.«

»Benjamín Balboa, aus Marokko.«

»Ich bin gegen die verbrecherische faschistische Intervention in Spanien«, ruft eine ältere Frau.

»Señora, wir könnten Sie als Krankenschwester gebrauchen.«

»Ich will aber kämpfen.«

»Daran zweifle ich nicht; aber jetzt ist Gehorsam die erste Pflicht eines Soldaten.«

»Ich bin Facharbeiterin bei Citroën, ich fertige die feinen Teile des Getriebes.«

»Ihre Kenntnisse werden äußerst wertvoll sein.«

»Das sind keine Gewehre, das sind Vorderlader!« rufen einige wutentbrannt.

Genossin María sieht in der Schlange eine äußerst

schlanke Frau mit dicker Brille und Baskenmütze. »Ihr Name bitte?«

»Simone Weil.«

»Aus welchem Grund kommen Sie nach Spanien?«

»Ich hatte nie etwas für den Krieg übrig, aber diejenigen, die im Hinterland bleiben, sind die Schlimmsten. Paris ist das Hinterland.«

Simone Weil antwortet ohne Umschweife auf die nächste Frage.

»Ich habe bei Renault gearbeitet. Ich kann Maschine schreiben, wenn es sein muß. Ich kenne einige Milizionäre und habe einen Presseausweis.«

Tina wird sich noch lange an ihre gesetzten, eindringlichen Worte erinnern und daran, wie sie diese unterstreicht.

Monate später erzählt man ihr, daß eine kurzsichtige, sehr ungeschickte Französin mit dem Fuß in heißes Öl geraten sei und daß man sie trotz ihres Protestes nach Paris zurückgeschickt habe. Ihr Name sei Simone Weil. Der Zwischenfall habe die Truppe zum Lachen gebracht.

»Stellt euch vor, eine Intellektuelle!«

Tina erinnert sich ihrer voller Sympathie, aber Vittorio weist sie zurecht. »Diese Französin ist Anarchistin. Sie war hier, um Julián Gorkin zu treffen, und dieser Teufel ...«

»Gorkin?«

»Ja, der Anführer der spanischen Trotzkisten. Die POUM hat zwar nicht einmal dreitausend Mitglieder und fast alle in Katalonien, aber wir müssen ein Auge auf sie haben.« Den Ausdruck »ein Auge auf ihn haben« führt Vittorio ständig im Munde. »Sie sind gegen die Volksfront, sie reden nur von der Enteignung der Ländereien.«

Gegen Ende Oktober erinnert Albacete Tina an den Turm von Babel. Ein Schiff hat fünfhundert Freiwillige aus Marseille gebracht, weitere fünfhundert sollen in Alicante eintreffen. Die Franzosen schimpfen über die »Front Populaire«. Léon Blum habe die Linke verraten. In Spanien wird man ihm eine Lehre erteilen. Hier wird es tatsächlich gesellschaftliche Veränderungen geben. Die Deutschen marschieren in perfekter Ordnung, und Tina schämt sich, weil die Italiener in perfekter Unordnung marschieren. Sie hört das Gerücht, daß ein mexikanisches Kontingent unterwegs sei, und wartet ungeduldig auf seine Ankunft. Alle Welt kommt nach Albacete. Nur Lastwagen mit Proviant kommen nicht. Franzosen, Belgier, Engländer und Deutsche brüsten sich mit ihrer Kampferfahrung aus dem Krieg von 1914. Sie geben sich hochmütig gegenüber den anderen, die keine Ausbildung haben und nicht wissen, an welchem Ende des Gewehrs sich der Lauf befindet. Am besten qualifiziert sind die Kommunisten; die anderen haben unterschiedliche Weltanschauungen, und viele sind Anarchisten. Kommunisten bekämpfen Sozialisten, Anarchisten bekämpfen Pazifisten (die dennoch ein Gewehr fordern); über alles muß diskutiert und abgestimmt werden.

Radio Salamanca, der Sender der Nationalisten, nennt alle diese Freiwilligen Kommunisten (in ihren Augen die größte Beleidigung), Atheisten, Abenteurer, lausige Halunken, Trunkenbolde, Bastarde und Kriminelle; die Gefängnisse Europas, heißt es, hätten ihre Tore geöffnet, um diese ganze Fäulnis, diese Kloake, herauszulassen. Radio Salamanca geifert gegen die Horde des internationalen Kommunismus, die ihr Abwasser über Spaniens Boden ergießt. Tina ist empört, als sie erfährt, daß die Nationalisten von den regulären Armeen Hitler-Deutschlands und Mussolini-Italiens unterstützt werden. »Das sind die Schlimmen«, sagt Tina. »Die meisten Italiener sind anders.« Und dabei vergißt sie, daß sie angeblich eine Spanierin namens María Sánchez ist.

Mehr als zweitausend Russen sind nach Spanien gekommen, die meisten von ihnen als Techniker. Sie haben auch Waffen geschickt, die zum großen Teil aus dem Krimkrieg stammen und völlig nutzlos sind. Vittorio hat als Politkommissar eine erstaunliche Bewegungsfreiheit: er reist nach Paris und London und sogar in die besetzten Gebiete.

Überall ist die Geheimpolizei der UdSSR, die GPU, tätig. Ihr Hauptquartier befindet sich im Hotel Gaylor in der Calle Alfonso XIII., und Vittorio geht dort ein und aus. Man braucht Dolmetscher, und Vittorio fährt nach Albacete, um Tina zu sagen, daß ihre Hilfe sehr willkommen sei.

»Ich möchte nicht mehr dolmetschen. Ich gehe lieber wieder ins Arbeiterkrankenhaus und erfülle meine Verpflichtungen bei der Roten Hilfe. Ich werde dort sehr gebraucht, und ich arbeite lieber mit Menschen als mit einem bürokratischen Apparat.«

Als Tina einige Wochen später mit dem Zug nach Madrid zurückkehrt, rennt sie vom Bahnhof Chamartín aus sofort in die Kaserne in Francos Rodriguez, wo sie erfährt, daß Vittorio vor kurzem mit Matilde Landa nach Paris gereist ist.

Wer ist die Frau, die sich jetzt an die Wand lehnt? Wer ist sie, daß sie wie festgenagelt dasteht und sich sagen läßt, Vittorio sei mit einer anderen weggefahren? Sie spürt einen gewaltigen Druck auf der Brust, der sich dann in einen scharfen, stechenden Schmerz verwandelt. Auch in ihrem linken Arm sticht es; sie kann ihn nicht bewegen. ›Ich bin doch immun dagegen‹, sagt sie sich immer wieder. Aber das ist nicht wahr. Eifersucht macht sich in ihrem Herzen breit. Beruhige dich, Genossin María, beruhige dich. Fühlst du dich denn nicht genauso unabhängig wie er? Plötzlich denkt sie an Edward und sein totenbleiches Gesicht. ›Und ich habe mich über seine Eifersuchtsanfälle lustig gemacht!‹ Tina spürt dieses Gift jetzt zum ersten Mal und begreift, daß es gegen eine solche Krankheit keine Medizin gibt.

Sie macht sich auf den Weg ins Arbeiterkrankenhaus. Ihr Schritt ist unbeholfen wie der einer Betrunkenen. Oder wie der einer alten Frau.

Doktor Juan Planelles teilt Tina und den anderen Krankenschwestern mit, daß Mary Bingham de Urquidi, Ehefrau eines mexikanischen Diplomaten und ausgebildete Krankenschwester, sich freiwillig im Arbeiterkrankenhaus gemeldet hat.

»Sie ist eine hochqualifizierte Krankenschwester aus New York; sie kommt vom Krankenhaus *Mount Sinai* und spricht sehr gut spanisch.«

»Und was ist mit der Fünften Kolonne?« fragt Mari Valero angriffslustig.

Als Mary Urquidi zwei Wochen später zur Oberschwester ernannt wird, bittet sie Tina um ein Gespräch.

»Kannst du im Operationssaal aushelfen? Eine unserer Fachkräfte braucht eine Ruhepause.«

Tina hört, wie Doktor Nafría mit jemandem schimpft: »Hier ist kein Platz für Hysterie. Nehmen Sie sich zusammen, sonst gebe ich Ihren Job einer anderen.«

Die Hände an den Kopf gepreßt, läuft die Krankenschwester davon.

»Mach dir keine Sorgen«, sagt Mary, die ihr nachläuft und sie in die Arme nimmt. »Doktor Nafría ist einfach erschöpft.«

Der Arzt wäscht sich die Hände und streckt sie Tina entgegen, damit sie ihm die Gummihandschuhe überstreifen kann. Dabei hört sie, wie er murmelt: »Man bringt sie mir halb tot, und ich soll sie wieder lebendig machen. Ich kann doch keine Wunder vollbringen!«

Da die Front ständig näher rückt, nimmt das Krankenhaus immer mehr Verwundete auf.

»Noch dazu gehen unsere Vorräte an Medikamenten und Desinfektionsmitteln zuende. Bald müssen wir die Nonnen bitten, für uns zu beten.«

Der Anästhesist legt die Maske auf das Gesicht eines Verwundeten. Sorgfältig mißt er den Äther ab, genug, um den Mann zwei Stunden lang in Bewußtlosigkeit zu halten. »Einatmen ... ausatmen, einatmen, langsam, langsam, eins... zwei...« Während der Verwundete das Bewußtsein verliert, wird Tina plötzlich von Grauen gepackt.

Leblos, ohne Anker, ohne Ziel, ohne einen anderen Raum als diesen Operationstisch, liegt der Körper da und ist den Schatten, die ihn umringen, ausgeliefert. Julio Antonio allein im Operationssaal, in den Händen derer, die Leiber aufschneiden. Tina wagt es nicht, den Blick von diesem bewußtlosen Mann abzuwenden; sie ist vor Angst wie gelähmt. ›Ich möchte mit ihm gehen, ich gehe mit ihm.‹

Nafría arbeitet schnell und energisch. Zuerst reibt er den Unterleib mit einer Seifenlösung ein. Dann streckt er die Hand aus, und Mary Urquidi legt ihm ein Skalpell in die Handfläche. Nafría zieht eine lange Linie quer über den Unterleib. Ein Rinnsal frischen Blutes kommt zum Vorschein. Derartig lange Schnitte werden in der normalen Chirurgie nicht gemacht, weil sie große Narben hinterlassen, aber in Madrid geht es nur darum, Leben zu retten und sich so schnell wie möglich dem nächsten Patienten zu widmen.

Vorsichtig betastet Nafría das zerstörte Gewebe im Leibesinnern. Mary reicht ihm ein Instrument nach dem anderen. Tina bewundert ihr Geschick und ihre Sicherheit. Nafrías Hände fliegen förmlich, während er schneidet, festzieht und näht. Es ist, als käme er der drohenden Blutung im letzten Augenblick zuvor. Als er fertig ist, klingt seine Stimme durch den Mundschutz hindurch gedämpft:

»Der Schaden kann behoben werden.«

Tina ist so sichtlich erleichtert, daß es Nafría auffällt. Er streckt Tina die Hände entgegen, damit sie ihm die Handschuhe abstreifen kann. »Das war der letzte für heute«, sagt er bestimmt und macht sich auf den Weg in sein Büro.

Während Mary Urquidi nach der Operation ihren Tee schlürft – sie ist die einzige, die keinen Kaffee trinkt –, sagt sie zu Tina: »Die Ärzte hier sind ausgezeichnet, aber wenn ich nicht scharf aufpassen würde, dann würden sie sich vor der Operation noch nicht mal die Hände waschen.« Und dann fügt sie auf englisch hinzu: »You are very competent, María.«

»Warum sprichst du englisch mit mir?«

»Ich habe gehört, du bist Amerikanerin.«

»Ja, das bin ich.«

»Aber du hast im Englischen einen leichten Akzent, italienisch, würde ich sagen.«

»Ich habe jahrelang in Brooklyn gewohnt, das wird es sein.«

»Warum arbeitest du in diesem Krankenhaus?«

»Weil ich Kommunistin bin. Und du?«

»Gott behüte, nein. Ich bin Krankenschwester.«

Die feine, gebildete Frau erzählt ihr von einem gerade dreiundzwanzigjährigen Burschen, der mit zerfetztem Magen eingeliefert wurde. Sie beschreibt, wie Doktor Bolea ihm die Därme herausgenommen, sie unter einem harten Wasserstrahl ausgewaschen und sie dann wieder in die Bauchhöhle gepackt hat. Er nähte alles zusammen, und das Herz des Verletzten begann wieder gleichmäßig zu schlagen. »Ein glänzender Chirurg, glänzend«, sagt Mary Urquidi. »Aber die Patienten haben so etwas wie ihn nicht verdient. Gestern abend haben sie erfahren, daß ein Verletzter im Saal 9 zum gegnerischen Lager gehört. Ein Nationalist. Wäre ich nicht rechtzeitig gekommen, hätten sie ihn aus dem Fenster geworfen. Kannst du dir das vorstellen? Mir soll niemand etwas von den großherzigen Republikanern erzählen; sie sind genauso grausam wie die Nationalisten. Oder noch schlimmer. Dabei sind sie doch alle Spanier. Begreifen die Leute nicht, daß dies ein Bruderkrieg ist?«

Warum spricht sie so mit Tina? Um sie in Wut zu bringen? Um sie auf die Probe zu stellen? María Luisa Planelles, die Frau des Chefarztes, die für das Labor verantwortlich ist, setzt sich auf einen Kaffee zu ihnen, und Mary Urquidi fragt sie:

»Was nutzt ein großes Labor, wenn man keine Blutreserven hat? Seit ich hierher gekommen bin, sehe ich nur Verwundete, die sterben müssen, weil kein Blut da ist.«

Tina bewundert María Luisa wegen der Hingabe, mit der sie stundenlang vor ihrem Mikroskop sitzt und Bakterien analysiert. Durch ihre Hinweise darauf, mit welchen Medikamenten man die die einzelnen Infektionen bekämpfen kann, hat sie schon viele Leben gerettet.

»Es ist zum Auswachsen«, fährt Mary Urquidi fort. »Vor Monaten habe ich das Krankenhaus Santa Adela besucht, und Doktor Elósegui hat mir seine Blut- und Plasmavorräte gezeigt. Und auch einen Zeitungsausschnitt aus Mexiko über Experimente, bei denen man das Blut soeben Verstorbener benutzt. Im Krankenhaus Santa Adela gibt es sicher Blut.«

»Doktor Elósegui war Faschist, man hat ihn getötet und sein Labor zerstört«, wirft María Luisa Planelles mit eiskalter Stimme ein.

»Wie kann man einen Mann töten, der so viele Leben retten könnte? Was für ein Vandalismus, Blutreserven zu vernichten!«

»Nun beruhige dich schon«, sagt María Luisa Planelles.

»Wie soll ich mich beruhigen? Ich finde es einfach empörend, daß sie Doktor Elósegui umgebracht haben. Eine Schande ist das, barbarisch!«

Wegen der vielen Engpässe und der zunehmenden politischen Polarisierung der Mitarbeiter wird die Atmosphäre im Krankenhaus immer gespannter. Aber Tina verzichtet darauf, Mary Urquidi etwas zu erwidern, denn sie bewundert ihren Mut. Erst gestern hat sie sich an der Flamme des Sterilisierungsapparates den Arm verbrannt. Und doch stand sie zwei Stunden lang im Operationssaal neben dem Arzt und hielt das Tablett mit den Instrumenten. Sie war völlig in Schweiß gebadet und runzelte die Stirn, aber hinter ihrem Mundschutz hörte man keine Klage. Als die Operation beendet war, zog sie sich um und untersuchte ihren Arm. Nachdem sie die Brandwunde mit Zahnpasta eingerieben hatte, sterilisierte sie bis um drei Uhr früh Instrumente und assistierte im Operationssaal. Morgens ist sie als erste auf den Beinen.

»Ich nehme alles zurück, was ich je über sie gesagt habe«, sagt Mari Valero.

Am 4. November 1936 beginnen die systematischen Bombenangriffe auf Madrid. Die Stadt steht in Flammen. Die Flugzeuge der Nationalisten fliegen sehr tief, und ihre Besatzungen beobachten die Bewohner Madrids, die durch die Straßen hasten. Dabei hat Franco erklärt, er werde die Zivilbevölkerung nie bombardieren. Frauen, Kinder und alte Menschen verkriechen sich in den zerbombten Gebäuden. Am 14. November kommt Buenaventura Durruti mit dreitausend Kämpfern von der Aragónfront. Eine jubelnde Menge empfängt sie. Durruti verteidigt die gegenüber der Ciudad Universitaria gelegene Casa de Campo, den gefährlichsten Abschnitt.

Durruti stirbt in der Ciudad Universitaria. Er war der Beliebteste, der Charismatischste von allen. Fünfhundert Menschen kommen zu seiner Beerdigung, die zu einer großen Kundgebung der antifaschistischen Einheit wird. Zum Erstaunen der ganzen Welt und zum Ärger der Nationalisten leistet Madrid immer noch Widerstand. Die Sprengtrupps aus Asturien sind buchstäblich überall und schleudern den Nationalisten von der Casa de Campo aus ihre Granaten entgegen.

Im Arbeiterkrankenhaus meldet sich ein junges Mädchen und bittet um Arbeit. Sie heißt Agueda Serna Morales. Sie gehört dem Kommunistischen Jugendverband an und wurde seit ihrem zwölften Lebensjahr völlig indoktriniert. Tina fühlt sich hingezogen zu Agueda, die das Leben als eine einzige Katastrophe empfindet. Sie ist jung und hübsch, aber sie weiß es nicht. Eindringlich sagt sie immer wieder: »Ich will mehr tun, ich will nicht nur Nachttöpfe unter den Krankenbetten hervorholen. Ich möchte Feinde töten.« Für sie ist dieser Krieg der Weltuntergang. »Für die Priester, die Großgrundbesitzer und die schlechten Spanier ist der Tag des Jüngsten Gerichts angebrochen.« Als Tina sie fragt, warum man Kirchen in Brand steckt, antwortet sie: »Um Gott zu befreien. Wenn wir siegen, wird ein neues Spanien geboren. Die Spanier werden leben wie die Leute in Rußland, wo jeder genug zu essen hat.«

Endlich treffen die Chatos, die ›Stupsnasen‹, und die Katjuschas ein, und als Agueda Serna Morales sieht, wie sie mit Rauch Hammer und Sichel an den Himmel malen, kann sie ihre Begeisterung nicht mehr zügeln. »Wir haben Flugzeuge! Wir sind nicht mehr allein!«

»Komm rein, Agueda, komm rein, dort ist es gefährlich.«

»Ist mir egal, wenn sie mich umbringen. Die Russen sind da!«

Agueda vertraut Tina an, daß sie neben ihrer freiwilligen Arbeit im Krankenhaus auch lernt, Brücken in die Luft zu jagen. Nach dem ersten Luftangriff, bei dem sie gesehen hatte, wie die Junkers die Metroeingänge, die Armenviertel und die nach Brot und Milch anstehenden Menschen beschossen, beschloß sie, sich einer Gruppe anzuschließen, die in den Bergen eine spezielle Guerrillaausbildung erhält. Junge Männer und Frauen steigen Tag für Tag in die Berge hinauf und trainieren dort. Sie wird von nun an »Mura« heißen, aber wenn sie kann, wird sie wiederkommen und Tina besuchen.

Tina sieht sie nie wieder.

Unter den Schwestern im Arbeiterkrankenhaus hat nur Mary Urquidi eine abweichende Meinung, und wenn sie mit den anderen Tee trinkt, provoziert sie alle mit ihren Ansichten. Aber man hört ihr zu, weil sie eine ganze Reihe von Schwestern ausbildet und die Achtung aller gewonnen hat.

»Die Republikaner sind keine Engel, und die Nationalisten keine Teufel. Dies ist kein Krieg zwischen Gut und Böse. Die Dinge sind nicht einfach schwarz oder weiß.«

Mari Valero unterbricht sie und bringt alle zum Lachen: »Natürlich sind sie das. Die Mauren sind schwarz und kämpfen auf der Seite des Bösen.«

»Na gut, dann erzähle ich euch, was ich in der mexikanischen Botschaft gehört habe. Damit ihr seht, daß auf beiden Seiten Greueltaten verübt werden. Miguel Martínez, der laut Koltzow ein sowjetischer Offizier und nach Meinung anderer ein mexikanischer General aus Revolutionszeiten ist, hat befohlen, die wichtigsten nationalistischen Häftlinge aus dem Gefängnis Modelo herauszuholen. Noch am selben Tag wurden diese Gefangenen auf dem Weg nach Arganda von ihren Bewachern ermordet. Zwei Tage später kamen weitere vierhundert Offiziere auf dieselbe Weise ums Leben. Und nun sagt ihr mir mal, welche Seite saubere Hände hat. Dies ist nicht der Krieg, für den ich ihn am Anfang gehalten habe, ein Kampf von Bauern gegen Grundbesitzer und Priester. Es ist eine Auseinandersetzung zwischen den europäischen Mächten Rußland, Deutschland und Italien.«

Im Arbeiterkrankenhaus hören Tina und die anderen Krankenschwestern abends regelmäßig die Nachrichten des Senders *Unión*. »Augusto spricht!« Der kommunistische Sender wird aus dem Kloster der Apostolischen Damen von Chamartín in der Calle Mexico ausgestrahlt. Augusto Fernández verliest die Kriegsberichte so, daß nicht einmal die verheerendsten Nachrichten entmutigend wirken.

»Unsere Streitkräfte leisten mutig Widerstand und halten ihre Stellungen an der ganzen Frontlinie.«

»Die Moral unserer Streitkräfte ist ausgezeichnet.«

»Der Feind wurde vernichtend geschlagen.«

Tina, Matilde, Mari Valero und María Luisa Lafita drängeln sich um das Radio, um Augustos Stimme zu lauschen. Nur Mary Urquidi bleibt im Operationssaal, überwacht die Nadeln, die sie auskocht, und wickelt mit Hilfe einer neuen Freiwilligen Binden auf.

»Ihr könnt es mir nachher erzählen; wenn ich mich hinsetze, schlafe ich ein.«

»Bitte, Mary, komm her und hör dir das an, er muntert mich noch mehr auf als Doktor Planelles«, sagt Mari Valero lachend.

Auch die Kranken, die laufen können, sammeln sich um den Empfänger. Im Krankenhaus sind Gerüchte im Umlauf, aber Augusto hat das letzte Wort. Wenn Augusto etwas sagt, dann muß es wahr sein, und was er nicht kommentiert, das ist nie passiert. Nicht einmal der Kanonendonner gleich neben den Mauern des Krankenhauses kann ihre Zuversicht erschüttern; Augusto hat gesagt, alles sei in Ordnung.

Eines Morgens bestellt Doktor Planelles Tina und María Luisa Lafita in sein Büro. Die Pasionaria wird wegen eines jahrelangen Leberleidens eingeliefert. »Alles muß mit äußerster Diskretion behandelt werden.« Drei Stunden später spürt Mary Urquidi eine Welle von Ergriffenheit auf den Gängen des Krankenhauses.

»Drei von uns haben gerade die Pasionaria erkannt. Sie kam durch die Vordertür«, sagt Flor Cernuda lächelnd.

»Woher weißt du das?«

»Das flüstern doch schon die Wände.«

Matilde Landa, Tina und María Luisa Lafita bringen sie in ihr Krankenzimmer, und Doktor Planelles begrüßt sie im Namen des Arbeiterkrankenhauses. Besonders beeindruckt ist Tina von ihrer Art zu sprechen, von ihrer warmherzigen Stimme, von ihrer Gewohnheit, jeden, selbst Doktor Planelles, »mein Kind« zu nennen. Dies ist dieselbe Stimme, die Tina im Radio gehört hat. Schwestern und Helfer wetteifern darum, sie zu umsorgen, und ihre Anwesenheit hebt die allgemeine Stimmung.

Das Krankenhaus wird von einer plötzlichen Explosion erschüttert; die Leute rennen, Türen werden zugeschlagen, Rufe hallen durch das Gebäude. »Ein Luftangriff!« »Ist irgend jemand im Operationssaal?« Doktor Planelles verkündet mit seiner autoritären Stimme durch das Megaphon: »Vor allem müssen wir die Kranken evakuieren.« Einige geraten in Panik und fliehen über die Gänge zum Tor. Woher nehmen sie die Kraft? Auf die erste Explosion folgt eine zweite, und dann noch eine. Dann bricht das Bombardement, ebenso unvermittelt, ab. Tina hört ein Wimmern und läuft in den Saal Nummer 7. Sie findet einen Greis mit weißem Haar, der sich den Kopf hält, aber nicht er wimmert, sondern sein Bettnachbar, der, in sein Bettuch verwickelt, zu Boden gefallen ist.

»Wir holen euch hier raus, keine Sorge; gleich kommen die Träger und bringen euch in den Luftschutzkeller.«

Plötzlich hört sie, inmitten dieser Stille des Entsetzens, ein aufreizendes, vulgäres Lachen, das aus der Frauenabteilung kommt.

Ein Mann rennt den Gang entlang und hält dabei seine Hose fest. Ist er es, der gelacht hat? Sie will ihm gerade nachlaufen, als eine weitere Explosion sie innehalten läßt.

Ein Luftangriff um vier Uhr nachmittags. Wann hat man so etwas jemals gesehen? Doktor Planelles trägt einen Kranken auf der Schulter fort und kommt zurück, um einen zweiten zu holen. Tina bleibt bei dem Patienten mit den weißen Haaren.

Der Lärm ist ohrenbetäubend. Tina geht auf den Gang und packt Pilarica am Arm. »Bevor du deine Haut rettest, denk an die anderen.« Die junge Frau will sich losreißen.

»Geh in den zweiten Stock und hilf bei der Evakuierung.«

»Laß mich los, María, laß mich los.«

Da sie nicht nachgibt, boxt Pilarica ihr in den Magen und reißt sich los.

Tina geht aufs Fenster zu und ringt nach Luft. Die Panik

hat Pilarica außer Fassung gebracht; eigentlich ist sie eine gute Krankenschwester. Tina sieht, wie die Leute mit einem Gewehr in der Hand auf die Straße laufen und schreien: »Es lebe die Republik!« »Faschistische Verräter!«

Plötzlich kommt die Pasionaria aus ihrem Zimmer und hält die Leute, die zum Ausgang hasten, auf. Bei ihrem Anblick bleiben sie wie angewachsen stehen.

»Söhne, Töchter, ihr dürft nicht die Ruhe verlieren. Unser Leben war ein ständiges Lernen, ein ewiges Leiden. Von heute an müssen wir ständig lernen, wie man kämpft und wie man siegt.«

Alle bleiben stehen und hören ihr zu. Wie sie ihnen da den Weg versperrt, sieht sie aus wie eine bleiche, sprechende Statue.

»Hört zu, meine Kinder, lauft nicht weg. Ich bin euer Spiegel, betrachtet euch in mir. Ein Spiegel darf keinen Sprung haben. Ihr, meine Kinder, seid die Nachhut, aber das heißt nicht, daß ihr weniger leiden werdet. An der Front ist es schrecklich, aber dort träumen unsere Milizen vom Sieg. Hier sehen wir nur die Auswirkungen der Schlacht, die verwundeten, verstümmelten Leiber, die Zerstörungen des Krieges, das Leid. Lauft nicht weg, meine lieben Söhne und Töchter. Laßt uns gemeinsam kämpfen.«

Als sie geendet hat, hebt Mari Valero die geballte Faust und ruft: »Que viva la Pasionaria!«

Alle stimmen ein: »Es lebe die Pasionaria!«

Wenige Tage später verläßt die Pasionaria das Arbeiterkrankenhaus.

»Planelles hat mir gerade erzählt, daß sich Mary Bingham de Urquidi mit ihrer Familie treffen will«, sagt Mari Valero. »Sie bemüht sich um einen Passierschein für Frankreich. Planelles sagt, daß wir im Operationssaal Ersatz für sie finden müssen.«

»Sie hat mehrere Schwestern ausgebildet«, sagt Tina.

»Asunción ist sehr gut, und María Luisa Lafita auch. Und was ist mit Flor Cernuda?«

Flor Cernuda ist eine der Jüngsten.

Planelles beruft eine außerordentliche Versammlung ein. »Das dringendste Problem in diesem Moment ist die Küche. Das Krankenhaus ist voll, und niemand kümmert sich um die Küche.«

Alle blicken schweigend zu Boden.

»Ich bin bereit«, sagt Tina.

Planelles starrt sie an. »Sind Sie sicher, Genossin María? In der Küche ist es anstrengender als auf einer Krankenstation.«

»Wenn Sie mich nehmen, bin ich bereit.«

»Wenn Sie mich nehmen«, hat sie gesagt, als könne man daran zweifeln. Tina ist allzu bescheiden. Matilde Landa mischt sich ein. »María ist eine großartige Genossin; sie hat eine fantastische Haltung. Sie könnte jedem Krankensaal vorstehen.«

»Wenn Genossin María die Küche übernehmen will und wir genau das brauchen, dann können wir ihr nur dankbar sein«, sagt Doktor Julio Recatero.

Nach der Besprechung hält Doktor Planelles Tina zurück. »Wenn alle so wären wie du, María, könnten wir morgen den Krieg gewinnen.«

»Wir werden ja auch gewinnen«, sagt Tina lächelnd.

Noch sind Nahrungsmittel vorrätig. Es gibt Obst, Gemüse und einen Sack Kartoffeln, und die Ärzte, Pfleger und Schwestern erhalten ihre Ration Wein. Unglaublich, welche Energie ein Glas Wein spenden kann! Schon in Frankreich hat sich Tina daran gewöhnt, Wein zu trinken, und hier im Krankenhaus behauptet Doktor Martínez Riesgo sogar, der Wein habe eine »medizinische Wirkung«. Ab und zu kommen Ärzte und Schwestern in die Küche herunter, um einen Kaffee zu trinken, den ihnen Genossin María wohlwollend vorsetzt.

Bald stellt Tina fest, daß ihre Beine anschwellen, aber

das stört sie nicht so sehr wie die dampfenden Töpfe. »Der Dampf ist gut für den Teint«, sagt Mari Valero, »er hält die Gesichtshaut feucht. Wir werden alle früher Falten bekommen als du.« Oftmals denkt Tina, wenn sie sich den Schweiß vom Gesicht wischt, ob sie nicht einfach vor Verzweiflung weint. Ihre Füße sind wie Schwämme, die sich mit Wasser vollgesogen haben; sie gehorchen ihr nicht. Sie zieht sie wie zwei leblose Gegenstände nach, und das taube Gefühl steigt von den Knöcheln bis hinauf zu den Knien. Sie geht in ihr Zimmer, um sich die Strümpfe auszuziehen, weil sie die Blutzirkulation hemmen. Als sie in den Gang einbiegt, sieht sie an dessen Ende Vittorio mit einer weißgekleideten Frau. Vittorio umarmt sie, aber vielleicht legt er ihr auch nur den Arm um die Taille, um ihr beim Treppensteigen zu helfen. Tina bleibt stehen und sieht, wie beide zum Ausgang eilen. Sie zwingt sich, ans Fenster zu gehen. Als die Frau und Vidali die Straße erreichen, berührt er sie nicht mehr. Sie gehen einfach nebeneinander durch die Kälte.

Tinas Herz verweigert sich ihr; sie spürt die Schmerzen bis in jede einzelne Rippe. ›Irgend etwas in mir wird zerbrechen; es sind nicht nur die Beine, es ist auch das Herz‹, denkt sie und sieht, wie sie in einem Studebaker wegfahren. ›Sie fahren an die Front. Matilde Landa neben Vittorio-Enea-Carlos-Raymond.‹ Tina kann den heiseren, gutturalen Seufzer, der tief aus ihrem Innern aufsteigt, nicht unterdrücken. ›Das ist nur die Müdigkeit, Toietto, es ist nichts, vielleicht ist es nur eine kameradschaftliche Geste wie zwischen Bruder und Schwester, ich verliere den Verstand.‹ Tina kehrt in die Küche zurück, öffnet die Tür und schleppt sich zum Herd, wo ihr der heiße Dampf entgegenschlägt.

Sie und Vittorio sehen einander nur selten. Er fährt in seinem Studebaker, den er scherzhaft »die Front« nennt, von einem Schützengraben zum anderen. In Mexiko bezeichnet man die Geliebte als »zweite Front«. Und was ist sie, Tina? Zweimal geht sie in die Kaserne in Francos Rodríguez, aber sie trifft ihn nicht an. Die Arbeit in der Küche schadet ihrer Gesundheit, und jetzt begreift sie, warum sich kein anderer gemeldet hat. Einmal bemerkt Vittorio: »Du siehst sehr müde aus. Ist was mit deinen Knöcheln?« Aber meist ist er außerhalb der Stadt, auf einer seiner Dienstreisen.

Schließlich rät ihr Planelles, sich ins Bett zu legen und die Beine hochzulagern. Am nächsten Tag geht sie hinauf in die Krankensäle und wechselt die Bettwäsche. Eines Abends befiehlt ihr Matilde Landa: »Du brauchst nicht auch noch in deiner Freizeit heraufzukommen. Deine Beine sehen schlecht aus, übertreib nicht.«

Am selben Abend scheucht Matilde sie aus der Küche hinaus.

Tina bewegt sich langsam und unter Schmerzen.

»Wenn Carlos mit dem zweiten Bataillon von der Talavera-Front zurückkommt, werde ich ihm erzählen, daß du dich nicht schonst«, sagt Matilde vorwurfsvoll.

Tina erwidert verärgert: »Bestimmt siehst du ihn eher als ich. Was zum Teufel ist eigentlich los, Matilde?«

»Was meinst du damit?«

»Seit wann weißt du besser über ihn Bescheid als ich?«

Tinas Mutter Assunta Adelaide Luigia.
Fotografie von Edward Weston. 1922

Nachdem sich Tina eine Woche lang ausgeruht hat, übernimmt sie den Krankensaal Nr. 9. Am nächsten Tag beginnen sich die Patienten unter Krämpfen zu krümmen. Das Krankenhauspersonal rennt von Saal zu Saal, kann den Leidenden jedoch nicht helfen. Die Patienten haben Durchfall und erbrechen geradezu ihre Seele.

Innerhalb von zwei Tagen zählt man einhundert Tote. Bei einer dringenden Mitarbeiterversammlung gibt María Luisa Planelles bekannt, daß man im Magen der Toten Zyanid gefunden hat.

»Habt ihr in der Küche etwas Verdächtiges bemerkt?« fragt Planelles.

»Nichts Außergewöhnliches. Die Mahlzeiten wurden von denselben Genossen serviert wie immer.«

»Ich hätte meinen Posten nicht verlassen dürfen«, wirft

sich Tina vor. »Ich habe dort immer rund um die Uhr Wache gehalten.«

»Genossin«, unterbricht sie Planelles, »wir haben alle aufgepaßt und nichts Verdächtiges bemerkt.«

»Wer das getan hat, der hat den Tod verdient!« schreit María Luisa Lafita.

»Wir sind alle dafür verantwortlich, den Verbrecher zu finden«, sagt Planelles finster. »Das war faschistische Sabotage.«

»Ich hätte gern wieder Dienst in der Küche«, ruft Tina.

»Bitte, Genossin, wir wollen nicht noch eine Tote.«

»Ich möchte ja niemanden beschuldigen«, sagt María Luisa Lafita, »aber vielleicht sollten wir Amalia besser überwachen.«

Amalia García ist hier, seitdem Mary Urquidi gegangen ist, und sie hat einen sehr guten Eindruck gemacht. Sie ist klug und tüchtig und weiß stets genau, was getan werden muß.

Amalia singt bei der Arbeit, und alle Patienten umringen sie, um ihr zuzuhören. Ihre Stimme muntert selbst die Niedergeschlagensten auf.

»Amalia?« fragt Planelles. »Warum denn Amalia?«

»Ich weiß nicht, das ist nur so eine Ahnung.«

Abends sucht Planelles Amalias Personalakte, aber er kann sie nicht finden. Entweder hat sie jemand entwendet, oder es hat sich niemand die Mühe gemacht, ihre Dokumente zu überprüfen. Tina Modotti, genannt María, Politemigrantin; María Luisa Lafita, Aktivistin aus Kuba; Mari Valero, Schauspielerin; Flor Cernuda, Aktivistin; Encarnita Fuyola, empfohlen von Carlos Contreras. Pilar Espinosa, Philosophin. Von allen findet er Akten, nur von Amalia nicht.

Als Amalia in Planelles' Büro bestellt wird, verharrt sie in verzweifeltem Schweigen. Noch am selben Abend fällt das Oberkommando im Schnellverfahren das Urteil. Der Befehl kommt vom Politkommissar Carlos Contreras.

»Die Erschießung findet um sechs Uhr früh im zentralen Hof des Arbeiterkrankenhauses statt.«

Das gesamte Krankenhauspersonal und alle Patienten, die das Bett verlassen können, drängen sich vor den großen Fenstern.

Amalia weint nicht. Respektvoll weist der Chef des Erschießungskommandos sie darauf hin, daß dies ihre letzte Gelegenheit ist, den Namen der Person zu nennen, die sie ins Arbeiterkrankenhaus geschickt und ihr das Zyanid übergeben hat.

Amalia verlangt nach einem Priester. »Bevor ich sterbe, möchte ich erklären, daß ich bis zum letzten Blutstropfen darum kämpfen werde, die Pest des Kommunismus, der den Tod von Priestern und Nonnen verschuldet hat, aus Spanien zu verbannen.«

Drei Minuten nach sechs richten die Männer vom Erschießungskommando ihre Gewehre auf sie.

Im Dezember kommt Tina eines Tages in Vittorios Büro und hält ein zerknülltes Blatt Papier in der Hand.

Wortlos reicht sie ihm den Zettel.

Vittorio liest. Es ist ein Brief von Mercedes. Die Mamma ist tot.

»Wenn ich bedenke, daß ich hier war und meine Mutter allein, ohne ihre Kinder! So viele Jahre allein, ohne ihre Kinder, meine Mutter allein, und ihre Kinder in verschiedenen Teilen der Erde, weit weg, alle. Ben in Amerika, und Yolanda auch, jeder woanders, Gioconda bei ihrem Kind.«

»Sie war nicht allein, Mercedes war bei ihr.«

»Aber sie ist schon die ganze Zeit tot, und ich war hier, am Leben, und habe ihr Briefe geschrieben. Ich war lebendig, lebendig, und hatte nicht die geringste Ahnung. Sie war tot, und ich habe es nicht gewußt.«

Tina schluchzt auf.

»Drei Monate! Es war schon vor drei Monaten; drei Monate lang habe ich nichts geahnt, begreifst du das? Ich habe gearbeitet, Krieg geführt, gelebt, gegessen, geschlafen, dich geliebt, gebadet, gelacht, und sie war tot, meine Mutter war tot. Begreifst du, was das heißt?«

Immer wieder sagt sie: »Vor drei Monaten ist sie gestorben.«

Lange hält Vittorio sie in den Armen; ihre Tränen benetzen sein Hemd und seine Schulter. Er drückt sie noch immer an seine Brust, als jemand von der Tür her fragt: »Kommandeur Carlos?«

»Stai qui, torno subito.«

Tina fällt ins Leere. Sie ist überwältigt von der brutalen Erkenntnis, daß sie die Mutter nie mehr wiedersehen wird. Mamma, ich brauche deine Stärke, deine Festigkeit, Mamma. Ein schneidender Schmerz durchfährt ihren Leib. Mamma. Hier bin ich, allein. Allein mit dem Zettel in der Hand. Mamma. Vor drei Monaten haben sie dich beerdigt, die Erde hat dein Gesicht bedeckt. Drückender Schmerz in Brust, Rippen und Bauch. Wellenförmig packt er sie an der Kehle, ein Dröhnen in den Ohren, Blitze in den Augen. Es kann nicht wahr sein; es ist gar nicht passiert. Wenn ich die Zeit um drei Monate zurückdrehe, werde ich sie wiedersehen.

Und was ist mit denen, die sie sterben sah? Sie fielen zu Boden und standen nicht mehr auf; sie starben gleich dort. Schnell. Im Krankenhaus hat sie ihnen voller Mitgefühl die Hand auf die Augenlider gelegt. Schnell. Matilde sagte im Vorbeigehen: »Wechsle schnell die Bettwäsche, da kommt ein Neuer.« Mit flinken, tüchtigen Handbewegungen, ohne nachzudenken, strich sie das Bettzeug glatt und schüttelte das Kissen durch, damit ein neuer Kopf darauf ruhen konnte. Der Tod auf Flügeln, der Tod, der es stets eilig hat.

Sie hört eine Frauenstimme, die etwas von Lebensmitteln für die Soldaten ruft. ›Das ist die Welt, in der ich lebe‹, sagt sich Tina. ›Das ist der Krieg. Ich muß weiterkämpfen. Wozu soll man ihnen den Magen füllen, wenn ich später ihre Leiber vom Schlachtfeld hole? Ich werde ihre Gedärme und ihr Gehirn auflesen, ihr Gehirn, das aus dem Schädel austritt, ihre von Panik erfüllten Augen, die zusammengebissenen Unterkiefer, die noch vor Angst glühenden Zellen, den zum Schrei aufgerissenen Mund...‹ Tinas Beine sind gefühllos; sie möchte aufstehen, aber sie kann es nicht, eine unsichtbare Last nagelt sie am Boden fest. Sie denkt daran, daß man in Julio Antonios Magen Essensreste gefunden hatte, Kichererbsen, ja, Kichererbsen... Als Vittorio wieder heraufkommt, liegt sie schlafend auf dem Fußboden. Ihr Gesicht ist geschwollen vom Weinen, sie ist müde, alt, erledigt; keine Spur mehr von der Berliner Tina in ihrem eleganten Kostüm, nicht die geringste Spur von der verführerischen mexikanischen Tina. Er betrachtet sie, wie sie mit halb geöffnetem Mund schläft; Falten ziehen sich von der Nase zu den Mundwinkeln. Als sie erwacht, weint sie wieder und erstickt fast an ihren Tränen.

»Leg dich wenigstens ins Bett.«

»Nein, nein, wozu? All diese Monate habe ich sie vor mir gesehen, wie sie kochte, lachte und mich umarmte. Sie hat mich verlassen, und ich werde sie nie wieder umarmen können.«

»Möchtest du bei mir bleiben?«

»Nein, Planelles erwartet mich.«

»Du kannst doch nicht in dieser Verfassung zu ihm gehen.«

»Ich habe Dienst.«

»Denk dran, ich fahre morgen nach Valencia, um die Verlegung der Regierung vorzubereiten. Die ganze Regierung wird Madrid bald verlassen. Du solltest auch weggehen.«

»Nein, ich bleibe bei dir. Ich will nicht getrennt von dir leben, auch wenn ich dich kaum sehe. Ich will nicht nach Valencia.«

»Bene, bene.«

Schon seit einer Woche hört man keine Schießereien mehr; und es wird erst nach Neujahr wieder losgehen. Selbst jetzt, im Krieg, ist Weihnachtszeit. Aber Madrid sieht trostlos aus, bei der Kälte ist kein Leben in den Straßen; die noch im Bau befindlichen Gebäude der Ciudad Universitaria sind menschenleer, die Wolken hängen tief und düster herab; der Boden ist aufgewühlt von den erbitterten Kämpfen zwischen Republikanern und von der Nationalistenarmee angeheuerten Mauren. Die Republikaner haben einen erstaunlichen Widerstand geleistet; die Milizionäre können zu Recht stolz sein.

Im Hauptquartier des Fünften Regiments herrscht eine anheimelnde, gemütliche Atmosphäre; Cruz Díaz, Flor Cernuda, Encarnita, María Luisa Lafita, Mari Valero und Tina hängen Papiergirlanden auf, um den Sieg und die Feiertagsruhe an allen Fronten zu feiern. ›Willkommen 1937‹, schreiben sie an eine Wand.

Genossin María erbietet sich, heißen Punsch aus Wein und Früchten zuzubereiten.

»Wir haben doch kein Obst, María«, sagt Mari Valero.

Als Tina hinausgeht, macht María Luisa Lafita Mari Valero Vorwürfe: »Hast du nicht gesehen, daß sie zum ersten Mal nach langer Zeit etwas Begeisterung gezeigt hat? Warum mußtest du ihr die Laune verderben?«

Einige der wichtigsten politischen und militärischen Führer des antifaschistischen Bündnisses kommen zum Silvesterfest: Líster, Pepe Díaz, La Pasionaria, Francisco Antón, Antonio Mije, Pietro Nenni, Modesto, die Italienerin Teresa Noce, genannt Estela, und Luigi Longo. Matilde kündigt jeden, der den improvisierten Tanzsaal betritt, an.

María Luisa Lafita und Pedro Vizcaíno bringen einen alten Plattenspieler mit. Der Kubaner Alberto Sánchez versucht zu lächeln, obwohl er den Tod seines Landsmanns Pablo de la Torriente Brau, der am 19. Dezember in Majadahonda gefallen ist, noch nicht verwunden hat. Als Tina von seinem Tod erfuhr, konnte sie nur denken: ›Er war noch so jung, und er war Julios Freund.‹ Und María Luisa Lafita sagte: »Wenn Mella noch lebte, wäre er mit Pablo hierher gekommen und an seiner Seite im Kampf gefallen.«

Pepe Díaz zieht die Pasionaria auf die Tanzfläche. Während sie sich dreht, klatschen alle in die Hände. Sie sieht toll aus in ihrem schwarzen Kleid, und Vittorio ruft ihr zu: »Guapa!« Francisco Antón nimmt sie bei der Hand und läßt Pepe Díaz stehen. Vittorio bietet Tina seinen Arm:

»Ich kann keinen Pasodoble tanzen, Toio«, sagt sie voller Unbehagen.

»Keine Sorge, mach es mir einfach nach.«

Vittorio ist drauf und dran, sie an ihre wilden Feste in Mexiko zu erinnern, aber er beißt sich auf die Zunge. Dies ist nicht der richtige Augenblick.

»Laß uns ganz langsam tanzen, laß dich einfach führen.«

Mit gesenktem Kopf bewegt sie sich, immer mit demselben Schritt, vor und zurück. Vittorio sagt scherzhaft: »Na siehst du, es ist gar nicht so schwer. Nun mach schon, sei nicht so scheu. Heb den Kopf und laß uns schneller werden.«

»Nein, nein, bitte nicht.«

Wie seltsam. Im Krieg hat sie ihre Selbstsicherheit verloren. Was ist mit ihr? »Hast du denn mit den anderen nicht getanzt?« möchte Vittorio sie fragen, aber ihr Blick hält ihn davon ab. Zum ersten Mal bemerkt er den tragischen Zug in Tinas Gesicht.

Tina entschuldigt sich und holt sich etwas zu trinken. Vittorio-Carlos ruft Matilde Landa zu: »Na komm, wir tanzen das zuende.«

Pepe Díaz tanzt mit Mari Valero, die ein echtes Showgirl ist. Vittorio gibt Tina ein Zeichen: »Laß uns gehen.«

»Es ist fast Mitternacht. Können wir nicht noch etwas warten?«

›Was hat sie denn jetzt wieder?‹ fragt sich Vittorio irritiert.

Vorhin, als sie allein in seinem Raum im obersten Stockwerk der Kaserne waren, hatte Vittorio gesagt: »Die Liebe besiegt den Tod, komm her, du wirst sehen, wie wir ihn bezwingen«, aber Tina hatte nicht reagiert. Seit dem großen Streit in Paris hatte sie sich verändert. Aber vielleicht wollte sie den Tod gar nicht mehr bezwingen.

Nun, nach Mitternacht, als sich Vittorio endlich neben sie legt, wendet Tina das Gesicht zur Wand:

»Nein, Toietto, ich kann nicht.«

»Vielleicht sehen wir uns nie wieder«, flüstert er ihr zu.

Tina dreht sich ungewöhnlich heftig zu ihm um, und ihre Gesichtszüge sind von Panik verzerrt. Sie erwidert seine Umarmung und klammert sich an seinen Körper, der seit Moskau ihr Rettungsanker war. Ihre Lippen schwellen an, und sie preßt sich zitternd an ihn.

Später wickelt er sie in eine Decke, als wäre sie ein Neugeborenes.

»Schlaf jetzt, ich muß nach unten, ich bin gleich wieder da.«

Er greift nach seiner Pistole, von der er sich niemals trennt.

Als Tina erwacht, sind viele Stunden vergangen, aber Vittorio liegt nicht neben ihr. Hastig zieht sie sich an, und als sie die Außentreppe hinabgeht, sieht sie durch ein Fenster Vittorio und Luigi Longo, die in ein Gespräch vertieft sind. Als sie Vittorio anspricht, dreht er sich zu ihr um.

»Geh wieder nach oben, wir sind bald fertig.«

Als er wieder ins Schlafzimmer kommt, sitzt Tina auf einem Stuhl. Wortlos nimmt er sie in die Arme und trägt sie zum Bett, wo er sie hastig auszieht und sie noch einmal nimmt, ebenso hitzig und hingebungsvoll wie in den Moskauer Tagen.

Aber es ist nicht mehr dasselbe.

Immer seltener begegnen sie einander im Oberkommando. Vittorio lebt buchstäblich auf dem Schlachtfeld und Tina im Krankenhaus.

Bald darauf wird Tina dem Sanitätsdienst an der Front zugeteilt. Alberto Sánchez und Esteban Larrea sind die Krankenträger; María Luisa Lafita gibt ihnen Deckung.

»Ihr sammelt sie ein und ich decke euch; der Gegner schießt nämlich immer genau dorthin, wo er Gefallene vermutet.«

María Luisa Lafita fordert sie auf, zuerst die Offiziere zu bergen, weil sie Dokumente bei sich haben, die dem Feind nützlich sein könnten.

In Francos Rodríguez hat Tina auch gelernt, mit dem Gewehr umzugehen, aber sie schießt schlecht und nur ungern.

María Luisa erbietet sich, es ihr beizubringen. Sie ist begeistert, daß sie mit dem Ambulanzwagen und mit ihrem Mann Roberto Vizcaíno auf dem Schlachtfeld sein darf. Tina duckt sich unter den Kugeln und holt Verwundete aus den Schützengräben. Einmal hat María Luisa sie zu Boden geworfen, weil sie im Graben aufgestanden war. »Du bietest ihnen eine Zielscheibe, und außerdem bringst du auch andere in Gefahr.« María Luisa blieb in ihrer Nähe, und Tina begriff, warum die Genossen vom Sanitätsdienst am liebsten mit ihr zusammen im Einsatz waren. An vorderster Front, mitten im Kampf, glänzte sie durch ihren Mut und ihre Treffsicherheit. Sie verstand es, ihre Genossen zu beschützen. María Luisa ist wütend auf Tina. »Hör mal, du tust ganz so, als mache es dir nichts aus, zu sterben. Sei vorsichtiger; wenn schon nicht deinetwegen, dann für das Krankenhaus.«

Abends kehren sie ins Hospital Obrero zurück. Als im Bericht von vierhundert Toten die Rede ist, sagen die Befehlshaber: »Mann, war das ein Gemetzel!«

Im Arbeiterkrankenhaus kennt man keine Ruhezeiten. Die Frauen aus der Wäschekammer hören Radio und berichten den anderen von den neuesten Nachrichten. Einige Krankenschwestern sind weggegangen, und man hat keinen Ersatz für sie gefunden. Tina wundert sich über den leidenschaftlichen Lebenswillen der Verwundeten, selbst dann, wenn sie dem Tode nahe sind. Manche haben ein Bein oder einen Arm verloren. Sie versuchen, zu laufen; wenn sie fallen, stehen sie auf und machen, starrköpfig wie Kinder, einen weiteren Versuch. Vor Tina prahlen sie mit ihren Fortschritten. »Ich habe mich mit links rasiert«, »Ich kann ohne Hilfe die Treppe hinabgehen, Genossin María, kommen Sie, ich zeige es Ihnen.« So, wie sie zugerichtet sind, leben sie ihr Leben in den Korridoren weiter.

Liebe ich das Leben genauso? fragt sich Tina. Sie wundert sich über die Kraft, die in einem Menschen stecken kann. Dieser Bursche mit den vom Fieber aufgesprungenen Lippen, Miguel, klammert sich so sehr an das Leben. »Mir geht es doch besser, nicht wahr?« fragt er zitternd. Matilde spricht ihm gut zu, und doch wird kein Fiebermittel ihn retten können.

Internationale Brigaden in der Casa del Campo.
Fotografie von Robert Capa. 1936

Das flache, offene Gelände Kastiliens bietet eine ideale Zielscheibe für die Bombenangriffe der Nationalisten. Hier könnte selbst der unerfahrenste Pilot eine Eidechse erlegen. Die Krankenträger müssen kilometerweit über freies Feld laufen und sind dabei dem feindlichen Angriff ausgesetzt.

Unter dem Zeltdach geben die Ärzte den Krankenschwestern Anweisungen: Chloroform, die Spritze bitte, koch das aus, binde das ab, verbinde ihm den Kopf, ohne die Ohren abzudecken, schnell, er ist völlig zerfetzt, wasch ihm gründlich die Brust, was soll das heißen, es gibt keinen Alkohol mehr? María, wir haben keinen Mundschutz mehr, Cruz, wie ist der Puls? Sieh mal nach dem da, der so große Schmerzen hat. Warum gerade der? Weil Schmerzen ein Zeichen von Leben sind. Der da hingegen, der Blasse mit den eingefallenen Wangen, den halb geschlossenen Augen und dem durchsichtigen Gesicht, der ist vielleicht sechzehn, aber mit dem geht es zuende, weil er zuviel Blut verloren hat. In den Sanitätsstellen benutzen die Ärzte

Kampfer, Insulin und Serum gegen Tetanus und Wundbrand und waschen die Wunden mit Seifenwasser aus. Sie leisten Erste Hilfe, mehr können sie nicht tun.

Blut an die Front zu bringen ist das größte Problem. Der kanadische Arzt Norman Bethune ist überzeugt, daß man mit mehr Blut die Zahl der Todesfälle senken könnte, und bietet an, mit einem Fahrzeug Blut in die Sanitätszelte zu bringen.

»Und wie sollen wir das frische Blut konservieren?«

»Mit Natriumzitrat.«

Als Bethune nach Madrid zurückkehrt, schlägt er Tina und dem Kommandeur Carlos vor, Bluttransfusionen im Schützengraben durchzuführen.

»Ich kann in Kanada um Spenden bitten«, sagt Bethune.

»Wann können Sie anfangen?«

»Sobald ich aus Paris und London zurück bin.«

Eine Stunde später schickt Bethune ein Telegramm nach Toronto: »Brauche Sterilisationsgeräte, Instrumentensätze, Mikroskope. Habe viele neue Ideen. Schickt so viel Geld, wie ihr könnt.«

Nachdem er vom kanadischen Spanien-Hilfskomitee zehntausend Dollar erhalten hat, reist Bethune nach Paris, um die Ausrüstungen zu kaufen und um Unterstützung zu bitten. Er hält Reden, in denen er Frankreich, England und Nordamerika verurteilt, weil sie dem republikanischen Spanien keine Waffen verkaufen wollen. »Wenn die Faschisten siegen, werden wir alle unter den Konsequenzen leiden. Der Krieg in Spanien ist ein Krieg für die Demokratie.«

In London greift er die Regierung Großbritanniens an. Hazen Sise, einer seiner Zuhörer, ist so beeindruckt, daß er sich Bethune als Freiwilliger anbietet.

Am 6. Februar kehrt Bethune mit Hazen Sise und einem Lastwagen voller medizinischer Geräte nach Madrid zurück.

Contreras lächelt über das ganze Gesicht. »Die Rote

Hilfe kennt die Bedeutung Ihres Vorhabens und stellt eine spezielle Örtlichkeit für die Bluttransfusionen zur Verfügung.«

Tina, Vittorio und Bethune gehen in eine Zehn-Zimmer-Villa in der Avenida Príncipe de Vergara, einer der Prachtstraßen von Madrid. Don Isidoro Acevedo, der Vorsitzende der Roten Hilfe, sagt ohne jede Ironie: »Hier werden euch die Bomben nicht stören. Franco ist sehr darauf bedacht, das Eigentum der Reichen zu schonen.«

Sie reservieren sich drei Zimmer zum Schlafen; die anderen Räume werden als Labors genutzt. Zwei junge spanische Ärzte, zwei Laboranten, drei Krankenschwestern, ein Koch, eine Haushälterin, eine Bürokraft und ein Portier vervollständigen das Team. Isidoro Acevedo versichert Bethune: »Wir garantieren Ihnen so viele Blutspender, wie Sie brauchen.«

Drei Tage lang rufen Presse und Rundfunk zu Spenden auf.

Bethune hört die Aufrufe im Radio. Er fragt sich, was er mit dem riesigen Labor, den nagelneuen Gerätschaften und dem Transfusionsraum mit drei Betten anfangen soll, falls nur drei Landstreicher kommen. Aber am angegebenen Tag, morgens um fünf, ruft Tina nach ihm:

»Kommandeur Bethune, sehen Sie doch mal aus dem Fenster.«

Es sind mehr als zweitausend Personen gekommen. Männer und Frauen, Junge und Alte, Zivilisten und Soldaten stehen geduldig in der Warteschlange. Bethune erteilt schnell seine Befehle, die Türen werden geöffnet und die ersten Spender hereingebeten. Tina ruft bei der Roten Hilfe an, damit man ihnen Milizionäre als Hilfskräfte schickt. Um Platz für das Plasma zu schaffen, leeren sie die Kühlschränke in der Küche.

Tina gibt vom Balkon aus bekannt, daß man im Moment keine neuen Blutspenden mehr annehmen kann. Eine Woge des Protestes geht durch die Menschenmenge. Tina versucht, ihnen zu erklären, daß sie keinen Platz mehr haben, das Blut aufzubewahren.

»Was sollen wir machen? Sie gehen einfach nicht weg.«

»Die Schreibkräfte sollen sie registrieren. Wir nehmen heute so viele Blutproben, wie wir können. Sag ihnen, daß wir sie in den nächsten Tagen zum Spenden herbestellen werden.«

Bethune schickt dem Spanien-Hilfskomitee in Toronto ein Telegramm: »Großartige Reaktion der Madrider Einwohnerschaft. Die ersten Transfusionen an der Front, gestern abend, waren erfolgreich.«

Als Bethune fragt, wer ihm auf dem Schlachtfeld assistieren kann, hebt Tina die Hand, und Matilde sagt zustimmend:

»María ist eine der Besten; sie kennt keine Angst.«

»Sind Sie sicher, daß Sie mitkommen wollen?«

»Ja, ich bin sicher«, antwortet Tina ruhig.

»Ich muß Ihnen sagen, daß mein letzter Assistent durch eine verirrte Kugel getötet wurde.«

»Ich weiß; jeder hier im Krankenhaus weiß es.«

»Sind Sie stark genug?«

»Ja.«

»Können Sie kühl bleiben, wenn es gefährlich wird?«

»Ja.«

»Denken Sie daran: Panzer sind immer schneller als Sie. Nehmen Sie sich vor den Panzern in acht.«

Bethune sieht aus, als hätte er kein Alter; sein starkes Gesicht, eingerahmt von einem dichten Gestrüpp graumelierten Haares, flößt Vertrauen ein. »Kommandeur«, nennt man ihn, genau wie Carlos Contreras, »Kommandeur«, weil über den Taschen seines marineblauen Overalls die Rangabzeichen der republikanischen Armee und auf jeder Schulter ein kanadisches Ahornblatt prangen.

Bethune und sein Team erhalten Befehl, in das soeben von den Nationalisten bombardierte und eingenommene

Málaga zu fahren. Die Bewohner der Stadt fliehen über die Küstenstraße, die nach Almería führt und den einzigen Ausweg darstellt. Tausende von Männern und Frauen sind zu Fuß unterwegs. Almería ist zweihundert Kilometer entfernt. Selbst bei gutem Tempo werden sie sechs Tage brauchen, um dorthin zu kommen. Einige haben Pferde, Esel oder Maultiere bei sich, die mit ihrem Hab und Gut beladen sind. Auch Greise und Kinder gehen, wie alle anderen, zu Fuß. Einige Hunde irren durch die Menschenmenge. Lämmer und Ziegen werden vorwärts getrieben. Man hört den Flügelschlag einer Henne. Nachts ist es kalt. Die Schuhe nutzen sich ab.

Auch die Landschaft führt Krieg. Tina blickt auf und hält nach Bombenfliegern Ausschau. So etwas wie einen nächtlichen Sternenhimmel gibt es nicht mehr. Die ockerfarbene Ebene dort unten gehört den feindlichen Jagdfliegern; über der überwältigend schönen Landschaft lauert die Gefahr, am Ende eines jeden Tals einem Panzer zu begegnen. Das dröhnende Kanonenfeuer zerfetzt die Berge und läßt die Erde erzittern, es treibt die Bewohner aus ihren Häusern, demütigt sie und verscheucht sie wie Insekten. Raus, nur weg hier, haut ab! Spanien gehört euch nicht mehr, sucht euch ein anderes Land! Tina beobachtet das alles von ihrem Lastwagen aus.

Bethune sagt: »Ein starker, gesunder junger Mensch kann vierzig bis fünfzig Kilometer am Tag laufen. Aber was wird aus den Frauen, Kindern und Greisen? In den Städten, durch die sie kommen, gibt es weder Nahrung noch Verkehrsmittel. Keine Züge, keine Busse, nichts. Entweder, sie laufen, oder sie kommen um.«

Tina beobachtet den Exodus, der immer dichtgedrängter und qualvoller wird. Tausende von Kindern gehen barfuß und tragen nur ein einziges Kleidungsstück. Sie lehnen sich an die Beine ihrer Mütter oder klammern sich an ihre Arme.

Fünfundachtzig Kilometer vor Almería wird der Lastwagen gestürmt. »Die Faschisten sind uns direkt auf den Fersen!«

Zahllose Mütter und Großeltern heben ihre Kinder auf den Lastwagen. »Habt Erbarmen, Genossen, um Himmels willen ...«

Eingezwängt in diesen Menschenstrom muß Tina den Ärzten helfen, Entscheidungen zu treffen: entweder dieses Kind, das an Durchfall stirbt, oder die Mutter, die ihr Neugeborenes an die Brust preßt und sie nur ansieht. Neben ihr steht eine alte Frau, die keinen Schritt mehr gehen kann, und sagt: »Bitte, Genossen, ich bleibe hier, aber nehmt das Kind mit ...«

Viele Greise haben aufgegeben und sich einfach an den Rand der Landstraße gelegt.

Zum ersten Mal seit Ausbruch des Krieges denkt Tina an etwas, das sie seit langem vergessen hat: den Hunger ihrer Kindheit, die Abende, an denen es noch nicht einmal Polenta gab.

Als die Flüchtlinge Almería erreichen, finden sie nichts Eßbares vor.

Unfähig, auch nur einen Schritt zu tun, nächtigen sie auf der Hauptstraße.

Achtundvierzig Stunden verbringt Thomas Allan am Lenkrad, während Bethune und Tina immer wieder neue Gruppen für den Transport nach Almería zusammenstellen. Verzweifelt und übermüdet, verlieren sie jedes Zeitgefühl und vergehen vor Angst um diejenigen, die sie zurücklassen müssen. Sie wissen, daß jede Fahrt die letzte sein kann. In Almería geht Allan ins Gouverneurshaus und verlangt Benzin und irgendwelche Fahrzeuge, mit denen man die Evakuierung beschleunigen kann.

»In Almería gibt es nichts mehr, nicht einmal eine Schubkarre. Der Gouverneur und alle Zivilbeamten sind geflohen. Die Kriminellen aus den Gefängnissen haben die Geschäfte geplündert. Es gibt weder Gas noch Wasser, noch Strom.«

Bei einer der Fahrten tauchen am Straßenrand wie durch ein Wunder Apfelsinen auf, und Allan reicht Tina eine davon. Trotz des Grauens um sie herum beißt sie in das saftige Fruchtfleisch. Nie wird sie den Geschmack dieser Apfelsine vergessen.

Kommandeur Carlos, Matilde Landa und Mari Valero führen einen Konvoi an, der in Almería auf Bethune stößt. María Luisa Lafita und Flor Cernuda folgen ihnen.

Vittorio begrüßt Tina mit einer Umarmung. Er diktiert ein Telegramm an Largo Caballero: »Schickt eiligst Medikamente, Lebensmittel, eine LKW-Kolonne und Soldaten.« »Landstraße nicht befahrbar, können nicht zu euch gelangen«, lautet die Antwort.

Später wird Mari Valero erzählen: »Es glich einem Exodus wie im Alten Testament; ein Strom von Menschen, die wie Ameisen aussahen und ihre Esel über die kurvenreiche, felsige Landstraße direkt am Meer trieben. Und die Kinder, die Kinder... Ich glaube, es waren mindestens fünftausend Kinder.«

Am selben Abend richtet Kommandeur Carlos beruhigende Worte an die Bevölkerung. Er bittet die Leute, Mut zu beweisen. Es werde Verstärkung geben; sie würden bald etwas zu essen bekommen; schließlich würden sie siegen. Schon seine entschlossene Stimme gibt ihnen Sicherheit.

Aber noch bevor er seine Rede beenden kann, wird seine Stimme vom Getöse der Flugzeuge übertönt. Ein Bombenangriff. Viele Gebäude fallen inmitten einer Staubwolke in sich zusammen; das Geschrei ist unerträglich. Deutsche Flugzeuge bombardieren das Stadtzentrum von Almería. Zehn große Bomben. Zielscheibe der Faschisten ist nicht das im Hafen liegende republikanische Kriegsschiff, sondern die Bevölkerung; man will die einhundertfünfzigtausend Männer, Frauen und Kinder, die gerade aus Málaga vertrieben wurden, ein für allemal ausrotten.

»Sie schießen auf Zivilisten, auf unbewaffnete Zivilisten!« brüllt Bethune fassungslos. Hazen Sise läuft zu einer

Menschenschlange, die nach einer Tasse Kondensmilch ansteht, der einzigen verfügbaren Nahrung. »Werft euch zu Boden!« schreit er. Da sie nicht reagieren, wirft er sich auf sie: »Auf den Boden, das ist ein Luftangriff!« Bethune hebt drei tote Kinder auf. »Es gibt über fünfzig Tote und doppelt so viele Verwundete.« Bethune ist außer sich vor Empörung. Was haben sie verbrochen, daß man sie so massakriert? Er sieht einen Bomber ruhig im Mondlicht dahingleiten; er kann ungestört seine Bombenlast abwerfen; die gelegentlichen Salven der Flakgeschütze flimmern nur über den Himmel wie ein Feuerwerk. Flammen schlagen aus den Gebäuden, die von Brandbomben getroffen wurden. Die Menschenmenge flüchtet, fällt, kriecht weiter und verschwindet in den Bombenkratern.

Das Bombardement hat aufgehört. Tinas Ohren schmerzen, und sie wünscht sich, keine Augen zu haben. Mein Gott, wie viele Kinder! Einige größere Mädchen kümmern sich um die Kleinen, aber alle suchen nach ihren Müttern. In diesem Inferno nimmt sich Tina ihrer an und versucht, sie zu ihren Eltern zu bringen. Sie gibt nicht auf. Die Kinder sehen sie an, als sie ihnen Milch verspricht und sie mitnimmt, um eine Matratze zum Schlafen zu suchen. Sie folgen ihr und wollen sie nach fünf Minuten nicht mehr weglassen. Die Kinder heften sich an Tinas Fersen.

Bethune ist unermüdlich und voller Ruhe. Tina geht ihm inmitten der Leichen zur Hand. Plötzlich hören sie in einem eingestürzten Haus jemanden weinen. Sie laufen hin und finden unter einem Haufen von Balken ein wimmerndes Mädchen von etwa drei Jahren. Tina und Bethune ziehen es hervor und bringen es zum Krankenwagen.

Als Tina nach Madrid zurückkehrt, ist sie so erschöpft, daß sie es nicht mehr verbergen kann. Matilde sagt: »Du solltest dich jetzt für eine Weile nicht um die Patienten kümmern. Ob es dir paßt oder nicht – es gibt eine Menge Papierkram zu erledigen.«

Zunächst reist Tina nach Valencia, wo im Sitz der Internationalen Roten Hilfe ein riesiges Büro für sie bereit steht. Um dorthin zu gelangen, überquert sie täglich die Plaza Castelar. Fast jeden Abend, nach der Arbeit, trifft sie ihre gute Freundin Constancia de la Mora. Constancia, eine mit dem republikanischen General Ignacio Hidalgo de Cisneros verheiratete Aristokratin, hat sich von ihrer nationalistischen Familie losgesagt. Ihr Vater, Antonio Maura, war früher einmal Ministerpräsident. Jetzt ist sie Kommunistin und für die ausländischen Korrespondenten in Spanien verantwortlich. Sie schreibt für Ernest Hemingway und Herbert Matthew Passierscheine für das Schlachtfeld aus.

Bei der Internationalen Roten Hilfe verteilt Tina die Spenden der International Labor Defense und sorgt dafür, daß die Schiffsladungen voller Kleidung und Nahrungsmittel an die Angehörigen der Miliz geschickt werden.

Dann fährt sie nach Barcelona. Das dortige Büro der Roten Hilfe ist voller Freiwilliger des Frauen-Hilfskomitees. Eine ihrer Freundinnen, Cruz Díaz, die Frau des Generals Azcárate, ist die Leiterin. Eilig packen die jüngsten Frauen ihre Schätze in Kartons; jede von ihnen ist Patin eines Frontsoldaten und schickt ihm, mit der im Kriege möglichen Regelmäßigkeit, Päckchen. Hier hört Tina zum ersten Mal Eladia Lozanos fröhliche Stimme. Eladia verpackt eine Schachtel Zigaretten, Rasierklingen, ein Stückchen Badeseife und einen Brocken Kernseife. Sie ist knapp sechzehn, lebhaft und trotz allem fröhlich und charmant. Für Tina ist sie so etwas wie ein Sonnenstrahl. Einmal, vor langer Zeit, war Tina genauso: ein temperamentvolles junges Mädchen, das alle zum Lächeln brachte und das alle gern hatten. Krieg oder nicht, Eladia liebt das Leben, und die jungen Männer lieben sie. Die jungen Frauen machen sich aufgeregt an den Pakaten zu schaffen, sie sind voller Illusionen über ihre Patensoldaten. Sie wünschen sich von ihnen ein Foto aus dem Schützengraben und verstecken ihre eigenen Fotografien, zusammen mit zärtlichen Briefen, in den Umschlägen. Manche haben drei Patensoldaten an verschiedenen Frontabschnitten, und sie schreiben ihnen und berichten von ihrem Leben. Sie raten ihnen, gut auf sich aufzupassen, damit sie einander treffen können, wenn sie den Krieg gewonnen haben.

Keine Medizin hilft Tina mehr als Eladia, ihr Lachen und ihr Gesang beim Paketepacken.

Und wenn nun eine Bombe auf die Rote Hilfe fallen und Eladia mit blutverschmiertem Haar und starr zum Himmel blickenden Augen vor ihr liegen würde? Solche krankhaften Gedanken überfallen sie in der Nacht; aber tagsüber löscht Eladias Frohnatur alles aus.

Das Frauen-Hilfskomitee von Barcelona veranstaltet ein Fest für eine Gruppe nordamerikanischer Seeleute, die ihr Leben aufs Spiel gesetzt haben, um die Blockade zu durchbrechen und Lebensmittel zu bringen. Überrascht hört Eladia, wie Tina mit ihnen englisch spricht. Mehr noch beeindruckt es sie, wie sie sich beim Fest für die Internationalen Brigaden mit den Männern auf französisch, italienisch und sogar auf russisch verständigt.

»María, woher kennst du so viele Sprachen? Wo hast du das gelernt? Bist du soviel gereist?«

Lächelnd wechselt Tina das Gesprächsthema. Sie fühlt sich wohl bei den Mädchen; diese Tage sind eine dringend notwendige Atempause. Wie schnell sich der Mensch erholt, wie wenig er benötigt für einen Neubeginn. Tina braucht nur die lebhaften Stimmen der Mädchen zu hören, um den Krieg, die Verwundeten, die Bettenreihen und die Toten zu vergessen. Einen Moment lang glaubt sie sogar, daß es keine Bombenangriffe und keine weiteren Konvois mit verwundeten Soldaten geben wird.

Auf dem Paseo de San Juan, Ecke Córcega, läuft Tina Gerda Taro über den Weg. Sie ist Robert Capas Lebensgefährtin und selbst Fotografin. Sie ist ständig unterwegs zwischen Spanien und Frankreich, wo sie und Capa in den besten internationalen Zeitschriften Fotos veröffentlichen. Selbst wenn es kalt ist, trägt sie kurze Hosen, ganz im Gegensatz zu Tina mit ihrem gut geschnittenen schwarzen Kostüm. Gerda lächelt wie immer und sagt: »Komm, María, trinken wir auf den Ramblas eine Tasse Kaffee.«

Eigentlich möchte Tina ablehnen.

»Es wird dir guttun.«

»Und dein Freund?«

»Bob? Er ist in Paris geblieben, aber wir haben Schluß gemacht. Er ist mir zu oberflächlich. Weißt du, was er liest? Etwa Balzac, Proust oder Goethe? Nein, ach wo. Nur Kriminalromane. Meine einzige Leidenschaft ist jetzt die Fotografie.«

Im Café öffnet ihr Gerda weiter ihr Herz. ›Wie ungeniert sie ist‹, denkt Tina, hört ihr jedoch voller Neugier zu.

»Stell dir vor, er will, daß wir alles teilen, aber dann signiert er die Fotos – seine und meine – mit seinem Namen: Robert Capa. Mich nennt er überhaupt nicht oder nur ganz selten. Er nimmt sich alles, was mir gehört. In den Zeitungen und Zeitschriften wie *Vu, Regards, The Illustrated London News* oder *Berliner Illustrirte* wird mein Name nie genannt, dabei bin ich genauso gut wie er, vielleicht sogar noch besser. Obwohl er gut ist, ohne jeden Zweifel. Erinnerst du dich an seine ersten Fotos aus Spanien? Kennst du den Stadtteil Vallecas? Hast du gesehen, wie bettelarm die Leute sind, die in der Metro schlafen? Bob hat diese verhungernden armen Teufel fotografiert, als er das erste Mal nach Spanien kam.«

An der Front hatte Tina beobachtet, wie Robert Capa und Gerda Taro sich den ganzen Tag über die Kamera vor die Augen hielten. Zuerst fotografierten sie gemeinsam mit einer Eyemo; später hatte er eine Leica und sie eine Box, eine Rolleiflex. ›Was für ein schönes Paar!‹ hatte sie gedacht, und nun erzählt ihr Gerda, daß sie nicht mehr zusammen sind.

»Ich würde nie heiraten. Ich brauche meine Unabhängigkeit, einen eigenen Namen; ich will nicht Capas Schatten sein. Ich werde geachteter und berühmter sein als er. Alle Bataillone – Thälmann, Edgar André, Lincoln – laden mich zum Essen ein. Beziehungen zwischen Mann und Frau werden immer ein Machtverhältnis sein; darum werde ich nie heiraten. Schon gar nicht Bob. Sag mal, kennst du Gisèle Freund?«

»Nein, aber ich weiß, wer sie ist.«

»Sie ist toll, eine großartige Fotografin, eine Frau, die nicht mit ihrer Zeit geizt und ihre Kenntnisse bereitwillig weitergibt. Und Germaine Krull? Kennst du die? Sie ist die Frau von Joris Ivens. Sie hat Fabriken, Rohrleitungen, Fräsmaschinen und solche Sachen fotografiert. Eine gute Architektur- oder Industriefotografin. Sag mal, wie hast du ein Visum für Rußland bekommen? Da möchte ich hin, aber China interessiert mich auch; ich würde gleich morgen hinreisen, wenn ich könnte. Was hältst du von Frank Borkenau? Ach, María, du hättest Haile Selassie beim Völkerbund in Genf sehen sollen. Kannst du dir vorstellen, einen solchen Kaiser zu haben? Die armen Äthiopier. Als ich zum ersten Mal hier in Barcelona war, habe ich lauter umgeworfene Christusfiguren, kopfstehende Heilige Herzen und geköpfte Jungfrauen fotografiert. Hör mal, ich würde dir so gern meine Fotos zeigen, ich glaube, du hast einen guten Blick dafür. Sag mal, findest du nicht, daß die Milizen viel zu gespalten sind? Anscheinend können sie einander nicht leiden und bekämpfen sich gegenseitig.«

Gerda spricht ohne Atempause und springt, wie ein aufgeregtes Kind, von einem Thema zum anderen. Ihre Fröhlichkeit ist ansteckend. Der Kaffee schmeckt schrecklich; es muß wohl Zichorie sein. Aber das Gespräch ist anregend. Tina fragt sich, warum sie so streng über diese Frau urteilt. Sie geht dieselben Risiken ein wie alle anderen, und war sie selbst in ihrem Alter nicht genauso? Wollte sie nicht auch Erfolg haben? Wollte sie nicht, daß die Leute nach ihr Schlange standen? ›Jetzt geht es mit mir bergab‹, denkt sie, ›aber auch ich war einmal ganz oben. Weston hat meine Fotos nie für die seinen ausgegeben und mir nie die Erwähnung meines Namens streitig gemacht. Ich wollte auch ausstellen und bekannt werden. Gerdas Ehrgeiz ist größer, meiner war verhaltener, aber er hat mich angetrieben. Jetzt will ich wohl nichts mehr erreichen. Etwas in mir ist erloschen.‹

Alle Konvois fahren durch Barcelona. Die Kämpfer singen unterwegs mit lauten Stimmen; die Männer und Frauen, die sich auf der Flucht befinden, fahren schweigend vorüber. Die Mädchen fürchten sich vor allem vor den Mauren, die Franco aus Afrika geholt hat. Selbst Eladia sagt: »Lieber einen katalanischen Anarchisten als einen dieser dreckigen Mauren.«

»Aber die Anarchisten sind disziplinlose, verrückte Raufbolde. Sie haben keine Ahnung, wie man Franco aufhalten kann«, entgegnet Tina.

»Sie haben immer für Spanien gekämpft«, sagt Eladia.

»Es lebe die soziale Revolution!« schreit jemand auf katalanisch.

»Zunächst einmal müssen wir die Generäle schlagen«, kommt die Antwort.

»Aber Spanien braucht eine soziale Revolution.«

»Zuerst müssen wir den Krieg gewinnen und Franco schlagen. Natürlich sind tiefgreifende gesellschaftliche Veränderungen notwendig, das weiß doch jeder, aber das ist nur möglich, wenn wir die Nationalisten besiegen. Das sage ich, als Kommunist.«

»Milizionäre ja, Soldaten nein!«

Der Nationale Arbeiterverband CNT und die POUM, die Vereinigte Marxistische Arbeiterpartei, wollen vor allem die soziale Revolution; die Kommunistische Partei will den Kampf organisieren und den Krieg, den die Nationalisten in Melilla begonnen haben, gewinnen. Auf der einen Seite Barcelona, auf der anderen Madrid. Pepe Díaz ereifert sich: »Die Faschisten und Trotzkisten sind Feinde des Volkes, sie sind außer Kontrolle geraten. Die Trotzkisten sind keine politische Partei, sondern eine Bande konterrevolutionärer Elemente.«

In Barcelona haben die Trotzkisten der POUM und die Anarchisten der FAI beschlossen, die soziale Revolution einzuleiten und die Macht zu ergreifen. Kommunisten und Trotzkisten haben in den Straßen Barrikaden errichtet und aufeinander geschossen. Aus Valencia und auf dem Seeweg kommen zwölftausend Soldaten, die der Finanzminister Juan Negrín entsandt hat, um den Aufstand in Barcelona niederzuschlagen. Sie stoßen auf keinerlei Widerstand.

Die Kommunisten haben sich mit ihrer Losung ›Erst der Sieg, dann die Revolution‹ gegen die anarchistische These ›Macht die Revolution, um zu siegen‹ durchgesetzt. Jetzt geht es Genossin María in ihrem Büro in Barcelona besser.

In Katalonien ist die Macht der Anarchosyndikalisten gebrochen.

Nachdem sie Gäste empfangen, Briefe beantwortet und das Durcheinander um eine Hilfssendung US-amerikanischer Sympathisanten aufgeklärt hat, kehrt Tina, bei guter Gesundheit und in besserer Stimmung, nach Madrid zurück.

Matilde Landa, als Politkommissarin für das Arbeiterkrankenhaus, und Kommandeur Carlos haben beschlossen, daß Tina nicht mehr im Krankenhaus arbeiten soll. Von nun an ist sie ständig unterwegs. Sie erledigt die Verwaltungsarbeiten so gut und ist mit ihrer ruhigen Art eine so tüchtige leitende Sekretärin, daß man sie in die Büros der Roten Hilfe in mehreren spanischen Städten schickt. Sie fährt auch nach Frankreich, um Schwesterorganisationen und ausländische Solidaritätsgruppen zu besuchen, die dazu neigen, die Rote Hilfe mit dem spanischen Roten

Kreuz zu verwechseln. Mit Tinas Hilfe werden Nahrungsmittel und Gelder vernünftig verteilt. Als Kommandeur Carlos am 27. Juni einen neuen Befehl für sie hat – »Genossin Modotti, deine neue Aufgabe besteht darin, am Schriftstellerkongreß in Valencia teilzunehmen. Du wirst die Delegierten in Barcelona treffen und sie nach Valencia begleiten. Dieser Kongreß ist für uns sehr wichtig« –, nimmt Tina den Nachtzug nach Barcelona. Er ist überfüllt mit Zivilgardisten und Bauern. Sie versucht zu schlafen. Die Fenster sind geschlossen, weil es regnet. Sicher werden den Kämpfern an der Front die Zigaretten naß.

Das Hotel Majestic in Barcelona beherbergt viele Delegierte des Kongresses für die Freiheit der Kultur, der in Valencia eröffnet werden soll. Die Verkehrsmittel sind überfüllt; an den Stränden, auf den Bürgersteigen, auf den Ramblas und in den Cafés wimmelt es von Urlaubern. Die Menschen führen ein normales Leben; sie trinken und tanzen.

Eine Frau mit grauen Haarsträhnen kommt auf Juan de la Cabada zu.

»Juanito.«

Er lächelt, weil er von Spanien so begeistert ist und weil er nichts anderes zu geben hat als sein Lächeln. Er will gerade Arm in Arm mit María Luisa Vera weitergehen, als die Frau eindringlich wiederholt: »Juanito.«

»Verzeihung, sind Sie aus Campeche?«

»Ich bin Tina, Tina Modotti.«

»Um Himmels willen, Tina, wie lange ist das her. Was für eine wunderbare Überraschung!«

»Ich bin hier, um euch alle zu betreuen. Wenn du etwas brauchst, sag es mir bitte.«

Nachdem sie sich verabschiedet haben, sagt Juan zu María Luisa Vera, einer anderen mexikanischen Delegierten: »In den zwanziger Jahren war sie die attraktivste und schönste Frau von Mexiko.«

»Sie hat noch immer einen sehr anmutigen Gang, und ihr schwarzes Kostüm sitzt sehr gut«, bemerkt María Luisa.

»Aber sie ist nicht mehr wie früher. Sie ist nicht wiederzuerkennen!«

Er blickt ihr nach. In den schwarzen Kleidern, mit den weißen Schläfen und dem verbitterten Ausdruck ihres früher so heiteren Gesichts ist sie ein Schatten ihrer selbst. Nur ihr Gang ist noch derselbe. Juan verspürt eine große Traurigkeit. ›Wie einen der Krieg ermüdet; wie er uns auslaugt.‹ Selbst er, mit seinen neunundzwanzig Jahren, ist gealtert, seit er in Spanien ist.

André Champson, ein französischer Delegierter, beschwert sich: »Madame, wir werden um sechs Uhr früh geweckt, nur, um dann drei Stunden im Vestibül zu warten. Wann fahren wir denn nun nach Valencia?«

»Wir haben nicht genug Transportmittel; wir müssen warten.«

Für die Europäer ist die Unpünktlichkeit unerträglich; den Lateinamerikanern macht sie nichts aus.

»So ist es immer«, sagt Stephen Spender einlenkend. »Bevor wir auch nur einen Schritt tun, treibt man uns erst einmal zusammen.«

»Daran ist der Krieg schuld«, sagt Ralph Bates.

»Nein, das liegt nicht am Krieg«, mischt sich Mari Valero ein, »es liegt am Wesen der Spanier. Besser, ihr gewöhnt euch daran. Egal, wohin ihr fahren wollt, ihr werdet immer ein paar Stunden verlieren.«

»Oder gewinnen«, sagt Ludwig Renn lächelnd.

Alexei Tolstoi nutzt die Verzögerung, um mit seiner Kamera auf die Straße zu laufen. Schwitzend, mit hochrotem Gesicht kommt er, seinen dicken Bauch vor sich herschiebend, zurück, begeistert von dem, was er gesehen hat.

Unter den Delegierten gibt es zwei Fettwänste: Tolstoi und Silvestre Revueltas. Der Faszinierendere der beiden ist der Komponist Silvestre. Tina geht mit ihm auf den Ramblas spazieren. Hast du Zigaretten aus Mexiko mitgebracht? Wie steht's mit der Partei? Erzähl mir von Luz Ardizana, vom Ratón Velasco, von Laborde. Concha Michel habe ich in Moskau gesehen. Wird uns Mexiko noch mehr Waffen schicken? Siqueiros besucht regelmäßig die Kaserne von Francos Rodríguez.

»Siqueiros habe ich schon getroffen. Was gibt es Neues von Contreras?« fragt Silvestre.

»An der Front von Guadalajara hat er sich mit einem Lautsprecher über die Schützengräben hinweg an seine Landsleute gewandt. ›Tutti siamo italiani, tutti siamo italiani.‹ Er hat mit Worten eine Schlacht geschlagen: ›Italienische Kameraden! Warum seid ihr hier? Um eure Brüder umzubringen?‹ Die Italiener fragten nach den Russen, nach dem russischen Feind. ›Was für Russen?‹ ›Man hat uns hergeschickt, um Russen und Rote zu töten.‹ ›Also wir – wir sind Republikaner, Garibaldini.‹ Damals konnte er sie überzeugen, aber es steht nicht überall so gut um uns ... Hast du von Guernica gehört, Silvestre?« Tina senkt den Kopf wie im Gebet. »Es war Markttag, und Hunderte von Bauern drängten sich vor den Ständen. Um vier Uhr nachmittags begannen alle Kirchenglocken zu läuten, das war das Zeichen für einen Luftangriff. Es gab sechs gewaltige Explosionen. Um acht Uhr abends konnte man im Umkreis von zwanzig Kilometern eine riesige Brandfackel sehen; Guernica war ein Trümmerhaufen. Es gab sechzehnhundert Tote und neunhundert Verletzte. Nur die beiden Eschen auf der Plaza sind stehen geblieben. Das waren Hitler und seine Legion Condor.«

»Ja, die ganze Welt war schockiert. Aber es ist auch ein Skandal, daß Nin verschwunden ist.«

Andreu Nin, der Führer der POUM, ein wütender Gegner Stalins, ist seit zehn Tagen spurlos verschwunden. Vittorio Codovila, Delegierter der Komintern in Spanien, behauptet, er sei von den Russen verhört, von der GPU verhaftet worden. Die Erschießungen von Trotzkisten, die in der Sowjetunion begonnen haben, werden in Spanien fortgesetzt. Die POUM behauptet, die russische Polizei habe kein Recht, Spanier zu verhaften und zu verhören. Sie sagt, die Russen schickten nicht nur Waffen, sondern auch ihre Geheimagenten, die ungestraft vorgingen. Die Kommunisten haben Nin einen Faschisten genannt, aber wo ist er? Etwa in Salamanca oder in Berlin, bei den Faschisten?

Tina hat den Verdacht, daß Vittorio die Antwort weiß, aber das sagt sie Revueltas nicht. Statt dessen warnt sie ihn: »Du gibst dich besser nicht mit Trotzkisten ab. Sag das auch Elena und Octavio Paz.«

In Valencia gehen alle auseinander, um sich ihren jeweiligen Delegationen anzuschließen. Diese Begegnung von Sympathisanten, mitten im Krieg und unter Bombenangriffen, ist für alle beeindruckend. Im einzigen noch intakten Saal des teilweise eingestürzten Rathauses unterhalten sich die Delegierten angeregt in französischer, deutscher, englischer und spanischer Sprache. Es ist paradox, daß Müdigkeit und Unruhe sie aufnahmefähiger machen; sie sind nervös und übernächtigt, und die Erschöpfung hat ihre Schutzmechanismen außer Kraft gesetzt.

Im Rathaus von Valencia liest Tina die Namen der Toten: Federico García Lorca, Ramón del Valle Inclán, Ralph Fox. María Luisa Lafita ist überglücklich, ihre kubanischen Landsleute Juan Marinello und Nicolás Guillén zu treffen. Die ausländischen Delegierten bemühen sich, spanisch zu sprechen. César Vallejo weicht Pablo Neruda aus, und María Luisa Vera, eine Bewunderin der Poesie, verfolgt Vallejo. Tina eilt von einer Gruppe zur anderen und dolmetscht für diejenigen, die einander nicht verstehen.

»Andere Regierungen hätten gezögert, zu Kriegszeiten mehr als achtzig Gäste zu empfangen, die zusätzlich Energie, elektrisches Licht, Wasser, Nahrungsmittel, Hotelplätze und Transportmittel verbrauchen. Spanien jedoch nimmt uns mit offenen Armen auf«, sagt Anna Seghers dankbar.

Wenn Tina nicht auf ihrer Bank sitzt und aufmerksam jedem Wort des Redners lauscht, läuft sie hinter den Delegierten her, prüft ihre Listen und fragt: »Brauchen Sie etwas? Kann ich Ihnen helfen? Haben Sie sich ausgeruht? Haben Sie Ihr Gepäck gefunden?« Einige sind über Barcelona gekommen; andere müssen jeden Augenblick eintreffen. Noch immer sitzen Leute in Port Bou, dem katalanischen Grenzhafen, fest. Einige von ihnen werden später nach Paris oder in die Sowjetunion reisen. Andere empfinden es als Feigheit, hier herumzusitzen und dummen Reden zu lauschen, während sie doch darauf brennen, im Schützengraben zu liegen. »Ein Gewehr, ich will sofort ein Gewehr.« Der blutjunge Octavio Paz bietet sich als Politkommissar an. Sie sitzen an den Cafétischen und diskutieren über mögliche Strategien. Das Leben geht weiter: die Leute gehen zur Arbeit, ins Theater und zum Konzert. Um vier Uhr nachmittags gibt es in den Restaurants nichts mehr zu essen, aber wer pünktlich kommt, der erhält seine Suppe, sein Brot, sein Fleisch, seinen Salat, seinen Nachtisch und seinen Wein, und zwar soviel er will.

Von der Front ist eine Bitte der Miliz-Soldaten eingetroffen: die in Valencia versammelten Schriftsteller mögen ihnen eine Büchersendung schicken. Alle sind begeistert von dem Appell. »In Spanien«, erklärt ihnen Tina, »ist es wie in Rußland: In jeder Stadt werden fahrbare Büchereien eingerichtet, und selbst die abgelegensten Dörfer fordern Bildung.«

Viele Studenten, Fabrikarbeiterinnen und sogar Milizionäre fragen Tina, ob sie kommen und zuhören oder mit den Schriftstellern sprechen dürfen. Besonders beeindruckt sind die Delegierten beim Anblick der Soldaten, die staubbedeckt und erschöpft direkt von der Front kommen und doch bereit sind, dorthin zurückzukehren. »Vielen, vielen Dank für die Unterstützung, Genossen«, sagen sie zum Abschied.

Die Kongreßteilnehmer reden viel über die Rettung der Kunstwerke. Anarchisten und Republikaner werden beschuldigt, Kirchen in Brand gesteckt zu haben, aber María Teresa León berichtet, daß man die Kunstwerke in Kellern und Gewölben untergebracht habe. »Rafael und ich waren an der Bergungsaktion beteiligt.« Die Kommission für die Rettung der Kunstschätze hat in Madrid jeden Gegenstand fein säuberlich katalogisiert – eine Nachricht, über die sich Stephen Spender freut. Julián Zugazagoitia erzählt, daß ein paar Landarbeiter in Illescas drei wunderbare Bilder von El Greco gerettet hätten; die Nationalisten jedoch bombardierten alles, um dann den Republikanern und ihren Anführern, ›den unwissenden Bauern‹, die Schuld daran zu geben.

Die Delegierten der Sowjetunion haben bei dem Kongreß ein einziges Ziel: André Gide und sein kritisches Buch *Retour de l'U.R.S.S.* sollen verdammt werden. Tina ist völlig ihrer Meinung, und als Pepe Bergamín schließlich André Gide verurteilt und die Delegierten sich ihm anschließen, denkt sie: ›Gut so! Solche Bücher schwächen nur die antifaschistischen Demokratien.‹

Nachdem der Kongreß bereits fünf Tage gedauert hat, ruft Gerda Taro: »Was mache ich hier überhaupt? Ich will etwas tun!« Sie beschließt, an die Front zu reisen. Andere ausländische Korrespondenten begleiten sie: Claude Cockburn, der englische Kommunist, der für *The Worker* schreibt, der tschechisch-deutsche Egon Erwin Kisch, und Thomas Allan, Norman Bethunes Politkommissar, der in Gerda verliebt ist.

Um vier Uhr früh treibt der Alarm der Sirenen die Delegierten aus den Betten. Der Himmel ist rot von Explosionen. Tina ist irgendwie befriedigt, weil die Intellektuellen die Schärfe des Krieges am eigenen Leibe erleben. Sie haben einen ordentlichen Schrecken verdient.

Man hört die Explosionen nur gedämpft »Das ist ganz weit weg.« »Ja, weit genug, damit wir nicht wie die Hasen rennen müssen«, sagt Max Aub.

Am Tag nach Beendigung des Kongresses verläßt eine Autokolonne Valencia in Richtung Madrid. Erschöpft von der durchwachten Nacht und all der Anspannung konsumieren die Delegierten eine beachtliche Menge Wein. In dieser Nacht wird Madrid plötzlich vom roten Leuchten der Granaten erhellt. Die Schriftsteller gehen aufs Dach, als handle es sich um ein Feuerwerk. Wie schnell sie sich an alles gewöhnt haben!

»Hast du schon gehört, María, was dieser rothaarigen Fotografin, die immer hinter dir her war, passiert ist?«, fragt Flor Cernuda.

»Gerda Taro?«

»Ja. Einer unserer Panzer hat sie an der Front von Brunete überfahren. Er ist auf den Wagen losgestürmt, in dem sie und Thomas Allan mit General Walter saßen. Allan wurde schwer verwundet, es heißt, er wird nie mehr richtig laufen können. Walter ist nichts passiert. Ich habe Gerda zweimal gesagt, sie soll sich als Frau zu erkennen geben und eine Mütze aufsetzen, damit man nicht auf sie schießt. Man wollte sie noch operieren, aber sie hatte keine Chance.«

›Warum nicht ich?‹ Das ist Tinas erster Gedanke. Dann verspürt sie Wut. Gerda war immer unvorsichtig, stets auf Abenteuer aus.

Sie hat Gerda nie erzählt, daß sie ebenfalls Fotografin ist. Aber es hat sie immer angezogen, zu beobachten, wie Capa und Gerda die Aufnahmen planten. Einmal hielt sich Tina die Kamera vors Auge, und Gerda sagte: »Ich bin sicher, daß du gute Fotos machen könntest, María. Komm doch mit!« Tina gab ihr die Kamera zurück: »Im Krankenhaus kann ich mehr ausrichten.«

Nur einmal vertraute Gerda Tina an, daß sie Angst hatte. Aber trotz oder gerade wegen ihrer Furcht glich Gerda in den Schützengräben einer Flamme, einem unruhigen Kobold. Die Internationalen Brigaden – Deutsche, Polen, Tschechen, Freiwillige vom Balkan und aus Mitteleuropa – luden sie ein, einen Schluck aus ihren Weinschläuchen zu nehmen. Salud, compañera. Schon von weitem sah man ihr dunkelrotes Haar, das in der Sonne glänzte wie das Gold der Altäre.

»María, sieht man es meinen Fotos an, daß sie von einer Frau gemacht wurden?«

»Ich glaube nicht. Aber ich glaube, du bist zu waghalsig, Gerda, du riskierst dein Leben.«

Tina geht mit Flor Cernuda in die Kapelle im Palast des Marquis de Bella Espina, wo die Allianz Antifaschistischer Schriftsteller ihren Sitz hat. Rafael Alberti und María Teresa León haben eine Gedenkveranstaltung organisiert. Niemand hat Bob Capa in Paris aufspüren können. Louis Aragon wird den Sarg an der Grenze abholen. Bei jedem neuen Tod hat Tina das Gefühl, als durchlebe sie noch einmal den Tod ihrer Mutter. Jetzt liegt Gerda, umgeben von Kränzen und Blumensträußen, in ihrem Zinksarg und sieht Tina von ihrem eingerahmten Foto mit der schwarzen Schleife her an. Mit ihren ausgelassenen Augen und ihrer Jugendlichkeit, die unter einer Unmenge duftender Lilien begraben liegt. Hätte Tina weiter fotografiert, könnte sie jetzt an Gerdas Stelle im Sarg liegen. Gerda Taro hat bekommen, was sie sich erhofft hat: den Ruhm. Man nennt sie eine Heldin, die erste in der Aktion getötete Kriegskorrespondentin, die Jeanne d'Arc des Fotojournalismus. Aber ihre furchtlose Suche nach dem Ruhm war zugleich ihre Niederlage.

Verabschiedung der Internationalen Brigaden.
Fotografie von Robert Capa. 1938

Am Morgen des 28. Oktober 1938, noch im Dunkeln, treffen die Internationalen Brigaden in Barcelona ein. Der deutsche Reichstag und der Kongreß der Vereinigten Staaten haben auf ihrem Abzug bestanden. Sie verlassen Spanien auf Anordnung des Völkerbundes. Jetzt marschieren sie ein letztes Mal auf der Avenida 14 de Abril an ihren Kommandeuren vorbei. Auf den Mauern sind noch ihre Losungen in vielen Sprachen zu sehen.

Wie anders war doch die Stimmung bei ihrer Ankunft! Damals lasen die Brigadisten einen offenen Brief von José Díaz: »Hier geht es nicht nur um die Befreiung Spaniens, sondern um ein gemeinsames Problem der gesamten fortschrittlichen Menschheit.« Jetzt werden sie durch einen politischen Druck, gegen den sie nichts ausrichten können, zum Gehen gezwungen. Sie sehen müde aus, verhärtet, gestählt, unsterblich, für immer vereint mit den Kämpfern aus vielen Ländern, die ihr Leben geopfert haben. In spanischer Erde bleiben zweihunderttausend Leichen zurück; Hunderttausend von ihnen waren Freiwillige. Die auf dem

Schlachtfeld Gefallenen werden später vielleicht von den Angehörigen gefunden; jeder hat einen Grabstein mit seinem Namen. Die Erschossenen liegen in Massengräbern. Während die Brigaden erschöpft und entmutigt marschieren, denken die Männer an die Träume, die sie einst hierher mitgebracht haben.

»Ihr habt verschiedene Sprachen gesprochen, aber ihr habt euch verstanden. Ihr könnt erhobenen Hauptes marschieren. Ihr seid Geschichte. Ihr seid Legende. Es leben die Helden! Hoch die Internationalen Brigaden! Es lebe die Republik!« ruft die Pasionaria.

Die Spanier singen die »Internationale«; die anderen singen in ihren Sprachen mit und haben Tränen in den Augen. Die Straße gleicht einem Blütenteppich. Die Panzer sind mit Blumen bedeckt.

Die Mädchen durchbrechen die Reihen, umarmen die Männer und überreichen ihnen Blumensträuße. Alle weinen; manche Soldaten tragen Kinder auf den Schultern. Andere stützen sich auf ihre Krücken oder lächeln unter ihrem Kopfverband, und trotz ihrer Verwundung haben sie einen stolzen Gang. Die Lincoln-Brigade zieht vorüber; von zweiunddreißigtausend Nordamerikanern kehren nur fünfzehntausend zurück, von den zweitausend Engländern leben nur noch fünfhundert. Es folgen die Kanadier, Kubaner, Mexikaner und Lateinamerikaner, sie alle haben große Verluste erlitten. Man sieht Skandinavier, Deutsche, Österreicher, Holländer, Polen, Ungarn, Tschechen, Jugoslawen und Franzosen.

Mari Valero, die neben Tina steht, beginnt zu weinen:

»Was ist mit dir?« Tina legt ihr den Arm um die Schulter.

Kommandeur Carlos geht auf die beiden Frauen zu.

»Beruhige dich, Mari.«

»Es ist nur, weil wir jetzt ganz allein sind. Verzeiht mir, es ist gleich vorbei.«

»Sieh dir die Pasionaria an, Mari; wir müssen sein wie sie. Sie weint nicht.«

»Ich möchte nicht wie die Pasionaria sein, sie macht mir angst.«

Im Gegensatz zur Valero mit ihrem tränenüberströmten Gesicht ist Tina ganz erstarrt vor Verbitterung; auf ihrer Stirn liegt eine tiefe Falte.

»Non è giusto, Toio, es ist nicht gerecht, daß es so endet. Fast drei Jahre lang haben wir sie kämpfen gesehen, und jetzt ziehen sie verstümmelt und verwundet ab. Warum zwingt man sie, zu gehen? Es ist lächerlich, die italienischen und deutschen faschistischen Interventen mit dieser Volksarmee zu vergleichen. Das ist absolut nicht dasselbe.«

»Sie ziehen mit Blumen geschmückt ab; sie lassen ihre zweite Familie in Spanien zurück. Eines Tages werden sie wiederkommen. Aber der Krieg geht weiter, und wir können immer noch siegen. Bald findet der Kongreß der Roten Hilfe statt. Wir haben in der ganzen Welt Sympathisanten.«

»Und was werden wir ihnen zu essen geben?« fragt Mari Valero mit tränenerstickter Stimme.

»Die Levante hat versprochen, uns zu versorgen. Es werden viele Leute von der Front teilnehmen, die für ein paar Tage die Schützengräben verlassen. Es wird ein großer Massenkongreß! Du wirst sehen, welche Verbundenheit zwischen Front und Hinterland herrscht.«

Tina fragt ihn: »Wie schaffst du es nur, so optimistisch zu sein? Ich denke immer nur an die Toten.«

»Ich denke auch an sie, aber meine Arbeit gilt den Lebenden.«

In Wirklichkeit glaubt nicht einmal Vittorio das, was er sagt. Wenige Tage später läßt er Tina in Barcelona zurück und reist nach Paris, um den Exodus zu organisiren. Früher hat er dort um Waffen gebeten; jetzt braucht er Unterkünfte.

Überall sieht man Flüchtlinge; die Menschen verlassen ihre Häuser. Barcelona ist wehrlos, die Nationalisten bombardieren es jeden Tag. Valencia ist abgeschnitten, denn Francos Leute haben die Landstraße eingenommen. Tina weiß, daß sie dringend dorthin muß, um den Flüchtlingen zu helfen. Als Vittorio zurückkommt, sagt sie ihm, daß sie nach Valencia fahren wird, um zu sehen, was die Rote Hilfe für die Bewohner der Stadt tun kann. Da die Landstraße nicht in Frage kommt, wird sie ein Boot nehmen.

»Ein Boot?«

»Ja, einen vaporetto, ein Schiffchen. Wir werden nachts reisen.«

»Ma tu sei matta. Die ganze Küste wird vom Feind überwacht. Ihr werdet ihm in die Hände fallen, wenn ihr nicht vorher ertrinkt.«

»Ich lasse unsere Genossen nicht im Stich. Sie brauchen dringend medizinische Geräte.«

Vittorio kann Tina nicht umstimmen. Sie weiß, daß es wahnsinnig riskant ist, aber davon sagt sie Encarnita Fuyola, die mit ihr reist, nichts. Nachts, unter dem Himmel, an dem kein Mond zu sehen hat, tobt die See bedrohlich. Sie gleiten durch die Dunkelheit; die Kälte fährt ihnen in die Knochen. Wie durch ein Wunder entgehen sie der Kontrolle der Falangisten. Ein tiefschwarzes Meer umgibt das kleine Boot. »Keine Sorge, wir sind bald da ...«, sagt Tina. Um Mitternacht hört sie, wie der Motor aussetzt. Tiefes Schweigen. »Es bleibt uns nichts anderes übrig, als in feindlichem Territorium anzulegen«, sagt der Steuermann. Tina sieht zum Himmel, der wie ein Höllenschlund aussieht, in dem gutturale Schreie widerhallen. Encarnita greift nach ihrer Hand. Sie ist in kalten Schweiß gebadet. Sie treiben ab. Das Geräusch des Wassers, das an das Boot schlägt, ist unheimlich. Eine Ewigkeit vergeht. »Wir können nicht zurück«, sagt der Matrose, »und vorwärts können wir auch nicht.« Tina würde am liebsten Encarnitas Hand loslassen. Sie ist ganz ruhig bei dem Gedanken, daß vielleicht ihre Zeit gekommen ist und Julio Antonio sie auf dem Meeresgrund erwartet. Plötzlich spuckt der beschädigte Motor; er hustet, gewinnt wieder etwas an Kraft und teilt, langsam, ganz langsam, das Wasser. Tina läßt Encarnitas eiskalte Hand los, und nun bringt der knatternde Motor sie an ihr Ziel. Tina dreht sich zu Encarnita um und sagt: »An die Arbeit.«

Am 1. November 1938 findet in Madrid, unter heftigem Geschützdonner, der Nationale Solidaritätskongreß statt. Es kommen Vertreter vom Lande, wo eine Hungersnot herrscht, und aus den halb zerstörten Städten. Eintausendzweihundert Delegierte aus ganz Spanien – Kommunisten, Sozialisten und Anarchisten – sind entschlossen, ihren Freunden aus Frankreich, England, Holland und Polen zu beweisen, daß der Widerstand des Volkes weitergeht. Trotz der schlechten Lage ist die Stimmung bei den Sitzungen hoffnungsvoll. Tina, Matilde Landa, María Luisa Lafita und Pedro Vizcaíno lauschen voller Optimismus den mutigen Delegierten, die versuchen, trotz der Bombenangriffe ihre gute Laune zu behalten.

Während der letzten Nacht des Kongresses, der im Sitz der Internationalen Roten Hilfe stattfindet, toben sich feindliche Luftwaffe und Artillerie in Madrid aus, aber die Sitzungen werden nicht unterbrochen. Die Milizionäre wollen um jeden Preis beweisen, daß Madrid nicht verloren ist.

An diesem Abend lädt Contreras einige Delegierte zu einem privaten Treffen ein. Unter den Gästen ist auch Melchiore Vanni, ein alter Freund Tinas, der unter dem Namen Bonnet in Paris das Internationale Spanien-Hilfskomitee leitet.

Eine Bombe fällt genau auf den Tisch, an dem sie sitzen. Agnès Dumay und Sara Cornejo sind sofort tot. Agnès Dumay war die Vorsitzende des Weltkomitees der Frauen gegen Krieg und Faschismus, und die junge Sara war eine

Freiwillige. Melchiore Vanni ist schwer verwundet. Bevor Vittorio das Bewußtsein verliert, fühlt er, wie eine Lawine von Glasscherben und Trümmern auf ihn herabfällt und ein stechender Schmerz seine rechte Seite durchbohrt.

Tina rennt vom Arbeiterkrankenhaus zum Sitz der Internationalen Roten Hilfe. Sie kommt gerade noch rechtzeitig, um zu sehen, wie man einige Tote und Verwundete aus dem von Menschen und Krankenwagen umringten Gebäude holt. Sie kann weder Kommandeur Carlos noch Melchiore Vanni finden, und niemand weiß, was aus ihnen geworden ist.

Tina läuft von einer Klinik zur anderen. Sie identifiziert auf Bahren liegende Leichen, und jedesmal, wenn sie ein Laken hochhebt, glaubt sie zu ersticken, weil sie befürchtet, Vittorios Gesicht zu entdecken. »Es sind mehr als fünftausend«, wird auf den Korridoren gemurmelt. ›Mamma mia, mach, daß ich ihn finde. Wenn ich ihn in Madrid nicht finde, suche ich ihn in den Feldlazaretten; mach, daß er nicht stirbt, bitte, laß ihn nicht sterben, er ist alles, was ich habe.‹

Als Vittorio aus der Betäubung erwacht, sieht er Tina, die, den Kopf auf das Bett gestützt, zu seinen Füßen schläft.

»Was ist mit mir? Ich fühle überhaupt nichts.«

»Am letzten Tag des Kongresses gab es einen schrecklichen Luftangriff.«

»Artillerie?«

»Artillerie und Flieger. Bei der Explosion hast du das Bewußtsein verloren; du warst verschüttet und hattest lauter Glassplitter, Beton- und Holzstücke am Kopf und im Körper.«

»Wo sind wir hier?«

»In einer Klinik außerhalb von Madrid. Dein rechter Arm ist gebrochen, und du hast einen Daumen verloren. Du lebst, Toietto, aber viele andere sind tot.«

»Wenn mir nur der Daumen fehlt, kann ich aufstehen. Wegen eines blöden Fingers bleibe ich nicht hier.«

»Nein, Toio, du machst keine Bewegung. Nicht, bevor sie dich entlassen. Du hast den Daumen verloren, du mußt behandelt werden. Wie willst du denn einen Stift halten?«

»Gott steh' mir bei! Du sorgst dich darum, wie ich schreiben werde? Na, wie immer. Mit den Füßen.«

Am Morgen erscheinen die Ärzte und sammeln sich um sein Bett. »Wir wollten wissen, wie sich der Held des Fünften Regiments heute früh fühlt«, sagen sie fröhlich.

»Wie geht es dir, Carlos?« fragt der Chefarzt.

»Sehr gut.«

»Ach ja? Wirklich sehr gut?«

»Na ja, ich weiß, daß mein Arm nie wieder so sein wird wie früher und daß ich ihn nie mehr richtig heben kann. Und ohne Daumen kann ich auch nicht schießen. Ich muß es wohl mit links tun.«

»Das ist leider wahr. Die vielen Scherben und Trümmer, die auf dich gefallen sind, haben ein paar Nerven beschädigt.«

Jetzt, als Tina sieht, daß er wohlauf ist, kümmert sie sich um den viel schwerer verwundeten Melchiore Vanni und um einige andere Delegierte. Insgesamt sind fünf von ihnen umgekommen.

Nachts setzt sie sich wieder ans Fußende von Vittorios Bett. Im Morgengrauen rennt sie, nachdem sie sich von seiner Genesung überzeugt hat, zum Arbeiterkrankenhaus. Sie geht durch eine Stadt, die so verstümmelt ist wie Vittorio. Die Barrikaden behindern den Verkehr; viele Häuser sind zerborsten und stellen ihre Eingeweide zur Schau. Balken und Ziegelsteine sind auf den Bürgersteigen verstreut.

Madrid wird von einem neuen Luftangriff erschüttert, und alle rennen wie von Sinnen auf die Straße. In der Klinik, in der Vittorio liegt, reißen sich die Kranken die Nadeln heraus und laufen nackt durch die Korridore, und die Krankenpfleger laufen hinter ihnen her.

Die Ärzte stehen in der Tür zu dem Raum, in dem der Kommandeur liegt, und beobachten seine Reaktionen.

»Carlos, das ist ein Luftangriff.«

»Na gut.«

»Auch die Klinik könnte getroffen werden.«

»Na gut.«

Als der Luftangriff vorüber ist, fragt ihn einer der Ärzte: »Jetzt mußt du uns erklären, wie du es geschafft hast, nicht wie ein Karnickel auszureißen.«

»In Wirklichkeit hatte ich schreckliche Angst. Meine Beine zitterten unter dem Bettzeug, und ich dachte, ihr merkt es: Ich hatte eine Wahnsinnslust, aufzustehen und wegzulaufen, aber ihr habt mich beobachtet, und ich habe gedacht: ›Also gut, sie bombardieren schon wieder die Stadt. Wie oft haben sie das getan, ohne daß dieses Krankenhaus getroffen wurde? Wenn uns heute eine Bombe trifft, dann ist das eben Schicksal, und ich glaube nicht an das Schicksal. Darum glaube ich auch nicht, daß hier eine Bombe fällt.‹ Ich sah auf die Uhr und zählte dreißig Sekunden, eine Minute, zwei Minuten, drei Minuten, und während ich so zählte, beruhigten sich meine Beine.«

»Wie kannst du dich nur so gut beherrschen?«

»Ihr habt euch doch auch beherrscht; ihr habt in der Tür gestanden und mich beobachtet. Wenn es auf dem Schlachtfeld zu einem Beschuß mit Flugzeugen oder Artillerie oder mit beidem gleichzeitig kommt, ist es das beste, sich irgendwo unterzustellen. Wenn man es nicht bis zu einem Unterstand schafft, lohnt es sich nicht, zu rennen. Ich gehe dann immer auf und ab, und die Soldaten sagen: ›Wie können wir wegrennen, wenn Kommandeur Carlos hier steht und uns beobachtet?‹ «

»Bravo, Kommandeur.«

Tina wagt ihm noch nicht zu sagen, wie schlecht es Melchiore Vanni geht. Wenn er nach ihm fragt, sagt sie nur: »Er wird wieder gesund.« Sie sagt ihm auch nichts von den toten Delegierten. Sie wird es ihm sagen, wenn er aus dem Krankenhaus kommt. Wenn er von dem Luftangriff spricht, tätschelt sie seine Hand, als wäre er ein kleiner Junge. Wenn er sie genauer beobachtet, erschrickt er, weil sie so gealtert und abwesend wirkt. ›Seltsam, ich kenne diese Frau gar nicht‹, sagt er sich. ›Sie ist für mich unerreichbar.‹ Er wird sich darüber klar, daß sie ihm nie etwas Vertrauliches sagt. ›Was weiß ich denn von ihr?‹ Fast nie sind sie zusammen, oder nur, um voller Grauen nach der Schlacht das Schlachtfeld zu überblicken und – wie in Málaga und Almería – die Toten zu zählen.

Nach zwei Wochen wird Kommandeur Carlos aus dem Krankenhaus entlassen und María begleitet ihn nach Albacete. Dort stoßen sie auf Mari Valero und Encarnita Fuyola, die aus Barcelona ins amerikanische Krankenhaus gekommen ist, um medizinische Ausrüstungen abzuholen. Roberto Vizcaíno und Matilde Landa sind ebenfalls in Barcelona. Beim Abendessen dreht sich ihr Gespräch nur um die verzweifelte Lage der Republikaner. »Es ist alles vorbei«, stößt die Valero plötzlich hervor, »Wir haben keine Chance mehr. Nur die Russen können uns noch retten.«

Carlos und María fliegen nach Barcelona. Eine halbe Stunde nach dem Start müssen sie zum Stützpunkt zurückkehren, weil der Bordsender nicht funktioniert. Nachdem sie ein paar Stunden am Boden waren, können sie wieder starten, aber während des Fluges werden sie von einer feindlichen Fiat-Maschine verfolgt. Schließlich landen sie inmitten eines heftigen Artilleriefeuers in der Nähe von Barcelona. Die Besatzung lobt Tina für ihre Gelassenheit während der ganzen Quälerei, und sie schenkt ihnen ihr Lächeln von früher, unbeschwert und jugendlich.

In Barcelona nimmt Contreras seine alte Arbeit als Politkommissar auf; María geht wieder zur Roten Hilfe. Contreras meldet sich in der Kaserne mit einem Gazeturban auf dem Kopf. Der von der Schulter bis zur Hand in Gips gelegte rechte Arm ragt steif vor ihm auf wie zum faschistischen Gruß. Als ihn die Pasionaria und Enrique Lister hereinkommen sehen, können sie vor Lachen nicht an sich halten.

Ignacio Hidalgo de Cisneros teilt ihm mit, daß in der Armee jetzt neben Waffen auch Lebensmittel fehlen.

»Wir haben nur noch Linsen.«

Die Straßenlaternen sind nicht in Betrieb, und so kann man nachts kaum durch die Straßen gehen, weil sie voller Bombenkrater sind. Dennoch streifen zweieinhalb Millionen Menschen jede Nacht durch die Stadt und suchen nach etwas Eßbarem: sie stehen Schlange, sobald auch nur das kleinste Gerücht über Schiffsladungen die Runde macht, die bald eintreffen sollen und die man entladen wird. Da niemand etwas besitzt, ist das Leben sehr einfach geworden. Die Tage und Nächte sind wolkenlos und gestochen klar, gerade richtig für Luftangriffe. Jedesmal, wenn die Cafégäste das Brummen eines Motors hören, rennen sie in die Luftschutzkeller; nach dem Luftangriff setzen sie sich wieder an denselben Tisch. Ein, zwei Stunden vergehen, sie trinken ihren Orangensaft und verschwinden erneut, wenn sie einen Flugzeugmotor hören. Die Einwohner Barcelonas bleiben bis spät in der Nacht im Freien und warten auf das Heulen der Sirenen. Draußen haben sie weniger Angst.

In diesem Jahr gibt es zu Weihnachten keine Feuerpause. Wo sind wohl María Luisa Lafita und Roberto Vizcaíno mit ihrem Plattenspieler? Am 23. Dezember greift Franco Katalonien an. Am 31. Dezember beginnen seine Truppen ihren Marsch auf Barcelona. Sie nähern sich der Stadt vom Norden und vom Osten her. Barcelona ist den Luftangriffen der Flugzeuge ausgesetzt, die von den Balearen kommen. Manchmal sind es zwanzig Bombenangriffe pro Tag. In weniger als vierundzwanzig Stunden sterben Tausende. Die italienische Luftwaffe hat sich vorgenommen, alle katalanischen Industriestädte auszuradieren; die Nationalisten kontrollieren die spanischen Häfen. Die Republikaner haben keinen Hafen mehr in Spanien, und die Franzosen haben es abgelehnt, ihnen zu helfen. Niemand feiert das Neue Jahr.

Carlos reist nach Madrid, wo eine defätistische Atmosphäre herrscht. Niemand denkt mehr daran, zu kämpfen. Er hört, wie ein blonder Bursche in schlechtem Spanisch sagt: »An alledem sind die Kommunisten schuld.«

Kommandeur Carlos hält sich zurück, um ihn nicht zu ohrfeigen.

»Dies ist der letzte Winter der Republik«, sagt ein anderer junger Mann.

»Gehört ihr zu den Brigaden?«

»Ja«, sagt einer der beiden und schüttelt dabei traurig den Kopf.

Carlos würde ihm gern sagen, daß sein Defätismus ekelhaft ist und daß sie aufgrund solcher Einstellungen dabei sind, den Krieg zu verlieren, aber schließlich fragt er ihn nur, ob er in der Partei ist.

»Nein«, antwortet der Bursche, »das heißt, nicht richtig.« Angst blitzt in seinen Augen auf.

»Verflucht«, ruft Contreras, »Francos Fünfte Kolonne operiert immer offener. Die kommunistische Partei ist eine der wenigen, die sich nicht in den Sumpf ziehen lassen.« Er denkt daran, daß er hier nicht unter seinen Männern ist, und fragt sich, wo sie wohl sind. Auf dem Schlachtfeld? Erfrieren sie gerade? Sind sie auf der Landstraße? Und wo ist Tina?

Als er im Auto nach Barcelona zurückkehrt, liegt die Stadt in Trümmern. Vereinzelte Schüsse zerreißen die Stille und die Dunkelheit der unbelebten Straßen. Diesmal widerspricht er nicht, als Tina ihm bei der Roten Hilfe pessimistisch sagt:

»Barcelona liegt im Todeskampf. Alle gehen weg. Ich muß Melchiore Vanni nach Frankreich bringen, sonst erwischen sie ihn in diesem Zustand: seine Wunden sind noch nicht geheilt. Auch Isidoro Acevedo muß über die

Grenze gehen. Und bitte, Vittorio, kümmere dich um Antonio Machado.«

Über die Rote Hilfe organisiert Tina den Transport. Der sehr geschwächte Melchiore Vanni wird auf der Reise in einen großen, khakifarbenen Mantel gehüllt. Er wird sich für den Sohn des alten Isidoro Acevedo ausgeben. Er und Tina werden vorgeben, er müsse wegen Tuberkulose in ein Krankenhaus in Frankreich, an den Hängen der Pyrenäen, gebracht werden. Von einem Tuberkulosekranken halten sich alle Inspektoren fern.

Bevor sie abreist, bittet sie Vittorio, den großen spanischen Dichter Antonio Machado und seine Familie ausfindig zu machen und ihnen zu helfen. Carlos Contreras und sein Fahrer Emilio irren suchend durch stille Straßen und blicken in dunkle Fenster. Nirgendwo auch nur ein einziges Licht, nicht eine Stimme in der Dunkelheit.

»Selbst die Hunde sind verschwunden«, sagt Emilio.

Schließlich finden sie Machados Haus. Es ist verlassen. Der Kommandeur muß an den Dichter denken, einen wehrlosen, in der verzweifelten, fliehenden Menschenmenge verlorenen Mann. Er stellt sich vor, wie der traurige, sanfte Greis, schwer auf seinen Stock gestützt, seine Heimat verläßt.

Nur wenige Genossen bleiben in Barcelona zurück, um den Sitz der Partei zu bewachen. In einem der Räume studiert Palmiro Togliatti bei Kerzenlicht eine Landkarte. Er blickt auf, als Tina und Vidali hereinkommen. »Was macht ihr hier? Warum seid ihr noch nicht weg?«

»Weil man Barcelona verteidigen muß.«

Als Togliatti Vidalis verbundenen Arm in seiner absurden, grüßenden Haltung sieht, beginnt er zu lachen, und sein Lachen steckt die anderen an, selbst Pedro Fernández Checa, den Organisationssekretär des Fünften Regiments.

»Haben wir noch Möglichkeiten, Barcelona zu verteidigen?«

»Ich bin sicher, daß noch nicht alles verloren ist«, sagt Fernández Checa. »Viele Internationalisten sind hiergeblieben. Wir haben noch einige Bataillone, mit denen wir die Francotruppen aufhalten können. Wir müssen uns bis zum bitteren Ende wehren.«

»Aber die feindliche Artillerie bringt schon die ganze Stadt zum Beben.«

»Carrillo organisiert unsere Verteidigung«, sagt Fernández Checa.

»Du bringst dich in Gefahr, wenn du hier bleibst, Pedro. Du bist für die Partei unabkömmlich. Und du, Vidali? Was machst du noch hier? Du solltest mit Longo und Marty fortgehen«, sagt Togliatti.

»Ich bleibe hier und verteidige die Stadt«, sagt Vidali.

»Und ich gehe erst, wenn Vittorio geht«, fügt Tina trotzig hinzu.

»Die Bewegung braucht euch«, sagt Pedro Checa. »Und du solltest auch gehen, Palmiro.«

Togliatti schüttelt den Kopf und erwähnt, in einem Anflug von Stolz, die Komintern. »Ich bin der Vertreter der Kommunistischen Internationale.«

Für die Männer, die den Francotruppen in die Hände fallen, gibt es keinerlei Pardon. Sie werden standrechtlich erschossen. Die Internationalisten werden noch schlechter behandelt als die spanischen Kommunisten, weil man sie beschuldigt, sich in die inneren Angelegenheiten Spaniens eingemischt zu haben. Sie wollten sich eines Landes bemächtigen, das nicht ihnen gehört; sie sind Interventen. Palmiro Togliatti, *Ercoli*, eine Schlüsselfigur der Republik, ist in Gefahr, genau wie Contreras.

Tina kümmert sich um diejenigen, die in Barcelona geblieben sind, um diejenigen, die nicht fortgehen wollen oder sich der Gefahr nicht bewußt sind, um Kinder, Greise und Frauen. Sie trägt, wie die Spanierinnen, ein Kopftuch und hat oft ein Kind auf dem Arm. Sie schleppt Matratzen, improvisiert Sitzplätze auf den Karren, legt, wenn nötig, Verbände an und hilft den Schwächsten, indem sie ihnen den Leib mit Zeitungspapier umwickelt, wenn nichts anderes zur Hand ist. »Ihr müßt für die Reise so gut wie möglich ausgestattet sein.« »Nein, mit Sandalen kommt ihr nicht rüber.« In den von den Internationalen Brigaden zurückgelassenen Beständen findet sie Stiefel. »Egal, wenn sie drücken, Don Cipriano; alles ist besser als erfrorene Füße.« Sie bespricht die geringsten Details; sie überredet die Leute, Olivenöl mitzunehmen, weil das wichtiger ist als Tabak. Sie gibt Ratschläge, sammelt Hühner und Hunde ein, setzt die Katze in einen Korb und deckt den Käfig des Kanarienvogels zu. Sie wird nicht fortgehen, ehe sich ihre Leute nicht auf den Weg gemacht haben. »Verriegeln Sie die Tür und geben Sie mir den Schlüssel«, sagt ein Greis, ganz so, als werde er jeden Augenblick zurückkommen, »man muß das Haus abschließen, damit keiner reinkommt.«

Tina sieht zu, wie die Ochsengespanne die schwer beladenen Karren ziehen. Die Bauern tragen ihre Kinder auf dem Arm. Die Niederlage ist eine langsame Angelegenheit. Aber man darf nicht aufgeben, man muß weiterlaufen. Kaum setzen sich die Kinder hin, um im Gras des Straßengrabens auszuruhen, hört man eine wütende Stimme: »Weiter, weiter, weiter, bleibt nicht stehen.« Wohin gehen sie? Nach Gerona, nach Figueras, zur Bucht von Rosas, nach Port Bou, nach Frankreich, dorthin, wo es Rettung gibt. Auf dem kalten, schneebedeckten Pfad haben die Älteren ihre Habseligkeiten abgeworfen, bis sie sich aller Dinge entledigt haben, ihres Lebens, ihrer Vergangenheit. Und wenn sie nicht mehr weiterkönnen, lassen sie sich selbst an den Straßenrand fallen.

Manchmal hebt sie jemand auf; manchmal müssen die anderen einfach weitergehen.

Damit sie nicht auch umkommen.

»Laßt mich hier, dies ist mein Land.« Die Schlange ist

lang. Hinter den Ochsengespannen kommen ein paar Autos der Typen Buick oder Ford. »Wir haben kaum noch Benzin.« Sie versperren sich gegenseitig den Weg; die Ochsen behindern die Autos, die Alten die Jüngeren. Die Kinder klammern sich an die Beine ihrer Mütter. An einem Baum klebt ein Plakat: »Negrín, wir sind es leid, Widerstand zu leisten.« Der Regen hat seine Farben nicht verwischt. Auf einem anderen Plakat wird gefragt: »Negrín, was hast du mit Nin gemacht?«

Der graue Himmel hängt bis auf den schlammigen Boden herab. Plötzlich wird er von einem Heulen zerrissen.

»Flugzeuge!«

Sie rennen zum Straßenrand und werfen sich zu Boden, wie man es ihnen beigebracht hat, den Nacken mit den Armen geschützt.

Die Flugzeuge lassen ihre Bomben auf die fliehenden Zivilisten fallen.

Dann verschwinden sie.

In Gerona trifft Vittorio wieder auf Togliatti.

»Die Lage ist schlecht, aber nicht katastrophal. Noch können wir uns wehren. Komm mit ins Schloß von Figueras. Dort tagt das republikanische Parlament. Negrín, Lamoneda und andere werden da sein.«

»Zum letzten Mal«, erwidert Vidali.

Die Sitzung ist spärlich besucht. Negrín spricht nur wenige Worte. »Das republikanische Spanien wird sich nie ergeben.« Seine Bemühungen um Verhandlungen über die Einstellung der Kampfhandlungen sind gescheitert. Bei seiner Sitzung verkündet das Parlament drei Prinzipien, die von den Siegern befolgt werden müssen. Erstens fordern sie Spaniens Unabhängigkeit von jeder anderen Nation, zweitens das Recht des spanischen Volkes, in einem Referendum über seine Zukunft zu entscheiden, und drittens soll es nach Kriegsende weder Repressalien noch Verfolgung geben.

Es ist das letzte Mal, daß die Abgeordneten auf spanischem Territorium abstimmen. Sie entbieten den Armeen zu Lande, zu Wasser und in der Luft einen Gruß. Sie bekräftigen ihr Vertrauen in eine ruhmreiche Zukunft Spaniens, ihres Vaterlandes. Sie sagen, sie seien überrannt worden, aber nicht besiegt. Sie wollen frei sein, sie wollen eine unabhängige spanische Republik.

Togliatti gibt Vidali den Befehl, nach Frankreich zu gehen und dort den Flüchtlingen zu helfen.

Die Bombardements werden fortgesetzt, und sie verlassen Gerona wenige Stunden vor seiner Einnahme durch die Faschisten. Vittorio und Emilio suchen nach Tina, können sie aber nicht finden. Schließlich fragen sie eine alte Frau.

»Ach, die Frau, die andauernd raucht? Sie ist mit den Leuten von der Roten Hilfe und mit diesem hübschen Mädchen, das ständig lächelt, weggegangen.«

»Kommen Sie nicht mit uns?«

»Ich sterbe lieber in meinem eigenen Land.«

Am 26. Januar marschiert Franco in Barcelona ein. Der Exodus der fünfzehntausend Flüchtlinge aus Katalonien ist gespenstisch: Kälte, Regen, Schnee, Mangel an Proviant, gnadenlose Luftangriffe. Tausende von Zivilisten, die unterwegs zur Grenze sind, werden von Divisionen der republikanischen Armee beschützt. Es gibt riesige Verluste.

Matilde Landa wehrt sich. »Ich gehe nicht weg, Carlos. Ich verlasse Spanien nicht. Ich bleibe hier und kämpfe.«

»Und was wird aus deiner Tochter Carmen?«

»Der wird es in Rußland gut gehen. Ich hole sie, wenn wir gesiegt haben.«

»Und dein Mann?«

»Keine Ahnung. Er kann machen, was er will.«

»Matilde, du hast den Verstand verloren. Du mußt weiterleben. Für deine Tochter. Das bist du der Kleinen schuldig.«

Matilde sieht ihn haßerfüllt an. »María und du, ihr seid keine Spanier. Darum versteht ihr mich nicht. Aber der Krieg geht weiter. Das Dreieck Madrid – Alicante – Valencia ist noch in Händen der Republik. Diejenigen, die beschlossen haben, nach Frankreich zu gehen, brauchen wir nicht. Ihr seid alle Feiglinge.«

Matilde ist außer sich; sie streckt die Hand aus, als wolle sie Vittorio schlagen. Er versucht, sie in die Arme zu nehmen. »Ach Matilde, arme Matilde.«

Jetzt wirft sie sich tatsächlich auf ihn. »Nenn mich nicht arme Matilde! Arm seid ihr beide, du und María. Ihr seid ein paar Idioten, ihr seid ...«

Vittorio hört ihr nicht mehr zu; er wendet sich ab und murmelt: »Poveretta, poveretta donna, poveretta ...«

Am 6. Februar 1939 besetzen die Nationalisten Figueras.

Franco hat den Krieg gewonnen. In Burgos bleibt er taub gegenüber den Vorschlägen Negríns. Er fordert die bedingungslose Kapitulation. Azaña, Aguirre, Companys und Martínez Barrio sind nach Frankreich gegangen und haben ihr Volk zurückgelassen.

Solche Befehlshaber verdienen nichts als Verachtung, sagt Franco. Wie können es solche Leute wagen, von der Freiheit des spanischen Volkes zu sprechen?

Tina, die ihrem Paß zufolge vor wenigen Tagen in Frankreich war, hat keine Schwierigkeiten, die Grenze zu passieren. Ganze Ströme von Menschen kommen von den Bergen herab und nähern sich der Grenze, im Glauben, bei den Franzosen Freundschaft zu finden. Auf ihren Gesichtern liegen Vertrauen und Zuversicht.

Fünfzehntausend Spanier haben die Pyrenäen überquert und die Grenzposten der französischen Gendarmerie erreicht. Die Gendarmen sehen die riesigen Schlangen von

Soldaten, Frauen, Kindern und Invaliden und versuchen, den Exodus zu legalisieren.

»Vos papiers.«

Vittorio sieht Marty und Longo neben einer Fahne und vor einem Berg von Gewehren und Pistolen stehen. Es wird das letzte Mal sein, daß die Milizionäre an ihren Generälen vorbeimarschieren. Trotz der Müdigkeit und ihrer mit Blut und Schlamm bedeckten Uniformen gehen sie erhobenen Hauptes und mit stolzen Gesichtern. Manche humpeln an Krücken, manche haben verbundene Köpfe, andere tragen den Arm in einer Schlinge. Wenn schon alles verloren ist, können wir wenigstens singen, nicht wahr, Genossen? Beim Singen wird ihnen leichter ums Herz.

Morgen verlasse ich mein Haus,
meine Ochsen und mein Dorf.
Sag mir, wohin gehst du?
Ich gehe zum Fünften Regiment.

Mit dem Fünften, Fünften, Fünften,
mit dem Fünften Regiment,
mit Kommandeur Carlos
sind unsere Milizionäre furchtlos.

Vittorio hat sich noch nicht entschließen können, die Grenze, diese unsichtbare Linie zwischen zwei so unterschiedlichen Welten, zu überschreiten. Stumm sitzt er neben seinem Fahrer im Auto und sieht durch das vereiste Fenster die anderen vorüberziehen. In seinem Kopf reiht sich, wie im Film, ein Bild ans andere: ein totes Mädchen auf dem Bauch seiner Mutter, ein junger Soldat, der den Himmel anlächelt, Juan Negrín in seinem Büro, sein verzweifelter Blick. Und so sitzen sie da, der Kommandeur und sein Fahrer Emilio, und durchleben gemeinsam jeden Augenblick dieser nicht enden wollenden Tragödie.

Kommandeur Carlos, der Politkommissar des ruhmreichen Fünften Regiments, überquert die Grenze in miserabler Verfassung: unrasiert, dreckig, hungrig. Vertieft in ein schreckliches Schweigen, angetan mit schlammbedeckten Schuhen. Sein Gips wird langsam naß und bricht stellenweise auf; sein Arm hängt herab wie ein Stück totes Fleisch; seine Wunden brechen wieder auf. Er wirft seine Pistole auf den riesigen Haufen und geht weiter, ohne sich noch einmal umzusehen.

Jeder Mann wird von den französischen Gendarmen durchsucht. Man fragt sie, ob sie im Krankenhaus waren, ob sie Infektionen haben, ob ihre Hygiene ausreichend war. Sie müssen ihre Rucksäcke ausleeren und den Inhalt auf den Boden schütten.

General Francisco Durán kommt als letzter. Als er sich von seinen Soldaten verabschiedet, sieht er, wie sie lächeln.

Seine Stute steht breitbeinig da und läßt Wasser.

Argelès-sur-mer, St. Cyprien, La Lozère, Las Haras, Aude, Agde, St. Etienne, Le Vernet, Gurs, Barcères, Sept Fonts, Bram, Arles-sur-Tech, Château de Collioure, La Reynarde, Château de Montgrand, Le Perthus, Hérault, Haute-Garonne, Mazères, Le Boulou, Prats de Molló, St. Laurent-de-Cerdans, La Tour de Carol, Bourg-Madame, Barcarès, Mont-Louis. Das alles sind Internierungslager.

Die meisten Katalanen werden nach Hérault geschickt.

Zwei der größten Internierungslager, St. Cyprien und Argelès, liegen am Strand. Vierhunderttausend Flüchtlinge wurden hinter den Stacheldraht getrieben. Die Wachen sind nicht absichtlich grausam; sie wissen einfach nicht, was sie mit ihnen anfangen sollen. Für nichts ist gesorgt. Wenn die Spanier sich ihre Baracken nicht selbst bauen, müssen sie auf dem Sand schlafen. Eingehüllt in eine Decke aus Mutlosigkeit schlafen sie im Sand, hier verrichten sie ihre Notdurft, hier legen sie ihre wenigen Habseligkeiten ab. Der Sand ist jetzt ihr einziges Heim. Sie laufen auf ihm, setzen sich auf ihn, essen ihn. Sand funkelt in ihren Haaren, der schlammige, schwarze, triste Sand des Mittelmeerstrandes dringt ihnen in die Augen. Nicht ein Baum, nicht eine Pflanze, nur diese Gesichter, diese Schultern, diese unter der Niederlage und unter der Last des Sandes gebeugten Nacken.

In St. Cyprien haben viele die Schuhe ausgezogen, um sich, unter dem grauen Himmel zitternd, die Füße im Salzwasser zu waschen.

Die Kinder haben noch die Kraft, über den Strand zu rennen, aber sie wagen es nicht, die Füße in das eiskalte Wasser zu stecken.

Mexiko hat sich erboten, achtzigtausend Familien aufzunehmen. Man wird ihnen die mexikanische Staatsangehörigkeit geben.

Mit dreitausend Familien an Bord sticht die *Mexique* in See. Von Sète aus fährt das Schiff durch die Straße von Gibraltar hinaus auf den Ozean.

Auf den einsamen Atlantik.

Republikaner auf der Flucht.
Fotografie von Robert Capa. 1939

Im Grand Hotel von Perpignan bestätigen Herbert Matthews, der Korrespondent der *New York Times*, und Gustav Regler Vidalis schlimmste Befürchtungen: Frankreich und England werden Francos Regierung anerkennen, und nur Alicante, Valencia und Madrid leisten noch Widerstand. Regler sagt, die Quäker hätten Wagen voller Milch und Kakao in die Berge gebracht, wo sich noch viele Frauen und Kinder befinden, die keinen Fuß mehr vor den anderen setzen können.

»Die republikanischen Truppen werden an der Grenze empfangen, als wären sie Gesetzlose. Sie kommen voller Zuversicht nach Perpignan; sie haben keine Ahnung, was sie erwartet. Sie glauben an die Volksfront. Matthews und ich haben gesehen, wie sie angekommen sind. Auf spanischem Boden hatten sie noch die Gewehre geschultert, kaum hatten sie die Grenze passiert und die Gewehre weggeworfen, waren sie ein Nichts.«

Vittorio ist schockiert von der Gleichgültigkeit, die in der Luft liegt. Den Franzosen scheint es egal zu sein, wie es den geschlagenen Republikanern geht. Sie betrachten sie voller Verachtung und behandeln sie wie Vieh.

Tina und Vittorio treffen sich im Sekretariat der französischen Kommunistischen Partei. Sie verbringen eine schlaflose Nacht im Kreise anderer Flüchtlinge wie Ignacio Hidalgo de Cisneros und seiner Frau Constancia de la Mora, Juan Modesto und Benigno Morilla. Die Diskussionen werden immer hitziger und ihre erregten Stimmen immer lauter.

»Unglaublich, daß Azaña abgedankt hat, ohne sich um das Schicksal der Kämpfer und der Parteimitglieder zu scheren«, sagt Hidalgo de Cisneros.

»Prieto war sich so sicher, daß wir den Krieg verlieren würden, daß er seine ganze Zeit damit verbracht hat, andere zu überzeugen, anstatt für den Sieg zu kämpfen«, wirft Constancia de la Mora ein. »Mit seiner verheerenden Kriegspolitik hat er der spanischen Republik sehr geschadet.«

Sie schreien noch durcheinander, als Antonio Cordón hereinkommt. Er ist völlig erschöpft und hält seine Frau bei der Hand. Sie umarmen ihn und diskutieren weiter.

»Wir haben also endgültig verloren«, sagt Constancia de la Mora.

»Ja, wir haben verloren, aber Spanien war für uns die heroische Seite der Geschichte im Kampf gegen den Faschismus«, sagt Cordón, »für mich war es die wichtigste und entscheidendste Erfahrung meines Lebens.«

»Auf eine Seite der Geschichte folgt immer eine andere. Die Konfrontation zwischen Proletariat und Bourgeoisie erledigt sich nicht in einem einzigen Kapitel«, sagt Vittorio leise. »Als ich gestern, da war der 9. Februar 1939, vor dem Überschreiten der französischen Grenze meine Pistole weggeworfen habe, fiel mir ein, daß ich noch nicht einmal neununddreißig Jahre alt bin und daß meine ersten politischen Schlachten mehr als zwanzig Jahre zurückliegen. Krank und verwundet, wie ich bin, habe ich in diesen neunhundert Tagen Krieg alles gegeben. Ich bin genauso erschöpft wie ihr, Genossen, aber ich gebe nicht auf. Ich habe eine mutige, starke Frau an meiner Seite; wir werden an einem anderen Ort der Welt, mit anderen Aufgaben, neu beginnen.«

»Jetzt geht es um das Schicksal eines ganzen Volkes, Carlos, und nicht nur darum, was aus dir wird«, unterbricht ihn Hidalgo de Cisneros.

Tina sitzt in einer Ecke und bekommt kaum Luft. Bei Tisch hatte sie nur gesagt: »Seht mal, Besteck.« Sie hatte die weiße Serviette gestreichelt, Messer und Gabel in die Hand genommen und noch einmal gesagt: »Besteck.« Jetzt fragt Vittorio:

»Und was denkst du, Tina?«

»Wenn es nach mir ginge, würde ich nach Spanien zurückkehren. Falls das unmöglich ist, möchte ich nach Italien gehen. Wir können dort Arbeit finden. Togliatti und Nenni werden uns helfen.«

Tinas Augen sind beredter als ihr Mund. Sie drücken eine unendliche Traurigkeit aus. Sie hat den Krieg vom ersten bis zum letzten Tag mitgemacht, und jetzt wird sie von Stimmen verfolgt: ›María, einen Verband‹, ›María, ich kann meinen Sohn nicht finden‹, ›María, bring mich mit meinen Kindern über die Grenze, sonst bringen sie uns um‹, ›María, rette uns, vergiß uns nicht, laß uns nicht in die Hände des Feindes geraten.‹ Eine ganze Nacht lang nur Diskussionen, Vorwürfe und Kritiken. Die bittere Endgültigkeit der Niederlage macht allen Genossen zu schaffen. Tina hört in sich gekehrt und nachdenklich zu.

Morgens nehmen sie ein Bad. Vittorio rasiert sich, und die Freunde besorgen ihm saubere Unterwäsche, ein Hemd, ein Paar Schuhe und einen Anzug. Nichts davon paßt ihm, nicht einmal der Hut, der ihm zu klein ist, aber wenigstens seine Kopfverletzung verdeckt.

Im Zug, in der dritten Klasse, fahren Tina und Vittorio nach Paris.

»Ich komme mir lächerlich vor in diesen Hosen.«
»Meinst du, das kümmert irgend jemanden?«

Als sie in Paris zur Internationalen Roten Hilfe kommen, stellen sie fest, daß alle, genau wie sie, das Gefühl haben, etwas Wichtiges verloren zu haben. Wo sollen sie leben? Was können sie tun? Marcel Willard, ein guter Freund, mit dem sie 1933 die Kampagne zur Rettung Dimitroffs organisiert haben, bietet ihnen ein Zimmer in seiner Wohnung an.

Bei einer Sitzung ergreift ein französischer Genosse das Wort: »Die spanischen Flüchtlinge sollten begreifen, daß sie den Krieg verloren haben und daß sie keine so hohen Ansprüche stellen dürfen.«

Entsetzt ruft Tina aus: »Auch ihr habt den Krieg gegen die Nazis verloren! Die Niederlage des spanischen Volkes ist die Niederlage aller Antifaschisten und der weltweiten Demokratie.«

Seit dem 28. Januar sind hundertsiebzigtausend Frauen und Kinder und sechzigtausend Männer – darunter zehntausend Verwundete – nach Frankreich gekommen.

Gleich, als André Marty, der Vizepräsident der Roten Hilfe, Vittorio sieht, sagt er ihm, daß ihn eine Mitteilung von »la vieille« erwartet.

Die Stassowa befiehlt ihm, zunächst in Paris zu bleiben und die Ankunft von Tom Bell, einem englischen Genossen von der Komintern, abzuwarten. Am selben Abend essen Tina und Vidali mit Vittorio Codovila und gehen stundenlang mit ihm an der Seine spazieren. Sie diskutieren darüber, wie die Verteidigung von Barcelona, nach dem Vorbild der Verteidigung von Madrid, zu organisieren gewesen wäre.

Später kommt Julio Alvarez del Vayo, Negríns Außenminister, in André Martys Büro und erzählt von Azañas Rücktritt und von der Haltung der Militärs, darunter der des Generals Vicente Rojo. Sie haben sich geweigert, nach Madrid zurückzugehen; sie betrachten den Krieg als verloren. Nach Spanien zurückzukehren wäre Wahnsinn, selbstmörderischer Wahnsinn. Im Laufe des Gesprächs erzählt ihnen Alvarez del Vayo, daß Doktor José Puche Antonio Machado nach Frankreich gebracht hat.

Am 17. Februar reist Tina nach Collioure und kommt weinend zurück. Antonio Machado geht es sehr schlecht. Frankreich hat den Dichter und seine Mutter schlecht behandelt; der Grenzübertritt war grauenhaft. Anfang Februar konnte Don Antonio noch über die Klippen von Collioure gehen, einem kleinen Fischerdorf, nur fünfundzwanzig Kilometer von der spanischen Grenze entfernt. Es liegt so nah an der Grenze, daß seine Mutter sagt, man fühle sich wie in Spanien. Aber jetzt verlassen sie das Hotel nicht mehr, und sein Bruder José ist völlig verwirrt und weiß nicht, an wen er sich wenden soll. Der Dichter kann nicht mehr reisen, er liegt im Sterben.

»Was können wir nur tun, Toio?«

»Wogegen? Gegen das Unabwendbare?«

Obwohl sie erschöpft und niedergeschlagen sind, arbeiten Vittorio und Tina mit dem Secours Populaire zusammen, der französischen Solidaritätsorganisation, die der Roten Hilfe angehört. Die Anweisungen aus Moskau lauten, die spanischen Flüchtlinge und die Internationalisten moralisch und materiell zu unterstützen und ihnen juristischen Beistand zu leisten.

Als erstes nimmt sich Tina Machados an. Sie drängt und läßt nicht locker. Man muß etwas für ihn tun, die französischen Behörden müssen helfen. Er ist ein großer Dichter, ein wirklich großer spanischer Dichter. Die Franzosen zucken die Achseln. In Collioure ist der Hotelangestellte Jacques Baille der einzige Mensch, der weiß, wer Machado ist, und ihm Hilfe anbietet.

Am 22. Februar stirbt Antonio Machado, und niemand scheint es zu bemerken. Julián Zugazagoitia hält vor dem mit einer republikanischen Fahne bedeckten Sarg die Trauerrede.

»Ces pauvres espagnols, c'est pour ça qu'ils ont perdu la guerre, ils sont tous poètes.«

Bald nach dem Dichter stirbt auch seine Mutter. Wenige Wochen später reisen Machados Bruder José und seine Frau dank Tinas Fürsprache beim Secours Populaire mit anderen Flüchtlingen nach Chile.

Machados Tod macht die Niederlage für Tina noch bedrückender. »Er war mein Freund, wir waren befreundet.« Sie will Frankreich verlassen und unbedingt etwas tun. Sie fragt Giuseppe Berti, den Leiter des Auslandszentrums der italienischen Kommunistischen Partei, ob sie nach Italien zurückkehren darf. »Ich kenne das illegale Leben; setzt mich als Agentin ein.«

»Du bittest nur darum, weil du verzweifelt bist. Dort würden sie dich sofort verhaften.«

Auch Vittorio fällt es schwer, über seine Zukunft zu entscheiden. Körperlich ist er ein Wrack: die Läuse fressen ihn auf, seine Haut brennt von einem mitleidlosen Juckreiz, seine Wunden wollen nicht heilen.

Wieder einmal weist ihnen Elena Stassowa von Moskau aus den Weg. Tom Bell, ihr Bote, bietet ihnen zwei Möglichkeiten. Sie können in die Sowjetunion reisen und sich sechs Monate lang auf der Krim erholen, oder sie gehen in die Vereinigten Staaten, um die Hilfe für dreihunderttausend Spanier und Internationalisten zu organisieren, die bald dort eintreffen werden. Der diskrete, aber unmißverständliche Ratschlag der Stassowa lautet, sie sollten Amerika wählen.

»Ich wurde aus den USA ausgewiesen. Wenn ich illegal

wieder einreise, riskiere ich die Deportation nach Italien«, wendet Vittorio ein. »Ich müßte wieder illegal leben. Tina und ich haben nie ein normales Leben geführt.«

»Denk daran, Genosse: es gibt kein Privatleben.«

Schweren Herzens verläßt Vittorio das Büro. Alvarez del Vayo fragt ihn: »Was wirst du tun, Carlos?«

»Nach Amerika gehen, wie befohlen.«

»Und Togliatti?«

»Keine Sorge, der nimmt das letzte Flugzeug, das Spanien verläßt.«

Vittorio kehrt in die Wohnung der Willards zurück und packt seinen Koffer; er wird mit dem Zug nach Cherbourg fahren und dort das Schiff nehmen. Tina wird hier bleiben, um Melchiore Vanni zu helfen und Isidoro Acevedo zu verabschieden, der kurz vor der Abreise in die UdSSR steht.

»Wenigstens das will ich gut machen«, sagt sie düster.

»Das nächste Schiff geht in vier Tagen. Ich sehe dich in New York.«

In Cherbourg ist es kälter als in Paris; der Anblick des grauen Wassers drückt auf seinen ohnehin düsteren Gemütszustand. Vittorio erfährt von einem Mitreisenden, daß Galán in Cartagena rebelliert hat und daß sich am 8., 9. und 10. März Anarchisten und Kommunisten gegenseitig hingemetzelt haben. Die Kommunisten haben die Obristen Pérez Gazzolo, Fernando Urbano und Otero Ferrer erschossen. Casado ließ Barceló, Conesa und Mesón hinrichten. Vittorio fragt sich, was wohl aus Matilde Landa geworden ist. Es gibt noch immer Rebellionen, einen neuen Bürgerkrieg im Bürgerkrieg. England hat versprochen, die Republikaner außer Landes zu holen, hat aber nicht genug Schiffe geschickt. Sechsundvierzig zurückgebliebene Republikaner nahmen sich am Kai von Valencia das Leben.

Vittorio denkt, daß Tina in ihrer Besessenheit weiterzukämpfen möglicherweise nach Spanien zurückgegangen ist. Man weiß nie, was Frauen anstellen. Tina ist in letzter Zeit so fanatisch, daß er sie nicht wiedererkennt.

Am 23. März läuft Vidalis Schiff in den Hafen von New York ein. Um sich herum sieht er die Wolkenkratzer und das stolze Profil der Freiheitsstatue. Als er vor zwanzig Jahren zum ersten Mal nach Amerika kam, war er ein Illegaler mit einem Pappkarton, zu engen Schuhen und einem einzigen Anzug. Damals hatte er in New York keinen einzigen Freund. Jetzt hat er wenigstens Genossen und ist, seinem Paß zufolge, ein in La Coruña geborener Geschichtslehrer. Von seinem kleinen Hotel am Kai aus nimmt er Kontakt zu seinen Freunden auf, den Kommunistenführern Earl Browder und William Z. Foster.

Vidali lebt nur für die Nachrichten aus Spanien. Als erstes schaltet er jeden Morgen das Radio an. Mehr als hunderttausend republikanische Soldaten haben sich ergeben. Auf den Flugplätzen der Nationalisten sind zweiundvierzig republikanische Flugzeuge gelandet. Wenige Stunden zuvor haben die Nationalisten Cuenca, Guadalajara, Ciudad Real, Albacete und Jaén eingenommen. Wo steckt nur Tina?

Am 1. April 1939 erklärt Francisco Franco den Krieg für beendet.

Vidali zieht ins Haus seiner alten Feundin Rose Baron.

In New York organisiert die Lincoln-Brigade eine Demonstration, um die Regierung aufzufordern, eine feste Haltung gegenüber Franco einznehmen. Zusammen mit Earl Browder und William Foster nimmt Vittorio an der Kundgebung teil.

Angetan mit Hut und Jacke und einem Schal, der sein Gesicht fast völlig verdeckt, beobachtet Vittorio die Menschen, die marschieren und ihre Losungen rufen. Als er die militärisch angetretenen, von ihrem Kommandeur Milton Wolfe angeführten Veteranen der Lincoln-Brigade sieht und hört, wie sie Kriegslieder singen, merkt er, daß er weint. Auf der anderen Seite des Ozeans durchlebt Madrid die letzten Stunden seiner Tragödie, und hier in New York singen sie und lassen die Armee der Republik hochleben.

Als Tina an Bord der *Queen Mary* zusammen mit anderen spanischen Flüchtlingen darauf wartet, an Land gehen zu dürfen, spürt sie, daß etwas nicht in Ordnung ist. Ihr Paß mit der Nummer 23922, der in Barcelona für die Lehrerin Carmen Ruíz Sánchez ausgestellt wurde, ist gültig für die ganze Welt außer Deutschland, Ungarn, Österreich, Italien und Portugal. Das Visum, das sie im nordamerikanischen Konsulat bekommen hat, sollte es ihr eigentlich erlauben, in New York an Land zu gehen. Dennoch läßt man sie nicht von Bord.

»Sie reisen weiter nach Mexiko.«

Tina beginnt zu zittern: »Ich kann nicht nach Mexiko.«

Niemand gibt ihr weitere Informationen, und Tina schließt sich in ihrer Kajüte ein. Sie weiß nicht, daß ihre Schwester Yolanda am Kai steht und schreit: »Meine Schwester ist nicht ausgestiegen! Ich will sie sehen, ich habe sie seit dreißig Jahren nicht gesehen!«

Über William Foster bekommt Tina eine Nachricht von Vittorio, der vom FBI überwacht wird. Vittorio wird sie in Mexiko treffen; sie soll sich keine Sorgen machen, alles ist in Ordnung, es gibt keinen Grund zu verzagen. An Land atmen Vittorio, Browder und Foster erleichtert auf, als das Schiff mit Kurs auf Veracruz die Anker lichtet.

Tinas Schiff wird am 19. April Veracruz erreichen. Vittorio weiß, daß sie sich schrecklich fühlen wird, wenn sie ihn nicht am Kai sieht. Er muß dafür sorgen, daß die Leute von der mexikanischen Partei, Rafael Carrillo und Hernán Laborde, sie abholen. Während er ihnen beschreibt, wie sie aussieht, schnürt sich ihm die Kehle zu.

»Sie trägt höchstwahrscheinlich eine schwarze Jacke

und einen schwarzen Hut, beides sehr bescheiden. Sie blickt immer zu Boden, hat kein Gepäck und ist von kleiner Statur.«

Niemand darf erfahren, daß die spanische Lehrerin Carmen Ruíz Sánchez die Frau ist, die vor neun Jahren verdächtigt wurde, die Urheberin des gescheiterten Attentats auf den damaligen Präsidenten Mexikos, Pascual Ortíz Rubio, zu sein.

Und tatsächlich erkennt niemand in Carmen Ruíz, der Frau mit dem gesenkten Blick, der faltigen Haut und den zitternden Händen, die im Januar 1930 ausgewiesene Tina Modotti. Als ein Inspektor sie an Deck taumeln sieht, ruft er seinem Gehilfen zu: »Geh mal der alten Dame zur Hand, ja?«

Kaktushand.
Fotografie von Tina Modotti. 1924

Die Menschen in Veracruz essen, kaufen und verkaufen. Mit Zeit und Nahrungsmitteln gehen sie verschwenderisch um. Als Tina unter den weißen Arkaden sitzt und frühstückt, entsinnt sie sich einer Nacht vor tausend Jahren, als ihr die Jaranaspieler ein Ständchen brachten.

Im süßen Zuckerrohr
im hohen Zuckerrohr
gib mir dein süßes Mündchen
damit ich es küssen kann.

Sie ist in ein sehr verändertes Mexiko zurückgekehrt, und sie selbst ist eine andere Frau. Nicht einmal die Losverkäufer kommen auf sie zu, denn die tiefe Traurigkeit, die sie ausstrahlt, schüchtert sie ein.

Sie hat die Bänke auf den Plätzen dieses Landes stets geliebt. Einmal hatten Weston und sie beabsichtigt, der Stadt eine Bank zu stiften, aber sie hatten nie genug Geld dafür. Sie betrachtet die Straßen, den weißen Kai und die Kinder, die ihre aus dem Meer gefischten Schätze feilbieten: mit Muscheln verzierte Schmuckkästchen, von Muscheln eingerahmte Spiegel, Kämme aus Schildpatt. Bald darauf kommt der Bonbonverkäufer, der seine Süßigkeiten auf einem Brett vor seiner Brust anbietet, das an einem Strick um seinen Hals hängt.

Sie denkt an die Menschenmenge, die sie früher beim Feilschen auf den Märkten umringt hat, und an das Vergnügen, auf den von der Sonne erwärmten mexikanischen Steinen zu sitzen. Sie entsinnt sich der steinernen Maismühlen, der Steinmörser und der tönernen Scheiben, auf denen man Tortillas röstete. Die Steine nehmen die Hitze der Sonne auf, speichern sie über Nacht in ihrem Innern und geben sie am nächsten Tag wieder ab.

Wenn sie dann aber in Gedanken wieder in Spanien ist, wird sie blind für das Licht des mexikanischen Nachmittags.

Die gewaltige mexikanische Nacht senkt sich über sie; Tina hatte schon alles vergessen: ihre Unermeßlichkeit, ihren heißen Atem, das Zirpen von hunderttausend Grillen, die Blumen, die die Erde verschlingen. Sie hatte vergessen, daß die Nächte hier rot und gelb gefärbt sind. Aus der Ferne hört sie Schreie und das Knallen eines Feuerwerkkörpers, und im Morgengrauen Trompetenklänge.

Im Zug nach Mexiko-Stadt denkt sie: ›Ich bin mit vierzig eine alte Frau.‹ Die Verkäufer, die Weston einst so fasziniert hatten, bieten durch das Fenster noch immer ihre Gardenien, ihre in Bananenblätter gewickelten Tamales und ihren kandierten Zucker an. ›Früher einmal war dies Land ein Teil von mir, aber das ist vorbei.‹

Als der Zug den Bahnhof von Buenavista erreicht, muß Tina an Lola Alvarez Bravo denken und daran, wie sie ihr das Kind hingehalten hatte, an den so geradlinigen, spröden Manuel und an Luz Ardizana. Was wohl aus ihnen geworden ist? Sie möchte sie nicht wiedersehen. Nicht einmal Luz. Niemand soll Carmen Ruíz Sánchez aufspüren. Ihre Angst wächst und gleicht einer Zange, die sie nicht mehr losläßt. Sie hofft, daß niemand sie abholen kommt, daß Vittorio niemanden mitbringt. Man soll sie in Ruhe lassen; man soll sie vergessen. Hat sie kein Recht auf ein wenig Frieden? Werden sie und Vittorio nie einen Augenblick Ruhe finden?

Als der korpulente, vierschrötige Vidali sie voller Erregung in Empfang nimmt, weicht Tina zurück. Sie ist von einer dichten, schwarzen Wolke der Paranoia umgeben und sieht auch in ihm nichts anderes als eine Falle.

Vittorio strahlt über das ganze Gesicht:

»Ein prachtvolles Ehepaar will uns bei sich unterbringen. Sie heißen Díaz de Cossío. Sie sind für die Flüchtlinge tätig; du kannst dir gar nicht vorstellen, wie selbstlos sie sind. Er ist ein katalanischer Adliger... Er leitet das Empfangskomitee für die Flüchtlinge und behandelt sie fürstlich.«

Als sie das im Süden der Stadt gelegene Haus erreichen, schließen Martín und seine Frau Isabel Tina in die Arme. Tina, die seit langem nicht mehr an Feinheiten gewöhnt ist, freut sich plötzlich über den duftenden Blumenstrauß, die bestickte Tischdecke und die Bettwäsche mit dem Spitzenrand – alles Dinge, die sie wieder in eine längst verlorene Welt zurückversetzen.

»Sie wollen sicher baden und ausruhen. Es ist alles bereit.«

Im Bad sieht Tina einen schwarzer Kimono hängen, der genauso aussieht wie der, in dem sie Weston vor Jahren Modell gestanden hat. ›Alles vergeht, alles kehrt wieder‹, denkt sie, zieht ihn aber nicht an. In ihrem Leben ist heute kein Platz für Dinge, die Müßiggang bedeuten. Diszipliniert und ohne eine Spur von Selbstmitleid ordnet sie ihre Bedürfnisse dem wichtigsten Ziel unter: dem Kampf. Sie hat sich mit Leib und Seele der Partei verschrieben.

Isabel läuft emsig im Haus auf und ab. Sie ist stets in Eile, stimmt aber auch gelegentlich unverhofft ein fröhliches Lied an. Sie erinnert Tina an Vergnügen, denen sie längst entsagt hat. »Komm, wir gehen die welken Blüten der Geranien auf der Terrasse zupfen. Nun komm schon.« Aber da ist noch etwas anderes: Isabel widmet den größten Teil ihrer Zeit der Kommunistischen Partei und vor allem dem Empfangskomitee für Emigranten aus Spanien und anderen Ländern.

»Findest du sie nicht auch nett?« fragt Vittorio.

»Sehr sogar. Aber wenn sie nicht in der Partei wäre, würde ich nicht bei ihr wohnen.«

Tinas unnachgiebige Gefährten sind Schmerz und Wut. Sie ist empört darüber, daß Mexiko Trotzki Asyl geboten hat, und noch mehr ärgert es sie, daß Diego und Frida ihm ein Haus eingerichtet haben. Nach all dem Sterben kann sie einen Verrat wie den von Diego nicht hinnehmen. Jede Inkompetenz bringt sie zum Wahnsinn. Selbst Witze über die Dummheit anderer irritieren sie, anstatt sie zu belustigen.

Isabel sorgt sich um Tinas Gesundheit: Sie sieht so blaß und ausgelaugt aus, und es wundert Isabel, daß ein so lebhafter Mann wie Vittorio eine so zurückhaltende Lebensgefährtin hat. »Wie verschieden sie sind! Er denkt sogar laut!«

Tina lebt ständig in der Angst, erkannt zu werden. Ihre Rückkehr nach Mexiko hat Erinnerungen aufgefrischt, die sie für begraben gehalten hat. Nachts dreht sich ihr beim Gedanken an die Niederlagen in Spanien der Magen um; sie springt aus dem Bett, weil ihr so ist, als hätte sie das Sirenengeheul eines Krankenwagens gehört. Unterdessen liegt Vittorio da und schnarcht. Am Tage versetzt jeder Besucher und jeder Telefonanruf Tina in Schrecken. Auch in Spanien war sie nervös, aber wenn sie dort aufwachte, wußte sie, daß eine nützliche Aufgabe vor ihr lag, und das half ihr, die Angst zu vergessen. In Mexiko vermutet sie überall Fallen. Mexiko ist trügerisch und räuberisch. Angetan mit ihrem schwarzen Rock und ihrer weißen Bluse sitzt sie ganz allein im Schatten und hofft, daß niemand sie beachten und niemand sie etwas fragen wird.

Sie berichtet Vidali von ihren letzten Tagen in Frankreich. Sie hatte das Haus der Willards fluchtartig verlassen müssen; einen Tag nach ihrem Auszug wurde es durchsucht. Danach hatte sie bei Carmen und Manuel Tagueña und später bei den Joliot-Curies gewohnt. Carmen und der sanfte Manuel Tagueña hatten beschlossen, nach Moskau zu gehen. Melchiore Vanni war gestorben; sie hatte Isidoro Acevedo zum Bahnhof St. Lazare begleitet und ihn in den Zug nach Moskau gesetzt. Auf dem Bahnsteig hatte er sie im Arm gehalten und gesagt: »Lebe wohl für immer, Tina.«

Germaine Le Bihan hatte geweint: »Wer weiß, ob wir uns jemals wiedersehen; so ist nun mal das Leben der Kommunisten.« Beim Secours Populaire hatte Tina nach Flor Cernuda gefragt, aber nicht die geringste Auskunft über sie und die anderen erhalten. Wahrscheinlich waren sie in Spanien geblieben. Am meisten schmerzt sie jetzt der Gedanke an Matilde Landa und an ihre Tochter Carmen, die, wie so viele spanische Kinder, in Moskau ist.

»Wir müssen Kontakt zum Flüchtlings-Komitee in den Vereinigten Staaten aufnehmen«, sagt sie angespannt. »Wir dürfen keine Zeit verlieren, und du bist allzu gelassen, Toio.«

»Die mexikanische Regierung wird dir bald die Aufenthaltserlaubnis geben, Tina. Wem kannst du nützen, wenn du in den USA verhaftet wirst?«

»Wenn die Mexikaner herausfinden, wer ich bin, deportieren sie mich.«

»Die Genossen von der Partei werden uns helfen, hab doch ein wenig Vertrauen.«

»Wir können nicht in Mexiko bleiben und die Zeit vertrödeln, während in den Vereinigten Staaten fünfzehntausend Flüchtlinge auf Unterstützung warten.«

»Aber Tina, wir müssen sowieso auf Nachrichten von Browder warten.«

»Ich will nicht warten; ich will sofort abreisen. In den Staaten gibt es viel mehr zu tun als in Mexiko.«

»Man wird dir mit Joe Freeman deine Papiere schicken; hab doch Geduld.«

Tina zeigt ihre Ungeduld nicht; im Gegenteil, je angespannter sie ist, um so verhaltener sind ihre Bewegungen. Und um so bedrohlicher.

Sie ist besessen vom Problem ihrer Identität. Immer wieder kommt sie darauf zu sprechen und schlägt dabei einen verletzenden Ton an. Vittorio ist zunächst nachgiebig, aber dann entflieht er. Für ihn ist Mexiko ein weiter, sonniger Platz. Er schließt Freundschaften, trinkt im *Lady Baltimore* und bei *Sanborn's* seinen Kaffee und schwärmt vom mexikanischen Bier und den mexikanischen Schönheiten. Er stellt den Frauen nach. Je mehr er sich öffnet, um so verschlossener und unnachgiebiger wird Tina.

»So liegen die Dinge nun mal in Mexiko«, sagt Vittorio. »Oder hast du das schon vergessen? Du mußt dich daran gewöhnen.«

In den gemeinsam verbrachten Stunden kommen sie einander nicht näher. Kaum öffnet Tina morgens die Augen, macht sie ihm schon Vorwürfe. ›Verbittert und empfindlich ist sie geworden‹, denkt Vittorio. Lief er früher zwischen zwei Fliegerangriffen los, um sie zu holen und sie in seinem Zimmer in Francos Rodriguez zu lieben, so deprimiert sie ihn jetzt.

Bei der offiziellen Kundgebung der mexikanischen Arbeiter zum 1. Mai, beim Anblick all dieser Begeisterung, gewinnt Tina vorübergehend ihr Feuer zurück. Als sie mit Vidali und den spanischen Flüchtlingen mit erhobener Faust an Lazaro Cárdenas, dem Präsidenten, vorbeimarschiert, sagt sie: »So etwas hat mir gefehlt.« Auf einem großen Transparent danken sie Präsident Cárdenas dafür, daß er die Soldaten der spanischen Republik aufgenommen hat. Es ist ein ernster, feierlicher Moment. Beim Anblick der Spanienkämpfer brechen die Zuschauer in Applaus aus. Tina bekommt feuchte Augen.

»Mexiko ist noch genauso energiegeladen wie vor zehn Jahren, aber das soziale Bewußtsein ist gewachsen«, sagt Vittorio.

Cárdenas steht auf dem Präsidentenbalkon, und Tina findet, daß er wie ein Heiliger aussieht. An den anderen Balkonen und Fenstern des Nationalpalastes flattern rote Fahnen und Transparente, die man an den Brüstungen befestigt hat. Tinas schwarzer Filzhut schützt sie vor der Sonne. Hier, inmitten der Menschenmenge, wird niemand sie erkennen; nichts schützt sie mehr als diese Masse, in der sie untertauchen und sich gleichzeitig beteiligt fühlen kann. »Eis!« »Zitronen!« »Mango!« »Frisches Wasser!« Die Mexikaner lassen sich keine Gelegenheit entgehen, etwas zu verkaufen. Tina bemerkt im Demonstrationszug mehrere Parteimitglieder, aber obwohl einige sogar mit ihr sprechen, wird sie von niemandem erkannt, von niemandem beachtet: sie kann ungestraft ihre Stimme und ihre Faust erheben.

Tinas Wunsch, anonym zu bleiben, wird immer stärker. Adelina Zendejas, die feministische Journalistin und sozial engagierte Kämpferin, kommt zum Essen zu den Díaz de Cossío. Als sie Vidali sieht, fallen sich beide laut schreiend in die Arme: Wie viele Kämpfe haben sie gemeinsam erlebt! Isabel stellt ihr María vor. Adelina erkennt sie nicht als Tina Modotti und ist erschüttert, als Isabel sie zur Seite nimmt und ihr verrät, wer María wirklich ist. »Unmöglich! Sie ist eine ganz andere Frau!«

Tina wird immer schweigsamer. Sie hat nicht das Bedürfnis, sich mitzuteilen. Ihr genügt es, zuzuhören. Sowohl ihre Traurigkeit als auch die wenigen Momente der Freude behält sie für sich. Ein Luftzug bewegt die Gardine, auf dem Balkon der Cossíos streift ein Windhauch ihre Wange, zwischen den Bäumen hört man das Lachen eines Kindes. Sie betrachtet sich selbst wie aus großer Entfernung. Beim Anblick anderer Frauen denkt sie: ›Ob Vittorio sich in sie verliebt?‹ Sie will nur in Ruhe gelassen werden und schweigen; sie will in diesem Schweigen leben und die Bilder verscheuchen: ein totes Kind, ein aufgerissener Graben, ein Soldat, der seine Gedärme mit den Händen festhält. Tina ist so in sich gekehrt, daß sie sich fast in Nichts auflöst; sie hat sich in eine Frau verwandelt, die nicht vorhanden ist, weder Brust noch Hüften hat und stets schwarz gekleidet ist.

Adelina Zendejas beginnt sich leidenschaftlich für Tina und Vittorio zu interessieren und lädt sie bald darauf ein, bei ihr zu wohnen. »Ihr könnt doch nicht ewig bei den Díaz de Cossíos bleiben, oder? Ich habe schon oft Leute aufgenommen, ich bin daran gewöhnt. Macht euch um mich keine Sorgen. Im Gegenteil, es wird mir eine Freude sein, euch bei mir zu haben.«

»Aber ich will nicht in Mexiko bleiben, Adelina, ich will in den Vereinigten Staaten arbeiten, wo ich nützlicher sein kann.«

Es ist eigenartig, Tina als Gast bei sich zu haben. Sie schwebt durch die Räume und bemüht sich sehr, niemandem zur Last zu fallen. Sie macht sich im Hause nützlich und ist gleichzeitig reserviert und von einer angespannten Passivität. Wenn Adelina heimkommt, findet sie einen gedeckten Tisch vor, der immer mit irgendeiner Kleinigkeit geschmückt ist. Sie lobt ihr Hausmädchen dafür.

»Aber nein, das war doch Señora María.«

Ihr rücksichtsvolles Verhalten unterscheidet sich so sehr

von der lärmenden, extrovertierten Art Vidalis, der seine Flüche auf spanisch und italienisch ausstößt. Er will über nichts nachdenken. Revolutionäre gehen immer voran, Revolutionäre verschwenden keine Zeit mit Vergangenem.

Adelina weiß nicht mehr, was sie ihrem Gast geben soll; Tina wird erschreckend mager: »Welch ein Glück, daß du nicht auf deine Figur achten mußt! Du bist ja so dünn. Sieh mich mal an. Ich brauche die Suppe nur zu riechen, schon setze ich Bauch an. Aber deine Farbe gefällt mir nicht. Man kann ja durch dich hindurchsehen, Tina.«

Das ist es! Die gute Mary Dougherty könnte mir ihren Paß borgen. Ich müßte nur das Foto austauschen. In New York würde Martha Dodd mich bei sich unterbringen.

»Adelina, wo kann ich Mary Dougherty finden?«

»Versuch es in Mixcoac, bei Katherine Ann Porter. Oder in Cuernavaca.«

Unterdessen schreibt Vittorio Artikel für die Zeitschrift der Antiimperialistischen Liga Amerikas und führt ein Tagebuch. Seit er seinen Daumen verloren hat, hält er den Federhalter zwischen Zeige- und Mittelfinger. Bevor er zu Bett geht, schreibt er auf, was er am Tage getan hat und was er für den nächsten Tag plant. Da er jetzt schneller müde wird, schreibt er weniger als früher im Hotel Sojusnaja, wo Tina immer neben ihm lag und die letzte Zigarette des Tages rauchte.

Vittorio ist ständig unterwegs. Seine Gewohnheit, anderer Leute Motive zu erahnen und stets der Klügste zu sein, irritiert Tina jetzt. ›Mich kann er mit seiner Schlauheit nicht mehr beeindrucken.‹ Es überrascht sie, daß Vittorio trotz seiner körperlichen Schwäche noch immer so ein leidenschaftliches Interesse am Leben zeigt.

Tina tippt auf einer alten Remington, was Vittorio ihr für *El Popular* diktiert. Die Antifaschistische Allianz Giuseppe Garibaldi bittet sie, Eugen Vargas Buch über den Imperialismus zu übersetzen. Aus dem Italienischen übersetzt sie in Mexiko unbekannte Schriften von Lenin und einige Parteitagsprotokolle aus der Sowjetunion. Später wird sie ihre Übersetzung mit einem Sekretär der russischen Botschaft überprüfen. Dort arbeitet Constancia de la Mora. An einer Wand der Botschaft hängt ein Foto, das Tina vor zehn Jahren von Alexander Makar gemacht und ihm geschenkt hat. Sie betrachtet es geradezu neugierig; sie erkennt die Tina von damals nicht wieder.

Als eines Tages B. Traven Tina auf dem Hauptpostamt sieht, kommt er auf sie zu, aber sie winkt ihm ab. »Ich rufe dich später an«, sagt sie flehend.

Miguel Covarrubias traut seinen Augen nicht: »Das war doch Tina! Das war ihr Gang! Ich bin ganz sicher. Und sie hat so getan, als würde sie mich nicht kennen.«

»Natürlich ist es Tina«, sagt Juan de la Cabada, »aber schon in Valencia schien sie irgendwie verwirrt, die Ärmste.«

Baltasar Dromundo erlebt ähnliches. Tina fährt in einem Taxi an ihm vorüber. Dromundo sieht sie zweifelnd an; sie verbirgt ihr Gesicht. Da weiß er, wer sie ist

Tina will niemanden sehen, höchstens diesen blutjungen Fotografen. Sie möchte wissen, was er in all diesen Jahren gearbeitet hat.

Manuel Alvarez Bravo hört ein Klopfen an seiner Tür. Als er öffnet, steht Tina vor ihm. Was für eine Überraschung! Er sieht sie glücklich an. Er zeigt ihr den Ehrenplatz, an dem ihr Foto *Flor de manita* hängt, das sie ihm 1929 geschenkt hat.

»Ich habe es immer um mich, Tina; egal, wohin ich gehe, ich nehme es überallhin mit.«

Manuel fragt noch nicht einmal, wo sie gewesen ist. Dazu ist er allzu empfindsam. Er spricht nicht von sich oder von Lola oder von ihrem Sohn. Für Tina ist das Zusammensein mit ihm eine willkommene Erholung. Dieser

Mann belastet sie nicht. Manuel zeigt ihr Aufnahmen von Maguey-Kakteen und andere Fotos: sein Zimmer um zwölf Uhr mittags, der schwarze Berg mit der weißen Wolke, Landschaft mit Horizont – Abbilder der Ewigkeit.

»Tina, du hattest doch die Graflex immer so gern. Ich kann dir eine geben. Und auch meine Dunkelkammer.«

»Nein, Manuel, damit ist es vorbei.«

Sie hat keine Papiere, kein Land, keine Kinder, keine Familie. Und in Mexiko ist ihr sexuelles Verlangen gestorben. Vittorio hat es nicht bemerkt.

Tina nach der Ermordung Mellas.
Anonyme Fotografie. 1929

Tina bekommt beunruhigende Nachrichten von den spanischen Flüchtlingskindern. Vor zwei Jahren, im Juni 1937, wurden auf der *Mexique* vierhundertzweiundvierzig Kinder ins Land gebracht. Sie glaubten, es sei eine Ferienreise. Am Kai erhielten sie Geschenke, Obst und Blumen und wurden von denen, die sie abholten, geliebkost. Fünfzehntausend Menschen standen am Kai und spendeten ihnen Beifall. Auf dem Bahnhof Colonia bekräftigte General Cárdenas die Gastfreundschaft Mexikos und begrüßte jedes von ihnen mit einem Händedruck, während seine Frau Amalia jedem Kind einen Kuß auf die Wange gab. Als die Feierlichkeiten beendet waren, wurden die Kinder in ein riesiges, zerfallenes Gebäude in Morelia geschickt. Die Regierung Mexikos hatte nichts vorbereitet, um sie unterzubringen. Wenige Wochen später gab es auf der Industrieschule Spanien-Mexiko niemanden, der sich um die Kleineren kümmerte, und die Größeren waren, wie sich herausstellte, nicht zu bändigen. Sie fluchten wie die Alten, waren frech zu ihren Lehrern und ließen sich, im Gegensatz zu den mexikanischen Kindern, absolut nichts befehlen. Für Morelia mit seinen konservativen, aus der Kolonialzeit stammenden Traditionen war das ein Skandal.

Eines Tages kommt der zwölfjährige Francisco Nebot Satorres von der Schule. Da die Tür verschlossen ist, klettert er über einen Zaun, hält sich an irgendwelchen Kabeln fest und erhält einen tödlichen Stromschlag. Wenige Tage später stirbt die zehnjährige Tárcila García Sorulla an Pleuritis, und der siebenjährige Luis Dáder García wird von einer einstürzenden Mauer erschlagen.

Immer wieder gibt es Tote. Die Kinder fragen immer öfter nach ihren Angehörigen. Werden sie aus Spanien kommen und sie heimholen? Mexiko überläßt sie sich selbst, der Tod jedoch nicht. Tina ist ganz erschlagen von dem, was sie hört. 1937, inmitten des Krieges, hatte ihr die junge Fotografin Kati Horna erzählt, daß die Frauen von Madrid zur Entbindung nach Velez Rubio gingen. Kati porträtierte die Säuglinge und die Mütter, die ihre Kinder stillten; sie verfolgte die Entwicklung der Kinder und machte Fotos von ihnen, ohne zu ahnen, daß man sie nach Rußland schicken würde, um sie vor den Bomben und dem Hunger zu retten. Gemeinsam mit Kati hatte Tina zugesehen, wie der mit Kindern beladene Zug nach Moskau abfuhr. Die Kinder lachten und schwenkten Fähnchen und waren voller Vorfreude auf die Reise. Es würde ja nur für kurze Zeit sein ...

Vittorio hat Tina erzählt, daß man Matilde Landa in Mallorca zu lebenslanger Haft verurteilt und daß sie Selbstmord begangen hat, indem sie sich vom Dach des Gefängnisses stürzte. Seither denkt Tina unablässig an Carmen, die in Moskau allein ist. Wo sie wohl ist? In welcher Straße, in welchem Haus, bei welchen Menschen? Und ob wohl ihr Vater Paco Ganivet manchmal von ihr hört?

Alle mexikanischen Zeitungen bringen dieselbe Schlagzeile: Deutschland und die Sowjetunion haben einen Pakt unterzeichnet.

Tina weicht den ganzen Tag über nicht vom Radio. Sie hofft, daß die Nachricht dementiert wird. Sie nimmt keinen Bissen zu sich. »Wenn ich etwas esse, muß ich mich übergeben.« Vittorio versucht, sie zur Vernunft zu bringen:

»Beruhige dich doch, Tina.«

»Wenn es wahr ist, möchte ich lieber sterben.«

Am folgenden Tag wird die Nachricht bestätigt.

El Popular nennt Stalin weiterhin einen Vorkämpfer für den Frieden und für die Unabhängigkeit der Völker.

»Ich möchte am liebsten mein Parteibuch zerreißen. Das werden viele tun.«

»Glaub das nicht. Versuch doch mal, die Ereignisse in aller Ruhe zu analysieren und die Weltlage zu berücksichtigen.«

Tina fährt aus der Haut und schreit: »Komm mir nicht mit deiner Dialektik! Das ist Verrat! Verrat an allem, wofür wir gekämpft haben!«

»Man wird darüber diskutieren, Tina. Laß uns abwarten und sehen, welche Gründe sie uns nennen. Ich bin auch betroffen, aber ich verliere nicht gleich den Kopf... Beruhige dich doch.«

»Und was ist mit den Toten? Und mit ihren Angehörigen? Wer wird die beruhigen? Du weißt, wie sehr ich die Sowjetunion liebe und bewundere, du weißt, wie sehr ich Stalin verehre. Aber ein Bündnis mit Hitler – niemals! Allein die Vorstellung, er könne Hitler die Hand drücken, ist unerträglich!«

Trotzkisten, Anarchisten und Anarcho-Syndikalisten

sind empört und gehen zum Angriff über: »Ihr dreckigen Kommunisten, ihr Bastarde, nun erklärt uns mal Väterchen Stalins Drahtseilakt. Wie wollt ihr diese Drehung um hundertachtzig Grad rechtfertigen?«

»Ich werde aus der Partei austreten«, sagt Tina zu Vittorio.

»Meinst du, das ändert etwas?«

»Ich weiß sehr gut, daß ich nichts bewirken kann, aber ich halte es einfach nicht aus, mich wie eine Heuchlerin zu fühlen.«

»Vor ein paar Jahren warst du noch nicht so tugendhaft.«

Selbst Vittorio ist gegen sie.

1. September 1939, Deutschland überfällt Polen. 3. September 1939, England und Frankreich stellen ein Ultimatum und erklären, als sie keine Antwort erhalten, Deutschland den Krieg. *Le Temps* schreibt: »Ein Hitler-Stalin-Pakt am Vorabend des Tages, an dem Hitler den Weltkrieg entfesseln könnte, ist empörend. Wir werden das niemals akzeptieren.«

Tina zieht sich völlig zurück. Sie weigert sich, zu den Versammlungen zu gehen, bei denen die politischen Diskussionen stets in einem erbitterten Streit enden. Sie ist starrköpfig und traut niemandem. Sie verschlingt die Zeitungen, und ihr Radio läuft ununterbrochen. Abends bringt Vittorio *El Popular* mit, und sie liest einen Artikel, in dem der Pakt als meisterhafter Schachzug dargestellt wird. Sie ist hin- und hergerissen zwischen Loyalität und Empörung.

Einige Flüchtlinge in Mexiko behaupten, daß der Krieg für sie von Vorteil sein könne. Die Industrie wird von ihm profitieren. Tina erlebt eine Enttäuschung nach der anderen. Sie trifft Frances Toor, ihre frühere Nachbarin, die ihr beinahe eine Schwester war. Von ihr erfährt sie, daß Anita Brenner Trotzki geholfen hat, sich in Mexiko anzusiedeln.

Sie gerät außer Fassung, als sie hört, was Frances sonst noch zu sagen hat: »Wie schade, daß die republikanischen Milizionäre die Kunstwerke zerstört haben. Im Palast des Herzogs von Alba gab es unbeschreibliche Schätze, die der ganzen Welt gehörten.«

»Da bist du falsch informiert, Paca. Der Palast wurde von der faschistischen Luftwaffe in Brand gesteckt und zerstört. Die republikanischen Milizionäre haben die nationalen Kunstschätze geborgen.«

Als Paca auf ihrer Meinung beharrt, bleibt auch Tina fest. »Nein, Paca, nein! Die Regierung der Republik hat die Kunstwerke gerettet.«

Und nun spricht Frances von Heiligenverbrennungen, von Brandschatzungen in mittelalterlichen Kirchen, von zerbrochenen Statuen, bepinkelten Christusfiguren, kopfstehenden Jungfrauen und umgeworfenen Taufbecken, von Plünderungen, Entweihungen und barbarischen Akten. Schließlich fragt sie Tina, wie sie sich überhaupt mit diesen schrecklichen spanischen Republikanern einlassen konnte.

»Du weißt ja nicht, was du sagst. Wenn es ein mutiges, gebildetes, großzügiges Volk gibt, dann sind es die Spanier. Und dein größtes Pech ist, daß du sterben wirst, ohne sie zu kennen.«

Tina kann sich einfach nicht an Mexiko gewöhnen. Die Passanten auf der Straße grüßen einander lustlos, falls sie überhaupt grüßen. Früher, in Tacubaya, hallten die Grußworte der Leute durch die Straßen, und es war, als prallten die Worte fröhlich von den Mauern ab und als trügen die Leute sie mit sich in den bunten Röcken, den Fransen der Umschlagtücher oder den Strohhüten. Stets hatten die Mexikaner ein Lachen parat. Ob ihre Revolution steckengeblieben ist? Welchen Impuls hatte sie Tina einst verliehen! Mit welchem Eifer hatte sie versucht, ihre Symbole abzubilden: Patronengurt, Sichel und Hut, nein, lieber Maiskolben, Sichel und Sturmriemen; dann wieder den Hut;

wie plastisch waren doch die Sichel, ein Paar Sandalen, der Hut, ja, der Hut und die Flinte, die Mutter, die ihr Neugeborenes auf dem Rücken trug. Mexikos Bilder haben sich verändert. Tina findet nichts Wildes mehr in den Augen der Leute. Wenn früher eine Gruppe von Bauern in die Stadt kam, machten ihnen die Leute auf der Straße Platz – aus Respekt oder aus Angst. Jetzt sieht Tina nur einen Mexikaner, der in seinen Sarape gehüllt in einem Winkel hockt, um den Sonnenstrahlen zu entfliehen.

Wo sind die Freiluft-Kunstschulen, von denen Ramos Martínez einst geträumt hat? Niemand spricht mehr von den Wandbildern. Früher war Kunst ein kollektives Erlebnis; die Passanten blieben beim Ministerium für Bildung stehen, um die Wandbilder zu betrachten, und diese Wandbilder waren ihr Eigentum. Wozu sollten sie sich ein Bild mit nach Hause nehmen, wenn die Wandbilder ihnen gehörten? Dort, an der Wand, erblickten sie ihre indianische Großmutter, die ihnen Trost spendete, ihnen ihre heroische Herkunft verdeutlichte und sie mit ihrer Vergangenheit aussöhnte. Wenn sie Lust hatten, konnten sie vor den riesigen Flächen schlafen, bewacht von Cuauhtémoc, Hidalgo, Zapata und den Helden der mexikanischen Revolution, in ihrem Atem die Geschichte der Menschheit.

Jetzt gibt es auf der Straße mehr Autos als Menschen; die Zahl der Geschäfte wächst ständig.

»Ich habe den Eindruck, daß die Leute mehr trinken als vor zehn Jahren.«

»Nicht mehr als sonst«, sagt Vittorio. »Du bist nur nicht mehr daran gewöhnt, wegen des Krieges.«

»Ich glaube, die Mexikaner haben ihre Revolution vergessen; sie wollen keine bessere Welt mehr aufbauen. Sie nutzen einander einfach nur aus.«

»Aber nicht doch. Sieh nur mal, was Cárdenas alles tut.«

»Ich weiß nur, daß Cárdenas Trotzki Asyl gegeben hat. Diese neue mexikanische Realität gefällt mir nicht. Ich will weg.«

Außerdem muß sie, wenn sie wegfährt, nicht mitansehen, wie Vittorio anderen Frauen nachstellt. Sie will einfach weg. Es würde ihr nichts ausmachen, ohne Vittorio zu leben, und sie glaubt, daß auch er ohne sie glücklicher wäre.

Während er gegen das Alter ankämpft, betrachtet sie es voller Dankbarkeit als eine Ruhepause am Ende ihrer Reise. ›Ich will meinen Tod erleben und nicht in tausend Stücke zerfetzt werden, wie die Republikaner auf dem Schlachtfeld; der Tod soll mich nicht überraschen, denn ich bin sicher, daß ich ihn schön finden werde. Ich will den Übergang vom Leben zum Tod nicht versäumen.‹

Sie ziehen aus Adelinas Haus aus und richten sich in der Colonia Tabacalera eine Wohnung ein. Vittorio geht schon früh aus dem Haus, und Tina bleibt zurück, um pausenlos zu lesen. Sie will sich soviel politische Theorie aneignen wie nur möglich. Wie immer im Leben ist sie in Eile. Bereits als Kind, als Halbwüchsige, hatte sie dieses Gefühl, Zeit zu verlieren. Ständig hatte sie die Zukunft in die Gegenwart gepreßt und sich bemüht, sie dadurch zu bewältigen. Für den Abend bereitet sie ein üppiges Essen zu, falls Vittorio kommt. Vidali meidet diese schroffe, düstere und depressive Tina. »Sprechen wir nicht von Spanien, Tina, bitte. Ich will das nicht. Geh raus, triff dich mit alten Freunden, du hattest doch so viele.« Aber gerade das will Tina nicht tun.

Am 12. November reist Tina mit Mary Doughertys Paß per Bahn nach New York, um zu sehen, ob Vittorio und sie sich dem Hilfskomitee für Politische Flüchtlinge anschließen können, das in den USA aktiver ist als in Mexiko.

Earl Browder und William Z. Foster holen sie am Bahnhof ab. Nach sorgfältiger Analyse aller Umstände kommt das mit dem Fall befaßte Komitee zu dem Schluß, daß es für Vidali zu gefährlich wäre, illegal in die Vereinigten Staaten einzureisen.

In New York wohnt Tina bei Martha Dodd. Sie macht keinen Versuch, mit ihrer Schwester Yolanda in Los Angeles Kontakt aufzunehmen. Benvenuto hingegen trifft sich mit ihr; er selbst ist Parteimitglied. Tina drängt ihn: »Ich möchte hier leben, bei dir.« »Unmöglich, sorella, du mußt dich den Anweisungen der Partei fügen. Sie weiß besser Bescheid. Hier ist dein Leben in Gefahr.« Sie trifft alle nötigen Vorsichtsmaßnahmen. Martha Dodd läßt sie oft allein, denn sie hat viele gesellschaftliche Verpflichtungen. Sie und ihr Mann gehen fast jeden Abend aus.

»Du siehst sehr erschöpft aus, sorella, du mußt irgendeine Krankheit haben«, sagt Benvenuto und sieht sie sehr besorgt an. Zu Vidali steht er kritisch. »Ich verstehe nicht, wie du dich nach Mella mit Vidali einlassen konntest. Er ist das ganze Gegenteil von Mella. Mella ist Danton, und Vidali ist Robespierre. Ein Heimlichtuer, ein Mann, der für illegale Komitees, Zusammenkünfte in Kellern und chiffrierte Botschaften geschaffen ist. Wozu ist Vidali in den zwanziger Jahren nach Mexiko gegangen? Um die mexikanische Kommunistische Partei zu radikalisieren und sie voranzutreiben, um sich bei ihr durchzusetzen. Die neue Linie der Kommunistischen Internationale besagt, daß zwischen der Sowjetunion und den Vereinigten Staaten Freundschaft herrschen soll. Für Vidali wird es schwierig sein, so etwas zu akzeptieren.«

Nachts, in Martha Dodds luxuriösem Schlafzimmer, hat Tina einen Alptraum, worin alles nach Urin, Schweiß und Äther riecht. Tina sitzt im Arbeiterkrankenhaus neben einem Bett und lauscht dem unregelmäßigen Atem eines Verwundeten. Aus seiner Kehle kommt ein leises Röcheln. Von ihrem Platz aus kann Tina sehen, wie sich seine Brust wölbt und dann einfällt. Sie möchte schlafen, aber sie muß abwarten, bis das Röcheln stärker wird, denn dann wird sie erkennen, daß das Ende naht. Sie wird seine Hand nehmen und sie ganz leicht mit ihren Fingern drücken, damit er weiß, daß sie da ist. Wie schlecht der Kranke riecht!

Aber es lohnt sich nicht, ihn umzuziehen. Er hat den Mund aufgerissen und schnappt nach Luft, so daß man seinen Gaumen sehen kann. Dann stirbt er.

Matilde kommt vorbei.

»Wir brauchen das Bett, María«, sagt sie energisch.

Tina geht zum Fenster und öffnet es.

»Was machst du denn da?«

»Ich lasse ihn fortgehen.«

Tina wacht schweißgebadet auf. Sie kann nicht einmal schreien. Die ganze Nacht über sitzt sie am Fenster und zählt ihre Atemzüge, eins, zwei, eins, zwei. Ihre Brust weitet sich und zieht sich zusammen, genau wie die des sterbenden Mannes in ihrem Traum; genau wie er schnappt sie verzweifelt nach Luft, bis sie über den Wolkenkratzern von New York das erste Licht des Morgengraus sieht.

Als Tina nach Mexiko zurückkehrt, bezieht sie mit Vittorio in der Avenida Ejido Nummer 25 eine Einzimmerwohnung, die Schlafzimmer, Küche und Wohnzimmer zugleich ist.

Seit Trotzki nach Mexiko gekommen ist, haben die Kommunisten in den Zeitungen *El Popular* und *Bandera Roja* eine Kampagne gegen ihn entfesselt. Was hat er in Mexiko zu suchen? Warum besudelt er das Land mit seiner Anwesenheit? Wie konnte Rivera Cárdenas hintergehen und ihn überzeugen, Trotzki in Mexiko Asyl zu geben, wenn doch sein einzig mögliches Asyl die Hölle ist? Welch eine Schande für Mexiko! Wütende Trotzkigegner ziehen brüllend von der Avenida del Ejido zum Palast der Schönen Künste. Die ganze Partei fordert mit ihrem Aufmarsch die Ausweisung Trotzkis.

Sicher wird Trotzki versuchen, sich in die Politik Mexikos einzumischen, so, wie er es während des Spanienkrieges in Frankreich und überall sonst getan hat. In jedem Land hat er seine fanatischen Anhänger. Das politische Asyl ist für Trotzki ein Weg, sich einzumischen; er hat vor nichts Respekt. Seine Festung in Coyoacán, die Tag und Nacht von nordamerikanischen Leibwächtern und mexikanischen Polizisten bewacht wird, kostet die mexikanische Regierung viel Geld.

Aus Spanien kommen neue, schreckliche Nachrichten. Franco verfolgt die spanischen Republikaner bis nach Frankreich; er holt sie aus den Internierungslagern und läßt sie nach einem Schnellverfahren hinrichten. Am 9. November wurde Julián Zugazagoitia verurteilt und hingerichtet.

Tina und Vittorio sind sparsam beim Essen. Zu besonderen Anlässen bereitet Tina eine Pasta asciutta zu, ein wahres Festmahl. An einem Donnerstag kommt Vittorio spät heim.

»Mach die Augen zu, ich habe eine Überraschung für dich.«

»María, María, ich bin's, María!«

Tina wirft sich in Eladia Lozanos Arme.

»Ich habe sie bei der spanischen Kommunistischen Partei getroffen.«

»Ich war elf Monate in einem Internierungslager; ich bin gerade mit meiner Mutter angekommen. Ich wohne fast in eurer Straße.«

Wie ausgewechselt vor Freude überfällt Tina sie mit Fragen und küßt sie ein ums andere Mal. Vittorio ist überrascht von ihrer Fröhlichkeit.

Eladia kommt oft zu Besuch. Dann setzen sie sich ans Fenster, von wo aus Tina die Abenddämmerung sehen kann. »Mexiko hat einen einzigartigen Himmel, findest du nicht auch, Eladia?« Eladia hat eine so begeisterte Art zu erzählen, daß sie alles miteinander vermischt: das Internierungslager, die gute französische Küche, die Läuse, das Meer, die andalusische Landschaft, das Schloß Montjuich in Barcelona und die Luftangriffe. »Stell dir vor, María, ich bin nie in den Luftschutzkeller gegangen; mein Vater hatte ein verletztes Bein, und meine Mutter wich nicht von seiner Seite, und da tat ich es auch nicht. Stell dir vor, wir wohnten in der Nähe der Benzintanks, die eine Zielscheibe der Bombardements waren. Das Feuer der Luftabwehr ließ unser Haus erzittern.«

Auch Tina öffnet sich und erzählt Eladia von ihrer Kindheit, von ihrer Familie, die so arm war, daß man nichts anderes als Polenta aß. Sie erzählt auch von dem Adligen, der in ihrer Heimatstadt Udine in einem Schloß lebte. Er war sehr fortschrittlich und schickte seine Tochter auf die öffentliche Schule. Das Mädchen freundete sich mit Tina an und lud sie zum Essen ein. Sie saß am Tisch dieser Leute und wurde von Dienern bedient, und als sie heimkam, sagte ihre Mutter, nun müsse sie die Tochter des Adligen zu sich einladen.

»Nein, Mamma, nicht in unser Haus.«

»Wenn sie deine Freundin ist, dann wird ihr dein Zuhause gefallen, wie auch immer es aussieht.«

Das Mädchen nahm die Einladung an und aß Polenta. Sie blieben Freundinnen, bis Tina mit dreizehn Jahren in die Vereinigten Staaten reiste.

Die Sonntage sind beschaulich für Tina-María. Eladia erinnert sie an die besseren Seiten des Krieges, und so kann sie die schmerzhaftesten Erinnerungen durch solche ersetzen, die weniger grausam sind. So verzeiht Eladia beispielsweise den Franzosen.

»Innerhalb weniger Tage kamen mehr als eine halbe Million Menschen nach Frankreich, nicht wahr? Als die Flüchtlinge auf dem Bahnhof ihre Notdurft verrichteten, war es mir so peinlich, daß ich mich bei den Grenzern dafür entschuldigte. ›Dies ist keine Zeit für Feinheiten, Töchterchen, Sie brauchen sich nicht zu schämen, im Krieg von 1914 haben wir Schlimmeres getan, als auf einen Bahnsteig zu scheißen.‹«

Tina lacht viel, wenn sie mit Eladia zusammen ist, obwohl sie gar nicht genau weiß, warum. Eladia verbringt die Sonntagnachmittage mit ihr, weil sie eine dankbare Zuhörerin ist. Wenn Eladia samstags kommt und Tina zu tun hat, bittet sie: »Eladia, geh doch mit Carlos ins Kino.«

Sie gehen immer ins Bucareli, wo sie für dreißig Centavos bis zu drei Filmen sehen können.

»Möchtest du nicht mitkommen?«

»Mich interessieren nur die Nachrichten, und die kann ich im Radio hören.«

Wenn Tina solche Sachen sagt, wirkt sie plötzlich älter.

Tina geht regelmäßig zum Hauptpostamt, um Briefe an Yole, Benvenuto, Martha Dodd und Mercedes aufzugeben. Auf dem Rückweg schlendert sie gemächlich unter den Platanen der Alameda. Sie liebt die beiden Kirchen, die aussehen wie zwei Handelsvertreter, die einander in einem Zug gegenübersitzen. Eines Tages kommt eine stark geschminkte Frau in einem kurzen Rock auf sie zu. »Tina, erkennst du mich nicht? Ich bin's, Nahui.«

»Nahui!«

Tina betrachtet die riesengroßen grünen Augen. In diesen zehn Jahren hat sich Nahui, Gefährtin vieler Feste in einer weit zurückliegenden Zeit, sehr verändert.

»Wie alt du aussiehst, Tina!«

Sie lachen.

»Ich bin erst seit kurzem wieder hier. Ich war im Spanienkrieg. Und du, Nahui?«

»Ich führe meinen eigenen Krieg. Komm mit zu mir, ich wohne in Puente de Alvarado. Komm! Ich zeige dir, was ich male und schreibe, es wird dir gefallen. Und ich werde dir einen Tee servieren, der dich verjüngt. Und eine Spezialcreme ... Sieh doch mal, wie viele Falten du im Gesicht hast ...«

In ihrem Haus voller streunender Katzen, die unentwegt miauen, sitzen sie nebeneinander auf dem Bett und unterhalten sich. Nahuí zeigt Tina eine Reihe kindlicher, naiver Bilder, eine Stierkampfarena von oben, das Porträt eines blonden Engels mit riesengroßen Augen, die in andere Galaxien blicken. In allen Bildern liegen Talent, Instinkt, Originalität und etwas, das sie selbst als »meinen verrückten Durst, einen nicht zu stillenden Durst, den Durst nach neuen Welten, die ich unaufhörlich erschaffe« beschreibt.

Tina fragt sie nach Lupe.

»Hast du sie nicht gesehen? Sie ist völlig verrückt. Die Sache mit dem Spinner Jorge Cuesta hat ihr überhaupt nichts gebracht.«

Wie eigenartig, daß Nahui andere mit denselben Kriterien beurteilt, wie man sie früher ihr gegenüber angewandt hat: sie nennt sie »Verrückte!« Jede Frau, die sie erwähnt, ist ihrer Meinung nach »verrückt«.

Tina fühlt sich entblößt, und es graut ihr davor, von diesen Mexikanern beurteilt zu werden, die mit rohen Ausdrücken über die Frauen herfallen, über ihr rohes Fleisch, ihre rohe Realität, ihr rohes, nimmersattes Geschlecht, das ihr Leben durcheinanderbringt und sie angreifbar macht, ihre rohen Brüste, ihre rohen Hände, die keinen echten Mann zu halten vermögen ... Und diese verrückten Kommunistinnen ... Hatte Andrés Henestrosa nicht gesagt, sie hätten das Wort Genosse, Camarada, mit dem Wort Bett, cama, verwechselt? Tina kehrt heim und fühlt sich wie der von Pfeilen durchlöcherte heilige Sebastian; ihr Herz ist eine blutleere Hülle. In Mexiko mißachtet man die Frauen, man gebraucht sie, wirft sie weg, stigmatisiert sie, knüpft sie für immer an den Baum des Patriarchats. Jahrelang baumeln sie dort mit heraushängender Zunge und entblößtem Geschlecht. Hätte sie selbst sich im Jahre 1929 verteidigen können? Die mexikanische Gesellschaft hatte erklärt, sie schäme sich der aufringlichen, unanständigen, schädlichen, schamlosen Ausländerin Modotti. Darum will sie jetzt nicht gesehen, nicht erkannt, nicht berührt werden. Man muß sein wie die hübschen Frauen, die sie in den Zwanzigern porträtiert hat, schweigsame, unbeschriebene Seiten, anständige Leute, die niemals sagten, was sie dachten. Nahui hat gesagt, sie sei gealtert. Nun denn, gelobt sei das Alter, gelobt sei die Reise, die bald zuende gehen wird.

Das politische Klima in Mexiko ist auf dem Siedepunkt angelangt. Der Angriff eines bewaffneten Kommandos auf Trotzkis Haus in der Nacht des 24. Mai 1940 hat internationale Folgen. In *El Popular* heißt es, Trotzki führe einen Nervenkrieg gegen Mexiko. »Der Angriff war eine internationale Erpressung.«

Am 25. Mai 1940 geht Vittorio auf der Alameda spazieren. Plötzlich bemerkt er, daß ihn ein Polizist beobachtet, und gleich darauf ist er von vier Männern umringt. Er begreift, daß er nicht entkommen kann.

»Sind Sie Carlos Contreras?«

»So ist es.«

»Wie lautet das Kennzeichen Ihres Autos?«

»Ich habe kein Auto.«

»Nennen Sie mir die Nummer Ihres Bankkontos.«

»Ich habe kein Geld auf der Bank.«

»Wo wohnen Sie?«

»Das sage ich Ihnen nicht.«

»Sehr gut; dann werden wir es Ihnen sagen. Folgen Sie uns.«

»Haben Sie einen Haftbefehl?«

»Für jemanden wie Sie brauchen wir keinen.«

»Ohne Haftbefehl komme ich nicht mit.«

Einer der Polizisten drückt ihm die Pistole in die Rippen: »Es bleibt Ihnen nichts anderes übrig.«

»Schon gut, ich komme freiwillig mit.«

Spät in der Nacht holen sie ihn aus seiner Zelle und bringen ihn ins Büro von Miguel Zeta Martínez.

»Sind Sie der spanische Flüchtling Carlos Contreras oder der Italiener Enea Sormenti?«

Vittorio hat diesen Namen seit langem nicht mehr benutzt. Daß er jetzt wieder auftaucht, ist ein schlechtes Zeichen.

Nachts, als er bereits schläft, fesseln ihm zwei Polizisten die Hände und bringen ihn in einen Polizeiwagen.

»Wird das eine Spazierfahrt?«

Während des Krieges in Spanien bedeutete eine »Spazierfahrt« die Erschießung.

Er bekommt keine Antwort.

»Ich habe ein Recht darauf, zu erfahren, wohin man mich bringt.«

Die Polizisten sehen ihn nicht einmal an.

Man bringt ihn sehr weit aus der Stadt hinaus. So zumindest erscheint ihm die Fahrt in dem Lieferwagen. Sie kommen nach El Pocito, ein provisorisches Gefängnis in den Bergen, in das man angeklagte Verbrecher sperrt. Es ist ein grauenhafter, gefürchteter Ort.

»Darf ich telefonieren?«

»Nur, wenn es der Kommandant erlaubt.«

In El Pocito hängt Vittorios Leben völlig vom Kommandanten Jesús Galindo ab. Es ist verboten zu lesen, zu schreiben oder mit den Wärtern zu sprechen, geschweige denn, zu telefonieren. Man steckt ihn in die schlimmste Zelle, die er je in seinem langen Leben gesehen hat, und dabei waren es viele, angefangen von seiner Haft in Triest, als er noch fast ein Kind war, bis zu den Gefängnissen von Paris, Berlin und New York.

Dies hier ist nur ein übelriechendes Loch mit Lehmfußboden und feuchten Wänden; es gibt kein Fenster, nicht einmal ein Guckloch. Keine Bank, kein Eimer, kein Feldbett. Man gibt ihm Zeitungspapier, mit dem er sich zudecken und auf den Boden legen kann. Jeden zweiten Tag bekommt er ein Brötchen und ein wenig Wasser, und er ißt inmitten seiner eigenen Exkremente. Er versucht, seine Notdurft direkt an der Wand zu verrichten, aber die Ratten laufen ihm über den ganzen Körper. Wenn er sich hinlegt, stößt er mit dem Kopf an die Wand. Er denkt voller Bangen an Tina; es quält ihn, daß er keine Nachrichten bekommt. Sicher haben sie und die Genossen sein Verschwinden bereits öffentlich bekannt gemacht und begonnen, nach ihm zu suchen. Die Leute von *El Popular* bemühen sich ganz bestimmt um seine Freilassung. Nur dieser Gedanke verleiht ihm Kraft und hält ihn am Leben.

Vittorio wehrt sich dagegen, psychisch nachzugeben. In Gedanken schreibt er Sätze und ganze Absätze, geht seine Erinnerungen durch, verfaßt Gedichte und Lieder und singt sie in der Dunkelheit mit lauter Stimme: zuerst alle Lieder des Spanienkrieges, dann die Rancheras, die er den Milizionären des Fünften Regiments beigebracht hat. Er versucht, sein Zeitgefühl zu behalten. Wenn es ginge, würde er Sport treiben, aber jedesmal, wenn er es versucht, tritt er in seine Exkremente.

Mehr als fünfundzwanzig Tage lang hat Vittorio nicht den geringsten Kontakt nach draußen.

Jeden Morgen führt er zunächst laute Selbstgespräche: er nennt die Uhrzeit, verkündet Nachrichten und beginnt, seine Kindheit zu schildern, er rezitiert Strophen von Dante und sagt das kleine Einmaleins auf; dann kommen die Werke von Alessandro Manzoni, Antonio Machado, Pablo Neruda und Rafael Alberti.

Machado rezitiert er so oft, daß die Wächter es auswendig lernen:

> Wanderer, es gibt keinen Weg
> du bahnst dir den Weg im Gehen.

Er denkt an einen Satz von Vaillant-Couturier und sagt ihn sich selbst auf: »Der Kommunismus ist nicht nur die Zukunft, sondern auch die Jugend der Welt.«

Er rezitiert Martí: »Mit den Armen dieser Welt will ich das Schicksal teilen ...«

Immer wieder sagt er sich: »Ich bin ein gesunder Mann, ich bin ein robuster Mann.«

Eines Tages hört er auf dem Dach leichte, flinke Schritte und spitzt die Ohren. Welcher Junge wagt sich dort hinauf? Ist vielleicht jemand entflohen? Wer ist hier sonst noch mit ihm zusammen inhaftiert?

Lange Tage der Einsamkeit, Nächte, in denen er in embryonaler Stellung, an die Wand gedrängt, schläft und zu allen Heiligen betet, daß er sich nicht bewegen oder herumwerfen möge, um sich nicht zu beschmutzen.

Eines Morgens holen sie ihn plötzlich aus der Zelle.

»Werden Sie mich umbringen?«

Das Licht trifft seine Augen mit unerträglicher Heftigkeit. Er kann sich kaum auf den Beinen halten.

»Darf ich mich ein wenig waschen?«

»Draußen ist ein Brunnen. Aber beschmutzen Sie das Wasser für die Pferde nicht.«

In einem halbdunklen Zimmer erwarten ihn zwei Männer. Der eine ist Mexikaner, der andere ein blonder Riese, den offenbar das FBI aus Washington geschickt hat. Vidali erkennt den Mexikaner: es ist der Sohn des ehemaligen Senators Luis Monzón, der die Verfassung von 1917 mit unterzeichnet hat. Vittorio war während seines ersten Mexiko-Aufenthaltes sein Freund, denn damals erhielt Luis das Mitgliedsbuch der Kommunistischen Partei. Der Nordamerikaner fragt zunächst auf englisch nach dem Namen, dem Alter, der Paßnummer und illegalen Reisen in die Vereinigten Staaten im Jahre 1939. Schließlich droht er ihm mit einer langen Gefängnisstrafe.

»Ich stehe unter dem Schutz der mexikanischen Regierung.«

»Aber wir haben sehr viel Macht, Sormenti.«

»Das weiß ich. Vielleicht habe ich ja dem FBI meinen Aufenthalt hier zu verdanken.«

»Vielleicht«, wiederholt der Gringo herablassend.

»Wer hilft Ihnen dabei? Diego Rivera, der Sekretär der

Vierten Internationale?« fragt Vittorio, der langsam die Geduld verliert.

Der lustlose Gringo macht sich nicht einmal die Mühe, den Mund aufzumachen. Nun ist es mit Vittorios Geduld zuende: »Es reicht! Ich befinde mich auf mexikanischem Territorium und weigere mich, auch nur eine weitere Frage zu beantworten.«

Der nordamerikanische Beamte geht hinaus, um mit einigen Polizisten zu sprechen. Das Verhör geht weiter. Immer wieder stellen sie ihm Fragen, aber er gesteht nichts. Der junge Monzón sieht ihn an, als wolle er um Verzeihung bitten.

»Es muß schwer sein, zur Geheimpolizei zu gehören und dabei die demokratische Gesinnung deines Vaters zu wahren, vorausgesetzt, daß du es tust. Kennst du jemanden in Lecumberri, Monzón?«

»Natürlich, ich habe da meine Kumpel.«

»Gefängniswärter?«

»Natürlich. Häftlinge auf keinen Fall, ich bin doch kein Taschendieb. Gefängniswärter und Beamte. Ich komme an jeden heran.«

»Könntest du David Alfaro Siqueiros eine Botschaft zukommen lassen?«

Siqueiros, der wegen des Anschlags auf Trotzki verhaftet wurde, bittet vom Gefängnis aus telefonisch um eine Unterredung mit dem Präsidentschaftskandidaten Manuel Avila Camacho. Ein solcher Vorgang könnte jedem anderen absurd erscheinen, aber die Mexikaner wissen, daß es in der mexikanischen Polizei keine Logik gibt. Siqueiros wird zu Avila Camacho gebracht. Sofort erkennt Avila Camacho in ihm den jungen Leutnant aus Revolutionszeiten. Er umarmt ihn herzlich. Sie tauschen Erinnerungen an die Zeit aus, da Manuel Hauptmann und David Leutnant der Bergarbeiter-Division waren. Siqueiros beschwert sich: »In El Pocito halten Sie Kommandeur Carlos Contreras gefangen, einen getreuen Republikaner, einen Antifaschisten, den Helden des Fünften Regiments. Sicher wissen Sie von den militärischen Heldentaten des Fünften Regiments bei der Verteidigung von Madrid, Herr General. Ihm ist es zu verdanken, daß im Krieg mexikanische Balladen gesungen wurden, dieselben wie zu Revolutionszeiten, in Jalisco. Wie können Sie einen solchen Mann gefangenhalten, Herr General?«

»Ja, ich habe Telegramme aus Mittelamerika und aus Südamerika bekommen, organisiert von den Kommunisten: ›Wo ist Carlos Contreras?‹«

»Bald werden Sie Telegramme aus den Vereinigten Staaten und aus Europa bekommen. Wir sprechen hier von einem internationalen Fall. Die ganze Welt wird auf Sie blicken.«

Als Siqueiros hinausgeht, befiehlt Avila Camacho: »Holt den Italiener sofort aus El Pocito heraus.«

Am folgenden Tag werden alle Anklagen gegen den italienischen Kommunisten fallengelassen.

Vidali wird von zwei Polizisten ins Innenministerium gebracht. Dort erwarten ihn Genossen von der Partei und vom *El Popular*, mit denen er kurz sprechen darf. Er fragt nach Tina.

»Wenn sie dich sieht, wird es ihr besser gehen.«

Als er die fünf Stockwerke erklommen hat und seine kleine Wohnung betritt, erkennt er sofort, daß Tina sehr gelitten hat. Allzusehr. Sie hat denselben tragischen Gesichtsausdruck wie in den letzten Tagen des Spanienkrieges. Sie hat nicht einmal die Kraft, ihn zu umarmen. Einen Monat lang hat sie das Haus nicht verlassen.

Isabel Diaz de Cossío hat ihr Obst und Gemüse gebracht, aber sie hat es kaum angerührt. Sie saß nur da, wartete und starrte zur Tür.

Ignacio García Téllez hilft Vidali, seinen Status in Mexiko zu legalisieren.

»Wie heißen Sie nun eigentlich? Ihrer Akte zufolge sind Sie einmal Vittorio Vidali, geboren in Odessa, österreichischer Staatsbürger, dann wieder der Peruaner Jacobo Hurwitz oder Sender, geboren in Lima, aber auch der Geschichtslehrer Carlos J. Contreras, aus La Coruña, Spanien. Und auch noch der Herr Raymond aus Paris.«

»Mein richtiger Name ist Vittorio Vidali.«

»Was halten Sie davon, wenn wir den Rest der Akte verbrennen? Es erleichtert die Sache.«

Nach achtzehn Jahren gewinnt er endlich seine Identität zurück: Vittorio Vidali aus Muggia, einer kleinen italienischen Ortschaft, die auf einem Berg über der Adria liegt. Auch Tina wird bald wieder ihre Identität zurückgewinnen.

In ihrer kleinen Wohnung auf dem Dach kann Vittorio keine Besserung bei Tina feststellen und schlägt ihr vor, zu einem Arzt zu gehen. Tina antwortet mit einem lustlosen »Einverstanden« und kommt nie wieder auf das Thema zu sprechen. Der bald wieder vor Gesundheit strotzende Vidali vertieft sich in immer neue Aufgaben. Ständig braucht man ihn für eine Beratung, ein Interview, eine Empfehlung, einen Vortrag oder eine Versammlung. Tina geht nur zu den Treffen der Allianz Giuseppe Garibaldi, und sonntags fährt sie mit Vittorio, Constancia de la Mora, Ignacio Hidalgo de Cisneros, Mario Montagnana, Ana María, José Ignacio und Conchita Mantecón aufs Land. Manchmal sieht Vittorio sie bei diesen Ausflügen lächeln. Tina sagt ihm nicht, daß der Arzt ihr empfohlen hat, die Stadt zu verlassen. Wie sollte er seinen Lebensstil ändern? Wie sollten sie außerhalb der Stadt überleben? Vittorio kommt jeden Abend spät heim. Er ist immer noch ein Vollzeitaktivist.

Am 25. Juni, einen Monat nach dem Anschlag auf Trotzki, wird die Leiche Robert Sheldon Hartes in einem Landhaus gefunden, das Siqueiros gehört. Sheldon Harte, Trotzkis Leibwächter und Verräter, hatte den Attentätern die Tür geöffnet.

Am 20. August 1940 versetzt Frank Jacson oder Ramón Mercader oder Jacques Mornard Trotzki an seinem Arbeitstisch einen heimtückischen, tödlichen Schlag. Er greift ihn hinterrücks an, indem er ihm mit einem Eispickel auf den Kopf schlägt.

Draußen wird Jacson-Mornard-Mercader bereits erwartet – von seiner Mutter Caridad Mercader und von Naum Jakowlevitch Eitingon, den Moskau eigens nach Mexiko geschickt hat, um den Mord an Trotzki zu organisieren.

Der alte Bolschewik ist nicht sofort tot. Er stirbt am 21. August im Krankenhaus, ohne das Bewußtsein wiedererlangt zu haben.

Concha Michel, die sich noch immer an ihre Reise in die Sowjetunion erinnert, schenkt Tina ein Büchlein, das sie geschrieben hat: *Zwei grundlegende Antagonismen*, die Gegensätze zwischen Mann und Frau. Tina blättert darin und liest, daß die patriarchale Gesellschaft die Frau genauso versklavt wie den Arbeiter und daß sie die Frau bei jeder Gelegenheit unterdrückt. Sie liest weiter: »Den Prostituierten der Antike wurde eine gewisse Bildung in Kunst und Wissenschaft zugestanden, damit sie für den Mann noch attraktiver wurden und ihm eine größere Lust bereiten konnten. Der Frau als Mutter wurde jegliche Bildung verwehrt.« Plötzlich füllen sich ihre Augen mit Tränen, die auf das Buch fallen, Tränen um Concha und um sich selbst. Ein heftiges Weinen, das von sehr weit her kommt und keinen Grund hat, jemals aufzuhören. Unter Tränen bittet sie die Leere um sie herum um Vergebung. Ist nicht sie selbst diese Prostituierte, der eine gewisse Bildung zugebilligt wurde? Schmerzerfüllt denkt sie an die Genossinnen, die von der Partei geworben, benutzt und verspottet werden, an Concha Michel, wie sie, ihren Sohn neben sich, in Rußland gesungen und die Zuhörer in Rührung versetzt hat mit ihrer Jugend, ihrem farbenprächtigen Hut und ihrer melodischen Stimme. In Mexiko beobachtet Tina, wie Concha immer kleiner wird auf den staubigen Wegen, über die sie, den Sohn an der Hand und ihre Gitarre unter dem Arm, schreitet. »Meine Gitarre ist die Verlängerung meines Körpers«, hat Concha einmal zu ihr gesagt. Aber wer gibt schon etwas auf Concha? Und Tina? Wer wird sich an Tina erinnern?

Wie reif Concha geworden ist! Oder war sie schon immer so? Es hat wohl sonst niemand bemerkt. In ihrem Buch spricht Concha von Darwins Evolutionslehre und von der ständigen Bewegung in Richtung einer Erneuerung. Sie zitiert aus dem *Anti-Dühring* von Engels: »Ebenso ist jedes organische Wesen in jedem Augenblick dasselbe und nicht dasselbe; in jedem Augenblick sterben Zellen seines Körpers ab und bilden sich neue; je nach einer längeren oder kürzern Zeit ist der Stoff dieses Körpers vollständig erneuert, durch andere Stoffatome ersetzt worden, so daß jedes organisierte Wesen stets dasselbe und ein andres ist.«

Tina hat Zellen verloren. Nichts bleibt von der tatkräftigen Frau, die einmal Entscheidungen gefällt, Verehrer abgefertigt und sich in der Welt selbst ihren Weg gebahnt hat. Aber andere Zellen werden geboren, um Leben zu spenden, zu verändern, zu produzieren, von neuem zu beginnen. »Danke, Concha, ich danke dir!«

Im Büro in der Calle Mesones, wo alles an die guten, alten Zeiten erinnert, kommt ein hochgewachsener, breitschultriger junger Mann auf Tina zu, begrüßt sie und fragt, ob sie etwas braucht.

»Nein, danke.«

»Ich bewundere Sie sehr. Nicht nur das – Sie rühren mich an.«

Tina errötet, aber sie fragt ihn nicht nach seinem Namen. Plötzlich wird ihr kalt, und sie steht auf, um ihre Jacke vom Bügel zu nehmen. Der junge Mann kommt ihr zuvor.

»Warum haben Sie mir nichts gesagt? Ich hätte sie Ihnen geholt, aber Sie waren zu stolz, mich zu bitten«, sagt er mit einem klugen Lächeln unter dem Schnurrbart.

Tina läßt sich von ihm helfen und steckt den Arm durch den Jackenärmel. Er greift nach ihrer hervorkommenden Hand, nimmt sie zwischen seine Hände und küßt sie.

Am letzten Tag des Jahres 1940 erhebt Pablo Neruda sein Glas und sagt zu seinen Freunden:

»Für euch alle, Genossen und Freunde, naht der Tag der Rückkehr in eure Heimat.«

Sie stoßen miteinander an.

Zum ersten Mal seit Monaten leuchtet in Tinas Augen Hoffnung auf.

Jungfrau Erde (Tina Modotti).
Wandgemälde von Diego Rivera. 1925

Als Tina von ihrer Reise nach Michoacán, Tlaxcala, Puebla und Veracruz heimkommt, findet Vittorio, daß sie besser aussieht als je zuvor, zumindest, so weit er sich erinnern kann. Constancia de la Mora hatte Tina gebeten, den nordamerikanischen Fotografen Condax und seine Frau bei einer Rundreise durch Mexiko zu begleiten.

»Hast du Fotos gemacht?« fragt Vittorio.

»Nein«, erwidert Tina, »aber ich habe John Condax, der kein Wort Spanisch spricht, geholfen und für ihn die Kontakte, die Hotelreservierungen und die Gespräche mit den Leuten übernommen. Er hatte eine Graflex bei sich. Es hat mir eine Riesenfreude bereitet, Morelia zu sehen. Reglos zwischen Himmel und Erde, friedlich wie früher. Die Paläste dort sind so vornehm, daß es aussieht, als würden sie gleich in die Lüfte steigen.« Tina sagt Vittorio nicht, daß sie wieder etwas von der Freude ihrer Reisen mit Edward verspürt hat. Die mexikanische Landschaft war noch schöner als in ihrer Erinnerung. Die leuchtenden Landschaften, die Sonnensteine, die zarten, unschuldigen Männer und Frauen waren heilsam für sie.

»Toll! Wirst du deine Fotos entwickeln?«

»Nein, Vittorio, ich habe keine Fotos gemacht. Das habe ich doch gerade gesagt.«

Seit langem schon hört Vittorio Tina nicht mehr zu.

»Bene, bene, zumindest geht es dir besser.«

»Du siehst auch gut aus.«

»Ja, Mexiko bekommt mir. Ich liebe *El Popular*.«

Tina sagt ihm auch nicht, daß es für sie eine willkommene Erholungspause war – von ihm, von dem, was er und sie füreinander bedeuten, und von ihrem ständigen Wissen darum, daß keine menschliche Macht Vittorio hindern kann, einer anderen Frau nachzustellen. Er ist so scharf auf Frauen, daß er ihr einmal in der Sowjetunion mit witzigen Details beschrieben hatte, wie er sich bei seinen Reisen mit kaltem Wasser duschen mußte, um sein Verlangen nach den Frauen, die er auf der Straße sah, zu stillen. »Die Partei kontrolliert sogar meine Erektionen«, hatte er mit dem breiten Lächeln eines Eroberers gesagt.

Außer Eladia kommen auch Cruz Díaz und Constancia zu Besuch. Pablo O'Higgins läßt sich ab und zu sehen. Sie ist nicht mehr ganz so isoliert wie zuvor. Möglicherweise wird René d'Harnoncourt Mexiko besuchen, der sie und Weston bei so vielen Reisen durch das Land begleitet hat. Tina würde ihn gern sehen. Zu Edwards Zeiten war er ein guter Reisegefährte, und seine rasch hingeworfenen Zeichnungen von Mexikanern aus dem Volk waren empfindsam und verständnisvoll.

Eines Nachmittags spricht Eladia über ihre Liebhaber Santiago Alvarez und Enrique Líster. »Sie sind mir gefolgt wie Schatten.« Tina muß lachen, weil Eladia jetzt für den Grafen Frola schwärmt, einen Antifaschisten, der an allen Versammlungen der Allianz Giuseppe Garibaldi teilnimmt. »Hast du gesehen, María, wie er sich beim Handkuß mit dem ganzen Körper verbeugt? Ein Adelstitel ist zweifellos ein Zeichen für gute Erziehung.«

Plötzlich fragt Eladia rundheraus: »María, hattest du vor Carlos schon einen Freund?«

»Ja, aber das ist nicht der Rede wert.«

Es gibt weiterhin sonntägliche Ausflüge aufs Land, und Tina und Vittorio unternehmen Picknicks mit Eladia und ihrem Bräutigam und manchmal auch mit ihrer Mutter Maria Dolores und mit vielen Freunden aus Spanien. Sie kehrt zurück zu den vertrauten Orten: nach Xochimilco, zu den Pyramiden, zu ihren heißgeliebten Maguey-Kakteen. Eines Tages bemerkt Vittorio auf ihrem sonnengebräunten Gesicht ein Lächeln und Lebhaftigkeit in ihren Augen.

Tina faßt ihren Lebensgefährten beim Gehen unter und sagt:

»Laß uns ein neues Leben beginnen. Wir können die Gespenster vergessen.«

Daheim nimmt sie einen Strohhut von einem Nagel an der Wand. Auf dem Tisch steht ein kleiner Tonkrug mit Wiesenblumen.

»Komm her«, bittet sie Eladia, »setz den Hut auf. Ich möchte sehen, wie er dir steht.« Sie betrachtet sie voller Zärtlichkeit. »Den nehmen wir am nächsten Sonntag mit. Ich möchte Fotos von dir machen.«

Vittorio sagt: »Weißt du, Eladia, María ist eine sehr gute Fotografin.«

Eladias Frage nach den Freunden geht ihr durch den Kopf. Es waren viele Freunde. Sie erinnert sich ihrer weniger als der eigenen Gefühle für jeden von ihnen. Die mitfühlende Liebe, die sie stets für Pepe Quintanilla empfunden hat, die Haßliebe zu Vittorio, die enorme Bewunderung für Edward und seine sexuelle Anziehungskraft. Jeder von ihnen hat ihr einen neuen Klang, einen anderen Rhythmus geschenkt, seinen eigenen Geist, seine eigene Statur. Jeder von ihnen kam über die Wellen hinweg auf sie zu, und sie preßte den Kopf an die jeweilige Brust. Sie wollte nicht wissen, wie ihre Zukunft aussehen würde; diese Unkenntnis war für sie ein Teil ihrer Freiheit. Die Männer wollten sie ein für allemal verführen und Pläne schmieden, sie jedoch nicht. »Ich möchte, daß du mir gehörst«, sagten sie, aber Tina verspürte keinen Wunsch nach Einmaligkeit, Ausschließlichkeit. Es war ihr stets fremd gewesen, von jemandem Besitz zu ergreifen oder sich als Eigentum eines anderen zu sehen. Sicher erging es den Männern ähnlich; jeder Geliebte entdeckte sich selbst in der Enge ihrer Vagina, in ihren instinktiven Gedanken, in dem grausamen, brutalen oder hochmütigen Geheimnis in ihren Augen, in dem unfaßbaren Wunder des menschlichen Gehirns, das da auf dem Kissen ruhte.

Die wagemutige, wunderschöne und kokette Eladia wird schon bald erfahren, wie kompliziert die Liebesbeziehungen sind. Auch sie wird von den Männern verfolgt, aber hoffentlich wird ihr niemals einer sterben, wird sie nie einen Julio Antonio haben, den sie für immer in ihrem Herzschlag verspürt.

Tina und Vittorio beschließen umzuziehen. Lange gehen sie durch die Straßen und suchen etwas Geeignetes. Eines Tages kommt Tina mit leuchtenden Augen zurück. »Ich habe mein Heim gefunden.«

Im Ärzte-Viertel, im Haus Nummer 137 der Calle Doctor Balmis, direkt gegenüber vom Haupteingang des Allgemeinen Krankenhauses, eilt Tina, gefolgt von Vittorio, flink die Treppen hinauf. Auf dem Dach sieht man ein Lebkuchenhäuschen mit zwei kleinen Fenstern als Augen, einer kleinen Tür und einem Dach aus irgendeinem sehr einfachen Material, einer Mischung aus Blech und Pappe. Im größten Zimmer ist nur Platz für ein Bett; in das andere passen ein Tisch, ein Stuhl und ein Mensch und in die

Küche nur die Spüle und eine halbe Person. Wer gerade ißt, der muß es stehend und allein tun.

Vittorio ist sichtlich fassungslos. »Das ist ja das Nest von Schneewittchen und einem einzigen Zwerg ...«

»Aber das ist doch nicht die wirkliche Wohnung. Sieh doch mal dort.«

Von der Terrasse aus sieht man die in der Sonne glitzernden, schneebedeckten Vulkane. Die Terrasse, die durch eine sehr niedrige Mauer geschützt wird, führt zu den Bergen, die nach ihnen zu rufen scheinen. Von diesem Aussichtspunkt sieht man ganz Mexiko-Stadt in all seiner Schönheit, mit dem Tal und den Bergen. Das Dach ist durch eine Treppe mit den unteren Stockwerken verbunden, aber niemand kommt herauf, um Wäsche aufzuhängen.

»Na? Was sagst du dazu? Wir haben auch ein Bad; es ist allerdings so klein, daß man es fast nicht sieht. Hier oben gibt es alles, was wir brauchen; das Sternengewölbe, den Sonnenkönig, die Vulkan-Brüder, die uns bewachen, Schwalben und Spatzen, die uns Gesellschaft leisten, die anregende Terrasse, die Aussicht und Wolken, so viele wir wollen. Die Miete ist so niedrig, daß wir sie bezahlen können.«

»Ma ... è molto piccolo.«

Tina macht ein so begeistertes Gesicht, daß ihm das »Nein« auf den Lippen gefriert.

»Mir ist, als würden wir in einem verzauberten Schloß wohnen. Chapultepec oder Montjuich sind nichts im Vergleich zu diesem Palast.«

Innerhalb weniger Tage wächst die Zahl der Bewohner des verzauberten Schlosses. Tina findet unten vor der Haustür ein zappelndes Bündel, eine kleine weiße Hündin. Kaum ist Suzi eingezogen, da erscheint am Fenster ein Kätzchen, das sie Kitty tauft. Jetzt sind sie eine Familie.

Auf der Terrasse entdecken sie eine Pflanze, die man bei religiösen Ritualen benutzt und »Christuskrone« nennt.

Sie hat Dornen, aus denen rote Blüten sprießen, die wie Blutstropfen aussehen. Sie erinnert sowohl an Mexiko als auch an Spanien. Der Vormieter, der verschwunden ist, ohne die Miete zu bezahlen, hat sie zurückgelassen.

Bei Regen gleicht das Schloß einem Resonanzkörper; im Schlafzimmer und in der Küche regnet es durch. In einem Winkel der Terrasse schirmt ein kleines Spalier aus Klettergeranien sie gegen die höheren Gebäude ab, und wenn die Sonne scheint, können sie nackt ein Sonnenbad nehmen. Die Terrasse nutzen sie für Spaziergänge, als Aussichtspunkt und für die Liebe; hier genießen sie das Mondlicht. Von hier aus bewundern sie die große, von Glühwürmchen beleuchtete Stadt und lauschen den Geräuschen von Pflastersteinen und Drehorgelspielern, die von der Straße zu ihnen heraufdringen.

Wenn sie im Morgengrauen Kaffee trinken, leisten ihnen die deutlich sichtbaren Vulkane mit den stets weißen Gipfeln Gesellschaft. Angesichts einer solchen Größe werden Tinas Probleme kleiner. Wer ist sie denn schließlich, daß sie so leidet? Im Schatten des glitzernden Schnees fühlt sich Tina winzig klein. Die Vulkane sprechen mit ihr und sagen ihr, daß sie sich vom Spanienkrieg nicht das Leben vergällen lassen soll. Der »Popo« und die »Ixta« sind wie Menschen. Dort oben, über ihren Gipfeln, hängen Westons Wolken. In Mexiko ziehen die Wolken sehr schnell dahin. Sie hinterlassen einen klaren, reingewaschenen Himmel.

Die Freunde, die sie besuchen kommen, wundern sich über die Wahl, die sie getroffen haben: »Was ist denn das für eine Wohnung?« sagt Mario Montagnana. »Haltet ihr euch für Adler?« »Der Himmel wird auf euch herabstürzen«, ruft Hidalgo de Cisneros aus. Aber alle geben zu, daß sie eine beneidenswerte Aussicht haben und daß es sich lohnt, für diesen Himmel und diese Berge Opfer zu bringen.

Nach anfänglichen Streitereien finden die beiden anderen Mitbewohner zu einem anständigen Zusammenleben. Kitty verschwindet in den Nächten und kehrt dann, schmutzig und zerkratzt von der Liebe, zurück. Sie legt sich in Suzis Kiste, schließt die Augen und schläft bis zum nächsten nächtlichen Abenteuer. Kein einziger Liebhaber kommt herauf auf die Dachterrasse; Suzi verscheucht sie. Das Haus ist heilig. Suzi bleibt ledig, bis sie schließlich dem Drängen eines Hundes nachgibt, der auf dem Dach des Nachbarhauses auftaucht. Nach zwei Monaten leben Vittorio und Tina mit zwei tragenden Weibchen zusammen. Sie werfen schwarz-weiße Welpen und grau-rote Kätzchen, die ihre Besitzer an Freunde verteilen.

Wenn die Besucher zur Essenszeit auftauchen, bringen sie ein Steak, ein Brot oder etwas Käse mit. Sie stoßen mit Gläsern an, die reichlich mit Wasser gefüllt sind. Vittorio schlägt vor, Essig hinzuzufügen, »wie in meiner Kindheit«. Niemand begeistert sich für diese Mischung. Wein ist zu teuer, und sie trinken ihn nur zu besonderen Anlässen.

Eladia findet die neue Wohnung schlimmer als die, in der sie früher gewohnt haben. Eigentlich sind es Dienstbotenkammern. Auf einem winzigen Korridor steht ein hartes Sofa, auf das sich María nach dem Treppensteigen fallen läßt und wo sie sich manchmal die Schuhe auszieht, weil ihre Füße geschwollen sind.

In einer Ecke gibt es ein Klosett und eine sehr primitive Dusche, die das ganze Haus überschwemmt, wenn man sie benutzt.

Carlos und María leben so bescheiden wie die Franziskanermönche. Es ist rührend, mitanzusehen, welche Mühe sich María mit der Wohnung gibt. Nie kommt sie ohne Blumen von ihren Markteinkäufen zurück, und wenn sie noch so bescheiden sind. Ihr Mobiliar besteht aus einem Tischchen und zwei Stühlen, die sie auf dem Flohmarkt gekauft haben. María versucht, das harte Sofa mit einer offenbar selbstgenähten Decke weicher zu machen. Alles ist ärmlich. Immer, wenn Eladia sie besucht, wird sie zum

Essen eingeladen. Sie ist sich nie ganz sicher, ob sie dann nicht Carlos' oder Marías Ration zu sich nimmt.

Abends tippt Tina Vittorios Artikel oder ihre Übersetzungen ab und wartet, bis er aus der Redaktion des *El Popular* heimkehrt. Sie holt sich Arbeit ins Haus, viel Arbeit.

Eines Morgens kommt Constancia de la Mora vorbei und sagt: »Ich habe in der sowjetischen Botschaft zwei Wochen Urlaub bekommen. Wollen wir nicht beide eine Reise durchs Land machen?«

»Ja, warum nicht?«

Vittorio hält das für eine großartige Idee. Aus der leidenschaftlichen Frau, die er einst kennengelernt hat, ist eine politische Spartanerin geworden. Nichts interessiert sie außer dem Kampf, der Partei, der Sowjetunion, den Kriegsnachrichten, dem Kampf, dem Kampf, dem Kampf.

Als sie zurückkommen, vertraut Connie de la Mora ihm an:

»Es geht ihr nicht gut, sie ist ständig in Atemnot. Diesmal hat ihr die Reise nicht gutgetan.«

Am liebsten geht Tina abends aus und macht einen Spaziergang. Die Nächte in Mexiko sind so schön, daß sie tief in die Leere blickt, in die Zeit, in sich selbst hinein. Sie ist entzückt von den Sternen und bietet ihren Kopf der durchsichtigen Luft dar, die sanft ihr Gesicht liebkost. ›Alles, was ich sehe, hat schon vor zehn Milliarden Jahren existiert.‹ In dieser angenehmen Atmosphäre vergißt sie vorübergehend den Spanienkrieg, und das ist eine solche Erleichterung, daß ihr ganzer Körper frei dahinschreitet, wie früher, als sie noch jung war. Während Vittorio bei *El Popular* ist, hat sie eine oder zwei Stunden für sich selbst, für die Straße. Der Verkehrslärm stört sie nicht; niemand bemerkt ihre schlanke, schwarze Silhouette mit dem Gang, der früher die Männer dazu brachte, sich nach ihr umzudrehen. Daher hat sie keine Angst und wendet nicht, wie vor zehn Jahren, ständig den Kopf, um zu sehen, ob sie verfolgt wird.

Beim Gehen grübelt sie. ›Vielleicht sind wir alle Teile dieser leuchtenden Masse, die man Erde nennt, und sollten uns nicht so viele Sorgen machen.‹ In solchen Augenblicken besitzt der Raum keine Dichte für sie, er ist leicht auf ihren Schultern und leicht in ihren Gedanken. Jeden Tag wartet sie auf den Moment, da sie hinuntergehen kann auf die Straßen Mexikos. Das einzig Mühsame ist das Treppensteigen danach. Diese Treppen nehmen ihr die Luft. Aber wenn sie ganz langsam geht, dann schafft sie es, und dann, auf dem Dach, grüßen sie die Sterne über dem Heim, das sie vor allen anderen für sich gewählt hat.

Vittorio und Tina fahren nach Texcoco, um die von Diego Rivera bemalte Kapelle der Landwirtschaftsschule von Chapingo zu besichtigen. Zweimal erscheint Tina auf den Wandbildern: einmal stellt sie nackt, im Liegen, das Gesicht hinter den Haaren versteckt und mit einer Pflanze in der Handfläche, die Lebenspenderin dar; auf dem anderen Bild steigt sie, die Brüste vorgestreckt und ebenfalls nackt, aus den Wurzeln und dem Stamm eines Baumes empor.

Obwohl Vittorio wenig oder gar nichts von Kunst versteht, betrachtet er wie verzaubert das farbenprächtige Gewölbe.

Rosen.
Fotografie von Tina Modotti. 1924

Am Silvesterabend 1941 bringt jeder einen anderen Trinkspruch aus.

»Auf die Alliierten«, schlägt Cruz vor.

»Nein, auf die Rote Armee«, verlangt Constancia de la Mora.

»Auf Stalin, auf Stalin, auf Stalin«, bettelt Eladia. Und so trinken sie alle auf Stalins Gesundheit.

An diesem Abend im Hause von Pablo und Delia Neruda scheint Tina glücklicher zu sein als sonst. So glücklich, wie sie es vermag. Angesichts all der Ereignisse der letzten drei Jahre fühlt sie sich ausgelaugt, aber es tröstet sie, unter Freunden zu sein. Ihre spanischen Freunde sind um sie, und da sind auch lateinamerikanische, italienische und französische Emigranten, und Schweizer, Deutsche, Polen, Rumänen und Tschechoslowaken. Um

Mitternacht stimmen sie die Internationale an und umarmen sich.

Sie alle klammern sich an die Nachrichten der letzten Tage. Vor einem Monat, am 1. Dezember 1941, hat Hitler seinen Truppen befohlen, Moskau einzunehmen und den Kreml zu besetzen. Ein Vorauskommando erkannte bereits die auf dem Kreml wehende rote Fahne. In Voraussicht des gegnerischen Einmarsches wurden die Kunstschätze sowie die Archive der Museen und der Institute für Kunst, Natur- und Humanwissenschaften in die asiatischen Republiken verlagert. Aus seinem unterirdischen Schlupfwinkel – der in rotem Marmor gehaltenen Moskauer Metrostation »Majakowski« – heraus organisierte Stalin den Gegenangriff. Die Rote Armee widerstand fünfzehn Tage lang, bei 35 Grad Kälte, der deutschen Offensive. Nachdem die Deutschen an den ersten fünf Dezembertagen 150 000 Tote zu beklagen hatten, zogen sie sich zurück.

»Auf den Sieg der Alliierten!«

»Es lebe die Rote Armee!«

»Wir setzen all unser Vertrauen in die Sowjetunion!«

»Es lebe die Republik!«

»Nieder mit den Deutschen und den Japanern!«

»Auf das Andenken Lenins!«

Es war ein unvergeßlicher Abend, eine wunderbare Silvesterfeier. Arm in Arm gehen Vittorio und Tina in Begleitung von Simone Tery heim.

»Laßt uns zum Paseo de la Reforma gehen und den Sonnenaufgang beobachten«, schlägt Vittorio vor. »Das Schloß von Chapultepec, oben, auf dem Hügel, erinnert mich an das Schloß von Triest.«

Als sie in Richtung der Calle Doctor Balmis den Paseo de la Reforma überqueren, sieht Tina einen Mann auf einer Bank liegen.

»Das ist nur ein Betrunkener«, sagt Vittorio.

Tina nähert sich dem Mann. Er wirkt nicht betrunken, sondern alt und sehr krank.

»Wir müssen etwas tun.«

Vittorio und Simone folgen Tina ins Allgemeine Krankenhaus, das direkt gegenüber ihrer Wohnung liegt. Dort sagt man ihnen, es sei niemand da, der den Mann abholen könne.

»Aber er kann sich nicht auf den Beinen halten, er ist zu schwach.«

»Bringen Sie ihn selbst her, wenn Sie wollen. Übrigens nimmt unser Krankenhaus keine Notfälle auf. Gehen Sie zum Grünen Kreuz.«

Tina ruft beim Jesús-Krankenhaus an.

»Wir haben gerade keine freien Betten.«

»Ich flehe Sie an. Er wird erfrieren.«

Tina telefoniert mit verschiedenen Krankenhäusern und beschließt dann, ihn selbst zum Grünen Kreuz zu bringen. Wenn sie ihn sehen, werden sie ihn schon aufnehmen.

Simone verabschiedet sich. Vittorio geht mit Tina. Schließlich gelingt es ihnen, den Kranken einzuliefern. Um sechs Uhr früh gehen sie schlafen. Tina ist froh, daß sie einem Greis das Leben gerettet hat; Vittorio freut sich einfach, daß er im Bett ist.

»Seit vier Nächten sprichst du im Traum vom Meer. ›Wo ist das Meer?‹ fragst du ständig. Du sehnst dich nach dem Meer. Laß uns nach Veracruz fahren.«

Tina lächelt: »Keine Sorge, ich trage das Meer in mir. Seine Wellen brechen sich an den Mauern unseres Schlosses. Ich kann es da unten atmen hören.«

In den ersten Januartagen gibt es viel zu tun. Tina bereitet die Bescherung der in Mexiko lebenden spanischen Flüchtlingskinder vor, und die schwangere Eladia hilft ihr dabei. »Hoffentlich wird es ein Mädchen.«

Tina und Vittorio haben dem Bauhausarchitekten Hannes Meyer versprochen, ihn in seiner Wohnung in Villalongín Nr. 46 zu besuchen. Im Wohnzimmer hat Hannes

Meyer eine Ausstellung seiner Buchumschläge, Modelle, Projektskizzen, Bilder und Grafiken zusammengestellt. Die Nacht ist klar und kalt, und der Himmel wird vom Vollmond beleuchtet. Bei den Meyers begrüßen Vittorio und Tina ihre Freunde Ana María und Mario Montagnana, den Oberst der spanischen Armee Patricio Azcárate und seine Frau Cruz Díaz.

Tina setzt sich zu Cruz, in deren Nähe sie sich immer zuversichtlich und sicher fühlt. Während des Spanienkrieges haben sie zusammen bei der Roten Hilfe gearbeitet. Bei Cruz zu sein bedeutet, sicheres Terrain zu betreten. Sie vertraut Cruz an, daß sie an unregelmäßigem Herzklopfen leidet, seit Vittorio in El Pocito war. Aber sie will nicht, daß Vittorio davon erfährt.

Die kleine Gruppe unterhält sich über das Quintett op. 57 von Dimitri Schostakowitsch. »Kunst weist nicht in die Zukunft und ist auch nicht prophetisch; Kunst entscheidet über die Zukunft«, sagt Hannes. Tina hört nicht sehr aufmerksam zu, aber sie spitzt die Ohren, als das Wort »Panzer« fällt. Es geht um die Panzerfallen der Sowjets. Cruz wendet sich an Tina und sagt vorwurfsvoll: »Laß dich nicht so gehen. Seit du in Mexiko bist, machst du ein gequältes Gesicht; du bringst dich um. Geh zum Arzt. Du bist nur Haut und Knochen. Ich begleite dich, ich liebe dich wie eine Schwester. Du darfst nicht so nachlässig sein.«

Tina starrt auf ihre Schuhspitzen und antwortet nicht. Sie würde ihr gern sagen, daß sie alles getan hat, um den Krieg zu vergessen. Keiner der Genossen betrachtet die Niederlage der Republik als Tragödie. Selbst die Flüchtlinge leben sich ein. Sie kann es noch immer nicht begreifen. Jetzt möchte sie nicht einmal mehr nach Italien zurückkehren.

Als sie das Wort »Liebe« hört, horcht sie auf. Vittorio sagt gerade: »Alle Ehefrauen gleichen sich, aber jede Geliebte ist anders.« Seine Worte machen Tina traurig. Hannes Meyers aufmunternde, warmherzige Stimme reißt sie aus ihrer Geistesabwesenheit. »Laßt uns eine Reise planen. Bald kehren wir nach Madrid, Genua und Udine zurück, freier noch als die Schwalben und ohne Pässe. Franco, Mussolini und Hitler werden bald geschlagen, und dann wird es in der Welt keinen Faschismus mehr geben.«

Hannes Meyer verleiht ihr Hoffnung für die Zukunft.

Vittorio entschuldigt sich. Er wird bei *El Popular* erwartet, wo er mit dem Direktor die Internationale Seite zusammenstellen muß.

»Ich gehe.« Vittorio küßt Tina auf die Wange. »Wir sehen uns zuhause.«

»Du solltest auch schreiben, Tina«, sagt Cruz, »sieh mal, wie gut es Vittorio tut.«

»Es fällt mir sehr schwer; ich streiche immer wieder alles zusammen. Ich brauche zuviel Zeit zum Recherchieren und bin mir niemals sicher.«

»Du siehst blaß aus.«

»Das ist nur die Müdigkeit all dieser letzten Tage.«

»Aber zu Silvester, bei Neruda, hast du doch so gut ausgesehen.«

»Dann ist es das Alter«, sagt Tina lächelnd.

Um Mitternacht verabschiedet sich Tina. »Bis bald«, sagt sie, während sie Cruz in die Arme nimmt.

»Bis bald«, sagt sie und reicht den anderen die Hand. Nacho Aguirre steht auf.

»Ich gehe mit dir runter. Ich habe gehört, wie du zu Cruz gesagt hast, daß du dich sehr erschöpft fühlst.«

»Keine Sorge, das geht vorbei.«

»Kommst du allein zurecht? Soll ich dich nicht begleiten?«

Vittorio geht zu Fuß zum *El Popular*. Schon am Eingang hört er das Klappern vieler Remington-Schreibmaschinen. Das ist das wahre Leben! Die Reporter schreiben gegen die Zeit an, und sie schreiben über die Zeit. Als Vittorio nach

Mitternacht in sein »Schloß« zurückkehrt, fühlt er sich wie neugeboren.

Vittorio liest, während er auf Tina wartet. Als es klingelt, bemerkt er, daß es schon nach eins ist, und geht die Treppe hinunter. Vielleicht hat Tina die Schlüssel vergessen.

Zwei Herren wünschen ihm einen guten Abend und fragen nach dem Ehemann der Señora Tina Modotti.

»Das bin ich. Wo ist sie? Ist ihr etwas zugestoßen?«

»Sie ist tot.«

»Moment mal. Wovon sprechen Sie?«

»Ihre Frau, Tina Modotti, starb in einem Taxi, gleich hier auf der anderen Straßenseite. Der Taxifahrer hat sie zum Grünen Kreuz gebracht.«

Vidali folgt ihnen, ohne ein Wort zu sagen.

In einem schlecht beleuchteten Raum liegt Tina auf einem Tisch, genau so, wie er sie bei den Meyers zurückgelassen hat: mit ihrem schwarzen Rock und der Jacke, die so viele Reisen mitgemacht hat, mit ihrer weißen Bluse, ihrem Mittelscheitel und ihrem zarten Gesicht.

Sie hat noch Farbe.

Vittorio denkt, daß ihr Gesicht so ausgesehen haben muß, als sie zwanzig war. In dem halboffenen Mund erkennt man die Zähne; ihre feinen, über dem Leib ausgestreckten Hände warten darauf, daß jemand näher kommt und sie streichelt.

»Erkennen Sie sie?«

»Ja.«

»Ist das Ihre Frau?«

»Ja.«

»Wir brauchen zwei Zeugen.«

Vittorio befolgt die Anweisungen der beiden Männer vom Bestattungsinstitut. Er füllt einen Fragebogen im Original und mit drei Durchschlägen aus und möchte, als er seine Antworten auf die gestrichelte Linie schreibt, fragen:

»Sag mal, Tina, welche Kinderkrankheiten hast du gehabt?« Und da begreift er, daß Tina wirklich tot ist.

»Ist das alles?« fragt er die Angestellten.

»Im Moment ja.«

Vittorio küßt sie und geht hinaus. Er benachrichtigt seinen Freund Pedro Martínez Cartón, der um vier Uhr morgens mit Isabel Diaz de Cossio kommt, um Tina zu identifizieren.

Dem Taxifahrer hatte Tina ihre Adresse in der Calle Doctor Balmis genannt, und er hatte gefragt: »Wo ist das genau?«

»Direkt gegenüber vom Allgemeinen Krankenhaus.«

»In Ordnung.«

Nacho Aguirre und Hannes Meyer, die mit ihr herunter gekommen waren, sahen, wie sie sich auf dem Rücksitz zurücklehnte, und hörten sie sagen: »Bis bald.«

Im Taxi hatte Tina das Gefühl, dahinzutreiben wie ein Fluß. Julios Leib kam ihr entgegen. ›Julio, du darfst nicht sterben, ich liebe dich so sehr.‹ Ihr Geschlecht erwartete Julio; Julio und das Meer, das sie seither umfangen hatte. Es war gut, so zu gehen, vom Wasser verschlungen. Es tat nicht weh. ›Sterben tut nicht weh. Warum weine ich, wenn es nicht weh tut?‹ Das Wasser war Julio, das Wasser war Ruhe, das Wasser war endlos wie der Widerschein der Sonne auf der Donau an jenem Abend bei ihrer Dienstreise nach Budapest, das Gold der Donau hatte sie vergoldet. Sie hatte die Gefahren der Reise vergessen und daran gedacht, wie prachtvoll die Welt war, und sie hatte vor Dankbarkeit feuchte Augen bekommen.

Eine neue Tina beobachtet sie und ist bei ihr. Sie ist zart, sanfter als die Tina der letzten Jahre, und sie rät ihr behutsam: »Laß dich gehen, so, du ganz allein, streng dich nicht an, laß dich einfach von der Strömung treiben.« Meine Lungen werden platzen. Da ist kein Erstickungsgefühl, kein Grund, sich zu wehren. Auf dem Wasser schwimmt der Seidenschal, den ihr die Patentante in Udine geschenkt hat, ihr einziges Luxusstück. Tina streckt die Hand aus und ergreift ihn mit ihren Fingern, die von den zwölf Stunden am Webstuhl schmerzen: »Wollt ihr ihn nicht kaufen? Er ist das Schönste, was ich habe.« Der Schal verschwindet. Für das Geld wird es Brot, Schinken und Öl auf dem Tisch geben. Sie wird das Staunen ihrer Mutter und ihrer Geschwister sehen, wenn sie sich zum Essen hinsetzen. José Guadalupe Rodríguez vom Zentralkomitee der Partei kommt herein. »Na los, Genossin, du hast das Wort.« Elena Stassowa setzt sich den schrecklichen Filzhut auf und rennt auf die Straße hinaus. Tina möchte sie einholen, aber viele Hände halten sie davon ab. Sie klammern sich an ihren schwarzen Rock. Brot, einen Verband, einen Stuhl, ein Glas Wasser, gib her, gib her, das Kind hat ein verbranntes Gesicht und eine blutende Hand, die Verwundeten flehen sie noch immer an; Krankenträger waten durch einen schlammigen Schützengraben, nehmen Sie ihn auf, Genossin, lassen Sie ihn nicht verfaulen, geben Sie mir die Hand, ich möchte sterben und dabei eine schöne Frau ansehen, der Geruch nach Toten, nach Urin, nach Exkrementen, nach Erbrochenem, die Verwundeten, die Toten, ihr Blut an ihren Händen, ihr Blut an ihrem Rock, Buchstaben wirbeln durch die Luft, ein Stück Papier fliegt ihr in den Mund und bleibt an ihrem Gaumen kleben. »Ich bin jenseits von Gut und Böse«, hat sie Vittorio einmal lachend ins Gesicht gesagt. »Ach ja? Daher haben deine Freunde in Mexiko gesagt, du seist eine teure Hure.« Ich zerfalle in kleine Stücke. Blätter, Rufe, du hast keinen Durchschlag gemacht, wo ist die Übersetzung? Dampf umhüllt sie, hindert sie daran, sich zu bewegen, Dampf von kochenden Töpfen; sie kann nicht erklären, daß es weh tut, daß der Schmerz nicht zu ertragen und schrecklich intensiv ist, mit jeder Sekunde wird er schlimmer, mein liebes Herz, wo bist du?

Sie wirft den Kopf zurück. Durch das Fenster sieht sie

den schwarzen, sternenübersäten Himmel. Mir ist so schwindlig! Was denke ich für seltsame Dinge. Bin ich tot oder lebendig? Genossin, Ihre Dokumente. Sind Sie das da auf dem Foto? Sie sagen, Sie seien gealtert? Unterschreiben Sie noch einmal, damit wir die Unterschriften vergleichen können. Die Grenzen sind geschlossen. Das Meer hingegen ist groß und frei. »Bist du niemals nackt ins Meer gegangen?« Die Stimme von Nahuí Olín. »Kennst du die unsagbare Glückseligkeit des Ozeans nicht?« Nahuí gibt ihr das Gefühl, als habe man ihr die Welt vorenthalten. Meer und Himmel waren nicht für sie bestimmt. Am Horizont verschwinden die Schiffe. Völlige Schwärze, Abgrund, Abwasser. Die Sterne spielen verrückt, in ihren Augen eine Lawine von Licht. Sie verspürt Brechreiz und unterdrückt ihn, aber etwas muß herausgekommen sein, denn sie versucht, sich das Kinn zu säubern. Ihr rechter Arm reagiert nicht, im linken sticht es. Wieder öffnet sie die Augen, und das Licht der Sterne zwingt sie, sie zu schließen. Der Druck in der rechten Seite läßt nach. Wie leicht es ist, zu sterben, denkt sie, ich gehe, ich verschwinde. Mamma ruft nach mir, sie sagt, ich soll der Milchstraße folgen; Mamma. Funkelnde Sterne füllten ihren Leib aus, ein Gewirr von Glühwürmchen erwartet sie. Julio, was für ein guter Tod, erinnerst du dich, Julio? Sie versucht gerade, ihn zu sehen, als ihr ein letzter Stern die Augen schließt.

Das Taxi hält vor dem Tor des Allgemeinen Krankenhauses.

»Wir sind da, Señora.«

Der Fahrer hört, wie die Frau ganz leise stöhnt. Er öffnet die hintere Tür des Wagens und berührt sie leicht. »Señora, wir sind da.«

Als er sieht, daß sie sich nicht rührt, läuft er ins Krankenhaus und zeigt auf sein Taxi. Auf sein Drängen hin folgen ihm zwei Krankenschwestern.

»Es ist zu spät, sie ist schon tot. Bringen Sie sie zum Grünen Kreuz.«

Ein Reporter ist dabei, als man die Tasche der Verstorbenen öffnet. Keine Puderdose, nicht einmal ein Kamm, nur ein zerknülltes Taschentuch, ein Pesoschein, ein paar Schlüssel, das ovale Foto eines jungen Mannes mit krausem Haar und ein Ausweis mit dem Namen: Tina Modotti Mondini. Doctor Balmis 137.

Isabel findet, daß Tina auf der Marmorplatte besser aussieht als je zuvor, ganz so, als habe sie endlich eine Art Frieden gefunden.

Man wird eine Autopsie machen müssen.

Um sechs Uhr morgens ruft Concha Michel bei Adelina an. »Wenn du Tina Modotti ein letztes Mal sehen willst, dann geh sofort zum Grünen Kreuz.«

Verzweifelt winkt Adelina einem Taxi.

Tina liegt auf einem Tisch, genau so, wie Julio vor dreizehn Jahren dagelegen hat. Sie ist völlig nackt, und ihr wunderschöner Körper sieht viel jünger aus als ihr Gesicht.

Niedergeschlagen klopft Vidali bei Hidalgo de Cisneros an. Er erzählt ihm und Constancia de la Mora, was geschehen ist, und bricht zusammen. Er kann dem Tod seiner Frau nicht ins Auge sehen. Er beugt seinen Stiernacken.

»Bleib hier. Wir geben dir ein Zimmer.«

Tina wird in einem Bestattungsinstitut für Arme aufgebahrt. Genau wie vor dreizehn Jahren entfesseln die Journalisten eine Kampagne gegen sie, die, so glauben Vittorio und seine Genossen, diesmal von den spanischen Trotzkisten in Mexiko ausgelöst wurde.

»Geh nicht auf die Straße, Vittorio. Sie wollen es dir anhängen. Jetzt haben sie eine Gelegenheit, die Kommunisten zu verleumden. Sie werden über uns herfallen.«

Eladia Lozano sieht Marías Gesicht in der *Extra* und liest die Unterschrift unter dem Foto: »Die kommunistische Magdalena.« Sie rennt zur Wohnung von Cruz. »Aber ich habe sie doch noch vor kurzem gesehen, wir wollten uns diese Woche treffen«, sagt Cruz weinend, als könne sie es nicht glauben. Beide gehen zu Concha Mantecón.

»Sie hieß also nicht María? Hast du gesehen, was in den Zeitungen steht?«

»Das sind alles Lügen.«

Aber Eladia liest, daß María die Geliebte von Mella war, daß sie mit Xavier Guerrero zusammengelebt hat und daß sie in das Attentat auf Pascual Ortiz Rubio verwickelt war. Und es geht immer weiter. Die geheimnisvolle »Mata Hari der Komintern« hat stets ein freizügiges Leben geführt, sie hat Weston und Rivera nackt Modell gesessen und war die Geliebte der beiden Männer.

»Lies nicht weiter, es regt dich nur auf.«

Im *Universal* erscheint die Nachricht: »Tina Modotti ist in Mexiko als kommunistische Anführerin bekannt, und weil sie verdächtigt wurde, in die Ermordung ihres Liebhabers Julio Antonio Mella verwickelt zu sein, der ebenfalls radikale Neigungen hatte. Sie verstarb vorgestern ganz plötzlich, in den frühen Morgenstunden.

Tina Modotti wohnte im Haus Nummer 137 der Calle Doctor Balmis, anscheinend zusammen mit Carlos Jiménez Contreras. Unseren Nachforschungen zufolge verspürte sie plötzlich heftige Schmerzen im Magen und nahm einen Mietwagen zum Allgemeinen Krankenhaus, das in der Nähe ihrer Wohnung liegt. Sie verstarb auf dem Wege dorthin.

Man hofft, daß das Ergebnis der Obduktion die Verdachtsmomente aufhellen wird, die es wegen dieses Todes und seiner Umstände gibt. Der Fall liegt jetzt in den Händen des Staatsanwalts der Bundeshauptstadt.«

Und in *La Prensa* heißt es: »Der wahre Name ihres Liebhabers ist Carlos Sormenti. Er ist ein fanatischer Agent der GPU, und man macht ihn für den Tod verantwortlich.«

Viele fragen sich, warum Tinas Liebhaber Carlos J.

Contreras verschwunden ist. Es geht das Gerücht um, Vidali sei ein politischer Mörder und könne seine Gefährtin vergiftet haben, weil sie »zuviel wußte«. Tina hat immer ein »geheimnisvolles Leben« geführt, und der Beweis dafür, daß Vidali oder jemand anderes sie vergiftet hat, liegt darin, daß sie dem Fahrer die Adresse des Allgemeinen Krankenhauses genannt hat. Aber wer nennt nicht ein öffentliches Gebäude als Anhaltspunkt, wenn die eigene Wohnung in dessen Nähe liegt?

Die Angriffe werden noch direkter: »Tina Modottis Tod gleicht haargenau den Liquidierungsmorden der Kommunisten.«

»Veteranen des Spanienkrieges, welche die GPU nicht fürchten, benennen Sormenti-Vidali-Contreras als den Verantwortlichen für viele politische Morde. Es besteht kaum Zweifel daran, daß er an den Verbrechen an Ignaz Reiss in der Schweiz und an Andrés Nin in Spanien beteiligt war. Dieser schreckliche Mann war schon vor langer Zeit Mitglied des Kommunistischen Jugendverbandes und war Mitbegründer der Internationalen Roten Hilfe. Wegen seiner politischen Aktivitäten war er zeitweilig im Gefängnis; später reiste er in die Schweiz und verschiedene andere Länder Europas und kam dann nach Amerika. Dem Schein nach war er ein Mitarbeiter der Internationalen Roten Hilfe, doch dahinter verbarg er seine wahre Eigenschaft als Agent der GPU.«

Vittorio kann nicht aufhören, sich zu quälen. »Meinetwegen hat sie immer gefährlich gelebt, sie war sich niemals irgendeiner Sache sicher, nicht einmal meiner selbst«, schluchzt er. »Ach Pedro, ich halte die Gewissensbisse nicht aus.« »Vittorio, wir sind Menschen und keine Heiligen.« »Wäre ich doch mehr auf sie eingegangen. Ich habe nicht mal auf ihr einfaches ›Was hast du heute gemacht?‹ reagiert. Sie hat stets unter Spannung gelebt, poveretta.

Hätte ich darauf bestanden, nach Cuernavaca umzuziehen oder an irgendeinen Ort auf der Höhe des Meeresspiegels, dann wäre sie noch am Leben, aber ich konnte mir nicht vorstellen, die Stadt zu verlassen, und so habe ich zugelassen, daß Tina weiter in 3000 Meter Höhe lebte, auf des Messers Schneide. Ihr armes Herz ... Eines Abends sagte sie, ihr Herz sei wie ein alter Schuh und müsse in den Müll geworfen werden ... Und dann hat sie gelacht: ›Kannst du dir vorstellen, Toio, daß man im Mülleimer ein Herz findet?‹ Ich bin nicht darauf eingegangen, ich habe ihr nicht zugehört, habe sie nicht angesehen. Wie oft habe ich sie innerlich Alte genannt, vecchia. Sie war allzu sensibel und begriff sehr wohl, daß sie mich irritierte. Ich habe nicht gemerkt, daß sie so krank war, sie hat sich nie beklagt und mich nie um etwas gebeten. Das kann ich nicht aushalten, Pedro, daß sie niemals laut geworden ist.«

Vittorios Freunde wissen nicht, wie sie ihn trösten können. »Tina«, sagt er flehentlich, »Tina, Tina.« Und dann beginnt er zu weinen.

Die Zeitungen wärmen den »Fall Mella« wieder auf, »den Fall des Kommunistenführers, der 1929 am Arm seiner italienischen Geliebten ermordet wurde«.

»Sie wurde 1930 unter der Beschuldigung der Konspiration und des Mordversuchs an Pascual Ortiz Rubio ausgewiesen. In ihrer Wohnung hatten sich die Verschwörer versammelt. Aber die Ausweisung der gefährlichen Italienerin beruhte sowohl auf ihrer politischen Tätigkeit als auch auf ihrem lockeren Lebenswandel.

Außerdem starb ihr erster Ehemann eines unerklärlichen Todes, als er mit ihr im Schlafwagen von San Francisco nach Los Angeles reiste. Er starb, weil er zuviel wußte.«

In der Zeitung *La Prensa* wird aufgedeckt, daß Tina einen italienischen Paß besaß und daß so etwas nur dank des persönlichen Eingreifens von Mussolini möglich war.

»Als sie 1930 Mexiko verließ, reiste sie zuerst nach Frankreich, dann ins faschistische Italien und dann, über Deutschland, in die UdSSR.«

Der Autor des Artikels beschreibt eine ungesittete, gefährliche Frau, die in zahlreiche Morde verwickelt war. Außerdem beschuldigt er sie, eine Spionin im Dienste der italienischen Faschisten gewesen zu sein.

Alle Zeitungen bezweifeln, daß sie an einer Herzkrankheit gestorben sein könnte. Tina wurde vergiftet, wie so viele vor ihr. Entweder wurde die Obduktion nicht ordentlich ausgeführt, oder die mexikanische Wissenschaft ist nicht modern genug. Oder beides. Das Gift hat sofort gewirkt und keine Spuren hinterlassen. Vittorio Vidali oder Enea Sormenti, dieser Terrorist in Stalins Diensten, weiß das besser als sonst jemand. War er etwa nicht der geistige Urheber des Trotzkimordes? Kann er dann nicht auch sie ermordet haben?

»Ich sage doch, geh nicht raus, laß dich nicht auf der Straße sehen, Vittorio.«

»Und was wird aus der Wohnung und aus den Tieren?«

»Isabel kann sie füttern, mach dir keine Sorgen.«

»Wenn du rausgehst, bringen sie dich um. Laß das sein.«

Nach Tinas Tod gibt Benvenuto Modotti in einer italoamerikanischen Zeitung eine Erklärung zu den Gerüchten über den »geheimnisvollen und unerklärlichen« Tod seiner Schwester ab.

»Ich bin Tina Modottis Bruder. Meine Schwester nahm am Spanienkrieg teil und konnte überleben. Sie kam für zwei Monate in die Vereinigten Staaten; sie wollte hierbleiben, aber die Regierung erlaubte es nicht. Eines Abends – ich werde es nie vergessen – sagte sie ›Lebe wohl‹ zu mir. Warum sagst du lebe wohl, fragte ich, und nicht Auf Wiedersehen? Und sie antwortete: ›Unmöglich, ich bin bereits tot, ich kann dort in Mexiko nicht leben.‹ Sie wußte, daß sie schwer herzkrank war, und an dieser Krankheit ist sie gestorben. Wer etwas anderes sagt, der ist ein Lügner. Ich teile Vidalis politische Anschauungen nicht, aber was ich hier erklärt habe, das ist die Wahrheit über den Tod meiner Schwester...«

Pablo Neruda hat ein Gedicht geschrieben und es an die Zeitungen geschickt. Zu seinem Erstaunen wird es überall gedruckt.

Bei der Totenfeier für Tina haben Doña Leocadia Prestes, Simone Tery und Pablo Neruda den Vorsitz inne. Es sprechen Mario Montagnana und Enrique Ramírez y Ramírez, der junge Chefredakteur des *El Popular*.

»Ich möchte nur etwas sagen, wovon ich weiß, daß es ihr die größte Freude bereitet hätte: daß sie dem höchsten Anspruch aller Kommunisten der Welt gerecht geworden ist, dem Anspruch darauf, daß ihre Leiche, wenn sie in die Erde zurückkehrt, mit dem Banner der Kommunistischen Internationale bedeckt wird.«

»Weil Tina vom Jahre 1927 an und bis zum letzten Tag ihres Lebens, bis zum letzten Herzschlag, Mitglied unserer Partei war, ist sie für uns Mexikanerin ad honorem und hat ein Anrecht darauf, als Teil der Geschichte der mexikanischen Revolution betrachtet zu werden.«

Vittorio geht nicht zur Beisetzung.

Tina wird auf dem Friedhof von Dolores beerdigt. Die Genossen konnten nicht genug Geld für die dritte oder wenigstens die vierte Klasse auftreiben, und so liegt sie auf dem ärmlichsten Abschnitt. Fünfte Klasse, Sektion fünf, Reihe achtundzwanzig. Ein schmales Grab, gerade einmal eine Ritze in der Erde. Leopoldo Méndez verspricht, ihr Profil zu meißeln, damit es auf die Grabplatte kommt, in die man auch das Gedicht von Pablo Neruda eingravieren wird. Es ist ein Protest und eine Ehrenrettung Vidalis.

Tina Modotti, Schwester, du schläfst nicht, nein,
du schläfst nicht,
vielleicht hört dein Herz eine Rose wachsen,
die letzte Rose von gestern, die neue Rose.
Ruhe sanft, Schwester.
(...)
Die neue Rose gehört dir, die neue Erde gehört dir:
du hast dir ein neues Kleid angelegt
aus tiefem Samen,
und dein sanftes Schweigen füllt sich mit Wurzeln.
Du wirst nicht vergebens schlafen, Schwester.

Vernimmst du einen Schritt, einen Schritt voller Schritte,
etwas Großes aus der Steppe, vom Don, von der Kälte
her?
Vernimmst du einen festen Soldatenschritt im Schnee?
Deine Schritte sind es, Schwester.

El Popular veröffentlicht Proteste gegen die unwürdige Kampagne, die man gegen Tina entfesselt hat. Arbeiterorganisationen, Bauernverbände und Flüchtlingsgruppen schreiben Briefe, in denen sie Tina beistehen.

Die Textilarbeiter von Puebla geben einem neuen Webstuhl und die Setzer von Mexiko-Stadt einer Druckerpresse Tinas Namen; Gruppen von Parteimitgliedern benennen Sektionen der Partei und der Antiimperialistischen Liga nach ihr.

Vittorio steigt die Treppen zu der kleinen Wohnung hinauf, die sie »unser Schloß« genannt hatten. Er wird von Benigno Morilla und Cruz Diaz begleitet. Sie finden die Wohnung sauber und ordentlich vor, so, als kümmere sich Tina noch immer um sie. Vittorio gibt Cruz alle Dinge, die Tina gehört haben, aber Cruz sagt, das Beste davon wolle sie an Eladia weitergeben. Vittorio schenkt Morilla, der in Kürze heiraten will, das harte Sofa und die Küchenutensilien. Dann suchen sie das Kätzchen. Kitty ist verschwunden. Vittorio schenkt Morilla die Hündin Suzi, die sie alle bettelnd ansieht.

Er wirft einen letzten Blick auf die Terrasse. Er läuft herum wie beim ersten Mal, als Tina darauf wartete, daß er ja sagte, ja, Tina, es gefällt mir, ja, laß uns hierbleiben. Das war das einzige Mal während ihres zweiten Aufenthalts in Mexiko, daß er sie voller Begeisterung gesehen hat.

Er reißt die Augen auf, um in der Ferne die kreisförmig unter ihnen in der Sonne liegende Stadt und die schneebedeckten Gipfel der Vulkane zu erfassen, die sich weiß vom Blau abheben. Das Leben geht weiter. Er pflückt eine der roten Blüten von der dornigen Pflanze und hält sie eine Weile in der Hand. Dann zerdrückt er Dornen und Blüte.

Cruz und Benigno warten. »Gehen wir?« Eilig steigen sie die Zementstufen hinab, und unten, auf der Straße, schließt Vittorio hinter sich die Tür.

Danksagung

Hätte mich Gabriel Figueroa nicht um ein Drehbuch für einen Film über Tina Modotti gebeten, dann gäbe es dieses Buch nicht. Der Film wurde nie gedreht, aber da ich bereits Vittorio Vidali in Triest, Fernando Gamboa, Gabriel Fernández Ledesma, Adelina Zendejas, Gilberto Bosques und viele andere interviewt hatte, machte ich weiter und verwandelte das gescheiterte Filmdrehbuch in einen Roman. Von unschätzbarem Wert waren Edward Westons *Daybooks. El Machete* war eine Informationsquelle, ebenso wie *El Universal Ilustrado* und die großen Tageszeitungen der zwanziger Jahre, *Excélsior* und *El Universal.* Zum Spanienkrieg las ich Gerald Brenan, Burnett Bulloten, Raymond Carr, Gabriel Jackson, Hugh Thomas, Pierre Broué und Émile Temime, Pierre Vilar, Constancia de la Mora, *Milicia Popular*, Dolores Ibarruri und wer weiß was nicht noch. Fasziniert war ich von Stephen Spender, George Orwell, Cyril Connolly, John Dos Passos, Julian Bell, Arthur Koestler, Ralph Fox und John Cornford sowie von den großartigen Augenzeugenberichten *Blood of Spain*, *Prisoners of a Good Fight* und *The Lincoln Brigade. Auf der Plaça del Diamant* von Mercè Rodoreda lehrt einen mehr über den Krieg als viele der Bücher, die diese Absicht verfolgen. Die Protokolle und Berichte des Zentralkomitees der Kommunistischen Partei der UdSSR sowie die Fünfjahrpläne und die Reden Stalins verordnete ich mir anhand eines Buches, dessen Einband abgegriffen war und dessen Seiten Federico Alvarez häufig gelesen hatte: *Fragen des Leninismus*, von J. Stalin. *Die Moskauer Prozesse* von Pierre Broué ließ mir das Blut gefrieren. Ich las Trotzkis *Mein Leben*, und auch die Biografie von Isaac Deutscher, aber nichts war so bewegend wie *Mit Trotzki im Exil. Von Prinkipo nach Coyoacán*, von

Jean van Heijenoort. Francisco Toledo hatte es mir geschenkt. Es hat mich geschmerzt, daß van Heijenoort Selbstmord begangen hat.

Tina Modotti gehörte in den letzten zehn Jahren zum Leben meiner Familie. Sie war stets gegenwärtig, wenn ich reiste, las, studierte, aß und anderen auf die Nerven ging. Es war eine Bereicherung, den Ozean zu überqueren, um nach Triest zu reisen und Vittorio Vidali zu interviewen. Als ich auf dem Flughafen die Gangway des aus Mailand kommenden Flugzeugs hinunterging, hörte ich die Passagiere sagen: »Ecco il senatore«, »Ecco Vidali«. Schließlich näherte sich mir ein Herr mit Stock und Baskenmütze und nahm in seinem italienisierten Spanisch auf Mildred Constantine, die erste Frau, die zu Tina geforscht hatte, Bezug: »Io aspettaba una donna con la cara lunga y el culo cuadrado e arriva una donna con il viso redondo y el culo redondo.« (»Ich erwartete eine Frau mit langem Gesicht und viereckigem Hintern, und da kommt eine Frau mit rundem Gesicht und rundem Hintern.« A.d.Ü.) Das Interview dauerte zehn Tage, und am Ende warnte mich Vidali bei einem Glas Grappa: »Wenn du das Buch nicht bald schreibst, dann tue ich es.« Und so kam es. Er veröffentlichte *Storia di donna*, das in Mexiko von der Universität Puebla herausgegeben wurde, und seine Autobiografie *Comandante Carlos*. Mein Buch sollte noch viel Zeit brauchen, und jetzt ist es traurig, daß er es nicht mehr lesen kann. Und auch Laura Weiss nicht, eine der enthusiastischsten Frauen, die ich je kennengelernt habe. Das schmerzhafte bei diesem Roman ist die Feststellung, daß viele der Informanten bereits gestorben sind: Francisco Bolea, Baltasar Dromundo, Fernando Gamboa, Juan de la Cabada, Manuel Fernández Colino, Gabriel Fernández Ledesma, Raoul Fournier, Pablo O'Higgins, Ninfa Santos – Männer und Frauen, die einer Sache ihre Stimme, ihre Zeit und ihr Leben widmeten.

In das Buch über Tina Modotti habe ich nicht nur zehn

Jahre gesteckt; ich habe geforscht, gelesen, geschrieben und eine Unmenge Papier weggeworfen und aussortiert. Ich konnte auch immer wieder Männer und Frauen befragen und interviewen, die mir in Mexiko, Italien, Spanien, Frankreich, Deutschland und den USA nicht nur von Tina, sondern auch von ihrem eigenen Leben erzählt haben. Ihre Großzügigkeit war grenzenlos, ebenso wie ihre Geduld. Ich bedanke mich bei Marisa López Santibáñez für die Korrektur der ersten Entwürfe, bei Juan Antonio Ascencio, der keine einzige Ungenauigkeit durchgehen ließ, bei meinem lieben Carlos Monsiváis, der diese Seiten mit großer Aufmerksamkeit und Liebe gelesen hat, bei Federico Alvarez, Amy Conger, Sarah M. Lowe, Cynthia Steele, Rafael Alberti, Martha E. Ackelsberg, Jorge Aguilar Mora, Ignacio Aguirre, Susana Alexander, Martha Altisent, Eliseo Altunaga, Lola Alvarez Bravo, Manuel Alvarez Bravo, Carolina Amor de Fournier, Angélica Arenal de Siqueiros, Bambi: Ana Cecilia Treviño, Christiane Barckhausen-Canale, Miguel Barnet, Carmen Barreda, Cuca Barón de Lumbreras, León Bataille, Alberto Beltrán, Susan Bergholz, Carlos und Iris Blanco Aguinaga, José Joaquín Blanco, Francisco Bolea, Gilberto Bosques, Valentín Campa, Miguel Capistrán, Isabel Carbajal, Luis Cardoza y Aragón, Isabel Castillo, Vita Castro, Nell Cattonar, Flor Cernuda, Rafael Carrillo, Fernando Chávez de la Lama, José Chávez Morado, Bell und Paul Chevigny, Sara Cordero de Quintanilla, Mildred Constantine, Bruno Cósolo, Tullio Cósolo, Ricardo Cortés Tamayo, Bartolomeo Costa Amic, Rafael Costero, Mireya Cueto, Susan Dever, Teresa del Conde, Yolanda Domínguez, Max Diamant, Heinz Dietrich, Baltasar Dromundo, George Eisenwein, Isabel Fernández, Manuel Fernández Colino, Gabriel Fernández Ledesma, Virgilio Fernández del Real, Rosario Ferré, Gabriel Figueroa, Raoul Fournier Villada, Gisèle Freund, Rossana Fuentes, Encarnita Fuyola, Benita Galeana, Rafael Galván, Rafael Gaona, Fernando Gamboa, Manuel

García, Anthony Geist, Zunilda Gertel, Margaret Gibson, Adolfo Gilly, Montserrat Gispert, Alejandro Gómez Arias, Angel González, Miguel González Gerth, Mónica Gutiérrez Quintanilla, Emmanuel Haro Poniatowski, Felipe Haro Poniatowski, Paula Haro Poniatowski, Andrés Henestrosa, Cerri Higgins, Hugo Hiriart, Margaret Hooks, Fayad Jamís, Rauda Jamís, Beth Jorgensen, John King, Claudia Kolker, Lya Kostakowsky de Cardoza y Aragón, María Luisa Lafita, Germaine Le Bihan, Vicente Leñero, Adriana Lombardo Toledano, Eladia Lozano de los Ríos, Germán List Arzubide, Carmen Lugo, Francisco Luna, Rosa Elena Luján de Traven, Alberto Lumbreras, Alicia Maawad, Yolanda Magrini, Guadalupe Marín, Federica Martin, David Martín del Campo, Arnoldo Martínez Verdugo, Irene Matthews, Julio Mayo, Faustino Mayo, Carlos Mérida, Diego de Mesa, Eugenia Meyer, Agustín Monsreal, Humberto Musacchio, Mura: Agueda Serna Morales, María Nadotti, Guillermo Navarro, Berta Navarro, Rosa Nissan, María O'Higgins, Pablo O'Higgins, Angel Olivo Solís, Dolores Olmedo, Carlos und María Orozco Romero, Leonor Ortiz Monasterio, Raúl Ortiz y Ortiz, José Emilio Pacheco, Máximo Pacheco, Sarah Pascual, Irma Pérez Guereña, Meg Pepeu, Nadia Piemonte, Fausto Pomar, Tere Pomar de Carrillo, Sara Poot Herrera, José Prats, Teresa Proenza, Luis Quintanillo Jr., Lulú Quintanilla, Enrique Quintero, Víctor Hugo Rascón, Bob und Mildred Reed, Guadalupe Rivera Marín, Laura Rosetti, Concha Ruiz Funes, Antonio Saborit, Nina Scott, Adolfo Sánchez Vázquez, José Sánchez, Ninfa Santos, Susan C. Schaffer, Arjent J. van der Sluis, Juan Soriano, Luis Suárez, Lika Steiner, Alfonso Taracena, Monna Teixidor, Raquel Tibol, Ricardo Toffoletti, Francisco Toledo, Elena Torres, Alicia Trueba, Tara Vayada, Elena Vázquez Gómez, Miguel Angel Velasco, Carlos Velo, Carlos Vidali Carbajal, Vittorio Vidali, Paloma Villegas, Roberto Vizcaíno, Vlady, Renata von Hanffstengel, Laura Weiss, Raymond L. Williams, Ella Wolfe, Ramón Xirau, Hedwig Yampolsky, Mariana Yampolsky, Gabriel Zaid, Martha Zamora, Carlos Zapata Vela, Concepción Zea, Adelina Zendejas, Marielena Zelaya de Kolker, Eraclio Zepeda, Julián Zugazagoitia.

Verschiedene Institutionen machten mir ihre Archive zugänglich: das CEMOS, das Allgemeine Landesarchiv, die Nationalbibliothek, die Nationale Zeitschriftensammlung, die Arbeiteruniversität, das Archiv des Außenministeriums, das Museum für Moderne Kunst, die Bibliothek des Königlichen Spanienklubs in Mexiko, das Archiv der Kommunistischen Partei von Triest, die Gemeinde Udine, das Fotostudio Modotti in Udine, das Friaulische Institut für die Geschichte der Befreiungsbewegung in Italien, die Nationale Zeitschriftensammlung Spaniens, das Hoover-Institute in Stanford, Kalifornien, Eastman Kodak in Rochester, die Galerie Edward Weston in Carmel, Kalifornien, das Dwight Morrow-Archiv in Amherst, Massachusetts, das Kunstmuseum von Smith, Massachusetts, die Bibliothek von Austin, Texas, Red and Black Books, Seattle, Washington, Madrid.

Tinissima ist untrennbar mit ihnen allen verbunden, mit Lebenden und Toten, mit Archiven, Universitäten und Institutionen.

Bildnachweis: